巴別塔學院

BABEL

匡靈秀R.F. Kuang
楊睿珊、楊詠翔——譯

獻給Bennett，他是這世界上所有的光芒與歡笑

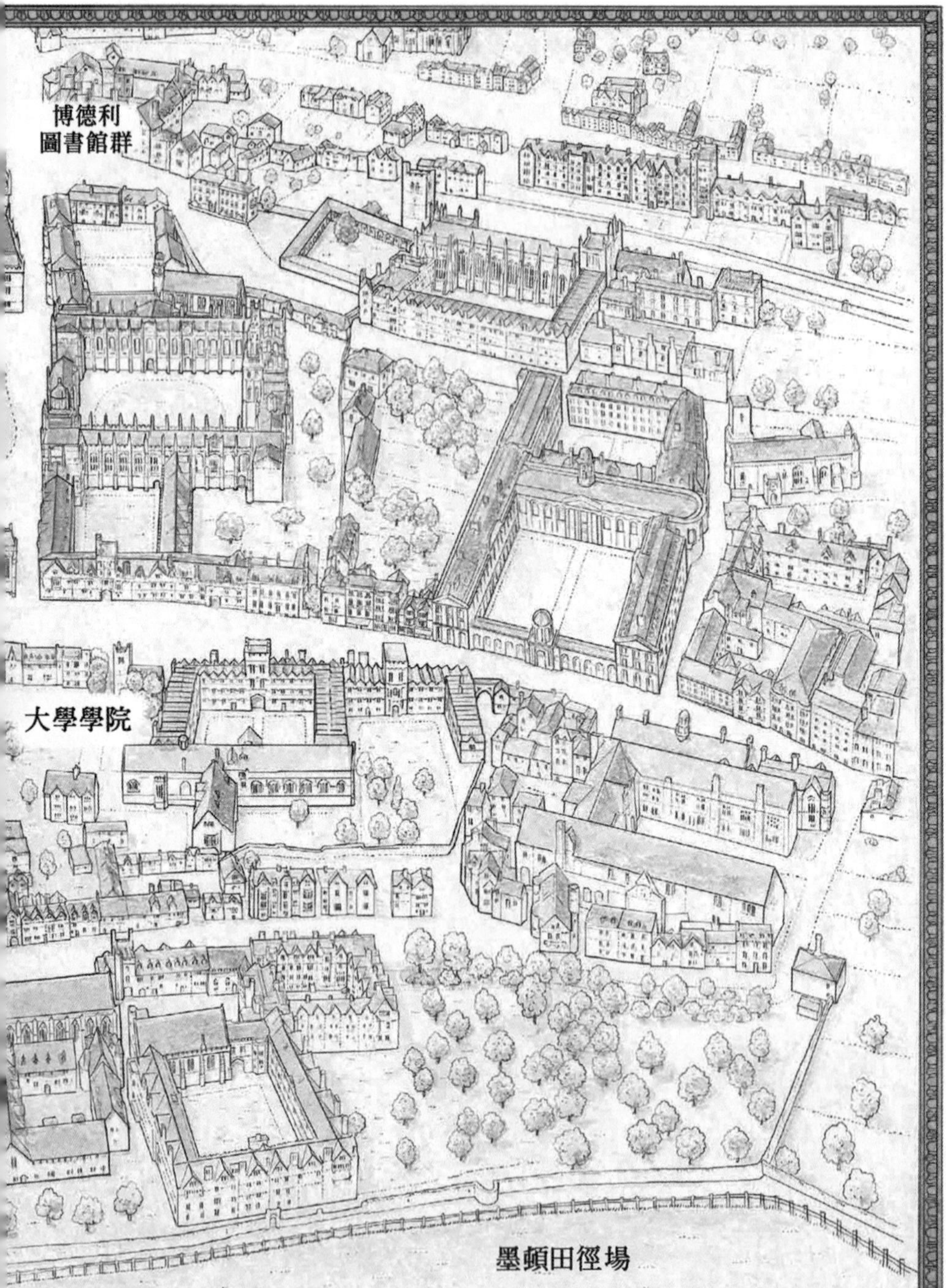
博德利
圖書館群
大學學院
墨頓田徑場

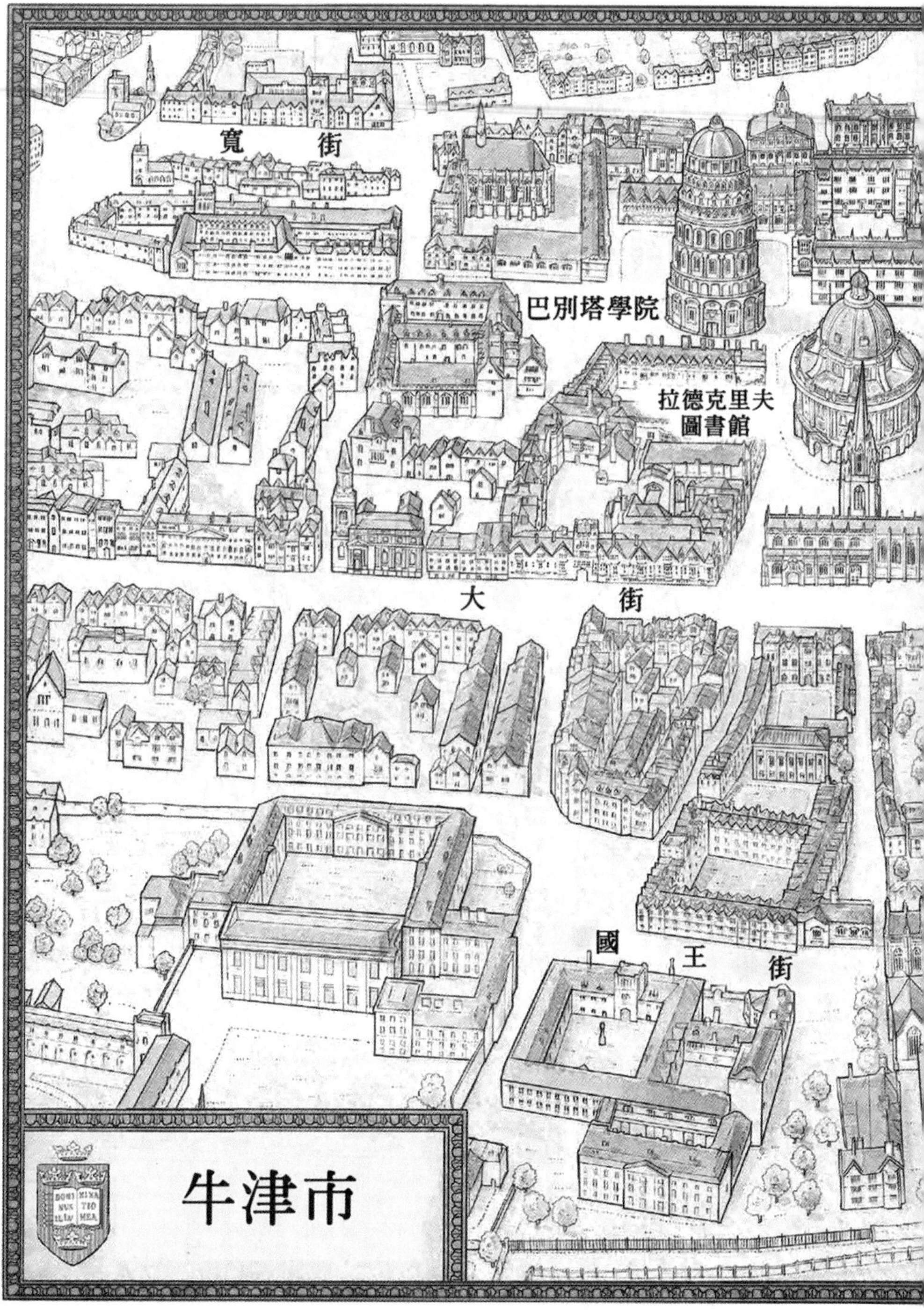
寬街
巴別塔學院
拉德克里夫
圖書館
大街
國王街
牛津市

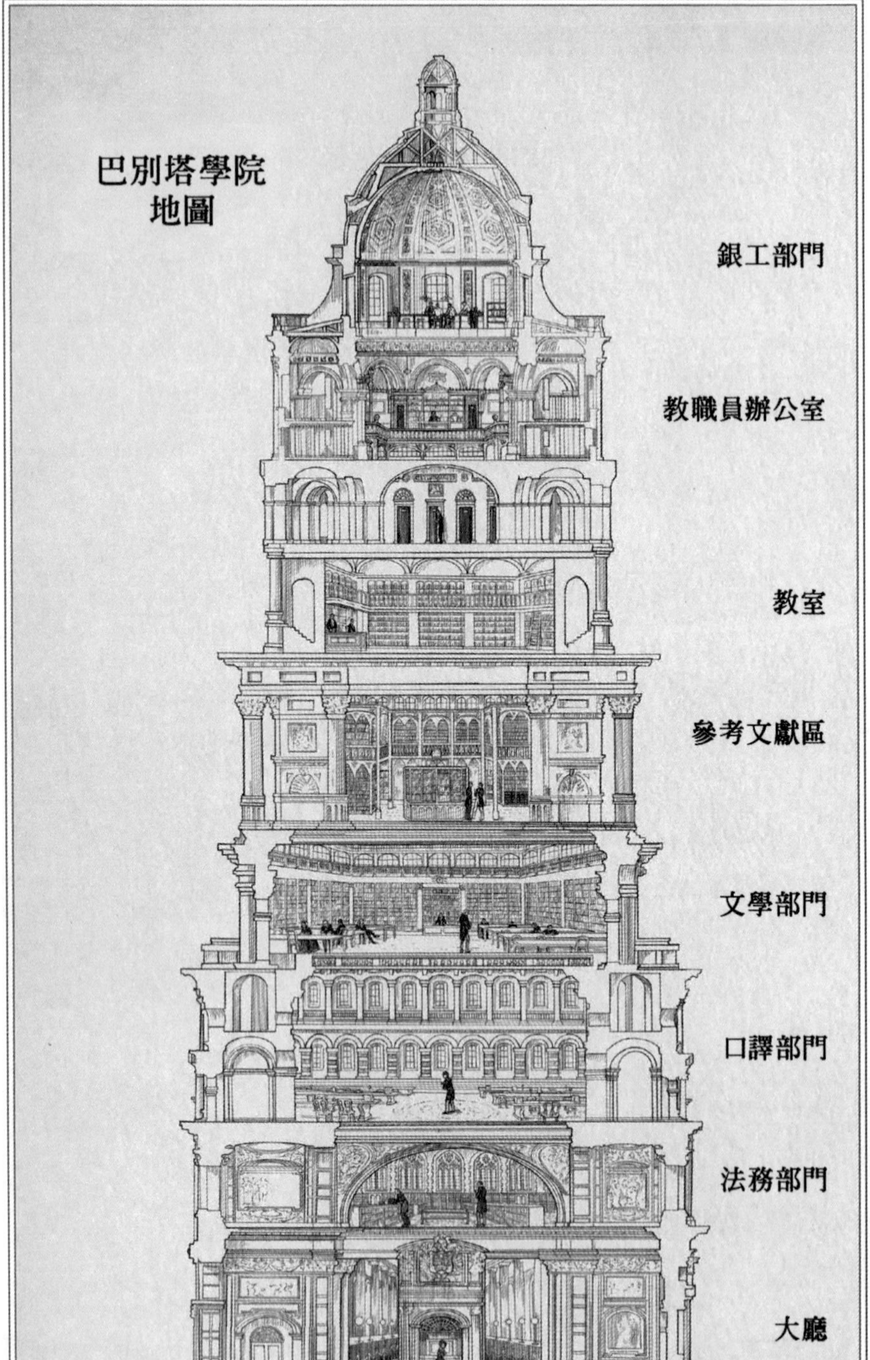
巴別塔學院
地圖
銀工部門
教職員辦公室
教室
參考文獻區
文學部門
口譯部門
法務部門
大廳

作者前言：
我對於歷史上的英國，特別是牛津大學的描繪

撰寫關於牛津的小說，麻煩之處就在於，任何待過牛津的人都會仔細審視你的文字，看你對牛津的描繪是否符合他們對那裡的記憶。如果你是美國人，那就更糟了，畢竟美國人懂什麼呢？特此提出以下論點：

《巴別塔學院》是一部幻想小說作品，背景設定在一八三〇年代的奇幻版牛津，其歷史被銀工魔法徹底改變（稍後會說明）。儘管如此，我還是盡量忠於早期維多利亞時代牛津生活的歷史紀錄，只在劇情需要時添加虛構元素。關於十九世紀早期牛津的參考資料，我參考了詹姆斯・J・摩爾（James J. Moore）趣味無窮的《牛津歷史手冊和指南》（The Historical Handbook and Guide to Oxford, 1878），以及M・G・布洛克（M.G. Brock）和M・C・柯索瓦（M.C. Curthoys）分別於一九九七年和二〇〇〇年校訂的《牛津大學的歷史》（The History of the University of Oxford）第六冊和第七冊等書。

至於用語和日常生活的調性（例如十九世紀早期的牛津俚語就與當代牛津俚語有很大的不同[1]），我使用了艾力克斯・查爾默斯（Alex Chalmers）的《牛津大學附屬學院、禮堂和公共建築的歷史，

1　原註1：舉例來說，我在念牛津大學時，從沒聽過有人將大街（High Street）稱為「The High」，但G・V・考克斯卻這麼用了。

包括創始人的生平》（A History of the Colleges, Halls, and Public Buildings Attached to the University of Oxford, Including the Lives of the Founders, 1810）、G・V・考克斯（G.V. Cox）的《牛津往事》（Recollections of Oxford, 1868）、托馬斯・莫茲利（Thomas Mozley）的《回憶錄：以奧里爾學院和牛津運動為主》（Reminiscences: Chiefly of Oriel College and the Oxford Movement, 1882）和W・塔克威爾（W. Tuckwell）的《牛津回憶》（Reminiscences of Oxford, 1908）等第一手資料。由於小說也能告訴我們很多關於當時的生活，或者可以說是人們對於生活的看法，所以書中我也添加了一些來自其他小說的細節，例如卡斯伯特・M・貝德（Cuthbert M. Bede）的《格林先生歷險記》（The Adventures of Mr. Verdant Green, 1857）、托馬斯・休斯（Thomas Hughes）的《湯姆在牛津》（Tom Brown at Oxford, 1861），以及威廉・梅克比斯・薩克萊（William Makepeace Thackeray）的《潘丹尼斯》（The History of Pendennis, 1850）。除此之外的內容都是源自於我的記憶和想像。

針對那些對牛津很熟悉，迫不及待想大喊「不對！明明就不是這樣」的人，接著我要來解釋一些特別添加或修改的元素。牛津大學辯論社（Oxford Union）是一八五六年才成立的，因此本書採用的名稱是其前身，也就是一八二三年創立的聯合辯論社（United Debating Society）。雖然我的愛店「穹頂花園咖啡廳」（Vaults & Garden café）直到二〇〇三年才成立，但我在那裡度過了那麼多美好時光（還吃了很多司康），我怎能不讓羅賓和他的夥伴享受同樣的樂趣呢？書中所述的扭根酒吧（Twisted Root）並不存在，據我所知，牛津也沒有同名的酒吧。溫徹斯特路上也沒有泰勒麵包店，不過我非常喜歡大街上的泰勒咖啡廳。牛津殉道紀念塔（Oxford Martyrs Monument）確實存在，但直到一八四三年，也就是故事結束的三年後才完工。為了讓發動革命的譯者能將自己比作牛津烈士，我把紀念塔的建造日期稍微提前了一點。維多利亞女王的加冕儀式是在一八三八年六月舉行的，而非一八三九年。

牛津到帕丁頓的鐵路線直到一八四四年才開通，但在本書中的修建時間早了好幾年，原因有二：首先，考慮到銀工魔法改變了歷史，這是合理的；再者，我需要讓我的角色更快抵達倫敦。

我在紀念舞會上發揮了相當大的藝術創作自由，比起早期維多利亞時代的社交活動，看起來可能更像是當代牛津劍橋的五月或紀念舞會。舉例來說，我知道在早期維多利亞時代，生蠔是窮人的主食，但我仍將其設定為舞會上的美味佳餚，因為我在二〇一九年參加劍橋大學抹大拉學院的五月舞會時，對舞會的第一印象就是堆積如山的冰鎮生蠔（我當時沒帶手提包，一手拿著手機、香檳杯和生蠔，結果把香檳灑在一位老先生漂亮的紳士鞋上）。

有些人可能會對皇家翻譯學院（也就是巴別塔學院）的確切位置感到不解，那是因為我扭曲了地理位置以為其騰出空間。請各位想像博德利圖書館群（Bodleian Libraries）、謝爾登劇院（Sheldonian Theatre）和拉德克里夫圖書館（Radcliffe Camera）之間有一片草坪，將其放大之後，再把巴別塔學院放在正中間。

如果各位發現其他和史實有出入之處，請提醒自己這是一部虛構的作品。

第一部

ROYAL INSTITUTE OF TRANSLATION
UNIVERSITY OF OXFORD

第一章

「語言永遠是帝國的同伴；因此，兩者一起開始萌芽、茁壯並蓬勃發展，最後再一起衰亡。」

——安東尼奧・德・內夫里哈，《卡斯蒂利亞語語法》

當理查・勒維教授穿過廣州狹窄的小巷，找到日記裡字跡已褪色的手寫地址時，那男孩已是整間房子裡僅剩的活人。

地板濕滑，空氣中瀰漫著一股惡臭。一罐裝滿的水放在床邊，完全沒動過。起初，男孩因為害怕嘔吐而不敢喝水，現在他卻虛弱到連水罐都拿不起來了。雖然仍有意識，但他陷入了昏昏欲睡、半夢半醒的狀態，他知道自己很快就會沉沉睡去，再也無法醒來。他的外祖父母一週前就是這樣，隔天換他的阿姨們，再隔天則是那個英國女人貝蒂小姐。

他的母親那天早上去世了。他躺在她的屍體旁邊，看著她的皮膚漸漸發青發紫。她對他說的最後一句話是他的名字，僅僅是兩個無聲的音節。接著她的臉部肌肉鬆弛，歪了一邊，舌頭伸出了嘴巴。男孩試圖闔上她那朦朧的雙眼，但她的眼瞼卻怎麼也閉不起來。

勒維教授敲門時，沒有人應門，他把前門一腳踹開時，也沒人發出驚呼。前門上鎖是因為瘟疫期間宵小猖獗，家家戶戶都被洗劫一空。雖然家裡沒什麼值錢物品，但男孩和他母親想在病魔帶走他們之前，享有最後幾小時的安寧。男孩在樓上聽到了入侵者的聲音，但他已經不在乎了。

現在他只想死。

勒維教授走上樓梯，穿過房間，在床邊站了很長一段時間。他沒有注意到，抑或選擇不去注意床上已經死去的女人。男孩籠罩在他的影子下，靜靜躺著不動，心想這個高大蒼白的黑衣人是不是要來收割他的靈魂。

「你感覺如何？」勒維教授問道。

男孩呼吸困難，無法回答。

勒維教授跪在床邊，從前袋裡掏出一根細長的銀條，放在男孩赤裸的胸膛上。那金屬像冰一樣刺痛他，男孩的身體不禁縮了一下。

「解毒劑（triacle）。」勒維教授先用法語說道，再用英語說：「糖蜜（treacle）。」

銀條散發出淡淡的白光。不知從哪裡傳來一種詭異的嗚響聲，聽起來有點像是歌聲。男孩嗚咽著蜷縮起身體，舌頭在嘴裡到處探索，似乎相當困惑。

「忍一下。」勒維教授喃喃道。「嘗到什麼就吞下去。」

幾秒鐘過後，男孩的呼吸漸漸平穩下來，他睜開眼睛。他現在能夠更清楚看到勒維教授了，能夠辨認出他的青灰色眼睛，以及外國人才有凸出的鼻樑，也就是所謂的鷹鉤鼻。

「你現在感覺如何？」勒維教授問道。

男孩又深吸一口氣，接著用意外標準的英語說：「好甜，味道好甜啊……」

「很好，代表成功了。」勒維教授把銀條放回口袋裡，問道：「這裡還有其他人活著嗎？」

「沒有。」男孩低聲說。「只剩我而已。」

「你有什麼一定要帶走的東西嗎？」

男孩沉默了片刻。一隻蒼蠅停在他母親的臉頰上，爬過她的鼻子。他想把蒼蠅趕走，卻沒有力氣抬起手。

「我沒辦法帶屍體，」勒維教授說。「我們要去的地方不行。」

男孩盯著母親很長一段時間。

「我的書，」他終於開口。「在床底下。」

勒維教授彎下腰，從床底下拿出四本厚厚的書。四本都是英文書，書背因多次翻閱而破舊不堪，有些書頁磨損得很薄，字跡幾乎無法辨識。教授稍微翻了幾頁，不禁微笑，然後將書本放進包包裡。接著他把手伸到男孩瘦弱的身軀下，把他抱出了房子。

一八二九年，後來被稱為亞洲霍亂的瘟疫從加爾各答經孟加拉灣傳播至遠東地區，首先是暹羅，再來是馬尼拉，最後透過商船蔓延到中國海岸。那些脫水、眼睛凹陷的水手把排泄物倒入珠江，汙染了成千上萬人飲用、洗衣、游泳和沐浴的水域。霍亂像海嘯一樣席捲廣州，從碼頭迅速蔓延到內陸的居住區。男孩住的街坊在幾週內就淪陷了，家家戶戶無助地在家中死去。當勒維教授抱著男孩走出廣州的小巷時，那條街上的其他人都已經死了。

男孩是在英國館一間乾淨、明亮的房間醒來後，才知道這一切的。他身上蓋的被子是他碰過最白、最柔軟的東西，但只能稍微減輕他的不適。他熱得要命，口乾舌燥，舌頭宛如一塊緻密的砂石含在嘴裡。他感覺自己好像飄浮在身體上方很遠的地方，教授每次開口，他的太陽穴都會一陣劇痛，眼前還會一片紅。

「你很幸運，」勒維教授說。「這種疾病得了幾乎必死無疑。」

男孩盯著這個外國人修長的臉和淺灰色的眼睛，看得入迷。如果不要定睛細看，那個外國人就會化為一隻巨鳥，一隻烏鴉。不對，是猛禽，某種凶暴又強大的存在。

「你聽得懂我在說什麼嗎？」

男孩舔了舔乾裂的嘴唇，出聲回應。

勒維教授搖搖頭說：「英語，用英語回答。」

男孩感到喉嚨裡火辣辣的，忍不住咳嗽。

「我知道你會說英語。」勒維教授的語氣聽起來像是警告。「用英語回答。」

「我媽媽。」男孩低聲說。「你忘了我媽媽。」

勒維教授沒有回答，而是立刻起身，拂了拂膝蓋便轉身離開。但男孩心想他才坐沒幾分鐘，身上哪會有灰塵呢。

*

隔天早上，男孩喝得完一碗肉湯，而且沒有作嘔。第三天早上，他成功站了起來，幾乎沒有暈眩，不過膝蓋因太久沒支撐自己的體重而顫抖得厲害，他必須抓住床架才不會摔倒。他的燒退了，胃口也變好了。那天下午他再次醒來時，他發現碗被收走了，取而代之的是放在盤子上的兩片厚麵包和一大塊烤牛肉。他感到飢腸轆轆，直接用手抓食物，並狼吞虎嚥吃下肚。

他大部分的時間都在睡覺，沒做什麼夢，不過睡眠常常會被派波太太打斷。這個體貌圓潤、滿臉笑容的女人會替他把枕頭拍鬆，並用冰冰涼涼的濕布擦拭他的額頭。不過她講英語的口音十分奇特，男孩每次都要請她重複好幾遍。

「哎呀，」他第一次這麼做時，她輕聲笑道。「你一定沒見過蘇格蘭人吧。」

「蘇格……懶人？那是什麼？」

「你不用擔心這個。」她拍拍他的臉頰說。「你很快就會了解大不列顛的各個地區了。」

那天傍晚，派波太太又替他準備了一盤麵包和牛肉當晚餐，並說教授要他去辦公室找他。「辦公室就在樓上，右邊數來第二間。先把食物吃完吧，教授也不急。」她說。

男孩迅速吃完晚餐，並在派波太太的協助下穿好衣服。矮小瘦弱的男孩穿上那套西式服裝，沒想到竟出奇地合身。他不知道衣服是哪來的，但他太累了，也懶得多問。

他走上樓梯時渾身顫抖，不知道是因為疲勞還是不安。教授書房的門關上了，他停了一會兒喘口氣，然後敲了敲門。

「進來吧。」教授說。

木門十分笨重，男孩不得不靠在門上，用全身的力量去推，才把門推開。一進入書房，書本的麝香味和墨水味便撲鼻而來。數不清的書籍成堆擺放；有些整齊地排列在書架上，有些則雜亂地堆成一座座搖搖欲墜的金字塔，散布在房間各處；在這座昏暗的迷宮裡，看似隨機擺放的書桌上書本堆積如山，還有更多書散落在地板上。

「過來這邊。」教授幾乎是隱身在書架之間。男孩小心翼翼地穿過房間，生怕稍有不慎就會弄垮一座座書山。

「別害羞。」教授說。他坐在一張擺滿書籍、散落的紙張和信封的大桌子後面。他揮手示意，要男孩坐在他對面。「你在這邊讀的書多嗎？英文沒問題嗎？」

「我有讀一些。」男孩回答。他小心翼翼地坐著，特別注意不要踩到堆在他腳邊的書本。他定睛一看，發現是理察・哈克盧伊特的遊記。「我們沒有很多書，所以每本我都讀了好幾遍。」

以一個從未踏出廣州的人來說，男孩的英語能力非常好，只略帶一絲口音。這要歸功於一位叫做伊莉莎白・史雷的英國女人，男孩都叫她貝蒂小姐，她從男孩有記憶以來就一直住在他們家。他一直不太明白她在那裡做什麼，畢竟他們家可沒有錢雇用僕人，何況是外國人，但肯定有人付她工資，因為她從來沒有離開，就連瘟疫來襲時也不離不棄。她的廣東話還算可以，在城裡溝通沒問題，但她對男孩只說英語。她唯一的職責似乎就是照顧他，透過與她對話，以及後來在碼頭上與英國水手交談，男孩的英語變得流利了。

他的英文閱讀能力比口說能力好。自從四歲起，他每半年都會收到一個裝滿英文書的大包裹。寄件人地址位於倫敦的漢普斯特德，貝蒂小姐似乎對那裡不熟，而男孩當然對那裡一無所知。雖然不知道寄件人是誰，他和貝蒂小姐還是常常坐在燭光下，以手指字，逐字朗讀。長大後，他會花一整個下午獨自翻閱破舊的書頁。但十幾本書根本不夠看六個月；他每一本都反覆讀了很多遍，等到下一個包裹寄來時，他幾乎都能倒背如流了。

雖然尚未掌握事態全貌，但他意識到那些包裹一定都是教授寄的。

「我很喜歡那些書。」他補充道，但聽起來沒什麼說服力。他覺得自己應該多說一點，又說：「英文沒有問題。」

「很好。」勒維教授從身後的書架上拿了一本書，將其滑過桌面推向他，問道：「你應該沒看過這本吧？」

男孩看了一眼書名：亞當・斯密的《國富論》。他搖搖頭道：「不好意思，我沒看過。」

「沒關係。」教授把書翻到中間某一頁，指著其中一段說：「唸給我聽，從這裡開始。」

男孩嚥了嚥口水，咳嗽清清喉嚨，便開始朗讀。這本書厚得嚇人，字體很小，與他和貝蒂小姐一起讀的那些輕鬆的冒險小說相比，這種文體的難度高了許多。他結結巴巴地唸出自己沒看過的詞彙，只能憑空揣測，憑感覺發音。

「各直……殖民國家從所……所屬殖、殖民地得到的特殊利益，亦有二種。一，各帝、帝國從所……所屬殖民地得到的一般利益；二，那些……據？」他清了清喉嚨，繼續唸道：「據說……由歐洲在美洲的殖民地這一非常特……特……」[2]

「可以了。」

他完全不知道自己剛剛唸了什麼。「請問——」

「不，沒關係，」教授說。「我也不指望你了解國際經濟學。你做得很好。」他把書放到一邊，把手伸入辦公桌抽屜，拿出一根銀條，問道：「記得這個嗎？」

男孩瞪大眼睛看著銀條，連碰都不敢碰。

他有看過這種銀條，在廣州很少見，但每個人都知道。這是「銀符籙」，也就是銀製的護身符。他看過這種銀條嵌在船頭、刻在轎子的側面，還有裝在外國人活動區域倉庫的門上方。他從來沒搞懂那些銀條到底是什麼，家裡也沒有人能夠解釋清楚。他的祖母稱其為有錢人的魔法咒語，是承載眾神祝福的金屬護身符。他母親認為銀條裡封印著惡魔，被召喚出來的惡魔會完成主人的命令。貝蒂小姐平常毫不掩飾自己對中國傳統迷信的蔑視，不斷批評他母親對餓鬼的畏懼，但就連她也對銀條敬而遠之。當男孩問她銀條是什麼，她回答：「那是巫術，是魔鬼的傑作。」

所以男孩也不知道銀符籙究竟是什麼，只知道在幾天前救了他一命的正是這種銀條。

「來吧。」勒維教授把銀條遞給他，說：「拿去看看沒關係，它不會咬人。」

男孩猶豫了一下，然後雙手接過銀條。銀條的觸感冰冷光滑，但除此之外，看起來相當普通。就算裡面真的封印著惡魔，也隱藏得很好。

「你看得懂上面的字嗎？」

男孩仔細一看，發現上面確實有文字，銀條兩面刻了工整的小字：一面是英文字母，一面是中文字。「看得懂。」他回答。

「大聲唸出來，先唸中文，再唸英文，咬字要清楚。」

男孩看得懂那些中文字，不過寫法有點奇怪，好像是有人看到這些字，不知道是什麼意思，只是一筆一劃抄寫下來一樣。

「囫圇吞棗。」他一個字一個字清楚地唸出來，接著用英語說：「想都不想就接受（to accept without thinking）。」

銀條發出嗡嗡聲。

他的舌頭立刻腫起來，阻塞了他的呼吸道。男孩呼吸困難，抓住了自己的喉嚨。銀條落到他的大腿上，劇烈震動，彷彿著了魔似的手舞足蹈。一股甜膩膩的味道充滿了他的嘴巴。是紅棗的味道，男孩心裡浮現這樣的感覺，視野周圍逐漸發黑。熟透的紅棗，那種濃重的果醬味令人作嘔，他覺得自己快被淹沒了。他的喉嚨完全被堵住了，沒辦法呼吸——

「來。」勒維教授傾身越過桌面，拿走他大腿上的銀條，窒息的感覺就立刻消失了。男孩趴在桌

---

2 原註1：在《國富論》的第四部第七章中，亞當．斯密反對殖民主義，理由是保衛殖民地會消耗資源，以及壟斷殖民地貿易實際上沒有什麼經濟收益。他寫道：「英國統治殖民地，毫無所得，只有損失。」此觀點在當時並未獲得廣泛認同。

子上，大口喘著氣。

「真有趣。」勒維教授說。「我從沒看過這麼強大的效果。你嘴裡的味道是什麼？」

「紅棗。」男孩淚流滿面道。意識到自己說了中文後，又急忙改用英語回答：「紅棗（dates）。」

「很好，相當不錯。」勒維教授觀察了他很久，然後把銀條丟回抽屜裡。「老實說非常好。」他說。

男孩一邊吸鼻子，一邊擦乾眼角的淚水。勒維教授靠著椅背，等男孩稍微恢復鎮定，才繼續說下去：「兩天後，我和派波太太會離開這個國家，前往位於『英國』這個國家的城市『倫敦』，這兩個地方你都聽過吧。」

男孩點點頭，但心裡不太有把握。對他來說，倫敦就像書裡的小人國一樣：一個僅存於想像中的遙遠國度，人們的長相、穿著和說話方式都跟他完全不同。

「我有個提議：你可以跟我們一起離開。你會住在我的房子，我會提供你食宿，直到你長大，可以自己謀生為止。作為回報，你要參加我所規劃的語言相關課程，包括拉丁文、希臘文，當然還有普通話。你將能享受輕鬆、舒適的生活，並接受最好的教育。我對你唯一的要求就是你要用功讀書。」

勒維教授十指交扣，彷彿在祈禱。他的語氣冷靜沉著，聲音毫無起伏，令男孩感到困惑。他聽不出來勒維教授是否希望他一起去倫敦；確實，比起領養，這感覺更像是在做交易。

「我強烈建議你認真考慮一下。」勒維教授繼續說道。「你的母親和祖父母都死了，你的父親身分不詳，你也沒有其他親人。留在這裡的話，你將會身無分文，一輩子都只能與貧窮、疾病與飢餓為伍。幸運的話，你會在碼頭找到工作，但你還小，所以接下來幾年你只能乞討或偷竊。假設你順利長大成人，最好的結果就是在船上做牛做馬。」

勒維教授說話時，男孩發現自己的眼神離不開他的臉。他也不是沒見過英國人，他在碼頭上看過很多水手，無論是寬大紅潤、患病長斑，或是修長、蒼白又嚴肅的臉，各式各樣的白人面孔他都見過，但教授的臉卻令人費解。標準人臉的五官他都有，眼睛、嘴唇、鼻子、牙齒，一切都健康正常。他的聲音低沉，沒什麼抑揚頓挫，但仍很明顯是人類的聲音。然而他說話時，他的語氣和神情都沒有流露出一絲情緒，簡直就像一張白紙，男孩完全猜不透他的感受。雖然教授講述的是男孩不可避免的早逝，但他的語氣和表情卻感覺像在列舉燉菜的食材。

「為什麼？」男孩問道。

「什麼為什麼？」

「為什麼你選擇了我？」

教授向放著銀條的抽屜點了點頭，回答：「因為你能做到那種事。」

男孩這才意識到那是一場考驗。

「這是我擔任監護人的條款。」勒維教授說，並將一份兩頁長的文件滑過桌面推向他。男孩低頭看了一眼，馬上放棄瀏覽內容的想法，因為連在一起的字母和繞來繞去的筆跡幾乎無法辨識。「內容很簡單，但在簽名前務必要仔細閱讀整份文件。你能在今晚睡前完成嗎？」教授說。

男孩一時反應不過來，只能點點頭。

「很好。」勒維教授說。「還有一件事，你需要一個名字。」

「我有名字。」男孩說。「我叫——」

「不行，不能用中文名字，英國人都不知道怎麼發音。史雷小姐有幫你取英文名字嗎？」

她還真的有。男孩滿四歲時，貝蒂小姐堅持要他取一個英文名字，英國人才會把他當一回事，至於他未來可能會跟哪些英國人打交道，她從未明說。他們從一本童謠書裡隨便挑了一個，男孩喜歡那名字既圓潤又實在的發音，因此毫無怨言。但家裡沒有任何人用那個名字稱呼他，貝蒂小姐也只用一陣子就不再用了，男孩絞盡腦汁思考了一下才回想起來。

「羅賓。」[3]

勒維教授沉默了片刻。他眉頭深鎖，好像在生氣，一邊嘴角卻上揚，好像很高興一樣，那表情令男孩感到困惑。「那姓氏呢？」他問道。

「我有姓氏。」

「要在倫敦可以通的。隨便選一個吧。」

男孩對他眨了眨眼，問道：「隨便選……姓氏？」

姓氏不能想改就改，想放棄就放棄，他心想。姓氏代表著血統和歸屬感。

「英國人一天到晚都在改名，」勒維教授說。「會保留原本姓氏的家庭都是為了守住自己的頭銜，但你沒有這個問題。你的名字只是自我介紹用的，取什麼都沒關係。」

「那我可以用你的姓氏嗎？勒維？」

「萬萬不可。」勒維教授說。「這樣大家會以為我是你父親。」

「噢……有道理。」男孩急忙環顧房間，尋找可以用的字詞或聲音。他看到勒維教授頭頂上方的書架上有一本熟悉的書，是強納森．史威夫特的《格列佛遊記》。主角格列佛是個來到異地的陌生人，必須學會當地語言才能活下去。男孩現在似乎能明白格列佛的感受了。

「那史威夫特呢？」他冒昧提議道。「除非——」

令他驚訝的是，勒維教授竟然笑了。從那張不苟言笑的嘴巴發出笑聲很奇怪；聽起來太唐突了，幾乎可說是惡毒的獰笑，男孩的身體不禁縮了一下。「很好，從今以後你就是羅賓・史威夫特了。史威夫特先生，很高興認識你。」他說。

他站了起來，並把手伸過桌面。男孩看過外國水手在碼頭上打招呼，所以他知道該怎麼做。他握住那隻乾燥、冰涼得讓人不舒服的大手，兩人握手。

兩天後，勒維教授、派波太太和剛取了新名字的羅賓・史威夫特啟程前往倫敦。多虧了長時間的臥床休息、固定攝取的熱牛奶，以及派波太太準備的豐富餐點，羅賓已經康復到可以自己走路了。他費力地提著一個裝滿書的旅行箱走上跳板，努力跟上教授的步伐。

廣州的港口，也就是中國與世界接觸的入口，是一個充滿各國語言的世界。如連珠炮般的葡萄牙語、法語、荷蘭語、瑞典語、丹麥語、英語和中文在鹹鹹的空氣中飄盪，不同語言混合成竟然能通的皮欽語，幾乎所有人都聽得懂，但只有少數人能夠講得很流利，而羅賓就是其中一人。碼頭是他初次接觸和學習外語的地方；他常常幫水手翻譯，以換取一分錢和一個微笑。他從沒想過自己會循著皮欽語的語言片段回到其源頭。

他們走下海濱，排隊等待登船。哈科特伯爵夫人號是英屬東印度公司的一艘船，每次航行都會搭載少數商業旅客。那天海浪很大，波濤洶湧，海邊的狂風寒冷刺骨，就算羅賓穿著大衣還是顫抖不

---

3 原註2：
我殺了知更鳥。
誰看到他死了？
（「Robin」為知更鳥的英文名稱，同時也是常見的英文名字。）

已。他很想趕快上船，躲進船艙或任何有牆壁的地方，但隊伍卻遲遲不前進。勒維教授走到一邊查看狀況，羅賓也跟上去。在跳板的頂端，一名船員正在訓斥一名乘客，尖刻的英文母音穿透了清晨的寒意。

「你聽不懂我在說什麼嗎？尼好？雷猴？聽得懂嗎？」

他發怒的對象是一名中國工人，扛在肩上的背包重到他直不起身子。羅賓沒聽到那名工人有沒有做出回應。

「他半個字都聽不懂。」船員抱怨道，然後轉向排隊的人群。「有人能告訴這傢伙他不能上船嗎？」

「噢，真可憐。」派波太太用手肘推了推勒維教授的手臂，問道：「你能幫忙翻譯嗎？」

「我不會說廣東話。」勒維教授說。「羅賓，上去吧。」

羅賓猶豫了一下，突然害怕起來。

「快去。」勒維教授命令道，然後把他推上跳板。

羅賓跌跌撞撞地跑到正在爭吵的兩人之間，船員和工人都轉頭看他。船員只是看起來很生氣，但工人似乎鬆了口氣。除了他以外，羅賓是這裡唯一的中國人，因此工人一看到他的臉就將他視為盟友。

「怎麼了？」羅賓用廣東話問他。

「他不讓我上船。」工人用急切的語氣說道。「但我有跟這艘船簽約，要在船上工作直到抵達倫敦，你看，這裡就有寫。」

他把一張摺起來的紙塞給羅賓。

羅賓把那張紙打開。這份文件是用英文寫的，看起來確實像一份水手合約，具體來說，是一份從廣州到倫敦單趟航程的工資證明。羅賓看過這種合約；在過去幾年裡，海外奴隸貿易變得愈發困難，對中國契約工人的需求也隨之提升。這不是他翻譯的第一份合約；他看過各種中國工人的工作通知單，要搭船前往葡萄牙、印度，甚至是西印度群島。

在羅賓看來，合約似乎沒問題。「所以問題出在哪呢？」他問道。

「他跟你說什麼？」船員問道。「跟他說那合約沒用，我不能讓中國人上這艘船。我上一艘載中國人的船就生了一大堆蝨子，我不會冒險載不會洗澡的人，而且這傢伙連『洗澡』兩個字都聽不懂。喂？小子？你聽得懂我在說什麼嗎？」

「聽得懂，聽得懂。」羅賓趕緊切換回英語。「聽得懂，我只是……請等一下，我只是想……」

但他該怎麼說呢？

工人一臉茫然，對羅賓投以懇求的目光。他的臉被太陽曬黑，且布滿皺紋，看起來像六十歲，但他實際上應該只有三十幾歲。契約水手都老得快，因為船上的粗活會搞壞他們的身體。羅賓在碼頭上看過上千張這樣的臉。有些人會丟糖果給他吃，有些人跟他熟到會叫他的名字。對他來說，那樣的臉就是他的同類，但他從沒看過同為中國人的長輩用如此無助的表情向他求助。

他感到內疚不已，五內翻攪。殘酷又可怕的字詞在腦中形成，到了嘴邊，他卻無法將其化為完整的句子。

「羅賓。」勒維教授走到他旁邊，緊緊抓住他的肩膀，力道大到讓他發痛。「請你翻譯。」他說。

羅賓意識到這一切都取決於他，選擇權在他手上。只有他能夠決定真相，因為只有他才能將其傳達給各方。

但他又能說什麼呢？他看得出來那名船員火冒三丈，也看到其他排隊的乘客等到不耐煩，開始騷動。他們又冷又累，也不明白為什麼還不能上船。他感覺到勒維教授的拇指用力按在他的鎖骨上，一個念頭突然閃過他的腦海：如果他惹是生非，造成太大的麻煩，哈科特伯爵夫人號可能也會把他留在岸上。那個念頭可怕得讓他的膝蓋都開始顫抖。

「你的合約在這艘船沒用。」他對工人低聲說。「試試下一艘船吧。」

那名工人頓時目瞪口呆，一副不敢置信的樣子。「你有看內容嗎？上面寫著倫敦，寫著東印度公司，還有這艘船的名字，哈科特——」

羅賓搖搖頭。「這契約沒用。」他說，然後又重複了這句話，好像多講幾遍就會變成事實一樣。「這契約沒用，你得去試試別艘船。」

「這契約有什麼問題？」工人質問道。

羅賓勉強擠出回答：「就是沒用。」

那名工人張大嘴巴看著他，那張飽經風霜的臉上閃過上千種情緒，從憤慨到沮喪，最後則是無奈。羅賓本來怕那名工人會反駁，爭論是非對錯，但他很快就發現，對這個男人來說，這種待遇早已是家常便飯，以前也發生過。工人轉身，推開排隊的乘客，走下跳板，不一會兒便不見蹤影。

羅賓感到頭暈目眩，急忙走下跳板，逃回派波太太身邊，說：「我好冷。」

「噢，你渾身都在發抖，真可憐。」她立刻用自己的披巾裹住他的身體，像母雞照顧小雞一樣為他操心。她念了勒維教授幾句，教授嘆了口氣，點點頭；接著他們匆匆忙忙走到隊伍最前面，有人立刻帶他們進船艙，還有搬運工在後面幫忙提行李。

一小時後，哈科特伯爵夫人號出港了。

羅賓窩在床鋪上，肩上裹著一條厚毯子。他很樂意在床上待一整天，但派波太太慫恿他回到甲板上，看著逐漸遠去的海岸線。當廣州消失在地平線上，他感到胸口一陣劇痛，接著是一股強烈的空虛感，彷彿有個爪鉤把他的心從身體裡拽了出來。直到現在，他才意識到，自己要很多年後才能回到故鄉，甚至有可能永遠不會回去。他不確定該如何理解這個事實。「失去」這個詞完全不足以形容這種感覺。「失去」只是意味著缺乏，意味著缺少某些東西，但它無法涵蓋這種全然的分離，原來離開自己所知道的一切竟然這麼可怕。

他凝視著大海，久久無法移開視線，任憑寒風吹襲，直到連心中的海岸都消失了。

航行的前幾天他都在睡覺，休養身體。為了他的健康著想，派波太太堅持要他每天都上甲板走動，但一開始他每次只能走幾分鐘，就必須躺下休息。幸運的是，他不會暈船；他的童年都在碼頭和河上度過，感官早已習慣了洶湧的浪濤。當他體力夠好，能夠一整個下午都待在甲板上時，他很喜歡坐在欄杆邊，看著永不停歇的海浪隨著天空變換顏色，感受著浪花打在他的臉上。

勒維教授偶爾會跟他一起在甲板上散步聊天。羅賓很快就發現教授是個嚴謹且沉默寡言的人，只在必要時提供羅賓所需的資訊，但除此之外，他很樂意避而不答。

他告訴羅賓，抵達英國後，他們會住在他位於漢普斯特德的房子，但他沒有說是否有同住家人。他證實這些年來付錢給貝蒂小姐的是自己，但沒有說明原因。他暗示自己認識羅賓的母親，所以才知道他家地址，但他沒有詳細說明兩人之間的關係，以及他們是如何認識的。他唯一一次承認兩人是舊識，是在他詢問羅賓他們家怎麼會住在河邊小屋的時候。

「我認識他們的時候，他們是個富裕的商人家庭。」他說。「他們在南下之前，在北京還有一座大宅。是什麼原因，賭博嗎？是不是她的兄弟把家產都輸光了？」

若是幾個月前，有人用這麼惡毒傷人的方式談論他家人的話，羅賓肯定會朝對方吐口水。但現在，他孤身一人在大海中央，沒有親人，也身無分文，他無法喚起內心的怒火。他心中的激動已然消失，只感到害怕以及疲憊不堪。

無論如何，教授的話也和他母親告訴他的故事相吻合。羅賓的母親說他們家以前很有錢，但這些財富在他出生後的幾年裡被揮霍一空。他母親怨氣滿腹，經常抱怨這件事。羅賓不清楚細節，但這種家道中落的故事在中國清朝很常見：有個年邁的族長、一個恣意揮霍錢財的兒子、一群心懷惡意且喜歡操縱他人的朋友，以及一個不知為何嫁不出去的無助女兒。據他母親所說，他曾經睡在一張塗了漆的漂亮嬰兒床上；他們曾經有十幾個僕人服侍，還有一名廚師會用從北方市場進口的食材做出龍肝鳳髓。他們曾經住在一間可容納五個家庭的大宅，還有孔雀在庭院裡遊蕩。但自羅賓有記憶以來，他們就一直住在河邊的小屋裡。

「我母親說我舅舅在鴉片館花光了家裡所有的錢。」羅賓告訴他。「債主沒收了房子，我們不得不搬家。我舅舅在我三歲時失蹤了，就剩下我和我母親、我阿姨和外公外婆，還有貝蒂小姐。」

勒維教授不置可否，只是哼了一聲表示同情，說：「真是太糟糕了。」

除了和羅賓散步聊天之外，教授幾乎一整天都窩在船艙裡。他們只有偶爾會在食堂看到他；更多時候是派波太太裝一盤壓縮餅乾[4]和鹹豬肉，把晚餐送到他房間。

「他在忙著做翻譯。」派波太太告訴羅賓。「他總是會在旅途中買卷軸和舊書，把內容翻譯成英文，而他喜歡在回到倫敦前就開工。他在倫敦總是忙得不可開交，因為他是一個很重要的人物，是皇家亞洲學會的成員喔！他說海上航行這段時間是他唯一能享受片刻安寧的日子，很妙吧？他在澳門買了幾本不錯的韻書，書封很漂亮，但他連碰都不讓我碰，因為書頁太脆弱了。」

聽到他們去過澳門，羅賓大吃一驚。他對澳門行一無所知；天真的他還以為自己是勒維教授來中國的唯一原因。「你們待了多久？我是說在澳門。」他問道。

「噢，兩週多一點吧。原本只打算待兩週，但我們在海關耽誤了幾天的時間。他們不喜歡讓外國女人進入中國大陸，我還喬裝打扮，假裝是教授的舅舅呢！你能想像嗎？」

兩週。

兩週前，羅賓的母親還活著。

「親愛的，你還好嗎？」派波太太問道，並拂亂他的頭髮。「你的臉色怎麼那麼蒼白？」

羅賓點點頭，把不能說出口的話吞了回去。

他沒有怨恨的權利。勒維教授承諾要給他一切，也不欠他任何東西。對於他即將踏入的這個世界，羅賓還沒有完全理解其規則，但他明白感恩和尊敬的必要性。人不能怨恨自己的救命恩人。

「我可以幫忙把晚餐送去給教授。」他說。

「謝謝你，親愛的，你真貼心。之後到甲板跟我會合，我們一起看夕陽吧。」

時間一天一天流逝。日升日落，但由於他不用做家事、打水或跑腿，少了例行公事的規律性，無論是早上、下午還是晚上，每天的日子似乎都一樣。羅賓除了睡覺，就是重看他的舊書，以及在甲板上散步。他偶爾會和其他乘客攀談，他們從這個東方小男孩的口中聽到近乎完美的倫敦口音時，似乎都很高興。他把勒維教授的話銘記在心，非常努力只用英語過日子。每當他開始用中文思考，就會立刻將那些想法拋諸腦後。

---

4 譯註1：壓縮餅乾是由麵粉、水、食鹽製成的餅乾，質地堅硬、成本低廉、保鮮期長，在長途航海常被用作乾糧。

他也抹去了自己的記憶。他在廣州的生活，包括他的母親、外祖父母，以及十年來在碼頭上跑來跑去的日子，沒想到拋開這一切竟如此容易，也許是因為這段旅程太不一樣了，讓他徹底斬斷了過去。他拋下了自己所知的一切，沒什麼好留戀的，也沒有地方可以回去。他的世界只剩下勒維教授、派波太太，以及在大海另一頭的國家建立新生活的希望。他埋葬了自己的過往，不是因為不堪回首，而是因為放棄它是唯一的生存之道。他像穿上新大衣一樣，用英國口音包裝自己，盡可能調整自身的一切，以符合英國人的形象，在幾週內就完全適應了這個新身分。幾週後，不再有人叫他說幾句中文來聽聽，大家似乎甚至忘了他是中國人。

有一天早上，派波太太很早就叫醒了他。他出聲抗議，但她堅持要他起床，說：「來吧，親愛的，這景象你千萬不能錯過。」他一邊打哈欠，一邊穿上外套。走上甲板時，睡眼惺忪的他還在揉眼睛。這是一個寒冷的早晨，整艘船籠罩在濃霧中，羅賓幾乎看不到船頭。但隨後濃霧散去，一個灰黑色的剪影出現在地平線上，那是羅賓第一次看到倫敦：白銀之城，大英帝國的心臟，也是那個時代世界上最大、最富有的城市。

第二章

「那廣袤的大都市，我國的命運以及地球本身的命運泉源。」

——威廉．華茲渥斯，《序曲》

倫敦單調乏味，色彩黯淡，同時又五彩繽紛；倫敦一片喧囂，充滿生機，同時又安靜得可怕，彷彿墓地的鬼魂在城市各處出沒。當哈科特伯爵夫人號沿泰晤士河航向內陸，進入首都心臟地帶的船塢，羅賓立刻發現，作為與世界接觸的港都，倫敦與廣州一樣，是一座差異並立、多元共存的城市。

但與廣州不同的是，倫敦有一種機械式的心跳，銀工的能量在城市中嗡嗡作響。銀製品在出租馬車的車輪和馬蹄上閃閃發光，在建築物的窗戶下和門口上方熠熠生輝；銀條埋在街道底下，也嵌在鐘樓滴答作響的指針中；它展示在櫥窗內，店家的招牌都在吹噓自己的麵包、靴子和廉價首飾有什麼神奇功效。倫敦的命脈帶有一種金屬碰撞般的尖銳音色，和廣州那種搖搖晃晃的竹子發出的劈啪聲完全不同。這是一種人造的金屬聲，是刀子刮過磨刀棒的刺耳聲音；這是一座如怪獸般駭人的工業迷宮，正如威廉．布雷克所寫：「殘忍的機器／有許多輪子，那些輪外之輪，帶有暴虐專橫的齒輪／彼此被迫轉動。」[5]

倫敦積聚了世界上大部分的銀礦和各國語言，使這座城市變得巨大、沉重、快速、明亮，到了違反自然法則的程度。倫敦很貪婪，吞噬掠奪來的戰利品，變得大腹便便，卻仍飢火燒腸。倫敦既富有得難以想像，又窮得可憐。倫敦啊，這座美麗、醜陋、龐大、狹小、善良、虛偽、排放又吸入廢氣的城市，鍍銀的倫敦即將面臨審判，因為總有一天，這座城市會從內部自我吞噬，不然就得向外尋求新的美食、勞動力、資本和文化來餵養自己。

但天秤尚未傾斜，這座城市還可以繼續飲酒狂歡。當羅賓、勒維教授和派波太太從倫敦港上岸時，碼頭上正值殖民地貿易的全盛時期。載滿了一箱箱茶葉、棉花和菸草的船隻，桅杆和橫梁上鑲嵌著銀條，使其航行更快更安全。這些船隻等著卸貨，才能準備再次啟程，前往印度、西印度群島、非洲和遠東。船隻將英國商品運往世界各地，並帶回一箱箱的白銀。

銀條在倫敦和世界各地已經使用了一千年，但自西班牙帝國鼎盛時期以來，世界上還沒有任何地方擁有如此豐富的白銀資源，或是如此依賴白銀的力量。像泰晤士河這種水上交通繁忙的都市河流，理應汙染嚴重，但埋入運河兩側的白銀卻淨化了河水。排水溝裡的白銀散發玫瑰花香，掩蓋了雨水、汙泥和汙水的臭味。鐘樓裡的白銀使鐘聲能夠多傳遞好幾公里的距離，直到不同鐘樓傳出的聲波在城市和鄉村各處相互碰撞，堆疊成不和諧的刺耳聲響。

過了海關後，勒維教授招了兩輛雙輪雙座馬車，一輛給他們三人乘坐，另一輛用來載行李。馬車內的座椅也鑲嵌著銀條。當他們擠在小小的車廂裡，勒維教授把手伸過膝蓋，指著鑲嵌在車廂地板上的一根銀條。

「你看得懂上面寫什麼嗎？」他問道。

羅賓彎下腰，瞇著眼睛，說：「速度，還有……spes？」

「是『spēs』。」勒維教授說。「這是拉丁文，是『速度』（speed）的詞根，意味著希望、財富、成功和實現目標等事物的交會點。銀條的效果是讓馬車跑得更快更安全。」

羅賓皺眉，並用手指輕輕拂過銀條。這一小根銀條看起來如此無害，竟能產生這麼強大的效果。

「這是怎麼做到的？」但他還有一個更急迫的問題：「我也能夠——」

「別急。」勒維教授拍拍他的肩膀，說：「不過沒錯，羅賓・史威夫特，你會成為世界上少數知道銀工祕密的學者之一，這就是我帶你來這裡的目的。」

他們搭了兩小時的車，來到倫敦北部幾公里外一個叫做漢普斯特德的村莊。勒維教授在那裡擁有一棟四層樓的房子，房子由淺紅色的磚頭和白色的粉飾灰泥砌成，周圍環繞著一大片修剪整齊的綠色灌木叢。

「你的房間在四樓。」勒維教授一邊開門，一邊告訴羅賓。「上樓梯右轉。」

屋裡十分寒冷昏暗。派波太太開始拉開各個房間的窗簾，羅賓則按照指示，拖著行李箱爬上螺旋梯，沿著走廊走到自己的房間。裡面只有幾樣傢俱，包括一張書桌、一張床和一把椅子。除了角落的書架外，沒有任何裝飾或個人物品，但書架上擺滿了書籍，他的珍貴收藏頓時相形見絀。

羅賓禁不住好奇心，便走近查看。這些書是特別為他準備的嗎？感覺不太可能，儘管很多書看起來都是他會喜歡的作品，光是最上層就有好幾本強納森・史威夫特和丹尼爾・笛福的書，他都不知道自己最喜歡的作家還有寫這些小說。啊，果然有《格列佛遊記》。他從書架上取下這本書。書本看起

5 原註1：威廉・布雷克《耶路撒冷》，一八〇四年。

來相當破舊，有些書頁有皺痕或折角，有些則有茶漬或咖啡漬。

他把書放回原處，感到一頭霧水。在他之前，一定還有其他人住過這裡。或許是其他跟他年齡相仿的男孩，跟他一樣熱愛強納森．史威夫特，讀了這本《格列佛遊記》無數遍，連書頁右上角手指翻頁處的墨水都開始褪色了。

但會是誰呢？他以為勒維教授沒有小孩。

「羅賓！」派波太太從樓下大喊。「教授在外面等你。」

羅賓急忙下樓。勒維教授在門口等著，一邊看著懷錶，一副不耐煩的樣子。

「你的房間還可以嗎？」他問道。「需要的東西都有嗎？」

羅賓猛點頭，說：「有，都很齊全。」

「那就好。」勒維教授朝外面的馬車點點頭，說：「上車吧，我們要把你改造成英國人。」

他是說真的。接下來的下午，勒維教授帶著羅賓到處跑，以幫助他融入英國公民社會。他們去看了醫生，對方替他量體重和做檢查，雖然百般不情願，但還是宣布他很健康，可以在島上生活：「謝天謝地，沒有熱帶病或跳蚤。雖然以他的年紀來說，體型有點嬌小，但只要給他吃羊肉和馬鈴薯泥，營養均衡就可以了。現在來打天花疫苗吧，請把袖子捲起來，謝謝。不會痛的，數到三。」他們去了理髮廳，理髮師把羅賓長及下巴的亂蓬蓬捲髮剪成只到耳朵上方的短平頭。他們去找了帽匠、鞋匠，最後則是裁縫，對方測量了羅賓全身上下每一吋，並給他看了幾疋布，羅賓不知所措，只好隨便選一種。

接近傍晚時，他們去了法院大樓。一名律師起草了一份文件，並告訴羅賓，這將使他成為英國的合法公民，以及理查．林頓．勒維教授的被監護人。

勒維教授爽快簽了名，接著羅賓走到律師的桌子前。桌面對他來說太高了，一名書記員便拉了一張長椅，讓他站上去。

「我以為之前簽過了。」羅賓低頭看了看文件，說道。文件的用語似乎和勒維教授在廣州給他的監護契約很相似。

「之前的是我們兩人之間的條款，」勒維教授說。「簽署這份文件會讓你成為英國人。」

羅賓快速瀏覽草寫字，抓出了「監護人」、「孤兒」、「未成年人」、「監護權」等關鍵字。「這樣代表我會是你的養子嗎？」

「是被監護人，兩個不一樣。」

為什麼？他差點脫口而出。這個問題似乎會決定某件重要的事情，但他年紀還太小，不知道到底是什麼。兩人陷入沉默，這一刻充滿了可能性。律師抓了抓鼻子，勒維教授清了清喉嚨。但那一刻就這麼過去了。勒維教授並不打算透露資訊，羅賓也知道追問沒有意義，於是他簽了名。

回到漢普斯特德時，太陽早已下山。羅賓問他是否能上床睡覺，但勒維教授叫他去餐廳。

「別讓派波太太失望；她一整個下午都在廚房準備晚餐，至少做做樣子吧。」

派波太太似乎很高興能和她的廚房重逢。餐桌對他們兩人來說實在太得離譜，上面擺滿了一壺壺牛奶、白麵包、烤紅蘿蔔和馬鈴薯、肉汁、還在鍍銀湯碗裡浸燉的料理，以及一整隻醬汁烤雞。羅賓從早上起就沒吃東西，應該要餓壞了才對，但他實在太累了，看到那麼多食物只讓他感到反胃。

於是他把目光轉向掛在桌子後面的一幅畫。那幅畫是整個房間的焦點，任誰都無法忽視。它描繪了黃昏時分一座美麗的城市，但羅賓覺得那應該不是倫敦。那地方感覺更莊嚴、更古老。

「啊，那個啊，」勒維教授順著他的目光望去，「那是牛津。」

牛津。他有聽過這個地方，但不確定是在哪裡聽到的。他只要遇到不熟悉的英文字詞，就會試圖拆解分析。「是……牛隻交易中心嗎？是某種市場嗎？」他問道。

「是一所大學。」勒維教授說。「那是全國的傑出人才可以齊聚一堂，共同進行研究、學習和教學的場所。那是一個美妙的地方，羅賓。」

他指著畫作中央一座宏偉的圓頂建築，說：「這是拉德克里夫圖書館。而這個呢，」他接著指向旁邊的一座塔，也就是畫中最高的建築，「這個則是皇家翻譯學院，是我教書的地方。我不在倫敦的時候，大部分時間都在這裡。」

「好美啊。」羅賓說。

「對啊。」勒維教授的語氣變得異常熱情。「那是世界上最美的地方。」他攤開雙手，彷彿想像著牛津就在他眼前，說：「想像一座學者之城，大家都在研究最奇妙、最迷人的事物，包括科學、數學、語言、文學。想像一棟又一棟的建築，裡面的藏書比你一輩子看過的還要豐富。想像一個寧靜的空間可以讓你獨處與思考。」他嘆了一口氣，繼續說：「倫敦鬧哄哄的，在這裡根本什麼事都沒辦法做；這座城市太過吵雜，光是應付各種麻煩事就筋疲力盡了。雖然可以逃到像漢普斯特德這樣的郊區，但不管你喜不喜歡，那個紛擾的中心都會把你吸回去。牛津會提供你工作所需的所有工具，包括食物、衣服、書籍、茶，然後就不打擾你了。那是文明世界中一切知識與創新的中心，如果你在這裡書念得夠好，或許總有一天，你也能以牛津為家。」

心存敬畏的沉默似乎是此刻唯一恰當的回應。勒維教授傷感地盯著那幅畫，羅賓也跟著看畫，但還是忍不住側眼偷瞄教授。他眼裡的溫柔和渴望讓羅賓大吃一驚。在他認識勒維教授的短短期間裡，羅賓從未看過他對任何事物表現出這樣的情感。

隔天，羅賓開始上課。

一吃完早餐，勒維教授就叫羅賓去梳洗，十分鐘後回到客廳。一名身材肥胖、面帶微笑的先生在那裡等著他。他叫做費爾頓老師，是牛津大學的高材生，還是奧里爾學院出身的。他一定會確保羅賓的拉丁文程度達到牛津的標準。雖然羅賓的起步時間比同齡的男孩晚了一點，但只要他用功讀書，這點差距是很容易彌補的。

接下來的早上，他開始背「agricola」、「terra」、「aqua」等基本單字，雖然一開始令人卻步，但和隨後讓人頭昏腦脹的變格和動詞變化相比，就顯得容易許多。羅賓從來沒有學過文法，他之前學英文都是靠語感判斷正確的用法，因此在學拉丁文時，他也學習了語言本身的基礎：名詞、動詞、主語、謂語、繫詞；再來是主格、所有格、受格……在接下來三小時，他吸收了令人眼花撩亂的大量知識，下課時已經忘了一半，但他對語言和文字的奧妙有了更深刻的欣賞與認識。

「沒關係，小夥子。」幸好費爾頓老師是個有耐心的人，也似乎對受自己精神虐待的羅賓表示同情。「打好基礎後就會有趣多了，你一定會喜歡西塞羅的。」他低頭看羅賓的筆記，說：「但你拼字要小心一點。」

羅賓看不出來哪裡寫錯了，便問道：「什麼意思？」

「你幾乎所有的長音符號都忘了標。」

「喔。」羅賓差點發出不耐煩的聲音；他餓得要命，只想趕快下課去吃午餐。「那些喔。」

費爾頓老師用指關節敲了敲桌子，說：「羅賓．史威夫特，母音的長度是很重要的。就拿聖經來說吧，希伯來文原文從未明言蛇引誘夏娃吃的禁果是什麼水果。但在拉丁文中，『malum』的意思是『邪惡』，而『mālum』，」他把兩個字寫出來給羅賓看，並把長音符號寫得特別明顯，「意思是『蘋果』，大家自然而然就把原罪歸咎於蘋果了，但說不定真正的罪魁禍首是柿子呢。」

費爾頓老師在午餐時間離開，還出了將近一百個單字當功課，要羅賓在隔天早上前背起來。羅賓一個人在客廳裡吃飯，一邊把火腿和馬鈴薯塞進嘴裡，一邊不解地盯著早上學的文法。

「親愛的，還要馬鈴薯嗎？」派波太太問道。

「不用了，謝謝。」他說。油膩又難消化的食物，加上課本的小字體讓他昏昏欲睡。他的頭陣陣作痛，他真正想要的是好好睡個午覺。

但他根本沒有喘息的時間。下午兩點整，來了一位身材瘦削、留著花白絡腮鬍的紳士，介紹自己是切斯特老師。接下來三小時，他們開始進行羅賓的古希臘文課程。

希臘文是一種把熟悉的事物變得陌生的練習。希臘字母可以和古羅馬字母相對照，但只有部分重疊，而且字母的發音通常跟看起來不一樣，例如rho（P）不是P，eta（H）也不是H。跟拉丁文一樣，希臘文也有動詞變化和變格，但有更多語氣、時態和語態要學習。和拉丁語相比，希臘語的發音跟英語似乎有更大的差異，羅賓常常不小心用中文的音調去唸希臘文。切斯特老師比費爾頓老師更嚴厲，當羅賓一直唸錯動詞詞尾，他就變得暴躁易怒。下午接近尾聲時，羅賓已經迷茫到只能重複切斯特老師對他厲聲說出的字詞音調了。

切斯特老師在五點時離開，但也出了一大堆文本當功課，羅賓看了就頭痛。他把文本拿回房間，感到頭暈目眩，再步履蹣跚地下樓吃晚餐。

「課上得還好嗎？」勒維教授問道。

羅賓遲疑了一下，回答：「還好。」

勒維教授的嘴角微微上揚。「有點不堪負荷，對吧？」

羅賓嘆了一口氣，說：「有一點。」

「但這就是學習一門新語言的美妙之處。這本來就是一項嚇人、艱鉅的任務，但同時又能讓你領會自己已經會的語言究竟有多麼複雜。」

「但我不懂到底為什麼要這麼複雜。」羅賓突然激動地說。他忍不住了；從中午開始，他就感到愈發挫折。「我是說，為什麼有這麼多規則？為什麼有這麼多詞尾？中文都沒有這些；我們沒有時態、變格或動詞變化。中文簡單多了——」

「這你就錯了。」勒維教授說。「每個語言都有其複雜之處，只是拉丁文的複雜性在於單字的形態。它豐富的形態變化是一種優勢，而不是障礙。你想想這個句子：He will learn，他會學，中英文都是三個字，但在拉丁文只需要一個字：Disce。這樣簡練優雅多了，對吧？」

羅賓不確定自己明不明白這個道理。

早上學拉丁文，下午學希臘文，這樣的模式成為了羅賓的日常。雖然辛苦，但他對此心存感激，因為他每天的生活終於有一些規劃了。他現在沒那麼迷茫和缺乏歸屬感，因為他有了目標，也有了棲身之處。儘管他還是不明白，廣州的碼頭上有那麼多男孩，為什麼是他得到了這樣的人生轉機，但他還是以堅定的決心和無怨無悔的勤奮態度履行了自己的職責。

他每週兩次會用普通話跟勒維教授進行對話練習。[6]一開始，他不明白意義何在。這些對話聽起

6 原註2：由於羅賓一家最近才南遷，他從小就會說普通話和廣東話，但勒維教授說他可以把廣東話給忘了。普通話是北京清廷的語言，也是官員和學者的語言，因此是唯一重要的方言。

這個觀點源自於英國學界對先前寥寥無幾的西方研究的路徑依賴。利瑪竇（Matteo Ricci）的《葡漢辭典》採用的是他在明朝宮廷學會的普通話；萬濟國（Francisco Varo）、馬若瑟（Joseph Prémare）和馬禮遜（Robert Morrison）的漢語辭典也是採用普通話。比起其他的方言，當時英國的漢學家都更加著重於研究普通話，所以羅賓才會被要求忘記自己偏好的母語。

來做作且生硬，最重要的是，感覺沒什麼必要。他的中文已經很流利了；他不會像在跟費爾頓老師用拉丁語交談時那樣，想不起單字或在發音時結結巴巴。他為什麼要回答諸如晚餐好不好吃，或是天氣如何這種基本的問題？

但勒維教授態度堅決。「語言比想像中更容易忘記，」他說。「一旦離開中文的世界，你就不會用中文思考了。」

「但我以為你希望我開始用英文思考。」羅賓困惑地說。

「我希望你用英文生活，」勒維教授說。「這點是沒錯，但我還是需要你練習中文。如果不練習，你以為刻在骨子裡的字句和片語，很快就會消失了。」

他說得好像這種事以前發生過一樣。

「你從小就在普通話、廣東話和英語方面打下了堅實的基礎，這是非常幸運的。有些成年人一輩子都在努力追求你所擁有的優勢，就算他們成功了，也沒辦法講得很流利。如果他們在說話前認真思考並記住詞彙，就還可以溝通，但遠遠不及母語人士那種不用絞盡腦汁，字詞就會自動浮現在腦海裡的流利程度。另一方面，你已經掌握了兩種語言系統中最難的部分，也就是重音和節奏，成年人要花很多時間才能改掉自己說話時無意識養成的習慣，而且沒辦法完全修正。但你必須維持自己的語言能力，絕對不能浪費自己的天賦。」

「我不明白。」羅賓說。「如果中文是我的天賦所在，那我為什麼需要學拉丁文和希臘文？」

勒維教授輕聲笑道：「為了理解英文啊。」

「但我會英文啊。」

「沒有你想像中的那麼好。很多人都會說英語，但很少人真正了解其根源與架構。然而你必須了解一門語言的歷史、形態和深度，特別是如果你想要將其駕馭自如的話，而你總有一天會學習怎麼做。你也必須精通中文，就從現有的基礎開始練習。」

勒維教授說得沒錯。羅賓發現，忘記自己最熟悉的母語竟然出奇地容易。他在倫敦沒有遇過半個中國人，至少在他的生活圈沒有，他的母語竟聽起來像是胡言亂語。在客廳這個最典型的英國空間講中文，感覺格格不入，好像一個虛構的語言。他經常會一時想不起來某個字詞，或是發現他從小聽到大的音節變得很陌生，這有時會讓他感到害怕。

他花了比學希臘文和拉丁文多一倍的精力來練習中文。他每天都花好幾小時練字，一筆一劃都下了苦功，直到完美複製出書上的印刷字體為止。他回溯自己的記憶，回想中文對話的感覺，以及當時不需要停下來回想聲調，就能不假思索順口說普通話的感覺。

但他還是會忘記，這讓他感到害怕不已。有時，在練習對話時，他發現自己會突然想不起來過去經常隨口說出的字詞。有時他聽自己說中文，好像在聽一個歐洲水手模仿中文音調，卻完全不知道自己在說什麼。

但他能夠解決這個問題，也已經下定決心了。他會每天勤加練習、記憶和寫作，雖然跟生活在全中文環境還是不一樣，但已經夠像了。在他這個年紀，中文已經在他腦海中留下了永不磨滅的印象，但他必須非常非常努力，才能確保他能繼續用自己的母語作夢。

每週至少三次，勒維教授會在會客室接待各式各樣的賓客。羅賓猜想他們也是學者，因為他們常常會帶一大堆書籍或線裝手抄本來，一起研讀文本並討論到深夜。有些人會說中文，所以羅賓有時會躲在樓梯上，偷聽英國人一邊喝下午茶，一邊討論文言文文法的奧秘，感覺實在很奇妙。「那只是語尾助詞。」其中一人會堅持說，其他人則會喊道：「不可能全都是語尾助詞吧。」

有客人來時，勒維教授似乎希望羅賓能夠迴避。他從未明確禁止羅賓出現，但他會特別提起伍德布里奇先生和雷克里夫先生八點會來訪，羅賓解讀成自己應該要避開。

羅賓對此安排沒有異議。不可否認，他認為他們的談話十分有趣。他們會討論世界各地的話題，例如西印度群島的探險、印度的印花棉布貿易協商，以及近東地區各處的暴亂。但作為一個群體，他們讓人不寒而慄；這群道貌岸然、博學多聞的男人身穿黑衣，就像一群烏鴉一樣，一個比一個嚇人。

他只有一次不小心闖入這樣的聚會。他按照醫生的建議，每天都會到庭院散步，有一天卻剛好聽到教授和他的賓客在大聲討論廣州的事情。

「律勞卑是個白痴。」勒維教授說。「他太早行動了，一點也不謹慎。國會還沒準備好，而且他還激怒了買辦。」

「你覺得托利黨人會想取得控制權嗎？」一個聲音十分低沉的男人問道。

「或許吧，但如果他們想讓船隻進來，就得在廣州進一步鞏固勢力。」

聽到這裡，羅賓忍不住走進會客室，冒昧問道：「廣州怎麼了？」

所有人都立刻轉頭看他。一共有四人，個子都很高，要嘛戴眼鏡，要嘛戴單片眼鏡。

「廣州怎麼了？」羅賓又問了一次，突然感到緊張。

「噓。」勒維教授說。「羅賓，你的鞋子很髒，把泥巴弄得到處都是。把鞋子脫下來，去洗個澡。」

羅賓追問道：「喬治國王打算對廣州宣戰嗎？」

「羅賓，他不能對廣州宣戰，因為沒人會對城市宣戰。」

「那喬治國王打算入侵中國嗎？」他繼續追問。

不知為何，眾人哄堂大笑。

「但願我們能那麼做，」聲音低沉的男人說。「這樣要實行整個計畫就容易多了，對吧？」

一個留著灰白大鬍子的男人低頭看羅賓，問道：「那你又效忠於誰呢？英國，還是你的家鄉？」

「我的天啊。」第四個男人說道，並彎下腰，彷彿透過一面看不見的巨型放大鏡打量他，那雙淺藍色的眼睛讓羅賓感到緊張。「這是新來的嗎？他比上一個還更像你——」

勒維教授冰冷的聲音彷彿劃破空氣：「海沃德。」

「真的啦，簡直像得不可思議。你們看他的眼睛，我不是說顏色，而是形狀——」

「海沃德。」

羅賓一頭霧水，來回看著他們兩人。

「夠了。」勒維教授說。「羅賓，快去吧。」

羅賓低聲道歉並匆匆上樓，都忘了靴子沾滿了泥巴。他身後傳來勒維教授回答的片段：「他不知道，我不想讓他抱有不切實際的希望……不，海沃德，我不會——」但等到他爬上樓梯平臺，可以靠在欄杆上偷聽而不會被發現時，話題已經轉到了阿富汗。

那天晚上，羅賓站在鏡子前，目不轉睛地盯著自己的臉，看到最後竟顯得有些陌生。

他的阿姨們總是說他長了一張可以融入任何地方的臉。他們家的頭髮和眼睛都是帶有深藍色調的黑色，唯獨他是較為柔和的棕色，要說他是葡萄牙水手的兒子或清朝皇帝的繼承人，都不無可能。但羅賓總是把這點歸因於大自然偶然的安排，讓他擁有無論是白人或黃種人都說得通的面貌。

他從沒想過自己可能不是血統純正的中國人。

但還有什麼可能性呢？難道他父親是白人？難道他父親是——

你們看他的眼睛。

那就是無可辯駁的證據，不是嗎？

那他父親為何不認他呢？為何他只是被監護人，而不是兒子？

但即便羅賓年紀還小，也明白有些真相不能說出口，有些事實不去承認，才能繼續正常的生活。他有棲身之處，每天三餐有保障，還有一輩子都看不完的書。他知道自己沒有權利要求更多。

他在那一刻做了決定。他永遠不會問勒維教授，永遠不會探詢那留待真相填滿的空白。只要勒維教授沒有認他為兒子，羅賓也不會試圖認他為父親。從未戳破的謊言不算欺瞞，從未問出口的問題也不需要答案。他們兩人都滿足於留在真相與否認之間，那永無止境的空間。

他擦乾身體，穿好衣服，坐在書桌前準備完成晚上的翻譯練習。費爾頓老師現在教到塔西佗的《阿古利可拉傳》了。

Auferre trucidare rapere falsis nominibus imperium atque ubi solitudinem faciunt pacem appellant.[7]

羅賓對句子做文法分析，查字典確認「auferre」的意思是否和他想的一樣，然後寫下他的翻譯。

米迦勒學期[8]在十月初開始時，勒維教授便啟程前往牛津，而且會在那裡待上八週。牛津大學一年三個學期，他每學期都會住在牛津，放假時才回漢普斯特德。羅賓很享受教授不在的時間；雖然他還是照常上課，但至少可以喘口氣，休息一下，也不會有動不動就讓監護人失望的風險。

除此之外，沒有勒維教授時時刻刻盯著他，他就能夠自由探索城市了。

雖然勒維教授沒有給他零用錢，但派波太太偶爾會給他一些零錢當車資，而他會把這些錢存起來，直到夠搭馬車去柯芬園。從報童那裡得知有公共馬車服務後，他幾乎每個週末都會搭，從帕丁頓葛林到銀行，在倫敦市中心各處探險。前幾次單獨出門讓他感到害怕；好幾次他都以為自己再也找不到回漢普斯特德的路，只能流浪街頭。但他沒有放棄，他拒絕向倫敦錯綜複雜的街道低頭，畢竟廣州不也是個迷宮嗎？他下定決心要走遍倫敦，把這裡變成他的安身之地。漸漸地，倫敦變得不那麼令人難以招架，不那麼像一個可怖扭曲的大坑，每個轉角處都有怪物準備把他吞下肚，而更像是一座可以探索的迷宮，他能夠預料到會有什麼樣的變化或轉折。

他讀遍了整座城市。在一八三〇年代的倫敦，印刷品滿街都是。報紙、雜誌、期刊、季刊、週刊、月刊和各類型的書籍都很暢銷，被丟在訂閱者的家門口，每個街角幾乎都有商販在兜售。他仔細閱讀報攤上的《泰晤士報》、《旗幟報》和《晨郵報》；雖然無法完全理解內容，但他還是會看《愛丁堡評論》和《每季評論》等學術期刊的文章；他閱讀像《倫敦費加洛報》這樣的諷刺便士報、有聲有色的犯罪報導這種戲劇性的偽新聞，以及關於死刑犯臨終懺悔的一系列文章。至於更便宜的刊物，他會看《半便士風笛報》[9]自娛。他無意間發現了一本叫《匹克威克外傳》的書，作者查爾斯·狄更斯非常幽默風趣，但似乎很討厭任何不是白人的人。他發現了倫敦出版業的中心地帶艦隊街，報紙都是在那裡熱騰騰印出來的。他常常去那裡，把丟在街角的一疊疊過期報紙免費帶回家。

7　原註3：「劫掠、屠殺、盜竊，他們稱此為帝國；被化為荒蕪沙漠之地，他們名之為和平。」

8　譯註1：米迦勒學期（Michaelmas term）是指英國和愛爾蘭一些大學的秋季第一學期，包括牛津大學。

9　譯註2：《半便士風笛報》（Bawbee Bagpipe）是由威廉·史密斯（William Smith）於一八三三年非法出版的期刊，定價只有半便士，諷刺警察和愛丁堡的民事機構。

就算他每個字都看得懂，也無法理解大半內容，因為字裡行間充滿了他從未學過的政治典故、圈內笑話、俚語和傳統。既然他沒有在倫敦度過童年，耳濡目染，他便試圖透過大量閱讀來吸收知識，努力閱讀有關托利黨、輝格黨、憲章派和改革派的相關資料，並記住這些東西代表什麼。他了解何謂穀物法，及其跟一位叫拿破崙的法國人有什麼關係。他認識了天主教徒和新教徒，那些在他看來教義上的些微差異顯然是無比重大的問題。他知道英格蘭人和英國人不一樣，但還是不太會解釋兩者之間的差別。

他讀遍整座城市，並學習其語言。英文生詞對他來說是一種遊戲，因為在理解字詞的過程中，他也能更深入了解英國歷史或文化。當他發現某個常用詞竟然是由他已知的單字組成時，他總是感到驚喜。「Hussy」（蕩婦）是「house」（房子）和「wife」（妻子）的複合詞，「holiday」（假日）則是「holy」（神聖的）和「day」（日子）的複合詞。令人難以置信的是，「bedlam」（混亂）一詞竟然源自一間叫「Bethlehem」（伯利恆）的瘋人院；「Goodbye」（再見）是「God be with you」（上帝與你同在）的簡稱這點也很不可思議。他在倫敦東區邂逅了同韻俚語，一開始百思不得其解，不懂為何「漢普斯特德」會是「牙齒」的意思。[10]但當他知道省略的韻腳後，便開始自己創造同韻俚語，並且樂在其中（派波太太可不覺得將晚餐稱為「聖飯」[11]很好笑）。

對於曾經令他困惑的單字和片語，就算他早已學會了正確的意思，腦海中仍會浮現一些有趣的聯想。他把內閣（Cabinet）想像成許多巨大的貯藏櫃，奇裝異服的男人像洋娃娃一樣陳列其中。他以為輝格黨（Whigs）是以他們戴的假髮（wig）命名，托利黨的名字則源於年輕的維多利亞公主。他想像「Marylebone」是大理石（marble）與骨頭（bone）建成的市鎮，「Belgravia」區是鐘聲（bell）與墳墓（grave）之地，而「Chelsea」區則以貝殼（shell）和大海（sea）命名。勒維教授的圖書室裡有一區是英國詩人亞歷山大・波普的作品，羅賓有整整一年都以為《秀髮劫》（The Rape of the Lock）是一首關於鐵螺栓強姦鎖頭的敘事詩，後來才知道是男孩偷剪女孩一綹頭髮的故事。[12]

他學到一英鎊等於二十先令，一先令等於十二便士，至於弗羅林、格羅特銀幣和法尋就留待之後去搞懂吧。他了解到英國人和中國人一樣分很多種，而且愛爾蘭人、威爾斯人和英國人之間有很重要且顯著的差別。他得知派波太太來自一個叫做蘇格蘭的地方，代表她是蘇格蘭人，這也解釋了為何她那抑揚頓挫且充滿捲舌音的口音，會跟勒維教授那乾脆俐落、直截了當的語調截然不同。

他發現一八三〇年代的倫敦是一座無法決定自身未來樣貌的城市。白銀之城是世界上最大的金融中心，走在工業與科技的尖端，但其利潤並未平均分配。在柯芬園和梅費爾，倫敦是戲劇與舞會之城，在聖吉爾卻是貧民窟之都。倫敦是改革者之城，威廉・威伯福斯和羅伯特・韋德伯恩等人在這裡致力於廢除奴隸制度；這裡曾發生斯帕菲爾德暴動，最終幾名領袖被控叛國罪；在倫敦，歐文主義者曾試圖說服所有人加入他們的烏托邦社會主義社群（羅賓還不太清楚社會主義是什麼）；瑪麗・沃斯通克拉夫特的《為女權辯護》出版至今僅四十年，卻啟發鼓舞了女性主義者和主張擴大選舉權者，讓他們能夠挺起胸膛，為人民權利發聲。他發現在國會、市政廳和街道上，形形色色的改革者都在為倫敦的靈魂而戰，而擁有世襲土地、觀念保守的統治階級則處處阻撓改革的力量。

---

10 原註4：「Hampstead Heath」（漢普斯特德荒野）和「teeth」（牙齒）押韻，省略韻腳「heath」後用「hampstead」代稱牙齒。例句：She's still got all her baby hampsteads（她的乳牙都還在）。

11 原註5：「Dinner」（晚餐）與「meal of saints and sinners」（聖徒與罪人吃的飯）押韻，拿掉韻腳「sinner」（罪人）後，以簡稱「聖飯」代指晚餐。

12 原註6：會有這樣的誤解也合情合理。這裡的「rape」是指「搶奪、強行奪取」，這是從拉丁文「rapere」衍生的古老字義。

他當時還不了解這些政治鬥爭，只感覺到倫敦，乃至整個英格蘭，對於自己是什麼、以及自己想成為什麼樣子存在很大的分歧。他也知道白銀是隱藏在這一切背後的原因。因為當激進派發表關於工業化危險性的論述，而保守派用經濟蓬勃發展的證據反駁他們的論點時；當任何一個政黨談論貧民窟、住房、道路、交通、農業和製造業時；當有人談及英國和帝國的未來時，無論是在報紙、小冊子、雜誌還是祈禱書裡，那個詞都無所不在：白銀、白銀、白銀。

他從派波太太那裡學到關於英國及其食物的知識遠超過他的想像。適應這裡的食物口味花了一些時間。住在廣州時，他從來沒特別注意過自己吃的食物，他每天吃的粥、包子、饅頭、水餃和青菜，在他看來都沒什麼特別的。那些都是窮人家的主食，與高級中國料理相去甚遠，現在他卻很想念那些家常菜，連他自己都感到驚訝。英國人做菜只有鹹跟不鹹兩種味道，似乎根本不知道其他味道的存在。這個國家明明透過香料貿易賺了很多錢，人民卻根本不用香料；住在漢普斯特德的這段時間裡，他從未嚐過可稱為「調味過」的料理，更不用說「辣」了。

比起吃本身，他更喜歡了解食物，而這方面的知識是親愛的派波太太主動教他的。她十分健談，在午餐時間，只要羅賓對盤子裡的食物稍微表現出興趣，她就很樂意開講。羅賓發現馬鈴薯無論怎麼煮都很好吃，但派波太太告訴他，由於馬鈴薯被視為社會底層的食物，所以在有重要人物的場合不能端上相關料理。他學到新發明的鍍銀盤子可以用來幫食物保溫，但向賓客透露這種手段是不禮貌的，所以銀條一定會嵌在盤子的底部。他學到一道道上菜的做法是從法國學來的，之所以還沒普及，是因為大家對拿破崙那個小矮子還心存怨恨。雖然學了，但他還是不太懂午餐、午宴和午間正餐的微妙差別。他得知現在之所以有他最愛的杏仁起司蛋糕，都是多虧了羅馬天主教徒，因為齋戒日禁食乳製品，英國廚師只好用杏仁奶研發新料理。

有一天晚上，派波太太端出了一個又圓又扁的食物，是某種切成三角形的烤麵糰。羅賓拿了一個，並咬一小口試試味道。嘗起來粉粉的，並不難吃，只是口感意外地厚實，比他母親以前每週蒸的鬆軟白饅頭還要紮實得多。他喝了一大口水，把那一團食物嚥下肚，然後問道：「這是什麼？」

「親愛的，那是班諾克。」派波太太說。

「是司康。」勒維教授糾正道。

「明明就是班諾克——」

「切片的叫司康。」勒維教授說。「整塊的才叫班諾克。」

「聽好了，這是班諾克，小塊的也都叫班諾克。司康是你們英國人愛吃的又乾又脆的那種——」

「派波太太，我想妳應該是把自己做的司康排除在外了。如果有人嫌妳的司康太乾，他們肯定是腦袋有問題。」

儘管聽了這般奉承，派波太太仍堅持己見，說：「大的是班諾克，小的也是班諾克。我奶奶叫它們班諾克，我媽媽也叫它們班諾克，所以它們就是班諾克。」

「為什麼它，我是說它們，叫班諾克啊？」羅賓問道。這個字的發音讓他想像一個住在山中的怪物，長著爪子，全身都是軟骨，不給牠麵包當祭品，就等著倒大楣。

「因為它源自拉丁文。」勒維教授說。「班諾克（bannock）源自『panicium』，意思是『烤麵包』。」這個解釋聽起來很合理，只是太過普通，有點令人失望。羅賓又咬了一口班諾克／司康，這次那種吃下肚沉甸甸的感覺，讓他吃得津津有味，心滿意足。

對司康的熱愛很快就讓他和派波太太變得更加親近。她會做各種不同的口味：原味司康，配上一點凝脂奶油和覆盆子果醬；點綴著起司和韭菜的鹹司康；或是加了果乾的司康。羅賓最喜歡原味司康。在他看來，司康本身就是個完美的甜點，何必加東加西呢？他才剛學到柏拉圖的理型，深信司康就是麵包的理型，而且派波太太做的凝脂奶油美味極了，不僅帶有堅果口感，嘗起來更是鬆軟又清爽。她告訴羅賓，有些人家會在爐子上燉牛奶將近一整天，等乳脂浮到表層，但去年聖誕節，勒維教授送了她一個設計巧妙的銀工裝置，可以在幾秒鐘內分離出奶油。

不過勒維教授最不喜歡原味司康，所以他們下午茶常常吃蘇丹娜葡萄乾司康當點心。

「為什麼叫蘇丹娜啊？」羅賓問道。「它們不就是葡萄乾嗎？」

「我不清楚耶，親愛的。」派波太太說。「可能是產地的名字吧。『蘇丹娜』聽起來的確很有東方風情，對吧？理查，這些葡萄乾來自哪裡啊？印度嗎？」

「小亞細亞。」勒維教授說。「而且它們是蘇丹娜，不是蘇丹，因為它們無籽。」

派波太太對羅賓眨眨眼道：「就是這樣，重點就在於有沒有『籽』。」13

羅賓聽不懂這個笑話，但他知道自己不喜歡司康裡面加蘇丹娜葡萄乾，所以他趁勒維教授沒在看的時候挑出葡萄乾，在坑坑窪窪的司康上抹了厚厚一層的凝脂奶油，然後塞進嘴裡。

除了司康，羅賓的另一大嗜好就是小說。他在廣州每年收到的二十幾本書宛如涓涓細流，現在他能接觸到的書籍浩如煙海。他無時無刻不在看書，但他必須在上課之餘，想方設法擠出休閒閱讀的時間。他在餐桌一邊看書，一邊狼吞虎嚥地吃完派波太太準備的飯菜，毫不在意放進嘴裡的是什麼食物；儘管會頭暈，他還是會在庭院邊散步邊看書；他甚至試過在泡澡時看書，但他在看笛福新版的《傑克上校》時，手指留下的水印把書頁弄得皺巴巴的，讓他慚愧到放棄了這種作法。

他最喜歡的莫過於長篇小說。雖然狄更斯的連載小說既精彩又有趣，但把一個完整的故事捧在手中可是無上享受。任何類型的小說他都看。珍・奧斯丁的作品他都很喜歡，不過他問了派波太太很多問題，才理解奧斯丁所描述的社會習俗（安地卡島在哪裡？為什麼托馬斯爵士常常去那裡？[14]）。他如飢似渴地閱讀托馬斯・霍普和詹姆斯・莫里爾的旅遊文學，從中認識了希臘人和波斯人，雖然書中部分敘述可能是作者的想像。羅賓非常喜歡瑪麗・雪萊的《科學怪人》，但她丈夫的詩歌不合他的胃口，他覺得他不如瑪麗那麼有才華，文筆又過於浮誇。

第一學期結束，從牛津大學回來後，勒維教授帶羅賓去皮卡迪利街上、福南梅森食品店對面的哈查茲書店。羅賓在漆成綠色的門外停了下來，目瞪口呆。他在城裡閒逛時多次路過書店，卻沒想過自己能夠進去。不知為何，他總覺得逛書店是有錢大人的專利，他如果進去就會被揪著耳朵拖出來。

勒維教授看羅賓在門口躊躇不前，露出了微笑。

「這還只是開放給一般民眾的書店呢，」他說。「等你看到大學圖書館就知道了。」

在店內，新印刷的書籍散發出令人陶醉的木屑味。如果菸草是這個味道，羅賓一定每天吸。他走向最近的書架，把手慢慢伸向架上的書籍，卻連碰都不敢碰。這些書看起來很新，書背完好無損，書頁平展簇新。羅賓早已習慣泡過水的破舊書本，就連他的古典學文法書也有好幾十年的歷史。這些閃閃發亮、新裝訂的印刷品和他平常看的書完全不是同一個等級，可遠觀而不可褻玩焉。

「選一本吧，」勒維教授說。「你應該要體會看看獲得屬於自己的第一本書是什麼樣的感覺。」

13　譯註3：因為只有身為男性的蘇丹才有精子（seed），所以這個無籽葡萄品種叫蘇丹娜。
14　原註7：因為他蓄奴。

選一本？要怎麼從這麼多寶物中選出一本？這些書羅賓都沒看過，大量的文字令人眼花撩亂，他沒辦法一本本翻閱再做決定。他的目光落在一本書上：弗里德里克．馬里亞特的《國王的財產》[15]。他不知道這名作家，但探索新的領域也挺好的。

「嗯……馬里亞特啊。我沒看過他的書，但聽說他很受你這個年紀的男孩歡迎。」勒維教授將那本書翻到背面，問道：「所以要這本嗎？你確定嗎？」

羅賓點點頭。他知道如果不現在做決定，自己恐怕永遠離不開這裡。他就像一個飢腸轆轆的人來到甜點店一樣，琳瑯滿目的選擇令他眼花撩亂，但他不想考驗教授的耐心。

走出書店後，教授把用牛皮紙包裹的書遞給他。羅賓把書緊緊抱在胸前，雖然很想立刻撕開包裝，但他告訴自己要忍到回家為止。他再三向勒維教授道謝，直到他發現教授神情尷尬才停了下來。但隨後教授問他，把新書拿在手裡的感覺是不是很棒。羅賓點頭如搗蒜，在他的記憶中，這是兩人第一次相視而笑。

羅賓本來打算把《國王的財產》留到那週末，因為下午沒課，他可以慢慢享受這本書。但週四下午時，他已經等不及了。費爾頓老師離開後，他狼吞虎嚥地吃完派波太太端來的一盤麵包和起司，接著匆匆上樓到圖書室，蜷縮在他最愛的扶手椅上，然後開始閱讀。

他馬上就沉浸在小說的劇情中。《國王的財產》是一部關於海軍的奇遇記，講述復仇、奮鬥和冒險精神的故事，描繪了海戰與主角在世界各地的遊歷。他的思緒回到了自己從廣州渡海來到倫敦的那段旅程。他以這部小說為背景，重新構築了那段回憶，想像自己與海盜作戰、建造木伐、因為表現英勇而贏得了勳章——

門隨著嘎吱一聲打開了。

「你在做什麼？」勒維教授問道。

羅賓抬起頭。在他的腦海中，皇家海軍在波濤洶湧的水域航行的景象歷歷如繪，他過了一會兒才回過神來，想起自己在哪裡。

「羅賓，」勒維教授又重複了一遍。「你在做什麼？」

圖書室彷彿氣溫驟降，金黃色的午後陽光消失，天色頓時變得昏暗。羅賓循著勒維教授的目光，看向門上方滴答作響的時鐘。他完全忘了時間，但指針肯定有問題吧，從他坐下來看書到現在，不可能已經過了三小時吧。

「對不起。」他說，還沒有完全回過神來。他感覺自己像一個來自遠方的旅人，從印度洋被抓到這個昏暗、寒冷的書房。「我沒有……我沒注意時間。」

他完全無法解讀勒維教授的表情，那讓他感到害怕不已。教授面無表情，臉上完全看不出半點人性，那高深莫測的面孔比憤怒還要可怕多了。

「切斯特老師已經在樓下等了超過一個小時。」勒維教授說。「我連十分鐘都不會讓他等，但我才剛回來。」

羅賓備感愧疚，胃裡一陣翻攪。「教授，我真的很抱歉——」

---

15 原註8：這是羅賓看的第一本也是最後一本馬里亞特的書，但也無妨。雖然弗里德里克．馬里亞特的小說充滿了海上冒險和英勇精神，深受英國男孩喜愛，卻將黑人描繪成快樂、滿足的奴隸，而印地安人不是高貴野蠻人就是放蕩的酒鬼。他更將中國人和印度人描述為「身材矮小且女性化的種族」。

「你在看什麼？」勒維教授打斷他。

羅賓遲疑了一下，然後把《國王的財產》拿起來給他看。「是你買給我的書……現在正在進行一場大戰，我只是想看看——」

「你覺得那本該死的書在講什麼很重要嗎？」

在以後的歲月裡，每當羅賓回顧那段往事，他都不敢相信自己竟然會做出那麼厚顏無恥的行為。之後回頭看，他當時一定是太過驚慌失措了，才會做出如此荒謬愚蠢的舉動。他闔上馬里亞特的書，走向圖書室門口，好像只要趕快去上課就沒事了，好像這麼嚴重的過錯可以就這樣一筆勾銷。

他走近門口時，勒維教授舉起一隻手，一拳重重打在羅賓的左臉頰上。

他的力道之大，使羅賓摔倒在地。與其說疼痛，不如說他感到震驚；他受到衝擊的太陽穴當下還不痛，幾秒後，血液直衝腦門時，痛楚才襲來。

勒維教授還不打算收手。羅賓雙膝跪地，爬了起來，還沒回過神來，教授就從壁爐抽出火鉗，斜斜打向羅賓的身體右側。他舉起火鉗，打了一下，又一下。

如果羅賓知道勒維教授是會動粗的人，他會更加害怕，但這一頓痛打是如此出乎意料，完全不合乎教授的性格，感覺反而像在作夢。他完全沒想到要求饒、哭喊甚至尖叫。就算火鉗一遍又一遍在他的肋骨上炸開，第八、第九、第十次時，就算他嘴裡有鮮血的味道，他也只是感到極其困惑，不敢相信竟然會發生這種事。實在太荒謬了，他彷彿陷入了夢境一般。

勒維教授看起來也不像怒不可遏的樣子。他沒有大吼大叫，沒有橫眉怒目，臉頰甚至沒有脹紅。他似乎只是試圖在盡量不造成永久性傷害的前提下，用每一記重擊讓羅賓承受最大的痛楚。他沒有打羅賓的頭，也沒有用力到會打斷他的肋骨。沒有，他只有造成容易隱藏，且遲早會完全痊癒的瘀傷。

他很清楚自己在做什麼，似乎以前也做過這種事。

打了十二下後，他停了下來。勒維教授面不改色，以同樣從容的舉止將火鉗放回壁爐架上，退開來，然後坐在桌子前，靜靜看著羅賓跪坐起來，盡可能擦去臉上的血跡。

沉默良久後，他終於開口：「我把你從廣州帶回來的時候，就已經清楚表達我對你的期望了。」

一聲嗚咽終於湧上羅賓的喉嚨，這是遲來的、哽噎的情緒反應，但他硬是吞了回去。他很害怕如果自己發出聲音，勒維教授會做出什麼事。

「起來。」勒維教授冷冷地說。「坐下。」

羅賓乖乖照做。他的一顆臼齒似乎鬆動了，他用舌頭輕碰了一下，鹹鹹的鮮血噴到他的舌頭上，他不禁痛得皺眉。

「看著我。」勒維教授說。

羅賓抬起眼睛。

「至少你還有一個優點，」勒維教授說。「你挨打的時候不會哭。」

羅賓感覺鼻頭一酸，淚水幾乎都要奪眶而出，但他盡全力忍住了。他感覺好像有人用尖釘刺進他的太陽穴，他痛得無法呼吸，但儘管如此，不表現出任何痛苦的跡象似乎是當下最重要的事。他這輩子從未感到如此悲慘，他真想死。

「在這間房子裡，我絕不容忍偷懶的行為。」勒維教授說。「羅賓，翻譯可不是件容易的事，需要高度的專注與紀律。你已經因為小時候沒有學拉丁文和希臘文而處於劣勢了，而你在進牛津大學讀書前，只有六年的時間可以彌補差距。你不能懈怠，不能浪費時間做白日夢。」

他嘆了口氣，說：「根據史雷小姐的報告，我本來希望你已經培養出勤奮努力的態度，但顯然我錯了。懶惰和欺騙是你們中國人的共通點，這就是為什麼在鄰國快速進步的同時，中國卻仍是個懶散落後的國家。你們天生就很愚蠢、意志薄弱且不願意努力。羅賓，你必須抗拒自己的天性，你必須學會克服自身血統的劣根性。我冒了很大的風險，賭你有能力做到這點。證明我冒這個險是值得的，不然就自己想辦法買船票回廣州吧。」他把頭歪向一邊，問道：「你想回廣州嗎？」

羅賓嚥了嚥口水，說：「不想。」

這句話是真心的。就算被打，就算上課很痛苦，他也無法想像自己還有其他的出路。回到廣州代表他要一輩子過著貧窮、渺小和無知的人生，不僅飽受瘟疫摧殘，而且再也沒有書可以讀。在倫敦，他有地方住且衣食無虞，或許有朝一日還能進牛津大學念書。

「那現在就決定吧，羅賓。獻身於學習，做出相應的犧牲，並向我保證你再也不會讓我如此難堪，不然就馬上搭船回家。你會流落街頭，沒有親人，沒有一技之長，也沒有錢。你再也不會得到我給你的那種機會。你再也不可能回到倫敦，更不用說去牛津了。你一輩子都再也碰不到銀條了。」勒維教授把身體往後靠，用冰冷的目光打量著羅賓，說：「做出選擇吧。」

羅賓低聲回答。

「大聲點，用英語回答。」

「對不起，」羅賓用沙啞的聲音說。「我想留下來。」

「很好。」勒維教授起身。「切斯特老師在樓下等，打起精神去上課。」

雖然羅賓不斷吸鼻子，頭暈目眩到無法集中注意力，臉頰烏青紅腫，軀幹因十二道看不見的傷而陣陣作痛，但他還是熬過了那堂課。幸好切斯特老師對此事隻字不提。羅賓練習動詞變化，結果全都說錯了。切斯特老師比平常還有耐心，雖然有些勉強，仍以親切平和的語調一一糾正他。上課時間並沒有因為羅賓遲到而縮短，終於下課時，早已過了晚餐時間，那是羅賓一生中最漫長的三個小時。

隔天早上，勒維教授一副若無其事的樣子。羅賓下樓吃早餐時，教授問他是否完成了翻譯作業，羅賓說完成了。派波太太端出了火腿蛋，他們在一陣令人寒心的沉默中吃早餐。羅賓的臉在一夜之間腫得更厲害了，咀嚼會痛，有時吞嚥也會，但派波太太只有在他嗆咳時，建議他把火腿切成更小塊再吃。他們都喝完茶後，派波太太把碗盤收拾乾淨，羅賓則在費爾頓老師來之前，先去拿拉丁文課本。

不論是在當時，還是之後的幾週，羅賓都沒想過要逃跑。換作是其他小孩可能會受到驚嚇，一逮到機會就逃到倫敦街頭。若換做是其他被好好對待的孩子，他們可能會意識到，像派波太太、費爾頓老師和切斯特老師這樣的大人對一個鼻青臉腫的十一歲小孩漠不關心，這是很有問題的。但光是能回到日常生活，羅賓就感激不盡了，完全沒有對發生的事情心生不滿。

這種事再也沒有發生過，羅賓確保了這點。在接下來的六年裡，他埋首苦讀到筋疲力竭的地步。由於被遣返回國的威脅時刻籠罩著他，他致力於成為勒維教授心目中的好學生。

第一年過後，希臘文和拉丁文變得更有趣了，因為他已經收集了兩種語言夠多的基本要素，能夠自己組成有意義的片段。從那時起，每當他遇到新的文本時，感覺就不像是在黑暗中摸索，而更像是填空。釐清一個原先不懂的片語的文法組成，給他帶來的滿足感就像把書本歸位或找到一隻弄丟的襪子一樣，所有的部分都拼在一起，變得完好無缺。

在拉丁文方面，他讀遍了西塞羅、李維、維吉爾、賀拉斯、凱撒和尤維納利斯的作品；至於希臘文，他則讀了色諾芬、荷馬、呂西亞斯和柏拉圖的著作。他後來發現自己有語言天分，他的記憶力很好，對音調和節奏也很在行。他的希臘語和拉丁語很快就流利到足以令任何牛津的大學生都會心生忌妒。久而久之，勒維教授也不再對羅賓懶惰的天性指指點點，而是每次聽到他在經典閱讀上進度很快，都會點頭稱許。

與此同時，歷史的洪流也從未停歇。一八三〇年，喬治四世國王駕崩，由他的弟弟威廉四世繼位，他是個永遠不會取悅任何人的妥協者。一八三一年，又一場霍亂疫情席捲倫敦，造成三萬人死亡。首當其衝的是窮人和赤貧者；這些人住在烏煙瘴氣的狹小空間，一人染病，眾人遭殃。[16]但漢普斯特德的社區並未受到影響，勒維教授和他的朋友們住在有圍牆的郊區莊園，對他們來說，疫情只是聊天時順便提到的話題，他們皺眉表示同情，然後就拋諸腦後。

一八三三年發生了一件大事：英國及其殖民地廢除奴隸制度，取而代之的是六年的學徒期，作為重獲自由的過渡。對於這個消息，勒維教授的訪客們大多略顯失望，好像輸了一場板球比賽。

「唉，這樣西印度群島就沒了。」哈洛斯先生抱怨道。「廢奴主義者跟他們該死的說教。我還是覺得這種對於廢奴的癡迷，是英國人在失去美國後，想至少證明自身文化優越感的產物。但到底憑什麼？就算在非洲，在他們稱為國王的暴君的統治下，這些可憐的傢伙還不是照樣被奴役。」[17]

「我覺得還不用放棄西印度群島。」勒維教授說。「他們還是允許合法的強迫勞動——」

「但少了所有權就沒什麼威脅性了。」

「不過或許這樣最好，畢竟獲得自由的奴隸會比原本更努力工作，而且奴隸制其實比自由勞動力市場更花錢——」

「你看太多亞當．斯密的書了。荷巴特和麥昆的想法才是對的，只要把一整艘船的中國人偷偷運進來就可以了。[18]他們多麼勤奮不懈、有條不紊，理查應該很清楚——」

「不，他認為他們很懶惰，對吧，理查？」

「我倒是希望，」雷克里夫先生打斷道，「女人不要再參加反奴隸制的討論了。她們在奴隸的處境中看到了太多自己的影子，會產生不該有的念頭。」

「怎麼？」勒維教授問道。「雷克里夫太太對自己的家庭狀況不滿意嗎？」

「她認為既然廢除了奴隸制度，女性取得選舉權也是遲早的事。」雷克里夫先生訕笑道。「根本是胡說八道。」

就這樣，話題轉向女權運動的荒謬性。

這些男人談論世界及其改變的方式，就像在討論一場盛大的西洋棋比賽，彷彿國家和人民都是可以隨意移動和操縱的棋子。羅賓心想，他永遠都無法了解這些人。

但如果世界對他們來說是一個抽象的東西，對他來說就更是如此，因為這些事情跟他一點關係也沒有。羅賓透過勒維宅第這個目光短淺的世界消化了那個時代的種種事件。改革、殖民地起義、奴隸起義、婦女選舉權和最新的國會辯論對他來說都毫無意義。重要的只有他面前的絕跡語言，以及總有一天，他將就讀他只在牆上的畫中看過的大學，那座知識之都，夢幻尖塔之城。隨著歲月的流逝，這

16 原註9：看到週報上不斷攀升的死亡人數時，羅賓問派波太太為何醫生不用銀條治療病人就好，就像勒維教授當初救他一樣。「因為銀條很貴啊。」派波太太回答，羅賓就再也沒有提起這個話題了。

17 原註10：但哈洛斯先生忘了，動產奴隸制，也就是奴隸被視為財產而非人的制度，完全是歐洲人的發明。

18 原註11：的確，海地推翻殖民統治後，英國人便開始考慮引進其他種族的勞工，例如中國人這個「嚴肅、有耐心、勤奮的民族」，作為非洲奴隸可能的替代方案。在一八〇六年的「堅毅號」（*Fortitude*）實驗中，英國人試圖在千里達建立一個由兩百名華工組成的聚落，作為「我們與黑人之間的屏障」。這個實驗失敗了，大多數中國勞工很快就回到了祖國。儘管如此，對英國企業家來說，用華工取代非洲勞動力的想法仍然很吸引人，在整個十九世紀也不斷浮現。

一天越來越近了。

這一天的到來毫無預警，也沒有任何慶祝活動。有一天下課，切斯特老師一邊收拾書本，一邊告訴羅賓，這幾年上課的過程很愉快，祝他在大學一切順利，羅賓這才知道自己下週就要上牛津讀書了。

羅賓問勒維教授時，他說：「噢對啊，我忘了告訴你嗎？我寫信給大學了，他們知道你要去。」據說有一個申請程序，包括交換介紹信和資金提供的保證，以確保他能夠錄取，但羅賓完全沒有參與其中。勒維教授只說他九月二十九日要搬進新住處，所以最好在二十八日晚上前收拾行李。「你會在開學前幾天抵達，我們一起坐車上去。」他說。

啟程前一天晚上，派波太太替羅賓烤了一盤又小又硬的圓餅乾，鬆脆可口，幾乎是入口即化。

「這叫做『shortbread』，」她解釋道。「這種酥餅熱量很高，所以不要一口氣吃光。我很少做，因為理查覺得小孩吃甜食會變笨，但這是你應得的。」

「Shortbread，短餅，」羅賓重複道。「是因為很短命，不能放太久嗎？」

自班諾克／司康之爭以來，他們就很愛玩這個猜名稱由來的遊戲。

「不是啦，親愛的。」她笑道。「是因為很酥。脂肪會使點心的口感變得酥脆，『short』就是這個意思喔，後來才又衍生出『shortening』這個字。」

他把又甜又油的酥餅吞下肚，再喝一大口牛奶，說：「派波太太，我會想念妳的詞源課的。」

令羅賓驚訝的是，她竟然紅了眼眶，聲音變得沙啞。「需要吃的就隨時寫信回家吧。」她說。「我不太了解大學裡面的狀況，但我知道那裡的食物很難吃。」

第三章

「但多虧了它我們絕對不會忘記，
還有一座城市沒有野獸的貪念，
那裡的存在不是為了物質利益、
貪狠如狼的心或是帝國的盛宴。」

——C・S・路易斯，〈牛津〉

隔天早上，羅賓和勒維教授搭出租馬車到倫敦市中心的車站，再轉乘直達牛津的驛站馬車。候車時，羅賓猜測驛站馬車「stagecoach」的詞源以自娛。「Coach」就是馬車的意思，但為何叫「stage」呢？是因為寬敞平坦的車廂看起來有點像舞臺嗎？還是因為可供整個劇團搭乘或在上面表演？不過這樣有點牽強。馬車看起來像很多東西，但他怎麼想也想不通，為何「stage」，也就是一個加高的公共平臺，會是最直接的聯想？為何不叫籃子馬車？或是大眾馬車？

「因為旅程會分段，」勒維教授在羅賓放棄時解釋道。「馬不想要一口氣從倫敦跑到牛津，乘客通常也會想休息。但我討厭客棧，所以我們不會過夜；車程大約十小時，中途不會停靠，所以出發前記得上廁所。」

同車的還有九名乘客，包括一個衣著講究的四口之家和一群無精打采的紳士。他們穿著肘部有補丁的素色西裝，羅賓猜想他們都是教授。羅賓擠在勒維教授和其中一名男士中間。一大早沒人想聊天，馬車在鵝卵石路面上顛簸著前進，乘客不是打瞌睡，就是看著不同方向發呆。

過了一會兒，羅賓才意識到對面正在編織的女人一直盯著他看。他們四目相接時，她立刻轉向勒維教授，問道：「那是東方人嗎？」

被吵醒的勒維教授猛然抬頭，問道：「不好意思，妳剛剛說什麼？」

「我是說跟你同行的男孩，」那個女人說。「他是北京來的嗎？」

羅賓瞥了勒維教授一眼，突然很好奇他會怎麼回答。

但勒維教授只是搖搖頭。「是廣州來的，」他簡短回答。「在更南邊。」

「這樣啊。」女人說。教授不願詳細說明，她顯然很失望。

勒維教授繼續睡覺。在把注意力轉向孩子們前，那個女人再次上下打量羅賓，她那強烈的好奇心令他感到不安。羅賓保持沉默，但不知為何，他突然覺得胸口很悶。

孩子們目不轉睛地盯著他；要不是他們的眼神讓羅賓感覺自己好像長了三頭六臂，他會覺得他們睜大眼睛、張大嘴巴的模樣很可愛。稍後小男孩拉了拉母親的袖子，讓她彎下腰，在她耳邊低語。

「噢。」她笑了笑，然後看向羅賓，說：「他想問你看不看得見。」

「我……什麼？」

「你看得見嗎？」那個女人提高音量，並故意把每個音節都唸得很清楚，好像羅賓的聽力有問題似的（羅賓在哈科特伯爵夫人號上遇過這種狀況好幾次；他永遠無法理解為何人們會把聽不懂英文的人當成聾子一樣對待）。「你那樣的眼睛看得清楚嗎？還是只能看到小小的縫？」

「我看得清清楚楚。」羅賓輕聲說。

小男孩一臉失望，轉而開始捏妹妹，女人則繼續編織，一副若無其事的樣子。

小家庭在雷丁下車。他們離開後，羅賓發現自己的呼吸變得更順暢了。他也可以伸展僵硬的雙腿，而不會引來那個母親驚愕、懷疑的目光，好像她發現羅賓想偷她的東西一樣。

*

車程的最後十幾公里，外面的景色是一片綠油油的牧場，偶爾會看到乳牛群，充滿田園風光。羅賓試著閱讀一本叫做《牛津大學及其學院》的指南，但在馬車上看書讓他頭痛欲裂，他便開始打盹。有些驛站馬車會裝備銀條，乘坐起來就像溜冰一樣平穩，但他們搭的車是比較舊的型號，顛簸的路程讓人精疲力盡。他在輪子輾過鵝卵石的隆隆聲中醒來，舉目四顧，發現他們已經抵達大街中央，停在他新家的大門前。

牛津共有二十二所學院，每個學院都有自己的宿舍、紋章、餐廳、習俗和傳統。基督堂、三一、聖約翰與萬靈學院財力最為雄厚，因此校地也最漂亮。「建議你在那裡交一些朋友，哪怕只是看看花園也好。」勒維教授說。「伍斯特和赫特福德學院的不用理沒關係，他們又窮又醜，」羅賓不確定他是指人還是花園，「食物也很難吃。」他們下車時，其中一位紳士瞪了教授一眼。

羅賓將會住在大學學院。指南上寫說大學學院（University College）通常簡稱「Univ」，所有皇家翻譯學院的學生都會住在這裡，其外觀「莊嚴肅穆，不負牛津最古老學院的身分」。門面看起來的確像一座哥德式聖殿；建築物頂部有小塔樓，整齊劃一的窗戶襯托著光滑的白色石牆。

「嗯，就是這裡了。」勒維教授說。他雙手插在口袋裡，看起來有點不自在。他們已經去門房拿了羅賓的鑰匙，並將他的行李從大街拉到人行道上，分離顯然無可避免，但勒維教授根本不知道該怎麼道別。「嗯，」他又說了一遍。「離開學還有幾天的時間，你應該去探索這座城市。你有地圖吧？對，就是那張，不過這地方很小，繞個幾圈就熟了。或許可以認識一下同屆同學，他們應該已經入住了。我住在北邊的傑里科，信封裡有地址。派波太太下週會搬過去跟我住，下下週六你也來一起吃晚餐吧，她見到你一定會很高興的。」他像在背清單一樣，一口氣說完這段話。他似乎難以直視羅賓的眼睛。「都準備好了嗎？」他問道。

「準備好了。」羅賓說。「我也很期待見到派波太太。」

他們看著彼此。羅賓感覺應該還有其他話要說，來紀念他長大成人，離開家裡，進入大學這個重要的時刻，但他完全想不到要說什麼，勒維教授顯然也一樣。

「好吧。」勒維教授草草點了點頭，然後往大街的方向稍微轉身，彷彿在確認羅賓不需要他的協助了。「行李拿得動嗎？」

「可以，沒問題。」

「好吧。」勒維教授又說了一遍，然後沿著大街離去。

對話結束在這裡有些尷尬，因為這兩個字彷彿暗示著話還沒說完。羅賓看著勒維教授一會兒，心想他有可能會回頭，但他似乎很專心在叫出租馬車。這樣的離別確實很奇怪，但羅賓也無所謂，因為他們兩人的關係一直都是如此：有些事不需要戳破，有些話還是不說的好。

羅賓的住處位於喜鵲巷[19]四號，就在這條連接大街和墨頓街的彎曲小巷的中間。那是一棟漆成綠色的建築，有人已經站在門口擺弄門鎖了。看他周圍散落一地的背包和行李箱，他應該也是新生。

羅賓走近時，發現他顯然不是英國當地人，可能來自南亞吧。羅賓在廣州見過同樣膚色的水手，而他們都是來自從印度來的船隻。那名陌生人有著光滑的黑皮膚、高大優雅的身材，還有羅賓見過最長最黑的睫毛。他上下打量羅賓，最後目光停在他的臉上。羅賓從他那探詢的眼神，猜想他可能也在推測羅賓來自哪裡。

「我叫羅賓，」他脫口而出。「羅賓．史威夫特。」

「我叫拉米茲．拉斐．米爾扎。」另一個男孩舉止落落大方，一邊報上姓名，一邊伸出手。他的英語標準到幾乎跟勒維教授一樣。「你也可以叫我雷米。那你……你是來念翻譯學院的，對吧？」

「對啊，」羅賓說，又一時興起補充道：「我來自廣州。」

雷米的表情頓時放鬆了下來。「我來自加爾各答。」

「你剛到嗎？」

「我是剛到牛津沒錯，但我已經在英國住一段時間了。四年前，我搭船到利物浦，後來就一直住在約克夏一座又大又無聊的莊園裡。我的監護人希望我在入學前先適應英國社會。」

「我也是耶。」羅賓難掩心中的熱情，問道：「那你覺得如何？」

「天氣很糟。」雷米的一邊嘴角上揚。「而且我在這裡只能吃魚。」

他們對彼此露出燦笑。

羅賓的胸口頓時充滿了一種難以名狀的奇怪感受。他從未遇過跟自己有同樣或類似狀況的人，而他強烈懷疑如果自己繼續探究下去，就會發現更多相似之處。他有上千個問題想問，但不知該從何問起。雷米也是孤兒嗎？是誰資助他的？加爾各答是什麼樣的地方？他有回去過嗎？他怎麼會來牛津？

---

19 原註1：喜鵲巷（Magpie Lane）舊稱摸屄巷（Gropecunt Lane），曾是一條妓院街，但羅賓的指南裡沒有提到這點。

他突然感到焦慮不安，舌頭變得僵硬，不知道該說什麼。而且還有鑰匙的問題，他們散落一地的行李箱，讓這條小巷看起來好像一場颶風把一整艘船的貨物颳到街上一樣——

「我們要不要——」羅賓鼓起勇氣開口，雷米也同時問道：「我們來開門吧？」

兩人都笑了。雷米微笑道：「我們把行李拖進去吧。」他用腳輕輕推了一個行李箱。「我有一盒很好吃的糖果，待會開來吃吧？」

他們的房間分別是六號和七號房，正好在對面。每個房間都有一間大臥室，以及配有矮桌、空書架和沙發的客廳。坐在沙發上和桌子前都顯得太正式了，他們便盤腿坐在雷米房間的地板上，像害羞的小朋友一樣眨著眼睛互相打量著，手都不知道該往哪裡放。

雷米從其中一個行李箱裡拿出一個五顏六色的包裹，放在兩人之間的地板上，說：「這是我的監護人霍拉斯・威爾森爵士送的餞別禮。他還送了一瓶波特酒，但我把它丟掉了。你想吃什麼？」雷米撕開包裝，說：「有太妃糖、焦糖、花生糖、巧克力和各種蜜餞……」

「天啊，好多選擇……那我吃太妃糖好了，謝謝。」羅賓不記得自己上次跟同齡的人說話是什麼時候了。[20]他現在才發現自己有多麼想要朋友，但他不知道怎麼交朋友，想到自己試了可能會失敗，他突然心生恐懼。萬一雷米覺得他很無聊怎麼辦？或是很煩人、多管閒事之類的？

他吃了一口太妃糖，吞下去後，便把雙手放在膝蓋上。

「是說，」他開口道。「加爾各答是什麼樣的地方啊？」

雷米咧嘴一笑。

接下來幾年，羅賓會不斷回味這一晚的種種。他永遠無法理解，到底是什麼神祕的魔法，讓兩個缺乏社交能力、成長環境受限的陌生人，在短短幾分鐘內就變得如此志趣相投。雷米雙頰泛紅，看起來跟羅賓一樣興奮。兩人話匣子一開就停不下來了。他們無話不談；每提起一個話題，不是立刻發現意見相同——司康裡請不要加蘇丹娜葡萄乾，謝謝——就是引起熱烈的辯論——哪有，倫敦其實很美啦；你們鄉下人是因為忌妒才對倫敦有偏見，只是千萬別在泰晤士河裡游泳。

後來，他們開始吟詩作對。雷米用烏爾都語吟詠美妙的抒情詩對句，他說這種詩叫做加扎勒；羅賓則背了唐詩，他自己雖然不喜歡，但他覺得聽起來很厲害，而他非常想給雷米留下深刻印象。雷米不僅博覽群書，又幽默風趣。從英國美食、英國禮儀到牛劍相爭，他都有尖刻犀利的見解，例如：「牛津比劍橋大，但劍橋比較漂亮，但不管怎樣，我覺得他們是因為人太多，所以才建立劍橋這個平庸人才的聚集地。」他去過勒克瑙、馬德拉斯、里斯本、巴黎和馬德里，簡直走遍了半個世界。他將自己的祖國印度描述為人間天堂：「我告訴你喔，阿賓，」他說（他已經幫羅賓取了綽號），「印度的芒果超級香甜多汁，在這個可悲的小島上根本買不到類似的水果。我已經好幾年沒吃了，要是能再次看到正宗的孟加拉芒果，我願意付出一切。」

「我讀過《一千零一夜》。」羅賓說。他興奮到有點飄飄然，也想表現出世故的樣子。

「阿賓，加爾各答不在阿拉伯耶。」

---

20 原註2：有一次，勒維教授在皇家亞洲學會的同事帶著兒子到漢普斯特德拜訪他。男孩名叫亨利．利特爾，羅賓試著跟他聊司康，因為他認為這個話題很適合破冰，但亨利．利特爾只是伸出手，用力拉開羅賓的眼皮，羅賓嚇了一跳，就踢了他的小腿骨。後來羅賓被趕回自己的房間，亨利．利特爾則被趕到庭院裡；在那之後，勒維教授就不再邀請同事帶小孩來訪了。

「我知道。」羅賓不禁臉紅。「我只是想說——」

但雷米已經跳到下一個話題了。「你沒說你會阿拉伯文！」

「我不會啊，我看的是英文譯本。」

雷米嘆了口氣，問道：「譯者是誰？」

羅賓努力回想，說：「好像是喬納森・斯科特？」

「那個版本翻得很爛。」雷米揮揮手道。「把它丟了吧。首先，那甚至不是從原文直接翻譯的，是先翻成法文，再翻成英文。再者，翻譯跟原文差很多，而且加朗，我是說法文譯者安托萬・加朗，竭盡全力將書中的對話法國化，並抹去他認為會讓讀者困惑的所有文化細節。他把哈倫・拉希德的妾翻成『dames ses favourites』，也就是最喜愛的女人。怎麼會把『妾』翻成『最喜愛的女人』呢？他還把一些比較色情的段落直接刪掉，然後擅自加了一大堆文化解釋。告訴我，如果你在讀一部史詩大作，結果每讀到色色的劇情，就有一個法國老頭在後面緊盯著你，這樣這本書還會好看嗎？」

雷米一邊滔滔不絕，一邊用手在空中瘋狂比劃著。他顯然不是真的生氣，而是熱情洋溢且十分聰穎，對真相執著到他必須昭告天下。羅賓往後靠，欣賞著雷米激動又可愛的臉龐，感到又驚又喜。他幾乎要喜極而泣。他現在才意識到自己過去有多麼寂寞，而如今他終於找到了同伴，這種感覺實在太棒了，他都不知道該如何是好了。

等到他們終於睏到話說到一半就忘記自己要講什麼時，糖果已經吃掉了一半，雷米的房間地板上散落著包裝紙。他們一邊打哈欠，一邊揮手互道晚安。羅賓跌跌撞撞地走回七號房，關上門後，轉身面對空蕩蕩的室內。在接下來的四年裡，這裡就是他的家。床位於低矮傾斜的天花板下方，每天早上，他會在那裡醒來，然後到水龍頭會漏水的水槽洗臉；每天晚上，他會弓著身子坐在角落的書桌前，炳燭而學，直到蠟油滴到地板上為止。

來到牛津之後，這是他第一次意識到自己要在這裡建立生活。他開始想像未來四年的光景：空空的書架上會漸漸放滿書籍和擺飾；行李箱中平展簇新的亞麻襯衫會逐漸磨損；風會把床頭那扇無法關緊的窗戶吹得嘎嘎作響，可以從中看到和聽到季節的變化。當然還有跟他對門而居的雷米。

這樣的生活似乎也沒那麼糟。

床還沒鋪好，但他現在太累了，沒有力氣鋪床單或找被子，於是他直接蜷縮在床上，把大衣蓋在身上。不一會兒，他就睡著了，臉上還洋溢著微笑。

十月三日才開始上課，所以羅賓和雷米有整整三天的時間可以探索這座城市。

這是羅賓一生中最快樂的三天。他不用上課，不用讀文本，也不用準備課堂朗誦或寫作文。這是他有生以來第一次做自己錢包和行程的主人，他幾乎要為自由而瘋狂。

第一天，他們先去購買上課用品和生活必需品。他們去埃德和拉芬斯克洛夫裁縫店訂做大學袍；去桑頓書店買齊上課用書；再去穀物市場街的家居用品攤位添購茶壺、湯匙、寢具和阿爾岡油燈。買完他們想到學生生活所需的一切後，兩人都發現自己的津貼還剩很多，而且不用擔心會用完，因為他們的獎學金計畫每個月都會補助同樣的額度。

於是兩人開始恣意揮霍錢財。他們買了一包包焦糖堅果和牛奶糖；他們租了大學的平底船，整個下午都在玩碰碰船，試著把彼此撞上查爾維河的河岸；他們去了皇后巷咖啡館，在那裡花了一大筆錢購買兩人都沒吃過的各種糕點。雷米非常喜歡燕麥甜餅，他說：「我從來沒吃過這麼美味的燕麥，現在我能理解當馬的樂趣了。」羅賓則更喜歡焦糖肉桂捲，雖然厚厚的糖衣會讓他的牙齒痛好幾小時。

兩人在牛津顯得格格不入，起初，這點讓羅賓感到困擾。在國際化程度相對較高的倫敦，人們比較不會一直盯著外國人看，但牛津的市民似乎常常會被他們嚇到。雷米尤其引人注目。只有在特定光線下近距離觀察時，才會看出羅賓是外國人，但雷米很明顯與眾不同。

「噢，是的，沒錯，」當麵包店店員問他是否來自印度斯坦時，雷米這麼回答，而且還故意用羅賓從沒聽過的誇張口音說話。「我家是個大家庭。別告訴任何人喔，我其實是王室成員，王位的第四順位繼承人。你問什麼王位嗎？噢，只是一個地區的王位啦，我們的政治體系很複雜的。但我想體驗正常的生活，接受正統英國教育，你懂的吧，所以我就離開宮殿，來到了這裡。」

「你為什麼那樣說話啊？」他們走遠後，羅賓問他。「而且你說自己其實是王室成員是什麼意思？」

「英國人看到我時，都會透過他們的所見所聞判斷我的出身。」雷米說。「在他們眼中，我不是愛偷東西的卑鄙印度水手，就是某個富豪家裡的僕人。我後來發現在約克夏，如果人們認為我是蒙兀兒王子，我的日子會比較好過。」

「我的話都是盡可能融入。」羅賓說。

「但對我來說，那是不可能的，」雷米說。「我必須扮演一個角色。在加爾各答，大家都知道謝赫[21]迪恩．穆罕默德的故事，他是第一個在英國致富的孟加拉穆斯林。他娶了一個愛爾蘭白人老婆，並在倫敦置產，你知道他是怎麼做到的嗎？他原本試著開餐廳，後來倒了；他還去應徵管家和貼身男僕的工作，結果也失敗了。然後他靈光一閃，想到在布萊頓開洗頭浴場。」雷米笑著說。「來洗蒸氣藥浴喔！來體驗印度精油洗髮液按摩服務喔！可以治療氣喘、風濕病和癱瘓等疾病。當然，我們在印度根本不信這一套，但迪恩．穆罕默德只要取得醫師執照，讓全世界相信這個神奇的東方療法，就能牽著英國人的鼻子走了。阿賓，我們從這個故事學到了什麼呢？如果人家要幫你編故事，那就善加利用這點。英國人永遠不會把我視為上流社會人士，但如果我符合他們的想像，他們至少會認為我是王室成員。」

這就是羅賓和雷米之間的差異。自從來到倫敦，羅賓就很努力保持低調，融入當地，淡化自己外國人的身分。他認為自己越是不起眼，就越不會引人注目。但膚色顯眼的雷米認為既然自己無法融入，那就變得更加耀眼奪目吧。他大膽到了極點，羅賓覺得他很不可思議，同時又有點可怕。

「『米爾扎』真的是王子的意思嗎？」聽到雷米跟第三個店主搬出這個稱號後，羅賓問道。

「對啊。好啦，這其實是一個頭銜，源自波斯語的『Amīrzādeh』，但『王子』意思也差不多啦。」

「那你真的是——？」

「不是啦，」雷米噗哧一聲笑道。「好啦，可能曾經是吧，至少家裡是這麼說的；我爸說我們曾經是蒙兀兒皇室的貴族之類的，但現在不是了。」

「為什麼？」

雷米盯著他半晌，才終於開口：「因為英國人來啦，阿賓，懂嗎？」

那天傍晚，他們買了一籃貴得離譜的麵包捲、起司和甜葡萄，拿到校園東邊南公園的山丘上野餐。他們在茂密的樹林附近找了一個僻靜的地方，讓雷米能夠進行昏禮，接著盤腿坐在草地上，一邊剝麵包，一邊聊彼此的生活。多年來，兩個男孩都以為沒有人跟自己有同樣的境遇，因此現在難掩對

---

21 譯註1：謝赫（Sake）是阿拉伯語中一種常見的尊稱，意指「可敬者」。

彼此的濃厚興趣，一定要打破砂鍋問到底。

雷米很快就推斷出勒維教授是羅賓的父親。「一定是吧？不然他為什麼對這件事閉口不談？除此之外，他是怎麼認識你媽媽的？他知道你知道嗎？還是他到現在還在隱瞞？」

雷米的坦率令羅賓感到震驚。他早已習慣不去想這個問題，聽到這麼直截了當的問法反而覺得怪怪的。「我不知道。我是說，這些問題我半個都答不出來。」

「嗯……他長得像你嗎？」

「有一點吧。他在這裡教書，教東亞語言，等你見到他就知道了。」

「你沒問過他嗎？」

「沒有耶，」羅賓說。「我……我不知道他會說什麼。」不對，他其實心裡有數。「我的意思是，我不認為他會回答。」

雖然兩人才認識不到一天，但雷米看羅賓的表情就知道，還是不要再繼續這個話題比較好。

和羅賓相比，雷米對於自己的背景坦率多了。從出生到十三歲，他都住在加爾各答，是家中長子，有三個妹妹。他們家受雇於富豪霍拉斯．威爾森爵士，由於他給威爾森留下了深刻的印象，此後的四年，他都住在約克夏的鄉村莊園，學習希臘文和拉丁文，生活無聊到他差點把雙眼給挖出來了。

「你很幸運，能在倫敦接受教育。」雷米說。「至少你週末有地方去。我的整個青春期都是在丘陵和荒野中度過的，身邊沒有半個四十歲以下的人。你有見過國王嗎？」

這是雷米的另一項才能：他轉換話題的速度之快，讓羅賓很難跟上。

「你說威廉四世嗎？沒見過耶，他很少公開露面，尤其是最近因為工廠法和濟貧法的問題，改革派常常在街上聚眾鬧事，國王露面不太安全。」

「改革派，」雷米用忌妒的語氣重複道。「你真幸運。在約克夏，最刺激的事頂多就是辦婚禮而已。運氣好的話，有時候雞會跑出籠，大概就這樣。」

「但我沒機會參加。」羅賓說。「老實說，我的生活挺單調的，就是無止境的讀書，一切都是為了來這裡做準備。」

「至少我們都來了。」

「那來乾杯吧。」羅賓嘆了口氣，調整成更舒服的坐姿。雷米調了接骨木花蜂蜜水，他遞給羅賓一杯，兩人碰杯後乾杯。

從南公園的山丘上，他們能夠俯瞰整個大學，全景一覽無遺，在日暮時分彷彿披了一層金光。夕陽映照在雷米眼中，更使他的皮膚透著古銅色的光澤。羅賓突然有一股荒謬的衝動，想把手放在雷米的臉頰上；等他回過神來，才發現自己已經舉起了手。

雷米低頭看他，一縷黑髮落到眼睛前面，在羅賓眼中竟是如此迷人。「你還好嗎？」他問道。

羅賓往後靠，手肘撐在草地上，將目光轉向這座城市。勒維教授說得沒錯，他心想。這裡的確是世界上最美的地方。

「我很好，」他回答。「再好不過了。」

喜鵲巷四號的其他房客在週末陸續入住，他們都不是翻譯學院的學生。大家在搬進來時有做自我介紹：科林．桑希爾是個單純熱情的實習律師，喜歡滔滔不絕地談論自己的事；比爾．詹姆森是個友善的紅髮男孩，就讀醫學院，似乎無時無刻不在意錢的問題；走廊的盡頭住了一對雙胞胎兄弟，艾德加和艾德華．夏普，他們表面上是主修古典學的二年級學生，但兩人大聲表示自己只是「想在繼承遺產前體驗牛津的社交生活罷了」。

週六晚上，大家約在共用廚房旁邊的交誼廳喝酒聊天。雷米和羅賓走進交誼廳時，比爾、科林和夏普兄弟已經圍坐在矮桌旁了。兩人收到通知叫他們九點鐘來，但其他人顯然早就開喝了。空酒瓶散落一地，夏普兄弟靠著彼此癱坐著，顯然都已經喝醉了。

科林正在發表關於不同學生袍的長篇大論。「從一個人穿的袍子就能看出關於他的一切。」他說，一副自命不凡的樣子。他操著一種做作且浮誇到不太自然的奇特口音，羅賓認不出來是哪個地區的口音，但他不太喜歡。「學士袍的袖子長度到手肘，袖口呈倒V字形；高級自費生的袍子是絲質的，袖子有打褶；一般生的袍子沒有袖子，肩部有打褶，工讀生和一般生的差別則是袍子沒有打褶，帽子也沒有流蘇——」

「天啊，」雷米坐下時說道。「他一直在講這個話題嗎？」

「至少講了十分鐘吧。」比爾說。

「噢，但合乎體統的學位服是至關重要的。」科林堅持道。「學位服是我們身為牛津人的地位證明。穿袍子戴普通花呢帽或拄拐杖都是七大罪之一。我還聽說以前有人不知道袍子有分不同種類，就跟裁縫說他是學者，當然要穿學者袍，結果隔天就在全校的嘲笑聲中逃出了學校餐廳，因為他沒有獲得獎學金，根本就不是什麼學者，只是一般自費生罷了——」

「那我們應該要穿哪種袍子啊？」雷米打斷他。「以免我們也跟裁縫講錯。」

「視階級而定，」科林說。「你們是高級自費生還是工讀生？我有付學費，但不是每個人都需要付。你們跟學校會計是怎麼談的？」

「不知道耶，」雷米說。「你覺得黑袍可以嗎？我只知道我們買的是黑袍。」

羅賓噗哧一笑。科林瞪大雙眼，眼睛甚至凸了出來。「是可以，但袖子——」

「別鬧他了啦，」比爾笑道。「科林非常在意地位。」

「這裡可是很認真看待學位袍的。」科林鄭重其事說道。「我在指南裡讀到，如果穿著不得體，老師甚至不會讓你進教室上課。所以你們到底是高級自費生還是工讀生？」

「都不是。」艾德華說，接著轉向羅賓，問道：「你們是巴別人，對吧？我聽說巴別人都是拿獎學金的。」

「巴別人？」羅賓重複道。那是他第一次聽到這個稱呼。

「就是翻譯學院的學生啦。」艾德華用不耐煩的口氣說道。「一定是吧？否則他們不會讓你們這種人進來。」

「我們這種人？」雷米挑起一邊眉毛。

「所以你到底是什麼啊？」艾德加．夏普突然問道。他原本似乎快睡著了，現在卻使勁坐了起來，並瞇起眼睛，彷彿試圖在霧中看清楚雷米一樣。「是黑人？還是土耳其人？」

「我來自加爾各答，」雷米爆氣說道。「意思是我是印度人，這樣解釋夠清楚嗎？」

「嗯……」艾德華說。

「『戴頭巾的穆斯林、留鬍子的猶太人，在倫敦街頭；毛茸茸的非洲人、棕皮膚的印度人，與彼此邂逅。』」艾德加用抑揚頓挫的聲音唱道。他的雙胞胎兄弟在旁邊噗哧一笑，又喝了一大口波特酒。

這次，連伶牙俐齒的雷米都啞口無言，只是用驚愕的眼神看著艾德加。

「啊。」比爾抓了抓耳朵，說：「這……」

「那是安娜．巴鮑德的詩嗎？」科林問道。「她是個可愛的詩人，當然沒有男詩人那麼擅長文字遊戲，但我爸很愛她的作品，因為很浪漫。」

「而你是中國人，對吧？」艾德加垂著眼簾，將目光轉向羅賓，問道：「中國人真的會用裹腳布把女人的腳弄斷，讓她們不能走路嗎？」

「什麼？」科林噗哧一笑道。「太扯了吧。」

「我在書上看過。」艾德加堅持道。「告訴我，那是要滿足性慾嗎？或者只是避免她們逃跑？」

「這個嘛……」羅賓不知道該從何解釋起。「不是每個地方都會這麼做，像我媽媽就沒有纏足，我的故鄉也有很多人反對──」

「所以是真的囉。」艾德加得意洋洋地叫道。「我的天啊，你們中國人簡直不正常。」

「你們真的會把小男孩的尿當藥來喝嗎？」艾德華問道。「你們是怎麼收集尿的？」

「你們何不閉嘴，專心當個醉鬼就好。」雷米厲聲說道。

在那之後，大家交朋友的希望很快就破滅了。有人提議玩一局惠斯特橋牌，但夏普兄弟不會玩，也醉到沒辦法學。比爾說自己頭痛，早早就上床睡覺了。科林又開始滔滔不絕地說明博大精深的學院餐廳禮儀，叫大家把很長的拉丁文謝飯禱告背起來，但根本沒人在聽。夏普兄弟問了羅賓和雷米一些關於翻譯的問題，似乎想用這種方式表達歉意，態度雖然禮貌，但問題的內容空洞，而且他們顯然也沒什麼興趣想知道答案。在這場聚會中，夏普兄弟顯然沒能找到他們在牛津尋求的上流社會「伙伴」。半小時後，大家就解散了，並默默回到各自的房間。

那晚，有人提議隔天一起吃早餐，但雷米和羅賓走進廚房時，看到其他人在桌上留了一張紙條。

我們去了伊夫雷一間夏普兄弟推薦的咖啡廳，想說你們應該不會喜歡。晚點見。

——科林

「看來，」雷米語帶諷刺道，「小圈圈已經形成了。」

羅賓完全不在意。「我喜歡我們倆的小圈圈。」

雷米對他露出笑容。

第三天，他們一起去參觀牛津大學及校園中的瑰寶。一八三六年的牛津大學正處於一個蓬勃發展的時代，宛如一頭貪得無厭的生物，以其所孕育的財富為食。各學院不斷翻新，從牛津市買下更多土地，用更新、更漂亮的建築取代中世紀建築，並建造新的圖書館來存放最新藏書。牛津幾乎每一棟建築都有名字，但不是以其功能或位置，而是以其有錢有勢的創辦人或贊助者命名。那裡有宏偉壯觀的艾許莫林博物館，裡面陳列著伊萊亞斯．艾許莫爾所捐贈的珍藏，包括渡渡鳥的頭、河馬頭骨，以及一個超過七點五公分長的羊角，據說是從柴郡一個叫做瑪麗．戴維斯的老奶奶頭上長出來的。拉德克里夫圖書館是一棟圓頂建築，沒想到內部竟然比外觀看起來更大更宏偉。謝爾登劇院四周環繞著被稱為「帝王人像」的巨大半身石像，每尊石像看起來都像不小心被美杜莎石化的普通人。

還有博德利圖書館。噢，這座圖書館本身就是一項國寶：不僅擁有英國最豐富的手抄本館藏（「劍橋只有十萬本，」櫃檯的圖書館員嗤之以鼻道，「而愛丁堡的館藏更是少得可憐，只有六十三本。」），在偉大的牧師布爾克利．班迪內爾博士的領導下，藏書更是不斷增加，每年的購書預算將近兩千英鎊。

兩人第一次參觀圖書館時，班迪內爾博士還親自來迎接他們，並帶他們到譯者閱覽室。「這種事不能讓圖書館員來做。」他嘆了口氣道。「我們通常會讓蠢蛋自己到處亂逛，反正他們迷路了自己會問路，但你們譯者啊，只有你們才懂得欣賞這地方的價值。」

他是個身材魁梧的男人，眼睛下垂，一副垂頭喪氣的樣子，嘴角似乎永遠不會上揚。但他穿過圖書館時，眼裡卻閃爍著發自內心的喜悅。「我們先從本館開始介紹，再慢慢逛到漢弗萊公爵圖書館。跟我來，書都可以拿起來翻，畢竟書如果不看就沒有用處了，所以不要不好意思。我們對於最新加入的幾項重要館藏感到十分自豪。有在一八〇九年捐贈給我們的理查．高福地圖收藏，大英博物館竟然不要耶，你們敢相信嗎？我們還在十年前左右獲贈莎翁學者馬隆的收藏，大大豐富了我們的莎士比亞藏書。對了，兩年前，我們還獲得了法蘭西斯．杜斯的收藏，共有一萬三千本法文和英文書，不過你們兩個應該都不是主修法文吧……你主修阿拉伯文嗎？太好了，跟我來；牛津大部分的阿拉伯文館藏都在翻譯學院，但我們這邊有一些埃及和敘利亞的詩集，你可能會感興趣……」

博德利圖書館的導覽令羅賓和雷米印象深刻，其藏書之豐富令兩人震懾不已，他們走出館外後一時還無法回過神來。雷米模仿班迪內爾博士的雙下巴，但他其實沒有惡意；班迪內爾博士因為熱愛知識本身而致力於知識的累積，這樣的人任誰都很難嘲笑吧。

最後，資深門房比林斯帶他們參觀大學學院，為這一天畫下了句點。他們這才發現之前去過的地方只是新家的一個小角落罷了。學院位於喜鵲巷東邊，有兩個種了草皮的方院，以及幾棟看起來像城堡主樓的石砌建築物。他們一邊走，比林斯一邊滔滔不絕地介紹各種重要人物及其生平，包括捐贈者、建築師等等。「……你們看，入口處的雕像是安妮女王和瑪麗女王，入口內的雕像則是詹姆士二世和拉德克里夫醫生……禮拜堂那些漂亮的彩繪玻璃窗是亞伯拉罕．凡．林格在一六四〇年完成的，沒錯，保存得相當好，東邊的彩繪玻璃窗則是約克的花窗藝術家亨利．賈爾斯的作品……現在沒有禮拜儀式，所以我們可以進去看看；跟我來。」

走進禮拜堂後，比林斯在一座淺浮雕紀念碑前停了下來，說：「你們既然是翻譯學院的學生，應該知道他是誰吧。」

他們當然知道。自從來到牛津，羅賓和雷米就常常聽到這個名字。淺浮雕紀念的是一名大學學院的校友兼世人公認的天才，他在一七八六年發表了一個重要的理論，指出拉丁語、梵語跟希臘語都源自原始印歐語。除了他剛從大學畢業的姪子史特林．瓊斯之外，他可說是歐洲大陸上最知名的翻譯。

「那是威廉．瓊斯爵士。」羅賓說，但簷壁飾帶上描繪的場景讓他覺得不太舒服。瓊斯坐在書桌前，翹著二郎腿，而有三個很明顯是印度人的人物坐在他面前的地板上，就像乖乖上課的小孩一樣。

比林斯一臉自豪的樣子，說：「沒錯。這裡描繪的是他在翻譯印度教法的摘要，坐在地上的則是協助他的婆羅門。我們應該是唯一一所牆上有描繪印度人的學院，但大學學院一直都跟殖民地有著特殊的連結。[22]而如你們所知，那些老虎頭是孟加拉的象徵。」

「為什麼只有他有桌子？」雷米問道。「為什麼婆羅門都坐在地上？」

「這個嘛，應該是因為印度教徒喜歡坐在地上吧。」比林斯說。「他們喜歡盤腿坐，因為他們覺得這樣比較舒服。」

「是喔，」雷米說。「我都不知道。」

羅賓和雷米週日晚上在博德利圖書館的書堆間度過。他們在註冊時拿到一份閱讀書單，但由於面對突如其來的自由，兩人都拖到了最後一刻才開始準備。博德利圖書館週末晚上八點關門，兩人在七

22 原註3：確實是如此。大學學院培育出了許多印度管轄區的法官，包括一位孟加拉首席大法官（羅伯特．錢伯斯爵士）、一位孟買首席大法官（愛德華．韋斯特爵士）和一位加爾各答首席大法官（威廉．瓊斯爵士）。他們全部都是白人男性。

點四十五分抵達，但翻譯學院似乎權力很大，因為當雷米解釋他們的需求，圖書館員就說他們想待多久就待多久。晚上也有人值班，門不會鎖，他們想何時離開都可以。

等到他們走出圖書館時，太陽早已下山了。他們背包裡裝滿了沉甸甸的書，因為瞇著眼睛看細小字體而感到頭暈目眩。入夜後的牛津，月光與路燈的光芒交相輝映，將這座城市籠罩在超凡脫俗的微光中。腳下的鵝卵石宛如進出不同世紀的道路，也許他們身處宗教改革時期的牛津，或是回到了中世紀也不無可能。他們穿梭於時間之外，與過去的學者共享這個永恆的時空。

回學院的路程不到五分鐘，但羅賓和雷米決定繞路，從寬街慢慢散步回去。這是兩人第一次這麼晚還沒回家，他們想要細細品味夜晚的城市。他們靜靜踏著步伐，誰也不敢打破這個魔幻時刻。

經過新學院時，石牆另一頭傳來一陣笑聲。轉進賀利威爾巷時，兩人看到六、七名穿著黑袍的學生，不過從他們搖搖晃晃的步伐來看，他們應該不是剛下課，而是剛離開酒吧。

「是不是貝里歐學院的？」雷米低聲說。

羅賓噗哧一笑。

雖然兩人才來大學學院三天，但他們已經知道學院間的地位高低，以及每個學院的刻板印象了。艾希特學院的學生彬彬有禮但學識淺薄；青銅鼻學院的學生吵鬧粗暴且戀酒貪杯。隔壁皇后學院和墨頓學院的學生可以直接無視沒關係。貝里歐學院的學費高昂，僅次於奧里爾學院，學生以常常翹課跑酒吧聞名。

走近時，那些學生往他們的方向看過來。羅賓和雷米朝他們點點頭，有幾個人也點頭回應，算是同校學生間禮貌性的打招呼。

雙方之間隔了一條很寬的街道，他們本能就這樣走過去，卻有一個男孩突然指著雷米，大喊：

「那是什麼？你們看到了嗎？」

他的朋友們一邊大笑，一邊拉著他繼續走。

「走啦，馬克，」其中一個人說。「別找他們碴——」

「等一下。」那個叫馬克的男孩說，並甩開朋友的手。他一動也不動地站在街上，醉醺醺地瞇著眼睛看著雷米。他的手懸在半空中，依舊指著雷米。「看看他的臉，你們看到了嗎？」

「馬克，拜託，」離兩人最遠的男孩說。「別做蠢事。」

現在沒人笑得出來了。

「那是印度教徒耶，」馬克說。「印度教徒來這裡做什麼？」

「他們有時會來訪。」另一個男孩說。「你們記得上週有兩個外國人來，好像是波斯蘇丹還是什麼的——」

「好像有耶，那些戴頭巾的傢伙——」

「但他穿著袍子耶。」馬克提高音量，對雷米喊道：「喂！你憑什麼穿袍子？」

他的語氣變得惡毒。情況急轉直下；若說剛才有同儕惺惺相惜的友好氣氛，現在也已蕩然無存。

「你不能穿袍子，」馬克用強硬的語氣說。「把它脫掉。」

雷米向前走了一步。

羅賓抓住他的手臂，說：「別衝動。」

「喂，我在跟你說話。」馬克從對街朝他們走來，繼續挑釁道：「怎麼啦？你不會講英文嗎？把袍子脫下來，聽到了沒？給我脫掉。」

雷米顯然想打一場，他緊握拳頭，彎曲膝蓋，準備撲向對方。馬克再繼續靠近的話，今晚一定會有人受傷。

於是羅賓拔腿就跑。

他討厭自己那麼做，覺得自己是個懦夫，但為了避免今晚以災難收場，這是他唯一想到的辦法，因為他知道震驚不已的雷米一定會跟在後面。他猜得沒錯，幾秒後，他聽到身後傳來雷米的腳步聲、喘息聲，以及低聲咒罵的聲音。兩人沿著賀利威爾巷飛奔。

笑聲在他們身後迴盪，但這次不是打鬧的歡笑聲，而是毫不掩飾的嘲笑。貝里歐學院的學生們學猴子叫，嘎嘎的笑聲彷彿跟著他們的影子在磚牆上延展變形。有那麼一刻，羅賓很害怕男孩們在後面緊追不捨，踢踢躂躂的腳步聲彷彿無所不在，但那只是血液直衝腦門的轟鳴聲。男孩們並沒有追過來；他們喝得太醉了，笑點很低，現在肯定已經轉而尋求其他樂趣了。

即便如此，羅賓還是一路跑到大街才停下來。路上沒有別人，兩人在黑暗中氣喘吁吁。

「可惡，」雷米咕噥道。「可惡——」

「對不起。」羅賓說。

「沒什麼好道歉的，」雷米說，但他不願正視羅賓的眼睛。「你的決定是對的。」

但這句話，或許他們兩人都不信吧。

他們現在離住處更遠了，但至少這裡有路燈，如果有人要來找碴，他們也能及早發現。

他們默默地走了一會兒。羅賓想不到該說什麼；在他腦海中浮現的話語都會在他舌尖死去。

「可惡。」雷米又說了一遍。他突然停下腳步，一隻手放在背包上。「我想……等等。」他翻了翻書包，然後又咒罵了一聲，說：「我把筆記本丟在那裡了。」

羅賓頓時五內翻攪。「在賀利威爾巷嗎？」

「在圖書館。」雷米用指尖按著鼻樑，呻吟道。「我知道在哪，就放在桌角；我本來想最後放進書包，以免折到筆記本的紙，但我應該是太累，所以忘記了。」

「不能明天再回去拿嗎？圖書館員應該不會收走，就算收走了，我們也只要問——」

「不行，裡面有我的複習筆記，我怕明天老師會叫我們當場朗誦。我趕快回去——」

「我去拿好了。」羅賓急忙說道。他認為自己應該這麼做，作為剛才逃跑的補償。

雷米皺眉，問道：「你確定嗎？」

他的聲音已經喪失了鬥志。雖然羅賓不說出口，但兩人都心知肚明：至少羅賓在黑暗中能夠蒙混成白人，如果他一個人遇到那些貝里歐學院的學生，他們根本不會多看他一眼。

「我二十分鐘內回來，」羅賓向他保證。「到時我會把筆記本放在你房間門外。」

現在只有他一個人，牛津顯得陰森森的；路燈溫暖的黃光變得怪異可怖，拉長並扭曲他在鵝卵石路面上的影子。博德利圖書館的大門上鎖了，但夜間值班人員注意到他在窗外揮手，就讓他進去了。幸好他是先前遇過的工作人員，沒有多問就讓羅賓進去西翼。閱覽室一片漆黑且寒冷徹骨，所有的燈都熄滅了，羅賓只能靠著從房間另一頭傾瀉而入的月光依稀看見四周。他渾身顫抖，一把抓起雷米的筆記本，塞進書包裡，然後匆匆走出閱覽室。

剛穿過方院時，他聽到有人在竊竊私語。

他本該加快步伐離開，但不知道是聲調還是字詞的發音使他停下腳步。他豎起耳朵仔細聽，才意識到對方講的是中文。那個人一遍又一遍地重複同一個中文詞語，而且語氣愈發著急。

「無形。」

羅賓小心翼翼地繞過轉角。

有三個人站在賀利威爾街中央，兩男一女，都是一身黑衣、身材纖瘦的青年。他們抬著一個沉重的箱子，看起來相當吃力。箱子底部一定是破了，因為鵝卵石路面上散落著明顯是銀條的東西。

羅賓走近時，三人都抬起頭來。那個拼命用中文竊竊私語的男子背對著羅賓；發現同伴都站在原地，一動也不動時，他才轉過身來，與羅賓四目相接。羅賓頓時喉嚨一緊，心臟都快跳出來了。

他好像在照鏡子一樣。

對方有著跟他一樣的棕色眼睛、直挺挺的鼻子和栗色頭髮，連凌亂的瀏海都是以同樣的方式由左往右撥，落在眼睛前面。

男子手裡拿著一根銀條。

羅賓立刻就明白他想做什麼。中文「無形」是不具形體的意思，[23]最接近的英文翻譯是「invisible」（隱形）。看來這些陌生人想要躲起來，但是發生了問題，因為銀條並沒有發揮應有的效果；那三名青年的身影在路燈下閃爍，時而顯得半透明，但顯然沒有隱形。

羅賓的分身用哀怨的眼神看著他。

「幫幫我。」他央求道，然後說：「**幫忙**。」[24]

羅賓不知道是什麼因素驅使他採取行動，或許是因為稍早跟貝里歐學院的學生發生衝突，到現在還心有餘悸；或是因為現在的狀況太過荒誕，還是因為看到跟自己長得很像的人，感到不知所措，但他就這樣走上前，把手放在銀條上。他的分身一言不發，鬆手把銀條交給他。

「無形。」羅賓說，同時心裡想著母親告訴他的神話，那些隱身於黑暗中的幽靈和鬼魂，不僅沒有形體，甚至不存在。「Invisible。」

銀條在他手中震動，不知道從哪裡傳來某種聲音，宛如輕聲嘆息。

他們四個都消失了。

不對，「消失」這個詞不太精準。羅賓不知道該怎麼形容，因為這是在翻譯過程中失落的原意，無論是中英文都無法完全表達這個概念。他們存在，但不具有人形。他們不僅僅是看不見的存在，甚至稱不上是存在。他們沒有形體，四處飄蕩，向外擴張，與空氣、磚牆和鵝卵石融為一體。羅賓完全感覺不到自己的身體，握著銀條的手，以及手裡握著的銀條，兩者之間的界限消失了。他就是銀條，就是鵝卵石，就是夜晚本身。

恐懼頓時襲上心頭。萬一我回不去怎麼辦？

幾秒後，一名警察從街道另一頭跑了過來。羅賓屏住呼吸，緊抓著銀條，用力到整隻手一陣劇痛。

那名警察瞇著眼睛，直直看著他，卻只看到空無一人的漆黑街道。

「他們不在這裡，」他朝身後喊道。「去公園路搜索看看……」

警察飛奔離開，很快就聽不到他的聲音了。

羅賓放開了銀條。他沒辦法繼續抓著銀條，因為他幾乎意識不到它的存在了。他並不是張開手指，直接放手，而是猛然推開銀條，試圖將自己的本體與其分開。

成功了。小偷們在夜晚中再次現身。

---

23 原註4：「無」意即「不、沒有」，「形」意即「樣貌、實體」。「無形」不只是隱形，還是抽象而不具形體。舉例來說：北宋詩人張舜民就曾寫道：「詩是無形畫，畫是有形詩。」

24 原註5：對方以中文向羅賓求助。

「快點，」另一名有著淡金色頭髮的青年說。「塞進衣服裡，箱子就丟著吧。」

「我們不能把箱子丟著不管，」那名女子說。「他們會用來追蹤我們。」

「那就全部撿起來吧，快點。」

三個人都開始撿拾銀條，一次抓一大把。羅賓遲疑了一下，手臂垂在身體兩側，接著他也彎下腰來幫忙。

他還沒有意識到這個狀況有多麼荒謬，只是隱隱察覺到這肯定是非法勾當。這些青年一定不是牛津、博德利圖書館或翻譯學院的相關人士，否則他們不會身穿黑衣，在半夜偷偷摸摸行動，還要躲避警察。

報警顯然才是正確的做法。

但不知為何，伸出援手似乎是唯一的選擇。他沒有質疑這個邏輯，而是直接採取行動。這種感覺就像墜入夢境，就像踏入一齣戲，他知道自己的臺詞，但除此之外的一切都是個謎。這是一場自有一套邏輯的幻覺，他也說不上來為什麼，但他並不想打破它。

最後，他們成功把所有銀條都塞進衣服和口袋裡。羅賓把自己撿的銀條交給他的分身。兩人手指相觸時，羅賓感到一陣寒意。

「走吧。」金髮男子說。

但他們仍站在原地。三人都看著羅賓，顯然不知道該拿他怎麼辦。

「萬一他——」女子開口道。

「他不會那麼做的。」羅賓的分身語氣堅決地說，然後向他確認道：「對吧？」

「當然不會。」羅賓低聲回答。

金髮男子似乎不相信他。「要不要乾脆——」

「不，這次不行。」羅賓的分身上下打量他，然後似乎做出了決定。「你是學翻譯的，對吧？」他問道。

「對，」羅賓低聲說。「對，我才剛來幾天而已。」

「扭根酒吧，」他的分身說。「到那裡找我。」

女子和金髮男子互看了一眼。女子張開嘴巴，彷彿想出聲反對，但她頓了頓，又閉上嘴巴了。

「好吧，」金髮男子說。「我們快走吧。」

「等等，」羅賓急忙說道。「你們是……我什麼時候要——」

但小偷們已經跑走了。

他們的速度快得驚人，不出幾秒鐘的時間，三人已不見蹤影，而且不留痕跡，不僅帶走了每一根銀條，連壞掉箱子的碎片都沒留下。他們就像鬼一樣，彷彿從未存在過，彷彿這整件事都是羅賓想像出來的，而這個世界和過去沒有什麼不同。

＊

羅賓回去時，雷米還醒著，在他第一次敲門時就開了門。

「謝謝。」他接過筆記本時說。

「應該的。」

兩人一言不發，看著彼此。

兩人都很清楚發生了什麼事。這起事件宛如晴天霹靂，他們突然意識到自己不屬於這個地方。儘管他們就讀於翻譯學院，儘管他們身穿長袍，自命不凡，但兩人頂著這樣的外貌走在街上並不安全。他們是牛津大學的學生，但不是牛津人。然而這重大的事實是如此令人震驚，和他們這三天盲目享受的美好時光形成如此強烈的對比，以至於兩人都說不出口。

他們也永遠不會說出口，因為面對真相太痛苦了。繼續自欺欺人，盡可能活在虛假的幻想中要容易得多。

「好吧，」羅賓無力地說。「晚安。」

雷米沒有說話，只是點點頭，就關上了門。

第四章

「於是耶和華使他們從那裡分散在全地上；他們就停工，不造那城了。因為耶和華在那裡變亂天下人的言語，使眾人分散在全地上，所以那城名叫巴別。」

——《創世記》第11章第8節至第9節

羅賓完全睡不著，他分身的臉不斷在黑暗中浮現。該不會整件事都是他在疲憊和不安的狀態下幻想出來的？但路燈的光線如此明亮，而他雙胞胎的臉龐，以及他的恐懼和驚慌，都深深烙印在羅賓的記憶中。他知道那不是自己內心的投射。那感覺不太像是在照鏡子，他在鏡中左右相反的虛假形象是世人看到的他，但他看到分身時，是直覺認出了兩人的相同之處。他在那男人的臉上看到了自己也擁有的特徵。

這就是他出手相助的原因嗎？出於本能的同情？

他慢慢意識到自己的行為可能會帶來的影響。他從大學裡偷了東西。這難道是某種考驗嗎？畢竟牛津有各種千奇百怪的儀式。他通過了嗎？還是隔天早上警察會找上門，叫他走人？

但我不能被送回去，他心想。我才剛來到這裡。突然間，溫暖的床鋪、新書和新衣服的味道，牛津的種種美好事物都讓他感到侷促不安，因為他現在滿腦子想的都是自己可能很快就會失去這一切。他輾轉反側，床單都被汗水浸濕了。他的腦海中浮現出越來越鮮明的景象：明天早上，警察會把他拖下床，給他戴上手銬並把他丟進監獄，而勒維教授會用嚴厲的語氣叫羅賓不准再聯絡他或派波太太。

最後，他終於累得睡著了。不知道過了多久，他被持續不斷的敲門聲吵醒。

「你在幹嘛？」雷米問道。「你怎麼還沒盥洗？」

羅賓對他眨了眨眼，問道：「怎麼了？」

「傻瓜，現在是週一早上。」雷米已經穿上了黑袍，手裡拿著帽子。「我們二十分鐘後要到學院。」

他們勉強趕上了；九點的鐘聲響起時，他們正小跑步穿越通往學院的方院草坪，長袍在風中飄揚。兩個身材纖瘦的青年在草坪上等他們，羅賓猜想他們應該也是這一屆的新生。其中一個是白人，另一個是黑人。

「嗨，」他們走近時，那個白人學生說道。「你們遲到了。」

羅賓目瞪口呆地看著她，試圖平復呼吸。「妳是女生。」

看到女生令他倍感震驚。羅賓和雷米都在與世隔絕、幾乎只有男性的環境中長大，完全沒有接觸到同齡的女孩子。女性是一個理論上存在的概念，是小說裡會出現的角色，或是偶爾在對街瞥見的罕見現象。羅賓對女性的認識僅止於某次翻閱一位莎拉．艾利斯女士[25]的著作，書中給女孩子貼上了「溫柔、無害、嬌弱且隨和」的標籤。就羅賓而言，女孩子是一種神祕的存在，沒有豐富的內心世界，而是具有超凡脫俗、高深莫測的特質，甚至可能根本不是人類。

「抱歉，我是說，嗨，」他急忙改口道。「我不是有意……嗯。」

雷米就沒那麼委婉了，直接問道：「妳們怎麼是女生？」

那個白人女孩用輕蔑的眼神狠狠瞪了他一眼，羅賓替雷米捏了一把冷汗。

「這個嘛，」她拉長音調說，「我想我們之所以決定當女生，是因為當男生似乎需要放棄一半的腦細胞。」

「大學要求我們穿成這樣，以免讓年輕紳士們心煩意亂或分心。」黑人女孩解釋道。她講英語帶有淡淡的口音，羅賓覺得像法國口音，但他不敢肯定。她朝羅賓晃了晃左腿，下半身穿的褲子十分挺直平整，看起來就像昨天剛買的一樣。「畢竟不是每個學院都像翻譯學院那麼自由開放。」

「會不舒服嗎？」羅賓問道，很努力想證明自己不抱偏見。「我是說，穿褲子會不舒服嗎？」

「其實不會喔，畢竟我們有兩條腿，而不是魚尾巴。」她向他伸出手，說：「我叫薇朵瓦．戴格拉夫。」

他握住她的手，說：「我叫羅賓．史威夫特。」

她挑起一邊眉毛。「史威夫特？但你應該——」

「我叫蕾緹西亞．普萊斯。」白人女孩打斷道。「可以叫我蕾緹就好。你呢？」

「拉米茲。」雷米稍微伸出手，好像不確定自己想不想碰女生一樣。蕾緹替他做了決定，握住他的手；雷米表情皺了起來，似乎不太自在。「我叫拉米茲．米爾扎，朋友都叫我雷米。」他說。

「幸會，拉米茲。」蕾緹環顧四周，說：「看來這屆就我們四個囉。」

薇朵瓦稍稍嘆了一口氣。「Ce sont des idiots（他們是白痴）。」她對蕾緹說。

25 原註1：知名作家莎拉．斯蒂克尼．艾利斯（Sarah Stickney Ellis）寫了幾本書（包括《英格蘭的妻子》、《英格蘭的母親》以及《英格蘭的女兒》），認為女性有道德責任，必須透過家規禮教和嘉言懿行來改善社會。羅賓對這件事沒什麼特別的想法，他只是無意間翻到艾利斯的作品而已。

「Je suis tout à fait d'accord（我完全同意）。」蕾緹低聲回答。

兩個女生都咯咯笑了起來。羅賓聽不懂法語，但他清楚感覺到自己被她們評斷為不夠格。

「原來你們在這啊。」

一位身材高挑的黑人男子走過來，讓他們不用繼續進行尷尬的對話。他跟所有人握手並自我介紹，說自己叫安東尼．里本，是一名主修法語、西班牙語和德語的研究生。「我的監護人自認為是個浪漫主義者，」他解釋道。「他原本希望我能成為詩人，但當他發現我出眾的語言天賦時，就把我送來了這裡。」

他停頓了一下，促使其他人說出自己會的語言。

「烏爾都語、阿拉伯語和波斯語。」雷米說。

「法語和克里奧語，」薇朵瓦說。「我是說……海地克里奧語，不知道算不算。」

「當然算啊。」安東尼雀躍地表示。

「法語和德語。」蕾緹說。

「中文，」羅賓說，感到自慚形穢。「還有拉丁語和希臘語。」

「大家都會拉丁語和希臘語啊，」蕾緹說。「這不是入學的基本門檻嗎？」

羅賓頓時滿臉通紅；他不知道這點。

安東尼似乎覺得很有趣。「你們這團很國際化耶！歡迎來到牛津！覺得這裡怎麼樣？」

「很棒，」薇朵瓦說。「不過……不知道耶，奇怪的是，感覺不太真實，好像我在劇院裡，等著布幕落下一樣。」

「那種感覺不會消失。」安東尼走向塔樓，並揮手示意要他們跟上。「走進這扇門後尤其是如此。

學校要我帶你們參觀學院，十一點再由普萊費爾教授接手。你們進去過了嗎？」

他們抬頭仰望學院。那是一棟宏偉的新古典主義建築，有八層樓高，塔樓周圍環繞著裝飾性的柱子，閃閃發亮的白色外牆與高處的彩繪玻璃窗互相映襯。這座高塔是大街天際線最顯著的建築物，相比之下，附近的拉德克里夫圖書館和聖母瑪利亞大學教堂都相形失色。整個週末，雷米和羅賓路過了無數次，一起感嘆學院之美，但都只敢從遠處欣賞。當時，他們還不敢靠近。

「很壯觀，對吧？」安東尼嘆了一口氣，一副心滿意足的樣子。「不管過了多久，每次看都令人嘆為觀止。歡迎來到你們接下來四年的家，我們稱之為巴別塔學院。」

「巴別塔學院，」羅賓重複道。「這就是為什麼大家都——？」

「為什麼大家都叫我們巴別人嗎？」安東尼點點頭，說：「這個老梗可以追溯到學院成立之初，但每年九月都有貝里歐學院的新生以為自己是第一個想到的，所以這幾十年來，我們都一直擺脫不了這個莫名其妙的綽號。」

他快步走上門階。在階梯頂端，大門前的石頭地板上刻著牛津大學藍色和金色的盾形紋章，上面寫著「Dominus illuminatio mea」，意為「主照亮我」。安東尼的腳一碰到紋章，厚重的木門就自動打開了。內部燈火通明，熙熙攘攘，金燦燦的樓梯、身穿黑袍的學者，以及滿坑滿谷的書呈現在眼前。

羅賓停下腳步，如此富麗堂皇的景象令他眼花撩亂，呆愣在原地。牛津處處是驚奇，但巴別塔學院似乎是其中最不可思議的，宛如一座處於時間洪流之外的高塔，或是夢中的幻景。那些彩繪玻璃窗，以及那雄偉壯觀的穹頂；整棟建築彷彿是從勒維教授餐廳的畫裡直接搬出來，原封不動擺在這條單調的灰色街道上。巴別塔學院宛如中世紀手抄本中的插畫，一扇通往仙境的門。他們竟然有權利進去，之後還要天天來這裡學習，真令人難以置信。

然而學院就在眼前等待著他們。

安東尼向他們招手，燦笑道：「快進來吧。」

「一直以來，翻譯機構都是偉大文明不可或缺的工具，不對，應該說是偉大文明的中心。一五二七年，神聖羅馬皇帝查理五世為了管理廣大的帝國領土，成立了語言翻譯秘書處，專門提供十幾種語言的翻譯服務。十七世紀初，皇家翻譯學院在倫敦成立，但一七一五年才遷址到牛津。當時西班牙王位繼承戰爭剛結束，西班牙帝國失去了很多殖民地，英國人認為應該要訓練年輕小夥子學習那些殖民地的語言。上述內容是我背起來的，不是我自己寫的，但由於我充滿個人魅力，所以我從一年級開始就負責替新生進行導覽，現在已經得心應手了。跟我來吧。」

安東尼有個罕見的才能，就算倒著走，說話也很流暢。「巴別塔學院有八層樓。」他說。「禧年書聲稱歷史上的巴別塔高度超過五千腕尺，也就是將近二點五公里，這當然是不可能的，不過我們的巴別塔學院確實是牛津最高的建築，在英國大概也僅次於聖保羅座堂吧。我們學院超過九十公尺高，而且還不含地下室，代表我們的總高度是拉德克里夫圖書館的兩倍——」

薇朵瓦舉手問道：「這座塔是不是——」

「裡面比外面看起來還要大嗎？」安東尼顯然已經料到她要問什麼了。「沒錯。」羅賓一開始還沒注意到，但現在發現外觀與內部大小有落差後，開始感到暈頭轉向。巴別塔學院從外面看就已經相當宏偉了，但並沒有高到能夠容納每一層樓挑高的天花板和高聳的書架。「這是銀工的傑作，但我不確定是用了哪個配對。我來這裡時就已經是這樣了；我們都把它視為理所當然。」

安東尼帶他們穿過在收銀窗口前大排長龍的市民，說：「這裡是大廳，所有業務都在這邊進行。

當地商人為設備訂購銀條，市政官員申請公共工程維護，諸如此類的業務。這裡是學院唯一開放給一般民眾的區域，但他們不太會跟學者互動，畢竟我們有職員會處理他們的需求。」安東尼揮手示意他們跟著他走上中央的樓梯。「跟我來。」

二樓是法務部門，裡面充滿了不苟言笑的學者，他們一邊振筆疾書，一邊翻閱著厚重且散發霉味的參考書。

「這裡一直都很忙碌，」安東尼說。「要處理國際條約、海外貿易之類的。法務部門就相當於帝國的齒輪，負責處理讓世界得以運轉的重要業務。巴別塔學院的學生畢業後大部分都會來這裡工作，因為薪水不錯，而且他們一直都在招人。他們也提供很多免費專業服務，例如整個西南區的團隊都致力於將《拿破崙法典》翻譯成其他歐洲語言[26]，不過其他服務的費用就不便宜了。法務部門是學院收入最高的樓層，當然，銀工部門除外。」

「銀工部門在哪？」薇朵瓦問道。

「在八樓，也就是最高樓層。」

「是因為風景最美嗎？」蕾緹問道。

「是為了防範火災。」安東尼說。「失火最好在最高樓層，這樣大家才有時間逃生。」

26 原註2：老實說，這樣的描述大大美化了法務部門的業務。另一種解讀是，法務部門翻譯的工作就是操縱語言，為歐洲各方創造有利條件。舉例來說，據稱帕斯佩黑國王（King Paspehay）把土地賣給了維吉尼亞的英國人以「換取銅幣」，儘管將歐洲王權和土地做為財產的概念準確翻譯成阿岡昆語顯然很困難。法務部門的解決方法就是聲明阿岡昆人太過野蠻，尚未發展出這些概念，英國人能教他們也是好事一樁。

沒人知道他是不是在開玩笑。[27]

安東尼帶他們走上另一段樓梯。「三樓是口譯員的據點。」他揮手示意幾乎空空如也的房間，除了幾個倒在桌上的髒茶杯和少數幾疊放在桌角的紙張外，這裡幾乎沒有使用過的跡象。「他們大部分時間都不在這裡，但來的時候需要有地方準備簡報的機密文件，所以這一整層樓都是他們的。他們會陪同政要和外交官員到外地出差，去俄羅斯參加舞會，或去阿拉伯半島和酋長喝茶等等。聽說一直出差滿累人的，所以從巴別塔學院畢業的職業口譯員並不多。職業口譯通常都是從小就通曉多門語言的人，外語是耳濡目染學會的，例如父母是傳教士，或是每年夏天都會去找外國親友之類的。巴別塔學院的畢業生往往會避免選擇這個出路。」

「為什麼？」雷米問道。「聽起來滿好玩的啊。」

「如果你想花別人的錢出國旅行，這會是個輕鬆的工作。」安東尼說。「但學者本質上是一群喜歡獨處、不愛活動的人。旅行聽起來是很有趣，但你會發現自己真正想要的是待在家裡，窩在溫暖的爐火旁，悠閒喝茶看書。」

「你對學者的看法有點悲觀耶。」薇朵瓦說。

「這是基於過往經驗，你們以後就會明白了。應徵口譯工作的校友總是會在兩年內辭職，連史特林・瓊斯，就是威廉・瓊斯爵士的姪子，都只做八個月就受不了了，而且他每次出差，學院都是提供最高級的交通和住宿呢。總而言之，口譯不是那麼令人嚮往的工作，因為重要的是必須在不冒犯任何人的情況下傳達重點。你沒辦法推敲字句，探究語言的奧妙，但這才是語言真正的樂趣所在啊。」

四樓比三樓熱鬧多了。這層樓的學者似乎也比較年輕：與法務部門那些衣著講究、優雅自信的人相比，這裡的人頭髮亂蓬蓬的，袖子還縫了補丁。

「這裡是文學部門，」安東尼解釋道。「負責把外國小說、故事和詩歌翻譯成英文，偶爾也會把英文作品翻譯成外語。老實說，這算是比較基層的工作，沒什麼聲望，但還是比口譯熱門。通常畢業後被委派到文學部門，就是成為巴別塔學院教授的第一步。」

「我們有些人是真心喜歡這裡喔。」一個穿著研究生長袍的年輕男子大步走到安東尼身邊，問道：「他們就是一年級生嗎？」

「沒錯，就這四位。」

「看來是個小班喔。」男子興高采烈地對他們揮手，打招呼道：「嗨，我是威瑪．斯里尼瓦桑，上學期剛畢業；我主修梵語、坦米爾語、泰盧固語和德語。[28]」

「這裡大家自我介紹都要報上自己會的語言嗎？」雷米問道。

「當然啊，」威瑪說。「你們學習的語言會決定你們有不有趣。東方學家很迷人，古典學者很無趣。總之，歡迎來到學院最棒的樓層。」

薇朵瓦環顧著書架，似乎充滿了興趣。「所以你們能拿到在國外出版的每一本書嗎？」她問道。

「大部分都能拿到。」威瑪說。

「所有法文書嗎？一出版就能到手？」

「對啦，貪心鬼。」他說，但話裡沒有任何惡意。「我們買書的預算實際上沒有上限，而且我們的

27 原註3：他不是在開玩笑。從學院建成到現在，八樓已重建了七次。

28 原註4：許多關於梵語的西方基礎學術研究都是由赫爾德、施勒格爾、博普等日耳曼浪漫主義者所完成的。他們不是所有的專著都有被翻譯成英文，就算有翻譯品質也不佳，因此大部分在巴別塔學院學習梵語的學生也必須學習德語。

圖書館員喜歡蒐集完整的收藏。不過我們沒辦法翻譯所有藏書，簡單來說就是人手不足。我們還是以翻譯古代文獻為主。」

「這就是為什麼只有他們這個部門每年都虧損。」安東尼說。

「進一步了解人的境況跟營利無關。」威瑪嗤之以鼻。「我們一直在重譯經典作品，畢竟從上個世紀到現在，我們把某些語言學得更透徹了，而且應該要讓更多人能夠欣賞這些經典才對。我目前正在重譯《薄伽梵歌》的拉丁文譯本——」

「明明施勒格爾才剛出新譯本呢。」安東尼打趣道。

「那是超過十年前的事了，」威瑪反駁道。「而且施勒格爾翻譯的《薄伽梵歌》超爛的；他自己都說他並沒有掌握到整篇經典背後的核心思想，這點也顯而易見，因為光是『瑜珈』他就翻成了七個不同的詞——」

「總而言之，」安東尼一邊說，一邊帶他們離開，「這就是文學部門，個人認為那是巴別塔學院畢業生最糟糕的出路之一。」

「你不贊同他們的工作嗎？」羅賓問道。他和薇朵瓦一樣感到興奮不已；他覺得在四樓度過一輩子一定很棒。

「對啊。」安東尼輕聲笑道。「我是來學銀工魔法的。我認為文學部門的人都很放縱，威瑪自己也知道。可悲的是，他們或許是最危險的學者，因為他們才是真正了解語言的人。他們知道語言是活生生的存在，不同的措辭就能讓我們血脈賁張，或是起雞皮疙瘩。但他們太過沉迷於把玩字句間美好的意象，根本懶得將那活生生的能量轉化為更強大的東西。我指的當然是白銀。」

五樓和六樓設有教室和參考文獻區，裡面有入門書、文法書、讀本、同義詞辭典和字典，安東尼宣稱這裡的字典涵蓋全世界所有的語言，每部字典至少有四種不同的版本。

「其實字典散落在學院各處，但如果需要查大量資料的話就會來這裡。」安東尼解釋道。「參考文獻區設在中間樓層，這樣任何人要查資料都不用爬超過四層樓。」

在六樓的中央，玻璃櫃內的深紅色天鵝絨布上擺放著一系列紅色封面的書籍。牛皮書封在柔和的燈光下閃閃發亮，散發出一種魔幻的氛圍。比起普通的參考資料，這些書更像是巫師的魔法書。

「這些是文法大典，」安東尼說。「很令人讚嘆，對吧？但可以碰沒關係，這些書本來就是要拿來查閱的，只要先在天鵝絨上把手指擦乾淨就好。」

每本文法大典都是以同樣的紅色封皮裝訂，但厚度不一，按各語言的羅馬拼音排序，同一語言則按出版日期排序。部分語言的文法大典，尤其是歐洲語言，自己就佔了一整個展示櫃；以東方為主的其他語言，冊數就很少。漢語文法大典只有三冊，日文和韓文各只有一冊。令人意外的是，他加祿語竟然有五冊。

「但這不是我們的功勞，」安東尼說。「這些都是西班牙人翻譯的，所以封面頁後面有列出西翻英的譯者名單。這邊還有很多加勒比地區和南亞的文法大典，仍在編纂當中。巴別塔學院本來對這些語言不感興趣，直到簽訂《巴黎和約》，大英帝國獲得大量領土後，我們才開始研究這些語言。同樣地，你們會發現大部分的非洲文法大典都是從德文翻成英文的，因為在那裡工作的主要都是日耳曼傳教士和語文學家；我們已經好幾年沒有人主修非洲語言了。」

羅賓情不自禁，迫不及待地伸手拿東方語言的文法大典，從最前面開始翻閱。每一冊的封面頁上都以十分工整的小字寫著編寫該語言第一版文法大典的學者名字。納撒尼爾．哈爾海德寫了孟加拉語文法大典，而威廉．瓊斯爵士則寫了梵語文法大典。羅賓注意到一種模式：最初的作者通常都是英國白人男子，而不是母語人士。

「我們最近才開始投注更多心力研究東方語言。」安東尼說。「我們比法國人晚起步，落後了他們一大截。威廉・瓊斯爵士在這裡擔任研究員時，把梵語、阿拉伯語和波斯語加入了課表，並在一七七一年開始編寫波斯語文法大典，在東方語言研究取得了進展。但在一八〇三年以前，他是唯一一個認真研究東方語言的學者。」

「那後來呢？」羅賓問道。

「後來理查・勒維來到了翻譯學院。」安東尼說。「我聽說他是通曉遠東語言的天才，一個人就貢獻了兩冊漢語文法大典呢。」

羅賓頓時肅然起敬，伸手拿起第一冊漢語文法大典。這本書感覺異常沉重，滲入紙內的墨水增加了書頁的重量。他認出了勒維教授密密麻麻的工整筆跡，並發現書中涵蓋了驚人的研究範圍。羅賓放下文法大典。他赫然發現勒維教授明明是個外國人，卻比他更了解自己的母語，這點讓他感到不安。

「為什麼要放在展示櫃裡啊？」薇朵瓦問道。「這樣有點難拿出來。」

「因為牛津所有的文法大典都在這裡。」安東尼說。「劍橋、愛丁堡和倫敦的外交部有備份，每年都會更新，但牛津的文法大典是全世界所有語言唯一全面且權威的知識集錦。你們會發現新的內容是手寫上去的，畢竟每次都重印的話，成本太高了，而且我們的印刷機沒辦法印那麼多外語字。」

「所以如果一場大火燒毀了巴別塔學院，我們可能會失去一整年的研究成果嗎？」雷米問道。

「才不只一年呢，應該說好幾十年的心血都會毀於一旦，但那種事永遠不會發生。」安東尼說，並敲了敲桌子，羅賓這才注意到桌子鑲嵌了好幾十根細長的銀條。「文法大典受到的保護比維多利亞公主更嚴密。這些書不怕火災、洪水，也不怕被學院以外的人拿走。如果有人試圖偷走或破壞文法大典，就會被一股看不見的強大力量所擊中，忘記自己是誰、身在何處，直到警察來逮捕他們為止。」

「銀條連那種事都能做到嗎？」羅賓十分震驚，問道。

「差不多吧，」安東尼說。「這只是我的猜測。防護系統是普萊費爾教授負責的，而他喜歡保持神祕。不過這座塔戒備之森嚴一定會讓你們大吃一驚。雖然看起來跟牛津其他的建築沒兩樣，但如果有人試圖入侵，最後就會倒在街上，血流不止。我親眼看過。」

「以一棟研究大樓來說，保護措施未免也太完善了吧。」羅賓說。他頓時感到緊張，手心都出汗了，便用長袍擦了擦。

「當然囉，」安東尼說。「這棟建築裡的白銀比英格蘭銀行金庫裡的白銀還要多呢。」

「真的嗎？」蕾緹問道。

「真的啊。」安東尼說。「巴別塔學院是全國最富有的地方之一。你們想知道為什麼嗎？」

他們點點頭。安東尼打了個響指，用手示意他們跟他上樓。

八樓是巴別塔學院唯一有用牆壁和門做隔間的樓層。其他樓層都是按照開放式布局設計的，一上樓梯，整層樓就一覽無遺。但他們爬上八樓後，是先來到一條磚砌走廊，走廊再通往一扇沉重的木門。

「這條走廊是防火的設計，」安東尼解釋道。「以免發生意外。走廊將八樓與七樓以下分隔開來，如果這裡有東西爆炸，就不會燒到文法大典。」他靠在門上，用力把門推開。

八樓與其說是研究圖書館，不如說更像是一個工坊。學者們像技師一樣彎腰站在工作桌前，拿著各式各樣的銘刻工具雕刻不同形狀和大小的銀條。到處都是呼呼聲、嗡嗡聲和鑽孔的聲音。窗戶附近有東西爆炸了，迸出無數火花，接著是一陣咒罵，但大家頭也不抬，繼續埋頭工作。

一名身材肥胖、頭髮花白的白人男子站在工坊區前等著他們。他那布滿皺紋的寬闊面龐上堆滿了微笑，那雙閃閃發亮的眼睛讓他的年紀看起來介於四十到六十歲之間。他的黑色碩士袍上滿是銀粉，只要一動，整個人就會銀光閃閃。他的眉毛又濃又黑，且表情十分豐富；他說話時總是眉飛色舞，眉毛幾乎都要從臉上跳下來了。

「早安，」他說。「我是翻譯學院的院長傑羅姆．普萊費爾教授。我對法語和義大利語稍有涉獵，但我的初戀是德語。謝謝你，安東尼，你可以走了。你和伍德豪斯已經準備好出發去牙買加了嗎？」

「還沒，」安東尼說。「我還要去找牙買加方言入門書。我懷疑吉迪恩又沒登記就借走了。」

「那你去忙吧。」

安東尼點點頭，以手輕觸想像中的帽緣，朝羅賓一行人致意後，便離開了。

普萊費爾教授對他們燦笑道：「參觀完巴別塔學院後，覺得怎麼樣？」

一時間，沒有人說話。蕾緹、雷米和薇朵瓦似乎都和羅賓一樣大為震驚。他們一下子被灌輸了大量資訊，現在羅賓甚至不確定自己腳下的地板是不是真的。

普萊費爾教授輕聲笑道：「我懂，我來這裡的第一天也是印象深刻。這有點像是進入一個不為人知的隱密世界，對吧？就像在善仙子王宮吃東西一樣。一旦知道學院裡的種種，外面的滾滾紅塵就沒那麼有趣了。」

「這實在是太令人驚艷了，教授，」蕾緹讚嘆道。「太不可思議了。」

普萊費爾教授對她眨眨眼，說：「這是全世界最棒的地方。」

他清了清喉嚨，說：「現在我想要講一個故事。不好意思這麼浮誇，但我想紀念這一刻，畢竟這是你們第一天來到世界上最重要的研究中心。這樣可以嗎？」

他其實不需要得到他們的同意，但他們還是點點頭。

「謝謝。古希臘作家希羅多德曾經講過這麼一個故事。」他在他們前面走了幾步，好像在舞臺上走位的演員一樣。「埃及國王普薩美提克曾與伊奧尼亞的海上劫掠者聯手，以擊敗背叛他的十一個國王。推翻敵人後，普薩美提克將大片土地分給了他的伊奧尼亞盟友，但他想要進一步確保伊奧尼亞人不會像他過去的盟友那樣背叛他，並避免因誤會而引發的戰爭。於是他派年輕的埃及男孩去和伊奧尼亞人一起生活並學習希臘語，他們長大後就能擔任兩個民族之間的翻譯。

「在巴別塔學院，我們深受普薩美提克的啟發。」在說話的同時，他環顧四周，閃閃發亮的目光和他們一一對上眼。「自古以來，翻譯一直是促進和平的一大要素。翻譯使交流成為可能，而交流則能使各國間的外交、貿易和合作成為可能，進而為所有人帶來財富與繁榮。

「相信你們都注意到了，在牛津的所有學院當中，只有巴別塔學院有收歐洲人以外的學生。在全國其他地方都不會看到印度教徒、穆斯林、非洲人和中國人在同一個屋簷下學習。我們並不是開放多元背景的學生入學；我們會收各位正是因為你們擁有多元背景。」普萊費爾教授特別強調最後一句，好像這是一件非常令人自豪的事一樣。「由於各位的出身，你們擁有土生土長的英國人所無法模仿的語言天賦。而各位就跟普薩美提克的男孩們一樣，你們的話語會將全球和諧的願景化為現實。」

他十指交扣，彷彿在祈禱一樣。「總之就是這樣。每年，研究生看到我這樣滔滔不絕都會笑我，他們覺得這些都是陳腔濫調。但我認為在現今的局勢，翻譯就是這麼重要，你們不覺得嗎？畢竟我們來這裡就是為了揭開未知的面紗，幫助大家熟悉陌生的他者。我們來這裡是為了用文字創造魔法。」

羅賓心想，這是他聽過對自己外國人的身分最親切的評價。雖然這個故事他聽了有點不舒服，因為他讀過希羅多德寫的原文，也記得那些埃及男孩其實是奴隸，但他同時也感到興奮不已，因為或許他不會因為格格不入而注定當邊緣人，或許他反而會因此成為特別的存在。

接下來，普萊費爾教授請他們圍著一張空的工作桌，準備示範銀工魔法。「一般人可能會覺得銀工就是一種巫術。」環境十分吵雜，教授一邊將袖子捲到手肘上方，一邊扯著嗓門說話，好讓他們聽清楚。「他們認為銀條的力量來自白銀，以為這種物質本身就有魔力，具有改變世界的力量。」

他用鑰匙打開左邊的抽屜，拿出一根空白的銀條，說：「這麼說也不完全是錯的。白銀確實有其特別之處，才能成為銀工的理想媒介。我個人認為白銀受到了眾神的祝福，畢竟它是用水銀精煉的，而水銀『mercury』又和羅馬神話中的諸神使者墨丘利同名。墨丘利又相對應於希臘神話的赫密士，那白銀豈不是和解釋學[29]有著密不可分的關係嗎？但繼續聯想下去就沒完沒了了。不，銀條的力量在於文字。更具體來說，是語言中文字無法表達的內容，也就是在切換不同語言的過程中失落的意涵。白銀能夠捕捉並顯現失落的意義。」

他抬起頭，發現大家都一臉困惑，便說：「我知道你們有很多疑問，但別擔心，你們在大三快結束時才會實際接觸到白銀，在那之前有很多時間可以學習相關理論。現在各位只需要了解銀工魔法的重要性就好。」他伸手拿起一支銘刻筆，繼續說：「重點當然在於施法。」

他開始在銀條的一端刻字，一邊說：「我示範一個簡單的就好，效果不會很明顯，但你們可以感覺看看。」

他在那一端寫完後，便把銀條拿起來給他們看，說：「德文『heimlich』的意思是祕密的、私下的，對應的英文我會翻成『clandestine』。但『heimlich』不只是指祕密而已，這個字的詞源是原始日耳曼語，意為『家』。把這些意思都結合在一起，會得到什麼呢？就像你身處與外界隔絕、屬於自己的歸宿，那種秘而不宣、不受侵擾的感覺。」

他一邊說明，一邊在銀條的反面寫上「clandestine」。他一停筆，銀條便開始震動。

「Heimlich，」他說。「Clandestine。」

羅賓再次聽到了不知道來源的歌聲，一種不知從何而來、不屬於人類的聲音。世界產生了改變。某種東西將他們包覆起來，某種無形的屏障使四周的景象模糊失焦，蓋過周圍的噪音，熙熙攘攘的八樓突然變成好像只有他們幾個一樣。他們在這裡很安全，四周沒有別人，這裡是他們的巴別塔，他們的避風港。[30]

他們對這種魔法並不陌生。四人都見識過銀工在生活中的實際應用，畢竟在英國，銀工無所不在。但知道銀條的功用，知道一個運作健全的先進社會奠基於銀工魔法，是一回事；親眼目睹現實的扭曲，見證文字如何捕捉無法用文字描述的東西，並引發不該出現的物理效果，又是另一回事。

薇朵瓦用手摀著嘴巴，蕾緹呼吸急促，雷米則不斷眨眼，彷彿想忍住淚水一樣。

羅賓看著還在顫動的銀條，深刻感受到一切都是值得的。多年來的孑然一身、挨打的痛苦、寒窗苦讀，以及像吃苦藥一樣學語言、背單字，為的就是有朝一日能夠做這種事——這一切都值得了。

29 譯註1：解釋學（hermeneutics）的起源可遠溯希臘赫密士（Hermes）神話。赫密士為諸神的信使，負責將眾神的意旨傳達給世人，但在轉譯為文字和語言的過程中，眾神的意旨往往變得晦澀難懂、似是而非，因此必須理解並詮釋文字和語言，解釋學由此而生。

30 原註5：請參照德文的「unheimlich」。

「最後還有一件事，」普萊費爾教授陪他們下樓時說道。「我們需要抽你們的血。」

「不好意思，你說什麼？」蕾緹問道。

「要抽血，一下就好了。」普萊費爾教授帶他們穿過大廳，走進一間隱身於書架後面的小房間。房間沒有窗戶，裡面只有普通的一桌四椅。教授請他們坐下，然後大步走向後牆，原來石牆裡藏了一排抽屜。他拉開最上面的抽屜，裡面有許多裝著血液的小玻璃瓶，瓶身標有對應學者的名字。

「這是防護要用的。」普萊費爾教授解釋道。「巴別塔學院的搶劫未遂事件比倫敦所有銀行加起來都還要多。大門能夠擋下大部分的閒雜人等，但防護需要某種方法來區分學者和入侵者。我們試過用頭髮和指甲，但這些都太容易偷了。」

「小偷也可以偷血液啊。」雷米說。

「是啊，」普萊費爾教授說。「但他們就得下定決心，付出更多的努力，不是嗎？」

他從最下面的抽屜裡抓了一把針筒，說：「請把袖子拉起來。」

雖然百般不願意，但他們還是把長袍的袖子往上拉。

「不用請護理師抽血嗎？」薇朵瓦問道。

「別擔心。」普萊費爾教授輕拍針頭，說：「我滿會抽血的，很快就能找到靜脈。誰要先來？」

羅賓自告奮勇；他不想看著其他人抽血，忍受等待的煎熬，反正早死早超生。下一個是雷米，再來是薇朵瓦，最後是蕾緹。整個過程花了不到十五分鐘，大家都順利抽完血了，不過教授把針頭拔出蕾緹的手臂時，她嚇得臉都綠了。

「好好吃一頓午餐吧。」普萊費爾教授告訴她。「不知道今天有沒有，不過這裡的血腸很好吃。」

抽屜裡又多了四個小玻璃瓶，上面以工整的小字寫著他們的名字。

「現在你們是這座塔的一分子了，」普萊費爾教授一邊鎖上抽屜，一邊告訴他們。「現在巴別塔學院知道你們是誰了。」

雷米做了個鬼臉。「這樣不是有點可怕嗎？」

「不會啊。」普萊費爾教授說。「你們身處於魔法誕生之地。雖然巴別塔學院看起來跟其他現代大學差不多，但在本質上其實跟古代煉金術士的巢穴有著異曲同工之妙。然而跟煉金術士不同的是，我們解開了物質轉變的關鍵。重點不在物質本身，而是在名字。」

拉德克里夫方院有一個食堂，巴別塔學院和其他幾間人文學院的學生會去那裡吃飯。聽說那裡的食物很好吃，但隔天學期課程開始後才會營業，於是他們趕在午餐時段結束前回到大學學院的餐廳。熱食都賣完了，但下午茶和點心會一直供應到晚餐時間。他們一人一個托盤，拿了茶杯、茶壺、糖罐、牛奶罐和司康，在餐廳的長木桌間穿梭，最後在角落找到了一張空桌。

「所以你是廣州人囉？」蕾緹問道。羅賓發現她的個性非常強勢；就算只是在聊天，她問問題的語氣也像是在審訊對方一樣。

羅賓才剛咬了一口司康；那司康口感很乾，似乎已經放很久了，羅賓必須喝一口茶潤喉才能回答。但他還來不及開口，蕾緹就轉向雷米，問道：「那你呢？馬德拉斯？還是孟買？」

「加爾各答。」雷米和氣地說道。

「我父親在加爾各答駐紮過，」她說。「一八二五到一八二八，三年的時間。你搞不好有看過他。」

「這麼巧，」雷米一邊說，一邊在司康上塗厚厚一層果醬。「他搞不好有拿槍指著我妹妹過呢。」

羅賓噗哧一笑，但蕾緹頓時臉色發白，連忙說：「我只是想說我以前見過印度教徒——」

「我是穆斯林。」

「呃，我的意思是——」

「而且妳知道嗎？」雷米開始塗奶油，塗得很起勁。「大家都自動把印度和印度教畫上等號，老實說這頗讓人不爽的。大家都說：『噢，穆斯林政權是反常現象，是外族侵擾；蒙兀兒帝國只是不速之客，但梵語和奧義書，這些才是真正的傳統。』」他把司康舉到嘴邊，又補一句：「但妳恐怕連這些專有名詞是什麼都不知道吧？」

他們才認識第一天就鬧得有點不愉快。不是每個人都能懂雷米的幽默，他那口不擇言的長篇大論聽聽就好，不用太放在心上，但蕾緹西亞．普萊斯似乎偏偏就是做不到這點。

「是說巴別塔學院，」羅賓搶在雷米之前開口。「那棟建築真壯觀，對吧？」

蕾緹驚訝地望著他。「真的。」

雷米翻了個白眼，咳了一聲，便放下司康。

他們默默喝茶。薇朵瓦攪拌著茶，似乎有點緊張，湯匙敲得茶杯叮噹作響。羅賓望向窗外，雷米用手指敲桌面，但在蕾緹瞪他一眼時停了下來。

「你們覺得這裡怎麼樣？」薇朵瓦努力丟了一個話題，試圖帶動氣氛。「我是說牛津郡。我感覺我們目前好像只看到了一小部分，這地方真的好大啊。我是說，當然沒有倫敦或巴黎那麼大，但有很多不為人知的風景，處處都是驚喜的感覺，你們不覺得嗎？」

「真的很不可思議。」羅賓的回應似乎有點太過熱情了。「這裡實在美得太不真實，每棟建築……我們前三天就只是到處走走看看，看都看不膩。我們參觀了所有的景點，包括牛津博物館、基督堂花園——」

薇朵瓦挑起一邊眉毛，問道：「他們都會直接讓你們進去嗎？」

「不一定耶。」雷米放下茶杯，說：「阿賓，你記得艾許莫林博物館——」

「噢，對，」羅賓說。「他們似乎認定我們會偷東西，我們進出時都被要求口袋外翻，好像他們確信我們偷了阿爾弗雷德寶石一樣。」

「他們根本不讓我們進去，」薇朵瓦說。「理由是年輕女性必須由年長女伴陪同才能進入。」

雷米噗哧一笑，問道：「為什麼？」

「可能因為我們女生容易情緒激動吧。」蕾緹說。「萬一看畫看到一半暈倒怎麼辦？」

「但那些畫作實在太扣人心弦了。」薇朵瓦說。

「天啊，戰場和胸部。」蕾緹用手背貼著額頭，說：「我內心承受不了啊。」

「那妳們怎麼辦？」雷米問道。

「我們等到博物館講解員換人值班時再回去，這次假扮成男人。」薇朵瓦用低沉的嗓音說：「不好意思，我們是從鄉下來拜訪親戚的，但他們在上課，所以我們沒事做——」

羅賓笑道：「真的假的？」

「真的，而且成功了。」薇朵瓦說。

「我不相信。」

「真的啦。」薇朵瓦微笑道。羅賓注意到她有一雙水汪汪的大眼睛，十分漂亮。他喜歡聽她說話，因為她說的每一句話都讓他想開懷大笑。「他們可能以為我們才十二歲左右，但計畫實施得非常順利——」

「直到妳興奮過頭。」蕾緹打斷道。

「好啦，原本很順利，但我們經過講解員時——」

「她看到了她喜歡的林布蘭的畫作，忍不住叫了一聲——」蕾緹發出吱吱的叫聲，薇朵瓦推了她的肩膀，但她自己也在笑。

「『小姐，不好意思。』」薇朵瓦拉長了臉，模仿講解員板著臉的模樣。「『妳不應該進來，我想妳可能迷路了——』」

「所以確實是因為情緒激動而破功的——」

他們就這麼成功破冰了。四人同聲大笑，或許事情本身其實沒那麼好笑，但重點是大家都笑了。

「有別人揭穿妳們的身分嗎？」雷米問道。

「沒有，大家都以為我們是特別苗條的大一新生。」蕾緹說。「不過有一次有人對薇朵瓦大叫，要她脫掉長袍。」

「他還想強行脫掉我的長袍。」薇朵瓦垂下眼簾，看著大腿，說：「蕾緹不得不用雨傘把他打跑。」

「我們也遇過類似的狀況。」雷米說。「有天晚上，貝里歐學院幾個酒鬼突然對我們大吼大叫。」

「他們不喜歡深色皮膚的人穿他們的制服。」薇朵瓦說。

「沒錯，」雷米說。「他們無法接受。」

「我很遺憾。」薇朵瓦說。「他們有……我的意思是，你們有全身而退嗎？」

羅賓看了雷米一眼，有點擔心他會有什麼反應，但雷米的雙眼仍帶著笑意。

「有啊。」他伸手摟住羅賓的肩膀，說：「我本來已經準備好要打斷幾個人的鼻梁了，但這傢伙做了明智的決定，開始像被地獄犬追殺一樣拔腿狂奔，我當然也只能跟在後面跑啦。」

「我不喜歡衝突。」羅賓臉紅道。

「看得出來，」雷米說。「你一副巴不得原地消失的樣子。」

「你也可以留在那裡啊，」羅賓打趣道。「單槍匹馬擊退他們。」

「什麼，留你一個人在可怕的黑夜裡瑟瑟發抖嗎？」雷米咧嘴一笑道。「總之，你狂奔的樣子超好笑的，好像膀胱快爆掉但找不到廁所一樣。」

四人又大笑起來。

他們很快就變得無話不談。他們什麼話題都能聊，可以互相分享在這格格不入的地方所感受到的無可言狀的侮辱，以及過去只能藏在心裡的種種不安。他們坦誠相見，毫無保留，因為他們終於找到了擁有相似遭遇，也能同理彼此感受的夥伴。

接下來，他們互相分享自己在來牛津大學前所受的教育。巴別塔學院顯然都會事先選定天資聰穎的小孩子入學。蕾緹來自英國南部的布萊頓，自從她會說話以來，親朋好友就對她驚人的記憶力佩服得五體投地；其中一個朋友認識一些牛津大學的教師，便幫她請了好幾位家教，教導她法語、德語、拉丁語和希臘語，直到她達到可以入學的年齡為止。

「但我差點沒辦法來。」蕾緹眨眨眼道，她那長長的睫毛瘋狂顫動著。「父親說他絕對不會付錢讓女人受教育，所以我很高興能獲得獎學金。為了付來這裡的馬車費，我還賣掉了一對手鐲呢。」

薇朵瓦跟羅賓和雷米一樣，是跟著監護人來到歐洲的。「我們住在巴黎，」她進一步說明。「他是法國人，但他在學院有熟人，原本打算等我年紀夠大時寫推薦信的。但後來他過世了，我本來還不確定能不能來。」她的聲音微微顫抖，她便稍作停頓，喝了一口茶。「但我設法聯繫上了他的熟人，他們便安排讓我過來。」她含糊地總結道。

羅賓懷疑背後另有隱情，但他自己也很擅長掩蓋內心的痛苦，便沒有進一步刺探。

他們有一個共通點：巴別塔學院是他們在這個國家唯一的棲身之地。他們是被選中的人，享有自己過去完全無法想像的特權，受到有錢有勢的男人資助，卻不完全理解對方的動機，也非常清楚自己可能隨時會失去這些特權。這種不確定的狀態讓他們感到既大膽又害怕。他們握有王國的鑰匙，而且不想還回去。

等到喝完茶時，他們之間的感情幾乎可說是愛了。說「幾乎」是因為真正的愛需要時間和共同的回憶慢慢培養，但以第一印象來說，這已經是最接近愛的程度了。他們還不知道，雷米以後會戴著薇朵瓦織得很醜的圍巾，而且愛不釋手；羅賓以後會知道雷米喜歡他的茶泡多久，每次阿拉伯語輔導課晚下課時，羅賓都會先在食堂幫他泡好茶；以後他們會知道蕾緹何時會帶著一袋檸檬餅乾去上課，因為泰勒麵包店每週三早上都會烤檸檬餅乾，而她每次都會去買。這些他們都還不知道，但那天下午，他們能夠想像四人會成為什麼樣的朋友，而抱持著那樣的想望，或許就能稱之為愛了吧。

後來，當一切都變了調、世界一分為二時，羅賓會回想起這一天，回想起第一次一起喝下午茶的時光，自問他們為何這麼快就變成了朋友，為何不經大腦思考就急著信任彼此。他們明明有數不勝數的方式可以互相傷害，為何他們卻視而不見？為何他們沒有停下來思考四人在出身和成長方面的差異，從而發現他們立場本來就不同，也永遠不可能站在同一邊？

但答案其實很明顯：他們四人都在陌生的環境中載沉載浮，將彼此視為救命的木筏，而相互依偎是生存下去的唯一辦法。

女孩們不能住在大學裡，正是因此，她們直到開學第一天才與羅賓和雷米相遇。薇朵瓦和蕾緹住在牛津一間走讀學校的僕人宿舍裡，距離大學約三公里，顯然巴別塔學院女學生的住宿通常都會這樣安排。羅賓和雷米送她們回家，以展現紳士風度，但羅賓希望這不會成為每晚的例行公事，因為路途真的很遙遠，而且這個時間沒有公共馬車。

「學校不能安排妳們住近一點嗎？」雷米問道。

薇朵瓦搖搖頭說：「每個學院都說我們太靠近可能會腐蝕紳士們的心靈。」

「這樣很不公平耶。」雷米說。

蕾緹好笑地看了他一眼。「還用多說嗎？」

「但其實沒那麼糟啦。」薇朵瓦說。「這條街上有一些不錯的酒吧。我們喜歡四騎士酒吧，有另一間叫扭根酒吧，還有一個叫『一棋一會』的地方可以下西洋棋——」

「不好意思，」羅賓打斷道。「妳剛剛說『扭根酒吧』嗎？」

「在橋附近，就在前面的哈羅巷上。」薇朵瓦說。「但你們不會喜歡那裡的。我們看了一眼，就直接走出來了，因為裡面超髒的。用手指抹一下玻璃杯，抹起來的油和汙垢應該至少有半公分厚吧。」

「所以不是學生常去的地方囉？」

「對，牛津的學生死都不會進去。那裡是鎮民的地盤，不是紳民會去的地方。」

蕾緹發現前方有一群乳牛，自然而然改變了話題，羅賓也沒有繼續追問。送女孩們平安到家後，他請雷米先回去喜鵲巷。

「我忘記我得去找勒維教授了。」他說。傑里科剛好離這裡比較近，可以拿來當藉口。「要走滿久的，你不用陪我沒關係。」

「你不是下週末才要去吃晚餐嗎？」雷米問道。

「對啊，但我突然想起來我這週也應該要去。」羅賓清了清喉嚨；當著雷米的面說謊讓他很難受。「派波太太說她要拿蛋糕給我。」

「謝天謝地。」意外的是，雷米竟然不疑有他。「午餐有夠難吃。你確定不要我陪嗎？」他問。

「不用，沒關係。一整天下來，我有點累了，想說一個人散散步也不錯。」

「也是。」雷米愉快地說。

兩人在胡士托路分別。雷米往南走回學院，羅賓則往右轉，尋找薇朵瓦說的那座橋。他也不確定自己在找什麼，彷彿在追尋記憶中的一句耳語。

答案自己找上他了。走到哈羅巷中間時，他身後傳來腳步聲。他回頭看了一眼，看到小巷中有一個黑色的人影跟在他後面。

「你現在才來啊，」他的分身說。「我已經躲在這裡一整天了。」

「你是誰？」羅賓質問道。「你到底……你為什麼跟我長那麼像？」

「別在這裡談。」他的分身說。「酒吧就在轉角處，我們先進去——」

「回答我。」羅賓要求道。他這才感覺到遲來的危機感；他口乾舌燥，心跳砰砰作響。「你是誰？」

「你是羅賓．史威夫特，」那名男子說。「你從小就沒有父親，但不知為何有個英國保姆在身邊照顧你，還有源源不絕的英文書可以看。有一天，勒維教授突然出現，要帶你來英國，你就永遠告別自己的祖國了。你認為教授可能是你的父親，但他沒有承認你是他兒子，你也很確定他永遠不會那麼做。我有說對嗎？」

羅賓一時說不出話來。他張開嘴巴，下頷動了動，但就是無話可說。

「跟我來吧，」他的分身說。「我們來喝一杯。」

第二部

ROYAL INSTITUTE OF TRANSLATION
UNIVERSITY OF OXFORD

第五章

「我不在乎名聲不好，」孟克斯嘲弄般地笑起來，打斷他。「你知道事實，這對我來說就夠了。」

——查爾斯·狄更斯，《孤雛淚》

他們在扭根酒吧最後面的角落找了一張桌子。羅賓的分身替他們點了兩杯金愛爾淡啤酒。羅賓拼命喝了三大口，一口氣就喝了半杯，感覺稍微鎮定了一點，但還是一樣困惑。

「我的名字，」他的分身說，「叫做葛瑞芬·勒維。」

仔細一看，他和羅賓其實沒有那麼像。他比羅賓年長幾歲，臉龐帶有一種成熟男性的剛毅魅力，羅賓的臉則仍有三分稚氣。他的聲音更加低沉、苛刻，但也更堅定自信。他比羅賓高了五到十公分，但比他瘦很多，全身上下都有稜有角。他的髮色更深，膚色更淺，看起來就像羅賓的印刷插畫，一種明暗對比更大的黑白版本。

他比上一個還更像你。

「勒維，」羅賓重複道，試圖搞清楚狀況。「所以你是——？」

「他絕對不會承認的，」葛瑞芬說。「但他也不承認是你父親，對吧？你知道他有老婆和小孩嗎？」

羅賓驚訝到不小心嗆到了。「什麼？」

「是真的。他育有一女一子，分別是七歲和三歲，是他親愛的菲莉帕和迪克小寶貝。老婆的名字叫做喬安娜，他把他們藏在約克夏一個漂亮的莊園裡。這也是他出國的資金來源之一；他是白手起家，但他老婆非常有錢，聽說一年進帳五百英鎊。」

「那他老婆——？」

「知道我們的存在嗎？當然不知道，但除了有損名譽外，我覺得她就算知道了也不會在乎。夫妻倆彼此厭惡，教授想要莊園，他老婆則想要炫耀的資本。他們一年大概見兩次面，其餘時間他不是住在這裡，就是住在漢普斯特德。奇妙的是，我們是他花最多時間陪伴的孩子。」葛瑞芬歪頭道。「至少你是啦。」

「我在作夢嗎？」羅賓咕噥道。

「想得美。你的臉色很差，喝吧。」

羅賓機械式地伸手拿酒杯。他不再顫抖，但感覺腦袋不太清楚。喝酒無濟於事，但至少讓他的手有事做。

「我想你一定有很多問題想問，」葛瑞芬說。「我會盡力回答，但你要有耐心，因為我也有問題要問你。你怎麼稱呼自己？」

「羅賓．史威夫特。」羅賓感到迷惑不解。「你不是已經知道了嗎？」

「但這是你想用的名字嗎？」

羅賓不確定他這話是什麼意思。「我是說，我的第一個……我是說，我有中文名字，但沒有人……我沒有——」

「好吧，」葛瑞芬說。「史威夫特，這個名字不錯，你是怎麼想到的？」

「《格列佛遊記》。」羅賓承認道。他一說出口就覺得這個名字取得很蠢，和葛瑞芬相比，他覺得自己就像個小孩子。「那……那是我最喜歡的書之一。勒維教授說我喜歡什麼就選什麼，我第一個想到的就是這個名字。」

葛瑞芬噘起嘴唇，說：「看來他變得溫和一點了。至於我呢，他在簽署文件前帶我到街角，告訴我棄兒通常是以自己被遺棄的地方命名的，說我可以在城裡到處走走，直到我找到一個聽起來不會太荒謬的字當名字。」

「你真的那麼做了嗎？」

「對啊，我選的是『哈利』。那不是什麼特別的地方，我只是在一家店上方看到這個字而已。我喜歡它的發音、嘴巴要做出的形狀，還有第二個音節拉長的母音。但我才不是什麼哈利，而是勒維，你也不是史威夫特。」

「所以我們是——」

「同父異母的兄弟。」葛瑞芬說。「你好啊，弟弟，很高興認識你。」

羅賓放下酒杯，說：「我想聽整件事情的來龍去脈。」

「好吧。」葛瑞芬身體前傾。扭根酒吧晚餐時間的人潮不少，在嘈雜的人聲中基本上聽不見別人對話的內容，但葛瑞芬還是壓低聲音，輕聲細語，羅賓必須豎起耳朵才能聽清楚。「我就長話短說了：我是一個罪犯。我和我同事常常從巴別塔學院偷銀條、手抄本和銘刻材料，從英國送到世界各地的夥伴手中。你昨晚的所作所為是叛國罪，萬一被發現，至少會被關在新門監獄二十年，但他們會先拷問你，好從你口中套出我們的情報。」他一口氣說完這段話，語氣和音量幾乎沒有任何變化。語畢，他把身體往後靠，一副很滿意的樣子。

羅賓不知所措，只好再喝一大口麥酒。他放下酒杯，頭痛欲裂，只說得出三個字：「為什麼？」

「答案很簡單，」葛瑞芬說。「有其他人比倫敦的有錢人更需要白銀。」

「可是……我是說，是哪些人？」

葛瑞芬沒有馬上回答。他打量了羅賓幾秒鐘，仔細觀察他的臉，好像在找尋什麼，可能是兩人除了長相以外的相似性，或是某種至關重要、與生俱來的素質。接著他問道：「你媽媽為什麼會死？」

羅賓停頓了一下，回答：「因為霍亂。那時候疫情爆發——」

「我不是問死因，」葛瑞芬說。「我問的是為什麼。」

我不知道為什麼，羅賓本想這麼回答，但他其實知道。他一直都知道，只是強迫自己不去想而已。一直以來，他都沒有允許自己問出這個問題。

噢，兩週多一點吧，派波太太當時這麼說。他們已經在中國待了兩個多禮拜。

他的眼睛感到刺痛，他眨了眨眼，問道：「你怎麼會知道我媽媽的事？」

葛瑞芬背往後靠，雙手放在腦後，說：「你要不要把那杯喝完？」

到了外面，葛瑞芬沿著哈羅巷快步離開酒吧，一邊壓低聲音，如連珠炮般地問問題：「所以你來自哪裡？」

「廣州。」

「我是在澳門出生的，我不記得我有沒有去過廣州。那他是什麼時候帶你來的？」

「來倫敦嗎？」

「不然是哪裡，傻瓜，就是來英國啦。」

羅賓覺得他哥哥有時候講話有點機車。「六……不對，七年前。」

「真令人難以置信。」葛瑞芬突然向左轉進班伯里路，羅賓連忙跟上去。「難怪他從來沒有找過我，原來他有更重要的事要忙啊。」

羅賓絆到鵝卵石，向前踉蹌了幾步。他直起身子，快步追上葛瑞芬。他以前在漢普斯特德只喝過淡酒，沒喝過麥酒，啤酒花讓他的舌頭麻麻的，而且他非常想吐。他剛剛為什麼要喝這麼多？他感到頭暈目眩，必須花比平常多一倍的時間整理思緒，但這當然就是葛瑞芬的目的。葛瑞芬顯然想卸下他的防備，讓他失去判斷力。羅賓懷疑葛瑞芬喜歡把人搞到無法正常思考。

「我們要去哪？」他問道。

「先往南，再往西。其實去哪都沒差，只是要避免被偷聽，最好的辦法就是不要停下來。」葛瑞芬轉進坎特伯里路，說：「如果你站著不動，盯梢人就可以躲起來偷聽整個對話，但當你四處走動，要偷聽就沒那麼容易了。」

「盯梢人？」

「總是小心為上。」

「那我們可以去麵包店嗎？」

「麵包店？」

「我跟朋友說我去找派波太太。」羅賓還是暈到天旋地轉，但他仍清楚記得自己說的謊。「我不能空手而回。」

「好吧。」葛瑞芬帶他走到溫徹斯特路。「泰勒麵包店可以嗎？其他店都關了。」

羅賓躲進店裡，匆匆買了一些店內最普通的糕點，以免雷米在他們下次經過店面櫥窗前時起疑心。他房間裡有一個麻袋；他回去時可以把蛋糕裝進去，然後丟掉麵包店的盒子。

葛瑞芬的多疑也害他變得疑神疑鬼。他感覺自己被盯上了，彷彿被潑了鮮紅色的油漆。在付錢的時候，他甚至以為會有人說他是小偷。麵包店店員找他零錢時，他根本不敢直視對方的眼睛。

「總之，」羅賓走出麵包店時，葛瑞芬說。「你要不要替我們偷東西？」

「偷東西？」羅賓重覆道。兩人又開始以健走的速度在街上「散步」。「偷巴別塔學院的東西嗎？」

「廢話，快跟上。」

「但你們為什麼需要我？」

「因為你是學院的一分子，而我們不是。你的血液有歸檔，代表你能夠打開我們開不了的門。」

「但為什麼……」羅賓想問的問題太多，舌頭一直打結。「為什麼？你們偷那些東西要幹嘛？」

「我剛剛就說啦，我們會重新分配這些資源。我們是羅賓漢，哈哈，羅賓。不好笑嗎？好吧。我們把銀條和銀工材料送給世界各地有需要的人，因為不是所有人生來就是有錢的英國人，像你媽媽就不是。巴別塔學院是個光鮮亮麗的地方，但它之所以如此光鮮亮麗，是因為它只把銀條賣給特定客群。」葛瑞芬說完，便回頭看了一眼。四下沒有別人，只有一名洗衣婦在街道的另一頭拖著籃子前行，但他還是加快腳步，問道：「所以你要加入嗎？」

「我……我不知道。」羅賓眨眨眼道。「我不能就這樣……我是說，我還有好多問題想問。」

葛瑞芬聳肩道：「想問什麼就儘管問吧。」

「我……好吧。」羅賓試圖整理混亂的思緒，以決定要先問哪個問題。「你們是什麼人？」

「赫密士會。」葛瑞芬立刻回答。

「赫密士會。」羅賓試著念念看這個名字。「為什麼叫——」

「這是一個笑話。銀聯想到水銀，水銀聯想到墨丘利，墨丘利聯想到赫密士，赫密士再聯想到解釋學。我不知道當初是誰想出來的。」

「你們是祕密結社嗎？沒有人知道你們的存在？」

「巴別塔學院當然知道。我們有……這麼說吧，我們已經有來有往好一段時間了。但他們知道的不多，至少肯定沒有他們想知道的那麼多。我們很擅長躲在暗處。」

其實也沒那麼擅長，羅賓想起那晚在黑暗中的咒罵聲，以及散落一地的銀條，心裡暗忖道。但他只有說：「你們有幾個人啊？」

「不能告訴你。」

「你們有總部嗎？」

「有。」

「你能帶我去嗎？」

葛瑞芬笑道：「當然不行。」

「但……你們肯定還有更多人吧？」羅賓追問道。「你至少可以把我介紹給——」

「做不到，我也不會這麼做。」葛瑞芬說。「我們才剛認識耶，老弟。說不定我們一道別，你就會去找普萊費爾告狀。」

「那我要怎麼——」羅賓已經不知道該說什麼了。「我是說，你什麼都不告訴我，就要求我付出一切。」

「沒錯，老弟，有一定水準的祕密結社都是這樣運作的。我不知道你是什麼樣的人，如果透露太多不就太愚蠢了嗎？」

「但這樣也會讓我很為難啊。」羅賓認為葛瑞芬似乎對一些合理的擔憂置之不理。「我對你也一無所知。你可能在說謊，可能是想陷害我——」

「如果我真的想陷害你，你現在早就被抓了，所以那不可能。你覺得我們騙你什麼？」

「你們搞不好根本沒有拿那些銀條去幫助他人。」羅賓說。「搞不好赫密士會其實是個詐騙集團，你們轉賣偷來的東西讓自己發大財——」

「我看起來像發大財了嗎？」

羅賓看著葛瑞芬營養不良的瘦弱身軀、磨損的黑色大衣和亂蓬蓬的頭髮。嗯……他必須承認，赫密士會看起來不像是為了謀取個人利益的陰謀集團。或許葛瑞芬會把偷來的銀條偷偷用於其他目的，但個人利益似乎不是其中之一。

「我知道這一時很難接受，」葛瑞芬說。「但你只能相信我，除此之外別無他法。」

「我想相信你。我是說，我只是……這一下子很難接受。」羅賓搖搖頭道。「我才剛來而已，今天才第一次踏進巴別塔學院，我對你和這地方的了解都不夠深，完全不知道這是怎麼一回事——」

「那你為何那麼做？」葛瑞芬問道。

「我……什麼？」

「昨天晚上啊。」葛瑞芬斜眼看了他一眼，說：「你二話不說，毫不猶豫就幫了我們。為什麼？」

「我不知道。」羅賓坦言道。

這個問題他也問了自己千百遍。他當時為什麼要發動那根銀條？不僅僅是因為在月光下的午夜時分，整個情況宛如夢境一般，規範和後果似乎都煙消雲散；也不是因為看到自己的分身讓他開始懷疑現實。他會那麼做，是因為他在內心深處感覺到一股莫名的衝動。「我只是覺得應該要那麼做。」

「怎麼，你沒有意識到自己在幫助一群小偷嗎？」

「我知道你們是小偷，」羅賓說。「我只是……我不認為你們是在做壞事。」

「換作是我就會相信你的直覺。」葛瑞芬說。「相信我吧，相信我們在做正確的事情。」

「什麼是正確的事情？」羅賓問道。「在你看來，這一切是為了什麼？」

葛瑞芬笑了。那是一種居高臨下的奇怪微笑，彷彿戴著一副笑臉面具，皮笑肉不笑。「你終於問對問題了。」他說。

他們繞回去班伯里路，鬱鬱蔥蔥的大學公園在前方隱約可見。羅賓有點希望他們能往南走到公園路，因為天色已晚，寒氣逼人，但葛瑞芬又帶他往北走，離市中心越來越遠。

「你知道在這個國家，大多數銀條是做什麼用的嗎？」

「醫療產業嗎？」羅賓瞎猜道。

「哈，真可愛。不，銀條主要是用來裝飾客廳的。沒錯，例如聽起來像真的公雞叫的鬧鐘、可用聲音控制明暗的燈、會隨時間變色的窗簾，諸如此類。因為銀條可以變出很多花樣，也因為英國的上流社會人士買得起。英國有錢人想要什麼，就能拿到手。」

「好吧，」羅賓說。「但就因為巴別塔學院出售銀條以滿足大眾需求──」

葛瑞芬打斷了他：「你想知道巴別塔學院的第二和第三大收入來源是什麼嗎？」

「法務部門嗎？」

「不，是軍隊，國家和私人的都有。」葛瑞芬說。「再來是奴隸貿易。相比之下，法務部門賺的錢少得可憐。」

「這……這怎麼可能。」

「不，世界就是這樣運作的。我來解釋給你聽吧，老弟。你應該已經知道英國是個不斷擴張的龐大帝國，倫敦位於其中心，而最重要的推動者就是巴別塔學院。學院不只囤積白銀，更廣納外語和外語人才，並用來創造翻譯魔法，而英國是唯一的受益者。世界上絕大多數使用中的銀條都在倫敦。現在最新、最強大的銀條需要用到中文、梵語和阿拉伯語，但在以這些語言為母語的國家，銀條數量加起來卻不到一千個，而且都集中在有錢有勢的人家中。那樣是不對的，是掠奪行為，在本質上是不公不義的。」

葛瑞芬每說一句話，都習慣用一隻張開的手加以輔助，就像指揮一次又一次地下重拍一樣。「但這是怎麼發生的呢？」他繼續說道。「為什麼外語的力量都掌握在英國手上呢？這絕非偶然，而是對外國文化和資源的蓄意剝削。教授們都假裝巴別塔學院純粹只是知識的殿堂，凌駕於商業和貿易等俗務之上，但事實上並非如此。巴別塔學院與殖民主義的生意有著密不可分的關係。你想想看，為什麼文學部門只把作品從外文翻成英文，而不把英文作品翻成外文，還有口譯員被派往國外到底要做什麼。巴別塔學院所做的一切都是為了擴張大英帝國。你想想，霍拉斯·威爾森爵士是牛津大學史上第一位梵語講座教授，卻把一半的時間都花在教導基督教傳教士上。

「重點就是持續積攢白銀。我們之所以擁有這麼多白銀，是因為我們哄騙、操縱和威脅其他國家達成貿易協議，讓白銀不斷流向國內。我們把白銀製成銀條，由巴別塔學院銘刻文字，再用這些銀條執行貿易協議，讓我們的船隻航行得更快、士兵變得更強壯、槍枝變得更致命。除非有外力打破這個利潤的惡性循環，不然英國遲早會擁有世界上所有的財富。

「我們赫密士會就是那個外力。我們將白銀輸送給需要的人、團體和運動。我們支持奴隸起義和抵抗運動。我們熔化用來清潔桌巾的銀條，並拿來治療疾病。」葛瑞芬放慢腳步，轉身直視羅賓的眼睛，說：「這就是這一切的目的。」

羅賓不得不承認，葛瑞芬的解釋很有說服力，只是這幾乎會牽扯到他所珍視的一切。「我……我明白了。」

「那你還在猶豫什麼呢？」

對啊，他到底在猶豫什麼？羅賓試圖釐清自己的困惑，想找到一個出於謹慎，而不是歸結為恐懼的理由。但恐懼正是根本的原因，他害怕後果，害怕打破他才剛入學的牛津大學的綺麗幻想。他都還沒開始享受，這地方的名聲就被葛瑞芬罵得蕩然無存。

「只是一切都太突然了，」他說。「而且我才剛認識你，我不知道的事太多了。」

「祕密結社就是這樣，」葛瑞芬說。「很容易浪漫化。你以為這會像是一段漫長的求愛過程：我們會正式吸收你為組織的一分子，為你展示一個全新的世界，以及參與其中的勢力和手段。如果你對祕密結社的唯一印象來自小說和路邊攤報紙的通俗故事，或許你會期待舉行儀式、說通關密語，以及在廢棄倉庫裡開祕密會議。

「但事情不是這樣的，老弟。這不是什麼通俗故事，現實生活既混亂、可怕又充滿不確定性。」葛瑞芬的語氣緩和了下來。「你必須明白，我想請你做的事非常危險。很多人因為銀條而死，我曾親眼目睹朋友因為銀條而死。巴別塔學院想要徹底消滅我們，你不會想知道赫密士會的成員被他們抓到後會有什麼下場。我們之所以能夠生存到現在，是因為我們進行分散管理，不會把所有情報都放在同一個地方。所以我沒辦法請你慢慢了解所有資訊，我要請你抱持信念冒一次險。」

羅賓這才發現，葛瑞芬雖然劈里啪啦講了一大堆，但他其實沒有表現出來的那麼有自信或令人生畏。他站在那裡，雙手插在口袋裡，聳著肩膀，在刺骨的秋風中瑟瑟發抖。而且他顯然很緊張；他看起來坐立不安，一直動來動去；每說完一句話，他都會往身後瞄一眼。羅賓感到困惑又苦惱，但葛瑞芬更是害怕得要命。

「非得這樣不可。」葛瑞芬堅持道。「只能提供最低限度的情報，其他要靠你自己快速判斷。我很想讓你看看我的世界，相信我，單打獨鬥並不好玩，但事實就是你是巴別塔學院的學生，而且我們才認識不到一天。或許有一天，我會將一切託付給你，但前提是我別無選擇，而你也證明了自己。現在，我已經告訴你我們在做什麼，以及我們需要你做什麼。你願意加入我們嗎？」

羅賓意識到這次的會面即將來到尾聲。他被要求做出最終決定，而如果他拒絕，他猜想葛瑞芬會從此沒入陰影，直接從他所知道的牛津消失，讓他懷疑這次的不期而遇是不是他自己想像出來的。

「我想加入，我真的想，但我還不……我只是需要時間思考，拜託你。」

羅賓知道這樣的回答會讓葛瑞芬灰心，但他簡直嚇壞了。他感覺自己好像被帶到懸崖邊緣，有人要他跳下去，而且不掛任何保證。這種感覺就跟七年前一樣，當時勒維教授把一份契約遞到他面前，用平靜的語氣要求他簽名，永遠改變自己的未來。但當時他一無所有，所以也沒什麼好失去的。這次他擁有了一切，包括食物、衣服和棲身之處，但懸崖之下完全沒有存活下去的保障。

「那就五天。」葛瑞芬說。他看起來很生氣，但並沒有指責羅賓。「我給你五天的時間考慮。墨頓學院花園有一棵孤零零的樺樹，你看到就知道了。要加入的話，週六前在樹幹上劃一個十字，不要的話就算了。」

「不能給我多一點時間嗎？」

「小子，如果你到那時還沒摸透這個地方，給你再多時間也沒用。」葛瑞芬拍了拍他的肩膀，問道：「你知道怎麼回去嗎？」

「我……我不知道。」羅賓剛才沒在看路，完全不知道他們在哪裡。建築物已沒入背景中，現在周圍只有連綿起伏的綠地。

「我們在薩默敦。」葛瑞芬說。「這裡很漂亮，只是有點無聊。胡士托路在這片綠地的尾端，你就左轉，一直往南走，直到看到熟悉的街景為止。我們就在此道別吧。別忘了，你有五天的時間。」葛瑞芬轉身準備離開。

「等等，我要怎麼聯絡你？」羅賓問道。現在葛瑞芬要走了，羅賓不知為何有點捨不得他離開。他突然很害怕如果讓葛瑞芬離開自己的視線，他就會永遠消失，而這一切到頭來只是一場夢。

「我說過了，你沒辦法聯絡我。」葛瑞芬說。「如果樹幹上有十字，我就會聯絡你。這樣我才有一點保障，以免你去告密，懂嗎？」

「那我在這段時間該做什麼？」

「什麼意思？你還是巴別塔學院的學生啊，學生就要有學生的樣子。乖乖上課，出去喝酒然後跟人打架。不行，你太軟弱了，還是不要打架好了。」

「我……好吧。」

「還有其他問題嗎？」

還有其他問題嗎？羅賓聽了很想笑。他還有千百個問題，但他認為葛瑞芬半個都不會回答。他決定冒險問一個問題：「他知道你的事嗎？」

「誰？」

「我們的……我是說勒維教授。」

「啊。」這次，葛瑞芬沒有不假思索地回答。這次，他停頓了一下才開口：「我不確定。」

羅賓大吃一驚。「你不知道嗎？」

「我在三年級後就離開學院了。」葛瑞芬低聲說。「我在入學時就加入了赫密士會，但跟你一樣是做內線。後來發生了一件事，待在學院不安全，所以我就跑走了。自那時起，我就……」他沒有把話說完，而是清了清喉嚨，說：「但這不是重點，你只需要知道，跟教授吃晚餐時最好不要提到我的名字。」

「這是當然的。」

葛瑞芬轉身離開，頓了頓，又轉回來問道：「還有一件事，你住哪裡？」

「嗯？我們都住在大學學院。」

「我知道，我是問哪一間房間？」

「噢。」羅賓頓時臉紅。「喜鵲巷四號，七號房。那是一棟有綠色屋頂的房子，我住在屋子的一角，傾斜的窗戶正對著奧里爾學院禮拜堂。」

「我知道那間。」太陽早已下山，在黑暗中，羅賓看不清楚葛瑞芬的表情。「那曾經是我的房間。」

第六章

「問題在於你能不能讓一個詞包含許多不同的意思。」愛麗絲說。
「問題在於誰說了算，僅此而已。」矮胖子說。

——路易斯・卡羅，《愛麗絲鏡中奇遇》

普萊費爾教授的翻譯理論入門課是週二早上在學院五樓的教室上課。他們才剛坐下來，他就開始講課，他那表演家般的宏亮聲音響徹了小小的教室。

「到目前為止，你們每個人都至少能流利地使用三種語言，這本身就是一項壯舉。但今天，我會努力讓你們明白翻譯獨有的困難之處。你們想想光是打個招呼就有多麼困難。說『你好』明明感覺很簡單啊！Bonjour、ciao、hallo，諸如此類。但假設現在我們要從義大利語翻成英語。義大利語的『ciao』可以是『你好』或『再見』的意思，兩者皆可，這只是接觸時的禮貌性用語。這個字源自於威尼斯語『s-ciào vostro』，意思接近『你恭順的僕人』，但我離題了。重點是當我們把『ciao』翻譯成英文，例如在翻譯一個角色們解散的場景時，我們就得假設『ciao』是『再見』的意思。有時從上下文很容易判斷，但有時沒那麼容易，我們就得在譯文中加字。事情已經夠複雜了，但我們才講到『你好』而已。

「一個好的譯者要內化的第一課，就是兩個語言之間，無論是字詞或概念都沒有一對一的對應關係。瑞士語文學家約翰．布萊廷格聲稱語言僅僅是『完全相等的字詞和習語的集合體，可以互換使用，意思上也能完全對應』，真是大錯特錯。語言跟數學不一樣，甚至連數學也會因語言而異[31]，但這部分我們之後再來討論。」

普萊費爾教授說話時，羅賓忍不住端詳他的臉。他不確定自己在找什麼，或許是某種暴露他邪惡本質的證據吧，或是葛瑞芬描繪的殘忍、自私、潛藏在表面下的怪物。但普萊費爾教授看起來只是個興高采烈的學者，他滿面笑容，全然迷戀著文字之美。的確，他哥哥的大陰謀論在白天的教室裡顯得十分荒唐可笑。

「語言並不是作為通用概念的命名法而存在的。」普萊費爾教授繼續說道。「如果是的話，翻譯就不是一門技術純熟的專業了，只要讓一班純真的新生人手一本字典，很快就能翻完所有的佛經了。然而，我們必須學會在古老的二分法之間挪騰舞動，而西塞羅和耶柔米闡釋了這兩個相對的理論：『verbum e verbo』和『sensum e sensu』。有誰能——」

「直譯和意譯。」蕾緹立刻回答。

「很好。」普萊費爾教授說。「這就是譯者的兩難。我們要以字詞為翻譯單位，還是要將單一字詞的準確性置於文本的整體精神之下？」

31 原註1：這是真的，數學並沒有脫離文化的影響。以記數系統為例，並非所有語言都使用十進位制。幾何學也是，並不是所有人都接受歐幾里得幾何所假設的空間概念。從羅馬數字改為更巧妙的阿拉伯數字，是歷史上最偉大的知識轉變之一。阿拉伯數字的進位制和「零」的概念（代表「空量」）使新形式的心算成為可能。但積習難改；一二九九年，佛羅倫斯的銀行家和錢幣兌換商行會（Arte del Cambio）就禁止佛羅倫斯的商人使用零和阿拉伯數字：「必須完全以羅馬數字清楚書寫。」

「我不明白，」蕾緹說。「忠實地翻譯每個字詞難道不會產出同樣忠於原文的譯文嗎？」

「會啊，」普萊費爾教授說，「但前提是每個語言中的字詞之間的關係都一樣，而這個大前提並不成立。『Schlecht』和『schlimm』在德文都是『不好』的意思，但怎麼知道何時該用哪個呢？法文的『fleuve』和『rivière』要各在什麼場合使用？要如何將法文的『esprit』翻譯成英文？我們不應該只是個別翻譯每個字詞，而是必須喚起它們在整段文字中給人帶來的感覺。但如果不同語言之間的差異真的這麼大，那要如何做到呢？這些可不是微不足道的小差異，伊拉斯謨甚至寫了一整本專著，闡述他為什麼在自己翻譯的《新約聖經》中，將希臘文的『logos』翻譯成拉丁文的『sermo』。逐字翻譯是不夠的。」

「汝偉大地拒絕踏上卑躬之路，」雷米背誦道，「一字一字描繪，一行一行追溯。」

「那是死腦筋勉強為之的結晶，原作之美喪盡，徒留痛苦滿盈。」普萊費爾教授接著背誦下兩句。

「約翰．丹南的詩啊。非常好，米爾扎先生。所以你們看，譯者與其說是傳達訊息，倒不如說是改寫原作。這就是困難所在：改寫仍是寫作的一種，而寫作一定會反映作者的意識形態和偏見，畢竟拉丁文『translatio』的意思就是『傳寄、遞交』。翻譯涉及空間維度，文本在被征服的領土上運輸，文字就像異域的香料一樣運送。當文字從羅馬的宮殿傳遞到現今英國的茶室，含義可能就完全不同了。

「這還只是詞彙的部分而已。如果翻譯只需要找到正確的主題、正確的大意，那麼理論上我們終究能夠清楚傳達意思，不是嗎？但有很多元素介入其中，包括句法、文法、詞法學和拼字學，所有構成語言架構的要素。就拿海因里希．海涅的詩〈一株孤松〉來說吧。這首詩篇幅很短，內容也簡單易懂：一棵松樹渴望著一棵棕櫚樹，象徵著男人對女人的渴望。然而要翻成英文卻非常棘手，因為英文不像德文有陰陽性，所以沒辦法表達陽性的『ein Fichtenbaum』和陰性的『einer Palme』之間的二元對立。看吧？曲解原意是不可避免的，我們必須以此假設為出發點。重點是要如何審慎曲解。」

他輕拍放在桌上的書，問道：「你們應該都讀完泰特勒了吧？」

大家都點點頭。他們前一天晚上的指定閱讀是伍德豪斯利勳爵亞歷山大．弗雷澤．泰特勒《翻譯原理論》的序章。

「那你們應該有讀到泰特勒的三條翻譯通律，分別是──請說，戴格拉夫小姐。」

「第一條是譯文應準確且完整傳達原文的意義。」薇朵瓦說。「第二條是譯文應反映原文的寫作風格和筆調。第三條是譯文讀起來應像原文一樣通順。」

她那充滿自信的精準回答，讓羅賓以為她是照著書唸。他瞥了薇朵瓦一眼，發現她只是看著教授，完全沒有查閱課本，不禁對她刮目相看。雷米也有這種過目不忘的天賦，羅賓開始覺得他的同學們強得有點可怕。

「非常好。」普萊費爾教授說。「聽起來滿基本的，但所謂原文的『風格和筆調』是什麼意思呢？文章讀起來『通順』又是什麼意思？當我們提出這些主張，考慮的是什麼樣的讀者？這些是我們在這學期將會探討的問題，很有趣，對吧？」他雙手十指交扣，說：「請容我再次以戲劇化的方式討論我們學院的名稱由來，也就是巴別塔。沒錯，親愛的學生們，我總是忍不住把學院理想化。不好意思，請容我縱情抒發吧。」

話雖如此，他的語氣卻不帶任何歉意。普萊費爾教授很愛這種戲劇性的神祕主義。他在多年的教學生涯中反覆搬演這些獨白，熟練到爐火純青。但沒人抱怨，因為大家也都愛聽。

「常有人說《舊約聖經》中最大的悲劇不是人類被逐出伊甸園，而是巴別塔的倒塌。因為亞當和夏娃雖然失去了上帝的恩典，但仍能說和理解天使的語言。但當傲慢自大的人們決定建造一條通往天堂的道路，上帝便打亂了他們的語言，使他們無法明白彼此的意思，並把他們分散到了世界各地。

「我們在巴別塔所失去的不僅僅是人類的團結，還有原始語言。這個與生俱來、完全可以理解，且形式與內容皆完美無缺的原初語言，聖經學者稱之為亞當語。有些人認為是希伯來語；有些人認為是早已失傳的古老語言；有些人認為是我們應該發明的一種新的人工語言。有些人認為法語能夠勝任這個角色；有些人則認為英語在不斷的借用下，蛻變成最終型態後，就能成為亞當語。」

「喔，這個簡單，」雷米說。「就是敘利亞語。」

「很幽默喔，米爾扎先生。」教授說。羅賓不知道雷米是不是真的在開玩笑，但其他人都沒反應。普萊費爾教授繼續說下去：「但對我來說，亞當語是什麼並不重要，因為我們顯然已經無法使用它了。我們永遠說不了神的語言，但透過將世界上所有的語言匯聚到此地，透過盡可能收集人類所有的表達方式，我們可以盡力而為。我們永遠無法從人世接觸到天堂，但我們的困惑並非永無止境。我們可以透過精進翻譯之道，取回人類在巴別塔失去的事物。」普萊費爾教授嘆了一口氣，為自己的表演所感動，羅賓甚至覺得他的眼角泛著淚光。

「魔法。」普萊費爾教授把一隻手放在胸膛上，說：「我們所做的事情正是魔法。我們不會總是有這種感覺，事實上，各位做今晚的練習時，與其說是在追尋轉瞬即逝的事物，感覺會更像是在摺衣服。但永遠不要忘記你們的嘗試需要多大的勇氣，永遠不要忘記你們正在挑戰上帝的詛咒。」

羅賓舉手發問：「教授，你的意思是，我們在這裡的目的也是為了讓人類更加團結一致嗎？」

普萊費爾教授歪頭問道：「你的問題是什麼意思啊？」

「我只是……」羅賓一時語塞。這個問題一問出口就顯得很愚蠢，像是小孩子的幻想，而不是正經的學術問題。蕾緹和薇朵瓦皺著眉頭看著他，就連雷米也皺起了鼻子。羅賓知道自己想問什麼，只是想不到要怎麼用巧妙又委婉的措辭表達。他又試了一次：「我的意思是，因為在聖經裡，上帝分化了人類，所……所以我就在想，翻譯的目的是不是為了讓人類重新團結起來。我們做翻譯，是不是為了讓世界各國再次迎來天堂……之類的。」

普萊費爾教授看起來一頭霧水，但很快又眉開眼笑，說：「這是當然的。這正是帝國的計畫，這也是為什麼我們按照王室的意志進行翻譯。」

他們週一、週四和週五要上語言輔導課。和普萊費爾教授的翻譯理論課相比，這些語言課程是他們熟悉的領域，令人安心多了。

無論他們主修什麼語言，每週都要一起上三堂拉丁文課（只有專攻古典學的學生需要上希臘文課）。他們的拉丁文老師是瑪格麗特・克拉芙特教授，她和普萊費爾教授可說是天差地遠。她幾乎不笑，講課時不帶感情，上課內容似乎都是用死記硬背的。她從來不看自己的筆記，但她會邊講邊翻頁，好像她早已背熟了每一頁的內容一樣。她沒有問他們叫什麼名字，而是會指著其中一人，用冷漠、唐突的語氣命令道：「你來。」一開始，她看起來毫無幽默感，但有一次雷米朗讀奧維德的《變形記》，唸到一句不形於色的幽默句子——周夫懇求伊娥不要逃跑：「噢，妳別跑呀！」因為伊娥已經掉頭跑開（fugiebat enim）——她突然放開嗓子，發出一陣少女般的笑聲，瞬間年輕了二十歲，彷彿她也是個坐在臺下的學生。那一刻轉瞬即逝，她又戴上了平常不苟言笑的面具。

羅賓不喜歡她。她講課的聲音有一種不自然的奇怪節奏，常常會在莫名其妙的地方停頓，讓人很難理解她的論述，兩小時的課堂簡直度秒如年。然而蕾緹似乎全神貫注在聽課，雙眼閃閃發亮，用欽佩的目光注視著克拉芙特教授。下課離開教室時，羅賓在門口等她收東西，他們就能一起走去食堂，但她卻走到克拉芙特教授的辦公桌前。

「教授，不知道能不能耽誤妳幾分鐘——」

克拉芙特教授起身說：「普萊斯小姐，已經下課了。」

「我知道，但我想要請教妳一下，如果妳有時間的話。我的意思是，同樣身為牛津大學的女性，我是說，我們女生人數不多，所以我想聽聽妳的建議——」

出於某種騎士精神，羅賓覺得自己不應該繼續偷聽，但他還沒走到樓梯，克拉芙特教授冷冰冰的聲音就劃破了空氣。

「巴別塔學院並沒有歧視女性，只是女性很少有人對語言有興趣而已。」

「但妳是巴別塔學院唯一的女教授，而我們都——我是說學院所有的女學生，包括我——我們都認為這非常令人敬佩，所以我想——」

「想知道我是怎麼做到的？就是靠與生俱來的才華加上後天的努力，這種事妳早就知道了。」

「對女性來說應該有一些挑戰吧，而且妳肯定經歷過——」

「普萊斯小姐，當我有相關話題要討論時，我會在課堂上提出來。但現在已經下課了，而妳在耽誤我的時間。」

羅賓急忙繞過轉角，匆匆走下蜿蜒的樓梯，以免被蕾緹看到。當她來到食堂，端著盤子坐下時，羅賓發現她的眼眶有點泛紅，但他假裝沒注意到。即使雷米或薇朵瓦有發現，他們也什麼都沒說。

＊

週三下午，羅賓上一對一的中文輔導課。他本來以為會在教室看到勒維教授，但他的老師是艾南・查卡瓦蒂教授。查卡瓦蒂教授和藹可親且低調內斂，操著一口完美的倫敦口音，光聽他的英語可能會以為他是在肯辛頓出生長大的。

中文課的上課形式跟拉丁文課截然不同。查卡瓦蒂教授沒有對羅賓講課，也沒有要他朗誦或背誦文本，而是以對話的方式上課。他問問題，羅賓盡力回答，兩人再一起釐清他所說的內容。

一開始，查卡瓦蒂教授問的問題簡單到羅賓看不出來有什麼好回答的，直到他分析出這些問題的含意，並意識到問題的深度遠超出他的理解範圍。「詞」是什麼？最小的語義單位是什麼？而它與詞又有什麼不同之處？詞和字有區別嗎？中文口語和書面中文有何不同？

他分析和拆解這個他自以為瞭如指掌的語言，學習將字詞歸類為表意文字或象形文字，並熟記一大堆新詞彙，大部分都跟詞法學和拼字學有關。這是一種很奇怪的練習，就像鑽進大腦的裂縫，撥開表層看內部如何運作一樣，讓他感到既著迷又不安。

接下來，問題的難度提高了。哪些中文字可追溯到可識別的圖形？哪些不行？「女」這個漢字也是「奴」和「好」的部首，原因分別是什麼？

「我不知道。」羅賓承認道。「為什麼啊？難道『奴』和『好』在本質上就是女性化的嗎？」

查卡瓦蒂教授聳肩道：「我也不知道，我和理查還在努力尋找這些問題的答案。現在的漢語文法大典還有很多缺漏。我以前學中文時，還沒有好的中英參考資料，只能湊合著用雷慕沙的《漢文啟蒙》和傅爾蒙的《中國官話》，你能想像嗎？我現在只要想到中文和法文就頭痛。但我認為我們今天確實取得了進展。」

羅賓這才意識到自己在學院所扮演的角色。他不只是學生，還是教授們的同事，他這個罕見的母語人士能夠拓展巴別塔學院在中文方面的淺薄知識。也是一座等著被開採掠奪的銀礦，葛瑞芬的聲音在腦海中響起，但他將這個想法拋諸腦後。

老實說，能夠對文法大典做出貢獻，讓他感到興奮，但他還有很多東西要學。他們在下半堂輔導課閱讀文言文。羅賓在勒維教授家裡有接觸過文言文，但從未以系統化的方式學習。文言文之於白話文，猶如拉丁文之於英文；可以猜出大概的意思，但文法規則並不直觀，不透過嚴謹的閱讀練習是不可能掌握的。標點符號宛如猜謎遊戲，名詞不想當名詞時可以當動詞。一個漢字常常有不同，甚至相互矛盾的含義，而且用兩者來詮釋內文都說得通。舉例來說，「亂」就有「治理」和「破壞」兩個對立的意思。

那天下午，他們研究了《詩經》。《詩經》的論述背景與當代中國相去甚遠，即使是漢朝的讀者可能也看不懂。

「我建議我們就此打住。」針對「不」這個字討論了二十分鐘後，查卡瓦蒂教授說。「不」在大多數情況下都是「否定」的意思，但在他們閱讀的文本上下文中似乎是一個褒詞，完全不符合他們對這個字的了解。「這個問題可能要留待之後再來研究了。」

「但我不明白，」羅賓沮喪地說。「我們怎能把這個問題放著不管？可以向別人請教嗎？或是到北京進行考察？」

「是可以啊，」查卡瓦蒂教授說。「但清朝皇帝明令禁止教外國人中文，否則會被判死刑。」他拍拍羅賓的肩膀，說：「我們就退而求其次，你就是現在最好的人才。」

「這裡沒有其他人會講中文嗎？」羅賓問道。「我是唯一會講中文的學生嗎？」

查卡瓦蒂教授的臉上浮現出一種奇怪的表情。羅賓意識到自己不應該知道葛瑞芬的存在。或許勒維教授要求其他教職員工發誓保密；或許根據官方紀錄，根本就沒有葛瑞芬這個人。

但他還是忍不住繼續追問：「我聽說幾年前也有一個學生，也是從中國沿岸來的。」

「噢……對，曾經是有一名學生。」查卡瓦蒂教授用手指敲打桌子，似乎感到焦慮不安。「他也是個不錯的男孩，但沒有你那麼勤奮。他叫葛瑞芬．哈利。」

「曾經？他怎麼了嗎？」

「這個嘛……這其實是個悲傷的故事。他在升大四之前過世了。」查卡瓦蒂教授撓了撓太陽穴，說：「他在一次海外考察中病倒了，沒能平安回到英國。這種事很常發生。」

「真的嗎？」

「對啊，做這行必然會有一定的……風險。畢竟要常常出差，難免會有人員折損。」

「但我還是不明白，」羅賓說。「應該有很多中國學生會想來英國讀書吧？」

查卡瓦蒂教授的手指越敲越快了。「這個嘛，是沒錯，但首先是國家忠誠度問題，招募可能會隨時跑回中國的學者就沒有意義了。再者，理查認為……這個嘛，學生需要先接受良好的教育。」

「像我一樣嗎？」

「對，像你一樣。不然的話，理查認為……」羅賓注意到查卡瓦蒂教授不斷使用同樣的表達方式，「中國人的天性跟英國人不太一樣，也就是說，他認為中國學生在這裡會適應不良。」

低賤的未開化種族。「這樣啊。」

「但你是例外，」查卡瓦蒂教授立刻說道。「你受到了良好的教育，也很有教養，非常用功，我想不會有問題的。」

「是。」羅賓吞了吞口水，他的喉嚨發緊。「我真的很幸運。」

來到牛津後的第二個週六，羅賓北上與他的監護人共進晚餐。

跟他在漢普斯特德的大宅子相比，勒維教授在牛津的住所稍嫌遜色。房子比較小，只有前院跟後院，沒有廣闊的綠地，但以一般教授的薪水應該還是買不起這地方。前門旁的樹籬種了一排櫻桃樹，樹上結著飽滿的紅櫻桃，但現在正值夏秋交替，櫻桃季應該已經過了。羅賓懷疑如果他彎下腰，檢查樹根附近的草皮，會發現土裡埋了銀條。

「親愛的孩子！」他才剛按門鈴，派波太太就立刻開門，拍掉他外套上的樹葉，又讓他原地轉圈，好看看他那瘦弱的身軀。「我的天啊，你一下就瘦了這麼多——」

「學校的食物超難吃的，」他說。他的臉上洋溢著燦爛的笑容；他這才意識到自己有多麼想念派波太太。「就跟妳說的一樣。昨天的晚餐是醃漬鯡魚——」

她倒抽一口氣。「不會吧。」

「——涼拌牛肉——」

「太誇張了！」

「——還有不新鮮的麵包。」

「太不人道了。別擔心，我煮了很多，一定會讓你吃飽飽的。」她拍拍他的臉頰，問道：「大學生活還好嗎？那些寬鬆的黑袍穿得還習慣嗎？你有交到朋友了嗎？」

羅賓正要開口回答，就看到勒維教授走下樓梯。

「你好啊，羅賓，」他說。「進來吧。派波太太，他的大衣——」羅賓脫下大衣交給派波太太，她看到墨跡斑斑的袖口，不禁發出嘖嘖聲。「開學第一週怎麼樣？」

「很有挑戰性，就跟你說的一樣。」羅賓回答。他感覺自己變得更成熟了，聲音也更低沉了。他一週前才離家，但他感覺自己的年齡增長了好幾歲，能夠以年輕人自居，而不是男孩了。「但同時也樂趣無窮，我學到了很多東西。」

「查卡瓦蒂教授說你對文法大典做出了一些很好的貢獻。」

「還有很多可以努力的空間。」羅賓說。「文言文有一些助詞，我真的不知道該拿它們怎麼辦。我們的翻譯常常感覺像是在瞎猜。」

「幾十年來，我也一直都有這種感覺。」勒維教授用手示意餐廳，說：「我們進去吧？」

感覺就像回到漢普斯特德一樣。長桌的布置跟羅賓習慣的一樣，羅賓和勒維教授一樣是在長桌的兩端相對而坐，羅賓右邊也有一幅畫，只是畫中描繪的是泰晤士河，而不是牛津的寬街。派波太太替他們倒酒後，對羅賓眨了眨眼，就跑回廚房裡了。

勒維教授向他舉杯，然後喝了一口酒，問道：「你現在在上傑羅姆的翻譯理論課，還有瑪格麗特的拉丁文課，對嗎？」

「對啊，目前很順利。」羅賓啜飲了一口酒，說：「不過克拉芙特教授感覺好像把我們當空氣，就算教室裡沒人，她可能也不會發現；而普萊費爾教授則是被教職耽誤的演員。」

勒維教授輕聲笑了，羅賓也忍不住微笑；他以前從來沒能讓自己的監護人笑過。

「他有跟你們講普薩美提克的故事嗎？」

「有啊。」羅賓說。「那個故事是真的嗎？」

「誰知道呢？我們只能相信希羅多德了。」勒維教授說。「希羅多德還說了另一個有趣的故事，也是跟普薩美提克有關。普薩美提克想知道哪個語言是世界上所有語言的基礎，就把兩個新生兒交給一名牧羊人，告訴他不能讓他們聽到任何人類的語言。一開始，他們就跟普通嬰兒一樣，只會咿咿呀呀。直到有一天，其中一個嬰兒將他的那雙小手伸向牧羊人，說：『bekos』，也就是弗里吉亞語的『麵包』。於是普薩美提克斷定弗里吉亞人就是世界上第一個種族，而弗里吉亞語是第一個語言。很有趣的故事，對吧？」

「我猜應該沒有人接受這個論點吧。」羅賓說。

「當然沒有。」

「但這種實驗真的有用嗎？」羅賓問道。「我們真的能從嬰兒的牙牙學語中學到什麼嗎？」

「我想應該不行。」勒維教授說。「問題是，如果想要讓嬰兒正常發展，就不可能將嬰兒和語言環境隔開來。如果買一個小孩，就可以實驗看看……但是，嗯，不行。」勒維教授歪了歪頭，說：「不過考慮原始語言存在的可能性倒是滿有趣的。」

「普萊費爾教授也有提到類似的概念，」羅賓說。「一種與生俱來、完美純粹的語言，也就是亞當語。」

在巴別塔學院待了一段時間後，他跟教授對話時就更有自信了。兩人站在更對等的位置，可以像同事一樣交流。今天的晚餐不像以前一樣，是羅賓單方面回答問題，而更像是兩個鑽研同一領域的學者之間的閒談。

「亞當語啊。」勒維教授做了個鬼臉，說：「我不知道他為什麼要灌輸你們那種概念。這當然是個很浪漫的比喻，但每隔幾年就會有大學生下定決心從原始印歐語中找出亞當語，或是乾脆自己發明亞當語；總是要經過好好一頓訓話，或是幾週的徒勞無功，才會醒悟過來。」

「你認為原始語言並不存在嗎？」羅賓問道。

「當然啊。虔誠的基督徒相信原始語言確實存在，但如果聖言真的是與生俱來且意義明確，那也不會引發那麼多爭論了。」他搖搖頭，說：「有些人認為亞當語可能是英語，或是未來會是英語，只因為英語背後有足夠的軍事力量和權力，能夠將競爭對手排擠出局。但我們也不能忘記，僅僅在一個世紀前，伏爾泰才宣布法語是通用語言。當然，那是滑鐵盧戰役之前的事了。約翰．韋伯和哥特佛萊德．萊布尼茲曾經推測，由於其表意文字的性質，中文可能曾經是個通用語言，但湯瑪斯．珀西則主張中文是埃及象形文字的衍生物，駁斥了這一點。我的重點是，這些都是視情況而定的。即使在力乏兵衰後，強勢語言還是能支撐一段時間，像葡萄牙語就未免撐太久了，但其重要性遲早會消失。但我認為有一個純粹的意義境域，一個介於之間的語言，能夠完美表達所有的概念，只是我們還無法接近這個領域。這種感覺就像是一種融會貫通的了悟。」

「就跟伏爾泰一樣。」羅賓說。喝酒讓他的膽量變大了，而且他很興奮自己還記得那句引語。「就像他在莎士比亞譯本序言中寫的那樣：『我試圖與作者一起翱翔。』」

「沒錯。」勒維教授說。「但約翰．霍克哈姆．弗里爾又是怎麼說的呢？『我們認為，翻譯的語言應該盡可能接近一種純粹、隱晦且無形的元素，僅僅作為思想和情感的媒介而存在。』但除了透過語言表達之外，我們對思想和情感又了解多少呢？」

「這就是銀條的力量來源嗎？」羅賓問道。他漸漸無法掌控對話的走向了；他感覺到勒維教授的理論很深奧，但他現階段還沒準備好要深入探討，因此必須在迷失方向前把話題拉回來。「銀條是不是能夠捕捉純粹的意義，也就是我們透過粗略的翻譯發動魔法時，在過程中失落的內容？」

勒維教授點點頭，說：「這是我們目前最接近理論的解釋吧。但我也認為，隨著語言的發展，隨著該語言的使用者變得更加世故與老練，隨著他們吞噬其他概念，並持續擴張、蛻變以包含更多概念，我們就更加接近該語言的全貌，誤解的空間也會變小。至於這對銀工魔法有什麼影響，我們才剛剛開始探討呢。」

「所以浪漫主義者遲早會無話可說囉？」羅賓說。

他只是在開玩笑，但勒維教授卻連連點頭，說：「你說得沒錯。法語、義大利語和西班牙語在學院占主導地位，但它們對銀工利潤的貢獻卻逐年減少。整個歐洲大陸的交流實在太頻繁了，有太多外來語了。隨著法語和西班牙語越來越接近英語，內涵意義會改變並趨於一致，反之亦然。幾十年後，使用羅曼語的銀條可能就不會有任何效果了。不，如果我們想要創新，就必須放眼東方國家。我們需要歐洲以外的語言。」

「所以你才主修中文。」羅賓說。

「正是如此。」勒維教授點頭道。「我敢肯定中國就是未來。」

「所以你和查卡瓦蒂教授才致力於招募多元背景的學生嗎？」

「是誰在跟你八卦學院內部的勾心鬥角？」勒維教授輕聲笑道。「是啊，我們今年只收了一位古典學者，而且還是女生，有些人可是很失望的。但事情就是這樣，你的上一屆學長們以後會很難找到工作。」

「既然我們聊到了語言的傳播，我想請問……」羅賓清了清喉嚨，繼續說：「銀條都去哪了？我的意思是，誰會買下它們？」

勒維教授對他投以奇怪的目光，回答：「當然是買得起的人啊。」

「但英國是唯一一個廣泛使用銀條的地方。」羅賓說。「廣州的銀條沒那麼多，聽說在加爾各答也很少。我也不知道……我只是覺得，中國人和印度人對銀工做出關鍵的貢獻，卻只有英國人能使用銀條，這似乎有點奇怪。」

「但這純粹是經濟因素啊，」勒維教授說。「我們創造出來的商品費用高昂，而英國人剛好買得起罷了。我們也會跟中國和印度商人進行貿易，但他們往往無法負擔出口費用。」

「但我們這裡的慈善機構、醫院和孤兒院裡都有銀條。」羅賓說。「我們有銀條可以幫助最需要的人，但世界上其他地方都沒有。」

他知道自己這麼做很冒險，但他必須尋求真相。如果沒有得到證實，他沒辦法將勒維教授和他的所有同事視為敵人，也無法相信葛瑞芬對巴別塔學院毫不留情的評價。

「我們哪有多餘的精力去研究無關緊要的用途？」勒維教授嗤之以鼻道。

羅賓試著從另一個角度切入：「只是……感覺應該要進行某種交換才公平。」他現在後悔自己喝了那麼多酒。他感到脆弱，無法完全控制自己，情緒激昂到無法進行理性的討論。「我們學走了他們的語言，以及他們看待和描述世界的方式，應該要給他們些什麼作為回報吧。」

「但是啊，」勒維教授說，「語言不像茶葉或絲綢是需要花錢購買的商品，而是無限的資源。如果我們學習和使用語言，這能算是偷竊嗎？」

他說的話有幾分道理，但結論仍讓羅賓感到不太舒服。事情肯定沒那麼簡單吧；整件事背後肯定還潛藏著不公平的脅迫和剝削吧。但他無法提出異議，也想不通教授論點的問題出在哪裡。

「清朝皇帝擁有的白銀儲量是世界上數一數二。」勒維教授說。「他有很多學者，甚至有通曉英語等外語的人才。那他為什麼不自己製造銀條？為什麼中國人這麼有錢，語言也如此豐富，卻沒有自己的文法大典呢？」

「或許他們缺乏起步的資源。」羅賓說。

「那我們為什麼要白白給他們資源呢？」

「但那不是重點，重點是他們需要這些資源，那巴別塔學院為什麼不派學者出國參加交流計畫呢？為什麼我們不教他們怎麼做呢？」

「或許所有國家都在囤積自己最寶貴的資源。」

「或許是你們在囤積本應免費分享的知識。」羅賓說。「如果語言是免費的，知識是免費的，那為什麼所有的文法大典都鎖在學院的展示櫃裡？為什麼我們從來不接待外國學者，或是派學者到世界各地設立翻譯中心？」

「因為身為皇家翻譯學院，我們是為王室的利益而服務。」

「這在本質上似乎是不公不義的。」

「你是這麼想的嗎？」勒維教授的語氣透出一絲冷冰冰的怒意。「羅賓．史威夫特，你認為我們在這裡做的事情在本質上是不公不義的嗎？」

「我只是想知道，」羅賓說，「為什麼白銀當初沒辦法救我媽媽。」

兩人陷入片刻的沉默。

「你媽媽的事我很遺憾。」勒維教授說，然後拿起刀子，開始切牛排，神色有些慌亂不安。「但亞洲霍亂之所以會發生，是因為廣州公共衛生環境差，而不是因為銀條分配不均。而且不管怎樣，也沒有能讓死者復活的銀工配對——」

「這是什麼爛藉口？」羅賓放下酒杯，說道。他現在已經完全喝醉了，變得好戰。「當時你手上明明就有銀條，你之前也跟我說銀條很容易製作，那到底為什麼——」

「你夠了沒，」勒維教授厲聲說。「她不過是個女人而已。」

門鈴響了。羅賓嚇了一跳；他的叉子敲到盤子，噹啷一聲掉到地上。他趕緊撿起叉子，感到尷尬不已。派波太太的聲音從走廊傳來：「噢，你怎麼來了！他們正在吃晚餐，我帶你進去——」接著，一名衣著優雅的金髮帥哥大步走進餐廳，手裡捧著一疊書。

「史特林！」勒維教授說道，便放下刀子，起身迎接那名陌生人。「我以為你會晚到。」

「倫敦那邊提早結束了——」史特林和羅賓四目相接，立刻僵住。「噢，你好。」

「你好。」羅賓說，感到既慌張又害羞。這就是鼎鼎大名的史特林．瓊斯，威廉．瓊斯爵士的姪子，也是學院的明星校友。「很、很高興認識你。」

史特林什麼也沒說，只是仔細端詳他好一會兒。他歪了歪嘴巴，但羅賓無法解讀那個奇怪的表情。「我的天啊。」

勒維教授清了清喉嚨，說：「史特林。」

史特林的目光在羅賓的臉上停留了片刻，然後他才移開視線。

「總之，幸會。」他已經轉身背對羅賓了，卻又隨口補了一句，聽起來既尷尬又沒誠意。他把手上的那疊書放到餐桌上，說：「迪克，你說得沒錯，利瑪竇辭典正是關鍵。我們沒考慮到以葡萄牙文作為中介的可能性，這部分我可以幫忙。我想如果我們透過雛菊鏈，把我標記的字串聯起來——」

勒維教授一邊翻閱書頁，一邊說：「這都泡過水了，希望你不是原價買下——」

「我半毛錢都沒付，迪克，你以為我是笨蛋嗎？」

「哎，但你上次在澳門——」

他們陷入熱烈的討論，把羅賓晾在一邊。

他在一旁看著，還有點醉意，而且感到格格不入，臉頰發燙。他還沒吃完，但現在繼續吃感覺很尷尬，何況他也沒了食慾。他稍早的自信早已消失殆盡，彷彿又變回多年前那個愚蠢的小男孩，被勒維教授會客室裡那些烏鴉般的訪客嘲笑和無視。

他對自己內心的矛盾感到驚訝：他鄙視這些人，也很清楚他們圖謀不軌，但他仍希望能獲得他們的尊重，以躋身他們的行列。他的內心五味雜陳，完全不知道該如何整理這些情緒。

但我們還沒說完，他想告訴父親。我們還在談我媽媽的事。

他的胸口一緊，心臟就像一隻在籠中奮力掙扎的困獸。真奇怪，明明這種待遇對他來說早已是家常便飯。勒維教授從未重視羅賓的感受，也從未給予關心或安慰，只會突然改變話題，築起一道冷漠的高牆，並刻意淡化羅賓的痛苦，以至於他自己都覺得這些是沒必要提起的瑣事。羅賓早就習慣了。

然而現在，也許是酒精作祟，又或許多年來累積的情緒已經到了臨界點，他好想放聲尖叫、大哭、踹牆壁，什麼都好，只希望他父親能夠正視他。

「對了，羅賓。」勒維教授抬頭看了他一眼，說：「麻煩你離開前告訴派波太太我們想喝咖啡，好嗎？」

羅賓一把抓起大衣，離開了餐廳。

＊

他沒有從大街轉進喜鵲巷。

他繼續往前走，走到墨頓學院的校地。晚上的花園變得陰森森的，黑色的樹枝像手指一樣，從門上的鐵門後面伸出來。羅賓擺弄著鎖，發現打不開後，便氣喘吁吁地從大門上方尖刺之間的狹窄縫隙翻過去。他走了幾步，才意識到自己不知道樺樹長什麼樣子。

他往後退一步並環顧四周，覺得自己有點蠢。有一片白吸引了他的注意，那是一棵蒼白的樹，周圍環繞著一叢桑樹，桑樹的枝葉修剪成微微向上捲曲的樣子，宛如眾星拱月。白樹的樹幹上有一個突出的樹瘤；在月光下，看起來像個光頭，或是一顆水晶球。

應該就是它了吧，羅賓心想。

他想像他哥哥穿著飄揚的黑色斗篷，手指在月光下拂過蒼白的樹幹。葛瑞芬確實滿浮誇的。他想知道胸中的慍怒從何而來。從傑里科一路走到這裡，醒了酒，卻未能平息內心的怒火。他還是想放聲尖叫。和他父親共進晚餐讓他這麼生氣嗎？這就是葛瑞芬所說的義憤填膺嗎？但他所感受到的並不是單純革命的火焰。他心中所感受到的與其說是信念，不如說是懷疑、怨恨與深深的迷茫。

他對這個地方又愛又恨。他討厭這裡對待他的方式，但還是渴望成為其中一員，因為能成為學院的一分子，以學者的身分和教授們對等地交流，並參與大局，感覺真的很棒。

其實只是因為你是個受傷的小男孩，你希望他們能多關心你一點。這個糟糕的想法在他的腦海中浮現，但他推開了這個念頭。他不可能這麼小心眼吧；他不可能只是因為被忽略，所以才想反抗他父親吧。

他已經見識得夠多了。他知道巴別塔學院的本質是什麼，也知道要相信自己的直覺。

他用手指拂過樹幹。他的指甲刮不出痕跡，用刀子最理想，但他身上從來不帶刀。最後，他從口袋裡掏出一支鋼筆，將筆尖按在木瘤上，成功戳進木頭。為了讓十字清晰可見，他用力劃了好幾次，直到手指痠痛，鋼筆尖也毀了，但他終於留下了記號。

第七章

「你會說的語言越多，你這個人的價值就越高。」

——查理五世

週一下課後，羅賓回到房間，發現窗臺下夾著一張紙條，馬上把它抽了出來，心跳砰砰作響。他關上房門並坐在地上，瞇著眼睛看葛瑞芬密密麻麻的字跡。

紙條是用中文寫的。羅賓讀了兩遍，然後反著唸，再正著唸，感到一頭霧水。葛瑞芬似乎是把完全隨機的中文字串起來，羅賓根本就看不懂那些句子。不對，那甚至稱不上是句子，因為雖然有標點符號，中文字的排列卻毫無文法或句法可言。這肯定是某種暗號，但葛瑞芬沒有給羅賓解答，羅賓也想不到葛瑞芬有留下什麼文學典故或隱晦的暗示，來幫助他破解這些不知所云的字串。

後來他發現自己思考的方向錯了。這不是中文，葛瑞芬只是用中文字來表達另一個語言，而羅賓懷疑是英文。他從自己的日記本撕下一張紙，放在葛瑞芬的紙條旁邊，然後寫下每個中文字的羅馬拼音。有些字詞他是用猜的，因為中文字的羅馬拼音和英文字的拼寫方式差很多，但最後，藉由找出幾種常見的拼音轉換模式，例如「tè」就是「the」，「ü」就是「oo」，羅賓終於破解暗號了。

下一個雨夜。在午夜十二點整開門，在門廳裡等候，然後在零五分走出去。不要跟任何人交談。完事後直接回家。

務必完全按照我的指示行動。記住，然後燒掉。

簡潔、直接，且只包含最低限度的資訊，很有葛瑞芬的風格。牛津常常下雨，下一個雨夜可能就是明天。

羅賓讀了一遍又一遍，直到他把紙條的內容牢記在心，然後將紙條和他解謎用的紙都扔進壁爐，聚精會神地看著，直到所有碎片都化為灰燼為止。

週三晚上下起傾盆大雨。整個下午都霧濛濛的，看著天色漸暗，羅賓也越來越害怕。他在傍晚六點離開查卡瓦蒂教授的辦公室時，濛濛細雨正慢慢把人行道染灰。等到他走到喜鵲巷時，雨勢又更大了，啪噠啪噠地打在地上。

他把自己鎖在房間裡，把拉丁文課的指定閱讀放在書桌上，試圖至少盯著書上的文字，直到約定的時間到來。

到了晚上十一點半，雨勢仍沒有趨緩的跡象，看來是要下一整晚了。這場雨聽起來十分寒冷；即使沒有狂風、大雪或冰雹，光是雨水打在鵝卵石上的啪噠聲，感覺就像冰塊打在自己身上一樣。羅賓現在明白了葛瑞芬的指示背後的原因：在這樣的夜晚，能見度可能不到一公尺，而且就算看得到也沒心情看。這樣的雨會讓人低著頭，聳起肩膀走路，對世界漠不關心，直到抵達溫暖的地方為止。

十一點四十五分時，羅賓穿上大衣，走到走廊上。

「你要去哪？」

他立刻僵住。他還以為雷米已經睡了。

「我把東西忘在書庫了。」他低聲說。

雷米歪了歪頭，問道：「你又忘東西啦？」

「我想這就是學生的詛咒吧。」羅賓低聲說，並試圖維持木然的表情。

「現在下大雨耶，明天再去拿啦。」雷米皺眉道。「是什麼東西啊？」

我的文本，羅賓差點回答，但這很明顯是謊言，因為他聲稱自己一整晚都在讀文本。「啊……只是我的日記而已。如果我不去拿回來，恐怕會整晚睡不著覺，我很擔心會有人看到裡面的內容——」

「你寫了什麼，情書嗎？」

「沒有，只是……不想給別人看而已。」

要嘛就是他很會說謊，要嘛就是雷米睏到根本不在乎了。「明天記得叫我起床，」他打著哈欠說。「我整晚都要與德萊頓為伍，我可一點也不期待。」

「沒問題。」羅賓保證道，然後快步走出大門。

沿著大街走到學院只要十分鐘，但在傾盆大雨中，感覺卻無比漫長。巴別塔學院在遠處閃閃發光，宛如一根溫暖的蠟燭。每層樓都燈火通明，彷彿現在是忙碌的午後時分，但從窗戶幾乎看不到人影。巴別塔學院的學者常常焚膏繼晷，但大多數人會在晚上九點或十點就把書帶回家看，而半夜還留在學院的人幾乎都會待到早上才離開。

抵達草坪時，他停下來左顧右盼，但沒有看到任何人。葛瑞芬的信太含糊了；他不知道自己該等到看到赫密士會的成員，還是十二點整準時執行命令。

務必完全按照我的指示行動。

午夜的鐘聲響起。他快步走到學院門口，口乾舌燥且上氣不接下氣。他抵達石階時，兩個人影從黑暗中現身，都是身穿黑衣的青年，他在雨中看不清楚他們的臉。

「開門吧，」其中一人低聲說。「快點。」

羅賓走上前。「羅賓．史威夫特。」他輕聲說，但聲音很清楚。

防護認得他的血液，門鎖「喀」的一聲開了。

羅賓拉開大門，在門階上稍作停留，剛好足以讓他身後的兩人溜進學院。他沒有看到他們的臉，兩人像幽靈一樣迅速衝上樓梯，沒有發出任何聲響。羅賓站在門廳裡，雨水從他的額頭上滴下來。他一邊發抖，一邊看著時鐘的指針一分一秒走向五分鐘的位置。

簡直輕而易舉。時間到時，羅賓便轉身，大步走出學院。有什麼東西輕輕碰到了他的腰部，但除此之外沒有任何感覺：沒有竊竊私語，也沒有叮噹作響的銀條。幾秒鐘後，赫密士會眾便消失在黑暗中，彷彿他們從不曾來過。

羅賓轉身走回喜鵲巷，頭暈目眩，全身劇烈顫抖，對自己的膽大妄為震懾不已。

他睡得很差，在床上翻來覆去，陷入惡夢般的朦朧狀態，汗水浸濕了床單。在半夢半醒之間，他深受心底的恐懼折磨，害怕警察隨時會破門而入，說他們什麼都看到了，也知道了一切，並把他拖進監獄。到了清晨，他才好不容易睡著，而且那時他已筋疲力盡，以至於連晨鐘都沒聽到。最後是清潔人員敲門問他需不需要打掃房間，他才終於醒過來。

「啊……好的，不好意思，請等我一下，我馬上出去。」他洗了把臉，穿好衣服，然後衝出門外。他和同學們約在學院五樓的自習室，以便在上課前討論翻譯作業，但他已經大遲到了。

「你終於來啦。」他抵達自習室時，雷米說道。他、蕾緹和薇朵瓦都圍坐在一張方桌旁。「抱歉我先走了，但我以為你已經出發了。我敲了兩次門，但你都沒回應。」

「沒關係。」羅賓說，並坐了下來。「我沒睡好……可能是因為打雷吧。」

「你還好嗎？」薇朵瓦面露擔憂，問道。「你看起來有點……」她的手在臉前揮了揮。「臉色蒼白？」

「只是做了惡夢而已，」羅賓說。「呃，有時會發生。」

這個藉口一說出口就顯得很愚蠢，但薇朵瓦只是拍了拍他的手，表示同情，說：「辛苦了。」

「可以開始了嗎？」蕾緹用尖刻的語氣問道。「我們剛剛只討論了詞彙，因為雷米堅持一定要等你來再開始。」

羅賓趕緊翻開文本，找到昨晚指定閱讀的奧維德。「抱歉……我們開始吧。」

他本來擔心自己撐不到討論結束，但不知為何，灑在冰涼木桌上的溫暖陽光、鋼筆在羊皮紙上沙沙的寫字聲，以及蕾緹口述翻譯時乾脆俐落、清楚明瞭的聲音，讓他疲憊的精神能夠集中注意力，使拉丁文，而不是他即將遭到退學的事實，成為當天最迫切的問題。

讀書會的討論比想像中還要熱烈許多。羅賓以前朗讀譯文給切斯特老師聽時，老師只會幽默地糾正他，所以他沒料到大家會就措辭、標點符號，以及怎樣算重複太多次進行如此熱烈的辯論。他們很快就發現彼此的翻譯風格截然不同。蕾緹很堅持譯文要盡量貼近拉丁文的文法結構，再怎麼不通順的字句她似乎都能接受；雷米和她完全相反，隨時準備好要犧牲翻譯的精準度，並採用更能傳達重點的華麗修辭，即使要加入原文沒有的子句也沒關係。薇朵瓦常常因為英文沒有更貼切的譯法而感到氣餒，說：「這譯文超怪的，用法文適合多了。」蕾緹總是熱烈贊成，雷米則是嗤之以鼻，這時大家就會將奧維德拋諸腦後，重演拿破崙戰爭。

「感覺好一點了嗎？」討論告一段落時，雷米問羅賓。

他確實有好一點了。躲進一個絕跡語言的庇護所，進行一場利害關係與自己無關的脣槍舌戰，感覺很不錯。令他驚訝的是，接下來這一天也很平凡，他能夠坐在教室裡，聽普萊費爾教授講課，假裝泰特勒是他腦海中最重要的課題。在白天，昨晚的英勇行動感覺就像一場遙遠的夢。牛津大學、課堂作業、教授、剛出爐的司康和凝脂奶油，這些人事物感覺才是真實存在的。

儘管如此，他還是無法消除內心深處的恐懼，或許這一切都是個殘酷的笑話，而這場戲的帷幕隨時都會落下。怎麼可能沒有後果呢？他把自己的血獻給了巴別塔學院，現在卻從這裡偷東西，他做出了這樣的背叛行為，不可能還能繼續過這樣的生活吧。

下午三點左右，焦慮感如排山倒海般襲來。昨晚看似充滿正當理由的驚險任務，現在卻顯得無比愚蠢。他無法專心上拉丁文課；直到克拉芙特教授在他眼前打響指，他才意識到教授已經要求他分析一句話三次了。他想像出來的場景越來越鮮明可怕：警察會衝進教室，指著他大喊：「就是他，臭小偷！」同學們會轉頭盯著他看，目瞪口呆；勒維教授不知為何擔任檢察官兼法官，並會無情地判處羅賓絞刑。他想像壁爐的火鉗一次又一次地打在他身上，有條不紊且毫不留情，打斷他的每一根骨頭。

但想像並未化為現實。沒有人來逮捕他，課堂依舊持續進行，還是一樣漫長且枯燥乏味，於是他的恐懼漸漸消失了。等到羅賓和他的同學在學院餐廳集合吃晚餐時，他赫然發現自己竟能輕易假裝昨晚什麼事也沒發生。他們坐下來吃涼拌馬鈴薯和硬到要用刀子鋸的牛排，聊到在課堂上，克拉芙特教授不斷糾正雷米加油添醋的翻譯，被弄得越來越火大，眾人哄堂大笑，昨晚發生的事感覺就像一段遙遠的記憶。

那天晚上羅賓回家時，窗臺下又有一張新紙條了。他攤開紙條，雙手不住顫抖。這次草草寫下的訊息非常簡短，羅賓不用寫下來就能破解暗號。

等待進一步指示。

羅賓內心的失望讓他感到困惑不已。他不是一整天都巴不得自己沒有陷入這場惡夢嗎？他完全能夠想像葛瑞芬嘲弄的聲音：怎麼，你想得到稱讚嗎？還是要我們賞你一塊餅乾，跟你說做得好？

他發現自己還想要做更多，但他不知道何時才能再收到葛瑞芬的消息。葛瑞芬有警告過羅賓，說不會定期聯繫他，間隔可能甚至會長達一整個學期。他們有需要時才會找羅賓，平常不會聯絡。第二天晚上，他的窗臺下沒有紙條，第三天晚上也沒有。

幾天過去了；轉眼間，已經過了好幾週。

他還記得葛瑞芬當時對他說的話：你還是巴別塔學院的學生啊，學生就要有學生的樣子。

他發現這很容易做到。關於葛瑞芬和赫密士會的記憶退到他的腦海深處，隱身於惡夢和黑暗中，他在牛津和巴別塔學院的生活成了他人生的重心，多采多姿且無比耀眼。

令他震驚的是，他在不知不覺間，很快就愛上了這個地方和這裡的人們。第一個學期，羅賓簡直忙得昏天暗地，每天都頭暈目眩且筋疲力盡。內容紮實的課程和堆積如山的作業，使他陷入瘋狂閱讀文本和挑燈夜戰的輪迴，而他的同學們是他唯一的慰藉和快樂泉源。幸好女孩們心胸寬大，很快就原諒了羅賓和雷米糟糕的第一印象。羅賓發現從哥德小說到愛情小說，他和薇朵瓦都毫不掩飾對各類文學作品的熱愛，兩人很喜歡交換和討論最新一批從倫敦帶來的廉價通俗小說。而當蕾緹對男生們改觀，相信他們真的沒有笨到沒資格念牛津大學，她就變得好相處多了。事實證明，蕾緹不但擁有一針見血的幽默感，拜她的成長經歷所賜，她也對英國的階級結構有著敏銳的認識，因此她總能發表十分有趣的評論，只要不是針對他們兩人就好。

「科林就是那種可鄙的中產階級寄生蟲，只因為他家人認識劍橋的一位數學老師，他就假裝自己很有人脈。」有一次去了喜鵲巷後，她這麼評論道。「他如果想成為律師，可以直接到律師學院實習，但他來這裡是為了累積聲望和人脈，只是他根本沒有獲得這些的魅力。他的個性就像一條濕毛巾：黏答答、勾勾纏，讓人不舒服。」

接著，她就模仿科林那種瞪大眼睛、過分殷勤的問候，逗得眾人哄堂大笑。

雷米、薇朵瓦和蕾緹，這三人成為了羅賓生活中的色彩，也是他在課業之外唯一會持續交流的對象。他們需要彼此，因為他們沒有其他依靠。巴別塔學院的高年級學生很難親近；他們太忙了，而且個個才華洋溢到令人生畏的地步。開學後兩週，蕾緹大膽地搭訕一名叫加布里埃爾的研究生，詢問是否能加入法文讀書會，卻被對方用法國人獨有的鄙視態度迅速回絕。羅賓試圖與一位日本籍的三年級生交朋友，她名叫伊爾莎．出島[32]，講話帶有淡淡的荷蘭口音。他們在往返查卡瓦蒂教授辦公室的路上經常擦肩而過，但有幾次羅賓試圖跟她打招呼，她卻做了個鬼臉，好像他是一隻討厭的小蟲子一樣。

他們也試著跟二年級生交朋友，五名學生都是白人男孩，住在對面的墨頓街。但當其中一名叫菲利普．萊特的學長在一次全院晚宴告訴羅賓，一年級生之所以幾乎都是國際學生，完全是學院內部勾心鬥角的結果，氣氛很快就急轉直下。「大學部研究委員會一直在吵到底要優先發展歐洲語言，還是其他……異國語言。多年來，查卡瓦蒂和勒維一直起鬨要促進學生多元化。我這一屆都是古典學者，

32 原註1：伊爾莎和羅賓一樣，在英國用的不是本名，而是被收養時取的名字；「伊爾莎」是她選的英文名字，「出島」則是她出生長大的島嶼。

他們很不高興，我覺得他們對你們這屆有點矯枉過正了。」

羅賓試著保持禮貌的態度，說：「這未必是件壞事啊。」

「這本身不是件壞事，但名額減少代表具備相同資格，且通過入學考試的應試者可能會因此無法錄取。」

「我沒有考入學考。」羅賓說。

「這就是重點。」菲利普哼了一聲。接下來一整個晚上，他都沒有再跟羅賓說半句話。

由於他常常與雷米、蕾緹和薇朵瓦對話，羅賓開始透過他們的視角看牛津。雷米一定會喜歡掛在埃德和拉芬斯克洛夫裁縫店櫥窗裡的那條紫色圍巾；看到那個坐在皇后巷咖啡館外，手裡拿著一本十四行詩，有著水汪汪大眼睛的年輕男子，蕾緹一定會笑死；看到穹頂花園咖啡廳的司康剛出爐，薇朵瓦一定會興奮不已，但她的法文課要上到中午，所以羅賓必須先幫她買一個，包起來放在口袋裡，等她下課時再給她。羅賓甚至開始將課程文本視為聊天的靈感來源，無論是單純抱怨或幽默觀點，他都能將這些犀利見解分享給其他人，閱讀文本也因此變得更有趣了。

他們並非沒有分歧。他們就跟一般意見很多、聰明自負的年輕人一樣吵得沒完沒了。羅賓和薇朵瓦就英國和法國文學的優越性爭論不休，而且奇怪的是，兩人都死忠支持自己所入籍的國家。薇朵瓦堅持就算是英國最厲害的理論家，都無法與伏爾泰和狄德羅相提並論。要不是每次羅賓從博德利圖書館借法國文學的英文譯本時，她都嘲弄道：「這跟原作完全不能比，你還是別看了」，羅賓可能還會姑且相信她。薇朵瓦和蕾緹雖然平常很親密，但總會在金錢方面的問題發生爭執，或是爭論蕾緹被父親切斷金源，是否就真的算窮人。[33]吵得最兇的是蕾緹和雷米，主要是因為雷米斷言蕾緹從未親自去過殖民地，因此不應該妄加評斷英軍駐紮在印度可能會帶來的好處。

「我對印度略知一二，」蕾緹會堅持道。「我讀過各式各樣的文章。我讀過伊麗莎白・漢密爾頓的《英譯一位印度王公的書信》——」

「喔，是喔？」雷米會反問道。「那部作品是不是在說印度是個美好的印度教國家，卻被殘暴專制的穆斯林占領了？妳說的是那部嗎？」

這時，蕾緹會防衛心大起，變得暴躁易怒，直到第二天才會消氣。但這不完全是她的錯。雷米似乎特別想要激怒她，並駁斥她的每一個主張。蕾緹驕傲自滿、行事規矩且不輕易示弱，完美體現了雷米所鄙視的英國人特質。羅賓懷疑雷米不會善罷干休，直到他讓蕾緹與自己的國家為敵。

吵歸吵，但他們並沒有因此漸行漸遠。一次又一次的爭吵反而讓他們更加親近、磨礪他們的稜角，並使每個人在這塊友情拼圖中扮演獨一無二且不可或缺的角色。他們無時無刻不在一起。週末時，他們會坐在穹頂花園咖啡廳外面角落的桌子，請蕾緹解答各種英語相關的疑難雜症，因為她是四人當中唯一的英文母語人士。（「『Corned』是什麼意思？」羅賓會問道。「『Corned beef』到底是什麼？你們對牛肉做了什麼？[34]」「還有『welcher』[35]是什麼？」正在看報紙連載故事的薇朵瓦會抬起頭來，問道。「蕾緹西亞，拜託妳告訴我，『jigger-dubber』[36]到底是什麼意思？」）

---

33 原註2：男孩們沒有介入她們的爭論之中。蕾緹說身為女人，她本來就無權繼承普萊斯家的任何財產，雷米私底下認為她說得有道理。羅賓則認為她說自己「一貧如洗」有點太可笑了，畢竟他們領的生活津貼多到隨時想出去吃飯都沒問題。

34 原註3：「Corned beef」（粗鹽醃牛肉）的「corn」是指醃漬牛肉用的粗鹽粒，跟玉米無關。羅賓、薇朵瓦和雷米得知這點後，都大失所望。

35 原註4：「Welcher」是騙子、騙財者的意思。

36 原註5：「Jigger-dubber」是小偷用來稱呼獄卒的俚語（「jigger」意指「門」，「dubber」意指「關閉者」）。

有一次，雷米抱怨學院餐廳的餐點難吃到他的體重都明顯下降了（這是真的；大學學院的廚房不是輪流供應咬不動的水煮肉、沒調味的烤蔬菜和內容不明的濃湯，就是推出令人費解且難以下嚥的菜餚，其中幾乎沒有清真食品，而且取名都很奇怪，例如「印度醃菜」、「西印度風味海龜湯」，還有一道叫做「中國奇龍[37]」的料理），他們便溜進廚房，用鷹嘴豆、馬鈴薯，以及雷米去牛津市場要來的香料東拼西湊成一道菜。成品是一道有結塊的鮮紅色燉菜，辣到他們感覺像自己的鼻子被揍了一拳。雷米不服輸，還爭辯道，這進一步證明了他的主要論點，也就是英國人在根本上是有問題的，因為他們如果能拿到真正的薑黃根粉末和芥菜籽，這道菜一定會好吃很多。

「倫敦有印度餐廳啊，」蕾緹表示反對。「皮卡迪利街上有賣咖哩飯——」

「那裡賣的都是沒味道的泥狀食物。」雷米嘲弄道。「吃妳的鷹嘴豆啦。」

蕾緹不停抽鼻子，一臉悲慘的樣子，連半口都不願意吃了。羅賓和薇朵瓦還是硬著頭皮，一口接一口。雷米說他們都是膽小鬼，並宣稱在加爾各答，連嬰兒吃斷魂椒都能夠面不改色。但即使是他也很難吃完盤子裡那團火紅的食物。

直到學期過半的某天晚上，他們都在薇朵瓦的房間裡，羅賓才意識到自己擁有什麼，他終於得到了自己潛意識中一直在尋找的事物。令人難以置信的是，她的房間是他們四人當中最大的，因為其他住宿生都不想跟她合住，代表她不僅有一間臥室，還能獨享浴室和寬敞的客廳。因此博德利圖書館晚上九點關門後，他們都會來她的客廳寫作業。但那天晚上他們不是在念書，而是在打牌，因為克拉芙特教授去倫敦參加研討會，所以他們可以休息一個晚上。但他們很快就分心了，因為房間裡突然瀰漫著梨子熟透的惡臭，大家都搞不清楚那是什麼味道，畢竟他們沒有吃梨子，薇朵瓦也發誓她沒有在房間裡偷藏梨子。

然後薇朵瓦笑到在地上打滾，因為蕾緹不斷尖聲喊道：「梨子在哪裡？到底在哪裡，薇朵瓦？梨子在哪裡？」雷米拿西班牙宗教裁判所開了個玩笑，蕾緹也順著這個玩笑，命令薇朵瓦把大衣口袋全翻出來，證明她沒有藏梨子的果核。薇朵瓦照做，但口袋裡什麼也沒有，逗得他們大笑不止。羅賓坐在桌子旁，面帶微笑看著他們，耐心等待大家回來玩牌，後來發現大家笑得太厲害，牌局應該不會繼續了，況且雷米的手牌正面朝上，攤開在地上，繼續玩也沒意義了。然後他眨了眨眼，因為他這才意識到這個最平凡又非凡的時刻意味著什麼：在短短幾週的時間，他們便成為了他在漢普斯特德從未找到，也以為離開廣州後再也不會擁有的一群人：一群他所深愛的人，一想到他們，胸口就會隱隱作痛。

他們是家人。

他多麼愛這群人和牛津，以至於心生內疚。

他真的很喜歡這裡。雖然日常生活中的歧視隨處可見，但光是在校園裡散步就令他心滿意足。他就是沒辦法像葛瑞芬那樣，始終抱持懷疑和反抗的態度；他沒辦法像葛瑞芬一樣恨這個地方。

但難道他沒有快樂的權利嗎？他以前從未感到胸口如此溫暖，也從未像現在一樣期待著每天早上起床。巴別塔學院、他的朋友們和牛津大學打開了他的心房，一個充滿陽光與歸屬感的地方，他以為自己再也感受不到這種溫暖了。世界感覺沒那麼黑暗了。

---

37 譯註1：中國奇龍（China Chilo）是一道十九世紀的英國燉羊肉料理。將羊肉與洋蔥、豌豆與萵苣一起燉煮，盛盤時燉羊肉放中間，外圍環繞著一圈米飯。學者認為取名中的「China」（中國）是暗指米飯這種富東方色彩的食材，但「chilo」一詞的含意仍然是個謎。

他是一個渴望被愛的孩子，而現在他的需求得到了滿足。緊抓住自己所擁有的事物難道錯了嗎？他還沒準備好完全效忠於赫密士會，但為了他的朋友們，就算要殺人他也在所不惜。

事後回想起來，羅賓才發現，他竟然從未認真考慮過要告訴他們任何人關於赫密士會的事情。畢竟米迦勒學期結束時，他連自己的性命都願意託付給他們了；如果他掉進了水面結冰的泰晤士河，他們肯定都會跳進河裡救他，對此他深信不疑。然而葛瑞芬和赫密士會存在於惡夢和陰影中，他的同學們則充滿了陽光、溫暖和歡笑，他無法想像將這兩個世界結合在一起。

他只有一次差點把祕密說出口。有天中午吃飯時，雷米和蕾緹又在吵英軍駐紮在印度的事。雷米認為英軍持續占領孟加拉實在是太諷刺了；蕾緹則認為西拉傑．烏德．達烏拉對人質的殘忍對待，賦予了英國打贏普拉西戰役的正當性，而且要不是蒙兀兒帝國是這麼糟糕的統治者，英國也沒必要介入。

「而且你們又不是受到了多不公平的待遇。」蕾緹說。「民政當局有很多印度人，只要他們符合資格——」

「對，而所謂『符合資格』是指會說英語，又會拍英國人馬屁的菁英階級。」雷米說。「這不叫統治，這叫暴政。我的國家所遭遇的事情無異於搶劫。這才不是開放貿易，而是財政失血，是擄掠和洗劫。我們從來就不需要他們的幫助，他們只是出於一種無謂的優越感而編造了這種說法。」

「如果你這麼想的話，那你來英國做什麼？」蕾緹質疑道。

雷米看著她，好像她瘋了一樣，回答：「廢話，當然是學習啊。」

「啊，為了獲得推翻帝國的武器嗎？」她嘲弄道。「你打算拿一些銀條回家，然後發動革命，是嗎？我們要不要現在就去巴別塔學院，告訴大家你的意圖？」

這一次，雷米無法反脣相譏。「事情沒那麼簡單。」他頓了一下之後說。

「喔，是嗎？」蕾緹戳到了他的痛處；現在她就像一隻找到骨頭的狗，緊咬不放。「因為在我看來，你在這裡接受英國的教育，正是讓英國人占優勢的原因。還是加爾各答有更好的語言學院？」

「印度有很多厲害的伊斯蘭學校。」雷米爆氣說道。「讓英國人占優勢的是槍枝，以及不惜對無辜人士開槍的心態。」

「所以你是來把白銀運回去給那些叛亂的印度士兵，是嗎？」

*或許他應該這麼做，*羅賓幾乎脫口而出。*或許這個世界需要的正是這種改變。*

但他在開口前就忍住了，不是因為害怕失去葛瑞芬的信任，而是因為他不忍親手破壞他們在這裡建立的生活。另一個原因是，雖然他一天比一天清楚，巴別塔學院累積財富的基礎顯然是不公平的，但他卻無法消除想在學院成長茁壯的矛盾心情。為了證明自己快樂的正當性，為了持續遊走於兩個世界之間，唯一的辦法就是在晚上繼續等待葛瑞芬的聯繫。維持光鮮亮麗的表面是有代價的，而赫密士會這項不為人知的無聲抗爭，主要目的似乎是減輕羅賓享受其中的內疚感。

第八章

「一群三個月前還常挨打，在家不能喝超過三杯波特酒的小伙子，現在卻在彼此的房間享用鳳梨和冰品，用香檳和波爾多葡萄酒把自己灌得糊裡糊塗，我們曾經不把這種狀況視為庸俗之事。」

——威廉・梅克比斯・薩克萊，《庸人之書》

在十一月的最後幾週，羅賓又協助赫密士會偷了三次東西。每次都跟第一次一樣，按部就班且效率極高。窗臺下的紙條、下雨的夜晚、午夜的會面，以及最低限度的接觸，成員之間只有迅速一瞥，點頭致意而已。他從來沒能仔細看其他人長什麼樣子，不知道是不是每次都是同一批人，也不知道他們偷了什麼，或是拿去做什麼。他只知道葛瑞芬說他是在幫助他們對抗大英帝國，但羅賓對這場抗爭一知半解，只能相信葛瑞芬的話。

他很希望葛瑞芬能再找他去扭根酒吧外面聊聊，但他同父異母的哥哥似乎忙著領導一個全球組織，而羅賓只是扮演其中一個很小的角色而已。

第四次行竊時，羅賓差點被逮個正著。他在門廳等候時，一名叫凱西・歐奈爾的三年級生從前門走了進來。不幸的是，凱西是比較健談的高年級生；她主修蓋爾語，或許是因為全學院只有兩個人主修這個領域，讓她感到十分寂寞，所以她非常努力跟所有人交朋友。

「羅賓！」她對他燦笑道。「你怎麼這麼晚還在這裡？」

「我把我的德萊頓文本忘在學院了。」他隨口胡謅，並拍拍口袋，好像他剛把書放進去一樣。「原來我把它忘在大廳裡了。」

「噢，德萊頓啊，真慘。我記得普萊費爾讓我們討論他的作品好幾週。雖然很徹底，但也滿枯燥的。」

「真的超級枯燥。」他說，心裡巴不得她趕快離開；已經十二點零五分了。

「他有叫你們在課堂上比較翻譯嗎？」凱西問道。「有一次他花了將近半小時，問我為什麼選擇翻成『紅色的』而不是『蘋果似的』。到最後我整個汗流浹背，衣服幾乎全濕了。」

十二點零六分了。羅賓掃了樓梯一眼，目光回到凱西身上，又忍不住再瞥一眼樓梯，直到他發現凱西正在看著他，等他回答。

「噢。」他眨眨眼道。「呃，說到德萊頓，我可能得走了——」

「噢，抱歉，第一年真的很辛苦，我還在這裡耽誤你的時間——」

「總之，很高興見到妳——」

「有問題都可以問我。」她愉快地說。「一開始有點難以負荷，但之後就會比較輕鬆了，我保證。」

「好，謝謝妳，再見。」他說。他覺得自己三言兩語的無禮態度很糟糕。她人那麼好，而且很少有高年級生願意主動伸出援手，但他滿腦子想的都是樓上的同夥，以及如果他們在凱西上樓的同時下來，會發生什麼事。

「那就祝你好運囉。」凱西向他揮了揮手，並走進大廳。羅賓退回門廳，心裡拼命祈禱她不要轉身。

很久很久以後，兩個黑衣人士從另一邊的樓梯匆匆走下來。

「她說了什麼？」其中一人低聲問道。他的聲音莫名耳熟，但羅賓太過焦慮，沒心思辨認是誰的聲音。

「只是寒暄幾句而已。」羅賓解釋道，並推開大門，三人匆匆走出去，迎向涼爽的夜晚。「你們沒事吧？」

但沒人回答。他們已經離開了，留他一個人站在雨中。

換作是更謹慎的人，可能會在那時退出赫密士會，不會拿自己的整個未來去冒險追求微乎其微的可能性。但羅賓還是繼續做下去了。他協助了第五次、第六次的偷竊行動。米迦勒學期結束了，寒假很快就過去，接著依拉略學期開始了。午夜時分走向學院時，他不再聽到自己震耳欲聾的心跳聲，進出之間的幾分鐘等待也不再像以前那麼難熬。他開始覺得這一切簡直輕而易舉，只是開門兩次而已；簡單到在第七次偷竊時，他已經說服自己這根本不是什麼危險的事。

「你很有效率，」葛瑞芬說。「他們喜歡跟你合作，因為你會遵守指示，不會多此一舉。」

依拉略學期過了一週後，葛瑞芬終於放下架子，再次與羅賓見面。他們又在牛津的街道上健走，這次是沿著泰晤士河往南走向肯寧頓。這次會面感覺像是終於約到了嚴厲又忙碌的指導老師，進行期中進度報告。羅賓發現自己沉浸在對方的讚美中，雖然他很努力不要表現得像個飄飄然的小弟，卻徹底失敗了。

「所以我做得很好嗎？」

「你做得非常好，我相當滿意。」

「那你會告訴我更多關於赫密士會的事嗎？」羅賓問道。「或是至少告訴我銀條都去了哪裡？你們都拿去做什麼啊？」

葛瑞芬輕聲笑道：「要有耐心。」

他們靜靜走了一會兒。那天早上剛下了一場暴風雨，現在天色漸暗，在霧濛濛的天空下，泰晤士河水聲淙淙，有排山倒峽之勢。在那樣的傍晚，世界彷彿失去了色彩，宛如一幅未完成的畫，不對，應該說是一幅素描，只由灰階和陰影所構成。

「那我還有另一個問題，」羅賓說。「我知道你還不打算透露太多關於赫密士會的事，但至少告訴我最後會怎麼樣吧。」

「什麼東西會怎麼樣？」

「我是指我的狀況。目前的安排感覺還好，我是說只要我沒被抓到的話……但感覺上，不知道耶，這似乎不是長久之計。」

「當然不是啊，」葛瑞芬說。「你會用功讀書，畢業後他們就會要求你為帝國做各種不道德的勾當，或是就像你說的，他們會抓到你。必須做出決斷的緊要關頭遲早會到來，我們也都經歷過。」

「赫密士會的成員最後都會離開巴別塔學院嗎？」

「就我所知，留下來的人屈指可數。」

羅賓不確定該如何看待這件事。他常常沉浸在畢業後生活的幻想中：如果他想要的話，可以擔任輕鬆的研究員職位；獲得更長期的研究資金，在那些華麗的圖書館裡遨遊書海，住在舒適的大學宿舍裡，還可以擔任有錢大學生的拉丁文家教來賺點外快；如果想要更刺激的職業生涯，可以擔任圖書採購員或同步口譯員，常常到國外出差。他和查卡瓦蒂教授才剛翻譯完《莊子》，書中提到的「坦途」字面意思是「平坦的道路」，被用來比喻「平靜的生活」。這就是他想要的：一條康莊大道，通往可預見的美好未來。

當然，唯一的障礙就是他的良心。

「你能在巴別塔學院待越久越好。」葛瑞芬說。「我的意思是你應該這麼做，因為我們真的很需要內部的人。但這會變得越來越困難，因為當他們要你做的事違背了你的道德感，你會發現自己無法調和兩者之間的矛盾。如果他們叫你進行軍事研究，派你到紐西蘭或開普殖民地的邊境怎麼辦？」

「不能避開這些工作嗎？」

葛瑞芬笑道：「軍事合約占了工單的一半以上，要申請終身職就非做不可。而且薪水也很高，大多數資深教職員工都是在跟拿破崙打仗時發財的。不然你覺得我們親愛的老爸怎麼有錢保養三棟房子？美好的幻想是靠暴力來支撐的。」

「那之後呢？」羅賓問道。「我要怎麼離開？」

「很簡單啊，你就假死，然後轉為地下活動。」

「你就是這麼做的嗎？」

「對啊，大概五年前。你遲早也會這麼做的，然後你就會成為像影子一樣的存在，再也無法自由出入校園，只能祈禱會碰到其他有良心的一年級生，願意幫你開圖書館的門。」葛瑞芬斜眼看了他一眼，問道：「你不滿意這個答案，對吧？」

羅賓猶豫了，不確定要如何用言語表達自己的不安。放棄牛津大學的生活並加入赫密士會確實有一定的吸引力。他想要跟葛瑞芬做一樣的事；他想了解赫密士會的內部運作，想知道他們偷的銀條都去了哪裡、用在什麼地方。他想見識這個不為人知的隱密世界。

但他知道，一旦踏出了那一步，就再也回不去了。

「我只是覺得要放棄原本的生活，跟一切斷絕聯繫很困難。」他說。

「你知道羅馬人是怎麼養肥睡鼠的嗎？」葛瑞芬問道。

羅賓嘆了口氣。「葛瑞芬。」

「老師們有叫你們讀瓦羅的作品吧？他在《論農業》[38]一書裡描述了一個叫做『glirarium』的赤陶土容器，是一種相當優雅的裝置。你做一個罐子，只是上面有打孔，睡鼠才能呼吸，然後表面要光滑到牠們逃不出去。要在洞裡面放食物，並設計一些平臺和走道，睡鼠才不會太無聊。最重要的是，罐子內部一定要保持昏暗，才能讓睡鼠一直處於冬眠狀態，這樣牠們就只會睡覺和養肥自己。」

「好啦，」羅賓說，難掩心裡的不耐煩。「好啦，我懂了。」

「我知道很困難，」葛瑞芬說。「要放棄目前身分所帶來的好處並不容易。我相信你還是很愛你的零用錢、學者袍和酒會——」

「重點不是酒會，」羅賓堅持道。「我不……我是說，我不參加酒會的。重點也不是零用錢或是那些蠢袍子。我只是……我也不知道該怎麼說，這是一個很重大的改變。」

他該怎麼解釋呢？巴別塔學院代表的不僅僅是物質享受，也是他能在英國找到歸宿的原因，不然他現在應該會在廣州街頭當乞丐。巴別塔學院是他的才能唯一派得上用場的地方，也是安全的保障。或許這一切確實有悖倫理道德，但想要生存難道錯了嗎？

「別煩惱了，」葛瑞芬說。「沒人叫你離開牛津大學。就策略面而言，這麼做並不明智。你看，我是自由之身，在外面很開心，但我也進不去學院。我們被困在與當權者的共生關係中，我們需要他們的白銀，也需要他們的工具。儘管我們不願意承認，但我們也會從他們的研究中受益。」

38 原註1：古羅馬學者馬庫斯・特倫提烏斯・瓦羅（Marcus Terentius Varro）的《論農業》（Res Rustica）。

他推了羅賓一把。這本應是兄弟間的親密舉動，但兩人都不太擅長這種事，反倒變成好像葛瑞芬在威脅羅賓一樣。「你就好好念書，繼續當內線吧。不用擔心矛盾的問題，你的罪惡感暫時減輕了。好好享受你的罐子吧，小睡鼠。」

葛瑞芬在胡士托路與他分別。羅賓看著他瘦削的身軀消失在街道盡頭，他的大衣像一隻巨鳥的翅膀一樣隨風飄揚，不禁自問：他怎能如此欽佩又憎惡一個人？

在文言文中，「二心」指的是不忠誠或背叛的意圖；字面上的意思就是有「兩顆心」。而羅賓有兩度陷入了進退維谷的境地，背叛了他所愛的人事物。

他很喜歡牛津大學，也喜歡自己的大學生活。身為巴別人其實很不錯，因為在很多方面，他們都是牛津大學享有最多特權的學生群體。只要搬出巴別塔學院學生的身分，他們就能自由進出任何一間學院圖書館，包括美得令人嘆為觀止的科德林頓圖書館。裡面其實沒有他們需要的參考資料，但他們還是很常去，因為圖書館的高牆和大理石地板實在是令人賞心悅目。他們所有的生活費都由學校全額補助。他們和工讀生不同，從來不需要在學院餐廳裡幫忙供餐或是打掃老師的房間。他們的食宿和學費都是由巴別塔學院直接支付的，所以他們連帳單都沒看過。除此之外，他們一個月還有二十先令的生活津貼，甚至有能自由運用的獎助基金，可用來購買任何課程相關教材。他們只要能編出藉口，說金色筆蓋的鋼筆有助於學習，巴別塔學院就會幫他們出錢。

羅賓從來沒想過金援的重要性，直到有一天晚上，他在交誼廳巧遇比爾·詹姆森。他在一張廢紙上寫了一堆數字，一臉苦惱的樣子。

「我在算這個月的學雜費。」他向羅賓解釋道。「家裡寄來的錢我不小心花太多了⋯⋯現在一直捉襟見肘。」

紙上寫的數字讓羅賓大吃一驚；他從來不知道牛津大學的學費竟然這麼貴。

「那你打算怎麼辦啊？」他問道。

「我有一些東西可以典當來補足差額，撐到下個月，或是少吃幾餐吧。」詹姆森抬起頭來，一臉尷尬，說道：「那個啊，我不想麻煩你，但你能不能——」

「當然沒問題，」羅賓急忙答應。「你需要多少？」

「這種事真的難以啟齒，但這學期的費用……解剖學要解剖屍體也要跟我們收錢，我真的——」

「沒事啦。」羅賓說，然後從口袋裡掏出錢包，開始數硬幣，但總覺得自己這麼做看起來像在大肆炫耀。其實那天早上，他才剛去領生活津貼，他希望詹姆森不要以為他每天都隨身攜帶這麼多錢。

「這樣夠你吃飯嗎？」

「史威夫特，你真是個大好人，我下個月拿到錢一定馬上還你。」詹姆森嘆了口氣，搖搖頭道：「巴別塔學院真的很照顧你們，對吧？」

他說得沒錯。巴別塔學院不僅很有錢，也備受尊敬，是牛津大學最負盛名的學院。大學新生帶來訪的親戚參觀校園時，就是拿巴別塔學院來吹噓。每年都是巴別塔學院的學生以最佳拉丁文詩詞創作榮獲牛津大學的校監獎，還有肯尼科特希伯來文獎學金。只有巴別塔學院的大學生會受邀參加特別招待會[39]，與會者有政治家、貴族，以及富可敵國的有錢人等重要客戶。有一次，甚至有傳言說維多利

39 原註2：這些招待會起初很有趣，但很快就變得令人厭煩，因為他們發現巴別塔學院的學者與其說是尊貴的賓客，更像是動物園裡展示用的動物，只是去娛樂那些有錢的捐助者罷了。羅賓、薇朵瓦和雷米總是被視為他們出生地的國家代表，還常常有人搞錯國家。羅賓不得不忍受關於中國植物園和漆器這種極其無聊的話題；雷米被要求說明所謂「印度教種族」的

亞公主本人將蒞臨學院一年一度的花園派對；結果傳聞是假的，但她送了他們一座新的大理石噴泉。一週後，噴泉已安裝在草坪上，普萊費爾教授還施展了銀工魔法，使其二十四小時都能噴出閃閃發亮、劃出漂亮弧形的水柱。

依拉略學期過了一半時，羅賓、雷米、薇朵瓦和蕾緹就跟他們的學長姐一樣，因為能自由進出校園各處，所以開始抱持著令人難以忍受的優越感。他們覺得很有趣的是，訪問學者一開始都對他們不理不睬，或是表現出高人一等的姿態，但他們一旦透露自己是學翻譯的，那些學者就會急著跟他們握手，對他們百般恭維。他們會隨口提及自己能夠進入教師交誼廳，那裡環境很舒適，而且一般大學生無法進入，但其實他們很少去，畢竟有個滿臉皺紋的老教授坐在角落打呼時，實在很難聊天。

在明白女性在牛津大學讀書與其說是禁忌，更像是公開的祕密後，薇朵瓦和蕾緹就開始慢慢把頭髮留長。有一天，蕾緹去學院餐廳吃晚餐時，甚至穿著裙子，而不是褲子。大學學院的男生們開始竊竊私語，對她指指點點，但工作人員什麼都沒說，還是照樣給她平常的三道菜和葡萄酒。

但在許多方面，他們也深刻感受到自己的格格不入。他們常常去幾間酒吧聚會，但如果雷米是第一個抵達的人，沒有人會願意服務他。如果旁邊沒有男學生為她們擔保，蕾緹和薇朵瓦沒辦法外借圖書館的書。薇朵瓦常常被店員誤認為是蕾緹或羅賓的女僕。門房常常請他們四個人不要穿越草坪，卻放任其他男生隨意踐踏所謂「嬌嫩的草皮」。

除此之外，他們都花了好幾個月的時間，才學會像牛津人一樣說話。牛津英語和倫敦英語不同，主要源自大學生習慣省略和簡稱的傾向。「抹大拉」被唸成「抹林」；同理，「聖阿爾達特教堂」變成

內部運作，但根本就沒有這個種族；奇怪的是，常常有人向薇朵瓦尋求在開普殖民地進行投機買賣的建議。

了「聖阿達教堂」。「Magna Vacatio」被簡化為「暑期長假」（Long Vacation），再簡化為「暑假」。「新學院」變成了「新院」；「聖艾德蒙學堂」則變成了「泰迪學堂」。羅賓花了好幾個月的時間，才養成將「大學學院」（University College）簡稱為「Univ」的習慣。「Spread」（盛宴）意指有一定人數的宴會；「鴿洞」是「pigeonhole」（直譯為鴿子洞）的簡稱，是指存放信件的木製小格子。

牛津英語要說得流利，也勢必會牽涉到一大堆社會規範和潛規則，羅賓擔心自己永遠沒辦法完全掌握它們。舉例來說，他們四人都搞不懂名片禮儀，或是要如何融入大學的社交體系，以及該體系中許多不同又彼此重疊的階層是如何運作的。[40]他們常常聽到關於狂歡派對、失控的酒吧聚會和祕密結社會議的傳聞，聽說某某某在茶會對導師口出惡言，或是某某某出言侮辱別人的妹妹，但他們都沒有機會親自參加這些活動。

「為什麼都沒人邀請我們去參加酒會？」雷米問道。「我們明明這麼討喜。」

「你又不喝酒。」薇朵瓦指出。

「但我也想體驗看看那個氛圍——」

「因為你們自己也沒辦酒會啊。」蕾緹說。「這是個有來有往的社會。你們兩個有給過名片嗎？」

「我好像連名片都沒看過耶。」羅賓說。「有什麼訣竅嗎？」

「喔，很簡單啦。」雷米說。「致潘德尼斯先生，地獄魔獸，我今晚要把你灌醉。去你的，你的敵人米爾扎。不就這樣嗎？」

---

40 原註3：透過科林．桑希爾和夏普兄弟，羅賓了解到人有分成不同「群體」，包括「急先鋒」、「慢郎中」、「讀書人」、「紳士」、「無賴」、「罪人」、「常人」和「聖人」。他心想或許他算做「讀書人」，並希望自己不是「無賴」。

「唉唷，真有禮貌。」蕾緹哼了一聲。「難怪你不是大學貴族。」

他們顯然不是大學貴族，連他們那些白人學長姐也不是，因為巴別塔學院課業繁忙，根本沒時間享受社交生活。這個標籤只能用來描述一名大學學院的二年級生艾爾頓·潘德尼斯和他的朋友們。他們都是高級自費生，代表他們付了學校更多錢以換取免試入學的資格，並享有大學研究員的特權。他們坐在學院餐廳的貴賓席，住在比喜鵲巷宿舍更高級的公寓裡，還可以隨時去教師交誼廳打司諾克撞球。他們週末會去打獵、打網球和撞球，每個月還會搭馬車去倫敦參加晚宴和舞會。他們從來不會去大街購物；所有最新的時裝、雪茄和配飾都是由推銷員直接從倫敦送到他們的住處，連報價都不用。

蕾緹的成長環境有很多像潘德尼斯這樣的男生，因此他和他的朋友們成了她的謾罵目標。「那些富家子弟都是花他們老爸的錢讀書，我敢打賭他們這輩子連課本都沒翻開過。我不知道為什麼艾爾頓自以為很帥，他的嘴唇很像女生，不應該那樣嘟嘴。他那件雙排釦紫色外套看起來很可笑，而且我不知道他為什麼到處跟別人說自己和克拉拉·黎里定情了。我認識克拉拉，她基本上已經算是跟伍爾科特家的長子訂婚了……」

儘管如此，羅賓還是忍不住羨慕那些男孩，因為他們生來就懂得這個世界的語言及其中的行為規範。當他看到艾爾頓·潘德尼斯一夥人穿越草坪，有說有笑，還是會忍不住想像，成為他們的一分子會是什麼樣子。他嚮往潘德尼斯的人生，與其說是為了飲酒作樂、高級雪茄、昂貴衣服和奢華晚餐等物質享受，不如說是為了它所代表的一切：無論如何都永遠不會被英國人拒於門外。只要他能達到潘德尼斯的流利程度，或至少模仿得維妙維肖，那麼他也能夠融入這個閒適的校園生活。那樣的話，他就不再是個外國人，不用再動不動懷疑自己的發音錯了，而是貨真價實的英國人，沒有人能夠質疑或收回他待在這裡的權利。

有天晚上，羅賓在他的信箱裡發現一張很有質感的卡片，上面的浮凸字體寫著：

羅賓・史威夫特：

下週五晚上誠摯歡迎你來參加聚會，小酌一番。晚上七點後，看你方便何時來都可以。

署名的筆跡龍鳳飛舞，羅賓花了一點時間才看懂：艾爾頓・潘德尼斯。

「我覺得你有點小題大作。」羅賓給他們看邀請函時，雷米這麼說。「你該不會真的打算要去吧？」

「不去好像很沒禮貌。」羅賓弱弱地說。

「潘德尼斯覺得你沒禮貌又怎樣？他又不是因為你彬彬有禮才邀請你的，他只是想跟巴別塔學院的學生交朋友而已。」

「謝囉，雷米。」

雷米無視他諷刺的回應，繼續說：「重點是，為什麼是你啊？我明明就更有魅力啊。」

「因為你不夠文雅，」薇朵瓦說。「像羅賓就很文雅。」

「我不懂大家所謂的『文雅』到底是什麼意思。」雷米說。「人們都拿來形容出身名門的人，但它到底是什麼意思呢？難道只是在說一個人很有錢嗎？」

「我指的是禮貌的舉止。」薇朵瓦說。

「得了吧。」雷米說。「但我覺得重點不是禮貌，而是羅賓看起來像白人，而我們一點也不像。」

羅賓簡直不敢相信他們竟然是這種反應。「他們難道不可能只是單純想邀請我這個人嗎？」他問道。

「不是不可能，只是不太可能。你很不會跟不認識的人相處耶。」

「哪有。」

「哪沒有。你每次都默不吭聲，然後躲到角落，好像怕他們開槍打你一樣。」雷米雙手抱胸，歪頭問道：「你為什麼想和他們共進晚餐？」

「我不知道，這只是個酒會而已。」

「酒會，然後呢？」雷米繼續追問。「你覺得他們會把你當哥們兒嗎？你希望他們帶你去布靈頓俱樂部嗎？」

那間俱樂部位於布靈頓綠園，是一個高級的飲食和運動場所，年輕男子可以在那裡打獵或打板球，消磨下午時光。會員資格的取得方式很神祕，但似乎跟財富和影響力密切相關。雖然巴別塔學院頗負盛名，但在羅賓認識的巴別人當中，沒有人有機會受邀加入。

「或許吧，」羅賓說，但他只是想故意作對。「進去看看也不錯啊。」

「你很興奮喔，」雷米語帶指責。「你希望他們喜歡你。」

「你就承認你很忌妒吧。」

「到時他們把酒往你身上潑，然後辱罵你，就不要哭著跑回來喔。」

羅賓咧嘴一笑。「你不站出來幫我說話嗎？」

雷米拍了拍他的肩膀，說：「幫我偷一個菸灰缸；我會拿去典當，然後幫詹姆森付他的學雜費。」

不知為何，最強烈反對羅賓接受邀請的人竟然是蕾緹。他們離開咖啡廳，前往圖書館時，她拉了拉羅賓的手肘，讓雷米和薇朵瓦走在前面，和他們相隔幾步的距離，然後提起這個早已結束的話題。

「那些男生品行十分惡劣，」她說。「他們是酒鬼，又懶惰，會把你帶壞。」

羅賓笑道：「蕾緹，這只是個酒會而已。」

「那你為什麼想去？」她追問道。「你明明幾乎不喝酒的。」

他不懂她為什麼這麼小題大作。「我只是好奇而已，搞不好其實很糟。」

「那就不要去啊，」她堅持道。「把邀請函丟掉就好了。」

「不行，那樣很沒禮貌，而且我那晚剛好也沒事——」

「我們可以約啊，」她說。「雷米想要煮東西。」

「雷米一直都在煮東西，而且每次都很難吃。」

「喔，所以你是想要成為他們的一分子嗎？」她挑眉問道。「史威夫特和潘德尼斯成為好麻吉，這就是你想要的嗎？」

他感到一陣惱火，說：「妳真的那麼害怕我會交到其他朋友嗎？相信我，蕾緹西亞，沒人比得上妳的。」

「這樣啊。」令他震驚的是，她的聲音竟然哽咽了。他注意到她的眼睛泛紅，她要哭了嗎？她到底怎麼了？「原來如此。」

「這只是個酒會而已。」他說，不禁感到心煩。「蕾緹，到底怎麼了？」

「算了。」她說，然後加快腳步。「想跟誰喝酒都隨便你吧。」

「我正有此意。」他氣得回答，但她早就走掉了。

週五晚上六點五十分，羅賓穿上他唯一有質感的一件外套，從床底下拿出他在泰勒麵包店買的波特酒，然後走到墨頓街的公寓。他在街上就聽到窗戶傳出吵雜的人聲和節奏不太規律的鋼琴聲，因此不費吹灰之力就找到了艾爾頓・潘德尼斯的住處。

他敲了好幾次門，才有人聽到。門打開了，應門的是一個金髮男孩，羅賓記得他好像姓聖克勞德。

「噢。」他垂著眼簾，上下打量羅賓，似乎已經喝醉了。「你來了啊。」

「不來就太失禮了，」羅賓說。「畢竟我有受邀？」他討厭自己語尾音調上揚，好像在向對方確認似的。

聖克勞德對他眨了眨眼，然後轉身，隨便揮手示意道：「那就進來吧。」

在公寓內，有三個男孩坐在客廳的躺椅上，空氣中瀰漫著濃濃的雪茄菸味，害羅賓一走進去就開始咳嗽。

男孩們都簇擁著艾爾頓・潘德尼斯，宛如眾星拱月。羅賓近看之下，發現關於他俊美外貌的傳聞似乎一點也不誇張。他是羅賓遇過最英俊的男人之一，簡直是拜倫式英雄的化身。他有著漂亮的內雙眼皮和濃密的黑色睫毛；要不是有線條分明的方下巴襯托，他那豐滿的嘴唇的確會看起來像女生。

「重點不在於有誰作伴，而是倦怠感。」他說。「倫敦去玩幾個月是挺好玩的，但久而久之，就會覺得都是同樣那些人，而且女孩子永遠不會變更漂亮，只會變老。舞會都是一個樣兒，去過一次就沒有新鮮感了。我爸有個朋友曾經向知心好友承諾，說他有辦法讓聚會的氣氛活絡起來。他精心準備了一場晚宴，然後叫僕人到街上去邀請所有乞丐和無家可歸的人。他的朋友們抵達時，看到那些流浪漢醉得東倒西歪，還有人在桌子上跳舞，超好笑的，真希望我也有受邀。」

笑話講完了，聽眾也很捧場地笑了。潘德尼斯發表完他的長篇大論，便抬起頭來，說：「噢，你好啊。羅賓・史威夫特，對吧？」

羅賓本來對這次聚會抱持著既期待又害怕的心情，現在卻後悔了，感到筋疲力盡。「沒錯，就是我。」他說。

「我是艾爾頓・潘德尼斯，」潘德尼斯說，並伸出一隻手跟羅賓握手。「你能來真是太好了。」

他拿著雪茄菸指著在場的成員，一一介紹他們，導致煙霧四處飄散。「這位是文斯・沃康。」坐在潘德尼斯旁邊的紅髮男孩向羅賓揮手，態度相當友善。「那位是米爾頓・聖克勞德，是今晚的演奏擔當。」那個長著雀斑的金髮男孩已經坐回鋼琴前了。聖克勞德對他點了點頭，一副懶洋洋的樣子，然後繼續叮叮咚咚地彈奏不成曲調的旋律。「還有科林・桑希爾，我想你們之前就認識了。」

「他是我鄰居，我們都住在喜鵲巷，」科林熱切地說。「羅賓住七號房，我住三號——」

「你講過了，」潘德尼斯說。「而且已經講好幾遍了。」

科林愣住了。羅賓真希望雷米能看到這一幕；他從未遇過能夠一眼就讓科林閉嘴的人。

「你會渴嗎？」潘德尼斯問道。桌上擺了琳琅滿目的酒，看得羅賓眼花撩亂。「想喝什麼就自己來吧。我們每次都無法達成共識，所以就通通都準備。那邊的是波特酒和雪利酒，喔，你有帶酒來啊，放桌上就好。」潘德尼斯說，卻連看都沒看那瓶酒一眼。「這個是苦艾酒，那個是蘭姆酒，對了，琴酒只剩一點點，但你可以直接喝光，老實說不太好喝。我們還訂了薩德勒的甜點，可以多吃一點，不然放著也會壞掉。」

「我喝葡萄酒就好，」羅賓說。「如果有的話。」

出於對雷米的尊重，他和朋友們很少一起喝酒，因此他還不太了解酒的種類和品牌，也不知道選什麼酒會反映出什麼樣的性格。不過勒維教授吃晚餐時都會配葡萄酒，所以選葡萄酒感覺很安全。

「當然有啊。有波爾多葡萄酒，如果想喝烈一點的，也有波特酒和馬德拉酒。要抽雪茄嗎？」

「噢……不用，沒關係，那我喝馬德拉酒好了，謝謝。」羅賓端著滿滿一杯酒，在唯一的空座位上坐了下來。

「所以你是巴別人囉。」潘德尼斯說，然後往後靠在椅背上。

羅賓啜飲了一口酒，試圖模仿潘德尼斯慵懶的態度。他是怎麼讓這麼放鬆的姿勢看起來如此優雅的？「大家都這麼稱呼我們。」他說。

「你是學什麼的？中文嗎？」

「我主修中文，」羅賓說。「不過我也有在研究中文和日文之間的異同，之後還會學梵語——」

「所以你是中國人囉？」潘德尼斯追問道。「我們不太確定，我覺得你看起來像英國人，但科林發誓你是東方人。」

「我是在廣州出生的，」羅賓耐著性子解釋道。「不過我也算是英國人——」

「我知道中國。」沃康插話道。「《忽必烈汗》。」

眾人陷入短暫的沉默。

「嗯。」羅賓勉強回應，但不知道他到底想講什麼。

「柯勒律治的詩啊，」沃康解釋道。「那是一部充滿東方色彩的文學作品，但不知為何也蘊含浪漫主義的精髓。」

「挺有意思的，」羅賓盡可能禮貌回應。「我有機會一定要來讀讀。」

又是一片沉默。羅賓覺得自己必須延續話題，便試著反問問題：「所以你們……我的意思是，你們之後打算做什麼啊？我是說念完學位後。」

大家都笑了。潘德尼斯用手托著下巴。「我覺得『做』這個字啊，」他拉長音調說，「是無產階級在用的。我比較重視精神生活。」

「別聽他亂講。」沃康說。「他會靠家裡的莊園為生，和賓客分享他經天緯地的哲學觀點，就這樣過完一輩子。我會成為牧師，科林則會當律師。如果米爾頓不要一直翹課的話，以後就會當醫生。」

「所以你在這裡沒有學習任何專業嗎？」羅賓問潘德尼斯。

「我平常會寫點東西。」潘德尼斯故意用毫不在意的語氣說道，就像那種非常自負的人會丟出一點點訊息，吸引人上鉤一樣。「我會寫詩，雖然目前還沒有寫出什麼——」

「唸給他聽嘛，」科林就在這時候喊道。「唸給他聽吧。羅賓，他寫的詩超有深度的，你聽了就知道——」

「好吧。」潘德尼斯說道，還是假裝不情願的樣子。他身體前傾，伸手去拿茶几上的一疊紙，羅賓這才發現他從一開始就故意放在那裡展示。「這首詩是回應雪萊的〈奧西曼迭斯〉[41]。如你所知，這首頌歌是在講述時間對所有偉大帝國及其王功帝業的無情摧殘。但我的論點是，在現代，帝國是可以歷久不衰的，而牛津就有這樣的偉人能夠完成如此重大的任務。」他清了清喉嚨，繼續說：「我開頭就用了雪萊的第一句：我遇見一位來自古國的旅客……」

羅賓靠著椅背，喝光了剩下的馬德拉酒。過了幾秒鐘，他才意識到詩已經唸完了，而他必須要給予評價。

41　原註4：許多不切實際的大學學院學生會幻想自己是珀西．比希．雪萊（Percy Bysshe Shelley）的繼任者。雪萊常常翹課，因為不承認自己是《無神論的必然》（The Necessity of Atheism）這本小冊子的作者而被退學，娶了一個名叫瑪麗的好女孩，後來在萊里奇灣的一場風暴中溺水身亡。

「我們在巴別塔學院也會翻譯詩歌。」他想不到該說什麼，只好如此平淡回應。

「那當然是兩碼子事，」潘德尼斯說。「本身沒有創造力的人才會去翻譯詩歌，他們只能透過抄襲別人的作品來沾光。」

羅賓嗤之以鼻道：「我不這麼認為。」

「你哪會知道，」潘德尼斯說。「你又不是詩人。」

「老實說——」羅賓擺弄了一會兒酒杯的杯腳，決定繼續說下去：「我認為翻譯在很多方面都比原創作品難很多。因為詩人想說什麼就說什麼，他可以任意選擇創作語言中的語言技巧。選字、語序、音韻，這些全都很重要，少了任何一個，整首詩就會分崩離析。所以雪萊才會寫道，翻譯詩歌就跟將紫羅蘭投入坩堝一樣不明智。[42]因此譯者必須身兼翻譯、文學批評家和詩人的身分。他必須充分閱讀原文，以理解箇中奧妙，並盡可能準確傳達其含意，然後根據自己的判斷，將譯文調整成在目標語中令人賞心悅目且符合原文意涵的結構。詩人能在草地上自由奔跑，而譯者則是戴著枷鎖跳舞。」

他滔滔不絕講完後，潘德尼斯和他的朋友們都盯著他，張口結舌，一臉茫然，好像不知道該如何看待他一樣。

「戴著枷鎖跳舞，」沃康頓了一下後說道。「說得真好。」

「但我又不是詩人，」羅賓的語氣比自己想像中還要嗆。「所以我又懂什麼呢？」

他的焦慮感煙消雲散。他不再擔心自己的表現、外套扣子有沒有扣好，或是嘴角有沒有黏麵包屑。他不想獲得潘德尼斯的認同，他壓根兒不在乎這些男生對他的看法。

他忽然明白這次聚會的真相，有如醍醐灌頂，讓他差點笑出聲來。他們邀請他，不是為了評估要不要讓他加入，而是為了讓羅賓對他們刮目相看，並藉此展現自己的優越感，證明當巴別人還是比不上當艾爾頓．潘德尼斯的朋友。

但羅賓完全沒有對他們刮目相看。這就是牛津社會的頂點嗎？就這些人？他對他們深表同情。這些男孩自以為是唯美主義者，自命清高，不食人間煙火。但他們一輩子都不會在銀條上刻字，感受到字義的重量在他們的指間迴盪。他們永遠沒辦法在一念之間就改變世界的結構。

「所以你們在巴別塔學院就是學這個嗎？」沃康問道，看起來有點對他肅然起敬。似乎從來沒有人敢和艾爾頓．潘德尼斯頂嘴。

「當然也不只這些。」羅賓說。他每次開口都有一種血脈賁張的興奮感。這些男生什麼都不是；如果他想要的話，只須用一個字就能毀了他們。他可以跳上沙發，用酒潑髒窗簾，也不用擔心後果，因為他根本不在乎。這種直衝腦門的自信對他來說是完全陌生的，但感覺非常好。「當然，巴別塔學院的重點在於銀工魔法，對詩歌翻譯的分析僅僅是其基本理論的一部分罷了。」

這些是他不假思索說出來的話。他對銀工背後的基本理論一知半解，但那番話聽起來很厲害，效果甚至比想像中更好。

「你有施展過銀工魔法嗎？」聖克勞德追問道。潘德尼斯瞪了他一眼，但聖克勞德還是繼續問：「會很難嗎？」

「我還在學習基礎知識。」羅賓說。「我們會先上兩年的課程，第三年再到其中一層樓實習，之後

42　原註5：雖然羅賓不太喜歡雪萊，但還是有讀過他對翻譯的看法，也不得不承認他寫得很好：「因此翻譯是虛榮的；試圖將詩人的創作從一種語言注入另一種語言，就跟為了瞭解其顏色和氣味的形式原理，而將紫羅蘭投入坩堝中一樣，是很不明智的。植物必須從種子再次萌芽，否則就不會開花，這就是巴別塔詛咒的重擔。」

我就能自己刻銀條了。」

「你能示範給我們看嗎？」潘德尼斯問道。「我能做到嗎？」

「你沒辦法。」

「為什麼啊？」潘德尼斯問道。「我會拉丁文和希臘文啊。」

「你學得不夠透徹。」羅賓說。「你必須在日常生活中使用這個語言，就跟呼吸一樣自然，不是偶爾隨便看看文章就好。你會用英文以外的語言作夢嗎？」

「你會嗎？」潘德尼斯反問道。

「當然會啊，」羅賓說。「畢竟我是中國人。」

大家再次陷入沉默，似乎不確定要做何反應。羅賓決定讓他們解脫。「謝謝你的邀請，」他一邊說，一邊起身。「但我可能得去圖書館了。」

「沒問題。」潘德尼斯說。「你們想必課業很忙吧。」

羅賓去拿大衣時，眾人都不發一語。潘德尼斯垂著眼簾，用懶洋洋的眼神看著他，一邊慢慢啜飲他的馬德拉酒。科林的眼睛眨個不停；他有開口一、兩次，但半句話都說不出口。米爾頓作勢要起身送他到門口，但羅賓揮手示意要他坐下。

「你知道路嗎？」潘德尼斯問道。

「沒問題的，」羅賓離開時回頭喊道。「這裡也沒那麼大。」

隔天早上，他把事情經過一五一十地告訴朋友們，引起一陣哄堂大笑。

「再背一次他的詩給我聽，」薇朵瓦央求道。「拜託啦。」

「我不記得全部，」羅賓說。「但我想想喔……喔，對了，還有一句：民族的血液在他高貴的雙頰內流淌——」

「不，我的天啊……」

「而滑鐵盧的精神在他的美人尖迴盪——」

「我不知道你們大家在講什麼，」雷米說。「這男的根本就是天才詩人。」只有蕾緹沒有笑。「可惜你沒有玩得開心。」她冷冷地說道。

「妳說得沒錯，」羅賓試著釋出善意。「他們真的是傻瓜。親愛的、可愛的、嚴肅的蕾緹，我當初不應該離開妳身邊的。妳一直都是對的。」

蕾緹沒有回答。她收拾書本，拍掉褲子上的灰塵，然後怒氣沖沖地衝出食堂。薇朵瓦稍微起身，好像想追上去一樣，但最後還是嘆了口氣，搖搖頭然後坐了下來。

「讓她去吧。」雷米說。「不要毀了一個美好的下午。」

「她一直都是這樣嗎？」羅賓問道。「妳怎麼有辦法跟她住啊？」

「你會故意激怒她。」薇朵瓦說。

「不要袒護她——」

「我說真的，」薇朵瓦說。「你們兩個都是，不要裝無辜；你們喜歡讓她理智斷線。」

「那是因為她總是自視過高。」雷米嘲弄道。「所以她跟妳在一起是變了個人，還是妳只是適應了而已？」

薇朵瓦來回看著他們兩個，似乎在猶豫什麼。然後她問道：「你們知道她有一個哥哥嗎？」

「誰啊，住在加爾各答的某個富豪嗎？」雷米問道。

「他死了。」薇朵瓦說。「他在一年前過世了。」

「噢。」雷米眨了眨眼。「真遺憾。」

「他叫做林肯。林肯和蕾緹．普萊斯，兄妹倆小時候都黏在一起，以至於所有親友都說他們是雙胞胎。他在幾年前來到牛津念大學，但他跟蕾緹不一樣，對念書沒什麼興趣，每次放假都會被父親罵他糟蹋自己的教育機會，兩個人吵得不可開交。比起我們，他更像潘德尼斯那種人，你們懂我的意思吧。有一天晚上，他出去喝酒。隔天早上，警察到了蕾緹家，說他們在一輛運貨馬車下找到了林肯的屍體。他在路邊睡著了，司機過了好幾小時才發現他。他應該是在黎明前斷氣的。」

雷米和羅賓都沉默不語，兩人都不知道要說什麼。他們感覺自己就像是挨罵的小男生，而薇朵瓦是他們嚴厲的家庭教師。

「幾個月後，她就來牛津念書了。」薇朵瓦繼續說。「你們知道要申請巴別塔學院，如果不是有人特別推薦的話，就要考入學考試嗎？她考了，也通過了。這是牛津大學唯一一間收女學生的學院。她一直都想來巴別塔學院念書，從小到大都以此為目標用功讀書，但她父親一直不讓她去上學。直到林肯死後，她父親才讓她來接替他的位置。女兒念牛津大學固然不好，但沒有孩子念牛津大學更糟。你們不覺得很糟糕嗎？」

「我之前都不知道。」羅賓說，感到慚愧不已。

「我想你們應該不太明白，身為女性，在牛津大學讀書有多麼困難。」薇朵瓦說。「當然，表面上的規定都很自由開放，但他們根本瞧不起我們。我們出門時，房東太太會亂翻我們的東西，好像想找我們帶男人回家的證據一樣。我們表現出的每一個弱點，都會坐實那些對我們的貶抑，也就是我們很脆弱、容易歇斯底里，而且天生意志薄弱，做不了我們想要做的事情。」

「所以意思是我們要原諒她每天這樣一板一眼，好像便祕了三天一樣？」雷米嘟囔道。

薇朵瓦好笑地看了他一眼，說：「她有時候確實很難相處，但她不是有意要傷人。她害怕自己不應該在這裡，害怕大家都希望她是她哥哥，也害怕不論是多小的錯誤，她只要稍微逾越規矩就會被送回家。最重要的是，她害怕你們兩個會步上林肯的後塵。對她好一點吧，你們不知道她的行為有多少是出於恐懼。」

「依我看，」雷米說，「她的行為是出於自私自利吧。」

「就算是那樣，我還是得跟她住。」薇朵瓦臉色一沉，看起來對他們兩個都很火大。「所以麻煩體諒我想維持和平的心情。」

幸好蕾緹生悶氣都不會持續太久，雖然沒有明說，但很快就原諒他們了。隔天，他們魚貫走進普萊費爾教授的辦公室時，羅賓對她微笑，釋出善意，她也微笑以對。羅賓看向薇朵瓦時，她點點頭。看來他們有共識了；蕾緹知道羅賓和雷米知道她哥哥的事了，也知道他們感到抱歉，她自己也是，而且因為自己的誇張反應而感到尷尬。他們彼此靈犀相通，無須多言。

與此同時，還有更多精彩的辯論在等著他們。那學期，普萊費爾教授的課堂探討的是翻譯的忠實性。

「譯者常常會被罵不忠於原文。」普萊費爾教授用低沉有力的聲音說道。「所謂的忠實性到底意味著什麼？忠於誰？文本？讀者？還是作者？忠實性和風格與美感是分開的嗎？我們先從德萊頓在他的《艾尼亞斯紀》譯本序言寫的一段話開始：『我想像維吉爾是在這個時代的英國出生的，並努力讓他說出現代英國人會說的英語。』」他環顧教室，問道：「有人認為這就是忠實性嗎？」

「我來。」雷米說。「不，我不認為那是忠實性。維吉爾是存在於特定時空的人，除去所有背景，讓他跟你在街上遇到的英國人一樣說話，不是更不忠於原作嗎？」

普萊費爾教授聳肩道：「讓維吉爾聽起來像個古板的外國人，而不是一個你會很樂意與之交談的對象，難道就更忠實嗎？威廉．格思里也採用了類似的手法，把西塞羅當成英國國會議員。但我承認，這樣的手法未必正確。改得太過火的話，就會變成像波普翻譯的《伊里亞德》一樣。」

「我以為波普是那個時代最偉大的詩人之一耶。」蕾緹說。

「或許以原創作品來說是如此。」普萊費爾教授說。「但他在《伊里亞德》增添太多英國英語，導致荷馬聽起來像十八世紀的英國貴族。這肯定不符合我們對希臘人和特洛伊人打仗的印象吧。」

「聽起來像是典型的英式傲慢。」雷米說。

「但不是只有英國人會這麼做。」普萊費爾教授說。「想想赫爾德批評法國新古典主義者俘虜荷馬，讓他穿著法國衣服，遵循法國習俗，唯恐他冒犯。而比起每個字都要準確翻譯，波斯所有著名的翻譯家都更重視翻譯的『精神』。事實上，他們常常會把歐洲名稱改為波斯名稱，並將目標語中的格言替換成波斯語的詩句和諺語。你覺得那樣是錯的嗎？是不忠於原文嗎？」

雷米完全無法反駁。

普萊費爾教授繼續說道：「當然，沒有所謂的正確答案，過去的理論家也都無法解答這個問題。這是我們翻譯領域一直以來的論戰。弗里德里希．史萊馬赫認為翻譯應該要有一定程度的不自然，能清楚看出是外國文本。他認為譯者有兩種選擇：要麼不打擾作者，讓讀者去靠近作者；要麼不打擾讀者，讓作者去靠近讀者。史萊馬赫選擇了前者，但現在英國的主流是後者，讓譯文在英國讀者眼中讀起來自然流暢，看起來根本不像是翻譯作品。

「你們覺得怎麼做才對呢？身為譯者，我們要盡可能隱身於幕後，不讓讀者察覺到我們的存在嗎？還是要提醒讀者，他們正在閱讀的內容不是用自己的母語寫成的？」

「這根本是不可能的問題。」薇朵瓦說。「要嘛就要讓文本留在原本的時空，要嘛就要把它帶到此時此地，你所在的地方。無論如何，勢必都得做出取捨。」

「所以忠實的翻譯是不可能的嗎？」普萊費爾教授質疑道。「我們永遠不可能跨越時空，誠信溝通嗎？」

「應該也不是不可能。」薇朵瓦勉強同意道。

「但忠實的相反是什麼呢？」普萊費爾教授問道。他的辯證法來到了尾聲，現在只差一個強而有力的結論。「就是背叛。翻譯意味著對原作施加暴力，為了目標受眾外的外國讀者扭曲並竄改原作。那我們該怎麼辦呢？除了承認翻譯行為必然會是一種背叛行為之外，我們還能得出什麼結論呢？」

發表完這個深奧的結論之後，教授一如往常，和他們一一對上眼。當羅賓和普萊費爾教授四目相接，他的內心深處萌生一陣強烈的愧疚感，讓他坐立不安。

第九章

「譯者一直都是一個不可信賴且無動於衷的族群；他們載來滿船的黃沙和硫礦，唯有最有耐心的人才能沙裡淘金。」

——湯瑪斯．卡萊爾，〈日耳曼文學狀況〉

巴別塔學院的學生到大三結束時才會考資格考，因此聖三一學期很快就過了，還是跟前兩個學期一樣忙碌，但也沒有考試壓力。在堆積如山的作業和文本，以及深夜裡一次又一次地改良雷米的馬鈴薯咖哩卻不斷失敗的過程中，大一就這麼結束了。

按照巴別塔學院的傳統，升大二的學生會在暑假出國進行沉浸式語言學習。雷米六月和七月在馬德里學西班牙文，並研究奧瑪雅王朝的檔案。蕾緹去了法蘭克福，聲稱她在那裡只讀了一大堆難以理解的日耳曼哲學；薇朵瓦則去了史特拉斯堡，學了很多對於食物和精緻餐飲的見解回來，講到其他人都快受不了了。[43]羅賓原本希望這個暑假有機會去日本，但他卻被送到了麻六甲的英華書院精進中文。這所書院是由新教傳教士所開辦的，每天的行程都很緊湊，包括祈禱、經典閱讀，以及醫學、倫理學和邏輯課程。他從來沒有機會走出學院，到華人居住的荷蘭街；那幾週充滿了陽光、沙灘，以及和白人新教徒一起進行無止境的讀經聚會。

暑假終於結束時，他非常高興。回到牛津後，大家都曬黑了，而且因為吃得比過去一年好，每個人都至少重了六公斤。但就算暑假能延長，他們也不願意。他們想念彼此，想念陰雨綿綿的牛津和那裡難吃的食物，也想念巴別塔學院嚴謹的學術氛圍。他們的腦袋裝滿了新的聲音和詞語，就像練出線條的肌肉一樣，等著大展身手。

他們準備好要學習魔法了。

今年，他們終於能進銀工部門了。他們在大四之前都不能自己刻銀條，但這學期他們會上一堂叫做「詞源學」的理論先修課程。羅賓發現授課老師是勒維教授時，不禁感到惴惴不安。

開學第一天，他們上去八樓，參加普萊費爾教授的特別課程簡介會。

「歡迎回來。」教授說。他平常上課都穿素色西裝，今天卻穿了黑色碩士袍，只要他走動，垂到腳踝處的流蘇就會劇烈甩盪。「你們上次上來八樓時，見識到了我們在這裡所創造的魔法。今天，我們要揭開銀工的神祕面紗。請坐。」

他們在最近的工作檯坐了下來。為了看得更清楚，蕾緹移開了桌上的一疊書，普萊費爾教授卻突然吼道：「不准碰那個。」

蕾緹嚇了一跳。「什麼？」

「那是艾薇的桌子。」普萊費爾教授說。「妳沒看到牌匾嗎？」

桌子前面確實有一塊小小的銅匾。他們伸長脖子看上面寫了什麼：艾薇琳．布魯克的桌子，請勿

43 原註1：舉例來說：「你們知道法國人怎麼形容不幸的情況嗎？『Triste comme un repas sans fromage』，意指『難過得像吃了一頓沒有起司的飯』，用來形容英國起司再適合不過了。」

觸碰。

蕾緹收拾東西，起身跑去坐在雷米旁邊。「對不起。」她面有赧色，咕噥道。

他們靜靜坐在位子上，不確定該如何是好。他們從來沒看過普萊費爾教授這麼生氣。但他的怒火來得突然，去得也快，他轉眼間又變回平常和顏悅色的樣子。他輕輕一跳，就開始講課，好像什麼事都沒發生一樣。

「銀工魔法背後的核心原則是不可譯性。當我們說一個字詞或片語不可譯時，意思是在另一個語言中，沒有與之完全相等的字詞或片語。就算能用幾個字詞或句子捕捉部分的含意，還是有一部分失落了，落入了生活經驗中的文化差異所造成的語義空缺。以中文的概念『道』為例，我們有時會翻譯成『路途』、『途徑』，或是『事物應有的模樣』。然而這些翻譯都無法真正概括『道』的含義，光是這一個字就要用一整部哲學巨著來解釋。到目前為止還理解嗎？」

大家都點點頭。這就是普萊費爾教授上學期反覆灌輸到他們腦中的論點，也就是所有的翻譯都必然會有一定程度的扭曲和竄改。看來他們終於要來處理這個扭曲的意義了。

「沒有任何翻譯能夠完美傳達原文的意義，但意義又是什麼呢？『意義』是取代我們用來描述這個世界的字詞的東西嗎？直觀來說，我認為是如此，否則如果我們對於失落的意義沒有一種無法言表的感受，就沒有任何根據可以批評翻譯準不準確了。舉例來說，洪堡[44]認為，詞語及其所描述的概念之間，有一種看不見、摸不著的連結。那是屬於意義和概念的神祕領域，發源於純粹的精神能量，只有當我們賦予它一個不完美的象徵時，它才會成形。」

普萊費爾教授敲了敲他面前的桌子，桌上的銀條一字排開，有空白的，也有銘刻過的。「無論它是什麼，存在於何處，意義的純粹領域都是這項工藝的核心。銀工的基本原理非常簡單：在其中一面用一種語言刻下一個字詞或片語，然後在另一面用不同的語言刻下相應的字詞或片語。因為翻譯永遠不可能是完美的，必要的篡改，也就是在過程中失落或扭曲的意義，會被白銀捕捉並顯現出來。親愛的學生們，這就是自然科學領域內最接近魔法的存在。」他觀察他們的表情，問道：「到目前為止還理解嗎？」

他們看起來沒那麼有把握了。

「教授，」薇朵瓦說。「如果你能舉例的話……」

「沒問題。」普萊費爾教授拿起最右邊的銀條，說：「我們賣了不少這種銀條給漁夫。希臘語的『kárabos』有好幾種不同的意思，包括『船』、『螃蟹』和『甲蟲』。你們覺得這些意思的關聯是什麼？」

「用途嗎？」雷米大膽猜測。「船是用來抓螃蟹的嗎？」

「猜得不錯，但不是。」

「形狀。」羅賓猜測道，而且越講越覺得有道理。「想像一艘槳帆船的兩排槳，看起來有點像螃蟹或昆蟲碎步快跑的腳，對吧？等等，『scuttle』，碎步快跑，和『sculler』，搖槳，這兩個字長得有點像耶……」

---

44 原註2：弗里德里希·威廉·克里斯蒂安·卡爾·費迪南·馮·洪堡（Friedrich Wilhelm Christian Karl Ferdinand von Humboldt）最著名的作品可能是一八三六年的《論人類語言的結構差異及其對人類智慧發展的影響》（On the Structural Difference of Human Languages and Its Influence on the Intellectual Development of the Human Race）。他認為一個文化的語言和該語言使用者的心智能力和心理素質密切相關，因此拉丁語和希臘語比阿拉伯語等語言更適合進行複雜的理性推理。

「你有點扯遠了，史威夫特先生，但方向是對的。我們先討論『kárabos』這個字就好。從『kárabos』又衍伸出卡拉維爾帆船『caravel』，也就是一種快速輕型的船。兩個字都是指『船』，但只有『kárabos』保留了原本希臘語中的海洋生物含義。各位明白我的意思嗎？」

他們點點頭。

他輕拍銀條的兩端，「kárabos」和「caravel」分別寫在兩邊。「把銀條裝到漁船上，漁獲量會比其他同類型的船還要多。這種銀條在上個世紀非常流行，直到過度使用導致漁獲量下降到以前的水平。銀條在某種程度上可以扭曲現實，但沒辦法生出更多魚，那需要更好的字詞才能做到。這樣有更清楚嗎？」

他們又點點頭。

「這是我們最廣泛使用的銀條之一，全英國的醫生基本上都會用。」他拿起右邊數來第二根銀條。「『Triacle』和『treacle』。」

羅賓嚇得身體往後傾。那就是勒維教授在廣州用來救他的銀條，或至少是同一種，也是他接觸過的第一根魔法銀條。

「這種銀條最常被用來製作一種甜甜的偏方，做為大多數毒物的解毒劑。這個巧妙的配對是一名叫艾薇．布魯克的學生發現的，沒錯，就是那個艾薇。她發現『treacle』這個字最早出現在十七世紀，與大量使用糖來掩蓋藥物的苦味有關。接著她將其追溯到古法語的『triacle』，意指『解毒劑』或『毒蛇血清』，再來是拉丁語的『theriaca』，最後追溯到希臘語的『theriake』，兩者都是『解毒劑』的意思。」

「但這根銀條只用了英語和法語的配對，」薇朵瓦說。「那要怎麼——」

「用雛菊鏈。」普萊費爾教授說。他將銀條轉過來，讓他們看刻在側面的拉丁文和希臘文。「這種技術會借助更古老的詞源作為指引，引導意義跨越遙遠的時空。可以把它想成額外用來固定帳篷的樁釘，能夠讓銀條保持穩定，並幫助我們準確識別想要捕捉的意義。但那是很進階的技術，你們現在還不用煩惱。」

他拿起右邊數來第三根銀條。「這是我最近接受威靈頓公爵的委託，發明出來的配對。」他說，顯然對這項成就感到自豪。「希臘語的『idiótes』可以表示笨蛋，就跟英文的『idiot』一樣。但它也意味著不參與世俗事務的俗人，這種人的愚蠢不是源自於缺乏自然官能，而是源自於無知和缺乏教育。當我們將『idiótes』翻譯成『idiot』，就有刪除知識的效果，所以這根銀條可以讓你馬上忘記你以為自己學會的東西，想讓敵方間諜忘記機密情報時就很好用。」[45]

普萊費爾教授放下銀條，說：「就是這樣，一旦掌握了基本原理就很簡單了。我們捕捉翻譯過程中必然會失落的意義，而銀條會將其化為現實。夠簡單吧？」

「但這也強得太離譜了吧，」蕾緹說。「有了這些銀條，就能夠隨心所欲，跟上帝一樣——」

「也不完全是這樣，普萊斯小姐。我們會受到語言自然演變的限制。即使不同語言的對應字詞之間意思有些差異，仍有相當密切的關係，這就限制了銀條可以造成影響的幅度。舉例來說，我們沒辦法用銀條讓人死而復生，因為生與死在各語言基本上都是對立的概念，所以我們找不到適合的配對。除此之外，銀條還有一個相當嚴格的限制，不然全英國的農民早就人手一根了。有誰能猜猜看是什麼

---

45 原註3：其實這組配對在軍事方面的應用並沒有普萊費爾教授說的那麼靈光。由於完全沒辦法指定要刪除哪些知識，銀條常常只讓敵方士兵忘記怎麼綁鞋帶，或是忘記原本就很破的英文。威靈頓公爵一點也不滿意。

限制嗎？」

薇朵瓦舉手說：「必須要有精通語言的人。」

「完全正確。」普萊費爾教授說。「除非有人能夠理解，不然字詞本身是沒有任何意義的。而且不能只是淺薄的理解，光是告訴農夫『triacle』在法語中的意思，是無法讓銀條發揮效果的。你必須能用那一門語言思考，在日常生活中使用它，就跟呼吸一樣自然，不是只是認得書頁上的字母而已。這也是為什麼自創語言[46]永遠行不通，而古英語等古代的語言已經失去了作用。古英語本應是銀工魔法的理想語言，因為我們的詞典收錄了完整的古英語詞彙，我們能夠清楚追溯詞源，所以銀條會非常準確。但沒有人用古英語思考，不會在日常生活中使用，就跟呼吸一樣自然。這也是牛津大學的古典學教育如此嚴謹的原因之一。熟習拉丁語和希臘語仍是很多學位的入學門檻之一，不過改革派多年來一直在大聲疾呼，要求我們取消這些條件。然而一旦我們那麼做，牛津大學有一半的銀條就會失去作用。」

「所以我們才在這裡。」雷米說。「我們已經精通語言了。」

「所以你們才在這裡，」普萊費爾教授同意道。「普薩美提克的男孩們。因為在外國出生就握有如此強大的力量，很棒對吧？我滿有語言天分的，但還是要花好幾年的時間，才能像你一樣不假思索地發動烏爾都語的銀工魔法。」

「如果一定要有精通語言的人在場，那銀條是如何運作的？」薇朵瓦問道。「這樣的話，不是應該要在譯者離開房間後立即失去作用嗎？」

「問得好。」普萊費爾教授說，然後拿起第一和第二根銀條。把兩根銀條放在一起比較，會發現第二根顯然比第一根還要長一點。「妳提出了持久性的問題。有幾項要素會影響銀條效果的持久性。

首先是白銀的量和比例。這兩根銀條的含銀量都超過百分之九十，其餘部分是銅合金，常用於硬幣，但『triacle』銀條又比另一根大百分之二十左右，代表根據使用頻率和強度，它可以多用幾個月。」

他放下銀條，說：「倫敦大多數便宜的銀條效果都不會持續那麼久，而且其實很少是貨真價實的銀條，大部分都是木頭或廉價金屬外面鍍了一層薄薄的銀。這種銀條不到幾週就會失效，必須要『維護』一下。」

「維護要收費嗎？」羅賓問道。

普萊費爾教授點點頭，微笑道：「總要有人支付你們的生活津貼吧。」

「所以只要這樣就能維護銀條嗎？」蕾緹問道。「只要讓譯者說出那組配對的兩個字就好嗎？」

「也沒有那麼簡單。」普萊費爾教授說。「有時必須要重新刻字，或是改裝銀條——」

「但這些服務都收多少錢啊？」蕾緹追問道。「我聽說好像要十二先令？稍微維護一下的成本有那麼高嗎？」

普萊費爾教授笑得更開懷了，活像一個被發現把拇指伸進派裡的頑童。「從事被普通百姓視為魔法的工作，收入很可觀，對吧？」

「所以費用根本是子虛烏有嗎？」羅賓問道。

---

46 原註4：在十八世紀後期，曾出現過研究自創語言的銀工潛力的短暫熱潮，例如女修道院院長赫德嘉·馮·賓根（Hildegard of Bingen）的「秘名語」（Lingua Ignota），大約有超過一千個詞彙；約翰·威爾金斯（John Wilkins）的真理語言涉及對宇宙中所有已知事物的詳盡分類法；以及克羅馬提的托馬斯·厄克特爵士（Sir Thomas Urquhart of Cromarty）的「泛標誌語」試圖將世界完全簡化為算數的有理式。以上語言的研究都因遇到同樣的阻礙而停滯不前，而這道高牆後來在巴別塔學院被奉為圭臬：語言不僅僅是密碼，還必須用來向他人表達自己的思想。

他的語氣比想像中還要尖刻，但他心裡想的是幾年前席捲倫敦的霍亂疫情；當時派波太太解釋說因為銀條太貴了，所以沒辦法拿來幫助窮人。

「喔，對啊。」普萊費爾教授笑道，似乎覺得這一切都很有趣。「祕密掌握在我們手中，條件也隨我們設定，這就是比其他人都聰明的好處。好了，在結束前還有最後一件事。」他從桌子的另一端拿起一根閃閃發亮的空白銀條，說：「我必須鄭重警告各位，有一組配對你們絕對不能嘗試使用。有誰能猜猜看是什麼嗎？」

「善與惡。」蕾緹說。

「猜得好，但不是。」

「上帝的名字。」雷米說。

「我們相信各位不會那麼愚蠢。不，這個比較棘手。」

沒有人猜得出答案。

「就是翻譯，」普萊費爾教授說。「簡單來說，就是形容『翻譯』的字詞。」

他一邊說話，一邊在銀條的一端快速刻下一個字，然後給他們看他寫了什麼：Translate。

「『翻譯』這個動詞在每種語言中的含義略有不同。英文的『translate』、西班牙文的『traducir』和法文的『traduire』都源自拉丁文的『translat』，意指『傳寄、遞交』。但到了羅曼語以外的語言，意思就更不一樣了。」他開始在銀條的另一端刻下一組新的字母。「舉例來說，中文的『翻譯』意味著反轉或改變某物，而第二個漢字『譯』則帶有轉換和交流的含義。在阿拉伯文中，『tarjama』既可指『傳記』，也可指『翻譯』。在梵語中，翻譯的詞『anuvad』同時也有『重複或再說一遍』的意思。這裡的區別是時間上的，而不是拉丁文的空間隱喻。在伊博語中，『tapia』和『kowa』這兩個詞都代表翻譯，而且都涉及敘述、解構和重建，藉由粉碎原貌來使形式變化成為可能，諸如此類。不同語言之間的差異及其含義數不勝數。嚴格來說，沒有任何兩種語言的『翻譯』意思是完全相同的。」

他給他們看自己寫在銀條另一端的字詞，是義大利文的「tradurre」。他把銀條放在桌上。

「Translate，」他說。「Tradurre。」

他的手一離開，銀條就開始顫動。

他們看著銀條震動得越來越厲害，簡直不敢相信自己的眼睛。這畫面令人不忍直視。銀條似乎活了過來，彷彿被某種靈魂附身，拼命想要掙脫束縛，或者至少想要分裂開來。除了在桌上震得叮噹作響外，銀條沒有發出任何聲音，但羅賓的腦海裡卻同時響起痛苦的尖叫聲。

「翻譯的配對會產生自相矛盾的情況。」普萊費爾教授說。銀條震動得太過劇烈，甚至從桌上彈起好幾公分，但教授仍面不改色。「它會試圖創造出更純粹的翻譯，以囊括與每個詞相關的隱喻，但這當然是不可能的，因為世界上沒有完美的翻譯。」

銀條表面出現了裂縫，宛如細細的紋路分叉、裂開，越來越大。

「魔法無處可去，只能在銀條內部不斷累積，產生一個持續不斷的循環，直到銀條終於解體。然後……就會發生這種事。」

銀條一躍而起，然後碎成數百個小碎片，散落在桌子、椅子和地板上。羅賓和同學們都嚇了一跳，紛紛往後退，但普萊費爾教授連眼睛都沒眨一下。「千萬不要嘗試這個配對，再怎麼好奇也不行。剩下的白銀，」他用腳踢其中一塊碎片，「都不能再用了。就算熔化後重新鍛造，銀條裡只要含有一塊這種碎片就不會有任何效果。更糟糕的是，這種效果還會傳染。如果在一堆銀條上面啟用銀條，效果就會蔓延到它接觸的所有白銀，一不小心就會浪費掉好幾十磅。」他將銘刻筆放回工作桌上，問道：「大家都明白了嗎？」

他們點點頭。

「很好，千萬不要忘記。翻譯最終的可行性是一個引人入勝的哲學問題，畢竟這就是巴別塔故事的核心。但這種理論問題還是留在課堂上討論就好，不要亂做實驗，最後炸掉整棟建築。」

「安東尼說得沒錯，」薇朵瓦說。「有了銀工魔法，誰還要去文學部門啊？」

他們在食堂，坐在平常坐的那張桌子，想到手裡握有的強大力量就感到頭暈目眩。從下課到現在，他們都一直重複同樣的感想，但沒人感到厭煩；這一切都太新奇，太不可思議了。他們走出學院時，整個世界似乎都不一樣了。他們進入了巫師的居所，看到他調配魔藥和施展魔法，現在他們一心只想自己試試看。

「是不是有人提到我啊？」安東尼在羅賓對面坐了下來，一一觀察他們的表情，然後會心一笑，說：「噢，我記得這種表情。普萊費爾今天是不是示範了銀工魔法給你們看？」

「你每天都在做這個嗎？」薇朵瓦問道，毫不掩飾興奮之情。「實驗各種語言配對？」

「算是吧。」安東尼說。「其實比起實驗本身，我們花更多時間在翻閱詞源字典，不過一旦找到可能行得通的配對就好玩囉。我目前在玩的配對或許可以用在麵包店：『flour』和『flower』。」

「一個是『麵粉』，一個是『花』，這兩個不是完全不同的字嗎？」蕾緹問道。

「看起來是這樣，」安東尼說。「但如果追溯到十三世紀的盎格魯—諾曼語，會發現兩者源自同一個字，『flower』僅僅是指穀粉中最好的部分。隨著時間的推移，『flower』和『flour』開始分化，代表不同的東西。但如果這種銀條行得通的話，我應該能把它裝在磨粉機上，以提升研磨麵粉的效率。」他嘆口氣道：「我不確定能不能成功，但成功的話，希望穹頂花園咖啡廳能讓我終身免費吃司康。」

「你會拿到權利金嗎？」薇朵瓦問道。「我是說他們每次生產你發明的銀條時。」

「不會喔。我會拿到一筆錢，但所有的利潤都歸學院所有。不過他們會把我的名字寫進銀條配對清單中。我目前發明了六組配對，而現在整個帝國使用中的銀條大概只有一千兩百組，所以這算是學術界的最高榮譽了，比在其他地方發表論文還要好。」

「等等，」雷米說。「一千兩百組不是很少嗎？我的意思是，銀條從羅馬帝國時代就在使用了，那我們怎麼——」

「我們怎麼還沒創造出所有可能的配對嗎？」

「對，」雷米說。「或至少創造出超過一千兩百組配對。」

「你們想想嘛，」安東尼說。「問題應該很明顯。語言會互相影響，會為彼此增添新的意義，就像水從大壩湧出一樣，屏障的孔洞越多，水流就越弱。倫敦使用的大部分銀條都是從拉丁文、法文和德文翻譯而來的，但這些銀條的效力越來越差了。隨著語言流通遍及各大洲，例如法文的煸炒『saute』和焗烤『gratin』等外來字納入英語辭典，語義扭曲就漸漸失去了效力。」

「勒維教授也有說過類似的事情。」羅賓回憶道。「他相信隨著時間的推移，羅曼語能夠產生的利潤會越來越少。」

「他說得沒錯。」安東尼說。「在這個世紀，英語和其他歐洲語言之間的翻譯交流十分頻繁。我們似乎無法擺脫對日耳曼哲學家或義大利詩人的迷戀。所以雖然羅曼語學者老愛假裝自己是學院的老大，但他們其實是最受威脅的分支。古典學也是前途堪憂，拉丁語和希臘語還可以再撐一陣子，因為兩者都還算是菁英知識分子的語言，但拉丁語其實已經越來越口語化了。八樓有個博士後正在研究如何復興曼島語和康瓦爾語，但沒人認為會成功。蓋爾語也一樣，但不要告訴凱西。所以你們三個才是這麼寶貴的人才。」安東尼依序指著蕾緹以外的三人，說：「你們會他們還沒榨乾的語言。」

「那我呢？」蕾緹問道，一副不服氣的樣子。

「這個嘛，妳目前還沒問題，但這只是因為英國的國族認同是與法國對立的。法國人是迷信的異教徒，我們則是新教徒。法國人穿木鞋，那我們就穿皮鞋。我們會繼續抵制法語對英語的入侵，但真正重要的是殖民地和半殖民地，也就是羅賓和中國，雷米和印度；你們兩個是未知領域，大家都搶著要你們。」

「你講得好像語言是一種資源一樣。」雷米說。

「確實是啊，語言就跟黃金和白銀一樣，是一種資源。已經不知道有多少人為那些文法大典而死了。」

「但那太荒謬了，」蕾緹說。「語言只是文字，只是思想而已，你不能限制語言的使用。」

「不行嗎？」安東尼問道。「妳知道在中國，教外國人中文會被政府處以死刑嗎？」

蕾緹轉向羅賓，問道：「那是真的嗎？」

「應該是。」羅賓說。「查卡瓦蒂教授也是這樣跟我說的。清政府很……他們很害怕，也很排外。」

「看吧？」安東尼說。「語言不只是文字構成的，也是看待世界的不同角度，是文明的關鍵。有些人為了得到這些知識，就算殺人也在所不惜。」

「文字會說故事。」勒維教授用這句話當學期第一堂課的開場白。那天下午，他們在學院五樓一間沒有窗戶的空教室上課。「確切來說，這些文字的歷史，包括它們是怎麼開始被使用的，以及是如何演變成今天的意思的，告訴我們很多關於一個民族的事情，絕對不亞於，或者更甚於其他類型的歷史文物。就拿『knave』這個詞來說吧，你們覺得它是怎麼來的？」

「撲克牌，對吧？有國王、皇后，而『knave』是傑克……」蕾緹開口道，但很快就發現這是一種循環論證，便停了下來。「噢，當我沒說。」

勒維教授搖搖頭，說：「古英語的『cnafa』是指童僕或年輕的男僕。德語的同源詞『Knabe』是『男孩』的舊稱，便證實了這一點。所以『knave』原本是指服侍騎士的年輕男孩。但當騎士制度在十六世紀末瓦解，加上領主發現他們能雇用更好更便宜的職業軍隊，數百名童僕就這樣失業了。於是他們就跟一般不走運的年輕人一樣，開始跟攔路搶劫的強盜和盜賊混在一起，變成我們現在稱之為『knave』的卑劣惡棍。所以這個詞的歷史描述的不只是語言的改變，還有整個社會秩序的變化。」

勒維教授既不是充滿熱情的講師，也不是天生的表演者。他在聽眾面前看起來很不自在；他的動作生硬且不自然，說話方式嚴肅、乾巴巴且直截了當。儘管如此，他說出口的每一句話都經過深思熟慮，恰到好處且引人入勝。

羅賓從好幾天前就開始擔心上監護人的課會不會很尷尬，結果完全不會。勒維教授對待他的方式，就跟之前有客人去漢普斯特德拜訪他時一樣：正式且疏遠，視線總是掠過羅賓的臉，好像看不見他所存在的空間一樣。

「詞源學『etymology』這個詞源自希臘語『étymon』，」勒維教授繼續說道。「意指一個詞的真正含義，而『étymon』又源自『étumos』，意指『真實或實際的』。因此，我們可以將詞源學視為一門追蹤字詞偏離原意多遠的學科，因為不論是字面上還是象徵層面上，字詞都走了很長一段路。」他突然看向羅賓，問道：「很大的暴風雨在中文要怎麼說？」

羅賓嚇了一跳。「啊……風暴？」

「不是，規模再大一點。」

「颱風？」

「很好。」接著，勒維教授指著薇朵瓦，問道：「那加勒比海上常見的熱帶氣旋叫什麼？」

「Typhoon。」她回答，然後眨了眨眼。「太風？Typhoon？怎麼會──」

「我們先從希臘文和拉丁文開始。」勒維教授說。「蓋亞和塔爾塔羅斯之子堤豐『Typhon』是有百個龍頭的駭人怪物。不知從何時開始，人們把牠和暴風連繫在一起，因為後來阿拉伯人開始用『tūfān』來形容狂風暴雨。這個詞從阿拉伯文又傳到了葡萄牙文，再透過探險船傳到中國。」

「但『颱風』不只是借用語。」羅賓說。「中文本身也有意思：『颱』是大的意思，而『風』就是──」

「你不認為中國人能想出本身有含義的音譯嗎？」勒維教授問道。「這種事常常發生。語音轉借通常也是語義轉借，字詞會傳播，我們可以從發音極其相似的字詞中追溯人類歷史的接觸點。語言只是一系列不斷變化的符號，穩定到能夠讓人相互對話，但也彈性到能夠反映持續改變的社會動態。我們發動銀工魔法中的字詞時，就會想起不斷變化的歷史。」

蕾緹舉手說：「我想問關於方法的問題。」

「說吧。」

「歷史研究的方法滿直觀的，」蕾緹說。「只要看器物和文件之類的就好。但要怎麼研究『字詞』的歷史啊？要怎麼確定它們走了多長一段路？」

聽到這個問題，勒維教授似乎很高興。「就是靠閱讀，」他說。「閱讀是不二法門。必須匯集能夠入手的所有資源，然後坐下來解決難題。重點是尋找模式和不規則之處。舉例來說，我們知道在古典時代，拉丁文字尾的『m』不發音，因為龐貝的銘文有些拼錯的地方都是漏掉了『m』。我們能夠藉此確認語音變化。在那之後，我們就能預測字詞應該如何演變，如果實際上和預測不符，那當初對於詞源的假設就可能是錯誤的。詞源學是橫跨數世紀的抽絲剝繭，是極其困難的工作，就像是大海撈針一樣。但我認為一旦撈到我們要的針，一切的辛苦就都值得了。」

那年，他們以英文為例，開始研究語言如何發展、變化、變形、增加、分化和交會。他們研究語音變化；為何英文「knee」（膝蓋）的「k」不發音，但在對應的德文字就要發音；為何拉丁語、希臘語和梵語中的塞音和日耳曼語族的子音有著異曲同工之妙。他們閱讀弗蘭茨・博普、雅各布・格林和拉斯穆斯・拉斯克的譯本，也讀了聖依西多祿的《詞源》。他們研究了語義變化、句法變遷、方言的分歧和借用，也學了重新建構法，用來拼湊出乍看之下毫無關聯的語言之間的關係。他們把語言當成礦井一樣深入挖掘，尋找含有共同文化遺產和扭曲語意的珍貴礦脈。

他們說話的方式也因此改變了。他們話說到一半常常會停下來，就算只是說出常用的片語和格言，也會忍不住停下來思考其由來。這種問題在他們的日常對話中無所不在，成為他們理解彼此以及其他所有的一切最理所當然的方法。[47]現在他們看著這個世界，也會看到背後豐富的故事和歷史，宛

47 原註6：「『Awkward』（尷尬），」薇朵瓦會指著羅賓說，「源自古諾斯語『aufgr』，意指『轉錯方向，就像四腳朝天的烏龜一樣』。」

「那妳的名字『Victoire』肯定是來自『vicious』（惡毒），而不是『Victoria』，因為妳的嘴巴有夠毒。」羅賓回嘴道。

如數百年的沉積物般層層疊疊，待他們去發掘。

英文受到的影響比他們想像的更深入且多元。「Chit」（便條）源自馬拉提語「chitti」，意指「信」或「便條」。「咖啡」一詞最早源自阿拉伯語（qahwah），再透過土耳其語（kahveh）和荷蘭語（koffie）輾轉傳入英語。虎斑貓（tabby）以一種條紋絲綢命名，而該絲綢的名字又源自其原產地：巴格達一個叫做「al-‘Attābiyya」的地區。就連衣服的基本詞彙都有其根據。「Damask」（織錦緞）源自大馬士革製造的織物；「gingham」（條紋棉布）來自馬來語「genggang」，意指「有條紋的」；「calico」（厚棉布）指的是喀拉拉邦的卡利庫特（Calicut），而雷米告訴他們，「taffeta」（塔夫綢）源自於波斯語「tafte」，意指「閃閃發亮的布料」。但不是所有英文字都有這麼遙遠或尊貴的起源。他們很快就發現，詞源學的奇妙之處在於，從有錢人追求享樂的消費習慣，到窮人和可憐人所謂的粗話，任何事物都能夠影響語言。所謂小偷、遊民和外國人的祕密語言被視為低等的行話，卻衍伸出詐騙、贓物和騙錢貨等常用詞。

英文不只是從其他語言借字而已，而是充滿了異國文化的影響，宛如科學怪人版的方言。在羅賓看來，這個國家的人民以身為英國人的優越感而自傲，卻連喝個下午茶都要借用他國的文化元素，真是不可思議。

除了詞源學之外，那年他們每個人又各學了一種語言。重點不是熟練掌握這門語言，而是在學習的過程中，加深他們對主修語言的理解。蕾緹和雷米開始向德弗里斯教授學習原始印歐語。薇朵瓦向諮詢委員會提出了一些她想學習的西非語言，卻被否決了，因為巴別塔學院沒有足夠且正統的教學資源能教授這些語言。她最後學了西班牙語，因為普萊費爾教授說在海地和多明尼加的邊界會用到，但她對此並不是太開心。

羅賓向查卡瓦蒂教授學習梵語，他在第一堂課就責備羅賓怎麼不會這門語言。「他們從一開始就應該要教中國學者梵語。梵語是透過佛經傳入中國的，引起了一波大規模的語言創新，因為佛教引進了許多中文難以表達的概念。『Nun』，也就是梵語的比丘尼『bhikṣuṇī』，變成了『尼』；『nirvana』則變成了『涅槃』。地獄、意識和災難等中文核心概念都來自梵語。如果不了解佛教，也就是了解梵語，你就無法了解現今的中文，就像在學數字之前就想理解加減乘除一樣。」

羅賓認為指責他亂學一門自己從出生就會說的語言有點不公平，但他還是暫且假裝同意，問道：「那要從哪裡開始呢？」

「從字母表開始，」查卡瓦蒂教授雀躍地表示。「從頭開始打基礎。拿出你的筆，一筆一畫描摹這些字母，直到形成肌肉記憶為止。我想應該要花半小時，開始吧。」

這一年要上拉丁文、翻譯理論、詞源學、主修語言，以及新的副修語言，課業簡直重得離譜，尤其是每位教授出的作業量之多，就好像其他課都不存在一樣。教授們完全沒有同情心。「德文有一個很棒的詞叫『Sitzfleisch』，」當雷米抗議說他們一週光是讀文本就花了超過四十小時，普萊費爾教授面帶微笑這麼說。「直翻的話就是『坐著的肉』，意思是有時候就是要坐定，把該做的事情做完。」

儘管如此，他們還是能夠苦中作樂。某方面來說，牛津現在可以稱得上是他們的家了。他們開鑿出屬於自己的空間，在那裡他們不只是得到容忍，而是可以成長茁壯。他們知道哪些咖啡廳不帶偏見，會像對待一般人一樣服務他們，而哪些咖啡廳不是把雷米當空氣，就是抱怨他會弄髒他們的桌椅。他們知道天黑後光顧哪些酒吧不會被找麻煩。他們坐在聯合辯論社的觀眾席，聽著像科林・桑希爾和艾爾頓·潘德尼斯那樣的男生高呼正義、自由和平等，喊到臉紅脖子粗，他們則在臺下憋笑，憋到差點岔氣。

在安東尼的堅持下，羅賓開始學划船。「一直窩在圖書館對身體不好。」他告訴羅賓。「必須要伸展肌肉，腦袋才能正常運作，促進血液循環。試試看吧，這對你有好處。」

沒想到他就這樣愛上了划船。他很喜歡那種肌肉收縮，一次又一次在水中拉動單槳的節奏感。他的手臂變得更強壯了，不知為何，雙腿似乎也變長了。他那瘦弱駝背的身軀漸漸變得精壯，每天早上照鏡子時，他都對自己的體態深感滿意。他開始期待在泰晤士河上度過寒冷的早晨，那時鎮上的人們還沒甦醒，方圓數公里內只聽得到鳥叫聲和槳沒入水中的水花聲，令人怡然自得。

女孩們試圖偷偷加入划船社，但沒有成功。她們的身高不夠高，沒辦法划船，而舵手又需要大喊大叫，因此她們無法假裝成男生。但幾週後，羅賓聽說大學學院擊劍隊加入了兩個狠角色，不過薇朵瓦和蕾緹一開始還不承認。

「擊劍吸引人的地方在於進攻，」薇朵瓦終於承認道。「看著真有趣。這些男生總是急著想大顯身手，而忘了戰略的重要性。」

蕾緹同意道：「所以只要保持冷靜，抓準時機攻擊他們的弱點就好了，就這麼簡單。」

冬天到來時，泰晤士河的河面結了冰，他們便去溜冰，除了蕾緹之外，大家都是初次體驗。在蕾緹的指示下，他們把靴子的鞋帶繫到最緊。「再緊一點，」蕾緹說，「靴子絕對不能晃動，不然會摔斷腳踝。」然後他們搖搖晃晃地踏上冰面，一邊踉蹌前行，一邊緊抓著彼此以保持平衡，結果只要一個人跌倒，其他人就會跟著遭殃。後來雷米發現如果他身體前傾，彎曲膝蓋，就能越溜越快。到了第三天，他已經能繞著其他三人溜冰了，甚至溜得比蕾緹還要好。雖然蕾緹在他故意溜到她面前時假裝不高興，但還是情不自禁地笑個不停。

現在，他們的情誼堅定，彷彿歷久不衰。他們不再是充滿迷茫與恐懼的大一生，為求穩定而相互依偎。他們現在既像疲憊不堪的老將，也如久經鍛鍊的士兵，因為共患難而團結在一起，不論發生什麼事都能彼此依靠。一絲不苟的蕾緹雖然嘴上抱怨個不停，但無論是深夜還是清晨，她都會細心校對同學的翻譯。薇朵瓦就像一座金庫；她能夠傾聽無止境的抱怨和瑣碎的牢騷，而且會守口如瓶。而無論白天還是晚上，如果羅賓需要喝杯茶、需要人逗他笑或分擔他的悲傷，他隨時可以去敲雷米的門。

那年秋天，當下一屆的學生——沒有女生，只有四個稚氣未脫的男孩——來到巴別塔學院，他們幾乎完全無視這些學弟。他們在不知不覺中變成了自己在第一學期所欣羨的高年級生。他們當初以為大部分學長姐都很勢利且傲慢，現在才知道他們只是太累了。高年級生完全沒有要欺負新生的意思，只是沒空理他們而已。

他們漠不關心、才華洋溢且筋疲力盡，這就是他們從第一年就渴望成為的樣子。他們過得很辛苦，吃得少，睡不飽，書讀得太多，完全與牛津大學和巴別塔學院以外的事物脫節。他們忽視了世俗的生活，只過著思想的生活，而且深陷其中，無法自拔。

儘管如此，羅賓還是希望葛瑞芬預言的那一天永遠不會到來，而他能一直遊走在兩個世界之間。因為現在是他人生中最快樂的時光：分身乏術，全神貫注於眼前的下一件事情，沒有心力思考大局的難題。

米迦勒學期快結束時，一名叫做路易．雅克．曼德．達蓋爾的法國化學家帶著一個奇怪的東西來到巴別塔學院。他說這是一個攝影製版暗箱，能夠利用銅板和感光化合物複製靜態影像，但不知道哪裡出了問題，實驗一直失敗。巴別人可不可以幫忙看看是否能改良它？

達蓋爾照相機的問題成了巴別塔學院的熱門話題。學院還辦了一場比賽，說任何獲准使用銀工魔法的學生只要能夠解決達蓋爾的問題，就能在他的專利上留下自己的名字，而且隨之而來的財富他也有份。接下來兩週的時間，八樓陷入了研究的熱潮，大四生和研究生靜靜翻閱著詞源字典，試圖找到一組能夠正確連結光、顏色、圖像和模仿等意涵的字詞。

最後解決問題的是安東尼·里本。根據與達蓋爾的合約條款，實際獲得專利的字詞配對是不對外公開的，但有傳言說安東尼用的是拉丁文的「imago」。這個字除了有「相似」或「模仿」的意思之外，也暗指幽靈或鬼魅。也有人說安東尼找到了某種辦法熔解銀條，從加熱的水銀中產生煙霧。不管真相是什麼，安東尼都不能透露，但他確實得到了豐厚的報酬。

這項發明成功了。神奇的是，這臺照相機能在極短時間內在一張紙上精準複製拍攝對象的影像。達蓋爾的裝置被稱為「銀版攝影法」，在當地造成轟動，大家都想拍照。達蓋爾和巴別塔學院在學院大廳舉辦了為期三天的展覽，來朝聖的民眾大排長龍，都排到街上去了。

羅賓很擔心隔天要交的梵文翻譯作業，但蕾緹堅持要大家一起去拍一張照片。「你不想要我們的紀念品嗎？」她問道。「記錄此時此刻的我們？」

羅賓聳肩道：「還好耶。」

「但我想要，」她固執地說。「我想記得我們在一八三七年的此時此刻是什麼樣子，我永遠不想忘記。」

他們在照相機前就位。蕾緹和薇朵瓦坐在椅子上，雙手交疊放在大腿上，姿勢有些僵硬。羅賓和雷米站在她們後面，不確定手要往哪裡擺。應該把手放在女孩們的肩膀上嗎？還是椅背上？

「雙手放在身體兩側，」攝影師說道。「盡量保持不動。等等，彼此再靠近一點，好。」

羅賓露出笑容，但發現自己根本沒辦法笑那麼久，於是便作罷。

隔天，他們到大廳櫃檯領取成品。

「拜託，」薇朵瓦說。「這看起來一點也不像我們啊。」

但蕾緹卻一副歡天喜地的樣子，還堅持要大家一起去買相框。「我要掛在壁爐架上，你們覺得呢？」

「妳還不如把它丟了吧。」雷米說。「看起來超詭異的。」

「哪有。」蕾緹說。她目不轉睛地看著那張照片，似乎完全被迷住了，好像見證了真正的魔法一樣。「這就是我們，彷彿被時光凍結了。捕捉下來的那一瞬間，我們有生之年都永遠回不去。這真的太棒了。」

羅賓也覺得那張照片看起來很奇怪，但他沒有說出口。他們的表情都很虛假，而且略顯不安。照相機扭曲並淡化了將他們聯繫在一起的精神，他們之間無形的溫暖和友情彷彿變了調，看起來像是勉強且不自然的親密。他想攝影也是一種翻譯，而在過程中，他們都失去了某些重要的元素。

確實就跟將紫羅蘭投入坩堝一樣呢。

第十章

「為了維護學生的處世原則，他們會把學生限制在安全又優雅的愚蠢古典學習中，一名真正的牛津教授如果聽到他年輕的子弟在爭論道德和政治事實、形塑和推翻理論、沉溺於各式放肆的政治討論中，一定會不寒而慄，他從中只會看出對上帝的不敬及對國家的背叛。」

——席尼．史密斯，〈論艾奇沃斯之《專業教育》〉

那年的米迦勒學期接近尾聲時，葛瑞芬似乎比平常還更常不在，羅賓已經開始懷疑他跑哪去了，自他從廝六甲回來後，他接獲任務的頻率便從一個月兩次降到一次，再降到一次都沒有。但是十二月時，羅賓每隔幾天就會收到紙條，要他到扭根酒吧外頭跟葛瑞芬碰面，他們接著會循著一如往常的慣例，發狂般地在城中四處走動，這通常都會是行竊計畫的序曲。不過有時候，葛瑞芬腦中似乎沒有任何計畫，只是想要聊聊天而已，羅賓熱切期待著這類對話，只有在這種時候，他哥哥看來才沒有這麼神祕兮兮、更有人性、更有血有肉。但葛瑞芬從不回答羅賓真正想討論的那些問題，也就是赫密士會到底拿他協助竊取的原料來做什麼，還有如果真有革命的話，究竟又進行得如何，「我還是不信任你，」葛瑞芬會這麼說，「你還太菜了。」

我也不信任你啊，羅賓心想，但沒有說出口，反倒是用一種迂迴的方式探詢蛛絲馬跡，「赫密士會建立多久了？」

葛瑞芬給了他一個滑稽的眼神，「我知道你在幹嘛。」

「我只是想知道這是現代的發明，還是，還是——」

「我不知道，我也沒概念，至少幾十年吧，或許更久，但我從來都不確定。你怎麼不問問你真的想知道的事呢？」

「因為你又不會告訴我。」

「試試看啊。」

「好吧。那如果赫密士會已經存在了那麼久，我就不懂……」

「你看不出來我們怎麼還沒獲勝，是這樣嗎？」

「不是，我只是看不出來有什麼改變。」羅賓回答，「巴別塔學院還是巴別塔學院，而你們只不過是——」

「一小群遭到放逐的學生，妄想一日日削弱巨獸的力量？」葛瑞芬幫他補充，「有話直說吧，老弟，不要畏畏縮縮的。」

「我本來要說『寡不敵眾的理想主義者』，但沒錯，我的意思是，拜託，葛瑞芬，我就只是不清楚我做的事會帶來什麼影響，很難保持信心而已。」

葛瑞芬放慢腳步，沉默了幾秒鐘，默默思考著，然後說：「我來給你個概念吧，白銀是哪來的呢？」

「葛瑞芬，說真的——」

「配合我一下嘛。」

「我十分鐘後有課。」

「這可不是三言兩語就能回答的，克拉芙特不會因為遲到一次就把你轟出去。白銀是哪來的？」

「我不知道，礦坑嗎？」

葛瑞芬重重嘆了口氣，「他們什麼都沒教你嗎？」

「葛瑞芬——」

「專心聽就對了：白銀一直都在，雅典人在阿提卡開採，而如你所知，羅馬人在發覺白銀的力量之後，也運用白銀來擴張他們的帝國，但白銀要一直到很久以後，才會變成國際貨幣，並催生綿延至各大陸的貿易網路，因為白銀的產量就是不夠多。接著到了十六世紀，第一個真正的全球帝國哈布斯堡家族，無意間發現安地斯山脈蘊藏巨量白銀，西班牙人從群山中取出白銀，是來自當地原住民礦工的饋贈，而且你絕對可以確定他們沒有因為自己的勞動獲取公平的薪水[48]。西班牙人將這些白銀鑄造成他們小小的銀幣，使財富滾滾流向塞維亞和馬德里。

「白銀讓他們富有起來，能夠從印度購買染過的棉花織品，再買來非洲的奴隸在殖民地農園中工作，於是西班牙人變得越來越有錢，所到之處只留下死亡、奴隸制度、貧窮。到目前為止，你看得出其中的模式吧，肯定可以吧？」

葛瑞芬在講述時，和勒維教授有種詭異的相似性，兩人都會比劃激動的手勢，彷彿把手上的動作當成他們漫長抨擊中的逗號，而不加句號，並且兩人都以一種極度精準的切分方式說話。他們也共享對蘇格拉底式詰問法的熱愛，「往前跳兩百年，你現在有了什麼？」

羅賓嘆了口氣，但還是照著演下去，「所有白銀，以及所有權力，都從新世界流往歐洲。」

「沒錯，」葛瑞芬說，「白銀在早就流通的地方不斷累積，西班牙長期保持領先地位，荷蘭、英國、法國則緊追在後。再往前跳一個世紀，西班牙已成了過往鼎盛的一縷陰影，拿破崙戰爭侵蝕了法國的力量，現在是光榮的不列顛尼亞位居首位，擁有歐洲最多的白銀儲備，和全世界至今最好的翻譯學院，以及在特拉法加海戰後確立海上最強大地位的海軍，種種跡象都表示這座島嶼正穩穩走在統治世界的路上，不是嗎？但上個世紀發生了某件好笑的事，某件讓國會和英國所有貿易公司都大為頭痛的事，你猜得到的是什麼事嗎？」

「別跟我說我們的白銀快用完了。」

葛瑞芬綻開大大的笑容，「他們的白銀快用完了，那你猜得到白銀現在都流向哪嗎？」

羅賓也知道這個問題的答案，完全是因為他在漢普斯特德會客室的那些夜晚中，聽到勒維教授和他的朋友抱怨了好幾年，「中國。」

「中國。這個國家正狼吞虎嚥著東方進口商品，中國瓷器、上了漆的櫥櫃、絲綢永遠都不夠多，還有茶葉，老天啊，你知道英格蘭每年從中國進口多少茶葉嗎？總值至少三千萬英鎊。英國人超愛喝茶，愛喝到國會還曾堅持英屬東印度公司永遠都要保留一年的庫存供應量，以免茶葉短缺，我們每年在中國茶上的花費都高達成千上百萬，而我們是用白銀支付的。

「但是中國對英國的商品並沒有同等的愛好，馬戛爾尼爵士向乾隆皇帝展示各式英製物品時，你知道他的反應是什麼嗎？所稱奇異之物，只覺視等平常耳，中國人不需要我們販賣的商品，他們想要的東西全都可以自行生產。所以白銀不斷流向中國，而英國束手無策，因為他們無法改變供需法則，

48 原註1：這還只是輕描淡寫，西班牙人於一五四五年「發現」波托西的短短數十年後，這座白銀之城便成了非洲奴隸和當地徵召原住民勞工的死亡陷阱，他們在汞蒸氣、汙水、有毒廢棄物之間辛勤勞動。西班牙所謂的「群山之王暨諸王之羨」，其實是一座用死於疫病、強迫勞動、營養不良、過勞、有毒環境的屍首，所堆成的金字塔。

未來有一天，不管我們有多少翻譯人才都不再重要了，因為白銀儲量將完全枯竭，根本用無可用。大英帝國會因為自身的貪婪分崩離析，同時白銀則將在全新的權力中心繼續累積，也就是以往各類資源遭到竊取及剝削之處，他們將擁有原物料，而他們到時的需求將會是銀工魔法，人才也會前往有工作需求的地方，總是如此。所以要拖垮帝國就是這麼簡單，剩下的就是歷史循環的事了，而你不過是需要幫我們加速這整個過程。」

「但是這一切……」羅賓的聲音越來越小，掙扎著想找到正確的字詞來表達他的反對，「這一切太抽象、太簡單了，根本不可能，我的意思是，你顯然不能用這麼廣泛的論點去預測歷史——」

「你可以預測很多事情，」葛瑞芬懷疑地看了羅賓一眼，「但這就是巴別塔學院教育的問題了，是吧？他們教你語言和翻譯，可是從不教歷史、不教科學、不教國際政治，也不告訴你存在支持方言的大軍。」

「但這一切會變成什麼樣？」羅賓繼續堅持，「你形容的事情，我是說，這一切將如何成真？一場世界大戰？還是緩慢的經濟衰退，直到世界變得截然不同？」

「我不知道。」葛瑞芬回答，「沒有人確切知道未來會是什麼樣子，權力的槓桿是會轉向中國、還是轉向美國，或是英國將竭盡全力維持自身的地位，不可能有辦法預測。」

「那你怎麼知道你在做的事到底有沒有效果？」

「我無法預期每一次偶然會帶來什麼樣的結果，」葛瑞芬澄清道，「但我確實知道一點，就是英國的財富是仰賴脅迫榨取而來，而隨著帝國逐漸擴張，只會剩下兩個選項：要不是她的脅迫機制變得極度殘酷，不然她就會崩毀。第一個選項比較有可能，不過這也會導致第二個選項發生。」

「話雖如此，這還真是場不公平的戰鬥，」羅賓無奈地說，「你自己一邊，另一邊則是整個帝國。」

「除非你認為帝國是無堅不摧的，」葛瑞芬說，「但並不是，就拿此時此刻來說吧，我們正好身處大西洋地區巨大危機的尾聲，君主制帝國一個接一個垮台，英國和法國在美國戰敗，接著雙方又對彼此開戰，無人從中獲益。現在我們正見證新的權力鞏固，這是真的，英國得到孟加拉，還拿到荷屬爪哇跟開普殖民地，而如果英國能在中國得到想要的東西，如果英國可以逆轉這種貿易上的不平衡，那就將勢不可擋。

「但沒有什麼事像刻在石頭上一樣確切不移，就算刻在銀條上也不行，這些陰謀之下有太多暗潮洶湧，而我們正是在這些臨界點上，有了操弄和影響的空間。在這些臨界點上，個別的選擇，哪怕是一支最渺小的反抗軍，都能做出改變，比如巴貝多，比如牙買加，我們把銀條送到這些地方給叛軍——」

「那些奴隸叛軍都被擊潰了。」羅賓回答。

「但是奴隸制度也廢除了，不是嗎？」葛瑞芬說，「至少在英國的領地是廢除了，不，我不是在說一切都很美好而且回歸正軌，我也不是在說我們在英國立法上居功厥偉，我頗確定這麼說廢奴人士會很不滿。我要說的是，假如你覺得一八三三年通過的法案是由於英國人的道德判斷，那你可就大錯特錯了，他們之所以通過這項法案，是因為他們無法一直吸收損失。」

他揮動一隻手，指著一張隱形的地圖，「我們能夠控制的，就是像這樣的契機，如果我們在正確的位置施力，如果我們在帝國無法承受之處創造損失，那我們就是在把事情推向臨界點，接著未來就會變得不穩定，改變因而化為可能。歷史並非事先織好的掛毯，我們只能默默承受，也不是沒有出口的封閉世界，我們可以形塑歷史、創造歷史，我們只是需要**選擇**這麼做。」

「你真的相信這一切。」羅賓驚訝地說，葛瑞芬的信心讓他相當震驚，對羅賓來說，如此抽象的推論不過是個逃離現實世界的理由，好讓他退回死去語言和書籍的安全懷抱中，但對葛瑞芬而言，這可以說是天職的呼召。

「我必須要相信，」葛瑞芬回答，「要不然的話，你就是對的，要不然我們就一無所有了。」

那次對話之後，葛瑞芬似乎認定羅賓不會背叛赫密士會，因為羅賓的任務量大幅增加，但並非所有任務都和偷竊有關，葛瑞芬更常要求各種材料，包括詞源學手冊、文法大典的某些頁面、拼字學的圖表等，這些都很容易取得、複製、歸還，不會引起任何注意。不過他仍然必須瞻前顧後，注意自己是在什麼時間、以什麼方式攜出書籍，因為要是他不斷偷帶出和自身修習領域無關的材料，就會招致懷疑。有一次，來自日本的高年級生伊爾莎便要求知道他拿古德文文法大典要做什麼，他只好結結巴巴謅出一個故事，說是在尋找某個中文字的西臺詞源過程中，無意間取出這本書的。當時他根本就身在圖書館裡完全錯誤的區塊，不過伊爾莎似乎欣然相信他就是那麼笨。

大致上來說，葛瑞芬的要求都頗為簡單，一切都比羅賓所想像、又或期待的還要不浪漫，沒有驚險刺激的大冒險或是在橋上進行的祕密對話，腳下則是奔湧的水流，一切都這麼平凡無奇。羅賓了解到，赫密士會偉大的成就，便在於能夠如此有效地將自身化為無形，並徹底隱藏資訊，甚至連成員都不得而知。如果有天葛瑞芬人間蒸發，羅賓若要向任何人證明赫密士會確實存在，而不只是他想像力的產物，一定會十分困難。他常常覺得自己根本不是某個祕密結社的一分子，而是隸屬一個巨大又無聊、按照精密協調運作的官僚體系。

就連行竊也成了日常，巴別塔學院的教授們似乎完全不知道有東西被偷，赫密士會偷取的銀條數量，小到能夠用某種會計伎倆掩蓋，葛瑞芬對此的解釋，則是人文學院的所有人本來就都對數字不在行。

「如果沒人幫他檢查，普萊費爾會讓銀條成箱成箱消失，」他告訴羅賓，「你以為他很會做帳嗎？這傢伙連兩位數加法都搞不定了。」

有些日子葛瑞芬連提都不會提到赫密士會，而是把來回港口草原的那一個小時，都拿來詢問羅賓的牛津生活，像是他的划船成績、他最愛的書店、他對大廳和食堂食物的看法。

羅賓小心翼翼回答，他不斷等待葛瑞芬切入正題，讓對話變成爭論，等待他對原味司康的愛好成為他迷戀中產階級的證據，但葛瑞芬就只是一直問，羅賓後來逐漸發現，也許他只是懷念學生生活而已。

「我確實很喜歡聖誕假期時的校園，」某天晚上葛瑞芬說，「那是牛津最接近自身魔力的季節。」

太陽已經下山，空氣也從怡人的涼爽變成徹骨的寒冷，但城市盈滿聖誕蠟燭的火光，一條細細的雪流從他們腳邊流過，這幅情景令人心曠神怡，羅賓慢下腳步，想要細細品味，但他注意到葛瑞芬激烈顫抖著。

「葛瑞芬，你沒有……」羅賓遲疑了，他不知道該怎麼有禮地開口，「你只有這件大衣嗎？」

葛瑞芬整個人縮了起來，像隻寒毛直豎的小狗，「怎麼了？」

「沒什麼，只是我有獎學金，如果你想買件溫暖一點的衣服——」

「少紆尊降貴了，」羅賓立刻後悔他幹嘛提起這件事，葛瑞芬太驕傲了，不可能接受施恩，甚至連同情都不可能接受，「我不需要你的臭錢。」

「隨便你。」受傷的羅賓回答。

他們沉默無語走過又一個街區，接著葛瑞芬開口，明顯是想談和，「你聖誕節有什麼計畫嗎？」

「會先在大廳吃晚餐。」

「所以就是沒完沒了的拉丁文禱告、柴到不行的鵝肉、跟豬打滾的泥漿沒什麼兩樣的聖誕布丁囉？你真正的計畫到底是啥？」

羅賓露出微笑，「派波太太在傑里科幫我留了點派。」

「包牛肉和腰子？」

「雞肉跟蔥蒜，我的最愛，還有給蕾緹的檸檬塔，跟給雷米和薇朵瓦的巧克力核桃派——」

「願神保佑你的派波太太，」葛瑞芬說，「我那時候教授請了某個冷淡的老太婆，叫作彼得豪斯太太，煮飯煮得有夠難吃，只一直記得在我一進入聽力範圍時，就講一些雜種什麼的話。不過他也不喜歡這樣，我猜這就是他請走她的原因吧。」

他們左轉來到穀物市場街，現在已經很接近巴別塔學院了，而葛瑞芬看來頗為煩躁，羅賓猜想他們很快就要分開了。

「趁我還沒忘記，」葛瑞芬把手伸進大衣，拿出一個包好的包裹扔給羅賓，「我有東西要給你。」

驚訝的羅賓拉拉包裹上的繩子，「是工具嗎？」

「只是個小禮物，聖誕快樂。」

羅賓把包裝拆開，裡面是本剛印好的美麗印刷書。

「你之前說你喜歡狄更斯，」葛瑞芬說，「他們剛把他最新的連載裝訂成冊，你可能已經讀過了，但我想你會喜歡這樣完整的一本。」

他幫羅賓買了三冊裝的《孤雛淚》，片刻之間羅賓就只能這麼愣在原地，他不知道他們要交換禮物，他沒有幫葛瑞芬買任何東西，但葛瑞芬揮揮手表示沒什麼，「沒事啦，我年紀比你大，別讓我尷尬。」

只有到了後來，到了大衣在腳踝邊翻飛的葛瑞芬走下寬街，不見人影後，羅賓才發覺他挑的書是個玩笑。

和我回去吧，兩人分開時他幾乎要脫口而出，回去大廳，回來吃聖誕大餐。

但這是不可能的，羅賓的人生已分成兩半，而葛瑞芬活在陰影中的那一半，隱藏在視線之外，羅賓永遠不可能帶他回喜鵲巷，永遠不可能跟朋友介紹他，也不可能光明正大叫他哥哥。

「好吧，」葛瑞芬清清喉嚨，「那麼就下次見了。」

「下次是什麼時候？」

「還不知道呢，」他已經邁步離開，雪花填滿他的足跡，「多注意窗台吧。」

依拉略學期的第一天，四個武裝警察擋住了巴別塔學院的大門口，他們看來正在處理裡面的某個人或某件事，不過隔著直打著哆嗦的成群學生，羅賓看不見情況究竟如何。

「發生什麼事了？」雷米問女孩們。

「他們說是非法入侵，」薇朵瓦回答，「我猜應該是有人想偷點銀條吧。」

「所以呢，警察就這麼剛好在正確的時間出現？」羅賓問。

「他要進門時觸發了某種警報，」蕾緹說，「我想警察就是這麼快才到的吧。」

第五和第六名警察走出建築物，羅賓認為他們中間拖著的應該就是竊賊，那名男子約當中年、黑髮蓄鬍，身上的衣物非常骯髒。那麼就不是赫密士會了，羅賓心想，鬆了口氣。竊賊的臉因痛苦而扭曲，警察把他拉下階梯拖往等待的馬車時，他的呻吟聲飄過人群，在身後的鵝卵石路面留下一條血跡。

「他身體裡大概有五顆子彈，」安東尼．里本出現在他們身旁，他看起來像要吐了一樣，「很高興見到我們的防護有用。」

羅賓縮了一下，「這是防護造成的？」

「學院是由全國最精密的保全系統保護的，」安東尼回答，「守護的對象不只是文法大典，這座建築物裡擁有價值大約五十萬英鎊的銀條，而且只有附近瘦弱單薄的學者在保護，所以大門當然有防護囉。」

羅賓的心臟跳得非常快，他都能在耳膜裡聽見了，「什麼防護？」

「校方從來都不告訴我們用來防護的詞組配對是什麼，他們對這件事守口如瓶，普萊費爾每隔幾個月都會更新一次，大概跟有人試圖闖入的頻率一樣高，我必須說，我比較喜歡這次的組合，上一組咒語用古代的刀刃在闖入者的四肢上劃開了好幾道口子，據說刀子是從亞歷山卓來的。血噴得裡面的地毯上到處都是，如果仔細看，你還能看到棕色的污漬呢，我們花了好幾週猜測普萊費爾究竟用了什麼字，但沒有人成功破解。」

薇朵瓦的目光跟隨著離開的馬車，「你覺得他會發生什麼事？」

「噢，他很可能會搭上第一班往澳洲的船吧，」安東尼回答，「假如他沒有在前往警局的路上失血過多的話。」

「就是例行的取貨，」葛瑞芬說，「去去就出來，你甚至都不會看到我們在那裡面，不過時機有點難搞，所以最好整晚待命。」他輕推羅賓的肩膀，「怎麼了嗎？」

羅賓眨了眨眼，抬起目光，「啊？」

「你看起來跟見鬼一樣。」

「我只是……」羅賓思考了一段時間，然後脫口而出，「你知道防護的事，對吧？」

「什麼東西？」

「我們今天早上看到有個男人試圖闖入，觸發了某種槍枝，把他打得跟蜂窩一樣——」

「哦，當然囉，」葛瑞芬看來一臉困惑，「別告訴我你第一次知道這回事，巴別塔學院的防護嚴密到荒唐，他們第一週時沒有跟你耳提面命過嗎？」

「但他們更新了防護，這就是我想告訴你的，現在如果有小偷經過，他們可以分辨——」

「銀條可沒那麼複雜，」葛瑞芬輕蔑地表示，「只是設計來分辨進入學院的學生、賓客、陌生人而已，你以為要是陷阱炸到某個需要拿些銀條回家過夜的譯者會怎麼樣？或是某個人帶老婆到院裡，卻沒有事先通知普萊費爾？你絕對安全無虞的。」

「但是你怎麼能**確定**？」羅賓聽起來比他想要的還要暴躁，他清了清喉嚨，想要壓低聲音，不要讓情緒太過明顯，「你沒看見我看到的事，你不知道新的詞組配對是怎麼——」

「你不會有危險的，來，你擔心的話就拿著這個。」葛瑞芬在口袋裡翻找，然後扔給羅賓一根銀條，上面寫著「無形」，隱形之意，和他們相遇的第一晚使用的相同。

「可以快速逃脫，」葛瑞芬說，「如果事情真的出了差錯的話，而且不管怎樣，你可能都需要把這用在你的夥伴身上，要把這麼大一口箱子運出城，實在很難不被看見。」

羅賓把銀條滑入他的內袋，「你講解的時候可以稍微再認真一點吧，你知道的。」

葛瑞芬噘起嘴唇，「怎麼？你現在才開始害怕啊？」

「就只是……」羅賓思考了一下，搖了搖頭，接著還是決定說出來，「是說，感覺好像都是我不斷在面臨風險，而你只不過是——」

「只不過是什麼？」葛瑞芬尖銳地反問。

他誤入了一個危險的領域，他從葛瑞芬雙眼的怒火中得知，他走得太近，觸及對方的傷口，換作一個月前，他們的關係還不穩定時，他有可能會改變話題，但他現在不再能保持沉默了，他覺得自己受到激怒和藐視，隨之而來的還有一種傷人的炙熱渴望。

「你為什麼不加入這一趟？」他問，「你為什麼不能自己用這根銀條？」

葛瑞芬緩緩眨了眨眼，然後他用極為平板，肯定是受到強迫的語氣說：「我沒辦法，你知道我沒辦法的。」

「為什麼沒辦法？」

「因為我不會用中文作夢。」他的表情文風不動，語氣也是，但屈服的憤怒依然滲進語句之間，此刻看著他說話實在很詭異，他看起來跟他們的父親出奇地神似，「你看，我就是你失敗的前一代，我們親愛的老爸太早帶我離開中國了，我可以聽得出聲調，但也就只有這樣，我的語言程度大部分都是來自後天學習，我沒有中文的記憶，也沒辦法用中文作夢。我擁有回憶，也擁有語言技能，可是我沒辦法穩定發揮銀條的力量，銀條在我手中多半根本動也不動。」他喉嚨一緊，「我們的父親賭你賭對了，他把你留下來成長，直到你能夠識字，但他在我形成夠多連結、夠多記憶之前，就把我帶到這裡了。還有，他是我唯一能夠講中文的對象，那時候我的廣東話講得好多了，而現在這也沒了，我沒辦法再用廣東話思考，當然也不可能用廣東話作夢。」

羅賓想起那次在小巷裡的行動，葛瑞芬焦急地低語，想方設法要讓所有人隱身，要是換成他失去了自己的中文能力，那他又該怎麼辦呢？這個想法讓他全身充滿恐懼。

「你懂的，」葛瑞芬邊說邊盯著他，「你知道母語消失不見是什麼感覺，你及時找了回來，但我並沒有。」

「我很抱歉，」羅賓回答，「我不知道這些。」

「不必抱歉，」葛瑞芬冷淡地說，「毀了我人生的不是**你**。」

羅賓現在可以從葛瑞芬的角度看待牛津了，這是個從來不珍視他的機構，永遠都只會排斥他、看輕他，他想像葛瑞芬來到巴別塔學院，拼命想贏得勒維教授的認可，卻從來都沒辦法穩定發揮銀條之力。要從一段幾乎記不得的人生，找出斑駁褪色的中文記憶，同時還深知這是唯一能在這裡賦予他價值的事物，感覺會有多糟糕啊。

也難怪葛瑞芬會生氣了，難怪他如此痛恨巴別塔學院，葛瑞芬擁有的一切全都被剝奪了，他的母語、他的故鄉、他的家庭。

「所以我需要你，親愛的弟弟，」葛瑞芬伸出手，摸摸他的頭髮，力道大到讓他發痛，「你是真貨，你是無可取代的。」

羅賓知道此時最好不要回答。

「多留意你的窗台吧，」葛瑞芬的眼中沒有一絲溫暖，「事情進展飛快，而這一票非常重要。」

羅賓吞下他的拒絕，點了點頭，「好。」

一週後，羅賓和勒維教授吃完晚餐回來，發現一直以來令他擔心受怕的那張紙條就塞在他的窗戶下。

今晚，上面寫著，十一點。

現在已經十點四十五分了，羅賓匆匆披上他才剛掛好的大衣，從抽屜裡拿出「無形」銀條，然後回頭衝回雨中。

他邊走邊檢查紙條背面有沒有其他細節，但葛瑞芬沒有留下更進一步的指示，這不一定會有問題，羅賓假定這表示不管誰出現，反正他都開門讓他們進出就是了，但時間實在出乎意料地早。而他也為時已晚地發覺，他身上沒有帶任何東西，沒有書本、沒有書包、甚至連把傘都沒有，這些東西都能夠作為他大半夜前往學院的藉口。

可是他不能冒著缺席的風險，隨著十一點鐘聲敲響，他衝過草皮，猛力將大門拉開，跟他之前做過的十多次一模一樣，芝麻開門，芝麻關門，然後別擋路礙事，只要羅賓的血還儲存在這些石牆之間，警報應該就不會響起。

兩個赫密士會成員跟著他進塔，消失在階梯上，羅賓一如往常在門廳處徘徊，留心晚間出沒的學生，一邊數著秒，直到離開的時機降臨。十一點五分，赫密士會成員匆匆衝下樓梯，其中一人拿著一組銘刻工具，另一人則拿著一大箱銀條。

「幹得好，」其中一人低語，「快走吧。」

羅賓點點頭，開門讓他們出去，但就在他們踏上結界的那一刻，一聲可怕的噪音劃破空氣，是種金屬裝置的尖嘯聲、呼號聲、摩擦聲，由某種隱形的機制所驅動。這是威脅，也是警告，混合了古代的恐懼和現代的技術，必然會將他們傷至見血，在他們身後，大門的鑲版移開，露出其中黑洞洞的孔竅。

赫密士會的人二話不說衝向草皮。

羅賓猶豫不決，試圖決定要不要跟上，他有可能可以脫身，陷阱很大聲沒錯，但動作似乎頗慢，他往下一瞥，看見他的兩腿都好端端站在大學的紋章上，防護會不會是在他邁步之後才觸發的呢？

只有一個方法可以查明，他深吸一口氣，然後衝下階梯，他聽見砰一聲，接著感到左臂一陣劇痛，他無法分辨是哪裡被打中了，疼痛似乎來自所有地方，不像是單一傷口，而是一種燒灼的痛楚，蔓延到他整隻手臂，手臂著火了，手臂在爆炸，整隻手臂一定要掉下來了。他沒有停下腳步，持續奔跑，子彈射進他身後的空氣中，他毫無章法閃避和跳躍，他不知道在哪裡讀過，這就是躲避槍擊的方式，但完全不知道究竟是不是真的。他聽見更多砰砰聲，不過沒有感受到對應的痛楚爆發，他成功跑過了草皮，左轉來到寬街，已離開學院的視線及射程範圍。

接著痛苦和恐懼趕上了他，他雙膝發顫，又走了兩步便癱倒在牆上，努力抵抗嘔吐的衝動，他頭暈腦脹，如果警察出現，他鐵定跑不過，這樣是不可能的，血從他的手臂滴下，黑暗在他的視野邊緣蠢動，這樣是不可能的。集中精神，他摸索著口袋中的銀條，左手濕濕滑滑的，沾滿深紅色的血液，此情此景又引發了另一陣暈眩。

「**無形**。」他狂亂地低語著，想辦法專心，用中文想像整個世界，他什麼也不是，他無形無影，「**隱形**。」

沒有用。他沒辦法讓銀條生效，他滿腦子充斥極度的痛苦時，沒辦法切換到中文模式。

「嘿！你，站住！」

是普萊費爾教授，羅賓全身一縮，準備好面對最糟的情況，但教授的表情扭成一個溫暖又帶著擔憂的微笑，「噢，哈囉，史威夫特，我沒發現是你，你沒事吧？建築內發生了點騷動。」

「教授，我……」羅賓毫無頭緒該說什麼才好，於是決定最好裝蒜，「我不知道，我剛好在附近，但我不知道是不是……」

「你有看到任何人嗎？」普萊費爾教授問，「防護的作用是要射擊入侵者，你知道的，但裝置在上次啟用以後好像卡住了，不過還是有可能射到目標，你有看見有人一跛一跛的、或是看起來很痛苦的樣子嗎？」

「沒有，我沒看到，警報響起時我已經快走到草皮了，但還沒彎過轉角。」普萊費爾教授是不是同情地點了點頭呢？羅賓幾乎不敢相信自己的好運，「怎麼了，是有小偷嗎？」

「有可能不是，你不用擔心。」普萊費爾教授伸手拍拍他的肩膀，力道在他整個上半身激起另一波難忍的痛苦浪潮，羅賓咬緊牙關，以免尖叫出聲，「防護有時候有點太敏感了，也許是時候該替換了，真可惜，我挺喜歡這個版本的，你還好嗎？」

羅賓點點頭，眨了眨眼，盡全力維持聲音平穩，「有點嚇到吧，我猜，我的意思是，我們上禮拜見識過那樣的景象之後……」

「啊，沒錯，很可怕對吧？不過還是很高興知道我的小小創意發揮了效用，他們事前甚至都不願意讓我拿狗來做實驗，幸好警報故障找上的對象不是你啊。」普萊費爾教授爆出笑聲，「它可能會用鉛彈把你打成蜂窩。」

「沒錯，」羅賓小聲回答，「還真是……真是高興呢。」

「你沒事的，喝杯威士忌，加點熱水，可以讓你平靜下來。」

「好的，我想……我覺得這聽起來不錯。」羅賓轉身離去。

「你剛不是說你正要進學院嗎？」普萊費爾教授問道。

羅賓已經準備好謊言了，「我滿焦慮的，本來想先開始寫勒維教授課堂的報告，但我現在有點六神無主，我不覺得我現在開始可以寫出好報告，所以我想我還是直接回去睡覺好了。」

「當然了，」普萊費爾教授又拍了拍他的肩膀，這次感覺更用力了，羅賓的眼睛都快爆出來了，「理查會說你這樣是在偷懶，但我完全理解，你才大二而已，有偷懶的本錢，快回家睡覺吧。」

普萊費爾教授愉快地對他點了最後一次頭，便漫步朝學院走去，警報還在持續哀號，羅賓深吸了一口氣，一跛一跛離開，途中用盡意志力防止自己在街上暈倒。

他不知怎地仍成功回到喜鵲巷，依舊血流不止，不過用濕毛巾擦拭完手臂之後，他欣慰地看見子彈並沒有卡在手臂裡，只是擦過手肘上方的皮肉，留下大約四分之三公分的傷口。他把血擦乾淨之後，傷口看來頗小，令人安心，他不知道該怎麼好好處理，他猜應該需要動用到針線吧，但在這種時間去找學院的護士，根本就是傻了。

他咬緊牙關，對抗痛苦，試圖回想他從冒險小說裡學過什麼有用的建議，酒精，他必須要消毒傷口，他在架子上東翻西找，直到發現一瓶半滿的白蘭地，是薇朵瓦送的聖誕禮物，他慢慢倒了點酒在手臂上，因為刺痛而發出嘶嘶聲，接著又多喝了好幾大口。然後他找來一件乾淨襯衫，撕開作成繃帶，再用牙齒把繃帶緊緊纏在手臂上，他曾讀過壓力能夠協助止血，之後他就不知道還能做什麼了，他現在是不是就只要等著傷口自己癒合呢？

他腦袋昏昏沉沉的，到底是因為失血頭暈，還是只是白蘭地發揮效力了？

去找雷米，他心想，去找雷米，他會幫忙的。

不可以，拜託雷米會害他受到牽連，要連累雷米，他不如去死。

他靠牆坐著，頭歪向屋頂，然後深呼吸了好幾口，他只要撐過今晚就好了，他用掉了好幾件襯衫，他必須要去找裁縫，編個洗衣大災難的故事，但是幸好，血最後終於止住了，精疲力盡的羅賓也終於撐不住倒下，沉沉睡去。

隔天，硬撐完三個小時的課程後，羅賓前往醫學圖書館，埋首書堆之中，直到找到一本醫生的實戰傷口處理手冊，接著他來到穀物市場，買了針線，然後匆匆跑回家要把手臂縫好。

他點了根蠟燭，就著火焰消毒針頭，並在多次笨手笨腳的嘗試後，終於成功把線穿好，他接著坐了下來，把針的尖端拿在他破皮受傷的皮肉上。

他做不到。他不斷把針湊近傷口，但是一想到隨之而來的痛楚，就又把針移開，他於是拿來白蘭地，喝了三大口，再等待了幾分鐘，讓酒精好好待在他的胃中，四肢也開始出現愉悅的刺痛感。這就是他需要到達的狀態，足夠遲鈍，不會在意痛楚，但又足夠清醒，可以把自己的傷口縫好。他又試了一次，這次比較容易，雖然他中途還是必須要停下來，把一團衣服塞進嘴巴裡，以免尖叫出聲。最後，他終於縫好最後一針，汗水從額頭滴落，淚水也從臉頰恣意流下，他也不知道從哪裡生出一股力量，把線剪斷，並用牙齒將線頭打結，然後把血淋淋的針扔進水槽。接著他便癱回床上，蜷到側邊，把剩下的酒給喝光。

葛瑞芬那晚沒有跟他聯繫。

羅賓知道這樣的期待很愚蠢，葛瑞芬一旦知道出了事，很可能就會轉往地下活動，而且他有很充分的理由。要是葛瑞芬接下來一整個學期都音訊全無，他也不會感到意外。儘管如此，他還是感覺到一股排山倒海而來、令人無法承受的憤慨暗潮。

他**告訴過**葛瑞芬會發生這種事，他警告過他，他清清楚楚跟他說了自己看見的事，這件事完完全全是可以避免的。

他希望他們下一次見面能夠趕快到來，這樣他才能當著對方的面大吼，說我早就告訴過你了，葛瑞芬應該早聽他的才對，要是葛瑞芬沒有這麼自大，或許他弟弟的手臂上就不會有一排亂七八糟的縫線了。但是會面並沒有降臨，葛瑞芬隔天晚上沒有在他的窗台留下紙條，後天晚上也沒有，他似乎不留痕跡地從牛津蒸發了，羅賓沒有辦法可以聯絡他，也沒辦法聯繫赫密士會。

他沒辦法和葛瑞芬說，也沒辦法向薇朵瓦、蕾緹、雷米傾訴，那晚他只能與自己相伴，對著空空如也的酒瓶悲慘啜泣，手臂還不斷抽痛，而這是自從他來到牛津以來的第一次，羅賓真的覺得自己孑然一身。

第十一章

「然而我們是奴隸，也是在另一人農園中勞動的勞工，我們妝點葡萄園，葡萄酒卻是屬於主人的。」

——約翰．德萊頓，引自其譯著《伊尼亞斯紀》之〈謝辭〉

依拉略學期剩下的時間，羅賓都沒再見過葛瑞芬，聖三一學期也沒有，事實上，他幾乎沒注意到。大二的課業一週比一週更繁重艱難，他根本沒有時間執著於憤憤不平的情緒。

夏季來臨，不過他根本沒有暑假可言，夏天是另一個緊湊的學期，他的生活就是瘋狂死背梵文單字，下個米迦勒學期開始的前一個禮拜要考試，接著他們就要成為大三生了，這個階段囊括了巴別塔學院所有令人精疲力盡之處，卻不包含任何新奇的體驗。那年九月的牛津魅力盡失，沒完沒了的陰寒和霧氣取代了金黃的落日和晴朗的藍天，暴雨下得肆無忌憚，狂風和前幾年相比也格外惡毒，他們的傘一直被吹壞，襪子永遠都處於溼答答的狀態，那學期的划船比賽也取消了[49]。

不過這也剛好，因為再也沒人有時間去運動了，巴別塔學院的第三年傳統上稱為「西伯利亞冬季」，當他們的課表發下時，原因可說再明顯不過：他們全都要繼續上第三外語及拉丁文，且據說拉丁文上到塔西陀登場時，就會上升到惡魔般的難度。他們也要繼續修習普萊費爾教授的翻譯理論和勒維教授的詞源學，只不過這兩門課現在的負擔都變成兩倍，他們每週都必須為每門課各生出五頁的報告。

最重要的是，他們也都被分派了各自的指導教授，一起進行獨立的專題研究，算是論文的前身，論文如果成功完成，將會是他們第一項保存在巴別塔學院書架上的成果，是真正的學術貢獻。

雷米和薇朵瓦馬上就因為指導教授的人選不大高興，雷米受約瑟夫．哈汀教授邀請，一同參與波斯文法大典的一波修訂，表面上可說是一項美妙的榮譽[50]，但雷米在這樣的專題中，看不出絲毫的浪漫成分。

「一開始我提議要翻譯伊本．赫勒敦的手稿，」他告訴他們，「就是席爾維斯特．德．薩西蒐集到的那些，但哈汀拒絕了，因為法國的東方學家已經在研究了，而我不太可能說服巴黎那邊同意把手稿借我整個學期。於是我接著問那我可不可以把奧瑪爾．伊本．薩依德的阿拉伯文論文翻成英文，因為我們蒐藏的這些論文已經將近十年都沒人動過了，結果哈汀又說這沒必要，因為英國已經立法通過廢奴了，你們敢信嗎[51]？說得好像美國不存在一樣耶？最後哈汀說，如果我想處理權威性的文本，那我可以去編輯波斯文法大典裡的引用內容，所以他現在叫我去讀弗里德里希．施萊格爾的《論印度的語言及智慧》，然後你們知道怎樣嗎？施萊格爾寫這本書的時候人甚至根本不在印度，他整本書都是在

49 原註1：米迦勒學期開始的兩週後，幾個貝里歐學院的新鮮人租了幾艘平底船，一陣酒醉狂歡後，導致查爾維河大塞船，有三艘駁船和一艘船屋全卡在一起，造成的嚴重損失無可估計，校方於是暫停所有划船比賽直至明年，當作懲罰。

50 原註2：要替任何文法大典做出一丁點貢獻，治學都必須十分嚴密及周詳，牛津大學仍因一起難堪的事件大為丟臉，之前有個名叫喬治．撒瑪納札的訪問學者來訪，他是個法國人，卻宣稱自己來自福爾摩沙，還謊稱他蒼白的膚色是因為福爾摩沙人都住在地底。他到處講學及出版福爾摩沙語言的著作長達數十年，最後才遭到揭穿根本是個徹頭徹尾的騙徒。

51 原註3：奧瑪爾．伊本．薩依德是名西非伊斯蘭學者，一八〇七年時遭捕為奴，一八三一年，他在撰寫自傳式論文時，仍是美國北卡羅萊納州政治家詹姆斯．歐文的奴隸，且餘生也皆未重獲自由。

巴黎寫的，你要怎樣在巴黎寫一本有關印度『語言及智慧』的權威性著作啊？」[52]

不過雷米的義憤填膺和薇朵瓦的經歷相比，簡直不值一提，薇朵瓦正和雨果．勒布朗教授合作，她先前跟他學了兩年法文都沒什麼問題，但他現在卻成了源源不絕的挫折來源。

「根本不可能成功，」她說，「我想要研究海地的克里奧文，他並不全然反對，只是覺得這是個劣等的語言，然後滿腦子又都只想知道巫毒教的事。」

「那個異教嗎？」蕾緹問。

薇朵瓦怒瞪了她一眼，「那個**宗教**，沒錯，他一直問我巫毒咒語和詩歌，這些他當然都看不懂，因為是用克里奧文寫的。」

蕾緹一臉困惑，「但這不就跟法文是同樣的東西嗎？」

「差得遠了呢，」薇朵瓦回答，「克里奧文是源自法文沒錯，但仍是個截然不同的語言，擁有自己的文法規則，法文和克里奧文無法互通，你可能學法文學了十年，可是不靠著字典依然完全看不懂半首克里奧文詩。勒布朗沒有字典，字典**根本**就不存在，目前還不存在，所以我就是退而求其次的替代品。」

「那麼問題在哪？」雷米問，「聽起來妳有個很不錯的專題研究啊。」

薇朵瓦看起來很不舒服，「因為他想翻譯的文本，我不知道耶，是特別的文本，是代表特定意思的文本。」

「特別到甚至不應該受到翻譯的文本嗎？」蕾緹問。

「這些是文化遺產，」薇朵瓦堅持，「是神聖的信仰——」

「不過當然不是**妳的**信仰囉——」

「也許不是吧，」薇朵瓦回答，「還不是，我是說，我不知道。但這些文本不該分享，要是妳和一個白人坐在一起連續好幾個小時，他問妳每個隱喻背後的故事，每個神祇的名字，好竊取妳同胞的信仰，找到一個讓銀條發光的配對，這樣妳覺得會舒服嗎？」

蕾緹一臉不信，「但妳不是說**真的**吧，是嗎？」

「當然是說真的啊。」

「噢，天啊，薇朵瓦。」

「雖然妳永遠不會理解，但那些事物真實存在，」薇朵瓦越講越氣，「只有來自海地的人才能理解，但不是像勒布朗想像的那種方式。」

蕾緹嘆了口氣，「那妳怎麼不直接這樣跟他說呢？」

「妳以為我沒試過嗎？」薇朵瓦理智斷線，「妳有曾經試過說服某個巴別塔學院的教授不要去追求某項目標嗎？」

「反正隨便啦，」蕾緹回答，她現在也火氣上來，防衛心大起，因而變得惡毒，「妳是又懂什麼巫毒教了？妳不是在法國長大的嗎？」

這是她能給出最為惡劣的回答了，薇朵瓦聞言閉緊嘴巴，別開視線，對話就這麼結束，令人尷尬的沉默降臨，薇朵瓦和蕾緹兩人都沒有試圖打破，羅賓和雷米則互看一眼，毫無頭緒，搞不清楚狀況。有什麼事情嚴重出錯了，某個禁忌遭到觸犯，但他們全都太過害怕，不敢探問究竟發生了什麼事。

52 原註4：這只是施萊格爾著作各種瑕疵的開端而已，他還把伊斯蘭教視為「凋零的空洞一神論」，並假設埃及人是源自印度人，以及中文和希伯來文因為缺乏詞形變化，比德文跟梵文低等。

羅賓和蕾緹對他們的專題還算是高興，即便同樣單調乏味又耗費時間，羅賓和查卡瓦蒂教授一起完成了一份中文中梵文借字的清單，蕾緹則和勒布朗教授一同耙梳過數學及工程領域的法文科學文獻，找出可能有用且不可譯的隱喻。他們學會避免討論雷米和薇朵瓦專題的細節，並對彼此說些陳腔濫調，羅賓和蕾緹總是「擁有不錯的進展」，雷米及薇朵瓦則是「一如往常苦苦掙扎」。

但私底下，蕾緹就沒這麼大器了，勒布朗教授的事成了她和薇朵瓦之間的疙瘩，薇朵瓦因為蕾緹缺乏同情心感到受傷及震驚，蕾緹則覺得她太小題大作了。

「這是她自找的，」她和羅賓抱怨，「如果她乖乖做研究的話，一切就會順利很多，我是說，從來沒有大三生的專題是做海地克里奧語，那個語言的文法大典甚至都還不存在，她可以變成有史以來第一人耶！」

蕾緹處在這種情緒下時，跟她爭辯是完全沒有用的，她顯然只是想要有個聽眾可以宣洩，但羅賓依然一試，「搞不好這對她來說比妳想像的還要重要。」

「但根本沒有啊，我知道根本沒有！她根本一點都不虔誠，我是說，她很**開化**——」

他吹了聲口哨，「這是個很重的字，蕾緹。」

「你知道我的意思，」她氣呼呼的，「她不是海地人，她是**法國人**，我就是不懂，她幹嘛一定要這麼難相處。」

米迦勒學期來到一半時，蕾緹和薇朵瓦幾乎都不跟彼此講話了，她們總是間隔幾分鐘一前一後來上課，羅賓在猜下課時她們是不是也要用點技巧分頭離開，這樣才不會在回家的漫長路途上相遇。

友誼破裂的也不只是女孩們，那段日子的氛圍相當壓抑，他們所有人之間似乎有什麼東西碎裂了，不，**碎裂**或許是個太嚴重的字，因為他們依然用那種別無依靠的力道緊緊依賴著彼此，但是他們之間的連結已扭往顯然會造成傷害的方向。他們醒著的大多數時候仍幾乎都一同度過，但他們畏懼彼此的陪伴，事無大小都是無意間的輕蔑或刻意的冒犯，如果羅賓在抱怨梵文，那就是沒有顧慮到哈汀教授不斷堅持梵文是雷米通曉的語言之一，可是其實不是；如果雷米因為他和哈汀教授終於對研究方向達成共識，那就是在無情針對薇朵瓦，暗示她和勒布朗教授沒有任何進展。他們從前能夠在彼此的凝聚中找到慰藉，現在卻只是將彼此視為自身悲慘處境的提醒。

從羅賓的角度看來，最糟糕的莫過於蕾緹和雷米之間的氣氛突然神祕地改變了，他們的互動和從前一樣火藥味十足，雷米從未停止開玩笑，蕾緹也都一直暴怒回應，但現在蕾緹的回答多了種奇異的受害者語氣，她會因為最微小、常常根本無法察覺的輕視理智斷線，雷米的回應則是以一種很難形容的方式變得更加殘忍及惡意。羅賓不知道該怎麼辦，情況到底是怎麼回事，他根本摸不著半點頭緒，只知道每當他目睹兩人交鋒，胸中總會湧起一股陌生的劇痛。

「蕾緹就只是一如往常啊，」羅賓逼問雷米之後他說，「她想要關注，而她覺得發脾氣就是得到關注的方法。」

「你做了什麼事讓她不開心嗎？」羅賓問。

「除了活著之外嗎？我不覺得有。」雷米看似已經厭倦這個話題了，「我們還是繼續來做這個翻譯吧？一切都沒事的啦，阿賓，我保證。」

但情況顯然很有事，事實上還非常詭異，雷米和蕾緹似乎沒辦法忍受彼此，但同時卻又受到對方吸引，他們如果沒辦法用一種讓兩人變成對話主角的方式，激烈駁斥對方，就無法好好正常說話。要是雷米想喝咖啡，那蕾緹就要喝茶，如果雷米覺得牆上的某幅畫很美，蕾緹突然就會冒出一打理由解釋這幅畫為什麼顯示了皇家翻譯學院在藝術上簡直墨守成規。

羅賓覺得這一切難以忍受，某天晚上，在不斷的睡睡醒醒間，突然有股暴力的幻想朝他襲來，他想把蕾緹推進查爾維河，醒來後，他在心中尋找任何愧疚的跡象，卻什麼也沒找到。撲通一聲把蕾緹推進河裡、浸得她渾身溼透的念頭，反倒越發明顯為他帶來了惡毒的滿足感。

至少還有大三的實習可以讓他們分心，每個人都要負責在整個學期間協助某個教授處理銀工相關事宜，「『理論』（theory）一詞來自希臘文的『theōria』，意為景象或奇觀，這個字根也為我們帶來了『劇場』（theatre）一詞。」普萊費爾教授在將他們派給各自的指導教授前如此闡釋，「可是僅僅旁觀整個過程是不夠的，你們必須要親自實作，你們必須要了解金屬是怎麼**歌唱**的。」

結果這實際上代表的是各種無償的苦差事，讓羅賓失望的是，實習並沒有在所有刺激研究發生的八樓待上多久時間，而是每週三次陪查卡瓦蒂教授到牛津周遭，協助銀條的安裝及維護。他學會怎麼把銀條磨到發亮，知道氧化和污漬會大幅削弱咒語的效果，了解怎麼選擇不同尺寸的銘刻鐵針，以便費盡心力將銘刻恢復成原先的清晰無比，熟練如何將銀條放入及取出他們特別焊接的固定裝置。羅賓心想，葛瑞芬轉往地下活動實在是太可惜了，因為他的實習讓他幾乎可以任意取用學院內的工具及原料，他也不用大費周章半夜放竊賊進來，身處一抽屜又一抽屜的銘刻工具、和粗心大意得根本不會注意到的教授們之間，他隨便想從學院拿走什麼，就可以拿走什麼。

「你有多常需要做這些事呢？」他問。

「哦，這永遠不會結束的，」查卡瓦蒂教授回答，「這就是我們發財的方式，你懂的，銀條本身價格雖然高昂，但維護才是真正可以敲竹槓的地方，不過我跟理查的工作量確實比較重啦，因為學院裡的漢學家太少了。」

那天下午他們到沃夫柯特的一座莊園進行到府服務，後花園裝設的銀條雖然有十二個月的保固，卻仍失去效用，他們在通過前門時遇上了點麻煩，管家似乎不相信兩人是巴別塔學院的學者，反倒懷疑他們是來此打劫，不過在提供各式身分證明，包括背誦多條拉丁文謝飯禱告後，他們最後還是獲邀進入。

「每個月大概會發生兩次，」查卡瓦蒂教授告訴羅賓，即便他看來仍頗為無精打采，「你會習慣的，他們就不會找理查太多麻煩[53]。」

管家領著他們穿過莊園，來到一座極度蒼翠又美麗的花園，園中有條蜿蜒的潺潺小溪，還隨意擺放著幾顆大石，管家告訴他們，這是以中國風格設計的，那個年代，自威廉·錢伯斯的東方造景設計第一次在皇家植物園展出後，這種風格便十分流行，羅賓記不得曾在廣州看過任何類似的景象，但他仍欣賞般地點頭附和，直到管家離開。

「嗯，這裡的問題很明顯，」查卡瓦蒂教授把一堆灌木推到一邊，露出銀條所在的圍籬角落，「他們在銀條附近來回推車經過，把銘刻都給磨掉一半了，這是他們自己造成的，可不包含在保固內。」

他讓羅賓把銀條從固定裝置取出，接著翻面讓羅賓看看銘刻，其中一面刻著「花園」，另一面則刻著中文的「齋」，這可以表示造景庭園，但更廣泛的意思會讓人想到僻靜的私人場所，可以從俗世抽身，並帶有儀式性淨化、洗滌、救濟、道家懺悔的意涵。

53　原註5：巴別塔學院的許多顧客都很樂意相信他們的銀工會用上外語，卻不能接受相關的維護需要由外國學者進行，所以查卡瓦蒂教授不只一次必須找來其中一名白人大四生，陪同他和羅賓出差，只為了讓他們順利進門。

「概念是要把他們的庭園變得比牛津的喧囂還更美妙、更清幽，將市井阻隔在外，如果真的要說實話，效果其實微乎其微，因為我們並沒有真的做過那麼多實驗，但是有錢人想砸錢在什麼東西上面，還真的是沒有限制。」查卡瓦蒂教授邊刻著銀條邊說，「嗯……我們來看看這樣能不能成功吧。」

他要羅賓重新裝上銀條，接著彎身檢查他的手筆，滿意後才站起身來，並在褲子上抹了抹手，「你想要負責啟用嗎？」

「我只要念出這些字就好了嗎？」羅賓已經見過教授們做過同樣的事很多次了，但他仍無法想像就這麼容易，不過他又再次想起無形銀條在他第一次嘗試時就成功了。

「來，這是種特殊的心靈狀態，你確實要把字念出來，但更重要的是，你要同時在腦中想著兩種意思，你同時存在於兩個語言的世界中，並想像橫越其間，這樣聽起來有道理嗎？」

「我……我想是的，教授。」羅賓對著銀條皺了皺眉，「真的只要這樣就好嗎？」

「噢，不是的，是我粗心大意。你大四時會學到一些有用的心靈探索方式，還有些吃力的理論研討會，不過歸根究柢，還是要回到感覺上。」查卡瓦蒂教授感覺依然頗為興趣缺缺，羅賓隱約覺得他還是因為這戶人家非常生氣，想要盡快離開，「你試試吧。」

「呃，好吧。」羅賓把手放在銀條上，「齋、花園。」

他在指尖下方感覺到細微的嗡嗡聲，接著庭園似乎真的變得更清幽、更寧靜了，雖然他無法分辨這是因為他做的事，還是純粹出於他的想像，「我們成功了嗎？」

「嗯，希望最好是成功啦。」查卡瓦蒂教授把工具包甩上肩頭，他根本就不在意，也懶得檢查，「來，走吧，我們去收錢吧。」

「詞組配對一定需要念出來，才能發揮銀條的效用嗎？」他們走回校園途中羅賓問道，「這個理論感覺站不太住腳，畢竟有這麼多銀條，譯者人數又這麼少。」

「嗯，這視幾項不同因素而定，」查卡瓦蒂教授回答，「首先是銀條效果的本質，在某些銀條上，你會想要有暫時的效用顯現，比如你需要短暫又激烈的物理效果，很多軍事用銀條就是這樣運作的，接著銀條每次使用時也都必須啟用，之所以這麼設計，是因為這樣效果才不會持久。但其他種銀條就擁有更持久的效果，例如學院內的防護，或是安裝在船隻及馬車上的銀條。」

「那這些銀條為什麼可以更長效？」

「首先是因為銀條的純度，白銀的含量越高，效用就越長久，其他合金的比例越高，作用的時間則是越短。但冶煉和銘刻的方式也會有細微差異，你之後很快就會學到了。」查卡瓦蒂教授對他投以微笑，「你迫不及待想要開始呢，是不是啊？」

「因為這很令人興奮啊，教授。」

「興奮會退去的，」查卡瓦蒂教授回答，「在城鎮四週走來走去，一次又一次碎念著同樣的字，你很快就會開始覺得自己是隻鸚鵡，而不是個魔術師了。」

某個下午，他們來到艾許莫林博物館修復某根不管用什麼咒語都無法啟用的銀條，英文那面刻著「證明」（verify），中文那面則是使用了「參」這個字，意為「證實」，也可以表示「並列」、「對比」，艾許莫林的館員使用這根銀條來分辨贗品及真品，但最近在測試輪時卻失敗了好幾次，館員在鑑定新藏品之前，都會先睿智地進行測試。

他們在手持式顯微鏡下仔細檢視銀條，但中文及英文字體都沒有顯示出一絲腐蝕的跡象，甚至就連查卡瓦蒂教授用他最細的銘刻鐵針全部檢查一遍之後，仍舊無法啟用。

他嘆了口氣，「把這包起來，放進我包包裡，好嗎？」

羅賓聽命行事，「發生什麼事了？」

「銀條的共鳴連結不再有用了，有時候就是會這樣，特別是某些比較舊的詞組配對。」

「共鳴連結又是什麼？」

「回到學院，」查卡瓦蒂教授回答，已經邁步離開，「你就知道我在說什麼了。」

回到巴別塔學院後，查卡瓦蒂教授帶羅賓登上八樓，穿越成排的工作桌，來到南翼，羅賓從沒來過這一區，他每次到八樓都受到限制，只能在工坊區活動，工坊區佔據了厚重防火門後視線所及的大多數範圍。南翼則是由另一組門扉阻擋，還用三道鎖牢牢門上，查卡瓦蒂教授現在正用一大串叮叮噹噹的鑰匙開門。

「我現在真的還不應該先讓你看，」查卡瓦蒂教授對他眨眨眼，「機密資訊之類的，但沒有別的方法可以解釋了。」

他解開最後一道鎖，兩人邁步進入。

這就像是參觀有趣的房屋展覽，或是進入了巨大鋼琴的內部，大量高度和長度各異的銀棒矗立在地板上，到處都是，有些高度及腰，有些則超過了羅賓的身高，從地板一路延伸到天花板，之間的空隙只夠一人穿過，還必須躡手躡腳，以免撞到任何銀棒。此情此景讓羅賓想起教堂的管風琴，他有股奇怪的衝動，想拿根槌子來把一切全都砸爛。

「共鳴是種節省成本的方式，」查卡瓦蒂教授解釋道，「我們必須把高純度的白銀留給持久需求的銀條，就是那些供海軍使用，或保護商船等等的銀條，所以我們在英國本土會使用合金比例更高的銀來鑄造銀條，因為我們可以透過共鳴重新補充其能量。」

羅賓四處窺看，大為震驚，「可是這一切是怎麼運作的？」

「最簡單的方式是把巴別塔學院想成中心點，全英國所有仰賴共鳴的銀條則是邊陲，邊陲會利用中心的力量，」查卡瓦蒂教授指向他身旁，羅賓注意到，每一根銀棒似乎都正以極高的頻率振動，整座塔感覺應該要充斥不和諧的刺耳聲響才對，但空氣卻是靜止且寂靜的，「這些銀棒刻有常用的詞組配對，支持著全國各地與其連結的銀條，銀條顯現的力量便是來自銀棒，你懂吧，這代表外面的銀條不需要頻繁重啟。」

「就像在殖民地的英國前哨站，」羅賓說，「仰賴家鄉的士兵和補給。」

「這是個方便的比喻，沒錯。」

「所以這些銀棒和全英國每一根銀條共鳴嗎？」羅賓在腦中看見一個隱形的意義網路綿延整個國家，以維持銀工魔法的活力，想想實在令人覺得頗為毛骨悚然，「我以為會有更多才對。」

「不盡然是，全國各地也有其他規模更小的共鳴中心，比如愛丁堡就有一座，劍橋也有一座，效果確實會隨著距離遞減，但牛津這裡還是佔最大宗，翻譯學院要同時維護多座中心實在太費力了，因為需要受過訓練的譯者負責進行。」

羅賓彎身檢視最近的銀棒，除了頂端大大刻著的配對咒語之外，他還看見一連串認不得的字母及符號，「那麼，連結又是怎麼鑄造的呢？」

「這是個複雜的過程，」查卡瓦蒂教授帶羅賓來到南窗附近某根細長的銀棒前，他跪下來，從包包取出艾許莫林博物館的銀條，然後拿起來對著銀棒，羅賓這時注意到銀棒側邊刻的某些符號，和銀條上的類似符號對應，「兩者必須都是要從同樣的原料冶煉的，接著還要花很多時間處理詞源學符號，如果你專精銀工的話，大四就會學到這一切。我們其實是使用一種人工發明的字母，是根據十七世紀某個布拉格煉金術師首次發現的手稿創造的[54]，這樣一來，出了巴別塔學院，就沒人能夠複製我們的工序了。目前，你可以先把這整個調整過程當成在加深連結。」

「可是我以為人造語言不能用來啟用銀條。」羅賓說。

「這類語言無法**體現**意義沒錯，」查卡瓦蒂教授回答，「然而，當成連結機制卻非常有用，我們只要有些簡單的數字就可以了，但普萊費爾喜歡搞得神祕兮兮的，以創造出專利權。」

羅賓沉默地站了一會兒，看著查卡瓦蒂教授用一根精密的鐵針調整艾許莫林博物館銀條上的銘刻，再以鏡片詳細檢查，然後在共鳴的銀棒上進行相應的調整，整個過程耗時大約十五分鐘。最終，查卡瓦蒂教授把艾許莫林博物館的銀條重新包回天鵝絨中，放進背包，接著起身，「這樣應該就沒問題了，我們明天再回去博物館吧。」

羅賓一直都在觀察銀棒，注意到有很大一部分銀條看似都是使用中文的配對咒語，「你和勒維教授必須負責維護這一切？」

「噢，是啊，」查卡瓦蒂教授說，「沒有其他人可以幫忙了，如果你成功畢業，那我們就會有三個人。」

「他們需要我們。」羅賓大吃一驚，想到整座帝國的運作維賴在少數幾人身上，感覺實在頗為詭異。

「他們非常非常需要我們。」查卡瓦蒂教授也同意，「而從我們的立場而言，受到需要非常棒。」

他們一同站在窗邊，向外眺望著牛津，羅賓有種印象，覺得整座城市就像個精密調音的音樂盒，運作完全仰賴白銀機器，而要是白銀有天耗盡、要是這些共鳴銀棒有天崩毀，那整個牛津就會突兀地停在運行軌道上，鐘塔將會靜默無聲，馬車停駐路邊，鎮民也會凍結在街上，四肢停在半空中，話說到一半的嘴巴來不及闔上。

但是他無法想像白銀會有枯竭的一天，倫敦以及巴別塔學院，都一天比一天富有，因為同樣由持久銀工魔法所驅動的船隻，也帶回一箱又一箱的白銀回報，地球上沒有任何一個市場能夠抵擋大英帝國的侵略，就連遠東也不行。唯一會破壞白銀流入的事，便是全球經濟大崩潰，而由於這根本就是無稽之談，這座白銀之城，還有牛津的繁華，似也永垂不朽。

一月中旬某天，他們來到學院，發現所有高年級生和研究生袍子底下穿的都是黑衣。

「這是為了安東尼．里本。」他們魚貫走進普萊費爾教授的研究室時他解釋道，教授自己則是身穿一件丁香藍襯衫。

「安東尼怎麼了？」蕾緹問。

「我懂了，」普萊費爾教授表情一皺，「他們還沒告訴你們。」

「告訴我們什麼？」

「去年夏天，安東尼在一趟前往巴貝多的研究探險中失蹤，」普萊費爾教授回答，「他在船隻預定

---

54 原註6：此處提及的手稿，是以後來引發大眾對此關注的煉金術師巴瑞什命名，稱為「巴瑞什抄本」，為裝訂過的羊皮紙抄本，內容似乎是有關魔法、科學、植物學，以結合某些拉丁符號及完全未知符號的某種字母寫成，這種字母沒有大小寫之分，也不使用標點符號。手稿本身看來很接近拉丁文，也確實有使用拉丁文縮寫，但是其目的和意義自發現以來便始終成謎，巴別塔學院於十八世紀中葉取得手稿，而自此之後也有許多學者試圖破譯，卻都宣告失敗。用於共鳴連結的字母，便是從手稿的符號中汲取靈感，不過在破譯原本上，依舊沒有帶來更多進展。

啟航返回布里斯托的前一晚消失，我們在那之後就沒有聽說他的消息了。我們假設他已經過世了，他在八樓的同事都很傷心，我認為他們這禮拜剩下的時間都會穿黑衣，也有其他一些教職員加入，你們想參加的話也可以。」

他說話的語氣如此漫不經心又不在乎，彷彿他們正在討論下午要不要去划船一樣，羅賓簡直不可置信，「但是他不是……你不是……我是說，他不是有家人嗎？他們有接獲通知嗎？」

普萊費爾教授回答時邊在黑板上潦草寫下那天課程的大綱，「安東尼除了他的監護人之外沒有任何家人，法威爾先生已經收到信件通知了，我聽說他非常難過。」

「我的天啊，」蕾緹說，「真是太糟糕了。」

她邊說邊朝薇朵瓦投去關心的目光，她是他們之中跟安東尼最熟的人，但是薇朵瓦看來出乎意料地無動於衷，她看來既不震驚，也不難過，甚至都沒有一絲不適，事實上，她看起來好像希望大家可以盡快轉移話題，普萊費爾教授也樂於伸出援手。

「好了，回到正題，」他說，「我們上禮拜講到日耳曼浪漫主義的創新……」

巴別塔學院並未替安東尼哀悼，教職員也沒有再費心舉辦紀念儀式，羅賓下一次走上銀工樓層時，就有個他不認識的小麥色頭髮研究生接手了安東尼的工作檯。

「真是令人想吐，」蕾緹說，「你敢相信嗎？我是說，他是巴別塔學院的研究生耶，可他們表現得就像他根本沒來過這裡？」

她的悲慟掩飾了更深的恐懼，一種羅賓也感覺到的恐懼，亦即安東尼只是消耗品，他們所有人都是消耗品，這整座塔、這個初次讓他們找到歸屬感的地方，在他們還活著、還有用時雖然珍視並愛護著他們，但事實上對他們一點也不在乎。最終，他們也只不過是自己所說語言的容器和載體罷了。

沒有人大聲說出這件事，這太接近於破除魔咒了。

在他們所有人之中，羅賓認為薇朵瓦會最悲痛心碎，她和安東尼在這些年間變得頗為親近，他們倆同為塔內少數的黑人學者，且都是在西印度群島出生，有時候他會看見兩人交頭接耳，從學院走去食堂。

只是那年冬天，羅賓從來沒看到薇朵瓦哭泣，一次也沒有，他想要去安慰她，但不知道該怎麼做，尤其他似乎也不可能直接跟她討論，每次只要一提到安東尼，薇朵瓦就會身子一縮，眼睛快速眨動，然後非常努力想要轉移話題。

「你們知道安東尼曾經是個奴隸嗎？」某天晚上蕾緹在大廳時問，不像薇朵瓦，她下定決心一有機會就要提起這個話題，確實，她以一種感覺很不舒服、像在刻意展示自身正直德行的方式糾結於安東尼之死，「或說本來應該要是的，廢奴法案生效時，他的主人不想放他自由，所以他本來要把安東尼帶去美國，他能留在牛津，完全是因為巴別塔學院付錢幫他贖身，**付錢耶**，你們敢相信嗎？」

羅賓瞥向薇朵瓦，但她的表情文風不動。

「蕾緹，」她非常平靜地說，「我正試著要吃點東西。」

第十二章

「簡而言之，我太過膽小，不敢去做我明知正確之事，如同我也同樣怯弱，不敢不做我明知錯誤之事。」

——查爾斯．狄更斯，《遠大前程》

葛瑞芬再度現身時，依拉略學期已過了大半，時隔數月，羅賓已不再慣常地謹慎檢查他的窗台，要是他沒有看見一隻喜鵲徒勞無功想要從窗格下方把東西取走，他很可能就會錯過紙條。

紙條指示羅賓隔天兩點半前往扭根酒吧，但葛瑞芬遲到了將近一小時，當他抵達時，他憔悴的外觀令羅賓大吃一驚，光是穿過酒吧的動作似乎就已讓他筋疲力竭，等他終於坐下，他喘氣喘得跟剛剛跑下公園路一樣劇烈。葛瑞芬很顯然好幾天沒換衣服了，渾身散發臭氣，招來各種注目，他的動作也有些一瘸一拐，每次他只要一抬起手臂，羅賓就會看見他襯衫下的繃帶。

羅賓不知道該怎麼辦才好，他本來為了這次會面已經準備好一番斥責，但看見他哥哥如此明顯的慘狀，那些話語又都消逝無蹤，因此他反倒靜靜坐著，葛瑞芬則是點了牧羊人派和兩杯麥酒。

「這學期還好嗎？」葛瑞芬問。

「還可以，」羅賓回答，「我，呃，正在進行一個獨立研究計畫。」

「跟誰一起？」

羅賓抓抓襯衫領口，他覺得提起這件事實在很蠢，「查卡瓦蒂。」
「挺不錯的，」麥酒上桌，葛瑞芬一口乾掉，放下杯子，表情皺了起來，「真讚。」
「不過我其他同學都對他們的研究不大滿意就是了。」
「他們當然不滿啦，」葛瑞芬哼了一聲，「巴別塔學院永遠不會讓你去做你應該做的研究，只會做那些財源滾滾的計畫啦。」
漫長的沉默過去，羅賓感覺有些愧疚，雖然他也沒什麼愧疚的好理由，然而，隨著每一秒經過，不適感就像蟲子般多齧咬他的內臟一分，食物上桌，盤子熱氣蒸騰，葛瑞芬卻像餓鬼一樣一下把食物掃光，而他也確實是個餓鬼，當他往前彎身時，鎖骨便以一種不忍卒睹的方式凸了出來。
「是說……」羅賓清清喉嚨，不確定該怎麼問起，「葛瑞芬，一切都——」
「抱歉，」葛瑞芬放下他的叉子，「我只是……我昨晚才剛回牛津，我累壞了。」
羅賓嘆了口氣，「當然了。」
「總之，這裡有張清單，上面列了我需要從圖書館取得的文本，」葛瑞芬把手伸進前口袋，掏出一張皺巴巴的筆記，「你在找阿拉伯文書時可能會碰上一些困難，我幫你轉寫了書名，可以指引你到正確的書架，但接著你就必須自己找到書了。不過這些書是在博德利圖書館，不是在巴別塔學院，所以你不需要擔心有人會懷疑你在打什麼主意。」
羅賓收下筆記，「就這樣？」
「就這樣。」
「真的就這樣嗎？」羅賓已經忍無可忍了，他本來就預期葛瑞芬會頗為冷漠，但不是這種空洞虛偽的忽略，他的同情已然蒸發，耐心也是，現在由憤慨取代，他醞釀一整年了，此刻全數爆發，「你確定嗎？」

葛瑞芬小心翼翼地看了他一眼，「你怎麼回事？」

「我們不用討論一下上次的事嗎？」羅賓要求道。

「上次？」

「警報觸發的那次，我們躲過一個陷阱，我們躲過一把**槍**——」

「你又沒事。」

「我**中槍**了，」羅賓氣得發出嘶嘶聲，「發生什麼事了？有人搞砸了，而且我知道不是我，因為我就待在我應該在的地方，這表示你搞錯警報的事——」

「總會發生這種事啊，」葛瑞芬聳聳肩，「幸好沒有人被逮到——」

「我**手臂中槍**耶。」

「我也是這麼聽說的，」葛瑞芬從桌子對面盯著他，彷彿他能穿透羅賓的襯衫袖子看見傷口，「但你看起來還滿好的。」

「我得自己縫好傷口——」

「幹得好啊你，比去找大學護士還聰明，你沒去吧，還是你有去？」

「你是有什麼毛病？」

「小聲一點。」葛瑞芬說。

「竟敢叫我小——」

「我看不出來我們幹嘛糾結在這件事上，我犯了個錯，你成功逃跑，下次不會再發生了。我們之後不會再派人和你一起進去了，你要自己一個人把東西帶出來——」

「這不是重點，」羅賓又發出嘶嘶聲，「你害我受傷，還把我丟在天寒地凍之中。」

「請不要這麼戲劇化，」葛瑞芬嘆氣，「天有不測風雲，而且你也沒事啊。」他停下來思考了一番，然後更小聲跟羅賓說：「嘿，如果這能讓你感覺好點的話，如果我們需要暫時躲起來避避風頭，在聖阿爾達特街有間安全屋，教堂旁有扇通往地下室的門，看起來鏽到打不開，但你只要找到門閂，說出密語就行。門後會通往一條隧道，他們翻修時總會忽略——」

羅賓朝葛瑞芬晃晃他的手臂，「安全屋可治不好這個。」

「我們下次會做得更好，」葛瑞芬堅持，「上次只是不小心出包，是我的錯，我們在調整了，所以冷靜一點，以免有人偷聽到。」他坐回椅子上，「現在，因為我出城好幾個月，所以我必須聽聽塔內都發生了什麼事，而我希望你長話短說講重點，謝謝。」

羅賓差點要打他了，他真的差點要動手，要不是會引來懷疑的目光，要不是葛瑞芬顯然已經很不舒服。

他深知他不會從他哥哥身上得到任何東西，葛瑞芬跟勒維教授一樣，一意孤行的程度足以令人震驚，如果某件事不順他們的意，他們就只會拒絕承認，而所有試圖讓他們承認的嘗試，也都只會以更多挫敗作結。他突然冒出一股衝動，想要起身離開，就只是為了看看葛瑞芬的表情，但這並不會為他帶來長久的滿足，要是他又回頭，葛瑞芬一定會嘲笑他，而假如他繼續走出去，也只是切斷了他自己和赫密士會的連結而已。所以羅賓做了他最擅長的事，對父親和哥哥都一樣，他吞下他的挫敗，認輸放棄，並放任葛瑞芬主導對話的走向。

「沒發生什麼事，」冷靜吸了口氣後他說，「教授們最近都沒怎麼出國，我也不覺得防護自從上次之後有變動，啊，發生了一件糟糕的事，有個研究生，安東尼・里本，他——」

「嗯，我認識安東尼，」葛瑞芬說，接著清清喉嚨，「我是說，曾經認識，我們同屆。」

「所以你聽說了？」羅賓問。

「聽說什麼？」

「他死了。」

「什麼？天啊。」葛瑞芬的聲音出奇呆板，「不是，我剛剛是要說我在離開前認識他，他死了？」

「顯然是在從西印度群島回國的航程中失蹤。」羅賓回答。

「真可怕，」葛瑞芬語氣平淡，「真是糟糕。」

「就這樣？」羅賓問。

「不然你想要我說什麼？」

「他是你同學耶！」

「我不想這麼跟你說，但這種事還滿常見的，航海很危險，每隔幾年總會有人失蹤。」

「但就只是……感覺很不對，他們甚至都沒有替他辦個紀念儀式，就像這件事從沒發生過一樣繼續過日子，這根本……」羅賓聲音越變越小，他突然間好想哭，他覺得提起這件事好蠢，他不知道他到底在期待什麼，也許是某種證明吧，證明安東尼的一生有意義，證明他不會這麼輕易就遭到遺忘，但是他早該知道，葛瑞芬是尋求安慰的最糟對象。

葛瑞芬沉默了很長一段時間，他望著窗外，眉頭因專注皺起，彷彿他正在深思什麼事，他似乎根本沒有在聽羅賓說話，接著他抬起頭，張開嘴巴，又把嘴巴閉上，但還是再次開口，「你知道的，這可不令人意外，這就是巴別塔學院對待學生的方式，特別是那些他們從海外招募的，你對他們來說是項資產沒錯，但也就僅只於此。你是部翻譯機器，而一旦你辜負他們，你就沒有用了。」

「但是他沒有辜負學院，他**死**了。」

「這是同樣的事，」葛瑞芬站起身，拿起大衣，「總之，我這週內要拿到那些文本，我會再留指示給你，告訴你東西要放到哪。」

「我們談完了嗎？」羅賓錯愕地問，他感受到一股全新的失望浪潮，他不知道他想從葛瑞芬身上得到什麼，或是葛瑞芬究竟能不能給他，但是他所期望的就是比這更多。

「我有地方要去，」葛瑞芬頭也不回地說，他已經要走出去了，「留意你的窗台。」

從各方面看來，這都是非常糟糕的一年。

有某種東西毒害了牛津，吸乾了大學中為羅賓帶來歡樂的一切，夜晚變得更寒冷，雨也下得更大了，巴別塔學院感覺不再像是個天堂，而是座監牢，求學成了折磨，他和朋友們在課業上都找不到任何樂趣，既感受不到大一時那種令人顫慄的興奮發現感，實際操作銀工魔法的滿足也要到大四的某天才可能會實現。

學長姐向他們保證這種情況總是會發生，大三的低潮是正常且無可避免的，但是從其他幾個方面來看，這年似乎也是特別難熬的一年，其中一點便是學院屢傳入侵事件，頻率令人擔憂。從前，巴別塔學院每年可預期或許會有兩到三次入侵嘗試，且每一次都會演變成美妙奇觀，學生會聚集在大門附近，見識普萊費爾的防護這次又造成了什麼殘忍的效果。但是到了那年二月，幾乎每週都有竊盜未遂事件，學生們也開始厭倦了警方將傷殘的嫌犯拖下石階的景象。

他們不只是竊賊的目標，塔基也持續遭人汙損，通常是用尿、破碎的酒瓶、亂撒的烈酒，他們有兩次還發現用扭曲鮮紅大字所寫的塗鴉，在一夕之間出現，後牆上寫的是「撒旦之舌」，一樓窗下則寫著「魔鬼之銀」。

另一天早晨，羅賓和同伴來到學院，發現數十名鎮民聚集在草皮上，對著從前門進進出出的學者破口大罵，他們小心翼翼接近，群眾有點嚇人，但也沒有稠密到他們無法開出一條路迂迴穿過。或許這某種程度上也說明了他們不願因為暴民的風險而錯過課堂，不過當時情況看起來也真的像是他們有機會在不受騷擾的情況下進入學院，直到有名身形高大的男子擋在薇朵瓦面前，並開始用粗獷又難懂的北方腔調咆哮。

「我不認識你，」薇朵瓦倒抽一口氣，「我不知道你是要——」

「老天爺！」雷米像中槍一樣往前踉蹌，薇朵瓦放聲尖叫，羅賓的心跳漏了半拍，但他看見那只是一顆瞄準薇朵瓦丟出的雞蛋，而雷米之所以往前撲，是因為挺身想保護她。薇朵瓦縮了回去，用雙臂護著臉，雷米一手繞在她肩上，引她走上前門台階。

「你是有什麼毛病？」蕾緹尖叫道。

丟雞蛋的男人吼著某種無法理解的回應，羅賓匆忙抓緊蕾緹的手，把她拖過前門，跟在雷米和薇朵瓦身後。

「妳沒事吧？」他問。

薇朵瓦抖得非常厲害，幾乎沒辦法開口，「沒事，我沒事——天啊，雷米，讓我來，我有帶手帕……」

「別擔心，」雷米甩掉外套，「反正也沒救了，我再買一件新的就好。」

學院大廳內，學生和顧客都一樣聚在牆邊，從窗戶看著外面的人群，羅賓直覺懷疑這是不是赫密士會的傑作，但是不可能，葛瑞芬的行竊計畫都規劃得這麼周密，他們的組織更為複雜精細，不是這群憤怒的暴民可以比擬的。

「妳知道發生什麼事了嗎？」羅賓問凱西．歐奈爾。

「我猜他們應該是磨坊工人吧，」凱西回答，「我聽說巴別塔學院剛和此地北方的磨坊主人簽訂一紙合約，導致這群人全都失業了。」

「這所有人耶？」雷米問，「就因為幾根銀條？」

「哦，他們裁掉了幾百名工人，」聽見他們對話的威瑪說，「據說是個極為高明的詞組配對，普萊費爾教授想到的，幫我們賺的錢多到足夠支付整個大廳東翼的翻修費用。我是不意外啦，如果咒語真能完成這麼多人合起來所做的工作的話。」

「但這還是很令人難過，不是嗎？」凱西思索道，「我在想他們現在該怎麼辦。」

「妳這是什麼意思？」羅賓問。

凱西指向窗外，「就是，他們這樣要怎麼養家呢？」

羅賓甚至都沒想過這點，這讓他覺得很羞愧。

而在他們樓上的詞源學課堂上，勒維教授則表達了顯然更為殘忍的意見：「不用擔心他們，只是一般的庶民而已，是來自北部的酒鬼和牢騷鬼，沒有更好的方式可以表達意見的下等人，只會在街上大聲嚷嚷。當然我會比較偏好他們寫封信來，但我懷疑有半數人根本都不識字。」

「他們真的都失業了嗎？」薇朵瓦問。

「對，當然囉，他們做的那種工作現在已經是多此一舉了，其實早就應該要被淘汰了才對，紡織、編織、紡紗竟然沒有全部機械化，根本就沒道理啊，這只不過是人類的進步而已。」

「但他們似乎真的挺氣憤的。」雷米觀察道。

「噢，他們當然會很生氣，」勒維教授回答，「你可以想像得出理由，銀工在過去十年內為這個國家帶來了什麼呢？以超乎想像的程度提升了農業和工業產能，使工廠效率變得如此之好，只需要原先數量四分之一的工人就可以運作。拿紡織業為例好了，約翰·凱發明的飛梭、理查·艾克萊特的水力紡紗機、塞謬爾·克朗普頓的騾機、艾德蒙·卡特萊特的動力織布機，全都是由銀工化為可能，銀工使大英帝國發展遠超其他所有國家，但過程中也有數千名工人失業。結果他們不運用智慧去學習實際上可能有用的一技之長，反而決定在我們的門階前抱怨。外面那些抗議人士早就見怪不怪了，你們知道，這個國家，這個社會病了。」勒維教授現在以一種突如其來的猛烈惡意繼續說道，「都是從盧德運動人士開始的，某些來自諾丁罕的蠢工人，他們不想順應進步，覺得不如把機械砸爛，這股風潮自此之後就擴散到英國全境，整個國家到處都有人寧願看我們去死。不只是巴別塔學院受到這種攻擊而已，並不是，我們甚至都還沒見識到最糟的呢，因為我們的保全優於一般，在北部，這些人四處縱火，拿石頭砸地主，還對工廠經理潑硫酸，他們在蘭開夏看來也砸織布機砸得不可開交。不，這絕不是我們教職員第一次收到死亡威脅，只是他們第一次有膽跑到像牛津這麼南邊的地方而已。」

「你也有收到死亡威脅嗎？」蕾緹擔憂地問。

「當然了，我每年都收到越來越多。」

「但這不會讓你覺得困擾嗎？」

勒維教授態度相當輕蔑，「從來都不會，我看著那些人，就會想到我們之間天差地別，我之所以身在我的地位，是因為我相信知識和科學進步，而這些東西也為我所用。他們身在他們的地位，則是由於他們頑固地拒絕順應時代潮流，像這樣的人嚇不倒我的，像這樣的人只會讓我覺得好笑。」

「今年一整年都會像是這樣子嗎？」薇朵瓦小小聲問，「我是說，像外面草皮上那樣。」

「不會持續太久的，」勒維教授向她保證，「不會的，他們今晚以前就會散場，像這樣的人是沒有決心毅力的，只要肚子餓了，日落前就會離開，或是不知道晃蕩去哪裡找酒喝。就算沒有，防護和警察也會讓他們上路。」

但勒維教授錯了，這不只是出自幾個零星抗議人士的手筆，他們也沒有一夕之間就解散，那天早上警方確實有驅散人群，之後他們人數減少，但還是回來了，一個禮拜好幾次，會有十幾個人出現，在學者進塔的途中騷擾他們。某天早上，整座建築物還必須要疏散，因為有個發出滴答聲的包裹送到普萊費爾教授的辦公室，結果是個連有計時器的爆裂物，幸好大雨浸濕了包裹，破壞了引信。

「可是要是沒下雨的話，會發生什麼事？」雷米問。

這個問題沒有人有好答案。

學院的保全措施一夜之間加倍，郵件現在全都會由新聘用的職員，在牛津半途的處理中心先行收發及分類，警方的小隊也二十四小時輪值看守學院入口，普萊費爾教授在前門安裝了另一組新的銀條，不過仍一如往常拒絕透露他在上面刻了什麼詞組配對，以及觸發後會發生什麼事。

這些抗議並非輕微騷亂的徵兆而已，全英國有什麼事情正在發生，一連串改變帶來的結果，他們才剛要開始體會。社會風氣一直以來都落後英國其他大城市大約一個世紀的牛津，也無法再繼續假裝自己免疫於外界的改變，逐漸加劇的變遷現在已經無可忽視。這不只是和磨坊工人有關，改革、動盪、不平等，可說是這個十年的關鍵字，所謂「白銀工業革命」帶來的全面性影響，全國才剛剛要開始感受到，這個詞彙是由彼得·蓋斯柯在僅僅六年前所創造，由白銀驅動、被威廉·布雷克稱為「黑暗撒旦磨坊」的各式機器，正快速取代匠人的工作，但是比起為所有人帶來繁榮，反倒是造成了經濟不景氣，並導致貧富差距日益擴大，這很快便也成了迪斯雷利和狄更斯小說的主題。鄉村農業也正在衰退，男人、女人、孩童只好一同搬遷至都市中心，以便在工廠中工作，他們的工時漫長到超乎想像，還會在可怕的意外中斷手斷腳或喪生。一八三四年通過的《新濟貧法》，主要目的便是要大幅減少濟貧的支出，立法設計本質上即相當殘忍又苛刻，其中規定申請者必須搬進濟貧院居住，否則就會扣留經濟補助，但這類濟貧院的設計又極度不人道，導致根本就沒有人想要住在裡面。勒維教授口中進步啟蒙、前景光明的未來，看似只是帶來了貧窮和苦難，那些他認為失業的工人應該去從事的新工作，從來都沒有成真，老實說，看來唯一從白銀工業革命中獲益的對象，就是那些早已相當富有的人，還有其他足夠狡詐或幸運、能夠趁機致富的特定少數人士。

這類浪潮無法持續，歷史的巨輪在英國高速旋轉，世界變得更小、更機械化、更不平等，且事情到底會如何收場，或是這對巴別塔學院、以及帝國本身的意義究竟為何，也依舊不甚明朗。

不過，羅賓和他的同伴仍是做了學者總會做的事，也就是埋首書堆，全神貫注於他們的研究上，在倫敦派來的軍隊把帶頭者拖去新門監獄後，抗議人群終於散去，學者們每次登上學院的階梯時，也不再需要提心吊膽。他們學會忍受大批警員的存在，以及新書和通信現在都得花上兩倍時間才能送達，他們也不再閱讀《牛津紀事報》的社論，這是份新創立的刊物，支持改革和激進立場，意圖似乎就是要摧毀學院的聲譽。

然而，他們還是沒辦法完全忽略頭條新聞，在他們前往學院途中的每個街角，都有人在兜售：

巴別塔學院是對國家經濟的一大威脅？

異國銀條導致數十人淪落濟貧院

向白銀說不！

這本來應該令人相當苦惱，不過事實上，羅賓發現任何程度的社會動盪其實都不難忍受，只要你習慣別過頭去就行了。

某個狂風暴雨的晚上，在他前往勒維教授家中吃晚餐的途中，羅賓瞥見有一家子坐在胡士托路的轉角，伸出錫杯求取施捨，乞丐在牛津郊區頗為常見，但一整家人都出來乞討就很稀罕了。兩個小孩在他接近時微微朝他揮了揮手，看著他們佈滿雨痕的蒼白臉龐，這幅景象讓羅賓不禁心懷愧疚，足以停下腳步，並從口袋中摸出幾便士。

「謝謝你，」一家子的父親囁嚅道，「願神保佑你。」

男子的鬍子都冒了出來，衣著也變得更加破破爛爛，但羅賓仍舊認出了他，他無疑就是幾個禮拜前在羅賓進塔途中，對他口出穢言的男子之一，他的眼神迎上羅賓，羅賓不清楚對方是否也認出了他，男子張嘴想說些什麼，不過羅賓已加快腳步，不管男子在他身後說了什麼，也都很快被風雨給蓋過了。

他沒有向派波太太或勒維教授提起那家人，他不願一直細想他們所代表的一切。事實就是，不管他聲稱自己有多麼擁護革命、對平等有多少貢獻、怎麼大力幫助那些有需要的人，他都從未體驗過真正的貧窮。他在廣州見識過艱苦的處境沒錯，但他從來沒有不知道下一餐的著落，或是煩惱晚上要在何處棲身過夜，他也從未看著自己的家人，並思索要養活他們需要付出什麼代價。無論他再怎麼認同窮苦的孤兒奧立佛．崔斯特，無論他有多顧影自憐，事實就是自他踏足英國以來，他從來都沒有餓著肚子入睡過，一次也沒有。

那晚他吃著自己的晚餐，對派波太太的稱讚回以微笑，並和勒維教授共飲一瓶紅酒，之後他走了另一條不同的路回學校。下個月，他去拜訪勒維教授時忘了要繞路，可是也不重要了，因為到了那時，那一小家子早已不見蹤影。

逐漸逼近的各種考試讓已經很糟糕的一年更是雪上加霜，巴別塔學院的學生必須通過兩輪考試，一次是在大三的學期末，另一次則在大四期間，不同年級考試的時間錯開，大四生會把考試安排在依拉略學期期中，大三生則是會在聖三一學期時才進行。於是寒假剛結束後，整座塔的氛圍就會匹變，圖書館和自習室隨時擠滿緊張兮兮的大四生，只要一聲呼吸就令他們全身一縮，就算有人膽敢只是低語，他們看來也準備好隨時痛下殺手。

傳統上，巴別塔學院會在考試週結束後公布大四生的成績，週五的中午，三次鐘聲響徹全塔，所有人都起身衝下樓來到大廳，下午的顧客則是有人趕緊引導他們離開。普萊費爾教授站在廳堂中央的一張桌子上，身穿綴有紫邊的華麗袍子，手中高舉那種羅賓只曾在中世紀插畫中看過的彎曲卷軸，等到塔中都沒有閒雜人等後，他便清清喉嚨，以平穩的聲調宣布：「以下學位候選人已以優異成績通過資格考：馬修．杭斯洛——」

後方角落有個人大聲爆出尖叫。

「亞當．摩爾罕。」

前排附近的某個學生聞言直直坐到大廳中央的地板上，雙手緊緊遮住嘴巴。

「這還真是沒人性。」雷米小聲說道。

「超級殘忍又變態。」羅賓也同意，不過他還是無法不注目接下來進行的事，他還沒輪到要考試，但現在距離考期已經非常近了，而他的心臟因為感同身受的恐懼也撲通狂跳。眼前這項活動公開宣布誰成功證明了自己才華洋溢、誰又一敗塗地，很嚇人卻也同樣刺激。

只有馬修和亞當以優異成績通過，普萊費爾教授還宣布了一個成績中等學生詹姆士．費爾菲德、一個成績尚可的路克．麥考菲，然後再用非常嚴肅的語氣說道：「以下學位候選人則沒有通過資格考，不會獲得皇家翻譯學院的研究生獎學金資格，也不會授予學位：菲利普．萊特。」

萊特專精法語及德語，大一時的全院晚宴，羅賓曾坐在他旁邊，這些年間，他變得越發消瘦憔悴，也是其中一名持續潛伏在圖書館的學生，看起來好像已經好幾天沒洗澡或刮鬍子，並以混合恐慌及困惑的眼神，凝視著眼前的成堆文獻。

「我們已經盡可能寬容了，」普萊費爾教授說，「我想，你也已經享有多於應得的通融，現在你該接受你在此的時間到此為止了，萊特先生。」

萊特看起來像是要靠近普萊費爾教授，但兩名研究生抓住他的手臂，把他拉了回去，他開始哀求，喃喃說著他的考試應答遭到錯誤曲解，只要再給他另一次機會，他就能夠澄清一切。普萊費爾教授則是平靜地站在原地，雙手背在身後，假裝沒聽到。

「發生什麼事了？」羅賓問威瑪。

「誤把通俗詞源學搞混成真正的詞源囉，」威瑪戲劇化地搖了搖頭，「他想把謠傳（canard）和金絲雀（canary）連結，你瞧，不過金絲雀跟法文的鴨子無關，而是來自加納利群島，群島又是以狗名命名——」

後續的解釋羅賓就聽不懂了。

普萊費爾教授從他的內袋拿出一個玻璃瓶，羅賓認為瓶中裝的是萊特的血，他把瓶子放在桌上，然後用力踩碎，玻璃碎裂，棕色的碎片噴得地上到處都是，萊特開始哭號，瓶子破掉實際上究竟為他帶來什麼影響不得而知，在羅賓看來，他的四肢似乎都仍完好無損，也沒有流血，但是萊特癱倒在地，緊抓著腹部，彷彿被穿腸破肚。

「好嚇人。」蕾緹敬畏地說。

「無疑跟中世紀一樣。」薇朵瓦也同意。

他們先前從未目睹過有人失敗，因而完全無法移開目光。需要動用三個研究生才能把萊特拉起來，拖到大門，並且粗魯地扔下階梯，其他所有人都看得目瞪口呆，如此怪異的儀式似乎不適合現代化的學術單位，但這麼做卻是完全適當的。牛津大學以及其延伸出的巴別塔學院，骨子裡都是古老的宗教機構，即便融合了這麼多當代風俗，構成大學生活的儀式依舊是奠基於中世紀的神祕主義，牛津大學便猶如基督宗教中的聖公宗，代表鮮血、血肉、塵土[55]。

大門猛然關上，普萊費爾教授拍拍袍子，從桌子上跳下，並轉過身面對所有人。

「好了，這樣就處理好了，」他綻放笑容，「快樂的考試嘛，恭喜大家。」

兩天後，葛瑞芬要羅賓和他在伊夫雷的某間酒館碰頭，從大學走過去要將近一個小時，那裡是個昏暗又嘈雜的地方，羅賓花了一會兒才找到他哥哥，他無精打采地坐在靠近後方處，不管他從上次他們見面之後做了些什麼，他顯然都沒在吃飯。葛瑞芬面前放著兩個熱騰騰的牧羊人派，他正狼吞虎嚥朝其中一個進攻，完全不怕燙到舌頭。

「這裡是什麼地方？」羅賓問。

「我有時會來這裡吃晚飯，」葛瑞芬回答，「食物很爛，但是份量很大，而且重要的是，從來都不會有大學的人到這裡來，這裡離那些——普萊費爾是怎麼說的來著？離當地人太近了。」

他看來比過去一整個學期都還糟糕，肉眼可見的疲憊、凹陷的臉頰、消瘦的瘦削身形，渾身還散發出一種剛從船難生還的氣息，像某個經歷長途旅程、差點就沒辦法活著回來的乘客，不過他當然不會告訴羅賓他到哪裡去了，而他掛在身後椅子上的黑色大衣也散發出惡臭。

「你還好嗎？」羅賓指向葛瑞芬的左手臂，上面纏著繃帶，但下方無論是包著什麼樣的傷口，顯然都還沒有癒合，因為他前臂的黑色污漬從羅賓坐下來以後就不斷擴散，頗為明顯。

「噢，」葛瑞芬盯著自己的手臂，「這沒什麼，只是一直癒合不了而已。」

「所以就是有什麼啊。」

「沒啦。」

「看起來很糟糕耶，」羅賓輕聲笑了笑，他接下來說的話聽起來比他想要的效果還要尖酸，「你應該把傷口縫起來，白蘭地會有幫助。」

「哈，不用，我們有人，我等下會去檢查看看。」葛瑞芬把袖子拉下來遮住繃帶，「總之，我需要你下個禮拜準備好，情況非常不確定，所以我目前對時間或日期還沒有什麼好想法，但是這票很大，他們在等待梅尼耶暨史密斯銀行運來的大批白銀，而我們想要在卸貨時弄到一箱。這當然會需要很大的目標來聲東擊西，我可能會需要在你房間存放一些爆裂物，以便快速取用——」

---

55 原註1：而就算是這項考試儀式，和十八世紀末時的做事方式相比，也已算是相對平淡了，當年大四生必須進行所謂的「大門測驗」，當期的受試者在閱卷完畢後的那天早上，要排隊走過大門，通過考試的人可以毫無阻礙進入，失敗者則會被學院本身認定為闖入者，並承受當下的防護所施加的任何暴力懲罰。這項習俗最終遭到廢除，因為致人殘廢這種懲罰對於欠佳的學業表現可說是不符比例，不過普萊費爾教授仍是每年都會持續遊說，希望予以恢復。

羅賓縮了一下，「爆裂物？」

「我都忘了你很容易受驚，」葛瑞芬揮揮一手，「不會有事的，我會在事前示範給你看要怎麼點燃，只要你計劃得夠妥善，那就不會有人受傷——」

「我不要，」羅賓回答，「我不要，就這樣。我退出，這真是太荒唐了，我才不要做這件事。」

葛瑞芬揚起一邊眉毛，「你是受到什麼刺激了？」

「我才剛看見某個人被驅逐——」

「是哦，」葛瑞芬爆出大笑，「今年是誰啊？」

「萊特，」羅賓回答，「他們弄破了一瓶他的血，把他扔出塔外，還把他鎖在外面，切斷他和一切還有所有人的連結——」

「但這不會發生在你身上，你太聰明了，還是我讓你沒時間複習課業了？」

「開門是一回事，」羅賓說，「安裝爆裂物又徹底是另外一回事了。」

「會沒事的，相信我就好——」

「但是我不相信你，」羅賓脫口而出，他的心跳非常快，但現在要保持沉默已經太遲了，他必須一口氣宣洩出來，他不能永遠一直這麼吞下自己想說的話，「我不相信你，你簡直是亂七八糟。」

葛瑞芬的眉毛直接彈了起來，「亂七八糟？」

「你好幾個禮拜都不見人影，就算真的出現也大半都遲到，你的指示也反覆塗塗改改很多次，多到真的需要技巧才能解讀出你到底在說什麼。巴別塔學院的保全現在加強了將近三倍，但你似乎也沒興趣思考到底要怎麼處理，而且你還是沒解釋上次究竟發生了什麼事，或是你避開防護的新替代方案是什麼，我手臂中彈，你感覺也一點都不在乎——」

「我說過我對此很抱歉了啊，」葛瑞芬不耐煩地說，「下次不會再發生了。」

「但我憑什麼要相信你？」

「因為這一次很重要，」葛瑞芬傾身往前，「這次可能可以改變一切，可以改變平衡——」

「那就告訴我怎麼個改變法，告訴我更多細節，如果你總是把我蒙在鼓裡，那這是不會成功的。」

「聽著，我不是告訴你聖阿爾達特街的事了嗎？」葛瑞芬看起來頗為沮喪，「你知道我不能透露更多，你還是太菜了，你不了解其中的風險——」

「其中的**風險**？承擔風險的人是我，我把我整個未來都賭上了——」

「這就好笑了，」葛瑞芬說，「我還以為赫密士會才是你的未來呢。」

「你知道我的意思。」

「是啊，你的意思很清楚。」葛瑞芬噘起嘴唇，他這時看起來十分神似他們的父親，「你對自由擁有非常大的恐懼，弟弟，這束縛了你，你如此認同殖民者，覺得對他們的任何威脅也都是對你的威脅，你究竟什麼時候才會發覺你不可能成為他們的一員？」

「別再轉移話題了，」羅賓說，「你總是顧左右而言他，我提到我的未來時，指的不是什麼舒服的地位，我說的是**生存**，所以快告訴我這一切有什麼意義，為什麼是現在？又為什麼是這一票？」

「羅賓——」

「你是在要求我把人生賭在虛無縹渺的事物上，」羅賓理智斷線，「而我只是要你給我個理由而已。」

葛瑞芬沉默了一陣子，他環顧整個空間，在桌上敲了敲手指，接著用非常低沉的聲音說道：「阿富汗。」

「阿富汗發生了什麼事？」

「你沒看報紙嗎？英國正要把阿富汗納入他們的勢力範圍，但已經有計畫正在進行，要確保這不會成真，而這些計畫我真的不能告訴你，弟弟——」

但羅賓已經笑開懷，「阿富汗？說真的嗎？」

「這很好笑嗎？」葛瑞芬問。

「你只會出一張嘴，」羅賓回答，突然頓悟，這時他心中有什麼東西碎裂了，也就是他應該要崇拜葛瑞芬的假象，還有赫密士會的意義，「這讓你覺得自己很重要，對吧？表現得好像你對世界有什麼影響力一樣？我見識過那些真正有影響力的人，而他們跟你截然不同，他們不需要爭權奪利，也不會策劃什麼愚蠢的午夜搶案，讓他們的小弟在某種瘋狂的嘗試中身陷險境，只為達成目標，他們早已有權有勢了。」

葛瑞芬瞇起眼睛，「你這話是什麼意思？」

「你到底**完成**過什麼事啊？」羅賓繼續質問，「說真的，葛瑞芬，你他媽這輩子到底做了什麼？大英帝國依然屹立不搖，巴別塔學院也還在這裡，太陽照常升起，英國仍然將她的魔爪伸進世界各地，白銀也持續源源不絕地湧入，這一切根本都沒意義。」

「拜託跟我說你不是認真這麼想的。」

「不，我只是——」羅賓突然被一陣尖銳的罪惡感刺痛，他也許說得太過火了，但他覺得他的論點頗為中肯，「我只是看不出來這些行為究竟達成了什麼，而你要求我放棄這麼多東西作為代價，我想幫你的忙，葛瑞芬，但我同時也想要生存下來。」

葛瑞芬久久沒有回應，羅賓坐在位子上觀察著他，葛瑞芬平靜地吃完最後一點牧羊人派，羅賓心裡則越發不安，接著葛瑞芬放下叉子，用餐巾一絲不苟地擦了擦嘴巴。

「你知道阿富汗好笑在哪裡嗎？」葛瑞芬的語氣非常溫和，「英國不是要派英軍入侵，而是要派來自孟加拉和孟買的軍隊，他們要讓印度士兵去和阿富汗人打，就像他們在伊洛瓦底江也讓印度士兵為他們而戰、甚至捐軀，因為這些印軍的邏輯就跟你一樣，也就是寧願當帝國的奴僕，執行所有那些殘忍的壓迫，也不想要抵抗。因為這樣很安全，因為這樣很穩定，因為這樣可以讓他們生存，而英國就是這樣獲勝的，弟弟，他們讓我們彼此互鬥，他們分裂我們。」

「我不是永遠退出，」羅賓匆忙回答，「我只是——我是說，只要等到這年結束就好，或是等到情況平息——」

「這不是那樣運作的，」葛瑞芬說，「你要不是加入，不然就是退出，阿富汗可不會等人。」

羅賓顫巍巍地吸了口氣，「那麼我退出。」

「很好。」葛瑞芬放下餐巾起身，「那只要守口如瓶就好了，你可以嗎？否則我就必須親自出馬，收拾殘局，而我很不喜歡搞得一團亂。」

「我誰都不會說的，我向你保證——」

「我其實不怎麼在乎你的保證，」葛瑞芬說，「不過我確實知道你睡在哪。」

羅賓無言以對，他知道葛瑞芬不是在虛張聲勢，但也了解如果葛瑞芬真的不信任他，他根本就沒辦法活著回到學校，他們盯著彼此很長一段時間，誰都沒有說話。

最後，葛瑞芬搖了搖頭，終於開口說道：「你迷失了，弟弟，你是艘漂蕩的船，在尋找熟悉的海岸，我知道你想要的是什麼，我也在追尋同樣的東西，但是我們已經失根了，故鄉已經不在了。」走到門口的途中，他停在羅賓身旁，手指放在羅賓的肩膀上，用力捏了捏，力道大到羅賓發疼，「但你要了解這點，弟弟，你船上飛揚的不是任何人的旗幟，你可以自由追尋自己的港灣，而且除了隨波逐流，你還有很多很多事可以做。」

第三部

ROYAL INSTITUTE OF TRANSLATION

UNIVERSITY OF OXFORD

第十三章

「群山將要分娩，誕生的卻是隻可笑的小老鼠。」

——賀拉斯，《詩藝》，E．C．威克漢譯

葛瑞芬說到做到，他此後再也沒留半張紙條給羅賓過。起初，羅賓確信葛瑞芬只是需要點時間發脾氣，接著就會再用更瑣碎、更平常的差事來煩他，但一個禮拜變成了一個月，一個月又變成了一學期，他本來預期葛瑞芬會再更小心眼一點的，至少留封反唇相譏的告別信。兩人爭吵後的頭幾天，街上只要有陌生人往他的方向看，羅賓都會全身一縮，以為赫密士會決定要來收拾他這個殘局。

但是葛瑞芬徹底和他一刀兩斷了。

他試著不要被自己的良心困擾，赫密士會跑不了的，永遠都會有仗要打，等羅賓準備好重新加入，他們全都會在那裡等待，這他很確定，而且如果他無法好好在巴別塔學院的生態系統中安頓下來，他也沒辦法替赫密士會做任何事，葛瑞芬自己都這麼說過了，他們需要裡面有人，這個理由難道不足以讓他好好待在原位嗎？

與此同時，還有大三的考試，學年末的考試在牛津大學可說是相當重要的儀式，一直到上個世紀末的最後幾年，公開口試都還是慣例，口頭詰問考試開放大眾旁觀，不過到了一八三〇年代初期，一般的文學學士學位便只需要通過五次筆試和一次公開口試就可以了，理由是口考實在太難客觀評量，此外也不必要地殘忍。而到了一八三六年，口考也不再允許大眾旁聽，牛津鎮民因而失去了一大年度娛樂來源。

只不過，校方告訴羅賓他們研究的每一種語言都會有一場三小時的申論題考試要準備，另外還有一場三小時的詞源學申論題考試、一場翻譯理論口試、一場銀工考試。如果任何一場語言考試或理論考試沒過，他們就不能繼續待在巴別塔學院；而要是銀工考試沒通過，那他們未來就不可能在八樓工作[56]。

口試將會在三名教授組成的口試委員會面前進行，委員會以普萊費爾教授為首，他是個惡名昭彰的嚴格口委，據傳每年至少都會把兩名學生問到痛哭失聲，「『胡說八道』（Balderdash）這個字，」他會拉長音調緩緩地說，「以前所指的是由酒保胡亂調製的可憎飲品，他們在長夜將盡，所有酒幾乎都用完之後就會端上這杯，麥酒、紅酒、蘋果酒、牛奶，他們會全都倒在一起，並希望顧客不會介意，畢竟最後的目標也只是要喝醉而已。但我們是在牛津大學，不是午夜後的草皮酒館，而我們需要的是比喝個爛醉還要稍微多點啟發性的東西，你想要再試一次看看嗎？」

他們大一大二時感覺似乎永無止盡的時間，現在則是在沙漏中快速流失，他們再也不能放下手上

56 原註1：即便有許多巴別塔學院畢業生都很樂意在文學部門或法務部門工作，對於來自外國的學生來說，銀工考試仍然相較重要，因為他們發現很難在八樓以外的部門找到享有聲望的職位，他們流利的非歐語外語在八樓才是最有價值的。葛瑞芬當年銀工考試沒過時，校方曾提議他可以繼續修習法律，但勒維教授一直以來都展現出一種獨尊銀工的心態，還認為其他所有部門都是給缺乏想像力、資質駑鈍的蠢材去的，在他輕視其他學科又嚴厲的屋簷下長大的可憐葛瑞芬，只好被迫同意。

的書本到河上嬉戲，假設稍後一定會有機會可以趕上進度。再五週就要考試了，接著剩四週、又剩三週。聖三一學期邁入尾聲時，最後一天上課應該要在金黃色的午後、各式點心和接骨木花水、查爾維河划船中告終，但是鐘聲在下午四點敲響的那一刻，他們便整理好書本，直接從克拉芙特教授的教室走到五樓的其中一間自習室，接下來的十三天裡，他們會鎮日把自己關在裡面，埋首於成堆的字典、譯文段落和單字表，直到太陽穴都開始抽痛。

出於慷慨，也或許是出於虐待心態吧，巴別塔學院的教職員會為應試者提供一組銀條，用來協助學習，這類銀條上刻的配對是英文的「嚴謹」（meticulous）及其拉丁文前身「戒慎」（metus），意即「害怕、恐懼」。「嚴謹」的現代用法數十年前才剛於法國出現，也包含害怕犯錯的意涵，銀條的效果因而便是要在使用者犯錯時施加令人膽寒的焦慮感。

雷米討厭這點，拒絕使用銀條，「這又不會告訴你是哪邊錯了，」他抱怨道，「只會讓你沒來由地想要吐。」

「呃，但是可以讓你更細心一點啊，」蕾緹也埋怨，還給雷米校對過的文章，「你這頁就至少錯了十二個地方，而且你的句子實在是太長了——」

「我的句子才沒有太長，這是西塞羅風格。」

「你不能拿**西塞羅風格**當作所有寫作缺點的藉口——」

雷米揮揮一手打發她，「沒問題啦，蕾緹，這篇我只花了十分鐘就弄好了。」

「但這不是速度的問題，重點是準確度——」

「我做完越多，就越能囊括筆試問題可能的範圍啊，」雷米回答，「這才是我們真正應該準備的地方，我可不想在考卷發下來之後腦袋一片空白。」

這是頗為合理的擔憂，壓力有種獨特的作用，有辦法把學生腦中那些已經學習了好幾年的東西抹除得一乾二淨，去年的大四考試中，據說就有某個應試者極度恐慌，不僅表示他沒辦法完成考試，還說他先前聲稱自己法語流利，根本是在說謊；但法語實際上是他的母語。他們全都認為自己對這種蠢事免疫，直到考試前一個禮拜的某天，蕾緹突然崩潰爆哭，宣稱她半個德文字都看不懂，真的一點都看不懂，還說她是個騙子，她在巴別塔學院裡從頭到尾都是在假裝。要一直到後來他們才有人聽懂這番崩潰，因為蕾緹還真的是用德語講的。

記憶力衰退只不過是第一個降臨的症狀，羅賓對成績的焦慮，從來沒有讓他在生理上這麼不適過，首先是持續不斷的抽痛頭痛，接著是他每次站起來或走動時不停湧上的噁心感，一波波的顫抖也一直無預警來襲，他的手常常抖得要命，就連握筆都沒辦法。還有一次在做練習時，他發覺自己視野一片漆黑，他沒辦法思考，想不起半個單字，甚至看都看不見，他花了將近十分鐘才恢復過來。他也茶不思飯不想，不知道為什麼，他雖然隨時都精疲力盡，卻也因為過剩的緊張能量而無法入眠。

接著，就跟所有優秀的牛津大學高年級生一樣，他發現自己要發瘋了，他和現實世界的連結，早已因長期居住在一座充滿學者的封閉城市中而相當脆弱，現在又變得更為破碎。無數個小時的修改訂正，干擾了他處理字母和符號的能力，以及他對於現實與非現實的判斷認知；抽象的事物才是真實又重要的，燕麥粥和雞蛋這類日常維生需求則令人存疑。每日的對話變得繁瑣，閒聊則成為恐懼，他也不再能理解基本問候的意思，門房問他今天好不好時，他楞在原地，沉默了整整三十秒，無法理解「好」代表什麼，或是「今天」的意思。

「噢，我也是啊，」羅賓提起這件事時雷米雀躍地表示，「真的很糟糕，我再也不能進行基本對話了，我會一直思考這些詞彙究竟代表什麼意思。」

「我還直接走路走到撞牆，」薇朵瓦說，「世界不斷在我周遭消失，我能注意到的就只有單字表。」

「我的問題是茶葉耶，」蕾緹說，「茶葉看起來總是很像文字，那天我還真的發現自己試圖在閱讀一片茶葉，我甚至開始把茶葉畫在紙上和其他東西上。」

知道自己不是唯一有幻覺的人，讓羅賓鬆了口氣，因為正是這些幻象最讓他擔心，他會開始幻聽，看見一整個人，有次他在桑頓書店的書架間尋找一本拉丁文閱讀書單上的詩集時，羅賓在門邊瞥見他以為是熟悉的人影，他走近一看，雙眼果然沒有背叛他，是安東尼．里本正在付錢買一個用紙包著的包裹，他整個人看來強壯又健康，毫無異狀。

「安東尼——」羅賓脫口而出。

安東尼抬起目光，他看見羅賓了，雙眼大張，羅賓開始往前走，滿心困惑卻興高采烈，但安東尼匆匆把幾個硬幣推給店員，然後就衝出書店，等到羅賓也走出書店，來到抹大拉街上時，安東尼已在視野中消失無蹤。羅賓又四處查看了好幾秒鐘，接著便回到書店，疑惑他是不是把某個陌生人誤認為安東尼了，但牛津這裡並沒有幾個年輕黑人男子，這代表要不是安東尼之死是個謊言，亦即巴別塔學院的全體教職員確實一同策畫了某種精心騙局，就是整件事情根本是他的幻想。而以他目前的狀態來說，他發現第二個選項更有可能。

銀工考試是他們所有人最害怕的，聖三一學期的最後一星期間，校方通知他們必須要設計出一組獨特的詞組配對，並在監考官面前進行銘刻，等他們完成實習升上大四後，就會學習配對設計和銘刻所需的技巧，以及各式強度和持續時間效果的實驗，還有博大精深的共鳴連結與唸咒顯現，但就目前而言，由於他們僅了解配對如何運作的基本原則，所以只需要做出點效果就可以了。確實不需要臻至完美，初次嘗試永遠都不會完美，不過他們必須要有點成果，他們必須證明自己擁有某種難以形容的特質，對於**意義**無與倫比的直覺，能夠使一個譯者蛻變成銀工專家。

考生在此嚴格禁止接受來自研究生的幫助，但是某天下午，甜美又好心的凱西・歐奈爾在圖書館看見羅賓一臉茫然又害怕時，便偷偷塞給他一本斑駁的黃色小冊子，內容是有關詞組配對研究的基礎。

「這就擺在開放的書架上，」她語帶同情，「我們所有人都讀過，讀過之後你就會沒事的。」

小冊子年代頗為久遠，寫於一七九八年，許多單字拼法都很古老，不過確實包含一些易於吸收的簡短小技巧，第一課是不要去碰宗教，這點他們已經從數十個恐怖故事中得知了，起初便是神學開啟了牛津大學對東方語言的興趣，希伯來文、阿拉伯文、敘利亞文一開始成為學術研究主題的唯一理由，就是為了翻譯宗教文獻。結果那些「聖諭」到了銀條上，卻變得無法預測且令人不敢恭維，八樓北翼就有一張書桌沒人敢接近，這張桌子至今時不時都還會散發出不知道打哪來的煙霧，因為據說某個白癡研究生試圖在銀條上翻譯上帝之名。

比較有幫助的是小冊子中的第二課，主張把研究聚焦在尋找同源詞上，同源詞指的是不同語言中共享相同起源的單字，且通常也擁有類似意義[57]，這類詞彙時常會是導向豐碩配對的最佳線索，因為都位於詞源樹上如此接近的樹枝。但同源詞的難處在於，其意義常常非常相近，導致在翻譯時沒有什麼扭曲變形的空間，銀條因而也不會顯現太多作用，畢竟像英文和西班牙文中的「巧克力」就沒有什麼太大的差別。此外，在尋找同源詞時，也必須要小心所謂的「同形異義詞」，就是那些看似是同源

57 原註2：例如英文的「夜晚」（night）和西班牙文的「noche」，便都是源自拉丁文的「nox」。

詞，詞源及意義卻截然不同的詞彙，比如英文的「擁有」（have），就不是來自拉丁文的「有、擁有」（habere），而是來自「尋找」（capere），而義大利文的「cognato」，意思也不是像直覺所想的「同源詞」（cognate），反倒是表示「連襟」。

同形異義詞的意思看似有關聯時，也會特別棘手，波斯文的「farang」過去指的是歐洲人，看似是英文「外國人」（foreign）的同源詞，但「farang」其實是來自法蘭克人，意義也演變成包含西歐人。相較之下，英文的「foreign」實則源自拉丁文的「fores」，意為「門」，如此一來，若在銀條刻上「farang」及「foreign」，就什麼事都不會發生[58]。

小冊子的第三課則介紹了一種稱為「雛菊鏈」的技巧，他們模模糊糊記得在普萊費爾教授的示範中看過，如果他們在雙字配對中所使用的詞彙，意義已大幅演變，使得翻譯變得似是而非，那麼就可以試著加入第三種，或甚至是第四種語言，當成中介。要是這些詞彙皆按照意義演變的年代順序銘刻，就能如他們所願，引導意義的轉變，使其變得更為準確，另一項相關技巧是找出第二個詞源：即另一個可能會影響意義演變的來源。比如法文的「關、鎖」（fermer），很明顯就是源自拉丁文的「加強、加固」（firmāre），不過同時也受到拉丁文的「鐵」（ferrum）影響，因此理論上來說，結合「fermer」、「firmāre」、「ferrum」三字，便能創造出一道無堅不摧的鎖。

這些技巧理論上聽起來都很棒，可是實際上要如法炮製卻難上許多，最困難的部分最後還是回到在一開始就要想出適合的配對，為了汲取靈感，他們借了一份「現行配對清單」，其中完整收錄了當年度全帝國實地運作中的所有詞組配對，並開始瀏覽尋找想法。

「你們看，」蕾緹指著第一頁的某行字說，「我知道他們是怎麼讓那些無人有軌電車運作的了。」

「什麼有軌電車？」雷米問。

「你在倫敦沒看過這種電車開來開去嗎？」蕾緹回答，「車子會自己行駛，卻沒有人在駕駛。」

「我一直以為內部存在某種機器，」羅賓回道，「比如有引擎，一定是——」

「大台一點的是那樣沒錯，」蕾緹說，「但是小型的貨車沒有那麼大台，你們沒注意到車子似乎是自己在拉自己嗎？」她興奮地戳戳書本，「軌道裡有埋銀條，『軌道』（track）這個字和中古荷蘭文的『trecken』有關，意思就是『拉』，特別是當你再經過法文中介之後。這樣你就有兩個我們認為代表軌道意思的詞了，卻只有其中一個包含動力的意思，結果便是軌道會自行把上方的貨車往前拉，真是太妙不可言了！」

「是哦，讚哦，」雷米回答，「我們只要在考試期間顛覆交通基礎設施就行了，那我們就會沒事啦。」

他們光是讀清單就可以花上好幾個小時，裡面充滿了無窮無盡有趣又令人驚豔的絕妙創新，羅賓發現其中有很多都是勒維教授設計的，有一個特別精妙的配對，就是把中文表示「舊或老」的「古」，翻譯成英文的「老」（old），中文的「古」帶有持久和堅固的意涵，確實如此，同樣的字也出現在「固」中，代表「堅固、結實、堅實」。而將持久和古老的概念結合起來，就能協助防止機器隨著時間老化耗損，實際上，用得越久，還會變得越可靠呢。

「艾薇琳．布魯克是誰啊？」雷米一邊翻閱接近後半部最晚近的條目一邊問。

---

58 原註3：和同形異義詞一樣狡詐的陷阱，還有所謂的通俗詞源學：即普羅大眾對於實際上起源不同的詞彙，所擁有的錯誤詞源學迷思。像是「handiron」一詞指的是一種用於在壁爐中支撐柴火的金屬工具，大家總是很想認為其詞源融合了「hand」和「iron」兩字，但是這個字其實是源自法文的「andier」，後來在英文中則是變成了「andire」。

「艾薇琳．布魯克嗎？」羅賓重覆道，「為什麼聽起來這麼耳熟？」

「不管她是誰，她都是個天才。」雷米指著某一頁，「看，她光是一八三三年這一年就設計了超過十二個配對，大多數的研究生的產出從來都沒超過五個。」

「等等，」蕾緹說，「你是在說艾薇嗎？」

雷米皺起眉頭，「艾薇？」

「那張桌子，」蕾緹回答，「還記得嗎？那次普萊費爾教授突然因為我坐錯位子暴怒？他說那是艾薇的椅子。」

「有可能是因為她很挑剔，」薇朵瓦說，「不喜歡別人亂動她的東西。」

「但是從那天早上後根本就沒人動過她的東西啊，」蕾緹說，「我注意到了，已經好幾個月了，那些書啊、筆啊都在她當初留下的位置，所以她要不是對自己的東西挑剔到一種令人髮指的程度，就是她根本沒回到座位上過。」

隨著他們翻閱清單，第二個理論也變得益發明顯，艾薇在一八三三年到一八三四年間驚人地多產，但是到了一八三五年，她的研究就徹底在記錄中消失了，過去五年內完全沒有任何新的作品，他們也沒有在任何院裡的派對或晚宴上遇過半個叫作艾薇．布魯克的人，她沒有開課，也沒有參加研討會。無論艾薇琳．布魯克究竟是何方神聖，過去又有多才華洋溢，她很顯然都已經不在巴別塔學院了。

「等等」，薇朵瓦說，「假設她在一八三三年畢業，那她就是跟史特林．瓊斯同屆，還有安東尼。」

以及葛瑞芬，羅賓發覺，不過他並沒有說出口。

「也許她也在海上失蹤了。」蕾緹說。

「那麼這還真是受詛咒的一屆。」雷米觀察道。

研究室感覺突然變得非常冷。

「我們還是繼續回去改作業吧。」薇朵瓦建議，無人反對。

深夜時分，當他們盯著書本太久，已經沒辦法好好思考時，他們會玩一個遊戲，憑空編造一些可以協助他們通過考試、卻不可能真正應用的詞組配對。

羅賓有一晚用「雞心」這個字獲勝，「廣州的媽媽們會為進京趕考的兒子準備雞心當早餐，」他解釋道，「因為它的發音聽起來類似記性，也就是記憶力的意思。」[59]

「這能幹嘛？」雷米哼了一聲，「在考卷上把血淋淋的雞內臟灑得全部都是嗎？」

「或是把你的心臟變得跟雞一樣小，」薇朵瓦說，「想像一下，前一刻你還有顆正常大小的心臟，下一刻就變得比頂針器還小，沒辦法繼續供應你維生所需的所有血液，然後你就倒下了——」

「我的天啊，薇朵瓦，」羅賓回答，「這也太病態了吧。」

「不，這很簡單」蕾緹說，「這是犧牲的隱喻，重點在於交換，雞血，也就是雞心，能夠加強你的記憶力，所以你只要向神祇獻祭一隻活雞，就能通過考試了。」

他們面面相覷，已經很晚了，而且沒人有睡飽，他們目前全都處於極度驚恐、卻又極度堅決的怪異瘋狂狀態，讓學術界變得就跟戰場一樣危險。

如果那時蕾緹提議他們去屠殺一整間雞舍，那麼所有人肯定都會毫不猶豫跟上。

---

59 原註4：「雞心」與「記性」發音類似。

命運的那週終於降臨，他們已經盡力準備了，大家都說只要他們有好好用功，就能順利通過考試，而他們也真的有好好用功，他們當然很害怕，但也懷著一種謹慎的信心，畢竟這些考試不多不少正是他們過去兩年半來所受訓練的內容。

查卡瓦蒂教授的考卷是其中最簡單的，羅賓必須要在事前沒有看過的情況下，翻譯查卡瓦蒂教授自行撰寫的一篇五百字文言文文章，這是篇迷人的寓言，講的是一名正直的男子在桑田中弄丟了一頭羊，卻又找到另一隻。羅賓考完試後發覺，他把代表「香艷歷史」的「艷史」翻錯了，翻成較平淡的「鮮豔歷史」[60]，這使得整篇文章的語氣有些偏離，但他希望英文中「香豔」和「鮮豔」兩字之間的模糊性，足夠讓他蒙混過去。

克拉芙特教授則是寫了一篇難度爆表的文章，題目是西塞羅著作中「口譯員」角色的流動性，他們不只是單純的口譯員，還同時身兼多角，例如掮客、中間人、有時還負責行賄，羅賓他們的任務是要申論在這種脈絡下的語言使用。羅賓草草寫下一篇長達八頁的論文，解釋對西塞羅而言，「口譯員」的定義最終是回到中立的角色，再將之和希羅多德所謂的「信差」（hermeneus）概念比較，希羅多德筆下的其中一人便因為代表波斯人使用希臘文遭特米斯托克利殺害，他最後以某些有關合宜語言及忠誠的評論作結。走出考場時，羅賓真心不確定他到底表現如何，他的腦袋在他寫下最後一句話的句號時，便完全放棄理解他到底在申論什麼了，真是幽默，但是墨水字跡看起來頗為穩健，他便知道作答內容至少讀起來會言之成理。

勒維教授的考卷共有兩大題，第一題是要挑戰把三頁毫無邏輯的兒童字母詩，「『A』是杏桃，被『B』的熊吃掉」，譯為他們自行挑選的語言，羅賓花了十五分鐘試圖根據中文字的羅馬字母轉寫找出相對應的字，後來決定放棄，改採簡單的方法，就是全部都用拉丁文翻譯。考卷第二頁則是一則以象形文字撰寫的古埃及寓言，附有英文翻譯，任務是要在缺乏來源語先備知識的情況下，盡可能指出將其譯為目標語的難處。在這大題中，羅賓對中文字圖像本質的熟練，可說幫了大忙，他想出了某種和表意文字力量及細微視覺意涵有關的論述，並想辦法在時間結束前全部寫了下來。

口試則沒有原先可能的情況那麼糟，普萊費爾教授和傳聞中一樣毒舌，但依舊是個無可救藥的表演狂，羅賓一察覺他招搖的高傲態度和憤憤不平有多少是為了戲劇效果之後，他的焦慮就煙消雲散了。「一八〇三年，施勒格爾寫道，距離德文成為文明世界的聲音，已經不遠了，」普萊費爾教授說，「請申論。」幸好羅賓讀過施勒格爾這篇文章的譯文，他知道施勒格爾在講的是德文獨特又複雜的靈活度，羅賓接著論述，認為這是低估了其他西方語言，例如施勒格爾在同一篇文章中斥為「簡潔單音節」的英語，還有法語。羅賓在他的作答時間快結束時，也匆匆想起這番觀點當時也是日耳曼人堅守的論述，因為他們深知日耳曼帝國已無力抵抗日益宰制的法國，於是只好轉向文化及知識霸權尋求慰藉。羅賓的回答雖不特別出色，也不怎麼具原創性，卻是正確無誤的，普萊費爾教授接著只問了幾個技術性問題，就說羅賓可以離開了。

＊

他們的銀工考試安排在最後一天，每間隔三十分鐘要依序到八樓報到，考試從正午十二點開始，蕾緹打頭陣，再來是羅賓，接著換雷米，最後則是下午一點半的薇朵瓦。

十二點半，羅賓爬上七層樓梯，來到八樓，站在南翼後頭的無窗房間外等待，他口乾舌燥，這是

60 原註5：這是個合理的錯誤，「艷史」的「史」表示「歷史」，「艷」則可以代表「鮮豔」及「香豔、浪漫」。

個五月的晴朗午後，他卻止不住雙腿的顫抖。

這很容易的，他告訴自己，只要兩個字就好，他只需要刻下兩個簡單的字，接著一切就結束了，沒必要恐慌。

但是恐懼想當然爾是非理性的，他的想像力瘋狂馳騁，想著那一千零一件可能會出錯的事，他有可能會把銀條弄掉到地上，有可能在踏進門的那一剎那瞬間失憶，他也有可能中文字少刻一劃，或是把英文字拼錯，即便兩者他都已經練習上百遍了。或者銀條也有可能不起作用，就這麼失效了，而他將永遠都得不到八樓的職位，一切就是有可能這麼迅速地分崩離析。

門打開了，蕾緹走了出來，臉色蒼白，渾身顫抖，羅賓想要問她情況怎麼樣，但她快步走過，急匆匆衝下樓梯。

「羅賓，」查卡瓦蒂教授從門內探出頭，「請進吧。」

羅賓深吸了一口氣，邁步進入。

房內的椅子、書籍、架子都清開了，所有貴重或脆弱的東西皆已移走，只剩下一張書桌擺在角落，桌上除了一根空白的銀條和一根銘刻鐵針外，空空如也。

「好啦，羅賓，」查卡瓦蒂教授把雙手背在身後，「你為我準備了什麼呢？」

羅賓牙關打顫得非常厲害，無法開口說話，他不知道他會害怕到失去行為能力，筆試確實也讓他少不了發抖和作嘔沒錯，但一切回歸原始，當他的筆尖碰到羊皮紙時，感覺便再日常不過，不多也不少，就是他過去三年中所有練習的累積。口試卻截然不同，他不知道到底會發生什麼事。

「沒事的，羅賓。」查卡瓦蒂教授溫和地說，「會有效的，你只是需要專心，你之後還會再做個上百次的。」

羅賓深深吸了一口氣，之後吐氣，「是個很基本的東西，這在理論上、比喻上，我是說，有點混亂，而且我不覺得會有效——」

「沒關係，不如你先跟我解釋過理論，然後我們再看看會怎麼樣吧。」

「『明白』」，羅賓脫口而出，「是普通話，意思就是字面上的意思，『了解』，對吧？但是中文字承載著意象，『明』代表明亮、光線、清澈，而『白』就是白色，就像顏色。所以這不只是代表去了解或是去理解，在視覺上的組成也有使之清澈，照亮的意涵。」他停下來清清喉嚨，他現在已經不再那麼緊張了，他準備的配對在大聲說出來後，聽起來確實更可靠了，事實上，似乎還已經成功一半了，「接著，現在就是我不太有把握的部份了，因為我不知道光線會和什麼有關，不過應該會是個讓人看得更清楚、揭露某些東西的方法吧，我想。」

查卡瓦蒂教授回以一個鼓勵的微笑，「好，不如我們就來看看這會有什麼功用吧？」

羅賓用顫抖的雙手拿起銀條，把鐵針的尖端靠向光滑空白的表面，要用鐵針刻出清楚的線條，需要出乎意料的力道，但這個動作不知怎地令人平靜，讓他專注於控制施力穩定，而不是其他上千件他可能做錯的事。

他刻好了。

「『明白』，」他邊說邊舉起銀條，這樣查卡瓦蒂教授才能看見，「明白」，接著他把銀條翻面，唸出：「『理解』（understand）」。

銀條中有什麼東西正在振動，某種活物，某種強大又放肆的東西，宛如狂風駭浪，而在那一秒鐘的瞬間，羅賓感受到了銀條力量的泉源，那個無法言喻的壯麗之地，意義在這個各種詞彙相當接近、卻永遠也無法定型的境界創造生成，只能用不盡完美的方式來召喚，存在感卻仍十分強烈。銀條周圍有一道明亮又溫暖的光芒，不斷擴散，直到將兩人納進其中，羅賓並沒有指明這道光芒應該要代表什麼樣的理解，他沒有計劃到這麼遠，但是在那一刻，他完完全全了解了，而從查卡瓦蒂教授的表情看來，他的考官想必也有同樣的感覺。

他放下銀條，銀條不再發光，靜靜躺在兩人之間的桌上，只是塊再普通不過的金屬。

「非常好，」查卡瓦蒂教授只吐出這句話，「你可以去請米爾扎先生進來嗎？」

蕾緹在塔外等他，她大大冷靜了下來，臉龐恢復血色，雙眼也不再因恐懼睜得大大的，她剛剛一定是直接跑去街上的麵包店，因為她手上拿著一個皺皺的紙袋。

「要吃點檸檬餅乾嗎？」羅賓走近時她問。

他發覺自己餓壞了，「好啊，謝謝。」

她把袋子遞給他，「還順利嗎？」

「還可以，不是我想要的精確效果，但確實有效。」羅賓猶豫了一下，餅乾停在半空中還沒送到嘴邊，他不想要慶祝，也不想要描述細節，以免蕾緹其實沒有通過。

但她對他露出燦笑，「我也是，我只是想要有點什麼事發生，接著就發生了，然後，天啊，羅賓，真的是太美妙了——」

「就像改寫世界一樣。」他回答。

「就像用上帝之手畫畫，」她說，「我以前從來沒有過這種感覺。」

他們對彼此露出微笑，羅賓細細品味餅乾在他嘴裡融化的滋味，他知道蕾緹為什麼最愛這種口味了，奶油加得非常多，入口即化，而檸檬的甜味跟蜂蜜一樣在他的舌尖擴散。他們通過考試了，一切都沒事，世界可以繼續轉動，其他事情都不重要，因為他們考過了。

下午一點的鐘聲敲響，大門再度打開，雷米大步走出，嘴邊掛著大大的笑容。

「你也過了，是吧？」他自己拿了塊餅乾。

「你怎麼知道的？」羅賓問。

「因為蕾緹在吃餅乾，」他邊嚼著餅乾邊說，「如果你們兩人之中有一個人沒過，她就會把這些餅乾給砸爛。」

薇朵瓦花的時間最久，一臉不悅又心煩意亂的她從建築物中走出來時，已經過了將近一小時，雷米馬上跑到她身旁，一隻手圈在她肩膀上，「發生什麼事了？妳還好嗎？」

「我給了他一個克雷奧文和法文的配對，」薇朵瓦回答，「不僅有效，而且還令人陶醉，結果勒布朗教授說他們沒辦法把這個配對收錄到『現行配對清單』中，因為他看不出來一組克里奧語配對對不會講克里奧語的人來說，會有什麼幫助。接著我說這對海地人會很有用，然後他就笑了。」

「天啊，親愛的，」蕾緹揉揉她的肩膀，「那他們有讓妳試試另一組嗎？」

她問了大錯特錯的問題，羅賓看見薇朵瓦眼中升起熊熊怒火，但轉瞬即逝，她嘆了口氣並點點頭，「有，另一組法文和英文的配對效果就沒那麼好，而我實在有點抖得太厲害，所以我覺得我可能沒刻好，不過確實還是有效。」

蕾緹發出同情的嘆息，「我相信妳會通過的。」

薇朵瓦伸手拿了一塊餅乾，「噢，我過了啊。」

「妳怎麼知道的？」

薇朵瓦困惑地看了她一眼，「我有問啊，勒布朗教授說我過了，他說我們全都通過了，怎麼了？

你們都不知道結果嗎？」

他們一臉震驚地盯著她看了一會兒，接著所有人都爆笑出聲。

但願能把完整的回憶刻在銀條上就好了，羅賓心想，這樣在往後多年間就能一次又一次重新回味，不是銀版攝影術留下的扭曲變形影像，而是純粹卻不可能重現的情緒及感受精華。因為單是白紙黑字，並不足以描述這個金黃色的午後，所有爭吵都已遺忘、所有罪過也都得到寬恕，純粹的友誼帶來了溫暖，陽光融化課堂上冰冷的回憶，檸檬的滋味在舌尖上黏黏的，他們的愉悅寬慰出乎意料之外。

第十四章

「所有人今夜都在作夢——
為了微笑及嘆息，為了去愛去改變：
噢，在內心深處，
我們亦身著同樣怪異的華服。」

——溫索普．麥克沃斯．普雷德，〈化裝舞會〉

接著就是為期不算太久的自由時光，他們放了暑假，然後就會在大四的考試期間，以加倍的痛苦重覆一次他們才剛度過的所有悲慘經歷，但是九月感覺還這麼遙遠，現在才五月，眼前有一整個夏天。他們現在感覺像是擁有世界上所有的時間，什麼都不用做，只要享樂就好，如果他們還記得怎麼享樂的話。

大學學院每隔三年都會舉辦紀念舞會，這類舞會是牛津大學社交生活的高潮，是個各學院炫耀美麗建築及巨大酒窖的機會，較富有的學院可以誇耀他們雄厚的財力，沒那麼富有的學院則可以試圖慢慢爬上聲望之梯。舞會讓各學院能夠揮霍他們所有多餘的財富，這些財富出於某些原因，並沒有分配給需要的學生，而是豪擲在為了有錢校友舉辦的盛大場合上，財務上的理由是財富能夠吸引財富，除了為老男孩們帶來一段歡樂時光之外，還有什麼更好的方法可以募集整修廳堂所需的資金呢？而且這真的是段非常歡樂的時光，各學院每次都會彼此競爭，想打破縱情享樂和壯觀場面的紀錄，酒水整晚供應、音樂永不停歇，一路跳舞直到清晨的賓客，還可以期待太陽升起時放在銀托盤上的提神早餐。

蕾緹堅持大家都要買票入場，「這就是我們需要的，我們在經歷那場惡夢之後值得好好放縱一下。你們和我一起去倫敦吧，薇朵瓦，我們去試禮服——」

「才不要呢。」薇朵瓦回答。

「為什麼？我們有的是錢，妳穿翠綠色禮服一定美艷動人，或是穿白色絲質禮服——」

「那些裁縫才不會幫我打扮，」薇朵瓦說，「我只能假裝是妳的女僕，他們才會願意讓我進店裡。」

蕾緹聞言有點錯愕，但只有一下子，羅賓看見她匆忙調整自己的表情，擠出一個微笑，他知道蕾緹因為兩人重修舊好鬆了口氣，而且她願意為此付出任何代價，「沒關係啦，妳也可以拿一件我的湊合一下，妳比我還高一點，不過我可以把褶邊拆掉。我還有一堆珠寶可以借妳哦，我可以寫信回布萊頓，問問看他們能不能寄些媽媽的舊首飾過來。她有很多漂亮的別針，我很期待可以怎麼幫妳弄頭髮——」

「我想妳沒有弄清楚，」薇朵瓦平靜卻堅定地回答，「我真的不想要——」

「拜託嘛，親愛的，妳不來的話就不好玩了，我會幫妳買票。」

「噢，」薇朵瓦說，「別這樣，我不想欠妳——」

「妳可以幫我們買。」雷米插話。

蕾緹對他翻了翻白眼，「你自己去買啦。」

「不知道欸，蕾緹，票是多少錢啊，三鎊嗎？實在不便宜耶。」

「可以去舞會的銀工班輪一班，」蕾緹說，「只要一個小時。」

「阿賓不喜歡人擠人的地方啦。」雷米說。

「確實，」羅賓承認，「我會太緊張，沒辦法呼吸。」

「少荒謬了你們，」蕾緹嘲弄道，「舞會超讚的，你們以前肯定沒見識過這樣的事物，林肯曾經找我當舞伴，帶我去參加過一場貝里歐學院的，天啊，整個地方都改頭換面了，我還觀賞了就連在倫敦都看不到的舞台劇。而且舞會每三年才舉辦一次，下次舉辦我們就不再是大學生了，我願意付出一切，只為重新體驗一次。」

其他人用無能為力的眼神面面相覷，蕾緹死去的哥哥就這麼讓此事拍板，蕾緹自己也知道，她也不怕提起他。

所以羅賓和雷米登記成為舞會的工作人員，大學學院為負擔不起票錢的窮學生提供了打工換票的計畫，且巴別塔學院的學生在此也格外幸運，因為比起去幫忙端飲料或掛外套，他們可以去輪所謂的「銀工班」，不需要做太多事，只要定期檢查用來加強裝飾、燈光、音樂的銀條沒有不見，或是從臨時的固定裝置中脫落就好，只不過各學院似乎不明白這點，巴別塔學院當然也沒理由告訴他們。

舞會當天，羅賓和雷米將長禮服及西裝背心塞進帆布包，經過在轉角處打結的驗票人龍，來到學院後方的廚房入口。

只有大學學院能超越大學學院，門內景象讓人目不暇給，有太多事物可以盡收眼底了：巨大碎冰金字塔上的生蠔、擺滿五花八門糕點和餅乾的長桌、搖搖晃晃托盤上滑來滑去的香檳酒杯、五顏六色的飄浮彩色燈光。學院的每座方院連夜搭起舞台，有各種豎琴師、戲班、鋼琴師在上面表演，據說院方還從義大利請來一名歌劇歌手，要在大廳獻唱，羅賓覺得時不時都會聽見她的高音刺穿喧嘩聲。雜耍藝人在草皮上嬉鬧，長長的絲布扭上扭下，手腕和腳踝上的銀環叮噹作響，他們的打扮帶點異國風情，羅賓仔細研究他們的臉孔，思考他們是來自何方，最怪異的是，他們的雙眼和嘴唇雖都畫上誇張的東方裝飾，但是在顏料之下，他們看來又似乎像是從倫敦街上隨便找來的。

「聖公宗規矩沒用啦，」雷米說，「這簡直就是一場徹頭徹尾的狂歡節。」

「你覺得他們生蠔會吃不夠嗎？」羅賓問，他從來沒吃過生蠔，很顯然勒維教授吃了會腸胃不適，所以派波太太都沒買過，黏呼呼的蠔肉和閃閃發亮的外殼，看起來既噁心又迷人，「我只是想知道吃起來怎麼樣。」

「那我去拿一個來給你，」雷米回答，「是說，那些燈要熄滅了啦，你應該要——啊，我先去拿給你。」

雷米消失在人群之中，羅賓坐在梯子頂端，假裝在忙，私底下，他很感激有這項工作，沒錯，同學在身邊跳舞時，他如果穿著侍者的黑衣，未免也太羞辱人了，但現在的工作至少是一種比較緩和的方式，可以讓他舒適融入今晚的狂歡之中。他喜歡安安全全躲在角落，手上又有些事可以忙，如此一來，舞會就不會這麼令人無法承受。而且他也真的很熱愛發掘巴別塔學院為舞會提供了什麼精巧的銀條配對，其中一根顯然是勒維教授設計的銀條，便將中文的四字成語「百卉千葩」和英譯的「百卉千花」配對，中文原文的涵義包括豐富又目眩神迷的大量色彩，使得玫瑰顏色更紅，綻放的紫羅蘭也開得更大朵、更生氣蓬勃。

「沒有生蠔了，」雷米回來說，「不過我幫你拿了點很像松露的東東，我不知道這到底是什麼，但大家都一直搶著拿。」他把一顆巧克力色的松露遞上梯子，然後把另一顆丟進嘴裡，「噢……真噁，算了，你還是別吃吧。」

「我在想這到底是啥？」羅賓把松露拿到眼前，「這個灰白色黏糊糊的部分是起司嗎？」

「我一想到如果是別的東西就會發抖。」雷米回答。

「你知道，」羅賓說，「有個中文字『鮮』[61]，可以代表『稀有、新鮮、美味』的意思，但也可以表示『稀少、貧乏』。」

雷米把松露吐到餐巾上，「你的重點是？」

「有時候稀有又昂貴的東西更糟糕。」

「別告訴英國人這個，這會粉碎他們整個味覺觀，」雷米望向人群，「噢，看看是誰來了。」

蕾緹一路擠過人群朝他們走來，後面還拖著薇朵瓦。

「妳真是——我的天啊，」羅賓急忙爬下梯子，「妳還真美。」

他說的是實話，薇朵瓦和蕾緹幾乎煥然一新，完全認不出來，羅賓已經很習慣看見她們穿著襯衫和長褲，有時候他甚至都忘了她們是女生，而今晚，他又想起來了，她們是來自另一個次元的生物。蕾緹穿了件淡藍色的輕盈禮服，和她的眼睛相襯，袖子巨大無比，看起來就像能夠在裡面藏起一整隻羊腿，不過這似乎是今年的流行，因為學院中充滿了鮮豔的翻騰衣袖。羅賓驚覺，蕾緹事實上真的很漂亮，他只是先前一直沒有注意而已，在輕柔的燈光下，她高聳的眉毛和稜角分明的下巴，看來已不再冷酷嚴肅，而是尊貴優雅。

「妳是怎麼把頭髮弄成這樣的啊?」雷米質問道。

蓬鬆的淡色捲髮包圍蕾緹的臉龐，無視重力的存在，「什麼?用髮捲啊。」

---

61 原註1：例如「鮮美」及「鮮見」。

「妳說的是巫術吧，」雷米回答，「這完全不自然。」

蕾緹嘲諷他：「你應該多認識一點女生。」

「去哪認識？牛津大學的講堂嗎？」

換她大笑。

然而，真正改頭換面的其實是薇朵瓦，她在深綠色的禮服中熠熠生輝，袖子同樣也向外鼓起，但卻更為討人喜歡，如同一圈守護的雲朵，她的頭髮在頭上盤成一個優雅的結，用兩只珊瑚色髮針固定，脖子上還戴著一串同樣是珊瑚色的珍珠項鍊，像星群一樣閃閃發光。她很可愛，她自己也知道，因為她看見羅賓的表情時，臉上也浮出燦笑。

「我做得不錯吧，是不是？」蕾緹用驕傲的眼神打量著薇朵瓦，「她還覺得自己不想來呢。」

「她看起來就像星光一樣耀眼。」羅賓稱讚道。

薇朵瓦的臉唰地一紅。

「嘿大家，」科林・桑希爾大步走向他們，他看起來喝得很醉，雙眼迷茫，無法聚焦，「我看就連巴別人也決定紆尊降貴來參加舞會啦。」

「嗨，科林。」羅賓小心翼翼地打招呼。

「很棒的派對，不是嗎？歌劇女孩有點走音，但或許只是因為小教堂的音場，那裡真的不是合適的表演場地，你需要更大的空間，這樣聲音才不會發散。」科林把他的酒杯舉到薇朵瓦面前，看都沒看她一眼，「把這倒掉，幫我拿杯勃根地來，好嗎？」

薇朵瓦一臉震驚，對他眨了眨眼，「你自己去拿。」

「什麼鬼？這不是妳負責的嗎？」

「她是這裡的學生，」雷米理智斷線，「你之前就見過她了。」

「我有嗎？」科林真的非常醉，他腳步搖搖晃晃，蒼白的臉頰也變成了深紅色，酒杯顫巍巍地掛在他指尖，羅賓擔心可能會打破，「呃，他們對我來說長得全都一樣。」

「侍者身穿黑衣，手上也有拿托盤，」薇朵瓦耐心解釋道，羅賓對她的克制頗為讚嘆，如果是他，一定會把酒杯從科林手上打落，「雖然我覺得你應該喝點水啦。」

科林瞇起眼睛盯著薇朵瓦，彷彿試著要好好觀察她一樣，羅賓緊繃了起來，但科林只是傻笑，粗聲粗氣碎念著某種聽起來像是「她長得就像個崔吉爾」[62]的話，然後便走開了。

「混蛋。」雷米抱怨道。

「我看起來像是侍者嗎？」薇朵瓦焦慮地問，「還有崔吉爾是什麼啊？」

「不重要啦，」羅賓迅速接口，「反正不要理科林就好了，他是個蠢蛋。」

「而且妳看起來**美若天仙**，」蕾緹向她保證，「大家，我們全都才剛要開始放鬆呢，來吧。」她朝雷米伸出手臂，「你的班結束啦，對吧？來陪我跳舞。」

他笑了出來，「我絕對不要。」

「來啦，」她抓住他的手，並把他拉向跳舞的人群，「這種華爾滋不難，我會教你舞步——」

「不，說真的，放手。」雷米從她手中掙脫。

蕾緹雙臂交叉在胸前，「是哦，只坐在這邊一點都不好玩。」

---

62 原註2：他指的是蓋布瑞爾·夏爾·崔吉爾，倫敦的版畫商兼討人厭的種族主義者，於一八三〇年代出版了一系列諷刺版畫，稱為「崔吉爾的黑色笑話」，目的便是要嘲諷出現在社交場合的黑人，崔吉爾認為他們不屬於那裡。

「我們坐在這裡，是因為我們只是剛剛好受到容忍而已，還有因為只要我們不要走得太快或是講話太大聲，我們就能融入背景之中，或至少是假裝成侍者。事情就是這樣運作的，蕾緹，一個棕皮膚的人在牛津大學的舞會中，只要乖乖待在角落，並想辦法不要冒犯任何人，那他就是個有趣的奇觀。但要是我陪妳去跳舞，那我就會挨揍，或是更慘。」

她氣呼呼地回答：「別這麼戲劇化。」

「我只是比較謹慎而已，親愛的。」

此時其中一名夏普兄弟剛好經過，並朝蕾緹伸出手邀舞，這看似是個頗為無禮又敷衍的動作，但蕾緹什麼也沒說就牽著他的手走了，還在漫步走開時回頭惡狠狠瞪了雷米一眼。

「她這樣很好啊，」雷米低聲說，「真是謝天謝地。」

羅賓轉向薇朵瓦，「那妳還好嗎？」

「我也不知道，」她看起來非常緊張，「我覺得，不知道耶，很赤裸吧，就像被公開展示，我跟蕾緹說過他們會覺得我是侍者——」

「別理科林，」羅賓說，「他是個白癡。」

她似乎不太相信，「可是大家不是都喜歡科林嗎？」

「嗨，你們好。」一名身著紫色西裝背心的紅髮男孩衝到他們身旁，是文斯．沃康，潘德尼斯的狐群狗黨中最不討人厭的一個，羅賓想起，他正準備開口打招呼，沃康的目光卻完全從他身上掠過，眼中只有薇朵瓦一人，「妳在我們學院，對吧？」

薇朵瓦環顧了四周一下，才發覺沃康真的是在跟她講話，「對啊，我——」

「妳是薇朵瓦嗎？」他問，「薇朵瓦．戴格拉夫？」

「沒錯，」她回答，背脊也稍微挺直了些，「你怎麼知道我的名字？」

「你們那屆就只有兩個，呃，」沃康說，「兩個女譯者，妳一定很聰明，才進得了巴別塔學院吧，我們當然知道妳的大名囉。」

薇朵瓦嘴巴微張，但她什麼也沒說，她似乎無法確定沃康是在取笑她還是怎樣。

「J'ai entendu dire que tu venais de Paris（聽說妳來自巴黎），」沃康微微低頭鞠躬，「Les parisiennes sont les plus belles（巴黎女孩總是最美麗的）。」

薇朵瓦露出驚訝的笑容，「Ton français est assez bon（你法語很好呢）。」

羅賓在旁看著這番對話，心中頗為驚艷，也許沃康到頭來人也沒這麼差嘛，或許他只有在潘德尼斯身旁才會表現得像個白癡，他剛剛也曾一度懷疑沃康是不是在取笑薇朵瓦，不過他在視線範圍內沒看見半個想惹事的狐群狗黨，也沒有人偷偷回頭往這裡看，假裝憋笑。

「我夏天都待在馬賽，」沃康說，「我母親有法國血統，她堅持我必須學法文，妳覺得這樣還算可以吧？」

「你母音發得有點太用力，」薇朵瓦誠懇地說，「不過除此之外，還算不賴。」

沃康似乎並沒有因為受到糾正而感到被冒犯，這點值得稱讚，「很高興聽到妳這麼說，妳想跳舞嗎？」

薇朵瓦抬起手，遲疑了一下，接著望向羅賓和雷米，彷彿在詢問他們的想法。

「去吧，」雷米說，「好好享受。」

她接過沃康的手，他便把她帶走了。

這樣就只剩下羅賓自己跟雷米了，他們的值班已經結束，幾分鐘前鐘聲敲響了午夜十一點，兩人都去換上長禮服，是相同款式的黑色西裝，他們最後一刻到埃德和拉芬斯克洛夫西裝店買的，不過兩人仍是繼續安全地在後牆邊徘徊。羅賓本來有些敷衍地嘗試加入其他人的對話，但又因恐懼迅速退回，所有他算是認識的人都站成緊密的小圈圈進行對話，在他接近時要不是完全忽視他，讓他覺得笨拙又尷尬，不然就是問他在巴別塔學院的工作，因為他們對他的了解顯然僅止於此。此外，在這些事發生的同時，他也遭到來自四面八方的十幾個問題轟炸，全都有關中國、東方、銀工，等到他逃出生天，回到後牆邊涼爽的寂靜中，他已經驚嚇又疲憊得沒有力氣再試一次了。

一如往常忠心耿耿的雷米留在身邊陪他，他們默默觀察了一陣子情況，羅賓從經過的侍者手上拿了杯波爾多葡萄酒，並用快得不應該的速度迅速灌下，只為減輕他對噪音還有人群的恐懼。

最終，雷米開口問道：「是說，你有要去邀人跳舞嗎？」

「我不知道該怎麼做。」羅賓回答，他望向人群，可是所有袖子五彩翻騰的女生在他眼裡看起來長得都一模一樣。

「你是說跳舞還是邀人？」

「呃，兩個都是，但絕對還是邀人，你似乎必須要先認識她們，才合乎禮儀。」

「喔，你夠帥啦，」雷米說，「而且你是個巴別人耶，我確定有人會答應的。」

「我才不想惹事生非呢。」

「不會吧，真的不會。」

羅賓因為波爾多葡萄酒頭暈腦脹，否則他肯定不敢說出下個問題：「你幹嘛不跟蕾緹跳舞啊？」

「少來了，阿賓，」雷米嘆了口氣，「你知道這是怎麼回事的。」

「她喜歡你。」羅賓說，他才剛剛發覺這件事，現在一說出口，事態似乎就頗為明顯，讓他覺得自己很蠢，怎麼沒有早點看出來，「非常喜歡，所以為什麼——」

「你難道不知道為什麼嗎？」

他們目光相遇，羅賓感覺後頸寒毛直豎，兩人之間的空間彷彿充滿電力，就像介於閃電和雷聲之間的時刻，羅賓完全搞不懂發生什麼事了，或是接下來會如何，只知道一切感覺都非常詭異又嚇人，就像站在狂風呼嘯的懸崖邊緣踉踉蹌蹌，即將摔落。

雷米突然站起身來，「那邊出了點麻煩。」

方院另一頭，蕾緹和薇朵瓦背抵著牆，四周包圍著一群紈綺子弟，潘德尼斯和沃康也在其中，薇朵瓦雙臂緊抱在胸前，蕾緹快速說了些什麼，他們聽不清楚。

「最好過去看看。」雷米說。

「好。」羅賓跟著他穿過人群。

「這一點都不好笑。」蕾緹咬牙切齒說道，她的臉頰因憤怒而脹紅，並像拳擊手一樣舉起雙拳，但拳頭卻隨著她邊說話邊顫抖著，「我們不是脫衣舞女郎，你們不能就這樣——」

「可是我們實在太好奇了，」喝醉的潘德尼斯拉長音調說道，「那邊真的是不同的顏色嗎？我們想看看，妳們穿這麼低胸，挑起了我們的想像力——」

他伸手想碰蕾緹的肩膀，蕾緹收回手，往他臉上狠狠甩了一巴掌，潘德尼斯縮了回去，臉色大變，像頭發怒的野獸，他朝蕾緹往前一步，有那麼一刻，他看似好像真的會打回去，換成蕾緹往後縮。

羅賓衝上前擋在兩人中間，「快走。」他告訴薇朵瓦和蕾緹，她們衝向雷米，雷米則拉著她們的手，把兩人往後門拉去。

潘德尼斯轉向羅賓。

羅賓不知道接下來會怎麼樣，潘德尼斯比他還高，也重了點，很有可能還更強壯，但他步履蹣跚、眼神渙散，如果這演變成一場打鬥，那也會笨拙又不成體統，沒有人會受重傷，他甚至還有可能把潘德尼斯撂倒在地，並在他反擊之前逃之夭夭。只不過牛津大學對於鬧事的規範相當嚴格，現場有很多證人，而且羅賓完全不想知道在紀律委員會面前，他和潘德尼斯的證詞哪個會得到比較公正的待遇。

「我們可以來打啊，」羅賓喘著氣說道，「如果你想要的話，但你手上正拿著一杯馬德拉酒，而且你真的想要潑得一身酒度過今夜嗎？」

潘德尼斯的目光往下盯著酒杯，再抬起來回到羅賓身上。

「死中國佬，」他用非常惡劣的語氣罵道，「你只不過是個西裝革履的臭中國佬而已，你懂嗎，史威夫特？」

羅賓握緊拳頭，「那你要讓一個死中國佬毀了你的舞會嗎？」

潘德尼斯冷笑了一聲，不過危機很顯然已經過去了，只要羅賓吞下他的自尊，只要他告訴自己潘德尼斯朝他投來的不過僅是言語，一點也不重要的言語，那他就能簡簡單單轉身跟上雷米、薇朵瓦、蕾緹的腳步，毫髮無傷離開學院。

外頭涼爽的晚風對他們過熱泛紅的臉龐而言，可說是愉悅的慰藉。

「發生什麼事了？」羅賓問，「他們剛剛說了什麼？」

「沒什麼。」薇朵瓦回答，她瘋狂顫抖著，羅賓把外套脫掉，披在薇朵瓦肩上。

「才不是沒什麼呢，」蕾緹爆氣道，「那個王八桑希爾開始在那邊說些什麼我們的、我們的，你知道的，那裡不同顏色，因為生理上的理由，接著潘德尼斯覺得我們應該給他們看看——」

「不重要了，」薇朵瓦說，「我們就走吧。」

「我要去殺了他，」羅賓咒罵道，「我要回去裡面，我要去宰了他——」

「拜託不要，」薇朵瓦抓住他的手臂，「不要再讓事情變得更糟了，求你。」

「這都是妳的錯啦。」雷米對蕾緹說。

「**我的錯**？怎麼會是——」

「我們本來就沒人想來，薇朵瓦早告訴過妳最後一定會鬧得很難看的，但妳還是強迫我們來——」

「我強迫你們？」蕾緹爆出一聲尖笑，「哈哈，是哦，你看起來還滿享受的啊，拿著那些巧克力跟松露——」

「沒錯啊，直到潘德尼斯和他的狐群狗黨試圖侵犯我們家薇朵瓦——」

「他們也有想侵犯我，你知道的，」這是句非常怪的論述，羅賓不確定蕾緹為什麼要這麼講，但她怒氣沖沖繼續說道，同時她的音調也高了好幾個八度，「這不只是因為她是——」

「別吵了啦！」薇朵瓦大吼，淚珠滾滾從她臉頰滑下，「不要再吵了，這不是誰的錯，我們就只是——我早就應該知道的，我們根本不應該來。」

「對不起，」蕾緹非常小聲地呢喃道，「薇朵瓦，親愛的，我不是要……」

「沒事的，」薇朵瓦搖搖頭，「妳也沒理由會了解——算了。」她顫巍巍地吸了口氣，「我們就離開這裡吧，可以嗎，拜託？我想回家。」

「回家？」雷米停下腳步，「妳說回家是什麼意思？今晚是慶祝之夜耶。」

「你是瘋了嗎？我要上床睡覺了。」薇朵瓦從底部拉起現在已經髒亂不堪的禮服裙子，「而且我還要把這給脫掉，我要擺脫這些**白癡**袖子——」

「不行，妳不准，」雷米溫柔地把她拉向大街的方向，「妳為了舞會盛裝打扮，妳值得有一場舞會，所以我們走吧。」

雷米透露他的計畫是要大家一起到巴別塔學院的屋頂上度過今夜，就只有他們四人、一籃甜點（如果你看起來像教職員，很容易就能從廚房偷東西）、還有清朗夜空下的望遠鏡[63]。但是當他們繞過草皮的轉角時，透過一樓的窗戶看見燈光和移動的人影，有人在學院裡。

「等等——」蕾緹正要開口，但雷米已經輕巧跳上大門台階，並把門給推開了。

大廳四周飄滿燈光，裡頭則擠滿學生和研究生，羅賓在其中認出了凱西·歐奈爾、威瑪·斯里尼瓦桑、伊爾莎·出島，有些人在跳舞，有些人手上拿著酒杯在聊天，有些人則站著，頭部探向從八樓拖下來的工作桌上，熱切觀察著某個研究生在銘刻銀條，有什麼東西發出噗噗聲，大廳馬上充滿玫瑰香氣，大家都在歡呼。

最後終於有人注意到他們了，「大三生！」威瑪大叫，招手要他們進來，「你們怎麼這麼晚啊？」

「我們在學院那邊，」雷米回答，「我們不知道這邊有私人派對。」

「你應該要邀他們的啊，」某個深色頭髮的日耳曼女生說，羅賓猜她應該是叫作米娜，她邊說邊跳舞，頭部一直重重扭向左側，「你真是太殘忍了，竟然讓他們去那場恐怖秀。」

「人在體會到地獄之前，不知道何謂天堂啦，」威瑪回答，「出自《啟示錄》或《馬可福音》，還是之類的。」

「《聖經》裡才沒有這句呢。」米娜說。

「唉唷，」威瑪打發她，「我哪知道。」

「你還真無情耶。」蕾緹說。

「快點，」威瑪回頭喊道，「給女孩們倒些紅酒來。」

酒杯傳來傳去，波爾多葡萄酒觥籌交錯，羅賓很快就醉得暈陶陶，頭昏腦脹、四肢發軟地靠在書架上，因為和薇朵瓦跳完華爾滋，又沐浴在如此美好的一切之中，他有點喘不過氣。威瑪現在站到桌子上，和米娜跳著熱力四射的吉格舞，而對面的桌子則是馬修·杭斯洛，當年度最聲譽卓著的研究生獎學金獲獎者，正在銘刻一條銀條，上面的詞組配對讓大廳飄滿粉色和紫色的明亮光球。

「Ibasho。」伊爾莎·出島說。

羅賓轉過來面向她，她以前從來沒跟他說過話，所以他不確定是不是在叫他，但附近沒有其他人了，「不好意思？」

「Ibasho。」她重覆道，腳步搖搖晃晃，雙手也在面前搖擺，像是在跳舞或是指揮音樂，羅賓分不出來，話說回來，他也找不出音樂究竟是從哪傳來的，「這不太能翻譯成英文，意思是『歸屬』，就是某個人覺得像回到家裡，覺得自在的地方。」

她在空中為他寫出了漢字「居場所」，他也認出了中文的對應，這些字代表的是居所，指的就是

63 原註3：十八世紀中葉，巴別塔學院的學者短暫陷入一陣占星熱，有幾名學者認為他們可以從星座名稱中找出有用的配對，因而訂購了幾部最先進的望遠鏡安裝在學院屋頂上，這些嘗試從來沒有產出什麼有趣的結果，如同占星學也是無稽之談，不過觀星仍是相當愉悅。

場所。

在後來的幾個月中，只要他一回想起這一晚，他都只能想起少數幾段清晰的回憶，三杯波爾多葡萄酒下肚後，一切全都成了片令人愉悅的薄霧，他依稀記得在併在一起的桌子上跟著某種狂亂的凱爾特曲調大跳特跳，接著玩了某種語言遊戲，大部分是和各種喊叫聲和快速押韻有關，他不斷大笑，笑到肋骨發疼。他也記得雷米和薇朵瓦坐在角落，愚蠢地模仿各個教授給她看，直到她破涕為笑，接著他們兩人又都爆笑到流淚，「我鄙視女人，」雷米模仿克拉芙特教授嚴肅單調的語氣，「她們性情反覆、容易分心，而且大致上來說，也不適合進行學術生活所要求的那類嚴謹研究。」

他記得各式英文語句在他旁觀著這場狂歡時不請自來進入他心中，來自歌曲及詩歌的片段，他也不太確定意思為何，但看起來和聽起來都很適合，或許這就是詩歌的意義嗎？透過聲音產生的意義？透過拼字？他不記得他是否僅僅是在心中思考，或是他大聲詢問了每個他碰到的人，但他發現這個問題一直縈繞在他心中：「究竟是輕巧精細的什麼？」[64]

而他也記得深夜時分和蕾緹坐在門階上，她在他肩頭上瘋狂爆哭，「我希望他可以看見我，」她在打嗝的空檔間不斷重覆道，「他為什麼都看不到我？」即便羅賓隨便就可以想出好幾個理由：比如因為雷米是個身在英國的有色人種，蕾緹則是某個海軍上將的女兒，出身望族，還有因為雷米不想當街被槍殺，或是由於雷米就只是不像她愛著他那樣愛她，而且她徹底搞錯他一視同仁的好意和招搖的熱情，誤以為那是特別的關注，因為蕾緹是那種已經習慣、也總是期待獲得特別關注的女生，羅賓知道最好不要告訴她事實。那時蕾緹想要的，不是忠實的建議，而是某個能夠安慰她、愛她、並給予她所渴望關注的人，就算不是一模一樣，至少也要是某種仿造。所以羅賓讓她在他懷中抽泣，淚水浸濕了他的襯衫正面，並在她背上輕輕揉著圈圈安撫她，一邊無心地咕噥著他也不懂，雷米是笨蛋嗎？怎麼有人能不愛上蕾緹呢？她真的美若天仙，傾國傾城，連美神阿芙蘿黛蒂本人都會忍不住忌妒，句句屬實，他強調，她應該要因為自己還沒被變成蜉蝣而覺得幸運。這番話讓蕾緹咯咯笑了出來，也不再一直哭了，這樣很好，這表示羅賓完成了他的任務。

他在說話時有種極度怪異的感受，覺得自己正在消失，如同消逝在畫中的背景，而這幅畫描繪的是一個肯定跟歷史本身一樣古老的故事，或許是因為酒力吧，但他著迷於那種他似乎飄出軀體之外的方式，從上方的遮蓬看著蕾緹邊打嗝邊啜泣，他的低語則全混在一起，往上飄升，化成一團團凝結在冰冷的彩繪玻璃窗上。

到了派對結束時，他們每個人都非常醉了，除了雷米之外，但他也因為疲累和歡笑醉得差不多了，而這唯一的理由竟讓他們覺得漫步經過聖吉爾後方的公墓、繞北方的遠路回到女孩們的住處，似乎是個好主意。雷米靜靜用阿拉伯語祈禱了一聲，接著他們便拖著疲憊的步伐走過墓園大門，起初這就像是場大冒險，他們彼此的腳步磕磕碰碰，一面嬉笑一面在墓碑間找路，但接著氣氛彷彿陡然一變，街燈的溫暖變得黯淡，墓碑延伸出長長的陰影，變幻莫測、影影綽綽，如同在遮掩某種不希望他們來到此地的存在。羅賓突如其來感覺到一股令人膽寒的恐懼，穿過墓園雖然合法，但剎那之間，以他們現在的狀態闖入這片土地，好像變成一種十惡不赦的侵犯。

雷米也感覺到了，「快走吧。」

羅賓點點頭，他們開始加快腳步，在墓碑間迂迴前進，「每天做完第一次禮拜後就不應該到這裡

64 原註4：彌爾頓，一六四五年：「來吧，隨之翩翩起舞，用輕巧精細的舞步。」

來的，」雷米低聲抱怨道，「早知道就該聽我媽的話——」

「等一下啦，」薇朵瓦說，「蕾緹還沒——蕾緹呢？」

他們轉過身，蕾緹落後他們幾排墓碑遠，站在某塊墓碑前。

「你們看，」她指著墓碑，雙眼大張，「是她。」

「誰啊？」雷米問。

但蕾緹就只是站在原地盯著墓碑。

他們往回走，在飽經風霜的石碑前和蕾緹會合，「艾薇琳．布魯克。」上面寫著，「摯愛的女兒、學者，一八一三年至一八三四年。」

「艾薇琳，」羅賓說，「那不是——」

「是艾薇，」蕾緹回答，「擁有那張桌子的女孩，想出清單上所有詞組配對的女孩，她早已經過世了，她過世五年了。」

夜晚的空氣突然之間變得寒冷刺骨，肚裡波爾多葡萄酒徘徊不去的溫暖，已經隨著他們的笑聲蒸發，他們現在已然清醒，又冷又怕，薇朵瓦把披肩在肩頭上裹得更緊，「你們覺得她發生了什麼事？」

「可能只是再平常不過的什麼事吧，」英勇的雷米努力想驅散陰鬱的氣氛，「她有可能生病了，或是出了意外，搞不好是太累了。她有可能沒戴圍巾就去溜冰，也有可能忙研究忙到忘記吃飯。」

但羅賓懷疑艾薇琳．布魯克的死不只是因為某種平凡的疾病發作；安東尼的失蹤幾乎沒在教職員心裡留下一絲痕跡，普萊費爾教授到了現在彷彿已經忘了他曾經存在過，在宣布死訊的那天以後，他就再也沒提過安東尼半次，可是他卻讓艾薇的工作桌保持原封不動，長達五年，且還會繼續下去。

艾薇琳．布魯克一定有什麼特別之處，而且此地肯定曾發生過什麼很糟糕的事。

「我們最好回家了吧。」一會兒後，薇朵瓦低聲說。

他們一定在墓園待了很長一段時間，黑暗的天空正慢慢讓路給蒼白的曙光，夜晚的寒氣也凝結成清晨的露珠，舞會結束了，學期的最後一晚也告終了，眼前是永無止盡的夏天。他們默默牽起彼此的手，往家的方向走去。

第十五章

「隨著日子披上柔和的光線，掛在樹上的蘋果，
也終於結實纍纍，懶洋洋地成熟，
那就是最為充滿平靜和快樂的日子了！」

——華特．惠特曼，〈美好時日〉

隔天早上，羅賓在信箱中收到他的考試成績，翻譯理論和拉丁文中等，詞源學、中文、梵文則是優異，還有一張印在厚重淡黃色紙張上的便條，寫著：「皇家翻譯學院大學部研究委員會很榮幸通知您，您已獲得邀請，下學年能夠繼續以大學部獎學金生的身分修習學位。」

直到他把證明拿在手上，這一切感覺才像是真的，他通過了，他們全都通過了，至少還有一年，他們會有個家、有個房間，會固定得到委員會的津貼，還能接觸到牛津大學所有智慧結晶，不會被迫離開巴別塔學院，他們又可以再次輕鬆呼吸了。

六月的牛津又熱又悶，一片金黃色的美麗景緻，他們沒有急迫的暑假作業，如果想要的話，可以針對獨立的研究計畫繼續鑽研，不過大致上來說，聖三一學期結束後和下個米迦勒學期開始前，這中間的幾個禮拜，都算是種心照不宣的獎勵，也是短暫的喘息，是即將升上大四的他們應得的。

這段時間是他們生活中最快樂的時光，他們會帶著成熟多汁的葡萄、剛出爐的麵包捲、卡門貝爾

起司，到南公園的山丘去野餐，並在查維爾河來回划船，羅賓和雷米的技巧還算不錯，但女孩們似乎無法掌握往前直線划行的藝術，總會側傾划向河岸。他們還往北走了十一公里到胡士托參觀布倫海姆宮，不過沒有進去，因為入場費實在貴得過分，某個來自倫敦的巡迴劇團也在謝爾登劇院演了幾齣莎劇，無疑演得非常糟糕，而來自沒禮貌大學生的刁難，很可能讓劇又變得更爛了，雖然演得好不好從來都不是重點就是了。

接近六月底時，所有人都在談論維多利亞女王的加冕大典，許多還留在學校的教職員，前一天都先搭公共馬車到迪考特，再換火車到倫敦，而留在牛津的人，則是享受了一場目眩神迷的煙火秀。還有風聲傳出說要為牛津的窮人和流浪漢舉辦一場盛大的晚宴，但市政當局認為烤牛肉和葡萄乾布丁太豐盛了，會讓窮人陷入興奮的狀態，導致他們失去妥善享受煙火秀的能力[65]，所以窮人那晚都餓著肚子，不過至少煙火燦爛動人。羅賓、雷米、薇朵瓦、蕾緹四人漫步走下大街，手上的馬克杯裝著冰涼的蘋果酒，試著喚起和其他人身上一樣，肉眼可見的愛國精神。

夏天即將邁入尾聲時，他們則是到倫敦來了趟週末小旅行，浸淫在社會風氣落後外頭數個世紀的牛津所大大欠缺的活力及多元性中，他們到皇家劇院巷看了場表演，演得稱不上太好，但浮誇的妝容和劇中天真無邪少女高昂的顫音，讓他們在整場三小時的表演中都深深入迷。他們也逛了紐卡特街市集的攤位，買了飽滿的草莓、銅飾、好幾袋應該是來自異國的茶葉，並丟硬幣給跳舞的猴子和手風琴師、躲避攬客的娼妓、饒富興味逛過販賣偽造銀條的街頭小販[66]，還在一間標榜「正宗印度」的咖哩

65 原註1：當時的牛津政府和倫敦政府一樣，似乎皆認為窮人比較類似孩童或動物，而非智力健全的成熟大人。
66 原註2：如同所有貴重又奢華的事物，偽冒和濫造的銀條也擁有巨大的黑市，你可以在紐卡特街買到「趕老鼠」、「治小

店吃晚餐，雷米大失所望，其他人卻頗為滿意。最後他們在道提街上某間連排屋擁擠的單人房中過夜，羅賓和雷米裹著大衣睡地板，女孩們則擠在狹窄的床上，所有人都邊笑邊說悄悄話，直到深夜才沉沉睡去。

隔天他們徒步在城市裡參觀，終點是倫敦港，一行人漫步走下碼頭，讚嘆於雄偉的船隻、巨大的白帆、複雜交錯的桅桿及纜索，他們試著辨認離港船隻的旗幟及公司標誌，猜測這些船隻是從何而來，又要往哪裡去，是希臘？加拿大？瑞典？還是葡萄牙？

「離現在一年之後，我們就會登上其中一艘船，」蕾緹說，「你們覺得我們會航向何處呢？」

巴別塔學院的每屆畢業生，在通過大四的考試之後，都會一起以一場壯闊又完全免費的國際航程替大學生涯畫下句點，這類旅程通常會和學院的某項生意相關，曾有畢業生在尼古拉一世的宮廷中擔任即席口譯、到美索不達尼亞的遺跡中尋找楔形文字石板，還有一次無意間在巴黎差點導致斷交。不過主要仍是當成給畢業生見識世界的機會，讓他們沉浸在修業期間無法接觸的外語環境之中，語言必須活用才能理解，而牛津畢竟是個脫離現實世界之處。

雷米深信他們這屆要不是奉派去中國，就是會到印度，「那邊有太多事發生了，英屬東印度公司失去了他們對廣州的壟斷，這表示他們會需要翻譯，以因應各式各樣的商業調整。我也會不惜一切代價爭取去加爾各答，你們會喜歡那裡的，我們可以到那邊和我家人待一陣子，我寫信給他們時聊的全都是你們，他們甚至知道蕾緹的茶不能喝太燙。或者搞不好我們會去廣州，這樣不是很棒嗎，阿賓？你上次回家是什麼時候？」

羅賓不確定他想不想回廣州，他考慮過好幾次，但卻提不起任何興奮的感覺，只有一種困惑又有些愧疚的恐懼，沒有任何事物在那裡等他，沒有朋友，也沒有家人，只有一座他半算是記得的城市。

而讓他更害怕的是，如果真的回到家，他會有什麼反應？如果他再度踏入那個童年遺忘的世界，一回去就不願意再離開了怎麼辦？

更慘的是，如果他一點感覺也沒有呢？

「我們應該更有可能被派去模里西斯之類的地方吧，」他回答，「可以讓女孩們用上她們的法語。」

「妳覺得模里西斯的克里奧語會類似海地的克里奧語嗎？」蕾緹問薇朵瓦。

「我不確定能不能互通耶，」薇朵瓦回答，「兩者當然都是源自法語，但海地克里奧語的文法是來自西非的豐語，模里西斯克里奧語則是……嗯，我也不知道。克里奧語沒有文法大典，所以我也沒辦法查資料。」

「或許妳以後可以自己寫一本。」蕾緹說。

薇朵瓦對她微微一笑，「也許吧。」

那年夏天最令人開心的發展，就是薇朵瓦和蕾緹又重修舊好了，事實上，他們大三時彼此之間所有古怪又難以形容的齟齬，全都已隨著通過考試的消息一併蒸發，蕾緹不再一直挑動羅賓的敏感神經，雷米開口講話時也不會每次都招來蕾緹的怒瞪。

不過老實說，他們的爭執其實並不算解決，只是暫時擱置了，他們還沒有好好討論過彼此爭吵的理由，但所有人都樂意將其怪罪到壓力上，可是之後他們終將必須面對彼此之間極度真實的差異，他

病」、「吸引有錢年輕紳士」的咒語，這類銀條製作時大多都缺乏對銀工原理的基礎理解，並使用時常是模仿東方語言的人造語言，來施下精密的咒語。不過偶爾也會有一些，是運用了頗為深入的通俗詞源學知識，普萊費爾教授因而每年都會進行違法銀條配對的研究，不過該研究的用途屬於高度機密事項。

們會一次開誠佈公討論，而不是總一直改變話題。至於現在，他們都頗為滿足享受這個夏天，並再次想起相親相愛的滋味。

因為這段日子，切切實實是僅剩的黃金歲月了，那年夏天感覺起來也更彌足珍貴，因為他們都深知這樣的日子不可能持續，度過那些無窮無盡的疲憊夜晚後，如此的歡樂只是他們應得的獎賞而已。大四很快就會開始，再來是畢業考，接著就是工作，他們沒有人知道在這之後人生會變成怎樣，但他們是絕對不可能永遠都形影不離、混在一起的，最終，他們肯定都必須離開聳立著夢幻尖塔的牛津，前往他們各自的崗位，償還巴別塔學院賜給他們的一切。只不過那朦朧又駭人的未來，此時此刻都還很容易忽略，和眼前的美好相比，注定相形失色。

一八三八年一月，發明家塞謬爾．摩斯在美國紐澤西的莫里斯城公開展示了一部裝置，能夠運用電脈衝傳送一系列的小點和線條，以便長距離傳輸訊息，存疑的美國國會拒絕為他提供資金在首都華盛頓特區建造連結其他城市的電報線，拖拖拉拉經過五年之後，才終於准許。不過皇家翻譯學院的學者一聽聞摩斯的裝置成功運作，便出發前往海外，想方設法哄騙摩斯到牛津進行為期數個月的訪問，銀工部門頗為驚訝這部裝置竟然不用詞組配對便能運作，僅需依靠純粹的電力。而到了一八三九年七月，巴別塔學院便擁有全英國第一條開通的電報線，連往倫敦的英國外交部[67]。

摩斯一開始設計的電碼只能傳送數字，背後的假設是收件者可以在手冊中找到對應的詞彙，這對使用詞彙有限的溝通來說沒什麼問題，像是火車信號、天氣預報、特定的軍事通訊，但是摩斯抵達牛津不久後，德弗里斯教授和普萊費爾教授便研發出字母加數字的電碼，將所有形式的訊息交換化為可能[68]，並大幅拓展了電報在商業、私人通信等其他方面的應用可能。消息很快也不脛而走，人人都知道巴別塔學院有辦法即時從牛津和倫敦聯絡，顧客很快擠得大廳水洩不通，主要都是生意人和政府官員，偶爾也有神職人員，手中緊抓著他們想要傳遞的訊息，圍在周遭排隊。鎮日喧囂惹怒了勒維教授，提議要對人群設下防護咒語，不過更為冷靜、更從財務角度設想的聲音最終還是勝出了，普萊費爾教授就在其中看見巨大的獲利潛力，下令將先前用於儲藏物品的大廳西北翼，改建成電報收發室。

下個障礙則是為電報收發室尋找職員，而學生便是顯而易見的免費勞工，所以每個巴別塔學院的大學生和研究生都必須學習摩斯電碼，這只需要花上幾天時間而已，因為摩斯電碼屬於相當罕見的那種語言，若對應到英文來溝通，在符號上確實擁有完美的一對一對應關係。時節從九月漸漸走入十月，米迦勒學期在那年秋天展開時，學院規定所有人每週至少必須輪一班三小時的班，因此，每個禮拜天晚上九點鐘，羅賓都會把自己拖到大廳中小小的電報收發室，帶著一大疊課堂指定閱讀坐在電報機旁，邊等待指針嗡嗡甦醒過來。

晚班的優點在於，學院在這幾個小時中不會收到什麼電報，因為倫敦收發室那邊的人也都早就都下班回家了，羅賓要做的事，就只有從九點保持清醒到午夜十二點，以免有任何緊急公文傳來。除此之外，他想做什麼就做什麼，而他通常會把這三個小時拿來閱讀或修改隔天早上的課堂要用的作業。

有時他會望向窗外，瞇起眼睛盯著方院的另一頭，紓解室內昏暗的燈光對他眼睛造成的疲勞，草

67 原註3：在這樣的合作下，巴別塔學院和摩斯可說大大重挫了發明家威廉·庫克及查爾斯·惠斯登，兩人發明的電報機僅僅兩年前才剛在大西部鐵路公司安裝，但他們是使用移動式指針指向預先安裝好的符號盤，溝通範圍和摩斯更簡易的點擊式電報機相比，完全不是對手。

68 原註4：出於不可思議的學術慷慨，他們也同意這套改良系統同樣可以稱為摩斯電碼。

皮上通常都空蕩蕩的，早上如此車水馬龍的大街，到了深夜則有種怪誕感，太陽下山後，僅剩的光源來自蒼白的街燈或窗內的蠟燭，大街看來就像另一個平行世界的牛津，是屬於幻想仙境的牛津。特別是在無雲的清朗夜晚，牛津彷彿搖身一變，街上空無一人，街石寂靜無聲，尖塔和塔樓承諾著各式謎團、冒險和一個抽象的世界，讓人可能在裡面永遠迷失。

某個這樣的晚上，羅賓正在翻譯司馬遷史書時抬起頭張望，看見兩個黑衣人影快步朝學院走來，他的胃往下一沉。

只有等到兩人抵達門階，等到塔內的光線照亮他們的臉龐，羅賓才發覺這兩人是雷米和薇朵瓦。

羅賓渾身僵在桌前，不確定該如何是好，他們是來這裡替赫密士會辦事的，一定是，不然還有什麼理由能解釋這身打扮、鬼鬼祟祟的眼神、半夜還跑來學院的舉動。羅賓知道他們到這裡根本沒事要做，因為他幾個小時前才目睹兩人在雷米房間的地板上，完成克拉芙特教授專題課要用的報告。

葛瑞芬招募了他們嗎？肯定是的，就是這樣，羅賓後悔地想著，他放棄羅賓了，所以才找他同屆的其他同伴替代。

他當然不會告發他們，這絕對是無庸置疑的，但他應該**幫助**他們嗎？不，或許不行，學院裡並不是完全沒人，八樓還有學者在，而且要是他嚇到雷米和薇朵瓦，他可能會引來不必要的關注。唯一的選擇似乎是什麼也不做，如果他假裝根本沒有注意到、他們也成功完成他們想完成的任務，那麼他們在巴別塔學院生活的脆弱平衡，便不會受到干擾。接著他們就能維持那薄薄一層否認的偽裝，羅賓已經和其共存好些年了，畢竟現實生活到頭來還是如此具有彈性，事實可以遺忘，真相也可以隱瞞，只從單一角度觀看的人生就像面厚厚的稜鏡，只要下定決心永遠不要太靠近看就可以了。

雷米和薇朵瓦閃進大門，登上階梯，羅賓目光死盯在眼前的翻譯作業上，並試著不要拉長耳朵，以免聽見他們的任何動靜，十分鐘後，他聽見下樓的腳步聲，他們得手了，即將離開，接著這一刻就會過去，他會重獲平靜，他可以把這整件事拋諸腦後，跟所有他不願理解的不悅真相一起——

一聲非人的尖聲呼號響徹全塔，他聽見一記很大的撞擊聲，然後是一連串咒罵，他跳起來衝出大廳。

雷米和薇朵瓦剛好就在前門外頭被活活逮到，困在一張閃閃發亮的銀網中，網子在羅賓眼前不斷膨脹增生，新的銀線一秒秒在他們的手腕、腰部、腳踝、喉嚨處勒緊，他們腳邊則散落著零星幾樣物品，包括六根銀條、兩本古書、一根銘刻鐵針，都是些巴別塔學院的學者下班後固定會帶回家的物品。

普萊費爾教授看來已成功修改了防護，他的完成度甚至比羅賓擔心的還更周全，不僅可以偵測通過的人員身分和攜帶的物品，還可判斷他們的目標是否正當。

「阿賓，」雷米倒抽一口氣，銀網在他脖子周圍收緊，使他雙眼爆凸，「幫幫——」

「撐一下。」羅賓猛扯銀網，網子黏黏的，相當有韌性，可以弄破，雖然單獨一人絕對不可能逃脫，但有幫手就不一樣了。他先解開雷米的脖子和雙手，然後兩人一起把薇朵瓦從網子中拉出來，羅賓的雙腳也在過程中被纏住了。網子似乎只有在能夠抓到別的東西時才會鬆開，不過兇猛的綑綁已經停止，不管是什麼詞組配對觸發了警報，看來也都已平息了。雷米拔出腳踝往後退，有那麼一會兒，他們全都在月光下面面相覷，滿臉困惑。

「你也是嗎？」薇朵瓦最後終於開口問道。

「看起來是吧，」羅賓回答，「是葛瑞芬派你們來的嗎？」

「葛瑞芬是誰？」薇朵瓦一臉不知所措，「不是，是安東尼——」

「安東尼．里本嗎？」

「當然囉，」雷米說，「不然還會有誰？」

「但是他已經**死了**——」

「這可以等等再解釋，」薇朵瓦打斷他們，「你們聽，有警笛聲——」

「媽的，」雷米說，「羅賓，往這邊靠——」

「沒時間了。」羅賓回答，他的雙腳動不了，銀網已經不再增生，或許是因為羅賓並不是小偷，但網子現在已經稠密到不可思議，蔓延到整個前門口，而他擔心如果雷米再靠近一步，他們倆就都會被困住，「丟下我吧。」

雷米和薇朵瓦異口同聲開始抗議，羅賓搖搖頭，「必須是我才行，我沒有參與密謀，我根本不知道發生了什麼事——」

「這不是很明顯嗎？」雷米質問道，「我們是——」

「一點都**不**明顯，所以不要再跟我講了。」羅賓氣到發出嘶嘶聲，警笛的哭號似乎永無止盡，警方很快就會出現在草皮上了，「什麼都別說，我什麼都不知道，他們盤問我的時候，我也只會這麼說。你們就趕快走吧，拜託，我會想出一套說法的。」

「你確定——」薇朵瓦又要開始爭論。

「快走。」羅賓堅持。

雷米張開嘴巴，又閉了起來，然後彎下身撈起他們偷來的材料，薇朵瓦也跟著他一起，他們只留下了兩根銀條，這招聰明，羅賓心想，因為這算是某種證據，證明羅賓是獨自犯案，沒有同夥拿著剩下的所有東西消失。接著兩人衝下門階，跑過草皮進入小巷。

「是誰在那兒？」某個人大喊，羅賓看見方院另一頭出現搖曳的燈光，他扭過頭，瞇起眼睛看著寬街的方向，試圖找出一絲朋友們的蹤跡，卻什麼也沒看見，他們成功逃跑了，警方只會往學院的方向來，只會朝他而來。

他顫抖著吸了口氣，然後轉頭面向燈光。

憤怒的吼聲傳來，明亮的燈光照在他臉上，有力的手則抓住他手臂，羅賓幾乎無法理解接下來幾分鐘內發生的事，他只知道他的話模稜兩可、前言不對後語，警察刺耳的聲音在他耳邊大吼著各式各樣的命令和問題。他試圖拼湊出一個藉口，某種看見小偷被網子纏住的故事，還有他們是怎麼在他跑去阻止時困住他的，但他講得語無倫次，而警察就只是大笑。最後他們終於用力把他從網子裡給弄出來，並將他帶回塔中，來到大廳內某間沒有窗戶的小房間，裡面除了一把椅子外什麼也沒有。房門在眼部高度有個小小的格柵，用一塊移動式的板子蓋住，感覺比較像是監獄，而不是閱覽室，他懷疑他應該不是第一個被拘押在這裡的赫密士會眾，他也在想角落黯淡的咖啡色汙漬，會不會是乾掉的血跡。

「你就待在這裡，」負責的警官邊說邊把羅賓的手銬到背後，「直到教授抵達為止。」

他們鎖上門後便離開了，沒有說是哪個教授，或是他們什麼時候會回來，一無所知是種折磨，羅賓坐著等待，因為一波又一波令人作嘔的腎上腺素而膝蓋喀啦作響，雙臂也悲慘發顫。

他完蛋了，肯定沒有回頭路了。要被逐出巴別塔學院可說頗為困難，因為學院在好不容易發掘到的人才身上投資了很多，先前的巴別塔學院大學部學生不管犯下什麼罪，除了謀殺之外，幾乎都能夠逃過一劫[69]。但是偷竊和叛國罪絕對構成開除的理由，再來會怎麼樣呢？進到當地監獄的牢房嗎？還是在新門監獄？他們會吊死他嗎？還是就只會把他丟上某艘船，送回他所來之處，那個他沒有朋友、沒有家人、沒有前途的地方？

他腦中浮現一幅景象，這幅光景他早已牢牢塵封，至今將近十年沒有想起了，那是間炎熱又不通風的房間，充滿疾病的氣味，他的母親僵硬地躺在他身旁，憔悴的臉頰在他眼前變成藍色。過去十年間，漢普斯特德、牛津、巴別塔學院，全都像不可思議的魔法，但他破壞了規矩，也破除了魔咒，魔力很快就會消逝殆盡，而他又會再次回到窮人、病人、垂死之人、死者的行列間。

房門嘎吱嘎吱打開。

「羅賓。」

來者是勒維教授，羅賓在他眼中尋找任何一絲情緒，不論是仁慈、失望、憤怒，只要是能夠預示他應該要期待什麼的線索都好，但是他父親的表情一如往常，只是張單調呆板、難以理解的面具，

「早安啊。」

＊

「請坐吧。」勒維教授做的第一件事是解開羅賓的手銬，然後帶著他走上階梯，來到位於七樓的辦公室，他們現在就在這裡輕鬆寫意面對面坐著，彷彿是來進行每週指導似的。

「你很幸運，警方是第一個聯絡我，想像一下要是他們換作找傑羅姆來會怎麼樣吧，你現在可能雙腳都已經不在了。」勒維教授傾身向前，雙手在書桌上方交握，「你幫赫密士會竊取資源多久了？」

羅賓臉色唰地慘白，他沒有預料到勒維教授會這麼直接，這個問題非常危險，勒維教授顯然知道

赫密士會的事，但他究竟了解**多少**？羅賓可以撒多少謊？搞不好他是在虛張聲勢，如果羅賓說謊說得恰到好處，說不定可以想辦法脫身。

「給我實話實說，」勒維教授以嚴厲又平板的聲音說道，「現在這是唯一能拯救你的方法了。」

「三個月。」羅賓吸了口氣，三個月感覺沒有三年那麼嚴重，但也長到聽起來頗為合理，「只是——只是剛從夏天開始。」

「我懂了。」勒維教授的聲音中一絲憤怒也沒有，這樣的冷靜讓他變得令人害怕地無法捉摸，羅賓還寧願他大吼大叫。

「教授，我——」

「安靜。」勒維教授說。

羅賓緊緊閉上嘴巴，反正也不重要了，他根本也不知道能說什麼，他是不可能靠著三寸不爛之舌脫身的，他不可能無罪開釋，只能面對他背叛的赤裸證據，並等待後果。但要是他可以不要讓雷米和薇朵瓦涉入此事，如果他能夠說服勒維教授他是獨自犯案，這樣也就夠了。

「光是想到，」好一段時間之後勒維教授開口說道，「你竟然會變得如此可憎的忘恩負義。」他靠回椅子，搖了搖頭，「我幫你做了這麼多，你根本無從想像，你只不過是個來自廣州的碼頭小子，你的母親是個邊緣人，就算你父親是中國人好了，」說到這裡，勒維教授喉嚨一緊，而羅賓知道這就是他所能作出最大程度的承認了，「你的地位也不可能會改變。你一輩子都只能拉緊褲帶、勉

---

69 原註5：巴別塔學院的大學生過去曾逃過的罪名包括公然喝醉、打鬥、鬥雞、故意在大廳晚餐的拉丁文謝飯禱告中加進髒話。

強餬口，你也永遠都不會看見英國的海岸，永遠不會閱讀賀拉斯、荷馬、修昔提底斯，而且你甚至永遠都不會打開半本書。你終其一生都只能卑微無知地度日並死去，從來都無法想像我為你提供的這個充滿機會的世界，我從匱乏之中拯救了你，我送給你整個世界。」

「教授，我不知道——」

「你怎麼**敢**？你怎麼敢蔑視你所獲得的一切？」

「教授——」

「你知道你光是進了這間大學，就享用了多少特權嗎？」勒維教授開口的音量依舊沒變，但每個音節都拉得更長，首先慢慢拖長，再從他嘴裡噴出，彷彿他咬掉了每個字的字尾一樣，「你知道大多數家庭要把他們的兒子送來牛津得花多少錢嗎？你房間和住宿都不用錢，還幸運享有每個月的零用錢，並且可以接觸到世界上最龐大的知識庫藏，你以為這是很常見的待遇嗎？」

羅賓腦中湧過上百個反駁，他並沒有要求這些牛津大學帶來的特權，他甚至根本不是自己選擇要離開廣州的，還有大學的慷慨大方，也不應該要求他回以對王室及其殖民計畫毫無二心、堅定不移的忠誠，就算真是如此，這也是種怪異的束縛，他根本從未同意。他並不希望擁有這樣的命運，直到命運擅自降臨在他身上，替他決定好一切，他也不知道自己本來究竟會選擇哪樣的人生，是現在這個，還是在廣州長大、在和他擁有相似外表與共同語言的人之間生活的另一種人生？

但這又有哪裡重要呢？勒維教授根本不可能同情他，重要的只有羅賓有罪。

「你覺得這樣好玩嗎？」勒維教授噘起嘴唇，「你在過程中覺得很刺激嗎？噢，你肯定是這麼覺得，我猜你自以為是那些小故事裡的哪個英雄，就像是迪克．特平，對吧？你確實總是很喜歡你那些低俗廉價的恐怖故事，早上是個疲憊的學生，晚上是個精力充沛的賊，是嗎？你覺得這樣很浪漫嗎，羅賓・史威夫特？」

「不是，」羅賓挺起肩膀，試著至少不要聽起來這麼可悲又害怕，就算面臨懲罰，他還是可以擁有自己的原則，「才不是這樣的，我是在做正確的事。」

「哦？那何謂正確的事呢？」

「我知道你不在乎，但我還是這麼做了，而且我並不覺得抱歉，你想怎麼樣就怎麼樣吧——」

「不，羅賓，告訴我你奮鬥的理由，」勒維教授又坐回椅子，十指併攏，點了點頭，彷彿這是場考試，彷彿他真的有在聽，「繼續說啊，說服我，試著吸收我，你最好卯足全力。」

「巴別塔學院囤積原料的方式是不公平的。」羅賓說。

「噢！這不公平嗎！」

「這樣不對，」羅賓怒氣沖沖繼續說道，「這樣很自私，我們所有的白銀都流往奢侈品、流向軍隊，製造蕾絲和武器，而外面有這麼多人死於這些銀條很容易就能挽救的原因。你從其他國家找來學生，建立自己的翻譯中心，而他們的祖國卻沒有獲得任何回報，這也是不對的。」

他頗為熟悉這類論述，他是在鸚鵡學舌地重複葛瑞芬告訴過他的事，那些他已經內化的真相，但是在勒維教授鐵石心腸的沉默面前，一切感覺都是這麼愚蠢，他的聲音聽起來脆弱又無力，連自己都不相信。

「那麼如果你真的覺得巴別塔學院致富的方式這麼噁心，」勒維教授接口道，「你從這裡拿錢的時候怎麼好像都還是很開心呢？」

羅賓縮了一下，「我沒有——這不是我**要求**的——」但他話一說出口便顯得站不住腳，他的聲音越來越小，雙頰發燙。

「你喝了香檳，羅賓，也拿了你的零用錢，你住在喜鵲巷附家具的房間，你穿著你的長袍和量身訂做的衣著昂首闊步走上街，這全部都是學校買單的，然後你還說這些錢是血腥的髒錢？這難道不會讓你良心不安嗎？」

而這就是一切的重點，不是嗎？羅賓一直以來都只願意在理論上為了他半信半疑的革命付出少許代價，他對反抗沒有意見，只要不要傷害到他就好，而這之間的矛盾也沒有問題，只要他不要太深入思考、或是貼得太近去檢視就好。但是像現在這樣用如此殘酷的言語赤裸裸說出來，一切似乎都變得不容爭辯：羅賓實際上離革命份子差得可遠了，事實上他根本就不相信革命。

勒維教授再度噘起嘴唇，「現在帝國就不這麼讓你困擾了，是吧？」

「這不公平，」羅賓重覆道，「一點也不公正——」

「公正啊，哈哈，」勒維教授模仿起他，「假設你發明了紡車好了，你會突然間就有義務要把你的利益分給所有還在用手工紡織的人嗎？」

「可是這是不一樣的事——」

「而我們就有義務在世界上到處發放銀條給落後國家嗎，儘管他們明明本來就有各種機會，可以建立自己的翻譯中心？外語研究根本就不需要投資太多，如果其他國家沒辦法善用自身的優勢，那為什麼一定又會是英國的問題呢？」

羅賓開口想要回應，但想不出到底能說什麼，為什麼找到正確的字眼這麼困難？這套論述有什麼地方怪怪的，但是他又一次無法想出究竟是哪裡，自由貿易、開放邊境、對同樣的知識平等的近用權，一切在理論上聽起來都非常合理。可是要是賽場真的如此公平，為什麼所有利益最後都流向英國？英國人真的有聰明這麼多、勤勞這麼多嗎？他們就只是這麼加入遊戲，公平公正，然後就獲勝了嗎？

「是誰吸收你的？」勒維教授詢問，「他們肯定沒有做好該做的事。」

羅賓沒有回答。

「是葛瑞芬・哈利嗎？」

羅賓身子一縮，而這就足以招供了。

「當然了，葛瑞芬。」勒維教授說出這個名字時像是在咒罵一樣，他盯著羅賓良久，仔細研究他的臉龐，彷彿能夠在小兒子身上找到大兒子的鬼魂。接著他以一種怪異的溫柔語氣開口問道：「你知道艾薇琳・布魯克發生了什麼事嗎？」

「不知道。」羅賓回答，即便他心想的是**知道**，他確實知道，雖然不知故事的細節，卻了解大致的梗概，現在他幾乎已經把事情全都拼湊起來了，但他卻一直拖延，不敢把最後一片拼圖拼上，因為他根本不想要知道，也不願意相信這是真的。

「她才華洋溢，」勒維教授說，「是我們收過最棒的學生，也是牛津大學的驕傲和喜悅泉源，你知道是葛瑞芬謀殺了她嗎？」

羅賓聞言縮了一下，「不，這不是——」

「他從沒告訴過你嗎？我很驚訝，老實說，我以為他會頗為沾沾自喜，」勒維教授的眼神非常黯淡，「那麼讓我來告訴你真相吧。五年前的某一天，艾薇過了午夜後還待在八樓工作，可憐又無辜的艾薇啊，她留著自己的燈，但並沒有意識到其他燈都熄掉了，艾薇就是這樣的人，當她全神貫注在工作上，就會對周遭事物渾然不覺，眼裡除了研究之外什麼都看不見。

「葛瑞芬・哈利大約在清晨兩點左右進入塔中，他沒有看見艾薇，她待在工作站後方的角落，他以為四下無人，接著做了他最擅長的事，就是偷竊。他四處尋找珍貴的手稿，要走私到天知道哪裡去，當他發覺艾薇看見他時，人已經快要走到門口了。」

勒維教授陷入沉默，羅賓因為突如其來的停頓大惑不解，直到他出乎意料看見勒維教授的雙眼紅通通的、眼角濡濕，羅賓認識他這麼多年以來，從來沒表現出哪怕是一絲情感的勒維教授，竟然正在哭泣。

「她根本什麼也沒有做，」他的聲音沙啞，「她沒有開啟警報，也沒有尖叫，她從來都沒機會，艾薇琳・布魯克只不過是在錯誤的時間待在錯誤的地點而已，但是葛瑞芬如此恐懼，擔心她會告發他，於是乾脆一不做二不休殺了她，隔天早上是我發現她的。」

他伸手輕敲放在書桌角落的一根磨損銀條，羅賓看過這根銀條很多次了，但勒維教授總是將其翻到反面，半掩在某個相框後，他從來都沒有鼓起勇氣開口詢問。現在勒維教授把銀條翻過來，「你知道這個配對有什麼效果嗎？」

羅賓往桌面一看，銀條正面寫著「爆」，他五內翻攪，害怕到不敢看背面。

「『爆』，」勒維教授說，「一邊是火字旁，另一邊則是代表暴力、殘酷、暴亂，『暴』本身也可以表示無法控制的野蠻暴行，像是『風暴』和『殘暴』[70]。而葛瑞芬將其翻譯為『爆炸』，這是最為節制的英文翻譯了，節制到根本很少會這麼翻譯，所以其中所有的力量跟毀滅，都封存在銀條之中了。銀條在艾薇的胸口爆炸，把她的肋骨像鳥籠一樣炸開，然後他就把她丟在那裡，倒在書架之間，手上還拿著書本。我發現她時，她泉湧的鮮血已經流得半個地板都是，把書的每一頁都染成紅色。」他把銀條滑過桌面，「給我拿著。」

羅賓縮了回去，「教授？」

「給我拿起來，」勒維教授怒氣爆發，「給我好好感覺銀條的重量。」

羅賓伸出手，五指包覆銀條，觸感極度冰冷，比他摸過的任何銀條都還冰，也都更為沉重，沒錯，他能夠相信這根銀條曾經殺死了某個人，銀條似乎隨著困在裡面的狂暴潛力嗡嗡震動，就像顆點燃的手榴彈，等待著引爆的時刻。

他知道這麼問沒有意義，但無論如何他還是必須問：「你怎麼知道是葛瑞芬做的？」

「過去十年我們沒有收過其他懂中文的學生，」勒維教授回答，「你以為是我做的嗎？還是查卡瓦蒂教授？」

他在說謊嗎？有可能，這個故事實在太詭異了，羅賓幾乎不敢相信，不想相信葛瑞芬有辦法做出像謀殺這樣的事。

但他真的無法相信嗎？葛瑞芬提起巴別塔學院的教職員時，彷彿他們都是敵軍，還不斷派自己的弟弟深入險境，根本不在乎後果，而且如此深信他打的這場戰爭中的二元正義，甚至對其他面向視而不見。所以他難道不可能為了保全赫密士會，殺死一個手無寸鐵的女孩嗎？

「我很抱歉，」羅賓低聲說道，「我都不知道。」

「這就是你認為會獲勝的那方，」勒維教授說，「一個騙子兼殺人犯，你想像你是在協助某種全球解放運動嗎，羅賓？少天真了，你不過是在助長葛瑞芬宏偉的妄想，而且又是為了什麼？」他朝羅賓的肩膀點了點頭，「為了讓手臂中那一槍嗎？」

「你怎麼會——」

70 原註6：爆是由火跟暴兩個偏旁組成。

「普萊費爾教授以為你可能是在划船時弄傷手臂，我可沒這麼好騙。」勒維教授十指交握在書桌上，又坐回椅子上，「所以，我想這其中的選擇非常明顯了。巴別塔學院還是赫密士會呢？」

羅賓皺起眉頭，「教授？」

「巴別塔學院或赫密士會？這很簡單，你可以自己選。」

羅賓感覺自己像是把壞掉的樂器，只能發出同一種聲音，「教授，我不……」

「你以為你會被開除嗎？」

「呃——**當然囉**，難道——」

「要離開巴別塔學院恐怕不是這麼容易，你雖然誤入歧途，不過我相信這是因為邪惡影響造成的結果，那些惡毒狡詐的影響，你根本就沒辦法處理。你很天真，沒錯，而且也令人失望，但你還沒有完蛋，這件事不需要以牢獄之災作結。」勒維教授在書桌上輕敲手指，「如果你可以為我們帶來點用處，那將會非常有幫助。」

「什麼用處？」

「情報啊，羅賓，協助我們找到他們，幫我們根除他們。」

「但我完全不知道任何事，」羅賓回答，「除了葛瑞芬以外，我甚至都不知道半個人的名字。」

「真的啊？」

「千真萬確，他們就是這樣行事的，他們都分散行動，什麼事都不會告訴新來的人，以免——」

羅賓吞了口口水，「以免像現在這樣的事發生。」

「那還真是不幸，你完全確定嗎？」

「沒錯，我真的不——」

「有話直說吧，羅賓，別再猶豫不決了。」

羅賓又縮了一下，他記得葛瑞芬當初也是這麼說的，一字不漏，而且葛瑞芬也是用跟勒維教授現在如出一轍的方式說的，冷酷又傲慢，就像他已經贏了這場爭辯，彷彿羅賓不管回應什麼，注定都沒有意義。

而羅賓現在也能夠想像葛瑞芬得意洋洋的嘲笑，完全知道他會怎麼說，「你當然會選擇你的物質享受啦，你這個嬌生慣養的小學者」，但葛瑞芬有什麼權利評斷他的抉擇？待在巴別塔學院、待在牛津，並不是一種耽溺，而是生存，這是他能夠進入這個國家唯一的入場券，他和流落街頭之間就只有這麼一線之隔。

他突然對葛瑞芬爆發一陣熾烈的恨意，羅賓根本就不想要這一切，而現在他的未來、以及雷米和薇朵瓦的未來，全都命懸一線，然後葛瑞芬人在哪呢？羅賓中槍的時候他人又在哪？連個影子也沒有。他利用他們、使喚他們，等到事情一出差錯就拋下他們，所以就算葛瑞芬真的進了監獄，那也是他活該。

「如果是忠心讓你保持沉默，那就沒什麼好說的了，」勒維教授說，「但我認為我們依然可以合作，我想你應該還沒準備好離開巴別塔學院吧，對嗎？」

羅賓深深吸了一口氣。

說真的，他有放棄什麼嗎？赫密士會已經拋棄了他，不僅忽略他的警告，還危及到他最親愛的兩個朋友，他根本什麼也不欠赫密士會。

往後的幾天和幾週，他都在試著說服自己，這只不過是策略性妥協的時機，而不是背叛，他並沒有洩漏太多重要資訊，葛瑞芬自己都說過他們有好幾間安全屋，不是嗎？而且這樣一來，除了可以保護雷米和薇朵瓦，他自己也不會被開除，且所有和赫密士會之間的溝通管道也依然存在，未來還有機會合作。但他還是從來都沒辦法對自己說出赤裸骯髒的真相：這並不是為了赫密士會，也不是為了雷米或薇朵瓦，而是為了自保。

「聖阿爾達特街，」他說，「教堂的後門，地下室附近有扇門看起來鏽到打不開，但葛瑞芬有把鑰匙，他們把那裡當作安全屋。」

勒維教授草草抄下這項資訊，「他有多常到哪裡去？」

「我不知道。」

「裡面有什麼？」

「我不知道，」羅賓再度回答，「我自己從來沒去過，是真的，他沒告訴我多少，對不起。」

勒維教授冷漠地瞪著他良久，接著似乎軟化了。

「我知道你可以表現得更好，」他傾身越過桌面，「你一點也不像葛瑞芬，你們倆天差地別，你謙遜、聰明、又勤奮，你受你們血統腐化的程度不像他那麼嚴重。如果我現在才剛認識你，我根本就很難猜出你竟然是個中國人，你擁有優異的天賦，而天賦值得第二次機會。但還是要當心啊，孩子，」他指著門的方向，「因為不會有第三次了。」

羅賓站起身，接著往下看向手上，他發現他全程一直緊握著那根殺死艾薇．布魯克的銀條，銀條同時感覺非常熱也非常冷，他心中突然浮現一股怪異的恐懼，覺得他要是再繼續拿著，銀條就會在他掌心侵蝕出一個大洞，他把銀條交還回去，「教授，這個——」

「你留著吧。」勒維教授說。

「教授？」

「過去五年來，我每一天都一直盯著這根銀條，思考我究竟是什麼時候教壞葛瑞芬了，如果我用不同的方式養育他，或是早一點看清他的本性，要是艾薇還——但還是算了。」勒維教授的語氣轉為冷酷無情，「現在這就是你良心的重量了，你留著吧，羅賓・史威夫特，隨身放在前袋裡，每當你開始懷疑的時候，就拿出來看看，讓它提醒你，究竟哪一方才是惡人。」

他示意羅賓離開辦公室，羅賓跌跌撞撞走下樓梯，銀條緊緊握在手中，他頭昏腦脹，深信他把自己的全世界推離了軌道，只是他毫無頭緒，不知道自己究竟是不是做了正確的選擇，是非善惡又到底是什麼意思，還有一切現在是如何分崩離析。

插曲

雷米

拉米茲．拉斐．米爾扎一直都是個聰明的男孩，他記憶力絕佳，有種滔滔不絕的天賦，像塊海綿一樣吸取各種語言，還有雙不可思議的耳朵，可以聽見韻律及音調，不僅是覆誦吸收到的詞語，還能唯妙唯肖地模仿原先的說話者，在言詞間投注所有應有的情緒，彷彿他短暫成為了那個人一般。在另一段人生中，他也許注定成為舞台上的明星，他擁有這種難以形容的技巧，可以讓簡單的言語變得如同歌唱。

雷米聰明絕頂，也有充足的機會可以炫耀，米爾扎家族憑藉大筆財富度過那個年代大起大落的一切興衰，即便他們是《孟加拉永久協議》簽訂之後失去土地及耕地的穆斯林家族之一，卻仍在一位霍拉斯．海曼．威爾森先生的家中找到穩定的工作，待遇甚至還說得上是相當優渥呢。霍拉斯爵士是加爾各答「孟加拉亞洲協會」的會長，對於印度語言及文學相當熱衷，也非常喜歡跟雷米的父親談話，他父親接受過阿拉伯文、波斯文、烏爾都文的良好教育。

所以雷米自小成長於加爾各答白人城鎮的上流英國家庭間，穿梭在有柱廊及列柱的歐洲風格宅邸，以及專門為歐洲顧客服務的商店，威爾森很早就對他的教育產生興趣，同齡的其他男孩還在街上玩耍時，雷米就已經在加爾各答穆斯林學院旁聽課程了。他在此修習算術、神學、哲學，並和他父親學習阿拉伯文、波斯文、烏爾都文，拉丁文和希臘文由威爾森聘請的家教教授，而英文則是從他周遭的世界汲取而來。

威爾森家的人都叫他「小教授」，幸福又被稱讚得飄飄然的雷米，完全不知道他所學的這些東西到底有何意義，只知道他一旦精熟，大人們就會很高興，他也時常為霍拉斯爵士邀來起居室的賓客表演把戲，他們會給他看一組遊戲牌，接著他便會準確無誤按照卡牌出現的順序，完美覆述牌上的花色和數字。他們還會用西班牙文或義大利文朗讀完整的文章或詩作，而完全聽不懂半個字的雷米，也能完美覆誦，音調和細節都無懈可擊。

他曾以此為傲，他喜歡聽見賓客讚嘆的驚呼，也熱愛他們揉他頭髮的方式，他們還會把糖果塞進他手心，然後打發他到廚房去。那時他對階級或種族都還不了解，他以為一切就只是場遊戲。他並沒有發現父親在角落觀看，眉頭因擔憂而皺起，他也不知道讓白人刮目相看，有可能和激怒他們一樣危險。

雷米十二歲時的某個下午，威爾森的賓客們在激烈的辯論中把他叫來。

「雷米，」招手要他過來的男子是時常來拜訪的崔瓦里恩先生，他留著一大把鬍子，還掛著豺狼般的乏味笑容，「過來這裡。」

「噢，別煩他吧。」霍拉斯爵士說。

「我要證明一個論點，」崔瓦里恩先生用一隻手示意他過來，「雷米，麻煩你過來。」

霍拉斯爵士並沒有阻止他，所以雷米匆匆來到崔瓦里恩先生身旁，站得筆直，雙手交握在背後，就像名小士兵，他學到英國賓客喜歡這個姿勢，他們覺得很可愛，「是的，先生？」

「用英文數到十。」崔瓦里恩先生說。

雷米聽從，崔瓦里恩先生清清楚楚知道他做得到，這場表演是為了其他紳士們呈現的。

「現在用拉丁文，」崔瓦里恩先生又說，而雷米完成之後他繼續說：「再來換成希臘文。」

雷米照樣遵從，房內充斥滿意的笑聲，雷米決定測試看看他的運氣，「這麼小的數字是給小朋友的，」他用完美的英文說道，「如果你們想聊代數，就挑個語言，我們來聊吧。」

再度傳出高興的笑聲，雷米也咧嘴一笑，雙腳來回搖晃，等待必不可少的糖果或零錢獎勵。

崔瓦里恩先生轉回面對其他賓客，「想想這個男孩和他父親吧，兩人都擁有類似的能力、類似的背景、類似的教育，我還會說，他父親一開始甚至還享有更多優勢，因為我聽說，**他的**父親來自富有的商賈階級。但是財富來了又去，即便擁有天生的資賦，我們的米爾扎先生現在還是找不到一個比家僕更好的工作，這麼說你同意嗎，米爾扎先生？」

雷米那時在父親臉上看見了最為怪異的表情，他看起來像是在克制某種東西，彷彿吞下了一顆非常酸的種子，卻沒辦法吐出來。

突然之間，這場遊戲似乎不再那麼好玩了，他現在因為愛炫耀感到緊張，卻無法確切指出究竟是為什麼。

「說吧，米爾扎先生，」崔瓦里恩先生說，「你不可能說你**立志**當一名僕人吧。」

米爾扎先生發出緊張的笑聲，「能夠服務霍拉斯．威爾森爵士是我的榮幸。」

「天啊，別裝了，不用再假裝禮貌了，我們都知道他是怎麼吹噓的。」

雷米盯著他父親，那個他在他眼中依然和大山一樣高聳的男人，那個教他書寫所有字母的男人：羅馬字母、阿拉伯字母、波斯字母。他還教導他怎麼作禮拜，教導他尊重的意義，是他的守護者。

米爾扎先生點了點頭，並露出微笑，「是啊，先生，你說的對，崔瓦里恩先生，當然了，我但願自己身在你的地位。」

「看吧，他說出口了，」崔瓦里恩先生說，「你看吧，霍拉斯，這些人是有野心的，他們有腦袋，還有想要自治的渴望，而他們也應該要擁有[71]。是你的教育政策讓他們沒辦法出頭，印度就是沒有用來**治國**的語言，你那些詩歌和史詩全都很有趣沒錯，這是當然的，但是一談到治理國家——」

房內再次爆發喧囂的辯論，雷米遭到眾人遺忘，他盯著威爾森，仍然在期待他的獎賞，但他父親狠狠瞪了他一眼，並搖了搖頭。

雷米是個聰明的男孩，他知道要讓自己隱形。

兩年後，一八三三年，霍拉斯・威爾森爵士離開加爾各答，回到牛津大學任職，成為校內第一名梵文教授[72]，當他提議帶雷米一起到英國時，米爾扎夫婦知道最好不要抗議，而雷米自己也沒有埋怨父母竟然沒有極力反對，讓他留在他們身邊，因為那時他已知道，違逆白人的意思是多麼的危險。

「我的員工會在約克夏養育他長大，」威爾森解釋道，「我如果從大學休假就會去看他，接著，等

---

71 原註1：雖然他當時不知道，但雷米其實是捲進了雙方的辯論中心，一方是包括霍拉斯・威爾森爵士的東方學家，他們支持教導印度學生梵文及阿拉伯文，另一方則是崔瓦里恩先生在內的英文學家，他們認為有前途的印度學生應該學習英文才對。這場辯論的結果，最終將會穩穩倒向英文學家那邊，並以一八三五年二月，湯瑪斯・麥考利爵士惡名昭彰的〈教育備忘錄〉一文為代表，他在其中寫道：「我們目前必須盡全力形塑出一個階級，他們可以成為我們和數百萬受我們統治人民之間的傳令，這個階級在血緣和膚色上是印度人，但在品味、觀點、道德、知識上都是英國人。」

72 原註2：當時，威爾森獲得這個職位的過程引發了某種爭議，他和W・H・彌爾牧師的競爭相當白熱化，彌爾牧師的支持者還散播謠言，主張因為威爾森有八個私生子，其人品不足以勝任這項工作，而威爾森的支持者捍衛他的理由，則是他事實上只有兩個私生子。

他長大之後，我會讓他申請進入牛津大學學院。查爾斯．崔瓦里恩可能是對的，對印度本地人來說，英文也可能是進步之道，不過就學者的觀點看來，印度語言仍是具有價值的。對那些傢伙來說，民政當局的人只要會英文就已經夠好了，但我們還是需要真正的天才來學習波斯文和阿拉伯文，對吧？總得要有人負責傳承古老的傳統啊。」

雷米的家人到港口替他送行，他沒有打包多少行李，不到半年，他帶的衣服就都會穿不下了。

他母親用雙手捧住他的臉，並親吻了他的額頭，「一定要記得寫信哦，一個月一次，不，還是一週一次好了，也要記得做禮拜——」

「好的，媽媽。」

他的姐妹們抓著他的外套，「你會寄禮物回來嗎？」她們問，「你會遇到國王嗎？」

「我會寄的，」他回答，「還有，我才不想遇到國王呢。」

他父親站在後方稍遠處，觀察著妻子及孩子們，並用力眨著眼，彷彿試著要把一切銘刻在記憶中。最後，登船的通知響起時，他把兒子抱到懷中，低聲說道：「『Allah hafiz』[73]，記得寫信給你母親。」

「好的，爸爸。」

「不要忘了你是誰，拉米茲。」

「是的，爸爸。」

雷米那時十四歲，已經大到可以理解驕傲的意義，但他想做的不單只是記住而已，因為他現在已經知道，那天在起居室他父親為什麼要微笑，不是出於懦弱或屈服，也不是害怕遭到報復，而是在扮演他的角色，他在示範給雷米看這一切是怎麼運作的。

說謊吧，雷米，這就是教訓，是他這輩子所學會最重要的教訓，躲起來，拉米茲，讓這個世界看見他們想看的，把你自己扭曲成他們想看見的形象，因為掌控對整個敘事的控制權，便是你如何反過來控制他們的方式。藏起你的信仰，藏起你的禮拜，因為阿拉不管怎樣仍會明瞭你的心意。

而雷米演得多棒啊，他毫無障礙周旋在英國的上流社會，加爾各答便已有不少英式酒館、音樂廳、劇院，他在約克夏見識到的，也不過只是他自小生長其中的菁英小圈子拓展得更大罷了，他會根據不同談話對象，加強或減輕他的腔調，並學會英國人對他同胞抱持的所有古怪觀念，再像個專業劇作家一樣精雕細琢，適時還以顏色。他知道什麼時候該扮演水手、僕從、王子，也學會何時要諂媚，何時又要自嘲，他甚至都能寫出一篇討論白人驕傲和白人好奇心的論文，他了解要怎麼讓自己變成充滿魅力的物品，同時抵銷自身的威脅性，他也擅於操弄所有最厲害的伎倆，以騙取英國人對他抱以尊敬。

他越來越擅長這些伎倆，擅長到他幾乎開始在其中迷失了自己，這確實是個危險的陷阱，讓演員相信他自己的故事，受到掌聲所迷惑，對一切視而不見。他可以想像自己成為研究生，獲得各種優異的成績及獎項，或是到法務部門擔任薪水優渥的律師，也可以是備受尊崇的天生口譯員，在倫敦和加爾各答之間往返，每次回家都為家人帶上大量財富和禮物。

而這有時候也會嚇著他，他在牛津大學是如何輕而易舉地長袖善舞，他想像中的未來又是多麼唾手可得，他表面上看來飄飄欲仙，內心卻覺得自己像個騙子、像個叛徒。他才正要開始陷入絕望，懷疑他這輩子所能達成的，是否就只是像威爾森希望的那樣，成為帝國的走狗，因為反殖民的抵抗道

73 原註3：「再見了，願神庇祐你。」

路，看似是這麼遙不可及，又如此無望。

直到他大三時，安東尼．里本如同起死回生般再次出現，並問他：「你願意加入我們嗎？」

而雷米毫不猶豫，直視著他的雙眼，隨即回答道：「當然願意。」

第十六章

「賺錢也愛錢的中國人，看來很明顯跟地球上任何國家一樣對貿易上癮，對於試圖和陌生國家進行商業往來，也同樣急切。」

——約翰．克勞福，〈中國帝國及貿易〉

早晨降臨，羅賓起床、盥洗、著裝上學，他在屋外和雷米碰頭，兩人都一句話也沒說，一路沉默走到學院門口，即便羅賓心中突然升起一股恐懼，大門仍然開啟讓他們進入。他們遲到了，就座時克拉芙特教授已經開始講課，蕾緹怒瞪了他們一眼，薇朵瓦則對羅賓點了點頭，表情高深莫測，克拉芙特教授接著講課，彷彿她根本沒看見他們一樣，有人遲到時她總是這樣。兩人拿出筆，開始抄寫有關塔西陀以及他棘手的奪格文法的筆記。

教室似乎同時既單調又美麗得令人心碎：晨光從彩繪玻璃窗傾瀉而入，在拋光過的木製書桌上投射出色彩斑爛的花樣，還有粉筆寫在黑板上清脆的聲響，以及古書的甜美木質清香。這是一場夢，一場不可能發生的夢，這個脆弱又美好的世界，羅賓以認罪為代價，獲准將夢境保留下來。

那天下午，他們在信箱收到通知，準備好在十月十一日，也就是後天，從倫敦啟程坐船到廣州去，他們會在中國待上三週，兩週在廣州，一週在澳門，接著在返程中還會在模里西斯停留十天。

「你們的目的地氣候溫和，但海上航程可能會非常寒冷，」紙條上這麼寫道，「記得帶件厚大衣。」

「這不是有點太早了嗎？」蕾緹問，「我以為我們通過考試後才會去。」

「這上面有解釋，」雷米拍拍通知書底部，「廣州出了特殊狀況，他們很缺中文翻譯，想要巴別人去填補這個空缺，所以他們把我們的旅程提前了。」

「原來，還真令人興奮耶！」蕾緹露出燦笑，「這會是我們第一次出去世界看看，並**做點**什麼的機會。」

羅賓、雷米、薇朵瓦三人面面相覷，他們心中全都浮現相同的懷疑，也就是這麼突然的旅程，某種程度上一定跟禮拜五晚上的事有關，但他們並不知道這對雷米和薇朵瓦理論上的清白而言代表什麼意思，也不知道這趟旅程上究竟有什麼在等待他們所有人。

他們出發前的最後一天根本就是場折磨，四人之中唯一感到興奮的就只有蕾緹，她當晚自動自發走進他們的房間，確保大家的行李都有打包好，「你不知道早晨的海上會變得多冷，」她邊說邊把雷米的襯衫整整齊齊折成一疊放在床上，「你會需要比亞麻襯衫更多的衣物，雷米，你至少會想穿兩層。」

「拜託哦，蕾緹西亞，」雷米在她碰到他的襪子之前就把她的手給拍開，「我們之前全都出過海。」

「是哦，我經常出國，」她無視雷米說道，「聽我的準沒錯。而且我們應該也要準備一小包藥品，安眠酊跟薑之類的，但我不確定我們有時間跑一趟藥局，我們可能要到倫敦才能——」

「我們只是要在一艘小船上待很長一段時間而已，」雷米爆氣說道，「又不是十字軍東征。」

蕾緹聞言身子一僵，改去整理羅賓的行李箱，薇朵瓦無助地看了羅賓和雷米一眼，他們在蕾緹面前不能暢所欲言，所以只能靜靜坐著，焦慮在心中持續醞釀。沒有解答的一連串相同問題，幾乎快把他們都給逼瘋，到底發生什麼事了？他們是受到寬恕了，還是斧頭仍等著要劈下來？他們會不會就這麼天真地登上往廣州的船，然後就被丟在世界另一端？

最重要的是，他們怎麼有可能分頭受到赫密士會吸收，卻完全不知道彼此的資訊？雷米和薇朵瓦至少還有點理由，他們才剛加入，他們有可能因為赫密士會的保密要求而太過害怕，還不敢跟羅賓說任何事。但羅賓到現在已經知道赫密士會存在三年了，而他半次都沒有提起過，甚至連對雷米也沒有，他在對朋友隱藏他最大的祕密這件事上，實在是做得滴水不漏，而他竟然還把這些朋友稱為知心好友呢。

羅賓在猜，這件事讓雷米非常困擾，那晚他們陪女孩走回北邊的住處後，羅賓試圖提起這個話題，但雷米搖了搖頭，「現在別談這個，阿賓。」

羅賓心痛如絞，「但我只是想要解釋——」

「那我想我們應該等薇朵瓦一起，」雷米簡要地回答，「你不覺得嗎？」

隔天下午，他們和勒維教授一同啟程前往倫敦，他會在整趟旅程中擔任他們的指導教授，幸好這趟路程比羅賓三年前搭十小時的公共馬車來到牛津還短上許多，牛津和帕丁頓車站之間的鐵路終於在這年夏天完工，啟用時新建的牛津車站月台下方已安裝好銀條[74]，所以這趟路程他們只花了一個半小

74 原註1：在銀條動力蒸汽引擎發明之後，英國鐵路的普及也變得非常快速，一八三〇年興建，全長五十六公里的利物浦到曼徹斯特路段，便是英國第一條為一般用途興建的鐵路，自此之後，全英國大約鋪設了將近一萬一千兩百公里長的鐵軌。牛津通往倫敦的路線本來更早就會興建，但牛津大學的教授推延了將近四年，理由是如此方便就能抵達首都五光十色的誘惑，將會為他們負責照顧的這些年輕天真紳士，帶來品德上的大災難；另外也是因為噪音的考量。

時而已，羅賓在過程中也成功想辦法不要和勒維教授有任何眼神接觸。

他們搭的船要明天才會啟航，所以他們要先在新龐德街上的某間旅店投宿一夜，蕾緹堅持他們出去走走，探索一下倫敦，所以他們最後跑去看了某個自稱是「卡拉布公主」的女士在起居室舉辦的表演。卡拉布公主在巴別塔學院的學生之間可說聲名狼藉，她本來是個卑微鞋匠的女兒，卻設法說服好幾個人相信她是來自爪哇蘇島的異國公主，但卡拉布公主的真實身分在近十年前遭到揭穿，她其實只是來自北德文郡的瑪莉．威爾考克。她的表演結合了怪異蹦跳的舞蹈、以某種人造語言發出的數種強力聲響、對她所謂的「阿拉塔拉神」的禱告（雷米聽到時鼻子都皺了起來），效果是可悲多過有趣，讓他們都留下了不愉快的回憶，於是便提早離開，疲憊又無言地回到旅店。

隔天早上，他們登上英屬東印度公司的快速帆船「梅洛波號」，直接航向廣州，這類船隻顧名思義是為了速度而造，由於必須盡快往返運送容易腐壞的貨物，船上因而也裝有最先進的銀條，以便加快航程。羅賓依稀記得他十年前的第一趟旅程，從廣州航往倫敦，便花了將近四個月時間，而這類快速帆船只要六個禮拜就能抵達。

「你興奮嗎？」梅洛波號經由泰晤士河離開倫敦港，航向開放海域時，蕾緹如此問他。

羅賓不確定，從他們上船之後他就覺得有點不對勁，雖然他也無法詳細描述這種不適感究竟是什麼，他要回去了，感覺好不真實，十年前他航向倫敦時心裡還頗為激動，腦中充滿各種對這個大海另一頭世界的幻想。這一次，他覺得他知道該期待什麼，而這讓他害怕，他以一種恐怖的期待想像他的回家之旅，就像擔心在人群中認不出自己的母親，他能認得出他看見的景象嗎？他真的記得一切嗎？與此同時，再度看見廣州的可能，似乎也突如其來又不可置信，他發現自己詭異地深信，等到他們抵達時，廣州一定早已不留痕跡從地球上消失了。

更令人擔驚受怕的，是他抵達後可能被迫留下的可能性，搞不好勒維教授騙了他，而這整趟旅程都是為了要把他弄出英國，他將被逐出牛津、遠離他熟知的一切，永永遠遠。

另一方面，他們要在海上熬過六週，這件事從一開始便非常折磨人，雷米和薇朵瓦就像行屍走肉，臉色蒼白、提心吊膽，只有一有點小聲響，就會渾身瑟縮，而且也無法在不表現出任何恐懼的狀態下參與最日常的閒聊。他們兩人可都沒有遭到校方懲罰，甚至也都沒有被叫去訊問，不過羅賓心想，勒維教授肯定至少有懷疑他們涉入，他們臉上就寫著有罪，那麼巴別塔學院究竟知道多少呢？而赫密士會又知道多少？葛瑞芬的安全屋後來怎麼樣了？

羅賓一心一意想要的就只有和雷米跟薇朵瓦討論，但他們總是都沒有機會，蕾緹一直都在，就連入夜後，當他們回到各自的船艙中，薇朵瓦也不可能有機會溜出來找男孩們，而不讓蕾緹起疑。他們別無選擇，只能假裝一切如常，但他們都非常恐懼，感到漠然、煩躁、易怒，沒半個人能拿出半點熱情和興奮，來面對這趟本來應該堪稱他們生涯最刺激篇章的旅程。而且，他們也沒辦法聊其他事情，他們那些老梗或是不重要的爭論，現在也都不再這麼容易自然出現，就算有，聽起來也都沉重又勉強。咄咄逼人、喋喋不休、神經大條的蕾緹，讓他們三人都很煩躁，雖然他們試著壓抑自己的火氣，因為這根本不是她的錯，但是當她問了好幾十次他們對廣州的美食有什麼想法時，他們還是忍不住理智斷線。

最後她終於發覺有什麼事情不對勁，啟程第三晚，勒維教授離開餐廳後，蕾緹用力把叉子扔在晚餐上，並質問道：「你們大家是在搞什麼啦？」

雷米木然地瞪了她一眼，「我不知道妳這話是什麼意思。」

「別裝了，」蕾緹暴怒道，「你們全都超怪的，什麼也不吃，課業也懈怠，我不覺得你甚至有碰過你的外語手冊耶，雷米，這實在很好笑，因為你之前已經講了好幾個月，打賭你模仿的中文腔調可以比羅賓還更好——」

「我們暈船了，」薇朵瓦脫口而出，「好嗎？我們又不是每個人都和妳一樣從小就可以一直搭船往返地中海避暑。」

「那我想妳在倫敦的時候也暈船囉？」蕾緹淘氣地反問。

「沒有，只是厭倦妳的聲音了而已。」雷米惡狠狠回嗆。

蕾緹聞言愣在原地。

羅賓把椅子往後推，站起身來，「我需要透透氣。」

薇朵瓦在身後喊他，但他假裝沒聽見，把她和雷米丟給蕾緹，自己逃出災難性的餘波，讓他覺得頗為愧疚，可是他真的受不了再在那張餐桌邊待上任何一秒了。他覺得很熱也很焦慮，彷彿衣服下爬滿一千隻螞蟻，如果他不離開現場、走一走、動一動，那他確定自己一定會就地爆炸。

外頭空氣寒冷，天色迅速轉暗，甲板上除了勒維教授外空無一人，他在船頭旁抽煙斗，羅賓看見他時幾乎就要轉身，自從他被抓到的那天早上以後，兩人在禮貌性交談之外，沒有說過半句話，不過勒維教授已經看到他了。他放下煙斗，示意羅賓加入他，心跳砰砰作響的羅賓只好走向勒維教授。

「我還記得你上一次的航程，」勒維教授朝黑幽幽的起伏浪花點點頭，「你那時候還那麼小。」

羅賓不知道該回答什麼，所以他就只是盯著勒維教授，等待他繼續說下去，令他大吃一驚的是，勒維教授竟伸出一手，放在他的肩膀上，但觸碰的感覺相當笨拙又刻意，角度不對，力道也太大了。兩人就這樣站著，渾身緊繃、滿心困惑，就像銀版照相機前的兩名演員，維持著他們的姿勢，就等閃光燈亮起。

「我相信人能改過自新，」勒維教授說，他似乎先排練過這番說詞，話語說出口就跟他的觸碰一樣生硬又笨拙，「我要說的是，羅賓，你非常有天分，我們失去你會很可惜。」

「謝謝你。」這是羅賓唯一能擠出的回應，因為他仍舊一頭霧水，不知道事情會怎麼發展。

勒維教授清清喉嚨，開口前先在空中揮了一下煙斗，彷彿要將話語從胸中召喚出來，「總而言之，我真正想說的其實是，這話我或許早就該說了，我可以理解如果你對我……感到失望。」

羅賓眨了眨眼，「教授？」

「我應該對你的處境更有同情心才對，」勒維教授的目光又回到大海上，他似乎沒辦法在說話的同時直視羅賓的雙眼，「在異鄉長大，拋下你所知的一切，還要適應一個新環境，呃，我相信你很可能沒有充分得到應有的照顧和關愛……這些也全都是當初影響葛瑞芬的事物，而我沒辦法說我第二次有處理得比較好。你必須為你自己的糟糕決定負責，但我也得承認，我確實有一部份也該怪罪我自己。」

他再次清清喉嚨，「我希望我們可以從頭來過，你的過錯既往不咎，而我的也會重新承諾要當一個更好的監護人，我們就假裝過去幾天從來沒發生過，就把赫密士會跟葛瑞芬都拋諸腦後吧。此後我們只會放眼未來，想著你將會在巴別塔學院達成的所有光榮和美妙成就，這樣算是公平吧？」

羅賓頓時愣在原地，老實說，這並不是什麼很大的讓步，勒維教授只不過是對他有時候疏遠的表現道歉而已，他並沒有替拒絕認羅賓為兒子道歉，也沒有為坐視他母親死去道歉。

話雖如此，他仍是破天荒頭一遭如此重視羅賓的感受。自從他們登上梅洛波號以來，羅賓終於首度覺得自己可以呼吸了。

「好的，教授。」羅賓咕噥道，因為也沒什麼好說的了。

「這樣的話就太好了，」勒維教授拍拍他的肩膀，動作依舊如此笨拙，害羅賓相當尷尬，然後便經過他朝階梯走去，「晚安。」

羅賓回頭面向海浪，他又深吸了一口氣，並閉上雙眼，試著想像若是真能抹去上個禮拜的種種，那他會有什麼感受。他應該會非常興奮，不是嗎？他會望向地平線，直直衝進他接受這麼多訓練所為的未來，而這個未來會是多麼前景可期啊，一趟成功的廣州之旅、精疲力竭的大四、之後畢業，到外交部任職，或是留在學院當研究生，繼續航向廣州、澳門、北京，在又長又光榮的翻譯生涯代表王室，英國夠格的漢學家人數實在太少，他可以達成很多第一次的創舉，可以有這麼多揚名立萬的機會。

難道他不想要嗎？難道這不會使他激動萬分嗎？

他依然可以得到這些，這就是勒維教授剛剛試圖要告訴他的事，過去的歷史是可以形塑改變的，而重要的唯有眼前的決定，他們可以把葛瑞芬和赫密士會原封不動埋進過往的深處，再也不要提起。他甚至都不需要背叛他們，只要無視他們就好了，就像兩人也埋葬了雙方都同意最好不要提起的其他一切。

羅賓睜開眼睛，望向遠方翻騰的浪花，直到目光不再能聚焦，直到他什麼都看不見，並且試著說服自己，就算他不見得開心，至少也算是滿意。

啟航一週後，羅賓、雷米、薇朵瓦才好不容易有段獨處的時光，他們晨間散步到半途，蕾緹就表示她肚子痛，回到甲板下了，薇朵瓦假意提議要陪她下去，但蕾緹揮了揮手打發她，她還在生他們所有人的氣，顯然想要獨處。

「好啦，」蕾緹前腳一離開，薇朵瓦就湊近羅賓和雷米身旁，填補蕾緹不在造成的空隙，這樣他們三人便緊緊站在一起，形成一座強風無法穿透的堅固地窖，「看在上帝的份上——」

他們全都異口同聲開口。

「為什麼沒有——」

「你們覺得勒維——」

「你們第一次是——」

然後又陷入沉默，薇朵瓦再試了一次，「所以是誰招募你的？」她問羅賓，「不可能是安東尼，他一定會先告訴我們的。」

「但安東尼不是已經——」

「沒有，他還活得好好的，」雷米回答，「他在國外假死啦。阿賓，你先回答問題。」

「是葛瑞芬，」羅賓說，仍因這番吐實頭昏腦脹，「我就告訴你們，是葛瑞芬．勒維。」

「那是誰？」薇朵瓦問，雷米同時則說：「**勒維？**」

「他是巴別塔學院的前學生，我是說，我想他也是……他宣稱是我同父異母的兄弟，他看起來長得就跟我一樣，我們認為勒維——也就是，我們的父親——」羅賓講話結結巴巴，中文的「布」字同時表示「布料」及「公布、透露」，真相就如同繡在布料掛毯上，綿延開來揭露其內容。但是終於和朋友說出實話的羅賓，毫無頭緒該從哪裡開始說起，他描繪的印象既雜亂不堪又令人困惑，不管他怎麼述說，都會受到複雜的事實所扭曲，「他幾年前離開了巴別塔學院，並在艾薇．布魯克出事之後隨即轉往地下活動，我的意思是，呃，我想他殺害了艾薇．布魯克。」

「我的天啊，」薇朵瓦說，「這是真的嗎？為什麼？」

「因為他替赫密士會做事時被她逮個正著，」羅賓回答，「我本來還不知道，是勒維教授告訴我的。」

「而你相信他？」雷米問。

「是的，」羅賓說，「沒錯，我覺得葛瑞芬會，葛瑞芬完完全全就是那種人，他會……」他搖了搖頭，「聽著，重點是勒維認為我是獨自行動，他有跟你們倆談過嗎？」

「我沒有。」薇朵瓦回答。

「我也沒有，」雷米說，「根本就沒人來接近我們。」

「那真是太好了！」羅賓大喊，「對吧？」

尷尬的沉默降臨，雷米和薇朵瓦看來不像羅賓期望的那樣鬆了口氣，連他期待的一半都不到。

「這樣很好哦？」雷米終於開口說道，「你的感想就只有這樣嗎？」

「你這話是什麼意思？」羅賓說。

「你覺得我是什麼意思？」雷米質問，「不要逃避話題，你跟赫密士會一起多久了？」

除了坦誠以告之外已別無他法，「從我在這裡唸書時就開始了，就從第一個禮拜起。」

「你是在開玩笑嗎？」

薇朵瓦碰碰他的手臂，「雷米，不要——」

「別跟我說這不會讓妳不爽，」雷米對她爆發道，「那樣就是三年，整整三年他從來都沒告訴我們他想幹什麼。」

「等等，」羅賓說，「你是在對**我**生氣嗎？」

「很好，阿賓，你終於注意到了。」

「我不懂，雷米，我做錯了什麼？」

薇朵瓦嘆了口氣，望向海面，雷米怒瞪了羅賓一眼，然後脫口大吼：「你怎麼就不先**問問**我呢？」

羅賓因為他的盛怒目瞪口呆，「你認真的嗎？」

「你認識葛瑞芬好幾年了，」雷米說，「好幾年了耶，而你從來沒想過要跟我們說這件事？你從沒想過我們也可能想要加入嗎？」

羅賓不敢相信這麼說有多不公平，「但你也從來沒跟**我**說過——」

「我有想要說。」雷米回答。

「我們正要告訴你，」薇朵瓦說，「我們去求安東尼，我們有很多次差點就要說溜嘴了，他一直跟我們說不要，但我們決定還是自己親口告訴你，我們本來那個週日要講的——」

「但你甚至都沒問過葛瑞芬，對吧？」雷米逼問道，「三年耶，老天啊，阿賓。」

「我是試著想保護你。」羅賓無奈地說。

雷米嘲弄道：「保護什麼？避免我們接觸想要加入的那個組織嗎？」

「我不想讓你置身險境——」

「你怎麼不讓我自己決定呢？」

「因為我知道你一定會答應，」羅賓回答，「因為你當場就會決定要加入他們，並放棄巴別塔學院的一切，你努力爭取的一切——」

「我努力的爭取的一切是**這個**才對！」雷米大叫，「怎樣？你以為我來巴別塔學院是因為我想當女王的翻譯是嗎？阿賓，我恨死這個國家了，我痛恨他們看我的方式，也痛恨在他們的宴會跟派對上像隻展示的動物一樣被傳來傳去觀賞。知道自己在牛津的存在就是對我種族和宗教的背叛，也讓我痛恨不已，因為我成了麥考利想要創造出來的那種階級的一員，從我來到這裡，我就一直在等待像赫密士會這樣的機會——」

「可是就是因為這樣啊，」羅賓說，「這正是為什麼這對你來說太過冒險了——」

「對你來說就不是嗎？」

「不是，」羅賓心中也突如其來升起一股怒火，怒回道，「確實不是。」

他不需要解釋為什麼，羅賓的父親是學院的教職員，而且他在正確的光線及正確的角度下，也能蒙混成白人，因此以一種雷米和薇朵瓦無法擁有的方式受到庇護，如果那晚換成是他們兩人其中之一去面對警察，那他們現在就不會待在這艘船上了，他們會全部鋃鐺入獄，還有可能更糟。

雷米喉嚨一緊，「去你的，羅賓。」

「我相信羅賓也不容易，」英勇的薇朵瓦挺身而出，試圖勸說兩人停戰，「畢竟他們對保密這麼嚴格，你還記得——」

「是沒錯，但我們認識彼此啊，」雷米瞪了羅賓一眼，「或者至少我曾經以為是這樣。」

「赫密士會根本是一團亂，」羅賓堅持，「他們忽視我的警告，棄成員於不顧，而且大一就出任務完全不會為你帶來任何好處——」

「換作是我就會更小心翼翼，」雷米嘲笑道，「我又不像你，連自己的影子都會怕——」

「但你根本就一點都不謹慎，」羅賓憤怒地回道，所以他們現在開始互罵了，所以他們現在要實話實說了，「你被抓到了耶，沒有嗎？你很衝動，你根本就不會**思考**，只要一有人冒犯到你的自尊，你就會爆炸——」

「那你怎麼又不跟薇朵瓦講呢？」

「薇朵瓦她……」羅賓的聲音越來越小，他無從反駁，他沒跟薇朵瓦講赫密士會的事，是因為他假設她有太多包袱不能放下，但他想不出有什麼好的方式可以說出這件事，或是為背後的邏輯辯護。她知道他的意思，但她不想迎上他懇求的眼神。

「謝天謝地安東尼出現了。」這是她唯一的回答。

「我只剩最後一個問題，」雷米突如其來問道，羅賓發覺，雷米是確確實實怒火中燒，這不僅僅是雷米式的激動大暴走而已，這或許是他們永遠無法修復的裂痕，「你到底說了什麼才能脫身？你放棄了什麼？」

羅賓無法當著雷米的面撒謊，他很想要這麼做，可是他太害怕真相了，還有雷米聽見後會怎麼看他，但這件事他絕不能隱瞞，這會把他扯得四分五裂，「他想要情報。」

「所以呢？」

「所以我給了他情報。」

薇朵瓦聞言一手摀住嘴巴，「一切嗎？」

「只有我知道的部分，」羅賓回答，「並沒有很多，葛瑞芬確保了這點，我甚至從來都不知道他拿我幫他拿出來的書去幹嘛，我告訴勒維的就只有一間聖阿爾達特街的安全屋。」

這完全沒幫助，她仍然用一種彷彿他虐狗的眼神看著他。

「你是發瘋了嗎？」雷米問。

「這又不重要，」羅賓堅稱，「葛瑞芬從來都不會去那裡，他自己跟我說的，我敢打賭他們甚至都還沒抓到他，他實在太疑神疑鬼了，我猜他現在早就已經逃出國了。」

雷米不可置信地搖了搖頭，「可是你還是背叛他了啊。」

這麼說實在不公平到了極點，羅賓心想，他救了他們，他做了他唯一能想到的事情，好把傷害降到最低，而這比赫密士會曾經為他做的所有還多非常多，憑什麼他現在要被公審？「我只是想救你們——」

雷米無動於衷，「你是在救你自己。」

「聽著，」羅賓理智斷線，「我沒有家人，我只有一紙合約、一個監護人，還有廣州一間親人死得屍橫遍野的房子，就我所知，他們到現在可能都還躺在床上腐爛，我回到家鄉就是要面對這種景象。你還有加爾各答，但沒了巴別塔學院，我什麼都沒有。」

雷米雙手抱胸，抬起下巴。

薇朵瓦同情地看了羅賓一眼，但沒有說任何話為他辯護。

「我不是叛徒，」羅賓辯解，「我只是想要生存下來而已。」

「生存可沒那麼困難，阿賓，」雷米的眼神極度冷酷堅決，「但你在過程中還是必須保有一絲尊嚴。」

剩餘的航程注定在悲慘中度過，雷米看來已經把他想說的話全都說完了，他和羅賓在兩人共用艙房中度過的所有時間，都籠罩著一股絕望又不舒服的沉默，用餐時間也沒好到哪裡去，薇朵瓦客氣卻疏遠，蕾緹在場時她沒辦法說什麼，她在其他時候也沒怎麼想找羅賓，而蕾緹也還在生他們所有人的氣，使得閒聊變得幾乎不可能。

如果有隨便其他什麼人在船上和他們作伴，那情況肯定沒這麼慘，但他們是這艘商船上唯一的乘客，而船上的水手最不感興趣的似乎就是和來自牛津的學者結交，他們認為羅賓一行人是不受歡迎又搞錯時機的負擔。羅賓一整天大多數時間要不是一個人待在甲板上，就是獨自待在艙房中，換作是其他各種情況，這趟航程本應都是個絕佳的機會，可以鑽研航海環境獨特的語言，其混雜了由外國船員和異國目的地所帶來的必要多語性，以及航海術高度技術性的術語。班楊日[75]是什麼意思？纏索結又是什麼？船錨是要「ㄐㄧˋ」在還是「ㄒㄧˋ」在纜柱上？找出答案通常會令羅賓很開心，但他忙著生悶氣，他試圖拯救朋友，竟然因此反倒失去了他們，這讓他大惑不解又憤憤不平。

可憐的蕾緹是他們之中最困惑的，其他人至少還知道引發這番敵意的原因，蕾緹卻毫無頭緒，她是一行人之中唯一無辜的，莫名被捲入砲火中，只知道事情有哪邊出了錯，並且暴跳如雷試著找出原因。換成是其他人，可能會變得退縮又悶悶不樂，並因為被最親密的朋友拒於門外而氣憤不已，但蕾緹一如往常頑固，下定決心要靠蠻力解決問題，當沒有半個人願意對她問的「發生了什麼事？」給出具體的回答之後，她決定改成各個擊破，運用過度熱情的友善想方設法挖出他們的祕密。

可是這卻帶來了適得其反的效果，雷米開始在她每次走進房間時，就接著走出去，身為蕾緹室友的薇朵瓦躲不掉她，因此每天早餐出現時看來也開始顯得憔悴和惱怒，某次蕾緹請她遞鹽罐給她時，薇朵瓦非常惡毒地爆發，叫她不會自己去拿嗎，害蕾緹愣在當場，頗為受傷。

不屈不撓的蕾緹於是開始在每次一有機會和他們其中一人獨處時，提起令人震驚的私密話題，就像個牙醫在戳弄牙齒看看哪邊會最疼，尋找需要修補的位置。

「這肯定不容易，」某天她跟羅賓說，「你跟他。」

羅賓一開始以為她是在講雷米，身子一僵，「我不——妳這話是什麼意思？」

75 譯註1：航海術語，指船上伙房不供應肉類的日子。

「很明顯的啊，」她回答，「我是說，你長得跟他非常像，大家都看得出來，又不是沒人猜得到的事。」

羅賓驚覺她說的是勒維教授，不是雷米，他大大鬆了一口氣，無意間發現自己加入了對話，「這是個詭異的安排，」他承認道，「只不過我已經太習慣了，已經不會再去想事情為什麼不是另一種樣子。」

「那他為什麼不公開認你呢？」蕾緹問，「你覺得這是因為他的家庭嗎？他老婆？」

「也許吧，」他回答，「但我真的沒差，老實說，如果他真的認我當兒子，我也不知道該如何是好，我不確定我想當勒維家的人。」

「但這不會讓你很想死嗎？」

「為什麼會？」

「就是，我父親他——」她開口說道，然後突然止住，頗為端莊地咳了幾聲，「我是說，你知道的，我父親都不跟我說話，在發生林肯的事之後，就不再正眼看我，也不跟我講話了，然後……我只是想要說，這種感覺我也略知一二，就這樣。」

「我很抱歉，蕾緹。」他拍拍她的手，卻馬上因為這麼做而湧起罪惡感，感覺實在太虛偽了。

但她對這個動作沒有多想，她一定也很渴望這熟悉的碰觸，至少這表示她的朋友還是喜歡她的，「而我只是想說，我會在這裡陪你的。」她牽起他的手，「我希望這麼說不會太冒犯，只不過我有注意到，他對待你的方式不一樣了，不像以前那樣，他不會直視你，也不會直接對你說話。我不知道發生了什麼事，但這樣是不對的，他對你這麼做真的很不公平，而我想要讓你知道，如果你想找人聊聊，阿賓，我隨時都在。」

蕾緹從來沒叫過他阿賓，這是雷米在叫的，羅賓幾乎脫口而出，卻發覺這會是個糟糕透頂的回答，他試著提醒自己要友善一點，畢竟她也只是嘗試以自己的方式安慰他而已，蕾緹雖然固執又蠻橫，卻仍舊是在乎他的。

「謝謝妳。」他捏捏她的手指，希望他要是不談論細節，就能迫使對話中止，「我很感激。」

至少船上還有工作可以分心，巴別塔學院的慣例是在同一趟畢業航程中一次派出一整屆學生，每個人都專精不同的語言，證明英國貿易公司無遠弗屆的影響力和連結，殖民貿易的魔爪已伸進世界各地數十個國家之中，而其勞工、消費者、生產者說的也是數十種不同的語言。途中，雷米便時常應要求替講烏爾都語和孟加拉語的水手翻譯，雖然他的孟加拉語程度現在頂多也只是很基本而已，蕾緹和薇朵瓦則是負責檢查他們下一個目的地模里西斯的船運清單，並翻譯從中國偷來的法國傳教士及法國貿易公司通信，拿破崙戰爭已然結束，但帝國間的競逐可還沒有。

每天下午兩點到五點，勒維教授會指導雷米、蕾緹、薇朵瓦中文，沒人期待他們停船在廣州時中文就會變得流利，但重點在於強迫他們吸收足夠的詞彙，以便讓他們了解基本的問候、問路、常見的名詞。勒維教授還認為，這種作法對於在非常短暫的時間內，學習一種全新的語言，可說有極大的教學助益，這可以強迫大腦延伸建立起快速的連結，以將陌生的語言結構和已知的結構做比較。

「中文真是有夠糟糕，」某天晚上下課後薇朵瓦向羅賓抱怨道，「沒有動詞變化、沒有時態、沒有詞尾變化，那你要怎麼知道某個句子究竟是什麼意思啊？我都還沒講到聲調呢，我就是聽不出來啊，也許只是我沒什麼音樂天份吧，可是我真的分不出差別，我開始覺得中文根本就是場騙局了。」

「這些都不重要啦。」羅賓向她保證，他很高興她終於願意和他說話了，過了三個禮拜後，雷米終於決定放下面子，恢復基本的禮貌，而薇朵瓦雖然還是有些疏遠，也已經消了點氣，足以再次向朋友一樣和他說話，「反正廣州的人也不會說普通話，妳要到處走動的話，需要講廣東話才行。」

「而勒維不會講？」

「不會，」羅賓回答，「他不會，這就是他為什麼需要我。」

入夜後，勒維教授則會協助他們為廣州的任務做準備，他們將代表數間私人貿易公司幫忙進行協商，其中最重要的一間便是怡和洋行，這個任務會比聽起來還要困難許多，因為英國和清廷之間的貿易關係，自從上個世紀末以來，就充斥著雙方的誤解和猜疑。擔憂外國勢力介入的中國，偏好將英國和其他外國商人的活動限制在廣州和澳門兩地，但是英國商人想要的是自由貿易：開港通商、開放中國本土的市場、並解除特定進口商品的限制，比如鴉片。

英國先前三次針對更廣泛貿易權利的協商嘗試，皆以難堪的失敗告終，一七九三年，馬戛爾尼使團淪為全世界的笑柄，因為喬治．馬戛爾尼爵士不願對乾隆皇帝磕頭，只好空手而歸。一八一六年的阿美士德使團結果也差不多，威廉．阿美士德爵士同樣拒絕向嘉慶皇帝磕頭，後來甚至還被逐出北京，當然還有一八三四年災難性的律勞卑事件，在毫無意義的炮戰互轟中來到高潮，威廉．律勞卑爵士最後則因發燒草草死於澳門。

因而他們這次的代表團會是第四次嘗試，「這次絕對會不一樣的，」勒維教授發誓，「因為他們終於找來了巴別塔學院的譯者負責主導對話，不會再因為文化上的誤解造成慘劇了。」

「他們先前沒有諮詢過你嗎？」蕾緹問，「真是令人驚訝。」

「等妳了解這些商人有多常覺得他們不需要我們的幫助，妳會更吃驚，」勒維教授回答，「他們喜歡假設所有人都應該自然而然學習跟英國人一樣說話和做事。而他們這樣的態度，在激起當地人的敵意上，可以說是做得再好不過了，如果來自廣州的報告沒有誇大的話，你們可得準備好面對一些不甚友善的當地人。」

他們對於即將在中國見識到的緊張情勢，都已有充分的了解，他們最近越來越常在倫敦的報紙上讀到有關廣州的報導，內容大部分是英國商人在當地殘忍的野蠻人手中受到的各式侮辱。根據《泰晤士報》的報導，中國勢力正在威脅英國商人，試圖將英國人趕出他們的家園和公行，還在自己的媒體上對英國人汙衊。

勒維教授強烈地認為，即便英國商人可以更為小心謹慎，但如此升溫的情勢，基本上仍然都是中國人的錯。

「問題在於，中國人已經說服自己相信他們是世界上最強大的國家，」他說，「他們在官方備忘錄中堅持要用『夷』這個字來形容歐洲人，但我們明明已經要求過他們無數次，換成某個尊重一點的字，因為『夷』是用來指野蠻人的。而他們還把這種態度套用到所有貿易和法律協商上，他們除了自己的法律之外，不承認任何法律，也不把外國貿易視為機會，而是必須處理的煩人入侵。」

「那麼你支持使用暴力囉？」蕾緹問。

「這對他們而言，可能是最好的辦法，」勒維教授帶著令人驚訝的怒氣回答，「這會帶來很大的效果，為他們好好上一課。中國只不過是個由半開化的人民組成的國家，還是由落後的滿洲人所統治，強迫他們開放貿易事業，會為他們帶來好處，可以促進進步。所以不，我不反對來點改變，愛哭的小孩有時候就是要被打過屁股才會聽話。」

雷米聞言側眼看了一下羅賓，羅賓則別開目光，這還有什麼好說的嗎？

六週的航程終於來到盡頭，勒維教授某天晚上在晚餐時通知他們，船隻預計在隔天中午前停靠廣州，下船之前，他還要求薇朵瓦和蕾緹穿上束胸，並將她們升上高年級後留長的頭髮剪至耳上。

「中國人嚴格禁止外國女子前往廣州，」勒維教授解釋，「他們不喜歡商人攜家帶眷前來，這樣他們看起來會像是要長住。」

「但他們肯定不會嚴格執行的吧？」蕾緹出聲抗議，「這樣商人的妻子怎麼辦？女傭呢？」

「這裡的外國人會雇用當地僕人，妻子則是留在澳門，中國人對這些法律的執行很重視，上一次有個英國人試圖把妻子帶來廣州，我記得是叫威廉・班恩斯吧，當地政府就威脅要派軍隊來把她趕走[76]。總而言之，這是為了妳們好，中國人對女人非常惡劣，他們沒有騎士精神的概念，相當輕視他們的女性，在某些案例中，甚至還不允許女性離開家中呢。如果他們認為妳們是年輕男子，這樣會比較好，妳們之後會發現中國社會仍然非常落後又不平等。」

「我在想那會是什麼樣子。」薇朵瓦冷淡地說，並接過帽子。

隔天早上，他們在甲板上度過日出時光，時而在船頭邊打轉，時而靠在欄杆上，彷彿這麼幾公分的差距，能夠協助他們瞥見航海科學宣稱他們正快速接近的地方，地平線上浮現一條細細的綠色及灰色時，厚重的晨霧才剛讓路給晴朗的藍天。一切緩緩添上細節，如同夢境具象化一般，模糊的顏色成了一道海岸，成了建築的輪廓，就出現在大量船隻停泊的小點後方，意為「中央王國」的中國，便是在此處和世界接觸。

十年來第一次，羅賓發現自己正遙望著祖國的海岸。

「你在想什麼？」雷米靜靜地問。

這是好幾週以來他們第一次直接對話，這並不是停戰協議，雷米仍然拒絕直視他的雙眼，但這至少是個開始，是個不情願的承認，表示即便發生了這一切，雷米仍然在乎他，而羅賓對此心生感激。

「我想到的是代表日出的中文字，」他誠懇地回答，他不能讓自己沉溺在這件事更龐大的重要性上，他的思緒正威脅要盤旋到他擔心自己無法控制的地方，除非他用熟悉的語言讓自己分心，把這些想法壓抑下來，「『旦』，看起來像這樣子。」他在空中畫出這個字：旦。「上面是代表太陽的偏旁，『日』，」他畫出日，「而在下面，則是一條線，我正好在想這個字是如何因這麼簡單的構造而如此美麗，這是最直接的象形應用，你看，因為旦代表的就是太陽從地平線上升起。」

76　原註2：班恩斯最後在英國館（隆順行）前擺了一座大砲，以防止中國人搶走他老婆，緊張情勢維持了兩個禮拜，直到那名女士最終聽從和平勸說，離開當地。

第十七章

「哪座海岸認不得我們的血統？」

——賀拉斯，《頌歌》

一年前，在交誼廳偷聽到科林和夏普兄弟大聲討論後，羅賓在某個週末便獨自跑去倫敦，看看傳說中的「中國女士」梅阿芳。她是由一對美國商人帶出中國的，兩人一開始是想要用一名東方女士來展示從海外蒐羅而來的商品，卻迅速發覺他們其實反倒可以靠著在美國東岸展示她這個人本身，大發一筆橫財，而這次是梅阿芳首次來到英國巡迴。

羅賓不知在哪讀到，梅阿芳同樣也是來自廣州，他不確定自己心裡期待什麼，不過就是看一眼某個和他來自相同祖國的人，或是稍微有點交流。他手上的門票讓他獲准進入一間俗艷的舞台室，廣告中稱為「中國沙龍」，房間以隨意放置的瓷器、拙劣仿製的中國畫、令人窒息的大量金色和紅色花緞裝飾，並由廉價的紙燈籠照明。中國女士本人坐在房間前頭的椅子上，身穿藍色絲質鈕扣襯衫，而她以亞麻布纏住的惹眼雙腳，則是擱在身前的一個小墊子上，她看起來非常嬌小，售票亭給羅賓的手冊上宣稱她二十多歲，但她看起來也很容易就能被誤認成只有十二歲那麼小。

室內相當嘈雜，擠滿觀眾，大多數是男性，當她緩緩彎身，解開纏足時，全場一陣靜默。手冊裡也有解釋她雙腳的故事，和許多年輕中國女子一樣，梅阿芳的腳在年輕時就被打斷纏上，以便限制其生長，並讓雙腳彎曲成一種不自然的拱形，使她的步伐巍巍顫顫、搖搖晃晃。她走過舞台時，羅賓身旁的男人們也往前擠，試圖近看，不過羅賓無法理解其中的吸引力何在，她的雙腳看起來既不是充滿異國風情的景象，也一點都不迷人，只是種對於隱私的巨大侵犯，站在那裡看著她，羅賓覺得十分尷尬，彷彿她剛剛在他面前脫下褲子一樣。

梅阿芳回到椅子上，目光突然間鎖定羅賓，她似乎掃過整個房間，並在他臉上發現親切感，羅賓雙頰發燙，避開眼神，當她開始唱歌時，唱的是種輕快縈繞的旋律，他認不得，也聽不懂，羅賓便擠出人群，離開了房間。

自此之後，除了葛瑞芬，他再也沒有見過任何中國人。

隨著他們航向陸地，他注意到蕾緹一直在盯著他的臉，然後再看向碼頭工人的臉龐，彷彿在互相比較，或許她是試著要精確判斷他長得有多中國，或是要看看他是否正經歷某種劇烈的情緒起伏吧。但他胸中沒有激起任何感覺，站在碼頭上，隔了將近一輩子之後再度踏足他的祖國，羅賓在這僅僅幾分鐘感受到的卻只有一片空無。

他們在黃埔下錨離船，換乘更小的船隻繼續沿廣州的濱河區航行，城市在此化作一連串噪音浪潮襲來，鑼鼓和鞭炮震天價響，持續不斷，還有大聲嚷嚷的船夫駕船在河中來回移動。實在嘈雜到令人難以忍受，羅賓不記得童年時有如此喧囂，要不是廣州變得更為繁忙，就是他的耳朵已變得不習慣這些聲響。

一行人在牡驢尖上岸，與怡和洋行的聯絡人貝里斯先生會合，他是名身材矮小、衣著講究的男人，深色的眼珠相當機靈，說話語氣出乎意料的快活，「你們來的正是時候，」他邊說邊和勒維教授握手，再來是羅賓，接著是雷米，並忽略了女孩們，「這裡真是場災難，中國人一天比一天還要囂張，他們破壞了供貨鏈，那天才在港口把我們其中一艘快船給炸成碎片，感謝主，那時候船上沒人，如果這種情況再繼續下去，後續的鎮壓將讓貿易窒礙難行。」

「那歐洲的走私船呢？」勒維教授邊走邊問。

「這算是個權宜之計，但只撐了一會兒，因為總督接著就開始派人挨家挨戶搜索，全城都驚慌失措，只要一提到鴉片兩個字，就能把人給嚇跑。這全都是那個林則徐的錯啦，他是皇帝新派來的欽差大臣，你很快就會見到他了，他會是我們必須處理的對象。」貝里斯先生在他們行走時還能說話說得這麼快，羅賓很驚訝他竟然臉不紅氣不喘，「所以他就這麼跑來，然後下令我們馬上交出所有運來中國的鴉片，這是今年三月的事，我們當然拒絕啊，於是他就暫停貿易，並告訴我們不准離開公行，直到我們準備好接受遊戲規則。你能想像嗎？我們簡直是被圍城了。」

「圍城？」勒維教授重覆道，看來有些擔憂。

「噢，呃，事實上沒有那麼嚴重啦，中國僕人回家了，這挺折磨人的，我得自己洗衣服，簡直是場災難，但除此之外我們大致上都還是保持好心情，真的，唯一的傷害就只有吃太多跟沒運動。」貝里斯先生短暫露出了猥瑣的笑容，「幸好這一切都結束了，現在我們可以隨心所欲到外頭晃蕩，不會有事啦，但他們一定要受到懲罰，理查，他們必須學會不可能這樣就算了。啊，我們到了，各位女士先生，這裡就跟你們自己家一樣舒服。」

穿過西南方的郊區後，他們來到一排建築前，共有十三間，全都明顯是以西方樣式建造，嵌入式的陽台、新古典風格的裝飾、歐洲各國國旗應有盡有，這幅景象看來和廣州其他地方如此格格不入，彷彿有個巨人在法國或英國挖了一排整齊的土地起來，然後直接全部丟到這座城市的邊緣似的。這些就是所謂的公行，貝里斯先生解釋道，名稱並非指此處是生產中心，而是商人的居所，也就是貿易代理商，在貿易季節時，商賈、傳教士、政府官員、士兵都會居住在此地。

「很美吧，是不是？」貝里斯先生說，「就像破敗垃圾堆頂端的幾顆鑽石。」

他們會待在新英國館（保和行）中，貝里斯先生帶他們快速穿越一樓的倉庫，經過交誼廳和餐廳，來到樓上的客房，他還指出，這裡也有一間藏書豐富的圖書室、幾座屋頂露台、甚至還有座面河的花園。

「他們現在管制非常嚴格，要外國人都待在外國的飛地區域內，所以不要自己出門去探險。」貝里斯先生警告道，「待在公行區內，不要亂跑，第三間的帝國館那邊有個小角落，馬克維克暨蘭恩公司在那邊販賣你們可能會需要的所有歐洲商品，不過他們除了航海圖之外，沒有賣太多書就是了。還有那些花船絕對是禁區，你們聽見了嗎？如果你們需要有人陪伴，我們的商人朋友晚上可以安排一些更謹言慎行的女人來拜訪，好嗎？」

雷米的耳根子瞬間脹紅，「我們不會需要的，先生。」

貝里斯先生竊笑，「請自便吧，你們要待的房間就在這條走廊上。」

羅賓和雷米的房間頗為陰鬱，牆壁最初一定是漆成深綠色的，現在則變成近乎黑色，女孩們的房間也一樣抑鬱，而且還更小間，單人床和牆壁之間幾乎快沒地方可以行走，同時也沒有半扇窗戶，羅賓看不出來他們究竟要怎麼樣才能滿心期待在這裡住兩星期。

「嚴格來說，這裡是間儲藏室，但我們可不能讓妳們離紳士們太近，」貝里斯先生至少努力嘗試語帶歉意，「妳們懂的。」

「沒問題的，」蕾緹邊回答邊把她的行李箱推進房間，「感謝你的招待。」

放下行囊後，他們在餐廳集合，裡面有張非常大的餐桌，至少能坐二十五人，餐桌中央懸掛著一面巨大的扇子，由帆布製成，攤開在木框上，一名苦力僕人負責讓扇子持續運轉，在整頓晚宴期間不停又拉又放、又拉又放。羅賓發覺這很令人困擾，每次他和僕人對到眼，心中便浮現一股怪異的愧疚感，但公行的其他居民似乎都對苦力視而不見。

那晚的晚宴可說是羅賓這輩子經歷過最糟糕難受的活動之一，桌邊的男士包括怡和洋行的員工和幾名來自其他貿易公司的代表，像是麥格尼克公司、J．史考特公司、還有其他幾間名稱羅賓過目即忘的公司，他們全都是白人男子，就像跟貝里斯先生同一個模子刻出來的一樣，表面上看來是迷人又健談的男士，但即便打扮整潔體面，卻似乎散發出一股無形的齷齪氛圍。除了商人之外，還有一名在德國出生的傳教士卡爾．古茲拉夫牧師，比起跟中國人談話，他很顯然更常幫船運公司做口譯。古茲拉夫牧師還驕傲地表示他同時也是「實用知識普及學會中國分會」的會員[77]，且目前正在替某本中文雜誌撰寫一系列文章，以教導中國人西方困難的自由貿易概念。

「很榮幸有你和我們合作，」第一道菜清淡的薑湯上桌時，貝里斯先生對羅賓說道，「要找到優秀的中國翻譯，能夠說出一串完整的英文句子，實在是很困難，西方訓練的翻譯優秀多了，週四我覲見欽差大臣時，就由你來替我口譯吧。」

「我嗎？」羅賓大吃一驚，「為什麼是我？」這是個合理的問題，他心想，他先前從未進行過專業口譯，而在覲見廣州最高級的官員時找他來翻譯，似乎是個很怪的決定，「怎麼不找古茲拉夫牧師呢？或是勒維教授？」

「因為我們是白人，」勒維教授挖苦地回答，「因此算是野蠻人。」

「而他們當然不願意跟野蠻人說話囉。」貝里斯先生說。

「不過卡爾看起來倒滿像中國人的，」勒維教授說，「他們不再相信你至少具有一部分東方血統了嗎？」

「只有在我自我介紹說我名叫『愛漢者』[78]時才會，」古茲拉夫牧師回答，「但我覺得欽差大臣應該不會太喜歡這個稱號啦。」

商人們通通都笑了，雖然羅賓看不出到底哪邊這麼好笑，這整段對話的背後存在著某種沾沾自喜，有種兄弟情誼的氛圍，是某個長久以來共享的笑點，他們其他人都無法理解。這讓羅賓想起勒維教授在漢普斯特德的聚會，如同他當年也從來都不懂笑點在哪，或是那些男人究竟是在洋洋得意什麼。

大家都沒喝什麼湯，僕人清走他們的碗，同時上了主菜和甜點替代，主菜是馬鈴薯跟某種覆滿醬汁的灰色肉塊，可能是牛肉或豬肉，羅賓分不出來，甜點甚至更神祕了，是個鮮橘色的東西，看起來有點像是海綿。

「這是什麼啊？」雷米邊問邊戳戳他的甜點。

薇朵瓦用叉子切了一小塊下來仔細端詳，「我猜是黏黏的太妃糖布丁吧。」

---

77 原註1：該學會於一八三四年十一月創立，宗旨為透過「知識大砲」的部署，來勸說大清帝國進一步開放西方商人及傳教士的活動，其是受到倫敦總會啟發，他們透過促進教育，慷慨地協助窮人翻身，並勸阻激進的政治思想。

78 原註2：古茲拉夫牧師確實常常使用「愛漢者」這個名字，意思就是「喜愛中國的人」，這個綽號並不是在嘲諷，古茲拉夫真的將自己視為中國人的擁護者，他在通信中都會將中國人稱為善良、友善、開放、充滿求知慾的民族，只是剛好不幸落入「撒旦的奴役」之下，而他竟然能將這樣的態度，與他支持開放鴉片貿易的立場調和，可說是相當有趣的矛盾。

「可是這是橘色的耶。」羅賓說。

「烤焦了吧，」蕾緹舔舔拇指，「而且我想是用胡蘿蔔做的？」

其他賓客又開始笑了。

「廚房的員工全是中國佬，」貝里斯先生解釋道，「他們從來都沒去過英國，我們一直在形容我們喜歡的食物，而他們當然完全不曉得那些東西吃起來怎樣、或是該怎麼做囉，但看他們嘗試還是很好玩。下午茶就比較好吃了，他們了解甜點的重點，而且我們還從英國帶了乳牛來，可以擠奶。」

「我不懂，」羅賓說，「你怎麼不直接讓他們煮廣東菜就好了？」

「因為英國美食會讓人想起家鄉，」古茲拉夫牧師回答，「在遙遠的旅程中應該要很感激這種物質享受。」

「但是這難吃到爆耶。」雷米說。

「而還有什麼能比這更英國的呢？」古茲拉夫牧師邊說邊用力切他的灰色肉塊。

「總而言之，」貝里斯先生說，「欽差大臣一定會非常難以合作，傳聞指出他極為嚴厲、一板一眼，他認為廣州是腐敗的淵藪，所有西方商人都是窮凶惡極的壞蛋，打算欺騙他的政府。」

「那人精明得很呢。」古茲拉夫牧師說，引來更多自鳴得意的笑聲。

「我確實寧可他們低估我們。」貝里斯先生贊同道，「好了，羅賓．史威夫特，我們現在手上的問題是鴉片禁令，這在中國的法律面前，會使得所有外國船隻都必須為他們可能走私進中國的鴉片負責，以前這條禁令只存在於書面上，我們會把我們的船停在，呃，該怎麼說呢？**外錨地**上，比如伶仃和金星門等地，並在這些地方將貨物分銷給當地的合作夥伴，進行零售。但欽差大臣來了以後，一切都變了，跟我之前告訴過你的一樣，他一來，情況可說是天翻地覆，義律上校雖然是個好人，但緊要關頭卻退縮了，他竟然讓中國人沒收我們所有的鴉片，以平息緊張的情勢。」話說到此處，貝里斯先生緊抓胸口，彷彿心真的揪了起來一樣，「整整超過兩萬箱啊，你知道這些價值多少嗎？將近兩百五十萬英鎊呢，我跟你說，這是非法侵占英國的財產，很顯然已構成開戰的理由了，義律上校以為他將我們從飢餓和暴力中解救出來，但他這麼做只是讓中國人知道，他們可以就這麼欺壓我們。」貝里斯先生把叉子對著羅賓，「所以這就是我們需要你的理由，理查已經告訴過你我們在這輪協商中想要得到什麼了，對吧？」

「我已經讀過提議的草稿了，」羅賓回答，「不過我對於優先順序有些疑惑……」

「是的？」

「就是，有關鴉片的最後通牒似乎有點太極端了，」羅賓說，「我看不出來你為何不拆分成一些更零碎的條件，我的意思是，你還是可以針對其他所有出口貨物進行協商——」

「並不存在其他出口貨物，」貝里斯先生回答，「其他都不重要。」

「只是中國人看起來似乎很有道理就是了，」羅賓無奈地說，「畢竟這是種這麼有害的毒品。」

「少荒唐了，」貝里斯先生露出一個練習過的大大笑容，「就我所知，抽鴉片可說是最為安全也最為紳士的消遣了。」

這可真是天大的謊言，羅賓朝他眨了眨眼，一臉震驚，「可是中國人在備忘錄中將其稱為有史以來荼毒他們國家最嚴重的惡習之一。」

「噢，鴉片可沒那麼有害，」古茲拉夫牧師說，「真的，英國一直以來都把鴉片酊當成處方藥，小老太太們都會固定使用，幫助睡眠，不比香菸或白蘭地更罪惡啊，我也常常和我的會眾推薦。」

「但用煙斗抽的效用不是強上更多嗎？」雷米插話道，「幫助睡眠看起來似乎真的不是這裡的問題。」

「這樣是搞錯重點了，」貝里斯先生有些不耐煩地回答，「重點在於兩國之間的自由貿易，我們都是自由主義者，對吧？在擁有商品的人和想要購買商品的人之間，不應該有限制，這才算正義。」

「真是有趣的辯護，」雷米說，「用美德為罪惡辯護。」

貝里斯先生嘲弄道，「噢，清朝皇帝才不在乎什麼**罪惡**呢，他只是對他的白銀很吝嗇而已，就是這樣，但貿易要成功，就要有取捨，而我們現在正出現貿易逆差。我們擁有的東西，那些中國佬顯然都不想要，除了鴉片之外，他們的鴉片永遠都不夠，他們會願意付出任何代價。要是由我做主，那麼這個國家所有男女老少，就都能一直抽鴉片煙抽到無法好好思考為止啦。」

貝里斯先生用力拍桌為這番言論作結，但聲響也許比他所想的還要更大，砰的一聲就像槍響，薇朵瓦和蕾緹嚇得一縮，雷米看來則驚訝到無法回答。

「可是這樣很殘忍，」羅賓說，「這簡直，簡直是殘忍至極。」

「這是他們的自由選擇，不是嗎？」貝里斯先生說，「你不能怪在生意上，中國佬就是又髒、又懶、又容易上癮，而你肯定不能把一個低劣種族的弱點怪在英國身上，何況我們還有利可圖。」

「貝里斯先生，」羅賓的手指因為某種怪異又迫切的能量刺刺癢癢的，他不知道自己是想奪門而出還是痛扁眼前這個男人，「貝里斯先生，**我就是**個中國佬。」

就這麼一次，貝里斯先生陷入沉默，他的目光在羅賓臉上游走，彷彿試圖要從他的長相判斷這番說辭的真實性，接著，讓羅賓大吃一驚的是，他竟然爆出一陣大笑。

「不，你才不是呢。」他靠回椅子上，雙手抱胸，還在爆笑，「老天爺啊，這真是太搞笑了，不，你才不是中國佬。」

勒維教授什麼也沒說。

翻譯工作隔天隨即展開，優秀的語言學家在廣州一直都供不應求，只要真有這樣的人士出現，就會同時被拉往十幾個不同方向，西方商人不喜歡聘用獲得政府授權的中國本土語言學家，因為他們往往能力欠佳。

「不要說英語了，」貝里斯先生向勒維教授抱怨道，「有一半人甚至連普通話都不太流利，此外，你也根本不能信任他們會代表你的利益，要是他們沒有跟你說實話，你永遠都能看得出來，有次我聘了個人，竟然當著我的面對關稅稅率說謊，阿拉伯數字就在我們眼前耶。」

貿易公司偶爾會聘用中文流利的西方人，但這類人也很難找，根據中國官方規定，教導外國人中文是條可判死刑的重罪，不過現在隨著中國的邊境稍加開放，這條法律根本不可能落實執行；話雖如此，經驗豐富的翻譯仍然通常是古茲拉夫牧師這類傳教士，不會有太多空閒時間。是故，像羅賓和勒維教授這樣的人才，價值堪比等重的黃金。可憐的雷米、蕾緹、薇朵瓦整天都要在一間間公行之間穿梭，負責銀工的維護，而羅賓及勒維教授的行程則是從早上八點開始就塞滿各式會議。

吃完早餐後，羅賓馬上陪同貝里斯先生到港口去，和中國海關官員核對船運清單，海關派出了他們自己的翻譯，是個戴著眼鏡的瘦弱男子，名叫孟先生，講英文時每個字都講得頗慢，有種膽怯的刻意，彷彿深怕念錯任何一個字。

「我們現在來核對清單。」他告訴羅賓，但他恭敬又拉長上揚的語調，讓他聽起來像是在問問題一般，羅賓分不出來對方是不是在請求他的允許。

「呃，好的。」他清清喉嚨，接著用他最標準的普通話清楚地說道：「請開始吧。」

孟先生開始朗讀船運清單，每念完一項貨品就會抬起頭來，這樣貝里斯先生才能確認這些貨物是存放在哪些箱子中，「一百二十五磅的銅、七十八磅的天然人參、二十四箱甲……甲蟲——」

「檳榔。」貝里斯先生糾正道。

「檳榔？」

「你知道的，就是檳榔，」貝里斯先生回答，「如果你想要，也可以叫檳榔果，是拿來嚼的。」他指著自己的下巴，模仿嚼的動作，「懂嗎？」

一頭霧水的孟先生望向羅賓求助，羅賓迅速將其譯為中文，孟先生點點頭，「檳榔果啊。」

「天啊，我真是受夠了，」貝里斯先生理智斷線，「讓羅賓來吧，你可以翻譯這整張清單，沒錯吧，羅賓？這會替我們省下很多時間，他們沒救了，我跟你講，全都沒救了，整個國家哪，竟然沒半個人有能力好好講英文。」

孟先生似乎完全聽得懂這句話，他狠狠瞪了羅賓一眼，羅賓趕緊低頭看清單，以避開他的眼神。

＊

整個早上都像是這樣：貝里斯先生和一群中國買辦見面，他對所有人都無禮至極，接著再看向羅賓，彷彿指望他不只翻譯他說的話，還要譯出他對談話對象徹底的輕視。

等到他們休息吃午餐時，羅賓的頭已經開始痛苦抽痛，他無法忍受再待在貝里斯先生身邊一刻了，就連回到英國館吃的晚餐，也無法倖免，貝里斯先生一整段時間都在細數海關官員的蠢話，而且他講述的方式，讓羅賓聽起來活像每一次都在對中國人厲聲怒罵。雷米、薇朵瓦、蕾緹都一臉困惑，羅賓則沒怎麼說話，狼吞虎嚥著他的晚餐，這次是道還過得去、卻沒什麼味道的牛肉飯，然後他便表示要再出門一趟。

「你要去哪？」貝里斯先生問。

「我想去城裡逛逛，」羅賓的怒氣讓他大膽了起來，「我們今天的工作結束了，不是嗎？」

「外國人不許進城。」貝里斯先生回答。

「我不是外國人，我是在這裡出生的。」

貝里斯先生不再回話，羅賓將他的沉默視為默許，他抓起大衣，大步走向門口。

雷米快步追上他，「或許我可以跟你一起去？」

拜託了，羅賓幾乎脫口而出，卻猶豫了，「我不確定你能不能去。」

羅賓看見薇朵瓦和蕾緹朝他們這邊看，蕾緹看起來也像要起身一樣，但薇朵瓦一手放在她肩上。

「我會沒事的，」雷米邊回答邊穿上大衣，「我和你一起。」

他們走出前門，並走下十三行，當兩人跨過這片外國飛地區，走進廣州市郊時，沒有人阻止他們，沒有人抓住他們的手臂，堅持驅趕他們回去所屬之地，就連雷米的面孔也沒有受到特別議論，印度水手在廣州相當常見，他們比白種外國人還不引人注目，弔詭的是，這和他們在英國的情況徹底相反。

羅賓帶著兩人隨意穿過廣州鬧區的街道，他不知道他在尋找什麼，童年常去的地方嗎？還是熟悉的地標？他心裡沒有特定的目的地，沒有他覺得會激起情緒的地方，他只感到一股深沉的迫切感，一種在太陽下山前盡可能走遍越多地方的需求。

「有回到家的感覺嗎？」雷米用不帶情緒的語氣輕聲問道，彷彿如履薄冰。

「一點都沒有。」羅賓回答，他覺得極度困惑，「這就像——我也不確定這像什麼。」

廣州和他當年拋下的那座城市已截然不同，碼頭上的工程從羅賓有記憶以來就從沒停過，現在已經迸發為一群群全新的建築群，倉庫、商行辦公室、旅店、餐廳、茶室，但他還期待什麼呢？廣州一直以來都是個瞬息萬變、生氣蓬勃的城市，吸納所有海洋送來的東西，並全部消化，成為自身怪異的混種，他怎麼會以為廣州還會紮根在過去之中呢？

然而，這樣的變化感覺還是如同背叛，感覺就像這座城市封起了所有可能通往家的路途。

「你以前住在哪啊？」雷米問，依然是以那種小心翼翼的溫柔語氣，彷彿羅賓是一籃隨時會滿出來的情緒。

「其中一座貧民窟，」羅賓看看四周，「我想應該離這裡不遠吧。」

「你想去看看嗎？」

羅賓想起那間悶不通風的屋子，充滿穢物和腐敗屍體的臭氣，那是全世界他最不想要回去的地方，但不去看看似乎更糟，「我不確定我還找不找得到，不過我們可以試試看。」

羅賓最終還是找到了回老家的路，不是跟著街道走，因為街道現在已經變得全然陌生，而是一直往前走，直到碼頭、河岸、落日之間的距離感覺熟悉了起來，沒錯，這裡就是家應該要在的地方，他記得濱河區的弧度，以及對面河岸的人力車招呼站。

「就是這裡嗎？」雷米問，「這裡全是商店耶。」

街道和他記憶中一點也不像，他的祖厝已經從地球表面消失，他甚至都分不出來地基在哪邊，有可能是在他們前方的茶室下方，或是左邊的商行辦公室，也可能是街底附近那間裝飾鋪張的店鋪，招牌上用俗艷的紅字寫著「花煙館」。這是間鴉片館。

羅賓朝店鋪大步走去。

「你要去哪？」雷米快步跟在他後頭，「那是什麼地方？」

「所有的鴉片就是到了這個地方來，他們會來這裡抽。」羅賓心中突然升起一股無法克制的好奇，銳利目光掃向店鋪正面，試圖記起所有細節，巨大的紙燈籠、上了漆的外觀、濃妝豔抹，身著長裙，在店鋪前向他們招手的女孩們。她們朝他露出燦笑，並在他接近時伸出手，彷彿舞者。

「你好，先生，」她們用廣東話呢喃道，「不進來享受一下嗎？」

「我的天啊，」雷米說，「趕快離開那裡。」

「等一下。」羅賓感覺受到某種強烈又扭曲的慾望宰制，想要了解。也是同一種邪惡的衝動會逼人去摳傷口的結痂，只為了看看會有多痛，「我只是想四處看看。」

店內那股味道像堵牆一樣撞上他，甜膩、病態、香甜，令人同時既作嘔又著迷。

「歡迎光臨，先生。」一名女服務生出現在羅賓肩旁，看見他的表情後露出大大的笑容，「第一次來嗎？」

「我不——」語言能力剎那間離棄了羅賓，他聽得懂廣東話，但不會講。

「你想試試看嗎？」女服務生將一副煙斗拿到他面前，已經點燃了，小鍋中閃耀著緩緩燃燒的鴉片光芒，一縷輕煙從頂端飄出，「第一管算店裡請你的，先生。」

「她說什麼？」雷米問，「阿賓，別碰那東西。」

「看看他們多享受啊，」女服務生指著會客室周遭，「你不想試試看嗎？」

煙館內擠滿男人，羅賓剛才沒注意到，裡面太暗了，但他現在看見至少有十多名癮君子癱倒在低低的沙發上，衣衫不整程度不一，有些人撫摸著坐在他們大腿上的女孩，有些人無精打采地在賭博，有些人則是獨自恍惚地躺著，嘴巴半開、眼睛半閉，凝望著空無。

「你舅舅就是離不開那些煙館，」眼前這幅景象，讓羅賓憶起他十年來都沒想起的話語，是他母親的聲音，在他整個童年都不斷哀嘆的那些話，「我們以前很富有，親愛的，看看我們現在是什麼樣子。」

羅賓想到他母親，她苦澀地回想起她從前照料的花園，還有她曾經穿的華服，都是在他舅舅來這種鴉片館把家產揮霍一空之前；他想像他的母親，年輕又絕望，熱切願意為承諾給她錢的外國男子做任何事。男子利用了她，還虐待她，並把她和一名英國女傭丟下，還留下一連串令人不知所措的指示，告訴她怎麼用一種她自己都不會講的語言，來養育他們的孩子——她的孩子。羅賓是因為貧窮導致的選擇而誕生，而貧窮則是由這樣的地方造成的。

「要吸一口嗎，先生？」

他還沒理解自己在做什麼，煙斗就在他嘴裡了，他正在吸氣，女服務生越笑越開心，說了某些他聽不懂的話，然後一切同時都又甜、又暈、又好、又壞，他咳了起來，然後再次用力吸入，他必須看看這東西有多容易上癮，要是這真能讓一個人犧牲一切的話。

「好了，」雷米抓住他的手臂，「吸夠了，我們走吧。」

他們快步走回城中，這次由雷米帶頭，羅賓一個字也沒說，他無法分辨那幾口鴉片對他帶來多少影響，還有他的症狀究竟是不是只是他自己想像出來的，某次，出於好奇，他曾翻閱過湯瑪斯・德・昆西的《一個英國鴉片吸食者的自白》，其中形容鴉片的效果會為所有感官帶來「平靜和平衡」，並會「大幅提升」鎮定感，同時還能「拓展心靈」。但這些他都沒感覺到，他唯一會用來形容自己目前狀況的詞彙就是「不怎麼對勁」，他有點想吐、腦袋昏昏沉沉、心臟跳得太快，身體卻移動得太過緩慢。

「你還好嗎？」一會兒後雷米問。

「我溺水了。」羅賓含糊地回答。

「不，你並沒有，」雷米說，「你只是歇斯底里了而已，我們會回去公行，然後你會好好喝一大杯水——」

「這叫作『洋貨』[79]，」羅賓說，「她是這麼稱呼鴉片的，『洋』代表『外國』，『貨』表示『貨物』，所以『洋貨』的意思就是『來自外國的貨物』。他們就是這麼稱呼這裡的一切，『洋』人、『洋』行、『洋惑』，也就是沉迷於洋貨，沉迷於鴉片。而他們說的就是我，這些東西是從我這裡來的，我就是『洋』。」

他們在一座橋上停下，下方是來往的漁夫和舢舨船，四周喧囂不止，他花了這麼多時間逃離、現在卻必須專心譯解的語言，形成了刺耳的噪音，讓羅賓好想用雙手摀住耳朵，將這一片應該要是家、感覺卻不像家的音景阻隔在外。

「很抱歉我沒有告訴你，」羅賓說，「赫密士會的事。」

雷米嘆了口氣，「阿賓，別挑現在。」

「我應該要告訴你的，」羅賓堅持道，「我應該要的，但我卻沒有，因為不知道為什麼，在我腦中一切都還是散開的，而我從來沒有把這兩塊碎片拼在一起，因為我就是看不出來……我就是，我不知道我怎麼會看不出來。」

雷米一言不發盯著他很長一段時間，接著往前走近，如此他們便肩並肩站在一起，一同望向水面。

79 原註3：原文以「yánghuò」表示。

「你知道的，」他靜靜地說，「霍拉斯．威爾森爵士，我的監護人，有次曾帶我去某一片他投資的鴉片園，在西孟加拉，我覺得我應該從來沒跟你說過，這些東西有大量都是種植在那邊，在孟加拉、比哈爾、帕特納。霍拉斯爵士擁有其中某一片的股份，他非常驕傲，他認為這是殖民貿易的未來，他要我和他的工人們握手，並告訴他們未來某天，我可能會變成他們的主管，這東西改變了一切，他說這修正了貿易逆差。

「我不覺得我這輩子忘得了那幅景象，」他把手肘靠在橋上，嘆了口氣，「一排又一排的花朵，根本是一片花海，是種非常鮮豔的猩紅色，讓田野看起來不太對勁，彷彿土地在流血一樣。這全都是種在鄉下，然後包裝好運到加爾各答，再交給民間商人，他們會直接把東西送到中國來，這裡最受歡迎的兩個鴉片牌子就叫作『帕特納』和『摩臘婆』，都是印度的地區，從我的家鄉直送你的家鄉，阿賓，這不是很好笑嗎？」雷米朝旁邊看了他一眼，「英國人把我的家鄉變成一個毒品和軍事國家，再把毒品灌到你的國家，這就是這座帝國連結我們的方式。」

此時羅賓在腦海中看見了一張巨大的蜘蛛網，從印度到英國的棉花、從印度到中國的鴉片、白銀變成中國的茶葉和瓷器，然後又再流回英國，聽起來實在如此抽象，只不過是使用、交易、價值的分類。直到一切全都變調，你發覺自己就居住在這張蜘蛛網中，察覺你的生活方式所仰賴的各式剝削，直到你看見若隱若現的殖民勞動及苦難造就的鬼魂，飄蕩在這一切之上。

「這太病態了，」他低語道，「太噁心了，真是令人作嘔……」

「但這只不過是貿易而已，」雷米說，「每個人都能獲益，每個人都能賺錢，即便只有一個國家得到最多的利益，反正會一直賺錢啊，這就是背後的邏輯，對吧？那我們幹嘛還要試圖掙脫呢？重點在於，阿賓，我覺得我了解你為什麼看不出來，幾乎沒有人看得出來。」

自由貿易，英國人辯護的台詞永遠都是這樣，自由貿易、自由競爭、對所有人都公平的賽場，只是結果從來都不會是這樣，對吧？「自由貿易」真正的意思，指的是大英帝國的宰制，不然依賴建立海上強權，以確保航道暢通的貿易，究竟哪邊有自由可言呢？區區貿易公司是什麼時候有能力掀起戰爭、徵收稅款、掌管民間及刑事正義的？

葛瑞芬的憤怒其來有自，羅賓心想，他錯就錯在覺得自己可以有所改變，這種貿易網路牢不可破，沒有任何事物可以把這樣的安排推離軌道，檯面下有太多私人利益、太多財富危在旦夕了。他們可以看得出一切的走向，但有權力改變的人，也都身處能夠獲利的位置，被害得最慘的人則根本沒有權力。

「這一切這麼容易就能忘記，」他說，「那一張張堆起來的紙牌，我是說，因為當你待在牛津，在巴別塔學院裡的時候，一切都只是話語、只是概念，但這個世界比我想像的還要廣大許多——」

「世界就跟我們想得一樣大而已，」雷米回答，「只是我們忘記了世界其他地方也很重要，我們已經如此熟練，拒絕看見就在我們眼前的事物。」

「但我現在看見了，」羅賓說，「或者至少更了解了一點，而這把我扯得四分五裂，雷米，而我甚至不知道為什麼，又不是說這像是——像是——」

像是什麼？像是他親眼見過任何真正糟糕的事物？像是他在西印度群島最為殘虐的時期親眼見證奴隸農園，或是印度那些餓死的屍體，死於本來完全可避免的饑荒？還是新世界遭到屠殺的原住民？他見到的就只有那麼一間鴉片館，但卻足以象徵其他非人慘況與明確暴行。

他傾身往前，靠向橋邊，思考他如果乾脆從邊緣跳下去感覺會是如何。

「你要跳下去嗎，阿賓？」雷米問。

「只是感覺不像……」羅賓深吸一口氣，「只是感覺不像我們有權利活著。」

雷米聽起來非常冷靜，「你是認真的嗎？」

「不是，我不是，我只是……」羅賓把雙眼緊緊閉上，他的思緒太混亂了，他不知道該怎麼傳達他的意思，而他能抓住的就只有回憶和逝去的文本，「你有讀過《格列佛遊記》嗎？我住在這裡時每天都在讀，我真的太常讀了，幾乎都背了下來，其中有一章，格列佛來到一片由馬統治的土地，牠們自稱為『智馬』，那裡的人類則是野蠻人和愚蠢的奴隸，叫作『雅虎』，他們地位對調了。而格列佛變得如此習慣和他的智馬主人住在一起，也如此深信智馬的優越性，導致他回家時，竟然被自己的人類同胞嚇到了。他覺得他們是傻瓜，無法忍受和他們為伍，而這就是這如何……就是……」羅賓在橋上來回搖晃，他覺得不管他吸氣吸得多大力，都吸不到足夠的空氣，「你知道我的意思嗎？」

「我懂，」雷米溫柔地回答，「但在這邊裝腔作勢起來對我們兩人都沒好處，所以快點下來，阿賓，我們回去喝水啦。」

隔天早上，羅賓陪同貝里斯先生前往市區的政府機關，覲見欽差大臣林則徐。

「這個林則徐比其他人都聰明，」貝里斯先生在路途中說道，「幾乎完全收買不了，在東南部，他們叫他『林青天』[80]，跟天空一樣潔淨清廉，他對賄賂不為所動。」

羅賓什麼也沒說，他已經決定要以最低限度的應付，熬過他在廣州剩下的職責，而這可不包括附和貝里斯先生充斥種族歧視的謾罵。

但貝里斯先生似乎沒注意到，「現在，記得永遠不要鬆懈，中國人是個極度狡詐的種族，天生就愛騙人，還有種種缺點，總是嘴巴上這樣說，實際上的意思卻是完全相反，要注意不要讓他們占了上風。」

「我會保持警醒的。」羅賓簡短回應。

根據貝里斯先生的敘述，其他人可能會想像林則徐身長九尺、眼睛噴火、還長著妖怪的角，但他本人卻是個溫文儒雅的男士，身高體型都頗為一般，整個人也沒什麼特出之處，除了雙眼之外，他的雙眼似乎炯炯有神，可以看透一切。他帶著自己的口譯員，是個年輕的中國男子，自我介紹名叫威廉・波特羅，而讓羅賓驚訝的是，他的英文竟然是在美國學的。

「歡迎光臨，貝里斯先生。」林則徐用中文說，威廉則迅速譯為英文，「我聽說你有些想法想要和我分享分享。」

「如你所知，問題在於鴉片貿易，」貝里斯先生說，「渣甸先生和麥贊臣先生認為，如果他們的代理商能夠合法在廣州沿岸販賣鴉片、不受干擾的話，那麼將能為你我雙方的人民皆帶來益處。如果你們也能為他們的貿易代理商今年稍早所受到的無禮對待正式道歉，那他們也會相當感激，此外，似乎也只有將你們幾個月前沒收的兩萬箱鴉片歸還我方，或至少以同等市值的財物賠償，這麼做才算公道。」

最初幾分鐘林則徐就只是邊傾聽邊眨眼，羅賓則繼續飛快譯出貝里斯先生的要求清單，他試著不要翻出貝里斯先生大聲又紆尊降貴的語氣，他改以儘可能且平穩且不帶情緒的方式表達。話雖如此，他的耳朵仍是因尷尬而脹紅，這感覺不像是在對話，而像是在說教，還是對笨小孩的說教。

貝里斯先生似乎也沒有因林則徐毫無反應而感到困惑，當他的話語撞上沉默時，他就只是繼續往

80 原註4：「青」代表「潔淨」，「天」則表示「天空或天堂」。

下說：「渣甸先生和麥贊臣先生還想要說，大清皇帝也應該要理解他政府的排外貿易政策，並不會為中國帶來好處。事實上，你們自己的人民也對你們的貿易壁壘不滿，他們認為這並不代表他們的利益，他們比較想要和外國人交流的自由，因為這同時也給了他們發財的機會。到頭來，自由貿易畢竟是國家繁榮昌盛的祕密；相信我，讀點亞當・斯密，對你們的人民一定有好處的。」

林則徐終於開口，「我們了解這點。」威廉・波特羅迅速接口翻譯，這是場古怪至極的對話，同時有四個人參與，卻沒有半個人是直接對著自己交談的對象說話，「這正是渣甸先生和麥贊臣先生送來的許多信件中所提出的確切條件，不是嗎？你來這裡有什麼新的話想說嗎？」

羅賓滿臉期盼看著貝里斯先生，但他卻只是結結巴巴簡短說出：「呃，並沒有，但這值得親自重覆——」

林則徐雙手背到身後，然後問道：「貝里斯先生，鴉片在你自己的國家，不正是以最嚴格苛刻的規範遭到禁止的嗎？」他停下來讓威廉翻譯。

「話是這麼說沒錯，」貝里斯先生回答，「但問題在於貿易，而不是英國國內的限制——」

「此外，」林則徐繼續說道，「難道禁止你們自己的國民使用鴉片，不正是證明了你們深知這對人體會造成多大的危害嗎？我們想問的是，中國可曾從自己的土地上送出任何一件有毒的商品？我們賣給你們的東西，難道不都是對你們有好處，且你們的國家也有大量需求？你現在的主張是，開放鴉片貿易其實會為我們帶來好處嗎？」

「這場辯論，」貝里斯先生堅稱，「是有關經濟，我曾經被你們某個海軍將領查扣船隻，上船搜索鴉片，當我向他解釋我遵守大清帝國設立的法律，並沒有持有任何鴉片時，他竟然表示他頗為失望。他原本希望批發購買，然後再自行零售，你瞧，這證明了中國人也能從相關交易中發大財哪——」

「你還是在逃避鴉片是誰在抽的問題。」林則徐說。

貝里斯先生氣得嘆了口氣，「羅賓，告訴他——」

「我會跟你重覆我們寫給你們維多利亞女王的話，」林則徐說，「那些希望和我們天朝進行貿易的人，都必須遵守皇上設下的法律，而皇上正準備要執行的新法律，便是所有攜帶鴉片進入中國，並意圖販售的外國人，都將會遭到斬首，且船上所有財產都要充公。」

「但你們不能這樣做，」貝里斯先生咆哮道，「你在講的人是英國公民，那些是英國財產。」

「從他們選擇當罪犯的那一刻就不是了。」威廉．波特羅在此也模仿了林則徐冷酷的蔑視，可說唯妙唯肖，甚至連最細微的挑眉都做到了，羅賓頗為佩服。

「現在給我聽好了，」貝里斯先生說，「英國人可不歸你們管轄，欽差大臣，你根本就沒有任何實權。」

「我知道你認為你們的利益永遠都會超過我們的法律，」林則徐說，「但我們現在是身處中國的領土，所以我要在此提醒你和你的主人們，我們會用我們認為合適的方式，去執行我們的法律。」

「那你也該知道，如此一來我們也將必須以我們認為合適的方式，捍衛我們的公民。」

貝里斯先生竟然有膽大聲說出這番話，令羅賓震驚得忘了翻譯，因此出現一陣令人尷尬的停頓，最後，威廉．波特羅小聲用中文對林則徐覆述了貝里斯先生的話。

林則徐完全不為所動，「這是在威脅嗎，貝里斯先生？」

貝里斯先生張口，但似乎又決定作罷，並把嘴巴閉上，即便他怒火中燒，他顯然也理解不管他再怎麼喜歡怒嗆中國人，他仍然不能在沒有政府奧援的情況下宣戰。

四人陷入沉默，面面相覷。

接著，林則徐突如其來朝羅賓點了點頭，「我想要和你的助理私下談話。」

「和他？他沒有任何公行職權。」羅賓自動代表貝里斯先生翻譯，「他只是口譯員。」

「我只是想隨意聊聊。」林則徐回答。

「我——但是他未受允許，不能代表我發言。」

「我不需要他代表你，事實上，我認為我們彼此之間所有需要說的話都說完了，」林則徐說，「你不覺得嗎？」

看著貝里斯先生的震驚轉為氣憤，羅賓放任自己享受其中的純粹愉悅，他原本考慮翻譯出他結結巴巴的抗議，但發現他的抗議內容顯然顛三倒四，便還是決定保持沉默。最終，無計可施的貝里斯先生終於同意讓人護送離開。

「你也是。」林則徐告訴威廉．波特羅，他一句話也沒說便聽命離去。

然後他們就獨處了，林則徐默默盯著羅賓良久，羅賓眨了眨眼，無法維持眼神接觸，他很篤定對方在仔細端詳他，而這既讓他覺得自己不夠格，又極度不舒服。

「你叫什麼名字？」林則徐靜靜地問。

「羅賓．史威夫特。」羅賓回答，接著眨了眨眼，一臉困惑，對一場用中文進行的對話來說，這個英文名字似乎頗不協調，他的另一個名字，也就是他的中文本名，已經許久沒使用了，讓他根本沒想到要講出來。

「我是說——」但他太尷尬了，無法繼續講下去。

林則徐的凝視饒富興味、不為所動，「你是從哪裡來的？」

「事實上，我來自這裡，」羅賓回答，很感激有個他可以輕鬆回答的問題，「不過我很小的時候就離開了，而且我也很久沒回來了。」

「還真有趣，你為什麼要離開呢？」

「我的母親死於霍亂，一名牛津大學的教授成了我的監護人。」

「那麼你是來自他們的學校囉？翻譯學院？」

「沒錯，這就是我離鄉前往英國的理由，我一輩子都在學習成為譯者。」

「這是個非常光榮的職業，」林則徐說，「我有許多同胞都瞧不起學習外夷的語言，但自從這裡換我當家後，我就下令進行好幾項翻譯計畫，師夷長技以制夷，你不覺得嗎？」

這個人身上有某種特質讓羅賓實話實說，「他們對你們可不是同樣的態度。」

林則徐聞言大笑，讓羅賓鬆了口氣，也替他壯膽，「我可以問您一件事嗎？」

「請說。」

「您為什麼要叫他們『夷』？您肯定知道他們很討厭這樣。」

「但是這只是代表『外國』的意思而已，」林則徐回答，「是他們自己才堅稱這個字有負面涵義，他們是在自取其辱。」

「那麼直接用『洋』難道不會更容易嗎？」

「你會讓某個人侵門踏戶，並告訴你你自己的語言是什麼意思嗎？我們想羞辱他們時，也有其他字可以使用，『鬼』[81]這個說法沒有更盛行，他們應該要覺得很幸運了。」

羅賓露出微笑，「滿合理的。」

81 原註5：「鬼」可以代表「鬼魂」或「惡魔」，在這裡的脈絡中，最常見的說法便是「洋鬼子」。

「現在我希望你對我實話實說，」林則徐說，「協商這個主題有任何意義嗎？如果我們吞下我們的驕傲，俯首稱臣，這樣就能調停整場衝突嗎？」

羅賓很想說對，他多希望自己可以宣稱沒錯，當然了，還有空間可以協商，英國和中國，都是由理性明理的人士領導的國家，一定可以找出共識，而不用訴諸干戈，但他深知這不是真的。他清楚貝里斯、渣甸、麥贊臣完全沒有要和中國人妥協的意思，妥協需要一定程度的理解，承認對方值得獲得同等的道德地位，但是他已發覺，對英國人來說，中國人就跟動物無異。

「不能。」他回答，「他們就是想要為所欲為，少一點都不可能妥協，他們不尊重您，也不尊重您的政府，您對他們來說是無論如何都需要排除的障礙。」

「真令人失望啊，他們還滿嘴權利和尊嚴的。」

「我認為那些原則只能應用在他們覺得是人的對象上。」

林則徐點點頭，他似乎心意已決，一臉堅定，「那麼就不需要再多費唇舌了，對吧？」

等到林則徐轉過身去，羅賓才理解已經沒他的事了。

他不確定該怎麼辦，只好尷尬又敷衍地鞠了躬，便離開房間，貝里斯先生在走廊上等他，看起來不太高興。

「發生什麼事了？」僕從護送他們離開大廳時他質問道。

「沒什麼。」羅賓回答，他有些頭暈目眩，覲見這麼突兀地結束，他不知道該做何感想，他如此專注在翻譯的技術上，試圖一字一句照實傳達貝里斯先生精確的意思，使得他沒有領略到對話的暗潮洶湧。他發覺某種重大事件剛剛發生，但他不確定究竟是什麼事，也不知道他在其中扮演什麼角色，他在腦中不斷重播方才的協商，思考他是不是犯下了什麼災難性的錯誤。但一切都如此彬彬有禮，他們只不過是重申了明明白白寫在紙上的立場而已，不是嗎？「他似乎認為大勢已定了。」

回到英國館後，貝里斯先生隨即匆匆跑上樓上的辦公室，把羅賓自己一個人丟在大廳，他不確定該如何是好，他理應整個下午都要在外面幫忙口譯的，但貝里斯先生就這麼拍拍屁股走人，臨走前也沒有留下任何指示。他在大廳裡等待了幾分鐘，最後決定前往起居室，認為最好還是待在公共區域，以免貝里斯先生決定他還需要他。起居室內，雷米、蕾緹、薇朵瓦坐在一張桌邊玩牌。

羅賓在雷米身旁的空位坐下，「你們難道沒有銀條要拋光嗎？」

「提早結束啦，」雷米遞給他一副牌，「老實說，如果你不會講中文，那待在這其實有點無聊，我們在想等之後我們獲准自由行動後，可以搭船去花地河岸花園看看。跟欽差大臣的會面如何？」

「很怪，」羅賓回答，「我們什麼共識也沒達成，不過他似乎對我很有興趣。」

「因為他搞不懂為什麼一名中國口譯員要替敵人做事嗎？」

「我想是吧。」羅賓說，他擺脫不了某種不祥的預感，彷彿看見一場風暴聚集，準備等著天空撕裂，起居室內的氣氛似乎太過輕鬆、太過平靜了，「那你們大家還好嗎？你們覺得他們會派給你們更有趣的任務嗎？」

「不太可能吧，」薇朵瓦打了個哈欠，「我們是孤兒啦，爸爸媽媽忙著去破壞經濟，根本沒空管我們。」

「我的天啊，」蕾緹突然站起身來，目光緊盯窗邊某處，雙眼圓睜，充滿恐懼，同時伸手指向窗戶，「你們看，老天啊，到底是發生什麼——」

對面的河岸竄出大火，但是他們衝到窗邊後，發現火勢是受到控制的，看起來如此嚴重，只是因為翻騰的火焰和煙霧，羅賓瞇起眼睛細看時，發覺火勢只在起火點附近延燒，起火點則是數艘船隻上的一大堆箱子，船隻艙底頗深，已經推上淺灘。幾秒鐘後，他便聞到了箱子中的內容物：風勢將一陣病態甜膩的香味吹過河岸，飄進英國館的窗戶中。

是鴉片，林則徐在燒鴉片。

「羅賓，」勒維教授衝進房間，貝里斯先生緊跟在後，兩人看來都怒不可抑，勒維教授的臉龐更是因盛怒格外扭曲，羅賓從來沒見過他這樣，「你幹了什麼好事？」

「我——什麼？」羅賓的目光從勒維教授身上移到窗邊，大惑不解，「我不明白——」

「你說了什麼？」勒維教授重複道，拽著羅賓的領口搖晃，「你跟他說了什麼？」

這是自圖書室那天之後，勒維教授第一次對他動手，羅賓不知道勒維教授現在會做出什麼事，他的眼神像頭野獸一樣，完全認不出來，拜託你，羅賓狂亂地想著，拜託你，傷害我、打我，因為這樣我們就會知道了，這樣就無庸置疑了。但這次發作轉瞬即逝，勒維教授放開羅賓，猛眨著眼，彷彿大夢初醒，他往後退了一步，拍拍大衣正面。

他們身邊的雷米和薇朵瓦依舊渾身緊繃，兩人都戒備著，彷彿隨時要介入到他們中間。

「不好意思，我只不過是——」勒維教授清清喉嚨，「把東西收一收，到外面和我會合，你們全部都是，『海拉斯號』已經在港灣等了。」

「但我們接下來不是要去澳門嗎？」蕾緹問，「我們的通知上說——」

「情況變了，」勒維教授簡短回答，「我們訂了提早回英國的船班，快去收拾東西吧。」

第十八章

「如果認為不需要進一步大規模展示武力，他們就能找回理智，那就是對他們期待太多了。」

——詹姆士．麥贊臣致約翰．普維斯之信件

海拉斯號以令人讚嘆的速度快速離開珠灣，他們上船後不到十五分鐘，就已割斷纜索、起錨、張開船帆，一行人迅速衝出港口，後方追逐的是滾滾的濃煙，似乎吞沒了整座城市。

在他們上船之前，船員並不知道需要負責額外五名乘客的食宿，因而頗為失禮又惱怒，海拉斯號並不是一艘載客船，船艙本就相當狹窄，雷米和羅賓必須要和水手擠一擠，女孩們則是擁有一間私人船艙，和船上唯一的另一位平民共用，是名叫作潔米瑪．史麥絲的女子，她是個來自美洲的基督教傳教士，本來試圖偷渡進中國，卻在涉河進入廣州市郊時被逮個正著。

「你們知道這一團亂到底是在搞什麼嗎？」他們弓著背一同坐在食堂中時她不停問道，「這是場意外，還是中國人故意做的啊？現在會開戰嗎，你們覺得呢？」她每隔一段時間就會激動地重覆最後一個問題，即便他們已經氣沖沖保證他們什麼也不知道。最後她終於改變話題，改問他們來廣州做什麼，還有在英國館中的生活，「那裡住著好幾個牧師，不是嗎？你們週日禮拜時在做什麼啊？」她探詢般盯著雷米，「你週日會去做禮拜嗎？」

「當然會啊，」雷米毫不猶豫回答，「我會去是因為我被強迫，我只要一有機會就會一直偷偷跟阿拉道歉。」

「他開玩笑的啦，」蕾緹在受驚的史麥絲小姐能夠開始說服雷米改宗前迅速補充，「他當然是基督徒囉，在牛津大學的入學典禮上，我們全都必須支持《三十九條信綱》[82]。」

「我替你感到非常高興，」史麥絲小姐語氣真摯，「你回家之後也會去傳福音嗎？」

「我家就是牛津啊，」雷米回答，無辜地眨起眼，**上帝救救我們**，羅賓心想，**他要理智斷線了**，「妳的意思是說牛津充滿異教徒嗎？我的老天啊，有人通知過他們嗎？」

史麥絲小姐最後終於對他們感到厭煩，漫步到甲板上禱告去了，或是做些什麼傳教士會做的事，羅賓、蕾緹、雷米、薇朵瓦在餐桌旁擠成一團，坐立難安，就像等待懲罰的淘氣學童。勒維教授不知道跑哪去了，他們一上船，他就跑去跟船長說話，依舊還是沒人來告訴他們究竟發生什麼事了，或是接下來會怎樣。

「你**到底**跟欽差大臣說了什麼？」薇朵瓦小聲問。

「真相，」羅賓回答，「我告訴他的只有真相。」

「但肯定有**什麼事**刺激了他——」

勒維教授出現在門邊，他們頓時鴉雀無聲。

「羅賓，」他說，「我們來聊聊。」

他沒有等羅賓回答，便轉身走下走道，羅賓不情不願起身。

雷米碰碰他的手臂，「你還好嗎？」

「我沒事。」羅賓希望他們看不出來他心臟跳得有多快，或是他耳中隆隆作響的血流有多大聲，他不想跟上勒維教授，他想躲起來，不想面對，坐在食堂的角落，把頭埋進雙臂中。但這番對質早已醞釀許久，他被捕那天早上立下的脆弱停戰條約，從來都無法持續，他們自欺欺人太久了，他和他父親之間的事不可能永遠埋葬隱藏、隨意忽視，遲早會逼近臨界點。

「我很好奇，」羅賓最後終於來到他的船艙時，勒維教授坐在一張書桌後方，漫不經心地翻閱著一本字典，「你知道在港口焚燒的那些箱子價值多少嗎？」

羅賓走進房內，在身後關上門，他雙腿發顫，如同再次回到十一歲時，選錯時間讀小說被逮到，因為即將來臨的拳打腳踢而瑟縮，但他已經不再是個孩子了，他盡全力讓自己的聲音保持平穩，「教授，我不知道欽差大臣怎麼了，但並不是——」

「超過兩百萬英鎊，」勒維教授回答，「你聽見貝里斯先生說的話了，兩百萬，其中有很多都是威廉·渣甸和詹姆士·麥贊臣現在必須親自負責的。」

「他心意已決，」羅賓說，「甚至早在他和我們見面前就決定了，我根本不可能說——」

「你的工作並不困難，只要當好哈洛德·貝里斯的傳聲筒，對中國人露出友善的表情，讓事情順利進行就好了。我以為我們很清楚你在這裡的優先職責，不是嗎？你對林則徐欽差大臣說了什麼？」

「我不知道你覺得我做了什麼，」羅賓挫敗地說，「但是碼頭發生的事，並不是因為我。」

---

82 原註1：這話是真的，不過雷米之所以這麼做，只是因為他想要入學的話別無他法。宗教一直以來都是他們四人之間的爭論點，即便學院規定他們每個人都要去參加週日禮拜，但只有蕾緹和薇朵瓦是心甘情願的，雷米自然每分每秒都很痛恨，羅賓則是因勒維教授的教養成為一名堅定的無神論者。「基督宗教就是野蠻，」勒維教授認為，「全都是拿自我鞭笞、假意壓抑、血腥又迷信的儀式當偽裝，只不過是想隨心所欲罷了，如果他們強迫你，就去上教堂沒關係，但把上教堂當成一個可以練習無聲朗誦的機會就好。」

「你建議他應該銷毀鴉片嗎？」

「當然沒有。」

「你有對他透露渣甸和麥贊臣的其他事嗎？或是你用任何方式越俎代庖，侵犯了哈洛德的職權？你確定你的行為舉止全都合宜嗎？」

「我聽令行事，」羅賓堅稱，「我不喜歡貝里斯先生，沒錯，至於我怎麼代表公行──」

「就這麼一次，羅賓，請你試著直接表達你的意思，」勒維教授說，「實話實說，不管你現在到底在幹什麼，都很令人難為情。」

「我──那好吧，」羅賓雙手抱胸，他沒有什麼好道歉的，也沒什麼好隱瞞的，雷米和薇朵瓦安全無虞，他也沒什麼好失去的，不再奉承，不再沉默，「好吧，那我們就對彼此開誠佈公吧，我並不同意怡和洋行在廣州做的事，這是錯誤的，這讓我覺得噁心──」

勒維教授搖了搖頭，「看在上帝的份上，這只不過是個市場罷了，別幼稚了。」

「那是個主權國家。」

「那是個深陷迷信及守舊泥沼、缺乏法治原則、在所有可能方面都遠遠落後西方，也永遠都沒希望趕上的國家，那個國家由半開化的野蠻人、根深柢固的蠢蛋──」

「那是個由**活生生的人民**組成的國家，」羅賓忍無可忍，「你正在毒害那些人，你正在摧毀他們的人生，而如果問題是我願不願意繼續協助促進這個計畫，那答案是不──我再也不會回去廣州，不會為了商人，也不會為了任何跟鴉片有一絲牽連的東西。我會在巴別塔學院做研究，我會做翻譯，但我不會這麼做，你不能強迫我。」

說完後他喘得非常厲害，勒維教授的表情文風不動，他盯著羅賓很長一段時間，眼皮半閉，在書桌上輕敲手指，彷彿桌子是部鋼琴。

「你知道最讓我驚訝的是什麼嗎？」他的語氣變得非常溫柔，「是一個人可以有多麼不知感恩。」又是這套論述，羅賓很想踹爛什麼東西，永遠都是這一套論述，彷彿他的忠誠就這麼跟他從來都不想要、也不是自己選擇要獲得的特權綁在一起，難道就因為他在牛津大學的迴廊中喝香檳，他就欠學校一條命嗎？難道就因為他一度相信巴別塔學院的謊言，他就非效忠於學院不可？

「這不是我要的，」羅賓說，「不是我自己要求的，全部都是為了你，因為你想要一個中國學生，因為你想要某個流利——」

「你現在是在對我生氣囉？」勒維教授問道，「因為我賜予你新的人生？因為我給了你根本無從想像的機會？」他冷笑了一聲，「沒錯，羅賓，我從你家把你帶走，從汙穢、疾病、飢餓中把你帶走，你到底想要什麼？一個道歉嗎？」

羅賓心想，他想要的是勒維教授承認他的所作所為，承認這所有安排、這一切都不自然，小孩不是養來做實驗的，不該根據血統來評斷，不該被從家鄉偷偷帶走，只為了替王冠和英國服務。他想要勒維教授承認他不只是一本會說話的字典，他的祖國也不只是隻肥胖的金雞母，但他深知，勒維教授是絕對不可能承認這些的，他們之間的真相並不是因為痛苦才埋藏，而是因為這樣不方便，也因為勒維教授就是拒絕提起。

現在一切已如此明顯，他在他父親眼中根本不算是個人，而且也永遠不可能會是，不可能的，要被當成人看，需要歐洲人純粹的血統，也就是能夠讓他和勒維教授平起平坐的種族地位。小迪克和菲莉帕都是人，羅賓．史威夫特則是項資產，而資產就應該因為得到良好對待而至死不渝地感激。

這是不可能有辦法解決的，但至少羅賓可以得知某件事的真相。

「我的母親對你來說到底算什麼？」他問。

這個問題似乎至少讓勒維教授心緒一動，就算只有極為短暫的一刻，「我們在這裡不是要討論你的母親。」

「你殺了她，你甚至都不願費心埋葬她。」

「少荒謬了，殺了她的是亞洲霍亂——」

「她死前你在澳門待了兩週，派波太太告訴我的，你知道瘟疫正在蔓延，你知道你本來可以救她的——」

「老天啊，羅賓，她只是隨便一個中國人而已。」

「但我也只是隨便一個中國人而已，教授，我還是她兒子。」羅賓有股劇烈的衝動，想要放聲大哭，他努力壓抑，傷慟永遠不會喚起他父親的同情，但或許憤怒可以激起恐懼，「你以為你可以把我身上的那一部分抹去嗎？」

他是如此擅長讓兩種真相並存於他腦中：他是個英國人，但同時又不是；勒維教授是他父親，但同時也不是中國人；是個愚蠢又落後的種族，而他也是他們的一員；還有，他痛恨巴別塔學院，卻又想要永遠活在它的懷抱。他已經在這些真相的剃刀邊緣游走多年，身處邊緣是他的求生手段和處事方式，他無法完全接受某一邊，因為要無所畏懼仔細檢視真相，實在令人太過恐懼，其中的矛盾幾乎就要把他逼瘋。

但他已經沒辦法再繼續這樣下去了，他不能繼續一分為二地活著，他的心靈不斷把真相抹除再抹除，他在腦海深處感受到一股沉重的壓力，覺得自己真的會就這樣爆炸，除非他結束這種雙重的存在狀態，除非他做出選擇。

「你覺得，」羅賓問，「在英國待得夠久，就能讓我和你變得一模一樣嗎？」

勒維教授昂起頭，「你知道，我曾經以為生育某種程度上也算是種翻譯，特別是當父母雙方的血統如此截然不同，你會很好奇最後結果將是如何。」他的表情在他說話時經歷了一種怪異至極的轉變，雙眼張得越來越大，直到嚇人地暴凸，紆尊降貴的冷笑也變得更為明顯，嘴唇往後退露出森森利牙，用意或許是要顯示出一種誇大的嫌惡，但對羅賓來說，看來更像是如同一副文明的面具被扯了下來，這是他所見過他父親最為醜陋的表情，「我養育你時，本來是希望可以避免像你哥哥這樣的失敗，我希望在你身上培養更文明的品行，『Quo semel est imbuta recens, servabit odorem testa diu』[83]，諸如此類的。我希望我可以協助你發展成更為高級的桶子，但你就算接受了這麼多教育，還是擺脫不了你那卑劣的原始血統，不是嗎？」

「你真是個怪物。」羅賓震驚不已。

「我沒時間跟你搞這些，」勒維教授把字典闔上，「帶你來廣州顯然就是個錯誤的主意，我原本希望這能夠提醒你你有多幸運，但唯一的效果就只是讓你混淆。」

「我沒有混淆——」

「我們回國後，會再重新評估你在巴別塔學院的位子，」勒維教授朝門口示意，「至於現在，我想，你應該要花點時間好好反省，想像一下餘生都在新門監獄度過吧，羅賓，到時你想怎麼抱怨商業帶來的罪惡都可以，只要你是在牢裡就行了，你比較想要這樣嗎？」

羅賓雙手握拳，「把她的名字說出來。」

---

83 原註2：出自賀拉斯，有關教育下一代免於墮落，意為「一個桶子將長期留有初次裝入東西的味道」。

勒維教授皺起眉頭，他再次朝門口示意，「就這樣吧。」

「把她的名字說出來，你這膽小鬼。」

「**羅賓。**」

這是個警告，這是他父親劃下界線之處，羅賓迄今做過的一切都還可以受到原諒，只要他在此時打退堂鼓，只要他現在道歉，屈服於權威，並回到天真又無知的奢侈中。

但羅賓已經順從太久了，而且即便是鍍金的牢籠也還是牢籠。

他向前一步，「父親，把她的名字說出來。」

勒維教授用力推開椅子站起身。

「憤怒」（anger）一詞的詞源和肉體的痛苦密切相關，「憤怒」首先是來自古冰島文的「angr」，意即「痛苦」，接著是古英文的「enge」，代表一種「痛苦、殘忍、狹隘」的狀態，這又是從拉丁文的「angor」而來，意思則是「窒息、劇痛、苦難」。憤怒如同鎖喉，並不會為你帶來權力，只會待在你的胸口中，不斷擠壓你的肋骨，直到你覺得自己無路可逃、無法呼吸、別無選擇，憤怒會慢慢醞釀，然後一次爆發，憤怒也是種擠壓，而隨之而來的怒火，則是不顧一切試圖呼吸。

至於「怒火」（rage）一詞，當然便是來自瘋狂[84]。

事後，羅賓常常在想勒維教授當時是否在他眼中看見了某種東西，一種他不知道自己的兒子擁有的怒火，以及是不是這股怒火讓他震驚地發覺，他的語言學小實驗竟發展出了自己的意志，導致羅賓決定反擊。羅賓則是絕望地試圖為自己辯護，認為自己的所作所為都是為了自衛，但這樣的辯護必須依賴他幾乎記不得的各式細節，他不確定這些細節是不是他憑空捏造的，以便說服自己他並沒有真的冷血謀殺了他的父親。

他會一次又一次問自己，是誰先動手的，而這件事將在餘生不斷折磨他，因為他真的不知道真相為何。

他知道的只有：

勒維教授突然起身，把手伸進口袋中，而羅賓，要不是在模仿他、就是要激怒他，也做了同樣的事。羅賓把手伸進前袋，他就是把殺死艾薇琳·布魯克的銀條放在那裡的，但他並沒有想像這根銀條能夠做什麼，這點他很確定。他唸出了銀條上的配對，因為要形容眼前的時刻及其種種，這些詞彙是他腦中唯一想到的，他想起勒維教授的火鉗一遍又一遍在他肋骨上打出爆裂般的巨痛，而他則蜷縮在圖書室的地板上，太過震驚及困惑，甚至都不敢哭出聲來。他也想起了葛瑞芬，可憐的葛瑞芬，在比他更小的時候就被偷帶到英國，然後被吃乾抹淨丟到一旁，因為他記不得足夠的母語，他還想到鴉片館中精神萎靡的男人，他想到他母親。

即使他並沒有想到銀條會怎麼把他父親的胸口給炸開，但某部分的他肯定是知道的，當然，因為詞彙只有在你真心全意想要表達時，才能啟動銀條，如果你僅只是念出音節，就不會有任何效果。而當他在腦中看見文字，看見銘刻在閃亮銀條上的刻痕，然後大聲念出那個字及其翻譯時，他肯定有想到會發生什麼事。

「爆」：爆炸，已經無法再壓抑的事物一次爆發。

然而，直到勒維教授倒地，直到令人暈眩的鹹鹹血腥味瀰漫在空氣中，羅賓才理解他究竟幹了什麼好事。

84 原註3：來自拉丁文的「rabere」，意為「暴怒、狂亂」。

他雙膝跪地，「教授？」

勒維教授沒有反應。

「父親？」他抓住勒維教授的肩膀，滾燙又濕潤的血液灑滿他指尖，血流停不下來，噴得到處都是，就像一座永無止盡的噴泉，從胸腔的殘骸不斷泉湧而出。

「爹？」

他不知道他為什麼要這樣說，這個字是「父親」的意思，或許他以為這會讓勒維教授大吃一驚，這樣的震驚足能讓他起死回生，如此他便能透過說出這件他們從未正名的事情，把他父親的魂魄推回肉體中。但是勒維教授依舊了無生氣，已然死去，而且不管羅賓搖他搖得多用力，鮮血還是不願停止，繼續噴湧。

「爹。」他又說了一次，然後一陣笑聲逸出他的喉嚨，歇斯底里又無可救藥，因為這一切實在是太荒唐了，中文「爹」的羅馬字母轉寫是「Diē」，竟然跟英文中的「死亡」一模一樣，還有什麼能比這更貼切的呢？而且勒維教授又如此切切實實、無可挽回地死了，一切已經沒有回頭路了，已經不能再假裝了。

「羅賓？」

有人在用力敲門，驚魂甫定的羅賓想也沒想，便起身把門給打開，雷米、蕾緹、薇朵瓦跌跌撞撞摔進房內，話聲七嘴八舌此起彼落，「天啊，羅賓，你是——」、「發生什麼——」、「我們聽見有人在大叫，我們以為——」。

接著他們看見屍體及鮮血，蕾緹壓低聲音尖叫了一聲，薇朵瓦雙手飛快摀住嘴巴，雷米則眨眼眨了好幾次，然後非常輕聲說了句：「天啊。」

蕾緹用極度微弱的音量問道：「他是不是已經……？」

「對。」羅賓呢喃道。

船艙陷入一陣死寂，羅賓的耳朵嗡嗡作響，他正要用雙手摀住耳朵，卻又馬上放下，因為雙手都一片猩紅，還滴著血。

「究竟發生什麼事了……？」薇朵瓦鼓起勇氣開口。

「我們大吵了一架。」羅賓幾乎說不出話來，他現在呼吸困難，黑暗逼近他的視野邊緣，雙腿也感覺快要支撐不住，他實在很想要坐下來，只是地板已被蔓延的血池浸濕，「我們吵了一架，然後……」

「別看。」雷米命令道。

但無人遵從，他們全都愣在原地，目光死盯著勒維教授一動也不動的軀體，雷米跪在他身旁，舉起兩指放到他脖子上方，經過了漫長的一刻，雷米低聲禱告，「我們屬於阿拉，我們也將歸向祂」，接著把雙手放上勒維教授的眼瞼，將其闔上。

他極其緩慢地吐氣，把雙手壓在膝蓋上好一會兒，然後才起身說道：「現在該怎麼辦？」

第四部

ROYAL INSTITUTE OF TRANSLATION
UNIVERSITY OF OXFORD

第十九章

「『首先，』我說，『關於最偉大的神祇最重大的謊言，便是由說話者所捏造，有關烏拉諾斯做了那些希斯亞德說祂對克洛諾斯所做之事，以及克洛諾斯回頭是怎麼報復的，接著還有克洛諾斯所作所為及落在兒子手上後所受的苦難。即便這些事情都是真實的，我也並不認為應該要以如此輕描淡寫的方式，對無知的年輕人述說。』」

——柏拉圖，《理想國》，保羅．蕭利譯

「把他留在船艙裡。」薇朵瓦以出乎意料的鎮定回答，即便她口中說出來的話語實在非常瘋狂，「我們就……用這些床單把他捆起來，不要讓人看見，等到我們回英國——」

「我們不可能藏一具屍體藏六個禮拜。」蕾緹尖叫道。

「為什麼不能？」

「屍體會腐爛啊！」

「有道理，」雷米說，「水手雖然聞起來很臭，但也沒到那麼臭。」

羅賓目瞪口呆，因為他們的直覺反應竟然是討論怎麼藏匿屍體，這並沒有改變他剛殺死了他的父親這個事實，或是他很可能讓所有人都牽連進這樁謀殺之中，以及牆上、地上、他的脖子、他的雙手，全都留有腥紅的鮮血。他們說話的方式彷彿這只是一件需要處理的事，是個可以解決的棘手翻譯問題，只要他們能夠找出正確的詞彙就好了。

「好吧，聽著，我們就這麼做吧，」薇朵瓦用掌心壓壓兩側太陽穴，深呼吸了一口，「我們要用某種方式擺脫屍體，我還不知道該怎麼做，但我們會想個辦法，接著等我們靠岸時——」

「我們要怎麼跟船員說整整六個**星期**都不要吵他？」蕾緹質問道。

「是九個星期才對。」薇朵瓦回答。

「什麼？」

「這艘船不是快速帆船，」薇朵瓦說，「我們要花九個星期才會到。」

蕾緹舉起手遮住雙眼，「我的天啊。」

「不然這樣如何？」薇朵瓦問，「我們就告訴他們他染上了某種傳染病，我不知道，就某種……某種恐怖的疾病，羅賓，你想個噁心的異國疾病，會讓他們嚇跑就好。只要說是某種他在貧民窟感染到的疾病，他們就會害怕到不敢進來了。」

出現一陣短暫的沉默，他們全都必須承認，這是個還算合理的邏輯，或者至少不會馬上就露出馬腳，被發現他們只是胡說八道。

「好吧。」雷米已開始在木地板沒有被鮮血浸濕的一小片區域來回踱步，「噢，天啊，願阿拉寬恕我們。」他揉揉眼睛，「好吧，對，這招可能可行，那假設我們回到倫敦前都成功保密，那接下來又該怎麼辦才好？」

「這簡單，」薇朵瓦回答，「我們就說他死在旅程中就好了，也許是在熟睡時過世，只不過我們不能讓船醫進來驗屍，因為感染的風險實在太高了。我們會要求一副棺材，我們就在裡面塞一堆，我不知道耶，用衣服捆在一起的書吧，然後我們就把棺材抬下船，擺脫一切。」

「這真是發瘋了，」蕾緹說，「超級超級瘋狂的。」

「難道妳有更好的主意嗎？」薇朵瓦反問。

蕾緹沉默了一會兒，羅賓非常確定她會堅持要他們自首，但她接著舉起手說道：「我們可以在光天化日之下把他給推下船，說他不小心溺水了，這樣他們所有人就會親眼看到他溺死，我們就不會顯得可疑了——」

「是哦，所以這麼做就不可疑囉？」雷米問，「我們就這麼把他血淋淋的屍體拖上甲板，假裝屍體自己在行走，然後再把屍體扔進海浪裡，但任何人都看得見在他本來該是心臟的地方裂開的大洞？我們就是這樣證明我們的清白啊？有點**創意**好嗎，蕾緹，我們必須好好處理這件事——」

羅賓終於找回語言能力，開口說道：「不行，不，這太瘋狂了，我不能讓，你們全都不能——」他不斷結巴，於是深吸了一口氣，讓舌頭平靜下來，「這件事是我做的，我會告訴船長，我會去自首，就這樣。」

雷米嘲諷道，「哈哈，這是肯定的。」

「別耍白癡了，」羅賓說，「你會受到牽連的，假如——」

「無論如何，我們全都會受到牽連的，」薇朵瓦說，「我們全都是和一個死掉的白人男子一起搭船從外國回來的外國人。」這番說辭把蕾緹排除在外，但沒有人糾正她，「並不存在一個只有你去坐牢，而我們其他人都全身而退的世界，這你也知道，對吧？我們要不是選擇保護你，就是自取滅亡。」

「說得對，」雷米堅定地說，「而且我們沒有人會讓你去坐牢的，阿賓，我們全都會守口如瓶，對吧？」

只有蕾緹什麼都沒說，薇朵瓦推了她一下，「蕾緹？」

蕾緹臉色一片蒼白，簡直和地上了無生氣的屍體沒兩樣，「我……對，沒錯。」

「妳可以離開，蕾緹，」羅賓說，「妳不需要聽——」

「不，我想要待在這裡，」蕾緹回答，「我想知道接下來會發生什麼事，我不能就這麼讓你們全都……不可以。」她把眼睛緊緊閉上，搖了搖頭，接著再度睜開雙眼，非常緩慢地宣布道，彷彿她心意已決：「我加入，和你們一起，和你們大家一起。」

「很好。」雷米用輕快的語氣說道，他在褲子上擦擦雙手，又繼續開始踱步，「現在，我是這樣想的，我們本來不應該在這艘船上，我們原先預訂是四號才要回去，還記得嗎？在那之前，沒人預期我們會回去，這代表我們上岸時，沒有人會來找他。」

「沒錯。」薇朵瓦點點頭，然後跟上了雷米的思路，看著他們兩人這樣，實在頗令人害怕。他們越說信心就越充足，彷彿就只是在合作進行小組翻譯，要弄著彼此的聰明才智，「最容易害我們被逮到的，顯然就是屍體被人看見，所以如同我剛才所說的，第一要務應該是盡快把屍體處理掉，等外頭一天黑就辦。接著，剩下的整趟航程，我們就跟大家說他病了，世上沒有人比水手更害怕外國傳染病了，對吧？我們只要一說他感染了某種疾病、他們也可能被傳染，我跟你們保證，一定好幾個禮拜都沒人敢靠近這扇門。這表示我們要擔心的，就只有該怎麼把他弄到水裡。」

「呃，還有把血跡洗乾淨。」雷米補充。

真是瘋了，羅賓心想，這整件事真是瘋狂透頂，他無法理解怎麼沒有人笑出來，為什麼所有人似乎都嚴肅認真地在思考這個主意，要把他們教授的屍體拖上兩段階梯，然後丟進海中。他們全都度過了那個不可置信的時刻，震驚已經退去，超現實的情況也成了現實，他們並不是從倫理道德的角度在討論，而是透過邏輯在思考，這讓羅賓覺得他們彷彿踏進了一個顛倒世界，其中一切都不合理，但所有人都毫無疑問地接受了，除了他自己之外。

「羅賓？」雷米問。

羅賓眨了眨眼，他們全都用一種很擔憂的表情盯著他，他猜這應該不是他們第一次叫他了，「對不起，怎麼了？」

「你覺得如何？」薇朵瓦溫柔地問，「我們要把他丟下船，可以嗎？」

「我覺得，呃，我想這行得通，我只是……」他搖了搖頭，他的耳中出現轟然巨響，讓他很難集中思緒，「抱歉，我只是……你們難道沒人想要問我為什麼嗎？」

所有人都露出茫然的眼神。

「那個，你們全都願意出力協助我毀屍滅跡？」羅賓無法控制，他所有的直述句都成了問句，眼前的整個世界這時似乎成了一個無法回答的巨大問題，「而你們甚至都沒有想問究竟是怎麼回事，或是為什麼？」

雷米和薇朵瓦互看一眼，但率先回答的是蕾緹，「我想我們全都理解原因。」她喉嚨一緊，羅賓無法判讀她臉上的表情，是他先前從未在她身上見過的，一種憐憫和堅決的怪異混合，「而且老實說，羅賓，我覺得我們還是少提為妙。」

清理船艙的速度比羅賓原先擔心的還快，蕾緹從船員處弄來拖把和水桶，宣稱她因為暈船嘔吐，其他人則分別貢獻了幾件衣物拿來吸乾血水。

接著就是棄屍的問題，他們最終決定把勒維教授塞到行李箱裡，這是他們避過他人質疑、將他的屍體運到上層甲板的最佳機會。上樓的過程可說是場令人屏息的比賽，每次進展都只有僅僅數公分。

薇朵瓦每隔幾秒就會往前衝，檢查四周，確保視線內沒人，然後再慌亂地向羅賓和雷米示意，把行李箱往上拖個幾級階梯，蕾緹則是在頂層甲板把風，假裝在夜間散步，呼吸點新鮮空氣。

他們最後終於成功將行李箱搬到欄杆邊緣，且不知怎地沒有招來任何懷疑。

「好了。」羅賓把箱蓋打開，他們起先考慮過直接把整個行李箱扔掉，不過薇朵瓦機靈指出木頭會浮在水面上，羅賓不敢往下看，如果可以的話，他想要在解決此事時不用看見他父親的臉龐，「趕快，趁沒有人看見——」

「等等，」雷米說，「我們必須加點重量，不然會在水面上載浮載沉的。」

羅賓腦中突然出現一幅景象，是勒維教授的屍體緊跟著船隻漂浮，引來一大群水手和海鷗，他努力對抗一股想吐的衝動，「你之前幹嘛不早說？」

「我有點慌了手腳，好嗎？」

「但你看起來這麼冷靜——」

「我很會處理緊急狀況，阿賓，不過我可不是神。」

羅賓的目光迅速掃過甲板，尋找任何可以當成船錨的東西，船槳、木桶、多餘的木板，什麼都好。他媽的，為什麼船上所有東西都是設計成會浮起來的？

他最後找到一堆繩索，綁著看起來像重物的東西，他在心中祈禱它最好沒有什麼重要用途，然後把東西拖到行李箱旁，在勒維教授身上綁上繩子簡直是場噩夢，他沉重又僵硬的四肢不願輕易移動，屍體似乎正在頑強抵抗他們，繩索好死不死又卡在露出的斷裂肋骨上。羅賓因恐懼冒汗的雙手不斷滑脫，過了折磨人的好幾分鐘後，他們才終於成功把繩索緊緊纏在教授的雙手和雙腳上，羅賓本來想快速打個結，趕快結束這一切，但雷米堅持他們慢慢來，他不想要屍體一入水繩結就解體。

「好了，」雷米終於低聲說道，並猛拉繩索，「這樣應該就可以了。」

他們一人抓一邊屍體，羅賓抬肩膀，雷米抬腳，然後把屍體抬出箱子。

「一、」雷米輕聲倒數，「二……」

晃到第三下時，他們便把勒維教授的屍體抬到欄杆上，然後放手，水花聲傳來前彷彿已過了永恆。

雷米在欄杆邊彎身，仔細掃視黑暗的浪濤。

「消失了，」他最後終於開口，「他不會浮起來了。」

羅賓什麼話都說不出口，他往後踉蹌了幾步，嘔吐在甲板上。

現在，雷米指示他們回到自己的床鋪，只要在剩下的旅程中都表現如常就好了。理論上很容易，但在所有能夠犯下謀殺案的地點中，航程半途的船上一定是最糟糕的選項，大街上的殺手至少還能扔下凶器逃出城，但他們還要再這樣被困在犯罪現場兩個月，其間必須維持若無其事，假裝他們沒有把一名男子的胸口炸爛，還將他的屍體丟進海中。

他們也試著繼續露臉，到甲板上進行每日散步，應付史麥絲小姐和她的疲勞轟炸，並一天三次準時出現在食堂中用餐，想方設法鼓起食慾。

「他只是身體有點不舒服啦，」廚師問他們為什麼他已經好幾天沒看到勒維教授的人影時，雷米如此回答，「他說他沒有很餓，應該是某種腸胃不適吧，但我們等下會拿點吃的過去給他。」

「他有說確切是怎麼回事嗎？」廚師是個面帶微笑、愛閒聊的男子，羅賓分不出來他是在刺探或只是在表示善意。

「噢，是一系列輕微的症狀啦，」雷米面不改色繼續撒謊，「他抱怨說頭痛，有點鼻塞，但大部分是噁心想吐，他如果站太久就會開始頭暈，所以多數時間都躺在床上，睡得很多，應該是暈船，雖然他在去程都沒問題。」

「這可有趣了，」廚師摸了一會兒鬍子，接著突然轉身離開，「你們在這裡等著。」

他快步走出食堂，眾人滿臉震驚望向門口，他是起疑了嗎？是要去警告船長嗎？還是要去勒維教授的船艙看看，查證他們的說法？

「所以，」雷米咕噥道，「我們現在要逃跑嗎，還是……？」

「逃跑去哪？」薇朵瓦嘶聲說道，「我們在海上！」

「我們可以先他一步到勒維的船艙，也許──」

「但那裡空無一物，我們什麼都沒辦法做──」

「噓。」蕾緹轉身點了點頭，廚師已經大步走回食堂中，一手拿著一個小小的棕色袋子。

「這是薑糖，」他把袋子拿給羅賓，「對腸胃不適很好，你們這些學者啊，總是忘記自己帶上。」

「謝謝你。」心臟怦怦狂跳的羅賓接下袋子，盡全力維持聲音平穩，「我相信他也會非常感激的。」

幸好，其他船員完全不曾詢問過勒維教授的下落，對於該船收取微薄酬勞負責載送的這群學者，船員對他們平常在做什麼沒有太多興趣，非常樂意假裝他們根本就不存在。史麥絲小姐則完全是另一回事，她大概是出於純粹的無聊吧，竟無比堅決想要讓自己派上用場，她不停詢問勒維教授發燒的狀況、他咳嗽的聲音、糞便的顏色和成分，「我可沒少見識過熱帶疾病，」她說，「不管他得的是哪種病，我肯定都曾經在當地人身上看過，就讓我去幫他看看就好，我馬上就能讓他康復。」

最終他們以某種方式說服了她，勒維教授得的病不僅具有高度傳染性，他為人還非常害羞，「他不可能和未婚女性獨處的」，蕾緹鄭重發誓道，「如果我們讓妳進去，他一定會暴跳如雷。」不過，史麥絲小姐仍堅持他們每天和她一起為勒維教授的健康禱告，羅賓在禱告期間無所不用其極讓自己別因為罪惡感吐出來。

*

日子漫長得令人痛苦，時間緩慢流逝，每分每秒都伴隨著一種糟糕的可能性，也就是「我們逃得掉嗎？」這個問題。羅賓一直都想吐，他的噁心和暈船翻攪的不適感天差地別，是一大團邪惡的罪惡感，嚙咬著他的腸胃，撕抓著他的喉嚨，是種擁有劇毒的重量，使他難以呼吸。試著放鬆或轉移注意一點用也沒有，噁心感正是在他失去防備分心時加倍捲土重來，接著他耳中的嗡嗡聲就會越來越大，黑暗也開始滲入他視野的邊緣，把整個世界縮成一個模糊的針孔。

表現得像正常人一樣需要大量的專注，有時候他頂多只能記得要呼吸而已，用力又平穩，他必須在腦中尖叫出一句咒語，「沒事的，沒事的，你沒事的，他們不知道，他們覺得你只是個學生，而且他們覺得他只是病了而已」，但就連這句咒語也恐將失控，只要他鬆懈那麼一秒，咒語就會變形成真相，「你殺了他，你在他胸口炸出了一個大洞，他的血噴得書本上到處都是，你的手上也全都是，又滑、又濕、又溫熱。」

他也害怕自己的潛意識，擔心自己胡思亂想。他沒辦法思考任何事，所有經過他腦海的思緒，都會盤旋化成一團充滿罪疚和恐懼的混亂，而且每次都會凝固成一個同樣悲慘無望的句子：

我殺了我父親。

我殺了我父親。

我殺了我父親。

他想像如果他們被抓到會發生什麼事，藉此折磨自己，假想的場景在他清晰的描繪下宛如真正發生過的回憶一般：簡短而毀滅性的審判、陪審團臉上厭惡的表情、他們手腕上的手銬，接著要不是絞刑台，就是一趟漫長、擁擠、悲慘的旅程，前往流放罪犯的澳洲殖民地。

他始終無法不去想，真正痛下殺手的那一刻是多麼的稍縱即逝，只不過是剎那間衝動爆發的恨意、一句出口的話語、一次拋擲，儒家的《論語》中有一句話，叫作「駟不及舌」[85]，意即就連一台用四匹馬拉的馬車，也追不回說出口的話語，就像潑出去的水一樣收不回來了。但這就像時間玩了個絕妙把戲，如此微小的行為，竟能造成這麼深遠的後果，似乎一點也不公平，這件事不僅摧毀了他的世界，也摧毀了雷米、蕾緹、薇朵瓦的世界，應該至少也得花上好幾分鐘才對，應該需要不斷努力嘗試才能達成。如果是換成他手拿劈鈍的斧頭，站在父親的屍體上，一次又一次劈向他的頭顱及胸口，直到鮮血灑滿他們兩人的臉龐，那麼謀殺的事實似乎才會顯得更為合理，應該要是某種兇殘的行為，某個持續的動作，是怪物般意圖的真正體現。

但這根本無法形容當時發生的事，一切並不惡意，也沒有耗費多少努力，全都這麼快就結束了，他甚至都沒有時間興起刻意的念頭，也完全不記得自己下手行動。如果你不記得自己想要這麼做，那還能算是蓄意謀殺嗎？

可是這究竟又是什麼鬼問題？當他父親殘破的屍首已經無庸置疑也無可挽回地沉入海底，那在這邊釐清他到底想不想要他死，又他媽的有什麼意義？

夜晚又遠比白天還要煎熬，至少白天提供了戶外活動、翻騰的大海、蔓延的薄霧，令人暫時分

---

85 原註1：喻義是說話當慎重，不可失言。出自《論語・顏淵》。

心，入夜後他困在吊床上，身旁就只有無情的黑暗，夜晚代表汗水浸濕的床單、冷顫、發抖，而且甚至連嗚咽和大聲尖叫的隱私都沒有。羅賓躺在床上，雙膝蜷縮到胸口，用雙手摀住他狂亂的呼吸聲，當他想辦法入睡片刻時，他的夢境也裂成一片片，清晰得駭人，重返最後那場對話的一字一句，直到毀滅般的終局，但是細節卻不斷變換，勒維教授最後說了些什麼話？他是怎麼看著羅賓的？他真的有走向前來嗎？是誰先移動的？這究竟是自衛，還是先發制人的攻擊？而這之間又有差別嗎？他把自己的記憶破壞殆盡，無論是醒是睡，他都會從一千個不同的角度去檢視這同一個時刻，直到他真的已經不再知道到底發生了什麼事。

他想要所有這些思緒停下來，他想要消失，入夜後，永無止盡的黑暗浪濤就像是烏托邦一樣，而他最想要的莫過於把自己拋過欄杆，讓深不見底的大海吞噬他和他的罪惡感，抹殺一切。但如此只會害到其他人，這看起來會是什麼德性：一名學生溺水，而他們的教授遭到謀殺？不管多麼有創意、多麼真實的藉口，都不能解救他們。

不過即使死亡不容考慮，接受懲罰或許依舊還是個選項，「我必須去自首，」某個無眠的夜晚他輕聲對雷米說道，「這是唯一的辦法，我們必須結束這件——」

「別耍白癡了。」雷米回答。

他狂亂地爬下吊床，「我是說認真的，我要去找船長——」

雷米跳起身來，在走廊抓住他，「阿賓，回來啦。」

羅賓試圖推開雷米跑向階梯，雷米馬上甩了他一巴掌，不知怎地，這反而讓他鎮定了下來，但願是因為震驚，令人目盲的純粹痛楚把一切從他腦海中抹除，就只有這麼幾秒，剛好夠長，能夠讓他萬馬奔騰的心冷靜下來。

「我們現在全都牽連其中了，」雷米嘶聲說道，「我們清理了那間船艙，我們為了你藏匿屍體，為了要保護**你**，我們現在全都已經說了十幾次謊了，我們是這樁罪行的共犯，而如果你去找劊子手，你就會把我們都給害死，這樣你懂了嗎？」

被訓了一頓的羅賓垂下頭，點了點頭。

「很好，」雷米說，「現在給我回去睡覺。」

整起醜惡怪誕的事件帶來的唯一慰藉，就是他和雷米終於和解了，謀殺行為彌補了他們之間的裂痕，並且徹底壓垮了雷米對他背叛和懦弱的指控，雖然整件事純屬意外，如果可以的話，羅賓絕對會馬上收回，但這都無所謂了，雷米再也沒有任何意識形態的理由可以痛恨他，因為在他們兩人之間，只有羅賓曾殺死一名殖民者。他們現在是一丘之貉了，兩人變得前所未有的親近，雷米開始擔任安慰和諮商的角色，見證著他的自白，羅賓並不知道他為什麼會覺得說出來能夠改善任何事，因為不管說出什麼想法，都只會讓他變得更困惑而已，但他對於雷米至少願意待在他身旁傾聽，覺得極度感激。

「你會覺得我很邪惡嗎？」他問。

「少荒謬了。」

「你一直在這麼說耶。」

「因為你一直都這麼荒謬，但是你並不邪惡。」

「可是我是個殺人兇手，」羅賓說，然後又說了一遍，因為這話如此荒唐，荒唐到連發出母音這個行為感覺都很詭異，「我奪走了一條人命，絕對刻意，也絕對有意，我知道銀條會對他做出什麼事，還是把銀條朝他扔，然後看著銀條炸爛他的身體，而我在後悔前的那一刻，對我的所作所為還頗為滿意。這不是出於意外，我現在有多希望可以挽回也不重要，我想要他死，而我也殺了他。」他顫巍巍地吸了口氣，「我是不是——究竟要是怎樣的人才會做出這種事啊？一定是個惡棍，是個黑心的惡人，不然的話怎麼會這樣呢，雷米？這之間不存在模糊地帶，沒有法律會原諒這種罪的，怎麼可能會有？」

雷米嘆了口氣，「不管是誰奪走性命，都會像是他們毀滅了全人類一樣，《古蘭經》如是說。」

「謝啦，」羅賓咕噥道，「這還真令人安慰。」

「但《古蘭經》也有提到阿拉無窮的憐憫。」雷米沉默了一會兒，「而我覺得……呃，勒維教授是個非常壞的人，不是嗎？你這是出於自衛，對吧？他對你做的事，對你哥哥做的事，對你們倆的母親做的事……或許他確實死了活該。也許你殺了他這件事，能夠在源頭就避免其他人受到可能出現的傷害，不過這真的不是由你來決定，而是由神來決定。」

「那麼我到底該怎麼辦呢？」羅賓悲慘地問，「我究竟該**怎麼辦**呢？」

「你什麼事也做不了，」雷米回答，「他已經死了，你殺了他，而你無力改變這件事，除了向神禱告，尋求寬恕以外。」他停下來，用手指輕敲膝蓋，「但眼前的問題在於要怎麼保護薇朵瓦和蕾緹，而你去自首無法達成這點，阿賓，你不斷拷問自己身而為人的價值也不會。勒維已經死了，你還活著，或許這就是神想要的結果，這就是我能給予你最大的安慰了。」

他們四人輪流崩潰，這場遊戲背後有項潛規則：一次只允許其中一個人崩潰，不能四個人一起發作，因為清醒的腦袋有責任要安撫崩潰的腦袋。

雷米最愛的恐慌發作方式就是用精細到不可思議的大量細節，說出他所有的焦慮，「有人會進去他的船艙，」他宣稱道，「他們可能會需要問他某個問題，某件蠢事，比如有關抵達日期或支付旅費的事，只不過他人並不在房內，然後他們就會來問我們，最後某個人會開始起疑，他們會搜遍整艘船，我們則會假裝我們也毫無頭緒他到底跑哪去了，但他們卻不相信我們，然後他們就會找到血跡——」

「拜託，」薇朵瓦說，「拜託了，看在上帝的份上，請停下來。」

「接著他們就會把我們送去新門監獄，」雷米繼續說道，還越講越激動，彷彿在朗誦一首史詩，「聖墓區的鐘會敲響十二下，會有一大群人聚在外頭，然後隔天早上我們就會被絞死，一個接一個……」

唯一能讓雷米閉嘴的方法，就是讓他講完整個病態的幻想，而他也每次都會講完，且他們遭到處決的情節也越發荒唐，這些幻想事實上為羅賓帶來了些許慰藉，從某種程度上來說，想像可能發生的最糟情況，其實還滿令人寬心的，因為這消滅了對未知的恐懼。可是這卻只會觸發薇朵瓦的情緒，不管這類對話發生在什麼時候，她都會睡不著，接著就會換成她開始崩潰，她會在清晨四點把他們都吵起來，邊低聲說她因為把蕾緹吵醒很抱歉，然後他們就必須陪她坐在甲板上，說著腦中想到的各種蠢事，可能是有關鳥鳴、貝多芬、學院的八卦，直到黎明溫柔地解救他們。

蕾緹的崩潰則是最難處理的，因為他們之中只有她一人無法了解雷米和薇朵瓦為什麼這麼心甘情願為羅賓辯護，她以為他們之所以保護羅賓，是因為他們是朋友，她理解的其中一個動機，便是她在廣州時曾看過勒維教授揪住羅賓的領口，而父親的暴力正是她和羅賓共享的某種經驗。

但是由於她將勒維教授的死當成獨立事件，而非冰山一角看待，她於是不斷試圖想讓他們脫身，「一定有辦法可以全身而退的，」她一直這麼說，「我們可以說勒維教授當時在傷害羅賓，而這都是出於自衛？說他因為壓力崩潰，是他主動攻擊的，而羅賓只是想要逃離而已？我們全都會作證，這些全都屬實，他們必須判他無罪，羅賓，你覺得呢？」

「可是事實並不是這樣的。」羅賓回答。

「但你可以**說**這是事實啊——」

「不會有用的，」雷米堅稱，「這樣太危險了，此外，這也是我們絕對不需要承擔的風險。」

他們該怎麼告訴她，她是在癡心妄想呢？該怎麼告訴她，她根本就是發瘋了，竟然想像英國的法律制度真的公正、他們能受到公平的審判，長得像羅賓、雷米、薇朵瓦這樣的人，怎麼可能在殺死一名白人牛津教授，將他的屍體丟進海中，還說謊隱瞞好幾個禮拜後，毫髮無傷全身而退？又該怎麼告訴她，她如此相信這一切，正是證明了他們彼此所生活的世界天差地遠？

但是由於他們無法告訴她真相，蕾緹反倒鍥而不捨，「我有個新想法，」他們打槍她的自衛提案後，她如此宣布，「所以，如同你們大家很可能都知道的，我父親是非常重要的人物——」

「不。」雷米回答。

「先讓我說完，我父親還在職時影響力頗大——」

「妳父親是個退休將軍，因為年紀太大被迫退休——」

「可是他還是有人脈啊，」蕾緹堅持，「他可以討一些人情——」

「什麼樣的人情？」雷米質問，「『嗨，蠢話法官，事情是這樣的，我女兒和她骯髒的外國朋友把他們的教授給殺了，這個男人對帝國來說很重要，在經濟上和外交上都是哦，所以當他們受審時，我會需要你走上前去，宣告他們無罪開釋——』」

「不需要弄成這樣，」蕾緹理智斷線，「我要說的意思是，如果我們告訴他發生了什麼事，並解釋說這是場意外——」

「一場**意外**？」雷米重覆道，「妳以前有掩蓋過意外事件嗎？有錢的白女人殺了人的時候，他們就會這麼別過頭去是不是？事情就是這樣運作的嗎，蕾緹？再說，妳和將軍關係不是不太好嗎？」

蕾緹氣得七竅生煙，「我只是想要幫忙。」

「我們知道，」羅賓迅速插話，急忙想要平息火藥味，「而我很感謝妳，真的，但雷米是對的，我覺得我們最好還是不要聲張。」

蕾緹僵硬地怒瞪著牆壁，一語不發。

不知怎地，他們仍然成功回到英國，兩個月過去，某天早上他們醒來時，倫敦就在地平線上了，披著熟悉陰鬱的灰色。

結果在整趟航程中假裝勒維教授生病，甚至比薇朵瓦當時預料的都還更容易，說服整艘船上的人相信某個牛津教授極度體弱多病，是件非常簡單的事，而潔米瑪·史麥絲即便努力嘗試，最後仍是對她悶不吭聲的旅伴失去興趣，連試都沒試，沒有任何依依不捨的意思。他們下船時，水手們也幾乎一句道別的話都沒說，沒有人特別注意四名風塵僕僕穿越法定碼頭的學生，遑論還有貨要卸、有貨款要收取。

「我們直接送教授去看醫生了，」他們在碼頭上經過船長身旁時，蕾緹對他說，「他說，呃，要為這趟平順的旅程跟你道謝。」

船長看來對這話有點一頭霧水，但還是聳聳肩，把他們打發走。

「一趟平順的旅程？」雷米咕噥道，「**平順的旅程？**」

「我想不到還能說什麼啦！」

「給我安靜好好走路。」薇朵瓦嘶聲說道。

他們把行李箱拖下木板時，羅賓很確定他們的一舉一動都在尖叫著「殺人兇手在此！」，他頭暈目眩地想著，從現在起，只要再多走一步，事情隨時就會結束了，一個懷疑的目光、一陣急促的腳步，一聲「嘿！你，停下來！」，他們當然絕不會讓一行人這麼輕易就離開海拉斯號。

在海岸上，距離三點六公尺處，就是英國，就是庇護所，就是自由了，只要他們踏上那道海岸，只要他們消失在人群之中，就會重獲自由，但這是不可能的，絕對不可能，將他們和那間血腥船艙綁在一起的連結，不可能這麼容易就斷開，有可能嗎？

木板道換成了紮實的陸地，羅賓回頭望去，沒有人跟著他們，甚至都沒人看向他們的方向。

他們搭公共馬車前往北倫敦，然後招出租馬車到漢普斯特德，他們沒怎麼爭論，便都同意返國後要先到勒維教授在漢普斯特德的居所過夜，他們抵達時已經太晚，沒有往牛津的火車了，而羅賓不僅知道派波太太還會待在傑里科，也知道莊園的備用鑰匙，就藏在花園裡的明代花盆下，隔天早上他們就會搭火車前往帕丁頓，並按照原定計畫返回學校。

在整趟航程中，他們也全都想過，還有一個再明顯不過的選項：逃跑、拋下一切、離開歐洲大陸，溜上前往美洲或澳洲的船隻，也可以回到他們原先被硬生生帶離的國家。

「我們可以逃到新世界去，」雷米提議，「到加拿大去。」

「你甚至不會說法文。」蕾緹回答。

「那是法文耶，蕾緹，」雷米翻了翻白眼，「拉丁語最嬌貴的女兒，是能有多難？」

「我們必須要找工作，」薇朵瓦指出，「我們不會再有零用錢了，要怎麼過活？」

這是個好問題，而且也是個他們不知為何忽略的問題，多年來一直獲得穩定的零用錢，讓他們忘了他們僅有的財產只能夠撐幾個月而已，在牛津之外，在一個他們的食宿都不再有人供應的地方，他們便一無所有了。

「呃，那其他人是怎麼找到工作的啊？」雷米問道，「我猜你就直接進去店裡，說你看到徵人廣告嗎？」

「你必須先擔任過學徒，」蕾緹回答，「我想應該有段受訓期吧，不過這會需要花錢——」

「那又要怎麼找到願意收學徒的工匠？」

「我哪知道，」蕾緹洩氣地說，「我怎麼可能會知道？我一點頭緒都沒有。」

不，他們離開大學的可能性根本從來就不存在，即便發生了這一切，即便他們若回到牛津將會面臨逮捕、調查、監禁或絞刑這些非常真實的風險，他們仍是無法想像脫離大學的人生會是如何。因為他們一無所有，他們沒有一技之長，沒有從事體力勞動所需的力量及秉性，也沒有人脈可以找到工作，最重要的是，他們不知道該怎麼活下去，他們沒有半個人對於租房子、購買一星期分的雜貨、在一個不是牛津的城市安頓下來，究竟要花多少錢，擁有任何一絲最基本的概念。直到此刻為止，這一切全都有人為他們打點好，在漢普斯特德有派波太太，在牛津則是有各種職員和宿舍管理員，確實，羅賓可能需要絞盡腦汁才能解釋到底要怎麼把衣服洗好。

當一切回到原點，他們就只是無法想像自己是學生以外的身分，也無法想像一個他們不屬於巴別塔學院的世界，巴別塔學院就是他們所知的一切，巴別塔學院是他們的家。而雖然羅賓知道這樣很蠢，他仍然懷疑並不是只有他發自內心如此相信：就算發生了這一切，但等到這些麻煩都結束、等到一切必要的安排都完成，一切都被掃到毯子底下後，仍是存在一個世界，他可能還是可以回到他在喜鵲巷的房間，可以在溫柔的鳥鳴聲以及從窄窗傾瀉而入的溫暖陽光中醒來，並且再次鎮日鑽研死去的語言，除此之外別無所求。

第二十章

「我方之所以能夠在有關中國的海軍、軍事、外交事項上，提供詳盡的指示，並帶來這些令人滿意的結果，主要皆是因為你和渣甸先生如此慷慨提供的協助及資訊。」

——外交大臣巴麥尊子爵致約翰．亞伯．史密斯之信件

他們爬出往漢普斯特德的出租馬車時，外頭下著滂沱大雨，而他們主要是靠著純粹的運氣才找到勒維教授的宅邸。羅賓以為他能輕易想起路線，但是出外三年對他記憶造成的影響，其實比他察覺的還多，且厚重的雨幕也使得每棟宅邸看起來都一個樣：潮濕、了無生氣、圍繞著修剪整齊並不斷滴水的樹木。他們終於找到那棟漆成白色的磚造房屋時，已經渾身濕透，打起冷顫。

「等一下，」雷米正要往大門走去時，薇朵瓦把他拉回來，「我們不是應該要從後門進去嗎？免得有人看見我們？」

「看到就看到了啊，出現在漢普斯特德又沒有犯罪——」

「如果你看起來根本不像住在這裡的人，那就是犯罪——」

「哈囉！」

他們全都像受驚的小貓一樣馬上轉過頭，一名女子從對街房屋的門階上朝他們揮手，「哈囉，」她又打了一聲招呼，「你們是要找教授嗎？」

他們面面相覷，手足無措，他們沒有為了這樣的場面預先討論出口徑一致的答案，他們本來想要避免所有和勒維的關聯，他的缺席很快就會引來大量關注，但是不這樣的話，他們又要怎麼為自己出現在漢普斯特德開脫呢？

「是啊，」羅賓在他們的沉默開始顯得可疑之前迅速回答，「我們是他的學生，才剛從海外回來，他跟我們說回來後來這裡找他，只不過時間已經晚了，而且沒有人應門耶。」

「他大概是在大學，」女子的表情其實頗為友善，之所以看來會有敵意，只是因為她在雨中大吼，「他一年只會在這裡待幾週而已，你們待在這別亂跑。」

她轉身匆匆進屋，大門在她背後轟然關上。

「他媽的，」雷米咕噥道，「你在搞什麼啦？」

「我想說最好還是不要悖離事實太遠——」

「這有點**太**接近事實了，你不覺得嗎？如果有人來問她怎麼辦？」

「不然你想要怎麼辦，逃跑嗎？」

但女子已經再度出現在外頭，她衝過街朝他們跑來，用一邊手肘擋雨，她朝羅賓伸出一隻手。

「給你，」她張開手指，手中是把鑰匙，「這是他的備用鑰匙，他粗心大意的，他們請我手邊也留一把，以免他自己的鑰匙弄丟，你們這群可憐的小傢伙。」

「謝謝妳。」羅賓回答，不敢相信他們的好運，接著一段回憶襲來，他大膽做出猜測，「妳是克萊門斯太太，對嗎？」

她露出燦笑，「正是本人！」

「沒錯，那就對了，他有說如果我們找不到鑰匙就去問妳，只不過我們搞不清楚妳家是哪間。」

「那幸好我正在看雨，」她的笑容燦爛又友善，就算她真有任何疑心，也都已從她臉上消失了，「我彈鋼琴時喜歡面向外頭，世界會為我的音樂增色。」

「沒錯，」羅賓再次回答，因為鬆了口氣而頭暈目眩，無法消化這番話，「那麼，實在非常感謝妳。」

「噢，這沒什麼，有需要什麼再跟我說。」她先朝羅賓點了點頭，接著對著蕾緹，她似乎甚至都沒有看見雷米或薇朵瓦，羅賓認為他們對此只能心懷感激，然後便走回對街了。

「你怎麼可能會知道她叫什麼？」薇朵瓦輕聲問。

「派波太太的信上有提到她，」羅賓邊說邊把行李箱拖過前院，「說有一家人新搬進來，妻子是那種孤獨又古怪的人，我猜教授待在這裡時，她下午幾乎都會來這裡喝茶吧。」

「嗯，那還真是感謝主，你會寫信給管家。」蕾緹說。

「真的。」羅賓說，解鎖開門。

羅賓離開去牛津後，就再也沒回來過漢普斯特德的宅邸了，屋子似乎在他不在時徹底改頭換面，比他記憶中還要小上許多，也可能只是他長高了吧，階梯已不再是永無止盡的螺旋，高聳的天花板也不再引起那麼沉重的孤獨感。屋裡非常暗，窗簾全都拉了起來，家具上也都蓋了防塵布，以免沾染灰塵，他們在黑暗中摸索了一陣子，燈和蠟燭總是派波太太在點，羅賓完全不知道她把火柴收在哪裡。最後，薇朵瓦在會客室找到了一些打火石和燭台，他們也想辦法點起了其中的壁爐。

「是說，阿賓，」雷米問，「這些東西……都是什麼啊？」

他說的是中國風藝品，羅賓舉目四顧，會客室擺滿了各種彩繪的扇子、書畫掛軸、瓷花瓶、雕塑、茶壺，營造出的效果便是俗艷的廣州茶室複製品，和基底的英國家具產生強烈對比。這些東西一直以來都在這裡嗎？羅賓不知道他小時候怎麼會沒注意到這些，也許是因為才剛從廣州來到英國，他還沒有發現兩個世界之間的差異如此顯而易見，或許是一直到了現在，整個人浸淫在最英式的大學之中後，他才對於外國和異國，發展出了更敏銳的感覺。

「我想他算是個收藏家吧，」羅賓說，「噢，我現在想起來了，他很愛跟賓客聊他的收藏，那些東西的來歷，還有個別的歷史等，他還挺引以為傲的。」

「還真奇怪，」雷米說，「喜歡這些東西和語言，卻討厭那個國家。」

「這沒有你想的那麼古怪，」薇朵瓦說，「畢竟那些是人，而這些只是物品。」

前往廚房的探險最後以沒有找到任何食物作結，派波太太人還待在牛津的宅邸時，並不會在這邊存放食物，漢普斯特德宅邸經年累月都有鼠患問題，羅賓想起這個問題從來都沒解決過，因為勒維教授痛恨貓咪，派波太太則討厭把容易腐壞的食物留給老鼠大快朵頤。羅賓找到一罐裝在錫罐裡的咖啡粉，還有一瓶鹽，但沒有糖。總之他們還是泡了咖啡來喝，雖然只是讓他們感覺更餓而已，可是至少能保持警醒。

他們才剛洗好並瀝乾空馬克杯（羅賓不知道他們幹嘛要清理，因為這個地方的主人永遠都不會回家了，但留下一團混亂感覺還是哪邊怪怪的），這時，他們聽見尖銳的敲門聲，所有人都跳了起來，敲門的人停了下來，接著又堅定地繼續敲，並接連敲了第三次。

雷米跳起身，伸手拿烤火鉗。

「你在幹嘛？」蕾緹見狀斷聲說道。

「呃，假設他們進屋——」

「就不要開門就好了，我們會假裝沒人在家——」

「但所有燈都點著欸，妳這白癡——」

「那先看一下窗外——」

「不行，這樣他們就會看見我們——」

「哈囉？」敲門的人隔著門喊道，「你們有聽見嗎？」

他們大大鬆了口氣，只是克萊門斯太太而已。

「我去開門，」羅賓起身，並瞪了雷米一眼，「把那東西放回去。」

他們友善的鄰居全身濕透站在門階上，一手拿著一把脆弱又無用的雨傘，另一手則是一個蓋著的籃子，「我注意到你們沒有帶吃的來，他離開時總會把食品儲藏室清空，有鼠患問題。」

「是……我知道了。」克萊門斯太太非常健談，羅賓希望她不會想要進屋。

發現他什麼都沒再說之後，她便把籃子遞給他，「我剛剛請我的女僕芬妮用我們手上有的東西湊合了一下，裡面有幾瓶紅酒、一塊硬起司、一塊軟起司、今早的麵包，我擔心可能有點硬掉了，還有一些橄欖跟沙丁魚。如果你們想要剛出爐的新鮮麵包，你就必須早上再試一次啦，但如果你們確實想過來坐坐，請讓我知道，這樣我才能請芬妮再去買新鮮奶油，我們快用完了。」

「謝謝妳，」羅賓回答，這樣的大方令他頗為訝異，「妳人真是太好了。」

「沒問題的，」克萊門斯太太立刻回道，「你方便告訴我教授什麼時候會回來嗎？我必須跟他談談，是有關他的籬笆。」

羅賓愣在當場，「我……我不清楚耶。」

「你不是說你們早他一步過來嗎？」

羅賓不確定該回答什麼，他隱約察覺到他們最好是不要留下什麼口頭線索，他已經跟船長說過勒維教授先他們一步回家，而他們也預計要跟巴別塔學院的教職員說勒維教授還待在漢普斯特德，所以如果克萊門斯太太的說辭完全對不上，情況就會變得非常危險。但又是誰會來進行這三方詰問？如果警方真的走到這一步，他們四個難道不會早就被拘押了嗎？

蕾緹出現，替他解圍，「最快可能是週一吧，」她邊說邊把他推到一旁，「但我們在碼頭聽說他的船班可能延誤了，大西洋天氣是很糟的，妳也知道，所以也可能還要幾個禮拜。」

「真是太不方便了，」克萊門斯太太說，「那你們也一樣會待這麼久嗎？」

「噢，不會，我們明天就要啟程返回學校了，我們臨走前會在餐桌上留張紙條的。」

「那就再好不過了，好吧，晚安。」克萊門斯太太愉快地說，然後便轉身走回雨中。

他們幾秒鐘就把起司和橄欖掃光，麵包很硬，需要咀嚼一下，讓他們的速度慢了下來，但還是幾分鐘內就遭到殲滅，接著他們都眼巴巴地盯著紅酒，心中在深知應該要保持警覺和迫切想要大醉一場之間拉扯，直到雷米負起責任，把紅酒藏到食品儲藏室中。

這時已經晚上十一點半了，如果是在牛津，所有人都還會再醒個好幾小時，搜索枯腸苦思作業，或是在彼此的房間中嬉鬧，但現在他們全都精疲力盡，也害怕得不敢分開睡在不同的臥房，所以他們搜遍整座宅邸，找來所有找得到的毯子和枕頭，堆在會客室中。

他們決定輪流睡覺，總是有個人醒著，負責守夜，他們都不真的相信警方可能會破門而入，何況就算這真的發生，他們也幾乎無能為力阻止，不過至少保持最低限度的謹慎，感覺還是很棒。

羅賓自願輪第一班，起初他們沒人可以好好躺著，全都因咖啡和緊張的心情戰戰兢兢，但疲勞很快擊潰他們，幾分鐘內，他們喃喃的焦慮便轉成了深沉又均勻的呼吸。蕾緹和薇朵瓦一起躺在沙發上，薇朵瓦的頭枕著蕾緹的手，雷米則睡在羅賓身旁的地板，身體呈括號形，保護般地蜷縮在沙發周圍，他們都窩在一起的這番景象，讓羅賓不禁心頭一緊。

他等了半個小時，看著他們的胸口平穩起伏，才敢站起身來，他推斷自己離開崗位應該頗為安全，如果真有什麼事發生，他在屋內都能聽見，大雨現在已減弱為輕柔的啪噠聲，整間屋子除此之外一片死寂。他屏住氣息，躡手躡腳走出會客室，爬上階梯，來到勒維教授的辦公室。

辦公室就和他記憶中一樣擁擠雜亂，在牛津大學時，勒維教授的辦公室看來至少還保有某種秩序，但回到家中，他讓他的東西散成一團受控的混亂，散開的紙張撒得地板上到處都是，書籍在書架周圍堆成一大疊，有些打開，有些則闔著，中間還夾著權充書籤的筆。

羅賓想辦法穿過房間，來到勒維教授的書桌旁，他從來沒有站在書桌後面過，只有坐在對面，雙手緊張地交握在大腿上。書桌從另一側看似乎認不出來，一個小畫框立在右側角落，不，這不是繪畫，而是銀版照片。羅賓試著不要太仔細看，但他仍不由自主瞥見一名黑髮女子及兩個小孩的輪廓，他把相框往下蓋。

他翻閱書桌上雜亂的紙張，沒什麼值得注意的，是有關唐詩和甲骨文的筆記，這都是羅賓知道勒維教授在牛津大學進行的研究計畫，他試試右側的抽屜，本來預期會是鎖上的，卻毫無阻礙滑開。裡面放著成捆的信件，他把信件拿出來，就著燈光一件件檢視，不確定他要找的是什麼，甚至也不知道自己期待看見什麼。

他只是想要一張這個人的照片而已，他只是想要知道他父親究竟是什麼樣的人。

勒維教授大多數的通信對象都是巴別塔學院的教職員和數間貿易公司的代表，有些是英屬東印度公司，更多是和麥格尼克公司，但佔最大宗的是來自怡和洋行。這些信件都非常有意思，他越讀越快，把一整疊信讀完，瀏覽過開頭的細微差異，尋找埋藏在字裡行間的重要關鍵字——

……古茲拉夫的封鎖可能可以奏效……只會需要十三艘戰艦，不過問題在於時間和開銷……只是展示武力……林賽想要斷交讓他們難堪，但這肯定會危及剩下留下來的海關官員……把他們逼到極限，他們就會屈服……要殲滅一支由水手帶領的艦隊，他們甚至都不知道白銀蒸汽機是什麼，想必輕而易舉……

羅賓緩緩吐氣，坐回椅子上。

有兩件事很明顯，首先，這些文件的性質毫無疑義，這是封四個月前來自古茲拉夫牧師的信件，其中附有廣州主要港口詳盡的草圖，另一側則是張清單，寫有中國海軍所有已知的船艦名稱，這些並不是英國對中政策的假設，而是貨真價實的戰爭計畫。這些信件中包含清朝政府海防狀況的詳盡記述、記載守備海軍基地戎克船數量的詳細報告、周遭島嶼的堡壘數量和位置，甚至還有每座堡壘駐紮士兵的確切數目。

第二，勒維教授的立場在他的通信對象中，可說是最為鷹派的代表之一，起初，羅賓還抱有愚蠢又毫無根據的希望，認為或許這場戰爭並不是勒維教授的主意，還有他也許正力勸他們停止。但勒維教授實則意見不少，不僅是主張這樣一場戰爭能夠帶來許多好處，包括事成後任他差遣的豐富語言資源，語氣也透露出一種輕視，認為「悠哉又懶散的中國人，軍隊沒有一絲一毫的勇氣或紀律，很容易就能打敗」。他的父親不單單只是個捲入貿易戰爭的學者而已，他還協助擘劃了這些戰爭，其中一封還沒寄出、收件人署名巴麥尊子爵的信件，便以勒維教授整齊細小的手寫字寫道：

中國艦隊是由過時的戎克船組成，他們的大砲口徑太小，根本無法有效瞄準，中國只有一艘軍艦有辦法和我們的艦隊匹敵，也就是跟美國購買的商船「劍橋號」，但他們沒有水手可以駕馭她。我們的情報員回報她正閒置在港灣中，我們會用「復仇女神號」快速解決她。

羅賓心臟怦怦狂跳，他感到一股突如其來的衝動攫住了他，要盡量找出情報，以瞭解這場陰謀究竟牽連多廣，他狂亂地讀過整疊信件，這疊讀完後，又從書桌左邊抽屜抽出另外一疊，其中揭露的內容大同小異。開戰的渴望從來都不是問題，問題只在於時機，以及成功說服國會行動的困難，不過某些信件最早可以追溯到一八三七年，渣甸、麥贊臣、勒維是怎麼早在超過兩年之前，就得知廣州的談判會破裂，演變成開戰的敵意呢？

但一切都顯而易見，他們之所以會知道，是因為這一直以來就都是他們打的算盤，他們想要開戰，因為他們想要白銀，而除非大清皇帝的想法出現什麼奇蹟般的變化，否則達成目標的唯一方式，就是把槍口對準中國。甚至早在羅賓一行人啟航之前，他們就計劃好要開戰了，他們從來都沒有真心誠意想跟林則徐欽差大臣好好談判，那些談話僅只是開戰的藉口而已。那些人贊助勒維教授的廣州行，是當成最後一趟歷險，然後就要跟國會推銷開戰的法案，他們仰賴勒維教授，來幫他們贏得一場短暫、殘忍、高效的戰爭。

一旦他們得知勒維教授永遠不會回來了，會發生什麼事呢？

「那是什麼？」

羅賓抬起目光，雷米站在門口，邊打著哈欠。

「你還有一個小時才要換班。」羅賓說。

「睡不著，而且反正這樣輪班一點道理都沒有，今晚不會有人來抓我們。」雷米在勒維教授的書桌後方加入羅賓，「我們要來到處偷看嗎？」

「你看，」羅賓拍拍信件，「讀一下。」

雷米從最上方抽起一封信，瀏覽過去，然後便坐到羅賓對面，仔細看著剩下的信，「我的老天啊。」

「這些是戰爭計畫，」羅賓說，「所有人都參與其中，我們在廣州遇見的每個人，你看，這些是來自莫里森和古茲拉夫牧師的信，他們是用傳教士的身分當作掩護，實則是在刺探清軍的情報。古茲拉夫竟然還賄賂線人，告訴他中國軍隊部署的詳細位置，跟哪些有影響力的中國公司是反對英國的，甚至是哪些當鋪會是掠奪的好目標。」

「古茲拉夫那傢伙嗎？」雷米哼了一聲，「當真？我都不知道他這個日耳曼人有那能耐呢。」

「這邊還有怎麼煽動公眾支持戰爭的小冊子，你看，麥贊臣在這邊還稱中國人為『一個愚蠢、貪婪、自大、頑固程度都令人驚嘆的種族』，這裡還有個叫作戈達德的人寫道部署戰艦將會是一場『平靜又睿智的拜訪』，你想想看，**平靜又睿智的拜訪耶**，還真是個描述暴力入侵的好形容啊。」

「真是令人嘆為觀止，」雷米的目光一邊上上下下掃過文件，手上也一邊加速翻閱，「會讓你不禁想問他們一開始幹嘛要派我們去。」

「因為他們還是需要一個藉口，」羅賓回答，細節現在都到位了，一切都是如此清晰可見，又好懂到堪稱荒謬，讓他想踹死自己，竟然沒有早一點就看出來，「因為他們仍然需要一項事端呈到國會，以證明他們達成所欲目標的唯一方式，便是透過純粹的武力達成。他們想要貝里斯羞辱林則徐，而不是達成協議，他們想要引誘林則徐率先宣戰。」

雷米冷哼道，「只不過他們沒料到林則徐會在港口把鴉片燒光。」

「確實，」羅賓說，「但我猜無論如何，反正他們還是得到了師出有名的藉口，這就是他們想要的。」

「你們在這裡啊。」是薇朵瓦的聲音。

兩人都嚇了一跳，跳了起來。

「現在誰在看門？」羅賓問。

「沒事的，不會有人在清晨三點闖進來啦，而且蕾緹睡得很沉。」薇朵瓦走過房間，往下看著滿桌信件，「這些又是什麼？」

雷米示意她坐下，「妳等下就知道了。」

薇朵瓦跟雷米一樣，發覺自己在讀的是什麼之後，便開始越讀越快，「噢，我的天啊，」她用手指碰碰嘴唇，「所以你們覺得——所以他們甚至根本——」

「沒錯，」羅賓說，「全都是為了作秀，我們根本就不是去談和的。」

她無助地晃了晃紙張，「那我們該拿這些怎麼辦？」

「妳這話是什麼意思？」羅賓問道。

她困惑地看了他一眼，「這些是戰爭計畫耶。」

「而我們是學生，」他回答，「我們是**能**做什麼？」

一陣漫長的沉默降臨。

「噢，阿賓啊，」雷米嘆了口氣，「我們到底是在這裡幹嘛？我們以為自己回來之後要去哪啊？」

答案就是牛津，牛津是他們所有人都同意的，因為當他們被困在海拉斯號上，他們教授的屍體沉入身後幽深的海底時，回歸正常和熟悉的承諾，便是讓他們保持冷靜的理由，是個所有人共享的穩定妄想，使他們免於發瘋。他們所有計畫的終點，總是停留在安全抵達英國，但他們不能一直這樣迴避問題，不能再繼續保持這盲目又荒唐的信心，認為只要能回到牛津，那麼一切就都會沒事的。

已經不能走回頭路了，他們全都心知肚明，再也不能假裝了，不能再躲在他們理應安全的世界一角，外頭則是無從想像的殘忍和剝削繼續肆虐，一切就只剩下殖民帝國廣袤無邊的嚇人蛛網，以及與其對抗的正義需求。

「那再來怎麼辦？」羅賓問，「我們要去哪？」

「嗯，」薇朵瓦回答，「去找赫密士會。」

她說出口時似乎如此理所當然，只有赫密士會有可能知道該拿這些東西怎麼辦，那個羅賓背叛的赫密士會，甚至可能不願意再度接納他們，卻是他們唯一遇過的機構，曾對殖民主義的問題表達擔憂。眼前就有個解決方法，是個罕見且他們完全配不上的第二次機會，可以彌補錯誤的決定，撥亂反正，只要他們能在被警方抓到之前，找到赫密士會就行了。

「那麼我們是都同意囉？」薇朵瓦來回看著他們兩人，「先回牛津，再找赫密士會，然後不管赫密士會需要我們做什麼都行，同意？」

「同意。」雷米堅定回答。

「不，」羅賓說，「不，這根本就是發瘋了，我必須去自首，我一有機會就得去找警方——」

雷米嘲諷道，「我們已經討論過這件事了，一直一直不斷討論，你就去自首啊，然後勒？就忘掉渣甸和麥贊臣想要開戰嗎？這現在已經超越我們的個人層面了，阿賓，也超越你個人，你有義務跟責任。」

「但這樣就能解決了啊，」羅賓堅持，「如果我去自首，你們倆就不會被盯上，還可以讓這場鴉片戰爭就這麼因為謀殺解套，你難道看不出來嗎？這可以讓你自由——」

「別再說了，」薇朵瓦說，「我們不可能讓你這麼做。」

「我們當然不可能，」雷米說，「而且，這樣還很自私，你才不能這麼容易就脫身呢。」

「這怎麼能算是**容易**——」

「你想要做正確的事，」雷米振振有詞，「你一直都想要，但你覺得正確的事就是殉道，你以為只要為你犯下的不管什麼罪受了夠多苦，就等於得到寬恕。」

「我才**沒**——」

「這就是你那晚為什麼代替我們被抓，每次你遇到什麼困難，你就只是想讓困難消失，而你覺得方法就是自我鞭笞，你對懲罰上癮，但事情不是這樣運作的，阿賓。你去坐牢改變不了任何事，你吊死在絞刑架上也改變不了任何事，世界還是一樣搖搖欲墜，戰爭一樣就要到來，唯一好好改進的方法，就是阻止這場戰爭，但你並不想這麼做，因為這整件事真正的重點，其實是你在害怕。」

羅賓覺得這麼說對他實在非常不公平，「我那晚只是想救你們而已。」

「你是想讓自己擺脫困境，」雷米回答，但語氣並不刻薄，「只不過所有這些犧牲，只是讓你感覺好一點而已，並沒有幫助到我們其他人，所以最終還是沒意義的舉動。現在，如果你已經搞完你絢麗的殉道嘗試，我覺得我們應該來討論……」

他聲音突然轉小，薇朵瓦和羅賓跟著他的目光來到門邊，蕾緹就站在門口，雙手抱在胸前，他們沒有人知道她在那裡站了多久，她的臉色變得一片慘白，只剩下臉頰上兩抹熾熱的紅暈。

「噢，」雷米說，「我們以為妳睡著了。」

蕾緹喉嚨一緊，她看起來像是要大哭出來了，「到底，」她用顫抖的聲音輕聲問道，「什麼是赫密士會？」

「可是我不明白。」

蕾緹一直按照規律的間隔重覆著這句話，整整持續了十分鐘，無論他們再怎麼解釋赫密士會存在的必要性、以及這樣的組織必須在檯面下活動的種種理由，她都連連搖頭，一臉茫然、無法理解。她暴怒或沮喪的程度，似乎都還不及她真心的困惑，彷彿他們是試著要說服她天空是綠色的一樣，「我不懂，你們在巴別塔學院不是過得很快樂嗎？」

「快樂？」雷米重覆道，「我猜應該從來沒人問過妳，妳的皮膚是不是塗了核桃汁吧？」

「噢，雷米，真的有人這樣說嗎？」她雙眼圓睜，「但我從來沒聽到過，而且你的膚色很好看啊——」

「或是說妳因為某些不明原因，無法進入某間店，」雷米繼續說道，「還是有人在人行道上繞了一大圈繞過妳，就像妳身上有蝨子一樣。」

「但這只是牛津人又蠢又保守而已，」蕾緹回答，「這並不代表——」

「我知道妳不這麼看，」雷米說，「我也不期望妳會，妳的人生不是這樣的，可是這真的無關乎我們在巴別塔學院快不快樂，而是我們的良知要求的。」

「但巴別塔學院給了你一切，」蕾緹似乎無法想通這點，「你擁有你想要的一切，你有這麼多**特權**——」

「還沒多到足以讓我們忘記自己的出身。」

「可是有獎學金啊，我是說，要是沒有獎學金，那麼你們全都會、都會……我也不知道——」

「妳還真是會劃重點耶，」雷米理智斷線，「妳真的是個徹頭徹尾的小公主，不是嗎？在布萊頓有大莊園，去土魯斯避暑，書架上放著中國瓷器，茶杯裡是阿薩姆紅茶？妳怎麼有可能懂啊？妳的同胞收割著帝國的果實，我們的同胞可不是。所以給我閉嘴，蕾緹，給我好好聽清楚我們想跟妳說的事：他們對我們國家做的事情是不對的。」雷米越說越大聲，語氣也越發嚴厲，「而我受到訓練，為了他們的利益，使用我自己的語言，這也是不對的，幫他們翻譯法律和其他文本，以鞏固他們的統治，但印度、中國、海地、帝國各處和世界各地都有人正飢腸轆轆、嗷嗷待哺，因為英國人寧願把銀條用在他們的帽子和大鍵琴上，而不是拿去做點好事。」

蕾緹對這番說辭的反應，大大超乎羅賓的預期，她靜靜坐了一會兒，雙眼圓睜，猛眨著眼，接著皺起眉頭，開口問道：「可是……可是如果問題在於不平等，那你們不能透過大學去解決嗎？大學有各式各樣的援助計畫跟傳教團體啊，也有所謂的**慈善事業**，你們知道的，我們為什麼不能直接去找殖民地政府，然後——」

「當整個機構的重心就在於要維持帝國的存續時，這麼做就有點難了，」薇朵瓦回答，「巴別塔學院不會做任何對自己無益的事。」

「但這不是真的，」蕾緹說，「他們一直都有為慈善事業貢獻，這我知道，勒布朗教授正帶領和倫敦公共自來水系統相關的研究，這樣貧民區的住居就不會傳染病孳生，而且全球各地也有各種人道學會——」[86]

「妳知道巴別塔學院會賣銀條給奴隸販子嗎？」薇朵瓦打斷她。

蕾緹對她猛眨眼睛，「什麼？」

「『capitale』」薇朵瓦說，「拉丁文的『capitale』，是從『caput』來的，後來變成古法文的『chatel』，

到了英文則成了『財產』（chattel），從牲畜和財產變成財富。他們會在銀條刻上這些字，再加上『牲畜』（cattle）應用雛菊鏈原則，然後把這些銀條安裝到鐵鏈上，這樣奴隸便無法逃脫了。妳知道是怎麼做的嗎？這會讓他們變得溫馴，就像動物一樣。」

「但這……」蕾緹現在眼睛眨得非常快，彷彿試著要從眼裡擠出一絲塵埃一樣，「可是，親愛的薇朵瓦，奴隸貿易早在一八〇七年就已經廢止了。」[87]

「而妳以為他們會就此停止嗎？」薇朵瓦發出了一個半是笑聲、半是啜泣的聲音，「妳以為我們不會賣銀條到美洲去？妳覺得英國製造商已不再從鎖鏈和鐐銬中獲利了？妳難道不覺得英國其實還有

---

86 原註1：蕾緹在此指的各式人道學會的創立，目的便是要保護大英帝國領土內的原住民，例如一八三七年撰寫《英國國會原住民部落專門委員會報告》的那群基督教福音派作者，其中雖然承認英國的出現是「未開化國家諸多不幸的根源」，卻仍建議以神聖的「教化使命」之名，在澳洲及紐西蘭持續擴張白人殖民地並派遣英國傳教士，他們認為，當地原住民只要學會像基督徒一樣合宜的穿著打扮和言談舉止，就不會遭受這麼多的磨難了。當然，其中最大的矛盾，便是根本不存在所謂的人道殖民，同時，巴別塔學院對這類任務的貢獻，則是負責向傳教學校供應英語教材，並為因殖民聚落流離失所的人們，翻譯英國的產權法。

87 原註2：這是個天大的謊言，卻是英國白人樂意相信的，除了薇朵瓦接下來的論述之外，在英屬東印度公司統治下的印度，奴隸制度往後也仍持續了相當長一段時間，確實，因為在一八三三年的《解放奴隸法案》中，特別豁免了印度的奴隸制度。即便早期的廢奴主義者認為英屬東印度公司統治下的印度，是個勞工自由的國家，該公司依舊參與共謀，且直接從中獲利，在許多案例中，甚至還鼓勵各式各樣的奴役行為，包括強迫的農園勞動、家務勞動、契約奴工。而拒絕將這類行為稱為奴隸制度，只因為其無法精確吻合跨大西洋周遭的農園模式奴隸制度，可說便是語意盲目切切實實的例子。不過到頭來，英國人擅於在腦中平衡矛盾的能力，也著實令人讚嘆，極端的廢奴主義者威廉·瓊斯爵士，同時便也承認自己家中就有奴隸，他曾表示：「我擁有我從死亡和悲慘中拯救出來的奴隸，但我將他們視為僕人。」

人在蓄奴，只不過是想方設法隱藏得很好而已嗎？」

「可是巴別塔學院的學者是不會——」

「巴別塔學院的學者在幹的就是這種事，」薇朵瓦惡狠狠地說，「我早該知道的，我們的指導教授就是在研究這種事，每次我和勒布朗見面，他都會把話題轉到他心心念念的珍貴奴隸銀條上。他說他覺得我可能會擁有特別的見解，他有次甚至問我願不願意戴耶，他說他想要確保這在黑鬼身上會有用。」

「妳怎麼沒跟我說呢？」

「蕾緹，我真的試過。」薇朵瓦的聲音都破了，她的雙眼充滿痛苦，而這讓羅賓深感慚愧，因為只有到了現在，他才看清他們友情殘酷的模式，羅賓永遠都有雷米挺他，但是一天結束時，當他們分開後，薇朵瓦就只有蕾緹了，宣稱會永遠愛她、絕對珍惜她，但只要自己先前看世界的方式被挑戰就對她充耳不聞的蕾緹。

而這時候他和雷米人在哪呢？別過頭去，沒有注意到，暗自希望女孩們可以就這麼停止爭吵向前看，雷米偶爾會怒嗆蕾緹，但只是為了讓自己滿足，他們兩人從來都沒有停下來思考過，這整段時間以來，薇朵瓦的感覺會是多麼的孤苦無依啊。

「但妳並不在乎，」薇朵瓦繼續說道，「蕾緹，妳甚至都不在乎我們的女房東不讓我用室內的浴室——」

「什麼？這太荒唐了，我怎麼可能會沒注意——」

「沒有，」薇朵瓦說，「妳真的沒有，妳從來都沒注意到，蕾緹，問題就出在這裡。而我們現在正在請求妳，拜託妳，好好**聽聽**我們到底試著要告訴妳什麼，請妳一定要相信我們。」

羅賓心想，蕾緹已經很接近崩潰邊緣了，她的反駁論述快要用光了，她看起來就像隻被逼到角落的喪家犬，但是她的目光掃向四周，拼命尋找逃脫之道，在她徹底拋下圍繞於她生活周遭的假象之前，她會尋找任何薄弱的藉口，並接受所有扭曲的替代邏輯。

他心知肚明，因為不久之前，他也做過同樣的事。

「所以有戰爭要發生了，」她停頓之後開口說道，「你們百分之百確定會爆發一場戰爭。」

羅賓嘆了口氣，「沒錯，蕾緹。」

「而且絕對是出自巴別塔學院之手。」

「妳可以自己來讀這些信。」

「所以那個……那個赫密士會對此又要怎麼做？」

「我們也不知道，」羅賓回答，「但他們是唯一**能夠**採取行動的人，我們會把這些文件帶去給他們，我們會告訴他們我們所知的一切——」

「可是為什麼？」蕾緹堅持，「為什麼要找上他們？我們應該自己來做這件事就好，我們應該來做小冊子，我們應該去找國會，我們有其他一千個選項，而不是透過什麼……什麼竊賊的祕密結社。這種規模的陰謀跟腐敗，如果大眾得知，他們是不可能會贊成的，我很篤定，但是在暗地裡行動，從大學偷東西，這只會傷害你們崇高的理想，難道不是嗎？為什麼你們不能就正大光明行動呢？」

死寂降臨，籠罩了好一陣子，每個人都在思考誰要先告訴蕾緹。

薇朵瓦一肩扛起這個重責大任，「我在想，」她非常緩慢地說道，「妳有沒有讀過任何在國會終於廢止奴隸制度以前，所出版的廢奴文獻？」

蕾緹皺起眉頭，「我看不出來這跟……」

「一七八三年，貴格會向國會提出史上第一次廢奴請願，」薇朵瓦說道，「一七八九年，奧拉達·艾奎亞諾出版了他的回憶錄，為廢奴主義者向英國大眾述說的無數奴隸故事再添一則，這些故事描述的是妳可以對同為人類的同胞，所施加最殘忍，也最糟糕的折磨。因為僅僅是黑人遭到剝奪自由的事實並不夠，他們必須看見一切有多怪誕駭人，而就算到了那時，他們也還要再花上幾十年才終於宣布奴隸貿易違法，我們是在談**奴隸制度**耶，和這相比，在廣州因為貿易權引發的一場戰爭，顯得根本微不足道。這一點也不浪漫，不會有小說家撰寫長篇故事，描寫鴉片成癮會對中國的家庭造成什麼影響，如果國會投票通過，要強迫廣州開港通商，那看起來也會像是自由貿易按照常態運作而已，所以別跟我說什麼如果英國大眾得知這件事，會有任何作為。」

「可是這是戰爭，」蕾緹說，「這顯然是不一樣的，這肯定會引發眾怒——」

「妳不了解的，」雷米說，「是如果這只代表他們早餐桌上有茶和咖啡可以喝，那會有多少和妳一樣的人找藉口開脫辯解，他們才不在乎呢，蕾緹，他們就只是漠不關心。」

蕾緹沉默了很長一段時間，她看起來可憐兮兮、備受打擊、脆弱無比，彷彿剛剛接到通知家裡有人過世了一樣，她顫巍巍地吐了好長一口氣，然後目光輪流死盯著他們每一個人，「我知道你們為什麼從來不跟我說這些了。」

「噢，蕾緹，」薇朵瓦遲疑了一下，接著伸出手放在蕾緹肩頭上，「不是這樣子的。」

但她就此打住，薇朵瓦很顯然想不出任何更安慰的話了，已經沒有什麼好說的了，除了真相之外，也就是他們先前當然不可能信任她，因為根據他們經歷過的一切，就算他們宣稱彼此的友誼有多麼恆久不移，他們依然沒辦法知道她會選擇哪一邊。

「我們心意已決，」薇朵瓦溫柔但堅定地說道，「我們一回到牛津，就要把這些帶去給赫密士會，而妳不需要和我們一起去，我們不能強迫妳承擔這樣的風險，我們知道妳已經承受過太多了。可是如果妳不想和我們一起，那我們也要請妳至少能幫我們守住祕密。」

「妳講這什麼話啊？」蕾緹終於哭了出來，「我當然要和你們一起啊，你們是我的朋友耶，我會陪你們到最後的。」

接著她便猛然伸手抱住薇朵瓦，激烈啜泣起來，薇朵瓦身子一僵，看來有些錯愕，但一會兒後，她也舉起雙手，小心翼翼地回抱著蕾緹。

「我很抱歉，」蕾緹在啜泣之間邊吸鼻子邊說道，「我好抱歉，我真的很抱歉……」

雷米和羅賓在一旁看著，不確定該做何感想，如果是發生在別人身上，這肯定會很裝腔作勢，甚至令人作嘔，但是換作蕾緹，他們知道這不是在假裝，蕾緹是不可能故意假哭的，她連故意裝出最基本的情緒都不能，她太過拘謹，太過一目瞭然了，他們知道她沒辦法做出任何違心之舉。所以這感覺起來確實頗為真情流露，看著她崩潰成這樣，明白她終於能夠了解他們所有人的感受，看見她內心深處依然是他們的盟友，著實令人相當欣慰。

只不過，似乎還是有哪邊不對勁，而羅賓從薇朵瓦和雷米臉上的表情，也能看出他們同樣這麼覺得，他花了一會兒，才發覺究竟是什麼讓他如此煩躁，而一旦發覺了，他不論是當下或事後都因此頗為困擾，整件事似乎是個巨大的悖論，也就是在他們把共同承受的這一切痛苦告訴蕾緹之後，她竟然才是需要安慰的那個人。

第二十一章

「噢，牛津的尖塔！穹頂還有塔樓！
花園還有庭園！你的存在壓過了，
理性的清醒。」

——威廉・華茲渥斯，〈牛津，一八二〇年五月三十日〉

隔天早上他們回到牛津的旅途，很快演變成一齣錯誤百出的鬧劇，要是他們沒有這麼精疲力盡、飢腸轆轆、對彼此怒氣沖沖而不願溝通，那其實很多事情都是可以避免的。他們的錢包已開始探底，於是便花了一小時爭論跟克萊門斯太太借馬車前往帕丁頓車站究竟夠不夠謹慎，直到最終放棄，心不甘情不願地決定付馬車錢。但週日早上在漢普斯特德又很難叫到馬車，結果他們在前往牛津的火車離站十分鐘後，才姍姍來遲抵達車站。下一班火車已經都訂滿了，再下一班則是因為有頭母牛亂跑到鐵軌上而延誤，使得他們要在午夜過後才能回到牛津。

一整天就這麼浪費了。

他們在倫敦消磨中間的幾個小時，從一間咖啡館遷徙到另一間，以便不要引來懷疑，卻又為了合理估位而消費，吃喝了多到荒唐的咖啡和甜食，導致他們更為焦躁恐慌。他們其中一人時不時就會提起勒維教授或赫密士會，但馬上就會招致其他人惡毒的噓聲，他們不知道可能有誰在偷聽，而全倫敦感覺都充滿了不懷好意的竊聽者。被噓感覺雖然很差，可是也沒人有心情閒聊，所以當他們拖著行李箱，來到人擠人的晚班火車上時，大家早就不再跟彼此講話了。

他們在憤憤不平的沉默中度過整趟車程，再十分鐘就要抵達牛津站時，蕾緹突然坐起身來，開始過度換氣。

「噢，天啊，」她低語道，「天啊，天啊，天啊——」

這引來了一些目光，蕾緹抓住雷米的肩膀，尋求一點安慰，但不耐煩的雷米把他的手臂從她手上甩開，「蕾緹，**閉嘴**。」

這麼做很殘忍，可是羅賓可以理解，蕾緹也讓他不太爽，她一整天大都處在歇斯底里的狀態，而他也已經厭倦了，他們所有人都一樣神經緊繃，羅賓冒出這個惡劣的想法：蕾緹應該也要振作一點，跟他們其他人一樣保持鎮定才對。

震驚不已的蕾緹終於安靜了下來。

最終，他們的火車嘎吱嘎吱駛進牛津車站，他們邊打哈欠邊打著冷顫，將行李箱拖過顛簸的鵝卵石路，花二十分鐘走回學院，他們決定先送女孩們到門房的小屋去叫馬車，因為外頭太黑了，獨自走到那麼北邊不太安全。大學學院樸素的石造正門終於從黑暗中浮現，一看見這個充滿魔力卻又腐敗的地方，羅賓便感到一股劇烈的鄉愁湧上，就算發生了這一切，這裡感覺仍然像家一樣。

「哈囉！」是門房長比林斯，他一邊喊一邊在身前揮舞著提燈，上下打量他們，認出來之後，便露出了燦爛的笑容，「你們終於從東方回來啦？」

羅賓在想他們在街燈下看來會是如何，驚慌失措、衣衫襤褸、昨天沒換的衣物還臭烘烘的，他們的疲憊肯定顯而易見，因為比林斯的表情轉成了憐憫，「噢，你們這群小可憐，」他轉過身，揮手示意他們跟上，「跟我來吧。」

十五分鐘後，他們圍坐在大廳的一張桌旁，手捧濃郁的紅茶依偎著彼此，比林斯則在廚房裡忙進忙出，他們抗議過說不想麻煩他，但他堅持好好幫他們弄點東西吃，很快便拿著裝有食物的盤子現身，炒蛋、香腸、馬鈴薯、吐司在上頭滋滋作響。

「並且來點提振精神的東西，」比林斯在他們面前放下四個馬克杯，「只是些白蘭地摻水啦，你們可不是我見識過第一批剛回國的巴別人，這招每次都有效。」

食物的香氣讓他們想起自己飢腸轆轆，他們像狼群一樣大快朵頤，在沉默中瘋狂大嚼特嚼，比林斯則一臉滿意坐在一旁看著他們。

「那麼，」他說，「跟我聊聊這趟驚險刺激的旅程吧，嗯？廣州和模里西斯，是吧？有發生什麼趣事嗎？還是參加了什麼當地的儀式呢？」

他們面面相覷，不確定該回答什麼，蕾緹開始大哭。

「噢，沒事的，」比林斯把裝著白蘭地的馬克杯往她推近，「不可能有這麼糟吧。」

蕾緹搖了搖頭，她緊閉嘴唇，但還是爆出一陣嗚咽聲，不單只是在吸鼻子，而是全身顫動的激烈哭泣，她用雙手摀住臉龐大力啜泣，哭得雙肩顫抖，支離破碎的話語從她的指縫間漏出。

「她想家了，」薇朵瓦心虛地說，「她，呃，真的是很想家。」

比林斯伸手拍拍蕾緹的肩膀，「一切都沒事的，孩子，妳回家了，妳安全了。」

他到外頭去叫醒車夫，十分鐘後，一輛馬車便停在大廳外，女孩們啟程回到住處，羅賓和雷米則把行李箱拖回喜鵲巷，然後互道晚安。雷米消失在他的房門口時，羅賓感到一絲稍縱即逝的焦慮，他在旅途上的每個夜晚，早已習慣了雷米的陪伴，過了這麼多個星期第一次要自己獨處，沒有另一個聲音可以沖淡黑暗，他覺得頗為害怕。

但當他在身後關上自己的房門時，他訝異於一切竟是如此正常，他的書桌、床鋪、書架都和他離開時一樣，原封不動，他幫查卡瓦蒂教授翻譯的《山海經》也還放在書桌上，某個句子翻到一半尚未完成。最近肯定有人進來打掃過，因為舉目所及都一塵不染，當他坐在凹凸不平的床墊上，吸進熟悉又療癒的古書和霉味時，羅賓覺得只要他躺回床上，閉上雙眼，隔天早上就可以照常起床去上課，彷彿一切從沒發生過。

他醒來時看到的景象，是雷米赫然出現在他眼前，「我的媽啊，」他彈起身子坐直，呼吸急促，「別再這樣了。」

「你真的應該開始鎖個門了，」雷米遞給他一個杯子，「既然現在我們都，你知道的，喝茶嗎？」

「謝啦。」他用雙手接過杯子啜飲，是他們最愛的阿薩姆紅茶，茶湯深黑、猛烈、濃郁，在這麼幸福的一刻，陽光從窗戶射入房內，外頭是婉轉溫柔的鳥鳴，廣州發生的一切似乎都只是場糟糕的惡夢，但冰冷扭曲的回憶隨即襲來，他嘆了口氣，「怎麼回事？」

「女孩們來了，」雷米回答，「起床時間到啦。」

「來這？」

「在我的客廳，快來吧。」

羅賓洗臉更衣，走廊對面，薇朵瓦和蕾緹就坐在雷米的沙發上，雷米遞著茶、裝在粗麻袋裡的司康、還有一小壺凝脂奶油，「我想說沒人有心情去大廳，所以早餐就是這個。」

「這很好吃耶，」薇朵瓦一臉訝異說道，「去哪——」

「穹頂咖啡廳，就在他們開門之前，他們總會打折出售前一天的司康，」雷米沒有刀子，所以直接剝起司康沾著奶油吃，「很好吃，對吧？」

羅賓坐在女孩們對面，「妳們倆睡得怎麼樣？」

「還不錯，整體來說，」蕾緹回答，「回來感覺真怪。」

「太舒適了，」薇朵瓦同意道，「感覺世界現在應該要天翻地覆了，不過……並沒有。」

羅賓也是這麼覺得的，回到這些物質享受的懷抱中似乎是錯誤的，坐在雷米的沙發上，喝著他們最愛的茶，配上他們最愛的咖啡廳買來的司康，他們身處的情況和面臨的風險感覺並不對稱，世界彷彿應該要陷入一片火海熊熊燃燒才對。

「所以，聽著，」雷米坐到羅賓身旁，「我們不能就這麼坐在這乾等，每過一秒鐘，我們在監獄外的時間就少一秒，所以我們必須好好善用。我們必須找到赫密士會，阿賓，你是怎麼跟葛瑞芬聯絡的？」

「我沒辦法，」羅賓回答，「葛瑞芬在這方面非常固執，他知道該怎麼找到我，但我沒有任何方法可以聯絡他，我們一直以來都是這麼做的。」

「安東尼也一樣，」薇朵瓦說，「不過，他確實有告訴我們幾個投放點，我們可以把東西留在那邊給他，假如我們到那裡留下訊息——」

「但他有多常會過去檢查呢？」蕾緹問，「如果他沒有在等什麼東西，那他還會費心去檢查嗎？」

「我也不知道，」薇朵瓦沮喪地說，「可是這是我們唯一的選項了。」

「我確實認為他們會在找我們，」羅賓說，「在我們被抓到那晚發生的事之後，我是說，發生了太多事情尚未了結，而現在我們回來了，我猜想他們會想要聯絡我們。」

他可以從他們臉上的表情判斷，這番話並沒有多少說服力，赫密士會注重細節、神出鬼沒，可能一小時後就會來敲門，也有可能整整半年都杳無音訊。

「總之，我們還有多少時間啊？」一陣沉默後雷米問道，「我的意思是，他們還要多久才會發現親愛的老理查不會回來了？」

沒有人能夠確定，新學期還要一個禮拜才會開始，到時如果勒維教授沒有回來教課，那就會變得非常可疑，但要是其他教授假設他們全都會提早回來呢？

「嗯，誰會和他定期聯絡啊？」蕾緹問，「我們必須跟院裡編造某個說法，這是當然的——」

「還有派波太太，」羅賓說，「他在傑里科的管家，她會懷疑他跑哪去了，我也必須去看看她。」

「我有個主意，」薇朵瓦說，「我們可以去他的辦公室調查他的通信，看看他有沒有什麼要赴的約，如果能為我們爭取到一點時間，甚至還可以偽造一些回覆。」

「確認一下，」蕾緹說，「妳是覺得我們應該要闖進辦公室，辦公室的主人已經遭到謀殺，我們幫忙掩蓋了罪證，然後現在我們要四處亂翻他的東西，還希望不會被抓到？」

「要做的話，現在就是最好的時機，」薇朵瓦指出，「趁不會有人知道是我們做的時候。」

「妳怎麼確定他們不是早就知道了？」蕾緹提高聲音問道，「妳怎麼知道我們走進學院的那一刻，不會馬上被銬上手銬腳鐐？」

「我的媽啊，」羅賓咕噥道，一切突然間似乎顯得荒誕無比，他們竟然在討論這種事，而且他們甚至還敢回牛津，「我們**到底**幹嘛回來啊？」

「我們應該要去加爾各答，」雷米突如其來宣布，「走吧，我們先逃去利物浦，可以從那邊訂船班——」

蕾緹的鼻子皺了起來，「為什麼是加爾各答？」

「那邊很安全，我有父母可以保護我們，閣樓裡也有空間——」

「我才不要下半輩子都躲在你父母的閣樓裡勒！」

「這只會是**暫時**的——」

「大家給我冷靜，」薇朵瓦很少會大聲說話，這瞬間讓他們安靜下來，「這就像……就像做作業一樣，你們懂嗎？我們只是需要有個計畫，只要把這件事分成不同的步驟，一一完成，然後我們就會沒事的。」她舉起兩根手指，「現在，我們似乎必須要做兩件事，任務一：和赫密士會取得聯繫，任務二：盡可能取得資訊，這樣等我們聯絡上赫密士會時，他們就能夠有所作為了。」

「妳忘了任務三，」蕾緹說，「不要被抓到。」

「呃，這還用說。」

「我們現在曝露了多少行跡？」雷米問，「我是說，如果你們仔細想想，我們待在這裡甚至比在船上時還更安全，屍體可不會說話，他也不會被沖上哪裡的岸邊。在我看來，要是我們全都守口如瓶，我們就沒事了，不是嗎？」

「但是他們會開始問問題，」蕾緹說，「我意思是，這很明顯，到了某個時刻，某個人就會開始注意到勒維教授都不回信。」

「所以我們就一直跟他們重覆同樣的事，」薇朵瓦說，「他躲在家裡，病得很嚴重，這就是為什麼他都不回信，也不接待訪客，然後還叫我們自己先回來。整個故事就是這樣，保持簡單，不要渲染細節，如果我們全都口徑一致，那就不會有人起疑，而要是我們表現得有些緊張，那也是因為我們擔心我們親愛的教授，同意吧？」

沒人質疑她，他們全都緊抓著她的一字一句，世界不再天旋地轉，即將失控，唯一重要的就只有薇朵瓦接下來要說的話。

她繼續說道：「不過我在想的是，我們越是坐以待斃，越是謹言慎行、小心翼翼，那看起來就會越可疑，我們不可能躲起來永遠都不出現的。我們是巴別塔學院的學生，我們忙得要死，我們是因為作業量焦頭爛額快崩潰的大四生，我們不需要假裝沒有發瘋，因為這裡的學生總是在發瘋，但我們必須假裝是因為正確的原因發瘋的。」

不知怎地，這番話聽來完完全全、徹徹底底的合理。

薇朵瓦指著羅賓，「你去搞定管家，然後去拿勒維教授的通信，雷米和我會去安東尼的投放點，盡可能留下加密過的訊息，蕾緹，妳就去做妳平常在做的事，給人一種一切如常、完全沒事的印象。如果有人問你們廣州的事，就開始散播教授生重病的故事，今晚我們再全部回來這裡集合，並向上帝祈禱一切都不會出亂子吧。」她深吸了一口氣，看向四周，並點了點頭，彷彿在說服自己一樣，「我們會度過這一切的，好嗎？我們再怎麼樣都不能丟了小命。」

羅賓心想，這可真是預料之中的結論。

*

他們一個個接連離開喜鵲巷，羅賓原先希望派波太太不會待在傑里科的家中，他只要在信箱裡留個紙條就能脫身，但他幾乎都還沒敲門，臉上掛著大大笑容的派波太太就猛然把門給打開了，「羅賓，親愛的！」

她緊緊擁抱他，聞起來有溫暖麵包的香氣，羅賓鼻頭一酸，差點哭了出來，他掙脫派波太太，揉揉鼻子，試圖打個噴嚏蒙混過去。

「你看起來好瘦啊，」她拍拍他的臉頰，「他們在廣州沒給你東西吃嗎？還是你已經不愛吃中國食物了？」

「廣州很棒，」他有氣無力地回答，「是來回的航程才沒吃什麼。」

「他們真丟人，你們都還只是孩子啊，」她退了一步，四下查看，「那麼教授也一起回來了嗎？」

「事實上，他短時間內還不會回來，」羅賓的聲音顫顫巍巍，他清了清喉嚨，再試一次，他先前從沒對派波太太說過謊，感覺比他想像得還糟糕非常多，「他呢，呃，在回程的航程中覺得身體很不舒服。」

「天啊，真的嗎？」

「而且他覺得沒辦法負荷回到牛津的旅途，此外也很擔心會傳染給別人，所以他現在暫時在漢普斯特德自我隔離。」

「只有自己一個人？」派波太太看來頗為擔憂，「這個傻瓜，他應該要寫信來的，我應該今晚就趕回去，天知道這男人甚至都沒辦法幫自己泡茶——」

「萬萬不可，」羅賓脫口而出，「呃，我是說，他得的病具有高度傳染力，他咳嗽或說話時會以分子形式透過空氣傳染，我們在船上時甚至不能跟他待在同一間船艙內呢。他正試著盡量少跟人接觸，不過有人在照顧他，我們找了個醫生來幫他看看——」

「哪個醫生？史密斯嗎？還是海斯廷？」

他試著想起小時候得流感時，來幫他治療的醫生名字，「嗯，應該是海斯廷吧？」

「那太好了，」派波太太回答，「我一直覺得史密斯是個庸醫，幾年前我有次發燒得很厲害，他竟然診斷說這是歇斯底里症，歇斯底里症耶！我甚至都沒辦法喝清湯，然後他還覺得這全都是我捏造的。」

羅賓平穩地吸了口氣，「我相信海斯廷醫生會好好照顧他的。」

「噢，當然了，他週末就會回來這裡說要吃他的白葡萄乾司康了。」派波太太露出燦笑，很顯然是假裝的，因為眼中一點笑意都沒有，但她似乎下定決心要為羅賓加油打氣，「好吧，至少我還可以照顧你，我來幫你做點午餐好嗎？」

「噢，不用了，」他迅速回答，「我沒辦法久待，我要……我必須走了，還得去通知其他教授，妳瞧，他們還不知道呢。」

「你連留下來喝杯茶都不行嗎？」

他很想要，他真的很想要坐在她的桌旁，聽著她漫無邊際的故事，並感受他童年時溫暖的慰藉和安全，哪怕只有短短片刻，但他深知自己撐不過五分鐘，還不用倒茶葉、泡茶、啜一口大吉嶺紅茶的時間，如果他留下來，如果他踏進這間屋子，那他絕對會徹底崩潰。

「羅賓？」派波太太端詳著他的表情，滿臉憂慮，「親愛的，你看起來還真是心煩意亂。」

「只不過是，」淚水模糊了他的雙眼，他再也無法忍住，話說出口聲音都啞了，「我只是很害怕而已。」

「噢，親愛的。」她張開雙臂環抱他，羅賓也回抱，肩膀因壓抑的啜泣不斷顫抖，他生平第一次發覺他可能再也不會見到她了，確實，他從來都沒有花半秒思考過，要是勒維教授身亡的事情傳出去，派波太太將何去何從。

「派波太太，我在想……」他抽身往後退了一步，因為罪惡感飽受折磨，「妳有沒有……妳有沒有家人或是其他人呢？其他可以去的地方？」

她看來一頭霧水，「你怎麼突然這麼問？」

「要是勒維教授沒撐過去，」羅賓回答，「我只是在想，因為如果他撐不過去，那妳就不會有——」

「噢，親愛的孩子啊，」她眼眶泛紅，「你不用擔心我，我在愛丁堡還有姪女跟兄弟呢，雖然我們互相討厭，但要是我去敲門，他們還是必須為我敞開大門。不過我們不會走到這一步的，理查先前也不是沒得過外國傳染病，他馬上就會回到這裡和你吃每月晚餐啦，等他回來以後，我再幫你們準備一隻烤全鵝。」她捏捏他的肩膀，「你只要好好專心唸書就好了，好嗎？好好做事，其他事都別擔心。」

他再也不會見到她了，不管事情最後演變成什麼樣子，至少這點似乎非常篤定，羅賓目光緊盯她溫柔的笑容，試著將這一刻銘刻在記憶之中，「我會盡力的，派波太太，再見了。」

他必須在街上鎮靜一會兒，才能鼓起勇氣走進巴別塔學院。

教職員辦公室位在七樓，羅賓在樓梯井等待，直到他確定走廊上空無一人，然後才衝向前把勒維教授的鑰匙插入鎖孔，他在辦公室找到的通信和漢普斯特德的大同小異，寫給渣甸、麥贊臣、古茲拉夫的信件，其他信談的則是有關即將來臨入侵的戰爭計畫。他把一些信草草堆成一疊，並放進外套中，他對赫密士會究竟會拿這些信怎麼樣毫無頭緒，不過他假設，有點證據總比什麼都沒有好。

他才剛在身後鎖好門，便聽見普萊費爾教授的辦公室傳來動靜，第一個聲音屬於一名女性，刻薄又大聲，「他已經連續錯過三次付款了，而我也已經好幾個月沒跟他聯絡——」

「理查是個大忙人，」普萊費爾教授回答，「他人還在海外，是大四的年度旅行，我相信他一定有告訴妳——」

「他才沒有，」女人說，「你也知道他處理這種事總是處理得很糟糕，我們從來都不知道他要去哪，他不寫信，甚至也不發電報，也沒寄任何東西給孩子們，你知道的，他們都開始忘記他們有個父親了。」

羅賓心臟怦怦狂跳，躡手躡腳走到走廊角落，依然待在聽力範圍內，階梯就在他身後幾公尺，如果門打開，他就可以在任何人看見之前逃到六樓去。

「這想必，呃，非常艱難，」普萊費爾教授尷尬地表示，「不過我必須說，這並不是理查和我平常會聊的話題，妳最好還是直接去和他談——」

「那他預計什麼時候回來？」

「下週，但我聽說廣州出了點麻煩，所以可能會提早幾天吧。不過我真的不清楚，勒維太太，我們一有消息就會通知妳的，至於現在，我們知道的真的不比妳多。」

門打開了，羅賓緊張到一度想逃跑，但病態的好奇心把他釘在原地，他從角落探頭偷窺，他想看看，他想確定。

一名又高又瘦、髮中夾雜幾縷灰絲的女子踏出走廊，還帶著兩個孩子，比較大的是個女孩，看來大約十歲，顯然剛哭過，不過她用一手掩蓋啜泣，另一手則緊握著媽媽的手。年紀較小的則是個男孩，小了很多，大概只有五歲或六歲，他踉踉蹌蹌踏出走廊，勒維太太正在跟普萊費爾教授道別。

羅賓一口氣卡在喉嚨，他發覺自己越來越探向走廊，目不轉睛地盯著，男孩看起來跟他自己長得非常像，也像葛瑞芬，眼珠是同樣的淡棕色，頭髮也是類似的黑髮，但比他們兩人都還更捲。

男孩對上他的目光，接著，讓羅賓為之驚駭的是，他竟然張嘴用又尖又清楚的聲音喊出：「爸爸。」

羅賓轉身逃跑。

「你說什麼？」勒維太太的聲音朝階梯傳來，「迪克，你剛剛說什麼？」

勒維教授的兒子嘟噥了什麼回應，但羅賓已飛速跑下階梯，來不及聽見。

「真他媽的，」雷米說，「我都不知道勒維教授還有家室呢。」

「我跟你說過他在約克夏有座莊園啊！」

「我以為你瞎掰的，」雷米回答，「我從來沒看過他休過假，他明明就不是那種愛家的男人，他是怎樣才能待在家夠久，弄到能生小孩啊？」

「重點是，他的家人存在，而且他們還很擔心，」羅賓說，「他很顯然漏付了莊園的費用，而現在普萊費爾知道事有蹊蹺。」

「那如果我們幫他付錢呢？」薇朵瓦問，「我是說，我們模仿他的筆跡，自己去寄錢，養家一個月要花多少錢啊？」

「如果只有他們三個的話嗎？」蕾緹想了一下，「只要大概十英鎊吧。」

薇朵瓦臉色唰地慘白，雷米嘆了口氣，揉揉太陽穴，羅賓則伸手幫自己倒了一杯白蘭地。

當晚的氣氛注定陰鬱無比，除了羅賓在勒維教授辦公室發現的那疊信之外，這一天可說毫無建樹，赫密士會依舊保持沉默，羅賓的窗台空空如也，薇朵瓦和雷米去了安東尼提供的每個舊投放點，包括基督堂後方某塊鬆動的磚頭、大學植物園某張隱密的長椅、查爾維河岸某艘很少使用、翻過來的平底船，但全都沒有最近有人來過的跡象。他們甚至在扭根酒吧前頭來來回回走了快一小時，希望葛瑞芬會發現他們在附近徘徊，但只成功招致酒客懷疑的目光而已。

但至少也沒有發生什麼嚴重的事，沒有人崩潰，也沒有倒楣遇上牛津警方，在食堂吃午餐時，蕾緹又開始過度換氣，至少羅賓是這麼聽說的，但薇朵瓦馬上拍拍她的背，假裝她只是吃葡萄不小心噎到，羅賓還惡劣地心想，女性主義者普遍主張女性不會動不動就陷入緊張和愚蠢的歇斯底里發作，蕾緹這樣可沒有為她們加多少分。

眼前他們或許安全了，卻依然不由自主覺得自己就像活靶，時間已經越來越少，有太多人開始起疑了，而他們不可能永遠都這麼走運，但是他們還能何去何從呢？如果逃跑，那麼赫密士會就不可能找到他們，他們被義務及責任困在原地。

「哇，靠，」雷米說，他正在瀏覽成堆從他們信箱拿來的通信，把沒意義的小冊子和其他重要的東西分開來，「我都忘了。」

「忘了什麼？」蕾緹問。

「教職員派對，」雷米對著他們揮舞一張厚實的奶油色邀請卡，「他媽的教職員派對，就在這週五。」

「我們當然不會去參加的啊。」羅賓說。

「我們不得不去，」雷米回答，「這是教職員派對耶。」

每年在依拉略學期開始之前，皇家翻譯學院都會在大學學院舉辦一場花園派對，供教職員、大學生、研究生參加，他們迄今已經去過三次了，這和所有牛津大學的宴會一樣，都是冗長又乏味的活動，食物還算過得去，演講則太長了，羅賓不懂的是，雷米幹嘛要這麼小題大作。

「那又怎樣？」薇朵瓦問。

「所以大家都會去，」雷米回答，「這是強制參加的，他們現在全都知道我們已經回來了，今天早上我們在拉德克里夫圖書館外面碰到克拉芙特教授，還有不少人在食堂看見蕾緹，我們必須繼續露面。」

羅賓無法想像有什麼比在全巴別塔學院的教職員面前吃開胃小點，還要更駭人的事了。

「你是發瘋了嗎？」薇朵瓦質問道，「這些活動沒完沒了的，我們是不可能撐過去的。」

「這只是場派對而已。」雷米說。

「撐過三道菜？紅酒？還有那些演講？蕾緹根本就快崩潰了，你還要她待在克拉芙特跟普萊費爾身邊，並期待她分享她在廣州度過了多麼愉快的時光，整整三個小時嗎？」

「我會沒事的。」蕾緹有氣無力地說，完全沒說服任何人。

「如果我們不出席，他們就會開始問問題——」

「要是蕾緹吐得滿桌都是，他們就不會問問題囉？」

「她可以假裝她食物中毒啊，」雷米說，「我們可以假裝她從今天早上開始就不舒服了，這樣就可以解釋她為什麼一臉蒼白冒汗，還有為什麼會在食堂大崩潰。而且，妳真的覺得這會比我們四個人同時缺席還更可疑嗎？」

羅賓看了薇朵瓦一眼，希望她有理由可以反駁，但是她也正回看著他，心裡抱著同樣的期望。

「派對可以爭取時間，」雷米堅定地說，「只要我們設法不要表現得像徹底的瘋子，我們就可以幫自己爭取一天，或是兩天，就是這樣，更多時間，這才是唯一重要的事。」

結果週五是個不合時宜的大熱天，早晨起先是典型的一月刺骨低溫，但是等到下午過了一半，陽光就射穿了雲層的遮蔽，火力全開大照特照，他們著裝時全都高估了涼意，可是來到庭院之後，又不能隨便脫掉羊毛內衣，這代表他們別無選擇，只能滿頭大汗。

這年的花園派對是巴別塔學院舉辦過最鋪張奢侈的一次，去年五月，俄國的亞歷山大大公拜訪牛津大學之後，學院簡直就是在錢池裡游起泳來，大公當時對於負責接待他的同步口譯員所表現出的智慧及技巧讚不絕口，於是決定慷慨解囊，贊助巴別塔學院一千英鎊，教授們則是把這筆錢花在有失妥當的豪奢用途。方院中央有組弦樂四重奏活力滿滿地演奏著，不過大家都會避開他們，因為音量讓對話幾乎無法進行，還有六隻據說是從倫敦動物園運來的孔雀在草皮上閒晃，騷擾所有穿著鮮豔的人，三張罩著棚子的長桌擺滿食物和飲料，佔據草皮中央，供應的食物包括手指三明治、小小的派、奇形怪狀的各式巧克力、七種不同口味的冰淇淋。

巴別塔學院的學者們到處走來走去，手拿快速變溫的紅酒，有一搭沒一搭地閒聊著，如同牛津大學的所有學院，翻譯學院內部對於經費和職位，也充斥著競爭及爭風吃醋，讓問題雪上加霜的，還有不同地區語言的專家，都認為自己學習的語言在銀工應用方面比其他人還更飽滿、更充滿詩意、更文藝、更豐饒，因而巴別塔學院不同科系間的偏見，反覆無常的程度可說和令人困惑的程度不相上下。拉丁語系學家享有最卓著的文學聲譽[88]，不過阿拉伯文和中文也受到高度推崇，大都是因為其本身的異國性及差異性，而比較接近英文的語言，像是蘇格蘭的蓋爾語及威爾斯語，則幾乎不受到任何尊

88 原註1：可憐的日耳曼語系學家在這些口頭交鋒上，總是會輸給拉丁語言學家，因為他們還必須面對自家的普魯士國王腓特烈二世朝他們丟來的言論，腓特烈二世對於法文在文學上的宰制如此深感威脅，甚至在一七八〇年用法文寫了一篇論文，批評他的母語日耳曼語聽起來如同半開化，一點都不精緻，還很難聽，他接著還提議要透過在大量動詞的字尾加上「a」，當成最後的音節，讓日耳曼語聽起來更像義大利語，來改善其發音。

重，這使得閒聊變得極度危險，如果對其他人的研究不小心表現出太多或太少的熱忱，那就很容易冒犯到別人。而在所有人之間遊走的，是牛津大學學院的院長佛德列克．查爾斯．普隆特博士暨牧師，大家都知道，到了某個時刻，每個人都必須和他握手，並在他很顯然對於他們的名字毫無頭緒時，假裝相信他記得自己，同時熬過一場極度乏味的對話，問及他們是來自哪裡，以及他們研究的主題，然後才會放他們走。

在令人無法忍受的三個小時內，就是要做這些事，因為在宴會結束之前，沒人可以離開，座位表也已經做好，他們如果缺席，就會引起注意，他們必須待到日落為止，直到酒都敬完、出席的學者都已經受夠一直假裝享受社交。

這真是場災難，羅賓心想，舉目四顧，早知道他們不來更好，因為他們的慧黠和風趣都已經蕩然無存，他看著一名研究生問薇朵瓦同一個問題問了三次，她才終於注意到他在場，蕾緹站在角落，一杯又一杯猛灌冰水，汗水不停從她額頭上滴落。雷米看來適應得最好，身旁圍繞著一群嘈雜的一年級生，熱情地詢問他旅途上的大小事，但羅賓經過他身旁時，聽見雷米爆出一陣突兀又歇斯底里的大笑，害他差點因為驚慌嚇得縮了回去。

羅賓往外望著人群擁擠的草皮，感覺頭暈目眩，這真是瘋了，他心想，他竟然站在這裡，就站在教職員之間，手拿酒杯，還隱瞞了他殺了他們其中一員的真相，真是瘋狂透頂。他信步走向自助餐長桌，裝了一小盤開胃小點，只是為了有點事做，但把這些迅速發餿的糕點放進嘴裡的這個想法，仍讓他覺得噁心想吐。

「你還好嗎？」

他嚇了一跳，轉過身去，是德弗里斯教授和普萊費爾教授，他們站在他兩側，就像獄卒一樣，羅賓快速眨著眼，試著調整他的表情，擠出某種淡漠的笑容，「教授好，先生們好。」

「你還真是滿頭大汗啊，」普萊費爾教授仔細端詳他的臉龐，一臉擔憂，「而且你黑眼圈還超級深的，史威夫特，你有在睡覺嗎？」

「是時差啦，」羅賓脫口而出，「我們沒有，呃，我們在回程時沒有調整好我們的睡眠時間，我們應該要調好的，而且我們也很疲累，因為，嗯，因為開學前的指定閱讀。」

令他訝異的是，普萊費爾教授竟然同情地點了點頭，「啊，是啊，你也知道他們是怎麼說的，『學生』（student）是從『studere』來的，表示『不辭辛勞、鞠躬盡瘁的用功念書』，如果你沒有覺得自己是根被槌子猛敲的釘子，那你就是用錯方法了。」

「確實。」羅賓回答，他決定他的策略就是盡可能表現得很無聊，讓他們失去興趣走開。

「那你的旅程還好嗎？」德弗里斯教授詢問道。

「旅程，嗯，」羅賓清清喉嚨，「我們覺得應該說超乎我們預料吧，我們全都很高興終於回來了。」

「我就說吧，這些海外事務是頗為累人的，」普萊費爾教授朝羅賓手上的盤子點點頭，「啊，我看見你找到我的發明了，來吧，吃一口看看。」

迫於壓力的羅賓咬了一口糕點。

「滿好吃的，對吧？」普萊費爾教授看著他咀嚼，「沒錯，這經過銀工加工，這是我去羅馬度假時想到的一個美妙小配對，『pomodoro』是番茄一種更花俏的說法，你瞧，直譯的意思就是『金蘋果』，現在再加入法語的中介『蘋果糖』（pomme d'amour），你就能得到英文缺少的豐富多汁了……」

羅賓一邊咀嚼，一邊試著表現出欽佩，但他心裡就只覺得這東西吃起來真是黏糊糊的，在他口中爆開的鹹鹹汁液，讓他想起鮮血和屍體。

「你有『pretoogjes』。」德弗里斯教授觀察道。

「不好意思？」

「『pretoogjes』，」德弗里斯教授指著他的臉，「指的是有趣的雙眼，這是個荷蘭字，目光閃爍的雙眼，變幻莫測的雙眼，我們會用來形容不懷好意的小孩。」

羅賓毫無頭緒他到底該怎麼回應這句話才好，「我……這還真是有趣。」

「我想我現在要離開去和院長打個招呼了，」德弗里斯教授說道，彷彿羅賓剛剛根本什麼都沒說，「歡迎回來，史威夫特，好好享受派對吧。」

「是說，」普萊費爾教授遞給羅賓一杯波爾多葡萄酒，「你知道勒維教授什麼時候才會從倫敦回來嗎？」

「我不清楚耶，」羅賓啜了一口，盡全力在回答前好好鎮定下來，「你大概已經聽說他因為在廣州染上某種怪病足不出戶，我們跟他告別時他看起來狀況不太好，我甚至都不確定他這學期回不回得來呢。」

「真有意思，」普萊費爾教授說，「真是幸好你們其他人沒有被傳染到。」

「噢，是啊，當他開始覺得不對勁時，我們就做了些預防措施，隔離啊、遮住口鼻之類的，你也知道。」

「夠了，史威夫特先生，」普萊費爾教授的聲音嚴肅了起來，「我知道他並沒有生病，你們一行人回來之後，我已經派過三名信差到倫敦去，而他們全都回報漢普斯特德的宅邸目前根本沒人居住。」

「這是真的嗎？」羅賓的耳朵開始出現嗡嗡聲，他現在該怎麼辦才好？繼續扯謊圓謊還有任何意義嗎？還是他應該直接轉身逃跑？「那真是非常奇怪，這，我不知道他為什麼會……」

普萊費爾教授往前靠了一步，彷彿密謀般將頭湊向羅賓耳邊，「你知道的，」他低聲說道，「我們在赫密士會的朋友很想知道他的下落。」

羅賓的波爾多紅酒差點一口噴出來，雖然在他真的搞出一團亂之前，紅酒已經進入他的喉嚨了，但他接著把酒給吞到了氣管裡，他嗆到又上氣不接下氣，還在過程中弄掉了餐盤和玻璃杯，普萊費爾教授則是冷靜地站在一旁。

「你還好吧，史威夫特？」

羅賓嗆得淚眼汪汪，「你剛剛說什——」

「我是和赫密士會站在同一邊的，」普萊費爾教授愉快地低聲說道，目光凝聚在弦樂四重奏上，「不論你在隱瞞什麼，告訴我都很安全。」

羅賓不知道對此該做何感想，他絕對沒有感到鬆了口氣，**別相信任何人**，葛瑞芬什麼都沒做，就只有將這個教訓銘刻在他骨子裡，普萊費爾教授很容易就能說謊，如果他的目標是要誘騙羅賓透露他所知的一切，這伎倆再簡單不過了。可是普萊費爾教授也有可能是盟友，是他們在等待的救星，他感到一股殘留的挫折帶來的劇痛，要是葛瑞芬肯多告訴他一點就好了，如果葛瑞芬沒有這麼開開心心把他給蒙在鼓裡，切斷他和其他人的連結，害他如此徹底的無助。

他缺乏有用的資訊來決定如何行動，只有一股直覺，覺得有什麼事情出了大錯，「感謝主，」他模仿普萊費爾教授偷偷摸摸的低語說道，「所以你知道葛瑞芬的廣州密謀囉？」

「當然了，」普萊費爾教授回答，只不過有點過於熱切，「後來有成功嗎？」

羅賓停頓，接下來這部分他必須非常小心翼翼，他必須釋放出足夠的資訊，吊吊普萊費爾教授的胃口，讓他好奇，卻還沒準備好要出擊，而且他也需要時間，至少需要足夠的時間和其他人會合，然後逃跑。

普萊費爾教授一手勾住羅賓的肩膀，把他拉近，「我們倆何不私下聊聊呢？」

「別在這聊，」羅賓的目光掃過方院，蕾緹和薇朵瓦兩人都轉頭盯著他，他用力眨眼，刻意望向前門的出口，然後再看回她們，「不要在教職員面前聊，你永遠都不知道有誰在偷聽。」

「這是當然。」普萊費爾教授說。

「去隧道好了，」羅賓搶在普萊費爾教授提議他們當下就離開派對以前說道，「我今晚午夜要和葛瑞芬及其他人在泰勒研究所圖書館的隧道碰面，你何不一起來呢？我手上有……我手上有他們等著要拿的所有文件。」

他上鉤了，普萊費爾教授放開羅賓的肩膀，退到一旁。

「太好了，」他的眼神神采飛揚，看起來只差一點就要學戲劇中的惡棍那樣搓起雙手，「幹得好，史威夫特。」

羅賓點點頭，嚴肅的表情只夠撐到普萊費爾教授離開，越過草皮去和查卡瓦蒂教授聊天。接著他無所不用其極，用盡一切力量，才沒有馬上拔腿就跑，他掃過方院尋找雷米，他正困在和普隆特博士暨牧師的對話中，羅賓朝他瘋狂眨眼，雷米見狀馬上把紅酒打翻在自己身上，還驚慌失措地大聲嚷嚷，找藉口離開，然後直直穿越花園，朝羅賓走來。

「普萊費爾知道了。」羅賓告訴他。

「他知道了？」雷米環顧四周，「你確定——」

「我們必須離開了。」羅賓看見薇朵瓦和蕾緹已經開始朝前門移動，這讓他鬆了口氣，他也想跟上，但是他們之間隔著太多教職員了，他和雷米必須走後門，從廚房那邊離開，「快走吧。」

「是怎麼──」

「等下再說。」羅賓在他們離開花園前冒險回頭一瞥，他的胃揪成一團，普萊費爾正跟德弗里斯教授不知道在說些什麼，兩人交頭接耳，德弗里斯抬起目光，直接和羅賓對到眼，羅賓迅速撇開眼神，「走就對了，快點啦。」

兩人一走到外頭，薇朵瓦和蕾緹就朝他們跑來。

「發生什麼事了？」蕾緹氣喘吁吁問道，「為什麼──」

「別在這說，」羅賓回答，「繼續走。」

他們匆匆走下凱波街，然後右轉接喜鵲巷。

「普萊費爾盯上我們了，」羅賓說，「我們玩完了。」

「你是怎麼知道的？」蕾緹問，「他說了什麼？你告訴他了嗎？」

「我當然沒說，」羅賓回答，「但他假裝他是赫密士會的，想要騙我交代一切──」

「那你怎麼知道他不是？」

「因為我說謊，」羅賓說，「而他上當了。他完全不知道赫密士會在幹什麼，只是想釣情報。」

「那我們現在是在幹嘛？」薇朵瓦突然發問，「我的天啊，我們現在是要去哪？」

羅賓發覺，他們剛剛是漫無目的地行走，現在正朝大街的方向走去，但是去那裡又能幹嘛呢？如果普萊費爾教授報警，那他們幾秒鐘內就會被發現，他們也不能回去喜鵲巷四號，不然就會被困住，可是他們身上也沒有帶錢，更沒有方法可以支付到其他地方的費用。

「你們在這啊。」

他們聞言全都嚇得往後一縮。

安東尼．里本出現在主街上，仔細打量他們，還用一隻手指點名，彷彿他們是小鴨子一樣，「你們全都在啊？那太好了，跟我來。」

第二十二章

「這是個非凡卓越的團體，卻在我們身後的萬丈深淵中消逝。」

——維克多．雨果，《悲慘世界》，佛德烈克．查爾斯．萊索斯．拉克索譯

他們的震驚很快退去，安東尼拔腿就跑，他們也二話不說跟上，但是他沒有繞回喜鵲巷再接上墨頓街，然後逃往基督堂的草地，反而帶一行人回到凱波街，朝學院的方向而去。

「你在幹嘛？」雷米氣喘吁吁地問道，「大家都在那——」

「快點就對了。」安東尼嘶聲回道。

他們遵從，有人告訴他們該做什麼是件美妙的事，安東尼帶他們穿越廚房後方的重重門扉，經過舊圖書館，直接進入大廳，在牆壁另一側，花園派對依然如火如荼進行，他們可以隔著石牆聽見弦樂和話聲。

「在這裡面。」安東尼招手示意他們進入小教堂。

他們衝進去，並把厚重的木門在身後關上，在禮拜時間之外，小教堂感覺頗為怪異安靜得宛如不屬於塵世。裡面的空氣凝滯到壓抑的程度，除了他們的喘息聲，唯一的動靜就只有在從窗戶傾洩而入的光稜中，飄浮的點點塵埃而已。

安東尼在紀念威廉．瓊斯爵士的檐壁前停下腳步。

「你在做什——」蕾緹正要開口。

「噓。」安東尼將手伸向上方的諷刺格言，格言寫著：「他融會貫通了印度及伊斯蘭律法。」他按照順序連續碰觸了幾個字母，按壓時都稍稍陷入石版中，G、O、R……

雷米偷笑了起來，安東尼按了最後一個字母，位於檐壁上方長上許多的拉丁文銘刻，絮絮叨叨地讚揚著威廉·瓊斯的一生和成就，B。

Gorasahib。[89]

先出現一陣刮擦聲，接著傳出冷空氣的呼呼聲，檐壁從牆上彈出了幾公分，安東尼把手指插入底部邊緣的縫隙中，將整塊石壁往上抬，牆上露出了一個黑幽幽的洞口，「進去吧。」

他們一個接一個協助彼此進入，結果隧道比從外面看起來還要寬廣許多，他們只需要手腳並用匍匐前進幾秒鐘，通道就通向一座更大的走廊，羅賓起身時，能夠感覺到潮濕的土壤拂過他頭頂，雷米則是在一頭撞上天花板時大聲嚷嚷了起來。

「噓。」安東尼再次咕噥道，一邊把身後的門板拉下，「牆壁很薄。」

檐壁碰一聲滑回原位，通道中的光源消失，他們在黑暗中摸索著前進，絆到彼此時也咒罵出聲。

「啊，真抱歉。」安東尼劃亮一根火柴，他的掌心出現一道火焰，他們現在可以看見前方幾公尺處，狹窄的通道往外延伸，通往某個更像走道的地方，「我們走吧，繼續走，前面還要走很久。」

「要去——」蕾緹又要開口，但安東尼搖了搖頭，舉起一根手指放在嘴唇上，並指指牆壁。

隨著他們前進，隧道也變得越發寬廣，剛才通往大學小教堂的分岔，很顯然是新開挖的，因為他們現在行走的通道似乎更寬，歷史也更悠久，乾泥土讓路給磚牆，而在幾個連接處的上方角落，羅賓也看見吊掛的燭台。黑暗本應讓人感覺幽閉，但事實上卻頗為寬慰，被吞進大地的巨腹，自回國以來第一次真正隱人耳目，他們全都發覺自己終於可以再次呼吸了。

沉默了幾分鐘後，雷米問道：「那機關在那裡有多久了啊？」

「其實只有幾十年而已，」安東尼回答，「隧道則是自古存在，這並不是出自赫密士會的手筆，我們只是加以利用，但那個入口是新的，瓊斯夫人沒幾年前才剛安裝好檐壁，但我們在建設工程完工之前便快速進駐。別擔心，沒有其他人知道，大家都還好嗎？」

「我們還可以，」羅賓說，「但是安東尼，有些事情你必須——」

「我想你們應該有很多事要跟我說吧，」安東尼說，「我們何不先從你們對勒維教授做了什麼開始呢？他死了嗎？教職員似乎都這麼覺得。」

「羅賓殺了他。」雷米眉飛色舞地回應道。

安東尼回頭看了羅賓一眼，「噢，真的嗎？」

「那是場意外，」羅賓堅稱，「我們吵了一架，而他，我不知道，我突然就……我是說，我確實使用了那組配對，只是我當時沒發覺，直到一切戛然而止——」

「更重要的是中國的戰爭，」薇朵瓦插話，「我們試著要聯絡上你，要告訴你，他們在計畫一場入侵——」

「我們知道。」安東尼說。

89 原註1：「gora」意為「純白、蒼白」，用來形容膚色，「sahib」則是禮貌性的敬稱，但合在一起，再加上正確的諷刺和激烈語氣，就代表截然不同的意思，即對白人的蔑稱。我們不應忘記，即便瓊斯一生都聲稱他熱愛及欣賞印度語言，他學術研究的主題起初會轉向梵文，仍是因為他懷疑當地的譯者不誠實又不可靠。

「你們知道嗎？」羅賓問道。

「葛瑞芬已經擔心這件事好一段時間了，我們有在留意渣甸和麥贊臣，也在追蹤公行那邊的動向，不過以前情勢從來沒有這麼糟過，在此之前都只是一些謠言而已，但你們覺得他們真的會開戰嗎？」

「我有文件——」羅賓把手伸進胸口的內袋，彷彿東西還放在他的外套裡一樣，接著咒罵了一聲，「靠，我全都放在我房裡——」

「文件上說了什麼？」

「是一些信件，勒維跟渣甸和麥贊臣之間的通信，還有巴麥尊跟古茲拉夫，他們那一整群人，噢，但是我把東西留在喜鵲巷了——」

「文件上**寫了**什麼？」

「是戰爭計畫，」羅賓慌亂地回答道，「這些計畫已經醞釀了好幾個月，甚至好幾年——」

「是直接共謀的證據嗎？」安東尼繼續逼問。

「沒錯，文件中指出雙方的協商從來都不是真心誠意的，最後一輪協商只不過是個幌子——」

「很好，」安東尼回答，「這樣非常好，我們可以多加利用，我們會派人過去拿，你住在葛瑞芬以前的房間，對吧？七號？」

「我——對。」

「非常好，這件事我會處理，同時我建議你們全都冷靜一下。」他停下來，轉過身給他們一個溫暖的微笑，在他們剛剛度過的這週之後，安東尼在柔和燭光下的臉龐，讓羅賓不禁因為放鬆而想要大哭，「你們現在安全無虞啦，我知道情況很緊迫，但我們在這條隧道裡是無法解決任何事的。你們做得很棒，我認為你們也非常害怕，但你們現在可以放心了，大人來接手了。」

結果地下通道相當長，羅賓已分不清楚他們究竟走了多遠，一定有將近一點六公里，他在想這整個地下網路有多巨大，他們時不時會經過隧道的分叉或是嵌在牆上的門，顯示大學各處有更多隱藏入口，但安東尼就這樣一語不發引領著他們前進，羅賓心想，這應該也屬於赫密士會的諸多祕密之一吧。

最終，通道再次縮窄，直至僅能容一人穿行，安東尼帶頭，將蠟燭高舉在頭上，彷彿一座燈塔，蕾緹緊跟在他身後。

「為什麼是你？」她靜靜地問，羅賓無法分辨她是不是刻意壓低聲音，但隧道這麼狹窄，她的聲音還是傳到隊伍後面來了。

「妳這話是什麼意思？」安東尼低聲回答。

「你熱愛巴別塔學院，」蕾緹說道，「我記得，你帶我們做新生導覽，你喜歡那個地方，他們也喜歡你啊。」

「這倒是，」安東尼說，「巴別塔學院待我比任何人都好。」

「那為什麼——」

「她覺得這是跟個人的快樂有關啦，」雷米插話，「可是蕾緹，我們已經跟妳講過了，這無關乎我們個人有多快樂，而是有關更廣泛的不公不義——」

「我不是這意思，雷米，我只是——」

「讓我試著解釋看看吧，」安東尼溫柔地說，「在各殖民地廢奴前夕，我的主人決定他想要收拾行囊，回到美國，我在那邊沒辦法獲得自由，妳知道的，他可以把我留在他家，然後說我是他的財產。這個人還自認為是廢奴主義者哦，他已經反對奴隸貿易好幾年了，只是他似乎覺得我們的關係是特別的，結果當他公開支持的提案通過，成為法律時，他又覺得他真的無法承受會失去我的代價，於是我就逃跑了，並到牛津尋求庇護。學院接納了我，並協助我藏匿，直到我在法律上正式成為自由人，但這也不是因為他們在乎什麼廢奴，而是因為巴別塔學院的教授了解我的價值，他們深知如果我被遣返回美國，就會變成哈佛或普林斯頓得到我。」

羅賓在黑暗中看不見蕾緹的表情，但他可以聽見她的氣息越來越淺，他在想蕾緹是不是又要開始哭了。

「世界上並不存在友善的主人，蕾緹，」安東尼繼續說道，「不管他們表現得多仁慈、多親切、在你的教育上又投注多少，主人自始至終都會是主人。」

「但你在巴別塔學院不可能真的這麼覺得吧，」蕾緹低語道，「是嗎？因為就是不一樣啊，他們並不是在**奴役**你，我是說，耶穌基督啊，你有**獎學金**耶——」

「妳知道艾奎亞諾的主人在他獲得自由時跟他說了什麼嗎？」安東尼溫和地問，「他的主人告訴他，不久之後，他自己就會養起奴隸了。」

隧道最終以一道階梯作結，最上方蓋著一塊木板，陽光從木板的縫隙流瀉而入，安東尼把耳朵貼上縫隙，等了一會兒，接著才打開木板的鎖往上推，「上來吧。」

他們出現在一座陽光普照的院子裡，面對一棟古老的一層樓磚造建築，半掩在一大叢蔓生的灌木後方，他們不可能走得離市中心太遠，頂多只往外走了三點二公里，但羅賓先前從來沒見過這棟建築。建築的大門看起來鏽得打不開，牆面幾乎被藤蔓給吞噬，彷彿某個人幾十年前蓋好了這個地方便一走了之。

「歡迎來到舊圖書館，」安東尼協助他們爬出隧道，「德罕學院在十四世紀時建了這個地方，當成存放爆滿古書的空間，但當他們獲得資金，在離市中心更近的地方蓋了一座新圖書館後，就遺忘了這裡。」

「這裡就叫舊圖書館嗎？」薇朵瓦問，「沒有其他名字了？」

「我們不會使用，名字代表的是重要性，而我們想要這裡不受注意、遭到遺忘，是個你在紀錄中看到會草草略過，很容易跟其他地方搞混的地方。」安東尼在生鏽的門前張開手掌，屏氣念了點什麼，然後伸手推門，大門便發出刺耳的聲音打開，「進來吧。」

和巴別塔學院相同，舊圖書館的內部比外觀顯示的還要大上許多，從外面看來，就像頂多只能容納一座演講廳而已，但內部同時卻可以跟拉德克里夫圖書館的一樓匹敵。木製書架從中央往外輻散，牆邊則立著更多，看來魔幻又矛盾地似乎呈現環形，所有書架都經過精細的編排，一張泛黃的長長羊皮紙捲，標示著圖書館的分類系統，從對面的牆上垂掛而下。接近門口處的某座書架誇耀著新進的館藏，羅賓在上面認出幾本他在過去這幾年間，幫葛瑞芬偷帶出的書籍，上面的巴別塔學院館藏編號全都刮掉了。

「我們不喜歡他們的分類系統，」安東尼解釋道，「這只能用羅馬字母才說得通，但並不是所有語言都這麼好用羅馬字母轉寫的，對吧？」他指向門邊的一塊墊子，「把你們的鞋子脫掉，我們也不喜歡在書架間留下泥土，那邊有個架子可以掛外套。」

外套架的最上端掛著一個生鏽的鐵茶壺，頗為令人費解，羅賓出於好奇伸手想拿，但安東尼突然厲聲說道：「別碰那個。」

「抱歉，這是做什麼的？」

「很顯然不是泡茶，」安東尼把茶壺轉向他們，露出底部，下方刻有閃閃發亮的熟悉銀字，「這是保全系統，只要有我們不認識的人接近圖書館，就會發出警報聲。」

「是用什麼配對啊？」

「想必你很想知道吧？」安東尼擠眉弄眼，「我們的保全和巴別塔學院的一樣，每個人都會設計自己的陷阱，而我們也不會告訴其他人是怎麼做的。我們用過最棒的配對真的是很讚，可以讓聲音無法離開建築，這表示沒有閒雜人等可以偷聽我們的談話。」

「但這個地方這麼大耶，」雷米說，「我是說，你們又不是隱形人，你們到底是怎麼掩人耳目的？」

「靠世界上最古老的把戲囉，我們就躲在光天化日之下，」安東尼帶他們深入圖書館，「德罕學院在十六世紀中葉式微，三一學院接管他們的財產時，在清點過程中忽略了這座額外的圖書館，清單上標註存放在此的物品都是已經好幾十年沒人用過的東西，而且在博德利圖書館就有更好用的複製品了。於是我們現在就生活在官僚體系的邊緣，每個經過的人都知道這是座儲藏圖書館，但所有人都以為這座建築屬於其他更窮困的學院，這些學院都太有錢了，你們也知道，這導致他們根本搞不清楚自己擁有什麼財產。」

「啊，你找到大學生們了啊！」

書架間出現幾個人影，羅賓認出了他們所有人，他們全都是過去的學生或是現在的研究生，他曾見過他們在塔內徘徊，他猜這應該也不算意外才對，這些人是威瑪・斯里尼瓦桑、凱西・歐奈爾、還有伊爾莎．出島，她在接近時朝眾人微微揮了揮手。

「聽說你們度過了糟糕的一周，」她現在比過往在塔裡時都還要友善許多，「歡迎來到赫密士之家，你們剛好趕上晚餐。」

「我都不知道你們有這麼多人，」雷米說，「這裡還有誰是假死啊？」

安東尼輕聲笑了出來，「我是唯一一個還住在牛津的鬼魂，其他還有幾個人在海外，維哈夫和斐德里克，你們可能聽說過他們，他們假裝在從孟買回航的船班中溺死，自此之後就都待在印度活動。萊瑟則只是宣布她要回家結婚去了，而全巴別塔學院的教職員都對她有夠失望，根本不想繼續追蹤她的動向，威瑪、凱西、伊爾莎很顯然還是待在學院裡，這樣他們比較容易可以取出資源。」

「那你為什麼要離開學院？」羅賓問。

「必須要有個人全天候待在舊圖書館，反正我也厭倦校園生活了，所以我在巴貝多詐死，並在下一班回程的船隻訂了個位置，然後神不知鬼不覺回到牛津來，」安東尼朝羅賓眨了眨眼，「那天在書店我還以為你看到我了，害我再來一整個禮拜都不敢離開舊圖書館。來吧，讓我跟你們介紹其他地方。」

安東尼快速導覽了書架後方的工作空間，並語帶自豪介紹了幾項正在進行中的研究計畫，其中便包括編纂不同地區語言間的辭典（「我們因為假設萬事萬物一定首先會先經過英語，而損失了很多」）、非英語的銀條配對（「同樣的原理，巴別塔學院不願資助無法譯入英語的配對，因為他們所有的銀條都是供英國人使用，可是這就像是只用一種顏色畫畫，或是在鋼琴上只彈同一個音符」）、針對現有宗教文本和文學經典英譯的批評（「嗯，你們也知道我對文學大致上的意見，但還是必須要讓威瑪有點事做啦」）。赫密士會不只如同葛瑞芬讓羅賓所相信的一樣，是個羅賓漢的溫床，同時也是個自力更生的研究中心，不過他們的研究計劃必須祕密進行，資源也相對稀少且必須依賴偷竊就是了[90]。

「你們要拿這些研究成果怎麼辦啊？」薇朵瓦問，「你們顯然無法發表。」

「我們在少數幾個其他翻譯中心有合作夥伴，」威瑪回答，「有時候我們會把成果運給他們檢查。」

「世界上還有其他翻譯中心存在？」羅賓問道。

「當然了，」安東尼說，「巴別塔學院是直到近期才在語言學和文字學上獲得顯赫地位，十八世紀時大多是由法國人宰制的，接著日耳曼的拉丁文學家也興盛了一段時間。現在的差異則在於我們有銀條可以任憑使用，他們沒有[91]。」

「不過他們算是善變的盟友啦，」威瑪補充道，「他們能幫上忙的範圍就僅限於他們也討厭英國的部分，但他們對全球解放並沒有什麼實質的貢獻。說真的，這所有研究只是在賭一個未來，我們現在還沒辦法好好善用，因為沒有影響力，也沒有資源。所以我們能做的，就只有產出知識，寫下來，並希望有一天會出現一個國家，可以好好無私地善用這一切。」

在圖書館另一頭，後牆的灰泥看來曾經歷多次爆炸的餘波，從中心往外都是燒焦和坑坑巴巴的痕跡，下方則是並排著兩張同樣燒焦的桌子，即便桌腳都已經烏漆墨黑、破破爛爛，仍是幸免於難，繼續挺立在原地。

「好的，」安東尼說，「所以這邊就是我們的銀工，還有，呃，軍火工坊。」

「那是日積月累的，還是一次就變成這樣的？」薇朵瓦漠然問道。

「這完全都是葛瑞芬的錯，」威瑪回答，「他似乎不覺得火藥應該屬於戶外活動。」

而後牆完好無損的部分，則是蓋著一張巨大的世界地圖，上面有不同顏色的大頭針點綴，並連著細繩，接到寫得密密麻麻、字體細小的筆記上，羅賓好奇地湊上前去。

「這是小組研究計畫，」凱西在地圖前加入他，「我們從海外回來後就會一點一滴慢慢補充。」

「這些大頭針代表的是不同的語言嗎？」

「我們覺得是，我們正試圖追蹤世界各地目前依然還在使用的語言數量，以及哪些地區的語言正在凋零，而現在有很多語言都正在死去，你知道的，從哥倫布踏足新世界的那一天起，一場大滅絕就開始了。西班牙文、葡萄牙文、法文、英文，正不斷排擠地區性語言和方言，就像杜鵑的雛鳥一樣，我想等到未來某一天，世界上大多數地方都只會講英文，這並不是件無法想像的事。」她嘆了口氣，抬頭望著地圖，「我晚出生了一個世代，我要是再早出生一點，就可以在蓋爾語的環境中長大。」

「但是這將會毀滅銀工魔法，」羅賓說，「不是嗎？這將會破壞語言的地景，到最後就無話可譯，

---

90 原註2：其他研究計畫還包括：

一：歐語文本和非歐語文本翻譯時所添加註釋數量的比較分析，葛瑞芬發現，非歐語文本通常傾向添加數量令人咋舌的解釋性脈絡，程度甚至到達文本本身永遠無法單獨視為作品閱讀，而是需要透過歐洲白人譯者的角度去引導詮釋。

二：探討源自黑話及密語的詞彙，用於銀工的潛能。

三：盜取羅塞塔石碑，並將其歸還給埃及的相關計畫。

91 原註3：赫密士會也和美國各大學的翻譯中心有聯繫，但他們甚至比牛津大學還更殘暴及危險，一方面在於這些學校是由奴隸主所創辦，並以奴隸的勞力興建和維護，其資金也是由奴隸貿易所支撐。另一方面，這些美國大學在創辦之初，便全心鑽研對原住民傳教，並消滅和抹除他們的計畫，例如哈佛大學於一六五五年成立的印地安學院，就承諾為原住民學生提供免學費優惠和住宿，但要求他們只能說拉丁文和希臘文，並改宗基督宗教回報，而他們畢業後要不是遭到白人社會同化，就是要回到村落宣揚英國文化及宗教。威廉及瑪麗學院的院長里昂·G·泰勒，便曾將該院類似的課程形容為監獄，原住民小孩在其中是「迫使其他人乖乖就範的人質」。

也沒有差異可以扭曲了。」

「而這正是殖民主義巨大的矛盾，」凱西說這話的方式彷彿這只是件再清楚不過的事實，「殖民主義誕生的目的就是要摧毀其最珍視的事物。」

「來吧，你們兩個。」安東尼招手示意他們前往某個門口，裡面通往一間小小的閱覽室，已經改裝成餐廳，「該吃飯了。」

晚餐的菜色相當全球化，有蔬菜咖哩、一盤水煮馬鈴薯、一道炸魚，吃起來和羅賓某次在廣州吃到的驚人地相似，以及很有嚼勁的原味麵包，和每道菜都很搭。他們八人坐在一張裝飾非常精雕細琢的桌邊，和樸素的木頭鑲板看起來頗不協調，椅子不夠他們所有人坐，所以安東尼和伊爾莎從圖書館各處拖來了板凳和小凳子，餐具都不成對，銀器也是，火焰在角落的壁爐中肆無忌憚地燃燒，使房間的溫度不太均勻，所以羅賓的左側在噴汗，右側卻覺得冷到不行。整幅景象活脫脫是典型的大學生活。

「就只有你們這群人嗎？」羅賓問。

「什麼意思？」威瑪反問道。

「呃，你們……」羅賓指指桌邊，「你們全都非常年輕。」

「必須的，」安東尼回答，「這是危險的事業。」

「但難道沒有，我也不知道──」

「真正的大人嗎？還是援軍？」安東尼點點頭，「確實有一些，他們四散在全球各地，我也不知道他們到底都是誰，我們沒有一個人鉅細靡遺地知道所有人的身分，而這是刻意為之的。巴別塔學院內很有可能甚至還有連我都不知道的赫密士會眾，不過不管他們是誰，我都希望他們已經開始加把勁了。」

「這件事，加上人員折損的問題，」伊爾莎說，「比如說緬甸吧。」

「緬甸發生了什麼事？」羅賓問道。

「發生了史特林・瓊斯。」安東尼簡短回答，沒有繼續深入。

這似乎是個敏感話題，有那麼一會兒，所有人都瞪著他們的食物。

羅賓想起他在牛津的第一晚遇見的兩個竊賊，一名年輕女子和一名金髮男子，兩人他都再也沒有見過，他不敢冒險詢問，因為他知道答案：人員折損。

「但你們是怎麼完成任何事的？」雷米問，「也就是說，假如你們甚至都不知道自己的盟友是誰？」

「嗯，這跟牛津大學的官僚體系也沒差那麼多，」安東尼回答，「整間大學、各個學院、教職員似乎也從來沒有就誰負責什麼達成共識過，但他們還是把事情完成了，不是嗎？」

「Langue de boeuf sauce Madère，」凱西邊宣布邊把一個沉重的鍋子放到桌子中央，「牛舌佐馬德拉紅酒醬。」

「凱西很愛煮牛舌，」威瑪告訴他們，「她覺得這很好玩。」

「她正在編一本牛舌大全，」安東尼說，「水煮牛舌、醃牛舌、牛舌乾、煙燻牛——」

「噓，」凱西滑進他們之間的空板凳，「舌頭是我最愛的部位。」

「這是最便宜的部位。」伊爾莎說。

「超噁。」安東尼表示。

凱西朝他扔了顆馬鈴薯，「那就吃這個果腹吧你。」

「啊，pommes de terre à l'anglaise，」安東尼用叉子叉起一顆馬鈴薯，「妳知道為什麼法國人要把水煮馬鈴薯叫作à l'anglaise嗎？因為他們覺得水煮的食物很無聊，凱西，就跟所有英國食物都無聊到要死人了一樣——」

「不爽不要吃，安東尼。」

「可以用烤的啊，」安東尼堅持，「或是用奶油燉，還是用起司烤也可以，反正就是不要這麼**英國**啦。」

看著他們鬥嘴，羅賓感覺鼻頭一酸，紀念舞會那晚，他在彩色燈泡下的桌上跳舞時，也是這麼覺得的，他心想，多麼魔幻，又多麼不可思議啊，像這樣的地方竟然存在，這是巴別塔學院所承諾一切的精華，他覺得他終其一生都在尋找一個像這樣的所在，但他仍然背叛了一切。

令他害怕的是，他竟然開始哭了起來。

「天啊，沒事的，沒事，」凱西拍拍他的肩膀，「你很安全，羅賓，你和朋友待在一塊。」

「對不起。」他悽慘地說。

「沒關係的，」凱西沒有問他在道歉什麼，「你現在人在這，這才是最重要的。」

大門口這時傳來三聲快速又激烈的敲擊，羅賓身子一縮，扔下叉子，但研究生們都毫無警覺的表情。

「那應該是葛瑞芬，」安東尼興高采烈地說道，「每次我們改了通關密語，他就會忘記，所以他會敲一串節奏替代。」

「他太晚來吃晚餐了啦。」凱西氣惱地說。

「嗯，幫他弄一盤。」

「**請**。」

「請幫他弄一盤，凱西。」安東尼站起身，「其他人到閱覽室去。」

羅賓和其他人一同魚貫走出餐廳時，心跳砰砰作響，他突然覺得緊張無比，他不想見到他哥哥，自從他們上次說話以來，世界整個天翻地覆，而他對葛瑞芬的看法感到非常害怕。

葛瑞芬大步走進大門，看起來一如往常消瘦、憔悴、風塵僕僕，羅賓在他脫下破破爛爛的黑色外套時，仔細端詳著，羅賓現在已經知道他幹過的好事，他似乎就成了個徹頭徹尾的陌生人，所有特徵都在講述一個全新的故事，那瘦削能幹的雙手、尖銳凌厲的眼神，難道這就是殺人犯的特質嗎？當他把銀條丟向艾薇．布魯克，深知這會將她的胸口炸開時，心裡的感受是什麼？她死去時他有露出微笑嗎，就像他現在看見羅賓時這樣？

「哈囉，弟弟。」葛瑞芬露出如狼的笑容，伸手緊握羅賓的手，「我聽說你殺了親愛的老爸？」

那是場意外，羅賓想這麼回答，但話語卡在他的喉嚨，這話從來都不是事實，他現在沒辦法鼓起勇氣說出來。

「幹得好，」葛瑞芬說，「我從來沒想過你這麼有種。」

羅賓無言以對，他發覺自己呼吸困難，心中升起一股極度古怪的衝動，很想往葛瑞芬臉上灌一拳。

漠然的葛瑞芬朝閱覽室示意，「我們該上工了吧？」

「如同我們所見任務目標就是要說服國會和英國大眾，如果英國和中國開戰，將會牴觸他們的最佳利益。」安東尼說道。

「燒鴉片的大災難把一切都逼到緊要關頭，」葛瑞芬說，「林則徐欽差大臣頒布了一則公告，禁止英國在廣州的所有貿易，同時怡和洋行則是把這些敵意視為戰爭的正當理由。他們說英國現在必須採取行動，以便捍衛她的榮耀，不然就等著永遠在東方被羞辱，這是個激怒某些愛國主義者的好方法，上議院上禮拜已經開始辯論要展開軍事遠征了。

「不過還沒有正式通過任何投票，國會議員們還在猶豫，不確定要不要把國家的資源投注在如此遙遠又史無前例的企圖上，然而，目前的問題出在白銀，打敗中國將會讓大英帝國能夠接觸到世界上最大的白銀儲藏量，這些白銀可以讓他們的軍艦航行得更快，槍砲打得更遠更準。如果國會真的選擇開戰，那麼被殖民世界的未來就堪憂了，受中國豐饒資源挹注的英國，將能對非洲、亞洲、南美洲進行各式各樣的活動，這些版圖迄今以前都還只是白日夢跟空談。

「但我們此時此刻對這些陰謀無能為力，」葛瑞芬繼續說道，「我們也不能從全球規模大革命的角度去思考，因為這根本就不可能，我們沒有人數優勢。我們現在必須要專注的便是阻止英國侵略廣州，假如英國獲勝——她絕對無庸置疑會獲勝的——那她在可預見的未來，就會獲得近乎無限的白銀供給。而要是她失敗，白銀供給就會乾涸枯竭，帝國的影響力也會大幅縮水，簡單來說就是這樣，其他一切都不重要。」

他敲敲黑板，黑板上各個議員的名字被分別歸列到不同欄位，「下議院也還沒投票，依然還在公開辯論，裡面有個強大的反戰派系，由詹姆士．葛拉罕爵士、馬洪子爵、威廉．葛萊斯頓帶領。如果葛萊斯頓能站在我們這邊，那將會非常有幫助，他比任何人都還痛恨鴉片，我想他有某個姐妹鴉片酊成癮。」

「可是內部政治角力也在運作，」凱西解釋道，「墨爾本帶領的內閣在自家正面臨政治危機，輝格黨才剛僥倖躲過一次不信任案，所以他們目前在保守黨和激進派之間，可說是在走鋼索，隨時都會摔下來，雪上加霜的還有他們糟糕的海外貿易表現，包括在墨西哥、阿根廷、阿拉伯——」

「對不起，」雷米說，「現在到底在講啥？」

凱西不耐煩地揮了揮手，「重點在於，激進派和他們的北部選區，需要健康的海外貿易，而輝格黨也需要留住他們的支持者，以制衡保守派的托利黨，和鴉片危機相關的武力展示，正好是最棒的方式，不管投票結果如何，一定會頗為拉鋸的。」

安東尼對著黑板點了點頭，「那麼我們現在的任務，就是想辦法拉攏夠多選票，讓開戰提案胎死腹中。」

「只是要確認一下，」雷米緩緩說道，「你們現在的計畫是要變成**遊說團體**嗎？」

「確實，」安東尼回答，「我們必須要說服他們，開戰會牴觸他們選區的最佳利益，但眼前這會是相當棘手的論述，因為戰爭對不同階級會造成不同影響，很顯然，把中國所有的白銀榨乾，對任何早就已經有錢的人來說，會帶來巨大的利益，不過現在也已出現一股風潮，認為提高白銀的使用，對勞工可說是百害而無一利。一台經過銀條加強的織布機，就會讓十幾名紡織工失業，這就是為什麼他們總是在罷工，而這對激進派來說，會是不錯的論述，能讓他們投下反對票。」

「所以你們只瞄準上議院？」羅賓問，「而不是普羅大眾嗎？」

「好問題，」安東尼回答，「議員是決策者沒錯，但來自媒體和大眾一定程度的壓力，可以影響那些騎牆派，技巧在於該怎麼讓一般的倫敦市民，開始在意一場他們很可能聽都沒聽過的戰爭。」

「可以訴諸他們的人性和對於受迫害者的同情。」蕾緹說。

「哈哈哈哈，」雷米聞言笑了出來，「哈、哈、哈。」

「只是因為對我來說，這所有侵略看來都很先發制人，」蕾緹堅稱，「我的意思是，你們甚至都還沒試著說服大眾呢，你們有想過人表現得和善一點更可以說服別人嗎？」

「『和善』（nice）是來自拉丁文的『蠢』[92]，」葛瑞芬說，「我們才不想呢。」

「但大眾對於中國的民意**是**可以形塑的，」安東尼插話，「可以從大多數倫敦人反對鴉片貿易開始，報紙上也有不少同情林則徐欽差大臣的報導，只要爭取到衛道人士和宗教保守人士的支持，就可以在這個國家走得非常遠。問題在於，要怎樣讓他們感到足夠困擾，進而向國會施壓，沒沒無聞的戰爭通常不會引起什麼關注。」

「在引發大眾的激烈反對上，我們有個主意，」葛瑞芬說，「『爭辯』（polemic）和其希臘文詞源『polemikós』的配對，這可想而知，代表的是——」

「戰爭。」雷米回答。

「沒錯。」

「所以你們要來一場思想大戰，」雷米皺起眉頭，「這組配對能做什麼？」

「還在努力中，我們還在琢磨，如果可以把這個語意上的扭曲和正確的中介連上，那我們可能就會有點成果。但重點是，在更多人理解來龍去脈之前，我們是不可能達成任何事的，大多數英國人根本就不知道有戰爭即將發生，對他們來說，這場戰爭是某種想像中的產物，只會對他們帶來好處，不需要去仔細檢視或是擔心操煩。他們不知道其中牽涉的殘酷，或是這場戰爭會帶來的持續暴力，他們不知道鴉片對人會有什麼影響。」

「這樣的論述可幫不了你。」羅賓說。

「為什麼幫不了？」

「因為他們根本不在乎，」羅賓回答，「這是場發生在異國的戰爭，他們甚至都無法想像，距離太遙遠了，他們完全不會在乎。」

「你怎麼能如此確信這點？」凱西問。

「因為我就不在乎，」羅賓說，「我不在乎，即便其他人一而再、再而三告訴我事情有多糟糕，我仍必須親眼見證事情發生，才能理解這一切抽象的事物都是真實的。而就算到了那個時候，我也想盡辦法要別過頭去，要接受你不想看到的事物，是非常困難的。」

一陣短暫的沉默降臨。

「那好吧，」安東尼強作愉快說道，「那我們說服的理由就必須很有創意啦，是吧？」

所以這就是他們那晚的目標：改變歷史引擎運轉的軌道。事情並不像表面上看來那麼無能為力，赫密士會已經有數項計畫正在進行，大多數涉及各式各樣的賄賂和黑函，還有一項則牽涉到破壞格拉斯哥的一座船塢。

「投票支持開戰將仰賴國會相信英方能夠輕鬆取勝的信念，」葛瑞芬解釋道，「而嚴格來說，這也沒錯，我們的戰艦可以直接把廣州的海軍轟到水底，可是船隻需要依靠銀條運作。幾個月前，湯瑪斯．皮考克——」

---

92 原註4：這是真的，「nice」是源自古法文的「nice」，意為「弱、笨、蠢」，而這又是來自拉丁文的「nescius」，意思是「愚昧、無知」。

「噢，」雷米作了個鬼臉，「他啊[93]。」

「沒錯，他是蒸汽科技的狂熱信奉者，在萊爾德造船廠下訂了六艘鐵皮蒸汽船，這間造船廠是由威廉．萊爾德父子所創立，位於格拉斯哥。而這些船隻是亞洲的大海從未見過的凶惡猛獸，搭載康格里夫火箭，且吃水淺及使用蒸汽動力，機動性比中國艦隊所有船隻都還強。假設國會投票通過開戰，那麼至少會有一艘直接派往廣州。」

「所以我假設你要前往格拉斯哥了。」羅賓說。

「明天一大早就去，」葛瑞芬回答，「搭火車要花上十個小時，但我預期我人一到，國會當天內就會收到消息。」

他並沒有詳細解釋他究竟要在格拉斯哥做什麼，不過羅賓完全不懷疑他哥哥有能力毀掉一整座船塢。

「嗯，這聽起來有效率多了，」雷米開心說道，「我們怎麼不集中火力搞破壞就好呢？」

「因為我們是學者，不是士兵，」安東尼回答，「船塢是一回事，但我們不可能對上一整支英國海軍，我們必須在可以的地方盡量運用影響力，那些暴力浮誇的事就留給葛瑞芬——」

葛瑞芬氣沖沖回嘴道：「這才不只是**浮誇**——」

「那些暴力的喧鬧。」安東尼改口，不過葛瑞芬對此依然頗為不爽，「我們就專心在怎麼拉攏倫敦的選票上吧。」

所以他們又回到黑板前，一場決定世界命運的戰爭，是不可能一夕之間就打贏的，理論上他們都明白這點，但他們就是無法停下來去睡覺，每個流逝的鐘頭都帶來新的想法和策略，不過隨著時間遠遠拖過午夜，他們的思緒也開始發散了起來。假如他們可以派出蕾緹和凱西喬裝，引誘巴麥尊子爵，讓他陷入召妓醜聞，或如果他們說服英國大眾，中國這個國家其實並不存在，事實上只是馬可・波羅精雕細琢的騙局。某一刻，當葛瑞芬用精確的細節描述一樁陰謀，說明如何以中國地下黑幫的偽裝，到白金漢宮的花園綁架維多利亞女王，並在特拉法加廣場挾持她時，他們全都無法克制爆笑了起來。

他們的任務雖然令人心煩意亂又不可能，但羅賓同時也在過程中找到某種激動的愉悅。像這樣用創意解決問題，這樣將一樁重大的任務分成十幾項更小的任務，要結合大量的運氣，很可能還需要某些神祕力量的干預，才能讓他們獲勝，在在讓他憶起過往的感受，清晨四點還待在圖書館中處理棘手的翻譯，因為如此不可置信的疲憊而歇斯底里地爆笑，但不知怎地卻又覺得能量滿滿，因為當解決方法終於將從他們亂糟糟的潦草筆記及狂野的腦力激盪中浮現時，是如此令人興奮。

到頭來，反抗帝國其實還挺好玩的。

因為某種原因，他們不斷回到「polemikós」配對上，或許是因為事實上，他們似乎真的是在打一場思想大戰，一場爭取英國民心的仗。蕾緹觀察道，英文在論證時使用的隱喻，時常會圍繞在戰爭的意象之上，「你們想想看，」她說，「像是他們的立場根本無法防禦，我們必須進攻他們的弱點，我們必須擊潰他們的前提。」

「我們在法文也會這樣講，」薇朵瓦說，「Cheval de bataille[94]。」

「戰馬。」蕾緹會心一笑。

---

93 原註5：湯瑪斯・洛夫・皮考克，作家、詩人、雪萊之友，也曾長期在印度擔任英屬東印度公司官員，那一年他恰好擔任印度通信審查官。

94 原註6：意為某人最喜歡的比喻或最愛的論述。

「那好吧，」葛瑞芬說，「既然我們都提到軍事方面的詞彙了，我依然覺得我們應該使用『神聖之怒行動』。」

「『神聖之怒行動』是什麼？」雷米問。

「別理他，」安東尼說，「這是個蠢名字，還是個更蠢的主意。」

「神看見此景時，祂並沒有允許他們，而是使他們瞎眼，混亂他們的語言，並將他們變成他們所見[95]。」葛瑞芬煞有其事地說道，「聽著，這是個好主意，如果我們可以拿下巴別塔學院——」

「怎麼拿下，葛瑞芬？」安東尼惱怒地問，「要用哪支軍隊？」

「我們不需要一支軍隊，」葛瑞芬說，「他們是學者，不是士兵，你拿把槍進去，四處揮一揮，大喊個幾聲，你就能挾持整座塔了，然後你就能挾持全國了。巴別塔學院才是重點，安東尼，這裡是帝國所有權力的源頭，我們只要攻佔下塔就好。」

羅賓盯著他，一臉警覺，中文的「火藥味」一詞直譯的意思就是「火藥的味道」，比喻上來說，則代表「好鬥、好戰」，他哥哥聞起來就有火藥味，散發著一股暴戾之氣。

「等等，」蕾緹說，「你想要攻進學院嗎？」

「我想要**佔領**學院，這不會是什麼難事，」葛瑞芬聳聳肩，「而且對我們的問題而言，這也是個更直接的解決方式，不是嗎？我一直試著說服這些傢伙，但他們害怕到不敢付諸實踐。」

「那你需要什麼才能付諸實踐？」薇朵瓦詢問。

「這才是正確的問題嘛，」葛瑞芬燦笑，「繩索、兩把槍，搞不好甚至不用動到槍，至少幾把刀吧——」

「槍枝耶？」蕾緹重覆道，「**刀子？**」

「只是要嚇嚇人而已，親愛的，我們又不會真的傷害任何人。」

蕾緹一陣頭暈目眩，「你是**認真**要——」

「別擔心，」凱西怒瞪葛瑞芬，「我們在這件事情上很顯然心意已決了。」

「但是想想看會發生什麼事就好，」葛瑞芬堅持，「這個國家如果沒有魔法銀條會怎麼樣呢？沒有人負責維護的話呢？蒸汽動力，沒了；感應燈具，沒了；建築加固，沒了。路況將會惡化，馬車也會故障，別說牛津了，全英國在幾個月內就會分崩離析，毀得徹底，完全癱瘓。」

「而數十名無辜百姓將因此死去，」安東尼說，「我們絕對不會考慮這件事的。」

「隨便，」葛瑞芬坐回椅子上，雙臂抱胸，「你們高興就好，我們就來當遊說團體吧。」

他們在凌晨三點散會，安東尼帶他們去圖書館後方的洗臉槽，可以在這裡梳洗，「沒有浴缸，抱歉啦，所以你們必須站著用肥皂洗腋窩」，然後從某個櫥櫃中拿出一堆被子和枕頭。

「我們只有三套寢具而已，」他語帶歉意說道，「我們通常不會全部在這裡過夜。女士們，妳們何不跟著伊爾莎到閱覽室去呢，而男士們，你們可以直接睡在書架之間，這樣可以有點隱私。」

那時羅賓已經非常疲累了，所以書架間的一小塊硬地板聽起來再好不過，感覺就像是自從他們回到牛津以來，他整整漫長的一天都保持清醒，就像他這輩子已經經歷夠多事了。他從安東尼手上接過

---

95 原註7：這段引文並非出自《創世紀》，其中以更為溫和的詞彙描述了巴別塔語言分散的故事，而是來自偽經《巴錄啟示錄三書》，據說是由抄寫員巴錄所作。葛瑞芬當初在理想幻滅時，曾短暫追尋某個計畫，其中包括各種版本的巴別塔學院陷落情況。

一件被子，邁步朝書架走去，但在他能安頓好之前，葛瑞芬就出現在他身邊，「有時間嗎？」

「你沒有要睡覺嗎？」羅賓問道，葛瑞芬已經著裝完畢，那件黑色外套緊緊扣上。

「沒有，我很早就要上路了，」葛瑞芬回答，「沒有直達格拉斯哥的火車，我會先搭馬車去倫敦，早上再搭第一班火車啟程。跟我出來院子一下。」

「為什麼？」

葛瑞芬拍拍皮帶上繫的手槍，「我要教你怎麼發射這個。」

羅賓把被子抱得離胸口更近，「我才不要。」

「那你就看我開槍吧，」葛瑞芬說，「我覺得我們很久以前就該聊聊了，你不覺得嗎？」

羅賓嘆了口氣，將被子放下，然後跟著葛瑞芬走出大門，院子在滿月照耀之下非常明亮，葛瑞芬肯定常常在這裡練習射擊，因為羅賓能夠看見院子另一頭的樹木上佈滿彈孔。

「你不怕有人會聽見嗎？」

「這整個區域都由咒語保護，」葛瑞芬回答，「是很聰明的設計，不知道我們在這裡的人，是看不見也聽不見太多東西的。你對槍枝有任何瞭解嗎？」

「一點都沒有。」

「呃，學習永遠不嫌晚囉。」葛瑞芬把槍交到羅賓手上，槍和銀條一樣，比看起來還要沉重，而且觸感非常冰冷，木製槍柄的曲線散發出某種無庸置疑的優雅，如此輕易便貼合在他手中。然而，羅賓握槍時仍是感到一陣厭惡，感覺頗不舒服，就像金屬試著要咬他一樣，他很想要一把將槍扔到地上，但又害怕會不小心擦槍走火。

「這是把胡椒罐左輪手槍，」葛瑞芬解釋道，「在平民間相當流行，使用的是撞擊式槍機，這代表弄濕時仍然可以發射。不要朝槍管裡看啦，你這白癡，千萬不要直接往槍管裡看。試著瞄準看看。」

「我看不出這意義在哪，」羅賓說，「我永遠不會發射這玩意兒的。」

「你開不開槍不重要，重要的是別人認為你會開槍，聽著，我裡面那些同事仍然對人性的良善抱持著這種不可置信的信心，」葛瑞芬舉起槍，指向院子另一頭的某棵樺樹，「但我是個懷疑論者，我認為去殖民化一定會是個暴力的過程。」

他扣下扳機，槍聲震耳欲聾，羅賓向後跳，但葛瑞芬無動於衷，「這不是雙動式手槍，」他邊說邊調整槍管，「所以你每次開完槍都必須重新扣擊錘。」

他瞄得頗準，羅賓瞇起眼睛，並看見樺樹中央出現一個先前沒有的凹痕。

「你看，槍枝可以改變一切，不只是因為槍的衝擊力，也是因為它象徵的意涵。」葛瑞芬手指撫過槍管，然後轉過身舉槍對著羅賓。

羅賓嚇得往後跳，「老天——」

「害怕了，對吧？你想想看，這為什麼比刀子還要可怕？」葛瑞芬的手臂還在原位，「這表示的是我想殺你，而我要做的就只有扣下扳機而已，我可以輕輕鬆鬆就從遠方取人性命。槍枝把謀殺所需的所有苦工都抹去了，使殺戮變得優雅，同時大幅縮減了決心和行動之間的距離，你懂嗎？」

「你曾經對人開過槍嗎？」羅賓問。

「當然。」

「那你打中了嗎？」

葛瑞芬沒有回答問題，「你必須理解我去過的地方，外頭並不是只有圖書館和辯論場而已，弟弟，戰場上的景象截然不同。」

「那巴別塔學院是戰場嗎？」羅賓又問，「艾薇．布魯克算是敵軍的一員嗎？」

葛瑞芬放下槍，「所以這就是我們之間的問題嗎？」

「你殺死了一個無辜的女孩。」

「無辜？我們的父親是這樣告訴你的嗎？說我冷血殺死了艾薇？」

「我見過那根銀條，」羅賓說，「就放在我口袋裡，葛瑞芬。」

「艾薇才不是什麼無辜的路人呢，」葛瑞芬譏諷道，「我們試著招募她好幾個月了，這很棘手，你懂嗎，因為她和史特林．瓊斯走得很近，不過如果說他們兩人之中有誰有良心的話，那肯定會是她，或者我們是這麼以為的。我月復一月在扭根酒吧想要說服她，直到某天晚上，她終於決定她準備好了，她要加入，結果這全都是在設計我，她一整段時間都在跟警方和教授們通風報信，而他們想出了這個計畫，要當場把我逮個正著。

「她是個出類拔萃的演員，你知道的，她有辦法就這樣盯著你，眼睛睜得大大的，邊點著頭，好像你說的她都有同感，當然了，我並不知道這全都是在演戲，我以為我交到了盟友，她看似要倒戈時我很興奮，而且加上我們在緬甸損失了那麼多人，我真的覺得很孤單。然後艾薇又這麼精明，問了這麼多問題，比你那時候問得還多，讓她聽起來就像是真的想了解，因為她對於加入我們的志業也是這麼激動，因為她想知道所有她能夠助我們一臂之力的方法。」

「那你後來是怎麼發現的？」

「嗯，她也沒那麼精明啦，如果她再更聰明一點，那她就會等到安全之後才露出真面目。」

「可是她告訴了你真相，」羅賓的胃一縮，「她在沾沾自喜。」

「她對著我微笑，」葛瑞芬說，「警報響起時，她對我咧嘴一笑，並告訴我一切都結束了，所以我就殺了她，我不是故意的，你不會相信我，但真相就是這樣。我只是想嚇嚇她而已，但我暴怒又害怕，而且艾薇又很惡毒，你也知道，我現在還是覺得，如果我給她逮到空檔，那她可能會先下手為強傷害我。」

「你真的相信這些嗎？」羅賓低聲說道，「還是這只是你捏造出的謊言，這樣晚上才能安心入睡？」

「我睡得很安穩，」葛瑞芬冷笑道，「可是你就需要你的謊言了，不是嗎？讓我猜猜，你告訴自己那只是場意外吧？告訴自己你不是故意的？」

「我沒有，」羅賓堅稱，「事情就只是這麼**發生**了，而且不是故意的，我從來都不想——」

「少來了，」葛瑞芬說，「別再隱藏，別再假裝了，這樣實在是有夠膽小。說出你的感受吧，感覺一定很棒，就承認吧，純粹的力量感覺這麼美好——」

「如果可以的話，我會收回這一切。」羅賓堅持，他不知道得到葛瑞芬的相信為什麼這麼重要，但這似乎是他最後的底線了，是他維護自己身分最後的真相，要不然的話，他就要認不出自己了，

「我希望他還活——」

「你才沒這麼想，他這是自找的。」

「他不值得因此死去。」

「我們的父親，」葛瑞芬大聲吼道，「是個冷酷又自私的男人，覺得所有不是白人也不是英國人的人，都不算是人，我們的父親摧毀了我母親的一生，還讓你母親死掉，我們的父親還是對我們祖國發動戰爭的其中一個幕後黑手。要是他活著從廣州回來，那國會現在就不會還在辯論了，他們早就已經投好票了，你幫我們爭取了幾天，也許幾個禮拜，所以就算你是個殺人兇手又怎樣呢，弟弟？少了教

授，這個世界會是個更好的地方，所以別再躲在你良心的重量後面了，他媽的好好攬起功勞吧。」他把手槍轉過來，槍柄朝著羅賓遞給他，「給我拿去。」

「我說了不要。」

「你還是不懂，」不耐煩的葛瑞芬抓住羅賓的手指，強迫他握著槍柄，「我們現在已經離開空談的領域了，弟弟，我們正身處戰爭之中。」

「但如果這是場戰爭，那麼你早就已經輸了，」羅賓依然拒絕拿槍，「你在戰場上根本毫無勝算，你的戰績是多少？殺了幾十個人？頂多？而你要跟整個英軍為敵？」

「噢，這就是你搞錯的地方了，」葛瑞芬回答，「你瞧，暴力的意義，便是帝國要付出的代價比我們還更高昂，暴力會破壞出口貿易，你在其中一條供應鏈上搞破壞，跨大西洋地區的價格就會大暴跌。他們的整個貿易系統都繃得很緊，承受衝擊的能力相當脆弱，因為系統就是這樣打造的，因為資本主義強取豪奪的貪婪就是懲罰。這就是為什麼奴隸起義會成功，他們無法對自己的勞動力來源開火，這就像是親手殺死自己的金雞母一樣。

「但要是整個系統如此脆弱，我們為什麼這麼輕易就接受了殖民的情況？我們為什麼會覺得這勢不可擋？為什麼忠實的星期五不幫自己弄一把步槍，或是在晚上劃開魯賓遜的喉嚨？問題在於我們總是活得像失敗者一樣，我們全都活得跟**你**一樣，我們看見他們的槍枝、他們的銀工、他們的船堅炮利，然後我們就覺得我們已經玩完了。我們不會停下來思索整個戰場事實上有可能勢均力敵，而且我們也永遠不會去思考如果我們舉起槍，情況會變成什麼樣。」葛瑞芬再次把槍遞給羅賓，「小心點，前端比較重。」

這次羅賓接受了，他試探性地把槍對準樹木，槍管確實往下傾斜，他將手舉到手腕高度，保持平穩。

「暴力會讓他們知道，我們願意犧牲多少，」葛瑞芬說道，「暴力是他們唯一理解的語言，因為他們的剝削系統與生俱來就是暴力的，暴力將搖撼系統，而系統將無法撐過這種撼動。說真的，你完全不知道你具有多少潛力，你無法想像世界將如何改變，除非你扣下板機。」葛瑞芬指向中央的樺樹，「扣下扳機吧，孩子。」

羅賓遵從，槍聲在他的耳朵裡炸開，他幾乎握不住槍，十分確定自己沒有正確瞄準，他還沒準備好應付後座力，他的手臂從手腕到肩膀都在顫抖，樺樹則毫髮無傷，子彈漫無目的地飛進黑暗之中。

但是他必須承認，葛瑞芬是對的，那一刻的衝擊，他手中蘊含的爆炸威力，他只要動動手指就能觸發的純粹力量，感覺確實無比美好。

第二十三章

「噢，那些白人心胸狹窄，只會想到自己。」

——瑪麗．普萊斯，《瑪麗．普萊斯的歷史》

葛瑞芬離開前往格拉斯哥後，羅賓無法入睡，他坐在黑暗中，渾身緊繃的能量亂竄，他感到一股令人喘不過氣的暈眩，是種站在陡峭的懸崖上往下望去的感覺，下一秒就要墜落。整個世界看來正位在某種劇烈改變的邊緣，而他只能緊抓著周遭的事物，並一同衝向臨界點。

一小時後，舊圖書館出現了動靜，就在時鐘走到七點時，一首鳥鳴交響曲在書架間迴蕩，非常大聲，不可能是來自外頭，反倒像是有一大群隱形的鳥就棲息在書本之間。

「怎麼回事？」雷米邊揉眼睛邊問，「後面的櫥櫃裡是有一座動物園啊？」

「聲音是從這裡來的，」安東尼指給他們看一座木製的老爺鐘，邊緣刻有鳴鳥的裝飾，「這是來自我們其中一個瑞典夥伴的禮物，她把『gökatta』一詞譯為『黎明即起』，這個字只有在瑞典文中，才擁有早起聆聽鳥鳴的意涵。鐘裡有某種音樂盒的機制，但銀條模仿真正的鳥鳴也維妙維肖，很可愛，對吧？」

「是可以再稍微小聲一點啦。」雷米回答。

「啊，我們的只是個原型，已經相當老舊了，真正的鐘你現在可以在倫敦的精品店裡買到，你知道的，非常受歡迎，有錢人愛死了。」

他們一個接一個輪流到洗手槽用冷水梳洗，接著便來到閱覽室昨日成堆的筆記邊加入女孩們，準備繼續工作。

蕾緹看來彷彿整夜都沒闔眼，雙眼下方有深沉的黑眼圈，打哈欠時還悲慘地把雙臂緊抱在胸前。

「妳還好嗎？」羅賓問道。

「感覺我好像是在作夢一樣，」她眨眨眼環顧房間，目光渙散，「一切都天翻地覆，一切都倒退了。」

也是啦，羅賓心想，考量種種因素，蕾緹的狀況還算不錯的呢，他不知道該如何有禮貌表示他接下來想說的話，所以他拐彎抹角地問道：「妳覺得如何？」

「覺得什麼如何？羅賓？」她氣沖沖反問，「是我們掩蓋的謀殺案、大英帝國的傾頹、還是我們現在餘生都要當逃犯了？」

「全部吧，我想。」

「正義真是令人精疲力盡。」她揉揉太陽穴，「這就是我的看法。」

凱西拿出一鍋滾燙的紅茶，他們心懷感激地伸出馬克杯，威瑪邊打哈欠邊跌跌撞撞從浴室走到廚房，幾分鐘後，煎東西的美妙香氣便滲入閱覽室，「瑪薩拉咖哩蛋，」他宣布道，並把一大團像番茄糊的炒蛋裝到他們的盤子裡，「等下還有吐司。」

「威瑪，」凱西呻吟道，「我願意嫁給你。」

他們在快速又機械化的沉默中狼吞虎嚥掃光食物，並花了幾分鐘把桌子清好，將髒碗盤放回簡易廚房，此時前門尖聲打開，是伊爾莎，她帶著當天早晨的報紙從市中心回來。

「辯論有任何消息嗎？」安東尼問。

「意見還嚴重分歧中，」伊爾莎回答，「所以我們還有些時間，輝格黨對他們的票數沒什麼把握，直到有信心獲勝之前，是不會舉行投票的。不過我們還是想要在今天或明天就到倫敦發小冊子，找個人搭中午的火車，然後去艦隊街印好吧。」

「我們在艦隊街那邊還有人脈嗎？」威瑪問。

「有，泰瑞莎還在《旗幟報》，他們每週五會印行，我可以混進去用機器，我絕對沒問題，如果你們今晚之前可以給我東西的話。」她從郵差包裡掏出一份皺皺的報紙，並滑過桌面，「是說，這是來自倫敦的最新消息，想說你們會想看看。」

羅賓伸長脖子閱讀顛倒的文字。

「**牛津教授於廣州遭謀殺**，」報紙上寫道，「**嫌犯和中國遊說團體共謀**。」

「呃，」他眨了眨眼，「我想這大部分細節是都沒弄錯啦。」

雷米把報紙攤開，「天啊，你們看，上面有我們長相的素描。」

「這看起來跟你不像。」薇朵瓦說。

「對啊，他們沒有捕捉到我鼻子的神韻，」雷米同意，「他們還把羅賓的眼睛畫得很小。」

「他們在牛津也有印這個嗎？」安東尼問伊爾莎。

「沒有，很令人訝異吧，他們一切低調。」

「真有意思，好吧，那你們現在還是不能到倫敦去，」安東尼說道，他們立刻異口同聲抗議起來，但他舉起一手，「別生氣，這太危險了，我們不要冒險。你們就好好躲在舊圖書館，直到風頭過去，你們可不能被認出來。」

「你也不能啊。」雷米反駁道。

「他們以為我死了，但覺得你們是殺人兇手，這是截然不同的兩件事，又沒人在報紙上印我的長相。」

「可是我想要出去，」雷米不爽地說，「我想做點什麼，我想幫忙——」

「你不要被扔進大牢就算是幫上大忙了，不管親愛的葛瑞芬再怎麼假裝，這都不是公開的戰爭，處理這些事情是需要技巧的。」安東尼指著黑板，「專注在問題上吧，我們接續昨天的討論，我想我們昨晚擱置了阿森諾爵士的問題，蕾緹？」

蕾緹慢慢喝了一大口茶，閉上眼睛，接著似乎振作了起來，「對，我認為阿森諾爵士和我父親關係還算不錯，我可以寫信給我父親，試著安排看看見面——」

「妳不覺得妳父親會因為妳是殺人兇手的新聞而感到困擾嗎？」羅賓問。

「上面沒說蕾緹是嫌犯，」薇朵瓦瀏覽過文章，「只有我們三個而已，裡面根本就沒提到她。」

出現一陣短暫又尷尬的沉默。

「沒事，這樣對我們來說再好不過了。」安東尼無縫接續道，「這給了我們一點自由行動的空間，妳現在就開始寫信給妳父親吧，蕾緹，其他人也去進行你們的任務。」

他們魚貫離開閱覽室，去進行分配到的任務，伊爾莎啟程回去巴別塔學院，以取得倫敦方面進一步的消息，凱西和威瑪到工坊繼續調整使用「polemikós」的配對，雷米和薇朵瓦負責假扮中年白人激進派支持者，寫信給知名激進派領袖。羅賓則和安東尼繼續坐在閱覽室，擷取勒維教授信中最具毀滅性的陰謀證據，當成引言放在短小的煽動小冊子內，他們希望這類證據足夠引發醜聞，讓倫敦的報社注意到。

「注意你使用的語言，」安東尼告訴他，「最好避開反殖民主義和尊重國家主權的修辭，多使用『醜聞』、『勾結』、『腐敗』、『缺乏公開透明』這類詞彙。用能夠引發一般倫敦人共鳴的詞彙描述事情，不要把這當成種族議題。」

「你希望我替白人翻譯。」羅賓說。

「正是如此。」

他們在舒適的沉默中工作了大約一小時，直到羅賓手痠到沒辦法繼續，他坐回椅子上，默默拿著一杯茶，等到安東尼看來似乎已經完成了一段，便開口說道：「安東尼，我可以問你一件事嗎？」

安東尼放下筆，「你想問什麼？」

「你真的覺得這會有用嗎？」羅賓朝成堆的小冊子草稿點點頭，「我是說，在民意的領域取勝。」

安東尼也靠回椅子上，伸展手指，「我看你哥哥的想法影響到你了。」

「葛瑞芬昨晚教我怎麼用槍，」羅賓說，「他認為沒有暴力起義，革命根本不可能成功，而且他還滿有說服力的。」

安東尼思考了一會兒，點了點頭，並在墨水台上敲了敲他的筆，「你哥哥很喜歡說我天真。」

「這不是我的——」

「我懂，我懂，我只是想說我沒有葛瑞芬以為的那麼軟弱，容我提醒你一下，我在他們決定不能在法律上繼續稱我為奴隸之前，就來到這個國家了，我人生大部分的時間，都住在一個深深困惑我的存在究竟算不算是人的國家。相信我，在英國白人的道德疑慮上，我可不算是什麼樂觀派。」

「但我想他們還是想通要廢奴了，」羅賓說，「最後啦。」

安東尼溫和地笑了出來，「你覺得廢奴算是道德問題嗎？不，廢奴之所以獲得支持，是因為英國在失去美國之後，決定印度將成為他們新的金雞母。可是來自印度的棉花、藍染、糖，是沒辦法宰制市場的，除非他們能夠排除法國，但法國可不會束手就擒，你看，只要英國的奴隸貿易讓法國在西印度群島極度有利可圖的話。」

「可是——」

「沒有可是。你所知的廢奴運動，是經過浮誇渲染的，只是些修辭，運動一開始是由皮特發起，因為他看見了阻隔法國奴隸貿易的需求，而國會之所以和廢奴主義者同一陣線，則是因為他們非常擔心黑人會在西印度群島起義。」

「所以你認為這純粹是風險和經濟學囉。」

「呃，也不必然是。你哥哥喜歡爭論牙買加的奴隸起義即便失敗，仍是驅使英國立法廢奴的原因，他是對的，但只對了一半，你瞧，起義贏得英國人的同情，是因為領導者屬於浸信會的一分子，而當起義失敗時，牙買加支持奴隸的白人便開始破壞教堂並威脅傳教士，那些浸信會人士於是回到英國，以宗教理由激起支持，而不是因為天賦人權。我的重點在於，廢奴之所以發生，是因為白人找到了在乎的理由，不管是在經濟上或是宗教上，你只要讓他們覺得是他們自己想出這個主意的就好了，你不能訴諸他們內在的良善，我從來沒遇過半個英國人，讓我願意相信他們會出於同情心做出正確的事。」

「嗯，」羅賓說，「但還有蕾緹啊。」

「沒錯，」安東尼短暫停頓後回答道，「我想是還有蕾緹沒錯，不過她是個罕見的案例，不是嗎？」

「那我們該怎麼繼續前進？」羅賓問，「那這一切的意義為何？」

「重點在於建立同盟，」安東尼說，「而且還必須包含不太可能同情我們的人，我們想從巴別塔學院拿多少資源就拿多少，但還是遠遠不足以搖撼如此根深柢固的權力槓桿，像是渣甸和麥贊臣這些人。如果我們想扭轉歷史的潮流，就需要一些這類人的支持，也就是在拍賣會上把我和我的同胞賣掉，也覺得沒什麼的那同一種人，要讓他們成為我們的盟友。我們必須說服他們，以白銀金字塔為基礎的英國全球擴張，和他們自身最佳的利益相悖，因為他們唯一聽得進去的邏輯，就是自身的利益，不是公平正義，不是人性尊嚴，也不是他們聲稱如此珍視的自由價值，而是利益。」

「那你還不如說服他們上街裸奔。」

「哈哈，不，同盟的種子已經播下，在英國展開革命的時機已經成熟了，你知道的，全歐洲的改革熱已經流行數十年了，他們是從法國人那裡感染的，我們只是要把這場戰爭塑造成階級之戰，而非種族之戰，且這也確實是階級問題。表面上看起來是針對鴉片和中國的辯論，但中國人不會是唯一的輸家，對吧？一切全都息息相關，白銀工業革命可說是英國國內各式不平等、汙染、失業最巨大的驅動力之一，廣州窮人家的命運，事實上是和約克夏失業紡織工的命運緊緊相連，兩者都不會因為帝國擴張受益，公司發大財的同時，他們都只會越來越窮，所以要是他們可以站在同一陣線……」安東尼十指緊扣，「不過問題就在這裡，你瞧，沒有人關心我們是如何全都牽一髮而動全身的，我們想的只有自己是怎麼受苦受難，而且是從個別的角度，這個國家的窮人和中產階級並不理解，比起西敏寺那群人，他們其實和我們擁有更多共通點。」

「有句中文成語正好貼切，」羅賓說，「叫作『兔死狐悲』[96]，兔子死了，狐狸就會哀傷，因為牠們其實是互相依賴的動物。」

「說得好，」安東尼回答，「只不過我們必須說服他們，我們並不是他們的獵物，樹林裡有個獵人，而我們全都深陷危險之中。」

羅賓低頭盯著小冊子，此時它看起來如此無能為力，只是文字，只是薄薄白紙上亂塗的墨水，「而你真的認為你能夠成功說服他們嗎？」

「我們必須成功，」安東尼再次伸展起手指，接著便拿起筆繼續翻閱勒維教授的信件，「我看不出還有什麼其他方法。」

此時羅賓心想，安東尼一生有多少時間都在小心翼翼將自己翻譯給白人理解，而他純熟、親切又和藹的行為舉止，又有多少是出自人為，以便符合生活在白人英國中的黑人男子特定形象，並讓他自己在像巴別塔學院這樣的機構受到最大程度的接納。他也在想，未來會不會真有這麼一天來臨，使這種種變得不再必要，白人將會正視他和安東尼，然後就只是傾聽，當他們的話語會因為說出口便擁有價值，當他們不再需要躲躲藏藏，遮掩自己的身分，當他們不再需要經過無窮無盡的扭曲，只為了想要得到理解。

中午時，他們重新在閱覽室集合吃午餐，凱西和威瑪因為他們在「polemikós」配對上取得的進展頗為興奮，這真如葛瑞芬的預測所說，使得如果將小冊子丟到空中，就會到處飛來飛去，並在路人身旁持續飄動。威瑪還補充了另一組配對，使用的是「討論」（discuss）的拉丁詞源「discutere」，意為「散播」或「傳播」。

「假設我們在一疊印好的小冊子上使用這兩組銀條，」他說，「東西就會飛得全倫敦都是，不管有沒有風，要讓大家注意到，這招還不賴吧？」

96 原註1：出自敦煌變文《鷰子賦》

漸漸地，昨晚那些似乎還頗荒誕的構想，那些缺乏睡眠的腦袋草草寫下的混亂想法，都慢慢組成了一個相當驚艷的行動計畫，安東尼在黑板上總結了他們的數項努力，在接下來幾天中，必要的話是幾週中，赫密士會將使出渾身解數，試圖影響國會的辯論。伊爾莎在艦隊街的人脈，很快就會刊出一篇重磅文章，攻擊這一大團混亂的始作俑者威廉・渣甸，竟然待在切騰漢的溫泉城市消磨時間，威瑪和凱西則會透過數名更為受到尊敬的白人中間人，試圖說服優柔寡斷的輝格黨，和中國恢復良好的關係，至少能讓合法商品的貿易管道維持暢通，像是茶葉和大黃等。另外還有葛瑞芬在格拉斯哥的努力，以及即將飛滿全倫敦的小冊子，藉由黑函、遊說、民意壓力，安東尼總結道，他們便有可能可以拉攏到足夠的選票，讓戰爭提案胎死腹中。

「這可能會成功哦。」伊爾莎邊對著黑板猛眨眼睛邊說，一副不可置信。

「一定**會**成功的，」威瑪同意，「真他媽的。」

「你們確定我們不能和你們一起去嗎？」雷米問。

安東尼同情地拍了拍他的肩膀，「你們完成你們的部分了，你們全都勇氣可嘉，你們所有人都是，但是時候把事情交給專業的來啦。」

「你才大我們不到五歲耶，」羅賓說，「怎麼又變成專業的了？」

「我也不知道，」安東尼回答，「反正就是這樣囉。」

「而我們就應該要一無所知在原地等待嗎？」蕾緹問道，「我們在這裡甚至都沒辦法買到報紙。」

「投票結束後我們就全都會回來了，」安東尼回答，「而且我們也會時不時回來關心你們一下，每隔兩天，如果你們真的這麼緊張的話。」

「但要是出了什麼差錯呢？」蕾緹鍥而不捨追問道，「萬一你們需要我們的協助？萬一我們需要

你們的協助呢？」

研究生們全都面面相覷，看起來就像在進行一場無聲的對話，羅賓心想，重複進行一場他們過去經歷多次的對話，因為大家的立場都顯而易見，安東尼揚起眉毛，凱西和威瑪都點了點頭，伊爾莎則噘起嘴唇，看似不情不願，但最終仍是嘆了口氣，然後聳聳肩。

「就這樣吧。」她說。

「葛瑞芬會反對的。」安東尼說。

「反正，」凱西回答，「葛瑞芬又不在這裡。」

安東尼站起身，消失到書架間好一陣子，接著拿著一個封好的信封回到桌邊，「這裡面，」他邊說邊把信封放到桌上，「寫有世界各地十幾名赫密士會眾的聯絡資訊。」

羅賓大為震驚，「你確定你們要把這給我們看？」

「不確定，」安東尼回答，「我們真的不應該這麼做的，我看得出來葛瑞芬的偏執也影響到你了，而這不是件壞事。但假設最後剩下來的只有你們，裡面沒有名字或地址，只有投放點資訊和聯絡的指示，如果你們真的只能自力更生，至少還會有些方法能夠把赫密士會傳承下去。」

「你講得好像你可能回不來了一樣。」薇朵瓦說。

「呃，我們回不來的機率也不完全是零，對吧？」

圖書館一片死寂。

羅賓頓時覺得自己好年輕、好幼稚，一直以來，這一切似乎就像是場有趣的遊戲，和赫密士會共謀到深夜，玩他哥哥的手槍，他們的處境如此怪異，獲勝的條件又如此無從想像，使得這感覺都更像是某種練習，而非現實人生。直到此刻，事實的重量才沉沉落下，他們在對抗的勢力非常嚇人，他們試圖操控的貿易公司和政治說客，並不是他們捏造出來的可笑魔鬼，而是權傾一時的組織，在殖民貿易中的深厚利益根深柢固，為了保護獲利，他們會不惜痛下殺手。

「但你們會沒事的啦，」雷米說，「對吧？巴別塔學院從來沒有逮到你們——」

「他們逮到過我們很多次，」安東尼溫和地回答，「所以我們才這麼偏執。」

「還有人員折損，」威瑪邊說邊在皮帶繫上手槍，「我們了解其中的風險。」

「但是就算我們被抓了，你們在這裡還是會很安全，」凱西向他們保證，「我們不會供出你們的。」

伊爾莎點點頭，「我們會咬斷舌頭，先窒息而死。」

「對不起，」蕾緹突然站起身，她臉色看起來蒼白到了極點，並用手摀住嘴巴，彷彿要吐出來了一樣，「我只是，我只是需要一點新鮮空氣。」

「妳想喝點水嗎？」薇朵瓦擔憂地問。

「不用，我會沒事的。」蕾緹匆匆穿過擁擠的座位，朝門口走去，「我只是需要去呼吸點新鮮空氣，如果可以的話。」

安東尼伸手一指，「庭院往那邊走。」

「我想我在前門附近散散步就好了，」蕾緹回答，「庭院感覺有點……有點幽閉。」

「那就不要離開這個街區，」安東尼說，「不要被人看見哦。」

「好，好的，當然了。」蕾緹似乎頗為不舒服，她的呼吸又快又淺，羅賓擔心她會昏倒，雷米把椅子往後推，給她空間出入，蕾緹在門口停下腳步，轉頭回望，她的視線在羅賓身上徘徊，彷彿就在開口說點什麼的邊緣，但她接著緊閉雙唇，然後快速走了出去。

研究生們離去前的最後幾分鐘，安東尼告訴羅賓、雷米、薇朵瓦一些生活雜務事項，簡易廚房存放的食物夠撐一個禮拜，如果他們能接受麥片粥和醃鹹魚的話，還可以撐更久，取得新鮮的飲用水就比較麻煩了，舊圖書館確實連接著城市的幫浦系統，但他們晚上不能太晚用水，也不能隨時用太久，因為水如果排到其他地方就會招惹注意。除此之外，圖書館的藏書非常豐富，絕對可以讓他們不會無聊，不過他們受到嚴格要求，千萬不能亂碰工坊裡任何正在進行中的計畫。

「然後也盡可能待在室內，」安東尼邊完成打包邊說道，「你們想要的話，可以輪流去庭院裡放風，但小聲一點，咒語時不時會失靈，如果你們必須呼吸點新鮮空氣的話，那就日落之後再去。要是你們害怕，那個放掃帚的櫥櫃裡有把步槍，我會希望你們永遠沒機會用上，可是如果真的有需要，你們有沒有人可以——」

「我可以想辦法，」羅賓回答，「我覺得啦，原理跟手槍一樣，對吧？」

「夠像了，」安東尼綁好靴子的鞋帶，「你有空時可以拿起來看看，重量有點不一樣。至於衛生部分，你們可以在浴室的櫥櫃裡找到肥皂和其他東西，務必每天早上都要清理壁爐的煤灰，不然會塞住哦。噢，我們以前本來有個洗衣盆，但葛瑞芬用管狀炸藥在那亂搞炸爛了，你們可以撐幾天不換衣服的吧，可以嗎？」

雷米哼了一聲，「這問題應該問蕾緹吧。」

一陣停頓，然後安東尼問道：「蕾緹跑哪去了？」

羅賓望向時鐘，他沒注意到時間飛逝，蕾緹離開圖書館已經快半小時了。

薇朵瓦站起身來，「或許我應該——」

前門附近有什麼東西發出尖嘯，尖銳又原始，就像人類的尖叫聲，導致羅賓花了一會兒才意識到是茶壺在叫。

「幹，」安東尼把步槍拿下來，「到庭院去，快點，你們所有人——」

但是已經太遲了，尖嘯聲越來越大，直到圖書館的牆壁似乎都在震動，幾秒鐘後，前門便朝內炸開，大批牛津警察衝進室內。

「把手舉起來！」有人大喊。

研究生們似乎為這樣的情況演練過，凱西和威瑪從工坊跑過來，兩人手上都抱滿銀條，伊爾莎用力撞擊一座高聳的書架，書架往前翻覆，展開一陣連鎖效應，阻絕了警方面前的路。雷米準備往前衝去幫忙，但安東尼大喊道：「不，躲起來，去閱覽室——」

他們踉踉蹌蹌退後，安東尼在他們身後一腳把門踢上，他們聽見外頭傳來爆炸聲和撞擊聲，安東尼大叫著聽起來像是「信號彈」的話，凱西也尖叫著回應，研究生們正在戰鬥，為了守護他們而戰。但是意義何在呢？閱覽室是條死路，沒有其他出入口，也沒有其他窗戶，他們只能蜷縮在桌子後面，聽著外頭的槍聲瑟縮，雷米出聲說得把門擋住，但在他們起身行動、把椅子往前推的那一刻，門就轟然打開了。

蕾緹站在門口，手上拿著一把左輪手槍。

「蕾緹？」薇朵瓦不可置信地問道，「蕾緹，妳在幹什麼？」

羅賓極度短暫又天真的鬆了口氣，直到情況顯而易見，蕾緹並不是要來這裡救他們的，她舉起左輪手槍，一個個輪流瞄準他們，她看來用槍用得頗為熟練，手臂並沒有因為槍枝的重量而顫抖。而此情此景簡直荒謬至極，他們的蕾緹，他們莊重拘謹的英國玫瑰，竟然用如此冷靜又致命的精準動作，揮舞著一把武器，害羅賓懷疑了一會兒，他是不是出現幻覺了。

但他接著想了起來：蕾緹可是將軍之女，她當然知道要怎麼開槍了。

「把雙手放在頭上，」她命令道，聲音響亮又清楚，如同拋光後的水晶，她聽起來像個徹頭徹尾的陌生人，「他們不會傷害任何人，只要你們安安靜靜走出來，只要你們不要抵抗就好。他們殺光了其他人，但會活捉你們，毫髮無傷。」

薇朵瓦看了一眼桌上的信封，再望向劈劈啪啪燃燒的壁爐。

蕾緹跟隨她的目光，「我可不會這麼做。」

有那麼一會兒，薇朵瓦和蕾緹就這樣站著怒瞪彼此，呼吸急促。

好幾件事同時發生，薇朵瓦撲向信封，蕾緹舉槍對準她，羅賓出於本能衝向蕾緹，他不知道他是想做什麼，只知道他很篤定蕾緹會傷害薇朵瓦，但就在他接近她時，雷米把他推到一旁，他往前摔倒，絆到一根桌腳。

接著蕾緹粉碎了世界。

喀噠一聲，轟然槍響。

雷米癱倒在地，薇朵瓦放聲尖叫。

「不——」羅賓雙膝跪地，雷米毫無生氣、動也不動，他掙扎著把雷米翻了過來，「不，雷米，不可以——」有那麼一刻，他以為雷米只是在假裝，因為這怎麼可能呢？才一秒鐘前他還站得直挺挺的，還會動，還會呼吸，世界不可以這麼突如其來就結束，死亡不可以這麼迅速就降臨。羅賓拍拍雷米的臉頰、他的脖子、所有他可以拍的地方，只要有點反應就好，但是徒勞無功，雷米的雙眼不願睜開，為什麼不睜開呢？這絕對是在開玩笑，他看不到任何鮮血，但他接著瞥見了，雷米心臟上有個小小的紅點，正快速朝外綻開，直到浸濕了他的襯衫、他的外套、浸透了一切。

薇朵瓦從壁爐前退開，紙張在火焰中劈啪作響，燒成灰燼，蕾緹也沒有試圖挽救，她愣在原地，雙眼圓睜，左輪手槍鬆軟地垂在她身側。

沒有人移動，他們全都盯著雷米，他無庸置疑、無可挽回地靜止不動。

「我沒有……」蕾緹用手摀住嘴巴，她的冷酷蕩然無存，現在她的聲音又高又尖，就像個小女孩，「噢，我的天啊……」

「噢，蕾緹，」薇朵瓦輕聲嘆道，「妳究竟**做**了什麼？」

羅賓把雷米放回地上，站起身來。

有天羅賓會問自己，為什麼他的震驚可以如此輕易變成暴怒，為什麼他的直覺反應不是對這樣的背叛感到不可置信，而是湧起黑暗強大的恨意，答案將會讓他困惑不已、讓他心神不寧，因為答案就躡手躡腳遊走在讓他們所有人身陷其中、複雜糾葛的愛意和嫉妒邊緣，他們對此無以名狀，也無法解釋，是他們才剛開始覺悟到的真相，而現在，在發生了這件事之後，也將永遠無法得到承認。

但在當下，他知道的就只有鮮紅的怒意模糊了他視野的邊緣，把所有東西都擠了出去，讓他眼裡只剩下蕾緹，他現在終於了解真正想要致人於死是什麼感覺了，想要一刀一刀慢慢肢解他們，聽著他們尖叫，讓他們痛苦。他現在理解殺人是什麼感受，憤怒是什麼感受了，因為這就是了，那種當他殺死他父親時，早該感受到的殺意。

他撲向蕾緹。

「不要，」薇朵瓦哭喊道，「她只是——」

蕾緹轉身逃跑，羅賓追在她身後，她則及時撤退到一大群警察後方，他推過他們，他不在乎危險、警棍、槍枝，他只想要穿過去追上她，想將她的脖子一把扭斷，把這個白種賤人碎屍萬段。

強壯的手臂把他扭了回去，他感到後腰被重重打了一下，害他步履蹣跚，他也聽見薇朵瓦尖叫，但卻無法穿越重重人牆看見她，有人在他頭上套了個麻布袋，他瘋狂扭動，手臂撞到什麼結實的東西，讓他背上的壓力稍稍放鬆了點，但接著有個堅硬的東西敲上他的顴骨，隨之爆發的痛楚令人頭暈目眩，導致他四肢癱軟下來。有人把他的雙手給銬到背後，兩雙手抓住他的手臂，將他拉起來，然後拖出了閱覽室。

戰鬥結束了，舊圖書館一片死寂，他瘋狂搖著頭，想要把麻布袋給抖掉，但他就只能匆匆瞥見倒塌的書架和顏色變深的地毯，接著就有人把他頭上的麻布袋拉得更緊，他絲毫沒看見威瑪、安東尼、伊爾莎、凱西的蹤跡，也不再聽見薇朵瓦的尖叫。

「薇朵瓦？」他驚恐地喘著氣說道，「薇朵瓦？」

「閉嘴。」一個低沉的聲音說。

「薇朵瓦！」他大喊，「妳在——」

「你給我**閉嘴**。」某個人拉起麻布袋，露出的空間正好夠在他嘴裡塞進一團破布，接著他便又陷入一片黑暗之中，什麼也看不見，什麼也聽不見，唯有一片荒蕪難受的寂靜。他們將他拖出舊圖書館的廢墟，進入一輛等待的馬車。

第二十四章

「你並非因死亡而生，不朽的鳥兒！
就連荒年也無法蹂躪你。」

——約翰・濟慈，〈夜鶯頌〉

顛簸的鵝卵石路，痛苦的推擠，「出來，往前走」，他不假思索聽從，他們將他帶離馬車，扔進一間監獄，然後留他和他的思緒相伴。

可能過了好幾個小時，也可能是好幾天，他分不出來，他失去了時間感，他不在自己的身體裡，不在這座監獄裡，他悲慘地蜷縮在石地上，將充滿瘀青和疼痛的當下拋在腦後。他人在舊圖書館中，手足無措，一遍遍重播雷米跳起身往前撲，就像有人朝他肩胛骨踢了一腳一樣，重播雷米四肢癱軟倒在他懷中，重播不管他再怎麼萬般嘗試，雷米依然不願回應。

雷米死了。

蕾緹背叛了他們，赫密士會瓦解了，而且雷米死了。

雷米死了。

哀慟令他窒息，哀慟令他癱瘓，哀慟是雙無情又沉重的靴子，重重壓在他胸口上，讓他沒辦法呼吸，哀慟讓他靈魂出竅，讓他的傷勢變成理論層面的狀態，他正在流血，但他不知道是從哪裡流出來的。他全身上下無一處不痛，從勒進他手腕裡的手銬，到他四肢碰觸的硬石地，到警察扔下他時像是要把他的骨頭全都摔碎的方式，他了解這些痛苦是實際存在，但他沒辦法真正感受到，他感覺不到任何東西，唯有失去雷米的痛苦令人目盲。而且他也不想感受其他事物，不想沉回他的身體中，感受身體的苦痛，因為肉體之痛將代表他還活著，也因為活著就表示他必須向前看，可是他已經沒辦法繼續了，絕對無法就這麼度過這件事。

他困在過去之中，他重新造訪這段記憶上千次，如同他回憶父親之死一樣，只不過這一次，他沒有自我說服他並不是刻意要痛下殺手，他試著使自己相信的，是雷米還活著的可能性。他真的有看見雷米死去嗎？還是他只是聽見槍聲，看見血花噴出然後雷米倒地？雷米的肺部還留有呼吸，眼中還留有神采嗎？一切似乎如此不公平，不，簡直是不可能，雷米竟然就這麼突然地拋下這個世界，他前一刻還可以這麼生氣蓬勃，但下一秒就這麼靜止不動了。像子彈一樣這麼渺小的東西，竟然可以讓拉米茲·拉斐·米爾扎永遠沉默，這似乎違反了物理法則。

此外，蕾緹很顯然也不可能是瞄準他的心臟，這也是不可能的事，她愛他，幾乎就像羅賓愛他一樣深，她是這麼告訴他的，他記得，而要是這是真話，那她怎麼有可能直視著雷米的雙眼，然後痛下殺手呢？

這代表雷米可能還活著，可能歷經萬難還是存活了下來，可能想辦法把自己拖離了舊圖書館的大屠殺，找到某個地方躲了起來，假如有人及時找到他，及時替傷口止血，還有可能康復。即便很不可能，但是也許、也許、也許……

也許等到羅賓逃出這個地方，等他們重逢時，他們會因為這整件蠢事狂笑，笑到肋骨發疼也說不定。

他由衷希望，他衷心希望，直到希望本身也成了一種折磨的形式，「希望」的原意是「渴望」，而羅賓榨乾他的每一分力氣渴求一個不再存在的世界，他如此盼望，直到他覺得他就要發瘋了，直到他開始聽見他腦中思緒的碎片，彷彿在外頭對他說話，低沉粗啞的話語，就在石牆間迴蕩。

「我希望──」

「我後悔──」

接著是一連串不屬於他的自白。

「我希望我有更愛她。」

「我希望我從來沒碰過那把刀。」

這並不是他的想像，他抬起抽痛的頭，臉頰因為鮮血和眼淚濕濕黏黏的，他環顧四周，滿心訝異，石頭在說話，低語著一千種不同的證詞，每句話都被下一句淹沒，使他分辨不出任何句子，只能聽出消逝的隻言片語。

「但願，」石頭說。

「這不公平，」石頭說。

「我活該，」石頭說。

而在這所有絕望的話語之中：

「我希望──」

「我希望──」

「我多麼希望──」

他身子一縮，站起身來，把臉貼在石頭上，然後沿著牆壁一吋一吋往下移動，直到找到銀條洩密的閃耀光澤，銀條上銘刻著傳統的希臘文、拉丁文、英文雛菊鏈，希臘文的「epitaphion」意為「葬禮致詞」，是某種說出來的言詞，某種理應受到傾聽的話語，拉丁文的「epitaphium」意思也類似，指的是悼文。要一直等到現代英文的「墓誌銘」（epitaph），指的才是寫下來的無聲文字，翻譯的扭曲因而賦予了寫下的字眼聲音，他身旁環繞的是死者的自白。

他全身一癱，雙手抱頭。

真是個獨特又殘酷的折磨，究竟是哪個天才想出來的？目的很顯然便是要用其他所有曾囚禁在此可憐靈魂的絕望壓垮他，讓他充滿如此無法想像的哀慟，這樣等受到審問時，他就會供出所有人和所有事，只為讓折磨停止。

可是這些低語都是多餘的，並沒有讓他的思緒更加黑暗絕望，只不過是唱和罷了，雷米死了，赫密士會也不復存在了，世界已無法再繼續下去，未來只是無盡黑暗的廣袤延伸，而唯一給予他一線希望的事物，就是這一切全都會在某一天終結的前景。

牢房門打開，鉸鏈的咿呀聲驚醒了羅賓，一名優雅的年輕男子走進，金髮在脖子上方盤成一個結。

「哈囉，羅賓．史威夫特，」他用溫和悅耳的聲音說道，「你記得我嗎？」

當然不記得，羅賓差點回答，但男子接著走近，話語便在他舌尖死去，他的臉部特徵跟大學學院小教堂檐壁上的如出一轍，同樣挺拔高貴的鼻子，富有智慧的深陷雙眼，羅賓只見過這張臉一次，是在超過三年以前，就在勒維教授的會客室，他從來沒有忘記過。

「你是史特林。」才華洋溢又享有盛名的史特林．瓊斯，威廉．瓊斯爵士的姪子，當世最偉大的翻譯，他出現在這裡是如此出人意料，導致羅賓一時之間就只能對著他猛眨眼，「為什——」

「為什麼我在這？」史特林笑了出來，就連他的笑聲都很優雅，「我可不能錯過，特別是在他們告訴我，他們抓到了葛瑞芬．勒維的小弟之後。」

史特林拖了兩把椅子進來牢房，然後在羅賓對面坐下，翹起二郎腿，他整了整外套，往下拉直，接著對羅賓昂起頭，「我的天啊，你們長得真是一模一樣，不過你的眼神比較柔和，葛瑞芬總是一臉嘲諷和憤怒，就像條淋濕的狗。」他把雙手放在膝蓋上，傾身向前，「所以你殺了你父親，是嗎？你看起來不像是殺人兇手。」

「你看起來也不像牛津警察。」羅賓回答。

但這是他在腦中建構的最後一個錯誤二元對比，學者和帝國菁英之間的對比，在他說話的當下就已迅速消逝，他想起了葛瑞芬的話，想起了他父親的信，奴隸販子和士兵，他們早就已經是殺人兇手了，他們全都是。

「你跟你哥哥實在很像，」史特林搖了搖頭，「中文裡是怎麼說的？一丘之貉，還是一丘之獾？厚顏無恥，又這麼自以為是，令人無法忍受。」他雙臂抱胸，靠回椅子上，審視著羅賓，「幫我理解一下，我從來都想不透葛瑞芬這點，就是**為什麼啊**？你們擁有你們夢寐以求的一切，你們一輩子都不需要做任何一天的工作，總之不是真正的工作就是了，做研究不算，你們根本是在錢池裡游泳。」

「我的同胞可不是。」羅賓說。

「但你們可不是你的同胞！」史特林大叫道，「你們是例外，你們是幸運兒，是上層階級，還是你真的覺得比起身旁的牛津人，你和廣州那些窮傻子有更多共通點啊？」

「我確實這麼覺得，」羅賓回答，「你的國家天天都在提醒我這點。」

「所以問題在這囉？某些英國白人對你不是太好？」

羅賓看不出繼續爭下去有什麼意義，白癡才會繼續隨之起舞，史特林・瓊斯就跟蕾緹沒什麼兩樣，只是少了那種源自虛假友誼的膚淺同情心，他們都認為這是和個人的命運有關，而非系統性的壓迫，且兩人也都無法跳脫同類的觀點去檢視一切，就是那些看起來和他們一樣，說話也和他們一樣的人。

「噢，不會吧，」史特林嘆了口氣，「別跟我說你也形成了那種半吊子的想法，覺得帝國的存在不知怎地是某種壞事，是嗎？」

「你自己也知道他們在做的事是錯誤的。」羅賓疲憊地說，他已經受夠拐彎抹角了，他就是沒辦法、也不願意相信，像史特林・瓊斯、勒維教授、貝里斯先生這樣聰明的人，真的會全心全意相信他們薄弱的藉口。就只有像他們這樣的人，才能用聰明絕頂的修辭、妙語如珠的回答、迂迴費解的哲學邏輯，來合理化他們對其他人和其他國家的剝削，也只有像他們這樣的人，才會覺得這依然是一件可以辯論的事，「你絕對知道的。」

「假設如你所願，」史特林說，絲毫沒有讓步，「假如我們沒有開戰，而廣州留下他們所有的白銀，你覺得他們會拿來做什麼？」

「也許，」羅賓回答，「他們會想花掉吧。」

史特林嘲諷道，「這個世界屬於那些懂得把握機會的人，你我都明白這點，我們就是這麼進入巴別塔學院的；與此同時，你的祖國則正由好吃懶做的貴族統治著，光是提到鐵路他們就會擔驚受怕。」

「這是我們的其中一個共通點。」

「很好笑，羅賓・史威夫特，那你覺得英國應該受到懲罰嗎？就因為我們膽敢使用上帝賜予的天然禮讚？我們就應該把東方留在腐敗的詆毀者手中，讓他們只把財富浪擲在絲綢和嬪妃上？」史特林傾身向前，藍眼閃閃發亮，「還是我們應該**起而領導**？英國正衝向一個浩瀚又閃耀的未來，而你可以成為這個未來的一份子，何必放棄一切呢？」

羅賓無言以對，沒有任何意義，這並不是場真心誠意的對話，史特林只是想要說服他而已。

史特林在空中揮舞雙手，「有哪一點這麼難理解嗎，史威夫特？為什麼要和潮流作對？哪來這種荒謬的衝動，竟敢恩將仇報？」

「大學並不擁有我。」

「是哦，大學給了你一切。」

「大學把我們從家鄉拐來，並讓我們相信我們的未來唯有服侍王冠一途，」羅賓回答，「大學告訴我們，我們是特別的，是萬中選一的，事實則是我們和祖國斷了聯繫，由一個我們永遠不可能真正融入的階級悉心養育。大學讓我們自相殘殺，並讓我們相信唯一的選擇不是狼狽為奸，就是流落街頭，這才不是什麼恩惠呢，史特林，這是殘忍無情，所以別叫我要愛我的主人。」

史特林怒瞪著他，他呼吸非常急促，羅賓心想，這真是太詭異了，他竟然會這麼激動，他雙頰發燙，額頭也開始冒汗，汗珠閃閃發光，羅賓在想，為什麼白人在有人和他們意見不同時，總是會變得這麼心煩意亂呢？

「你的朋友普萊斯小姐曾警告過我，你已經變得有點狂熱了。」

這還真是赤裸裸的誘餌，羅賓默不作聲。

「繼續講啊，」史特林冷笑道，「你難道不想問問她的事嗎？你難道不想知道為什麼嗎？」

「我知道為什麼，你們這種人很好預測。」

史特林的臉孔因憤怒而扭曲，他站起身，把椅子往前拉，直到兩人膝蓋幾乎碰在一起。

「我們有各種方法可以得到真相，『舒緩』（soothe）這個字便是來自原始日耳曼語，意為『真相』，我們再用瑞典文的『sand』合成雛菊鏈，這將會讓你放鬆，讓你卸下防備，撫慰你，讓你哼起歌來。」史特林靠向前，「但我總是覺得這組配對很無聊。」

「你知道『痛苦』（agony）這個詞是從何而來的嗎？」他在外套口袋中摸索，接著拿出一副銀手銬，擺在膝蓋上，「是來自希臘文，先透過拉丁文，再來是古法文，希臘文中的『agōnia』表示一種比賽，起初是運動員的運動集會，要一直到很後來才得到苦難的意思。但我是從英文譯回希臘文，所以銀條會知道要引發苦難，而非消除，是不是很聰明啊？」

他對手銬露出滿意的笑容，笑容中沒有任何惡意，只有一種愉快的得意洋洋，因為他可以拆解古代語言，並依據他想要的目的重新調整，「我們花了點時間實驗才搞定，但現在已經達成完美效果了，這絕對會很痛，羅賓．史威夫特，就跟下地獄一樣，我曾經試過，只是出於好奇，這並不是表層的痛苦，你瞧，這不像是被利刃捅到，甚至也不像烈焰焚身。而是在你腦內，就像你的手腕四分五裂，一遍又一遍，只不過痛苦並沒有上限，因為你在生理上其實沒事，一切都是在你腦海中上演，非常駭人，你當然會極力反抗，面臨這種痛苦，身體絕對會不由自主。但你每次掙扎，痛苦就會加倍，然後再加倍，你想要自己體驗看看嗎？」

我好累，羅賓心想，我真的好累，我寧願你一槍斃了我。

「來吧，讓我來，」史特林站起來，接著跪在他身旁，「試試看這個。」

手銬啪一聲銬上，羅賓放聲尖叫，他無法克制，他本來想保持沉默，不讓史特林稱心如意，可是痛苦實在如此無法承受，他完全無法控制，他全身除了痛苦之外毫無感覺，這比史特林描述的還要糟糕更多。感覺不像是他的手腕要斷了，感覺像是有人正把厚重的鋼釘敲進他骨子裡，直接敲進骨髓，而他每次扭動，雙手亂揮想要掙脫，痛苦就更加劇。

控制，他腦中有個聲音說道，聲音聽起來像葛瑞芬，控制好自己，停下來，會比較不痛——

但痛苦不減反增，史特林沒說謊，痛苦根本沒有極限，每次他覺得就這樣了，要是他再承受一秒鐘，那他就會死掉，但痛苦不知怎地卻越來越強烈，他從來不知道人體可以感受到這樣的痛楚。

控制，葛瑞芬又說了一次。

接著是另一個熟悉到駭人的聲音：這是你的其中一個優點，你被打的時候，不會哭。

要克制，要壓抑，他不是一輩子都在練習這件事嗎？讓痛苦像雨滴一樣從你身上滑落，不要承認，不要反應，因為假裝這沒有發生，便是存活下來的唯一方法。

汗水滴落他的額頭，他努力奮鬥，撐過令人目盲的痛苦，感覺到他的手臂，然後靜止不動，這是他這輩子做過最困難的事，感覺就像是強迫把自己的手腕移到槌子下方。

但痛苦消退了，羅賓向前癱倒，上氣不接下氣。

「不錯嘛，」史特林說，「那就看看你能撐多久囉，同時我還有另一樣東西要給你看。」他從口袋拿出另一根銀條，朝下遞到羅賓面前，銀條左側寫著「φρήν」，「我不覺得你學過古希臘文，葛瑞芬成績很爛，可是我聽說你是個好學生，那你應該會知道『phren』代表什麼，就是智慧和情緒所在的位置。只不過希臘人並不覺得這是位在腦中，比如荷馬就曾提過，他認為『phren』是位在胸口。」他把銀條放進羅賓的前口袋，「想像一下這能幹什麼吧。」

他縮回拳頭，然後用力朝羅賓的胸骨揮了一拳。

身體上的折磨沒那麼糟，比較像是沉重的壓力，不是劇烈的痛楚，可是當史特林的指關節碰到他胸口的那一刻，羅賓的腦子就炸開了：感受和回憶全都泉湧了上來，他埋藏的一切，他擔心和害怕的一切，他不敢承認的所有真相。他是個喋喋不休的笨蛋，渾然不知自己說了些什麼，他嘴裡同時吐出中文和英文，沒有邏輯，也沒有順序，雷米，他說道，或是他想著，他不知道，雷米、雷米、我的錯、父親、我父親、我父親、我母親，我看著三個人在我眼前死去，卻沒有一次可以出手相助——

他模模糊糊感受到史特林在慫恿他，試圖引導他泉湧而出的囈語，「赫密士會，」史特林不斷重覆，「跟我說說赫密士會。」

「殺了我吧，」他倒抽一口氣，他是真心的，在這個世界上，他再也不想要任何東西了，心靈不應該擁有這麼多感受的，只有死亡可以讓這場合唱沉默，「上帝啊，**殺了我吧**——」

「噢，不可能的，羅賓．史威夫特，你不可能這麼輕易就脫身，我們不想要你死，這和我們的目的相悖。」史特林從口袋拿出一副懷錶看了看，然後朝門邊豎起耳朵，彷彿在傾聽什麼，幾秒鐘後，羅賓便聽見薇朵瓦的尖叫聲，「但她就不一樣囉。」

羅賓將身下的雙腿併攏，往史特林的手腕撲去，史特林閃到一旁，羅賓直接撞到地上，臉頰重重撞上石地，手銬在他手腕上收緊，他的手臂再次爆出停不下來的痛楚，直到他蜷縮成一團，喘著大氣，用上每一分心神保持不動。

「事情是這樣運作的，」史特林在羅賓眼前晃起錶鏈，「告訴我你所知有關赫密士會的一切，然後這一切就會停止，我會拿下手銬，並放你朋友自由，一切都會沒事的。」

羅賓怒瞪著他，劇烈喘息。

「告訴我，這就會停止。」史特林再次重覆道。

舊圖書館已經不在了，雷米死了，安東尼、凱西、威瑪、伊爾莎，很可能也全都死了，他們殺光了其他人，蕾緹是這麼說的，那還有什麼可以逼供的？

還有葛瑞芬，一個聲音說道，還有信封裡的那些人，還有其他你不知道的無數人，而重點就在這裡，他並不知道外頭還有誰，或是他們在做什麼，且他也不能冒險供出任何會讓他們置身險境的情報，他過去曾犯過一次相同的錯，他不能再度辜負赫密士會。

「快告訴我，不然我們就斃了那女孩。」史特林把懷錶在羅賓面前晃啊晃的，「再一分鐘，到了三十分時，他們就會對她腦袋開一槍，除非我叫他們停手。」

「你在說謊。」羅賓上氣不接下氣。

「我沒有，五十秒。」

「你才不會。」

「我們只需要你們其中一個活著就好，而她比較倔強，不好處理，」史特林又晃晃懷錶，「四十秒。」

他在虛張聲勢，一定是在嚇唬人而已，他們不可能計時計得這麼精確，而且他們應該會想要他們倆都活著，兩個情報來源總比一個好吧，不是嗎？

「二十秒。」

他狂亂地思索一個可以蒙混過去的謊言，只要能停止計時就好，「還有其他學校，」他呼吸急促，「其他學校還有聯絡人，停下來——」

「啊，」史特林收起懷錶，「時間到了。」

走廊深處，薇朵瓦還在尖叫，羅賓聽見一聲槍響，尖叫聲戛然而止。

「感謝上帝，」史特林說，「還真會叫。」

羅賓再次撞向史特林的雙腿，這次奏效了，他出奇不意逮個史特林正著，兩人一起摔到地上，羅賓在史特林上方，把銬著的雙手舉到頭上，然後把拳頭砸向史特林的額頭、他的肩膀、所有他砸得到的地方。

「痛苦，」史特林喘著氣說道，「Agōnia。」

羅賓手腕的痛楚再次加倍，他看不見了，他沒辦法呼吸，史特林掙扎著離開他身下，羅賓往側邊倒去，就要窒息，淚水流下他的臉頰，史特林聳立在他上方好一會兒，邊大口喘著氣，然後抬起一隻腳，瞄準羅賓的胸骨用力一踹。

痛苦、潔白熾熱、令人目盲的痛苦，除此之外，羅賓什麼都感覺不到了，他甚至都沒有氣尖叫，完全無法控制他的身體，毫無尊嚴，他雙眼茫然，嘴唇鬆垂，口水都滴到地板上了。

「老天啊，」史特林邊挺起身子，邊調整他的領帶，「理查是對的，真是禽獸，你們這種人。」

*

接著羅賓便再次孤身一人，史特林沒有說他什麼時候會回來，或是羅賓接下來會怎麼樣，只有浩瀚無窮的時間和黑幽幽的哀慟吞噬一切，他不斷哭泣，直到內心空空如也，他也不斷尖叫，直到連呼吸都會痛。

有時痛苦的浪潮會稍稍消退，讓他覺得他可以組織自己的思緒，評估他的處境，思索下一步，接下來會怎麼樣呢？還有可能獲得勝利嗎，還是只能求生？但是雷米和薇朵瓦滲入了他的每個念頭，每一次他才瞥見一眼未來，他就想起未來不會有他們，然後淚水便再次潰堤，令人窒息的哀慟之靴再次壓上他的胸口。

他也考慮過自殺，這不會太過困難，他只要用足夠的力道拿頭去撞石牆就好了，或是想出某種方式用手銬勒死自己，其中的痛苦並沒有嚇到他，他全身感覺都頗為麻木，他這輩子看似不可能再感覺到任何事物了，除了這種排山倒海而來的溺水感之外，而且或許，他心想，死亡就是唯一能浮出水面的方式。

他甚至都不需要自己來，等他們從他腦中擰出所有能得到的一切之後，他們難道不會在法庭上審判他，然後絞死他嗎？他少年時期曾在紐卡索看過一次絞刑，他某次到城市旅行時看見人群聚集在絞刑架附近，當時他不知道自己在看什麼，只是受到人群吸引。平台上有三個人排成一列，他記得板子滑開的重擊聲，還有他們的脖子突然間啪地折斷，他也記得聽見有些人咕噥著失望，因為死者並沒有踢腳。

死於絞刑的過程應該會很快，甚至可說是輕易又無痛，他為自己竟然這麼想感到內疚，這樣還很自私，雷米曾經說過，你才不能這麼容易就脫身呢。

但是看在上帝的份上，他到底還活著幹嘛啊？羅賓看不出來他從此刻開始所做的一切究竟有何意義，他陷入全然的絕望之中，他們失敗了，他們如此徹頭徹尾地失敗了，已經什麼都不剩了。如果他在這輩子剩下的幾天或幾週中還苟延殘喘活著，那也完全只是因為雷米，因為他並不值得這麼輕易就解脫。

時間緩緩流逝，羅賓漂流在半睡半醒之間，痛苦和哀慟使他根本不可能好好休息，可是他很累了，真的很疲累，而他的思緒盤旋流轉，成了夢魘般的清晰回憶，他再度回到海拉斯號上，說出引發這一切的那些話語，他往下盯著他的父親，看著鮮血從胸腔的殘骸中汩汩流出。而這真是齣無懈可擊的完美悲劇，不是嗎？這是個古老的弒親故事，希臘人愛死弒親故事了，切斯特老師最愛這麼說，他們喜愛這類故事無窮的敘事潛力，以及其中援引的傳承、驕傲、榮譽、支配，他們喜歡這類故事激起所有可能情緒的方式，因為這和人類存在的最基本宗旨是如此的背道而馳。某個存在創造了另一個，並運用自身的形象塑造和影響，兒子成了父親，接著又取代了父親，如同克洛諾斯摧毀了烏拉諾斯，宙斯又摧毀了克洛諾斯，最後也變成了祂。但羅賓從來都不羨慕他的父親，從來都不想從他身上獲得任何東西，除了認可之外，而且他也痛恨看見自己映照在那張冷冰冰的死去臉龐上，不，他沒死，重現生機、陰魂不散的勒維教授挑釁地望著他，在他身後，鴉片在廣州的海岸上燃燒，熾熱、轟然、甜膩。

「起來，」勒維教授說，「快點起來。」

羅賓驚醒過來，他父親的臉孔變成了他哥哥的臉孔，葛瑞芬聳立在他上方，一身煤灰，在他身後，牢房門已經被炸成碎片。

羅賓目不轉睛盯著，「是怎麼——」

葛瑞芬揮舞著一根銀條，「同樣的老把戲，無形。」

「我以為這對你沒用。」

「超好笑的，對吧？坐起來。」葛瑞芬在他身後跪下，開始弄羅賓的手銬，「你那次第一次說出來之後，我終於搞懂了，就像我這輩子都在等某個人說出那些字一樣。天啊，孩子，誰對你這麼做的？」

「史特林．瓊斯。」

「我想也是，渾蛋。」他撥弄鎖頭撥了一陣子，金屬深陷在羅賓的手腕中，羅賓痛得一縮，用盡全力不要亂動。

「啊，靠。」葛瑞芬在背包裡翻找，然後掏出一把大剪刀，「我要直接剪斷了，別動。」羅賓感覺到一股痛苦又劇烈的壓力，然後空無一物，他的雙手重獲自由，雖然還銬著，但已不再綁在一起。

痛苦退去，他因為獲得解救癱軟了下來，「我以為你在格拉斯哥。」

「我收到消息時人已經在八十公里之外了，我接著逃出來等待，然後跳上我能搭到的第一班火車回來。」

「收到消息？」

「我們有我們的方法，」羅賓這時才注意到，葛瑞芬的右手夾雜著蒼白和紅腫的色澤，看起來像是燒傷，「安東尼沒有多說，他只是發出了緊急信號，但我猜到事情出錯了。再來，巴別塔學院的謠言都說他們把你們一行人關到這裡，所以我就略過舊圖書館，直到來這裡，反正無論如何都可能會很危險。還好賭對了，安東尼人呢？」

「他死了。」羅賓回答。

「我知道了。」葛瑞芬的臉龐起了某種波動，但他眨了眨眼，表情便恢復了以往的鎮定，「那其他人——？」

「我想他們全都死了，」羅賓覺得很可恥，他無法直視葛瑞芬的雙眼，「凱西、威瑪、伊爾莎，所有在圖書館的人，我沒有親眼看見他們死去，不過我聽見槍聲，然後我就再也沒看到他們了。」

「沒有其他倖存者嗎？」

「還有薇朵瓦，我知道他們帶走了薇朵瓦，但——」

「她在哪裡？」

「我不知道。」羅賓悲慘地回答，她可能死在她的牢房裡，他們可能已經把她的屍體拖到外頭，丟進隨便哪個淺坑中了，他沒辦法說出這些話來解釋，這樣他絕對會崩潰。

「那就去看看吧，」葛瑞芬抓住他的肩膀，用力晃了晃，「你的腳沒事吧，可以嗎？來吧，站起來。」

走廊奇蹟般地空無一人，羅賓左顧右盼，滿心困惑，「守衛都去哪了？」

「我擺脫他們了。」葛瑞芬敲敲皮帶上的另一根銀條，「是『爆炸』（explode）的雛菊鏈，拉丁文中的『explōdere』是個劇場術語，指的是透過拍手把演員趕下台，我們從這裡得到了古英文的意思『大聲拒絕或驅趕』，要一直到現代英文我們才多了爆炸的意思。」他看來對自己頗為滿意，「我拉丁文比中文還好。」

「所以這沒有把門給炸爛？」

「沒有，只是產生了轟然巨響，把所有聽到的人都吸引走了，我讓他們全部跑去二樓，然後再偷偷爬上來這裡，並把門在背後鎖上。」

「那門上的洞是怎麼回事？」

「只是火藥啦，」葛瑞芬拖著羅賓前進，「不能什麼都靠銀條，你們學者總是會忘記這點。」

他們搜索了走廊上的每間牢房，尋找薇朵瓦的蹤影，大多數都是空的，他們邊沿著走廊往下走，羅賓心中便越發恐懼，他不想看，他不想看到被血浸濕的地板，或是更糟糕的，她癱軟的身體就這麼被留在原地，頭上則是個貫穿的彈孔。

「在這邊，」葛瑞芬從走廊盡頭喊道，他用力敲著牢門，「快醒醒，親愛的。」

聽見薇朵瓦含糊的回應時，羅賓差點因為鬆了口氣暈倒，「是誰？」

「妳可以走路嗎？」葛瑞芬問道。

這次薇朵瓦的聲音更清楚了，她肯定是來到了門邊，「可以。」

「妳受傷了嗎？」

「沒有，我還好。」薇朵瓦聽起來一頭霧水，「羅賓，是你——？」

「我是葛瑞芬，羅賓也在這，別擔心，我們會把妳弄出來的。」葛瑞芬把手伸進口袋，拿出一個看起來像是簡易手榴彈的東西，是個瓷製的球體，約為板球的四分之一大，其中一端連著引信。

羅賓心想，這也太小了吧，「這可以炸穿鋼鐵嗎？」

「不需要，門是木頭做的，」葛瑞芬提高音量，「薇朵瓦，躲到最遠的角落去，然後蹲下，把頭縮到手臂跟膝蓋之間。準備好了嗎？」

薇朵瓦大喊好了，葛瑞芬便把手榴彈放在門旁的角落，用火柴點燃，然後匆匆拖著羅賓在走廊上退了好幾步，幾秒鐘後手榴彈就爆炸了。

羅賓邊咳嗽邊把煙霧從臉上揮開，門並沒有被炸爛，若是那麼大的爆炸肯定會炸死薇朵瓦，不過門底炸出了一個洞，大小剛好夠讓一個小孩爬過，葛瑞芬踢踢燒焦的木頭，直到幾塊更大塊的木片掉了下來，「薇朵瓦，妳可以——」

她邊咳嗽邊爬了出來，葛瑞芬和羅賓一人抓住她一邊手臂，在剩下的過程中把她給拉出來，當她終於滑出來後，她雙膝跪在地上，然後便雙臂抱住羅賓，「我還以為——」

「我也是。」他低聲說道，緊緊抱著薇朵瓦，感謝上帝，她幾乎毫髮無傷，她的手腕有點擦傷，但並沒有上銬，身上也沒有血跡或槍傷的傷口，史特林確實是在虛張聲勢。

「他們說他們斃了你，」她緊緊靠在羅賓胸口，渾身顫抖，「噢，羅賓，我聽見一聲槍聲——」

「妳有——？」他無法問完問題，馬上就後悔自己這麼問，他不想知道答案。

「沒有，」她喃喃說道，「對不起，我以為，畢竟他們都抓到我們了，我就以為……」她的聲音都破了，並把視線別開。

他了解她的意思，她選擇犧牲他，但這並沒有像預期中一樣傷人，而是澄清了事實，在眼前面臨的風險之下，和他們選擇的志業相比，他們的性命是多麼微不足道。他看見她開始道歉，可是接著他卻領悟了，很好，他心想，她沒有什麼好道歉的，因為他們兩人之間，只有一人拒絕崩潰。

「大門在哪個方向？」薇朵瓦問。

「往下四樓，」葛瑞芬回答，「守衛全都困在樓梯井裡了，但他們很快就會掙脫。」

羅賓從走廊盡頭的窗戶往外望，發覺他們離地面頗遠，他原先以為他們被關在位於格羅斯特綠地的市監獄，但那棟建築只有兩層樓高，從他們所在之地，地面看起來遙遠無比，「我們人在哪裡？」

「牛津城堡，」葛瑞芬邊說邊從背包拿出一捆繩索，「北塔。」

「沒有另一座階梯嗎？」

「沒有，」葛瑞芬朝窗戶點了點頭，「用手肘把玻璃敲破吧，我們要來爬牆啦。」

葛瑞芬率先往下降，接著是薇朵瓦，最後是羅賓，往下爬比葛瑞芬表現出的樣子還要難上許多，爬到最後三公尺，羅賓的手臂沒力了，滑得太快，繩索於是在他手掌上留下熱辣辣的傷痕。而到了外頭，葛瑞芬看來很顯然搞出了比轉移注意力更嚴重的事，牛津城堡的整個北面都陷入熊熊火海，火焰和濃煙迅速擴散到整座建築。

葛瑞芬光憑一己之力就能做出這些事嗎？羅賓側眼望著他的哥哥，彷彿看見了一個陌生人，每次羅賓遇見葛瑞芬，葛瑞芬在他的想像中都會變成新的形象，而眼前的版本是最為嚇人的一次，這個冷酷又銳利的男人，眼睛眨都不眨，大氣都不喘一下就能開槍、殺人、放火。這是他第一次將他哥哥對暴力的抽象承諾，和實質的效果連在一起，而一切感覺都非常棒，羅賓不知道他是害怕葛瑞芬，還是敬佩他純然的能力。

葛瑞芬從背包掏出兩件全黑的斗篷扔給他們，從遠處看來，有點像是警方穿的那種，然後領著他們沿著城堡的側邊前往主街，「走快一點，不要回頭看，」他低聲說道，「他們全都分心了，冷靜下來，快速行動，我們會平安無事離開這裡的。」

而有那麼一刻，逃脫似乎真有可能這麼容易，整座城堡廣場看來都已遭到遺棄，所有哨站都竄出火焰，高聳的石牆也投下許多陰影，可以供他們藏身。

他們一行人和城門之間只隔著一道挺立的人影。

「explōdere」，史特林．瓊斯朝他們走來，步履蹣跚，他的頭髮燒焦了，高貴的臉龐滿是擦傷和血跡，「聰明哦，沒想到你的拉丁文有這麼好。」

葛瑞芬在羅賓和薇朵瓦面前伸出一手，彷彿在替他們阻擋進犯的野獸，「哈囉，史特林。」

「我看你已經來到搞破壞的新里程碑了，」史特林稍稍比了比城堡，在黯淡的街燈之下，他覆滿血跡的淺色頭髮，以及大衣上灰白色的塵埃，使他看來頗為癲狂，「你殺了艾薇難道還不夠嗎？」

「艾薇自己選擇了她的命運。」葛瑞芬吼了回去。

「對一個殺人兇手來說，這還真是大言不慚啊。」

「**我**算殺人兇手？在緬甸發生的事之後？」

「她手無寸鐵——」

「她知道自己幹了什麼好事，你也是。」

羅賓明白，兩人之間一定曾發生過什麼事，是什麼遠超過兩人屬於同一屆學生的事，葛瑞芬和史特林對話中的親密，是老友陷入錯綜複雜愛恨交織的那種親密，而他並不知情，是某件已經醞釀許多年的事。他並不知道他們之間的故事，但葛瑞芬和史特林顯然已經期待這場對質很長一段時間了。

史特林舉起他的槍，「是我現在就會把手給舉起來。」

「三個目標，」葛瑞芬回答，「只有一把槍，你瞄準的是誰啊，史特林？」

史特林必定知道他寡不敵眾，但他似乎不在乎，「噢，我想你知道的。」

一切在電光石火間結束，羅賓根本就沒意識到發生了什麼事，葛瑞芬掏出他的左輪手槍，史特林則舉槍瞄準葛瑞芬的胸口，他們肯定是同時扣下扳機，因為劃破夜空的槍響聽起來只有一聲，兩人同時雙雙癱倒在地。

薇朵瓦放聲尖叫，羅賓雙膝跪地，扯著葛瑞芬的外套，猛拍他的胸口，直到在他左肩找到逐漸擴大的濕滑血漬，肩傷不會致命的，對吧？羅賓試圖回想他從冒險故事裡學到的片段知識，人可能會流血致死，但要是及時獲救就不會，如果有人成功幫忙止血，時間長到可以包紮好傷口，或縫合起來，或不管醫生是怎麼做來治療肩膀的槍傷——

「口袋，」葛瑞芬倒抽一口氣，「在前口袋——」

羅賓在他前口袋中翻找，掏出一根細銀條。

「試試看這個，我刻的，不知道會不會有——」

羅賓念出銀條上的文字，然後把銀條壓在他哥哥的肩膀上，「修，」他呢喃道，「治療。」

修，就是修復，不僅是治療，而是修補，把傷害補好，殘暴又機械性地把傷口給修好。意義的扭曲雖然細微，但確實存在，會有用的，而且有什麼事情正在發生，他在手掌下方感覺到了，殘破的血肉縫合了起來，骨頭重新生長的喀啦聲。但是鮮血不願停止，噴滿了他的雙手，浸透了銀條，染透了白銀，有哪邊出錯了，血肉雖然在移動，卻不肯合在一起，是子彈卡在裡面，可是太深了，他拔不出來。「不要，」羅賓乞求道，「不可以，拜託——」不要再一次，不要是第三次，他有多少次注定必須伏在即將死去的軀體上，看著一條生命流逝，卻無能為力挽回？

葛瑞芬在他身下扭動，臉龐因痛苦而扭曲，「停下來，」他哭求，「不，就這樣讓——」

「有人來了。」這時薇朵瓦說。

羅賓覺得動彈不得，「葛瑞芬——」

「走吧。」葛瑞芬臉色慘白，近乎綠色，「χλωρός」，羅賓愚蠢地想著，這是他腦中唯一能消化的資訊，是一段針對顏色翻譯瑣碎討論的回憶，他發現自己想起克拉芙特教授是如何質問他們為什麼總是一直把「χλωρός」翻譯成「綠色」，荷馬明明也會用這個字形容嫩枝、蜂蜜、因驚恐而蒼白的臉龐，細節全都歷歷在目。那麼詩人只是色盲囉？不是，克拉芙特教授當時假設，也許這就只是蒼翠大自然的顏色，是翠綠生命的顏色，可是這不可能是正確的，因為葛瑞芬身上病態的綠色，只可能代表死亡的肇始。

「我在試了——」

「不，羅賓，聽著，」葛瑞芬痛苦抽搐著，羅賓緊緊抱著他，已徹底無能為力，「事情不是你以為的那樣，赫密士會，安全屋，薇朵瓦知道在哪，她知道該怎麼做，還有我背包裡，無形，有個——」

「他們要來了，」薇朵瓦催促道，「羅賓，是警察，他們會看到我們——」

葛瑞芬將他推開，「走吧，快跑——」

「不。」羅賓把手滑到葛瑞芬身下，但葛瑞芬實在太重了，而他自己的手臂又這麼虛弱，鮮血灑滿他的雙手，味道鹹鹹的，讓他視野一陣天旋地轉，他試著把他哥哥撐起來，兩人卻倒向一邊。

形。」

葛瑞芬呻吟道，「不要……」

「羅賓，」薇朵瓦抓住他手臂，「拜託你，我們必須躲起——」

羅賓把手伸進葛瑞芬的背包，四處摸索，直到感覺到銀條冰冷的觸感，「無形，」他低語道，「隱形。」

羅賓和薇朵瓦的身影開始搖曳，接著消失，此時三名警察正好跑下廣場。

「老天啊，」其中一人說，「是史特林．瓊斯。」

「他死了嗎？」

「他沒有在動。」

「這一個還活著，」另一個人彎身查看葛瑞芬，布料沙沙作響，是掏槍的聲音，接著是一聲驚訝的尖笑，漫不經心的一句話，「不要，他還——」

扳機的喀噠聲。

「不要。」羅賓幾乎要叫出聲來，但薇朵瓦一手死死摀住他的嘴巴。

槍響大如砲聲，葛瑞芬劇烈抽搐，便動也不動了，羅賓往前一跪，張嘴尖叫，但他的哀慟寂靜無聲，他的痛苦無影無形，他已經魂不附體，無法出聲，而雖然他經歷了這樣撕心裂肺的哀慟，讓他應該要對著整個世界尖叫，痛打甚至撕裂整個世界，就算不行，那至少也該對他自己這麼做，可是他卻動彈不得，在廣場淨空之前，他能做的就只有等待，還有靜靜觀看。

守衛終於離開之後，葛瑞芬的屍體已經慘白得恐怖，他的眼睛還睜著，眼神呆滯，羅賓把手指壓在他脖子上，想尋找脈搏，心裡卻深知他絕對找不到，衝擊這麼直接，又是在這麼近的距離。

薇朵瓦站在他身旁，「他是不——」

「對。」

「那麼我們必須離開了，」她邊說邊抓住他的手腕，「羅賓，我們不知道他們什麼時候又會回來。」

他站起身，心想這是多麼糟糕的場面，葛瑞芬和史特林的屍體相鄰躺在地上，身下都是一片血池，在大雨下匯聚在一起，某種愛情故事在這座廣場中畫下句點，某種邪惡的糾葛，結合慾望、憤恨、忌妒、恨意，以艾薇之死展開，並以葛瑞芬之死作結。故事細節朦朧曖昧，羅賓永遠無法得知全貌[97]，他只能確定，這並不是葛瑞芬和史特林第一次試圖要殺死對方，只是第一次有其中一人成功而已，而故事主角現在都已經死了，循環也終結了。

「我們走吧，」薇朵瓦再次催促，「羅賓，快沒時間了。」

就這樣把他們留下，感覺大錯特錯，羅賓至少想要把他哥哥的屍體移走，放在某個寧靜又隱密的地方，闔上他的雙眼，並把他的雙手好好擺在胸口，可是眼前剩下的時間只夠他們逃跑，把這場大屠殺的景象拋諸腦後。

97　原註1：比如他便永遠不可能知道，曾經有段時間，葛瑞芬、史特林、安東尼、艾薇，就和羅賓他們一樣，把他們一行人想成是永遠不會分離的小團體，或是葛瑞芬和史特林有次曾因為艾薇起了爭執，開朗、活潑、才華洋溢、又美麗的艾薇，還有葛瑞芬真的絕對不是有意要殺了艾薇的。葛瑞芬重新回憶起那晚時，把他自己塑造成一個冷靜又從容不迫的殺人兇手，但是真相其實是，就跟羅賓一樣，他想都沒想就痛下殺手了，出於憤怒，也出於恐懼，可是不是出於惡意，他甚至根本就不真的相信銀條會有用，因為銀條只有偶爾才會聽令於他，他根本不知道自己做了什麼，直到艾薇倒在地上，血如泉湧。羅賓也永遠不可能知道，葛瑞芬並不像他一樣，在事發之後沒有同伴可以依靠，沒有人可以幫忙他消化這次暴力帶來的震驚，所以他就這麼將暴力吞下，蜷縮在其身旁，使其成為他自己的一部分。而即便對其他人來說，這可能會是邁向瘋狂之路的第一步，葛瑞芬·勒維卻反倒將這種殺戮的能力，削成一種尖銳又必要的武器。

第二十五章

「而我孤身一人被所有生者拋下，困在這幽閉又可怕的罪行之中。」

——湯瑪斯・勒維・貝多斯，《死亡笑話集》

羅賓不記得他們是怎麼避人耳目逃出牛津城堡的，他的心神已和葛瑞芬一同逝去，沒辦法做決定，甚至都不知道自己身在何處，他能做的，最多就只有一步又一步，盲目地跟著薇朵瓦，無論她帶著他們往哪裡去：進入森林，穿越灌木和荊棘，下到一座河岸等待，在爛泥中依偎在一起，野狗狂吠著經過，接著再往上來到一條蜿蜒的小徑，回到市中心來。只有等到他們回到熟悉的景物之中，幾乎要接近巴別塔學院和拉德克里夫圖書館的陰影之下，他才恢復自持，並開始評估他們即將要前往的地方。

「這樣不會有點太接近嗎？」他問，「我們要不要試試看運河……？」

「不要走運河，」薇朵瓦低聲回答，「那會把我們直接帶往警察局。」

「但我們為什麼不要去科茲窩？」他不知道他腦中為什麼會想到牛津西北部，充滿起伏空蕩平原及樹林的科茲窩丘陵，那裡感覺就像是逃亡應該要去的地方，也許他曾在什麼廉價恐怖故事中讀過，所以自此之後就覺得科茲窩是個逃犯窩藏之處吧，但總之那裡一定比牛津市中心還好。

「他們會到科茲窩去找我們，」薇朵瓦說，「他們預期我們會逃跑，會帶狗去樹林裡搜索，再說，市中心附近也有間安全屋——」

「不行，我們不能去那，我供出那間了，勒維知道，所以普萊費爾他一定也——」

「還有另一間，安東尼帶我去過，就在拉德克里夫圖書館旁邊，穹頂咖啡後面有個隧道入口，跟我走就對了。」

他們接近拉德克里夫的方院時，羅賓可以聽見遠處的狗吠聲，警方肯定發動了全市的大搜捕，每條街道一定都有人狗仔細搜尋他們的行蹤。但是突然之間，他竟荒謬地覺得根本沒必要趕緊逃跑，因為他們手上有葛瑞芬的「無形」銀條，他們隨時都可以消失無蹤。

而夜晚的牛津依然如此寧靜祥和，仍然像是個他們能夠安全待著的地方，逮捕是不可能發生的，這裡看起來仍舊像是一座從過往鑿刻出的城市，擁有歷史悠久的尖塔和角塔，柔和的月光照在古老的石頭和磨損的鵝卵石路上。牛津的建築物依舊令人如此安心，厚重、堅強、古老、永恆，從拱窗中散發出的光線仍然承諾著裡頭的暖意、古書、熱茶，同樣讓人想起閒適的學者生活，想法在此只是抽象的消遣，可以隨意討論，不用擔心後果。

但這個夢已經四分五裂了，一直都是建立在謊言之上，他們沒有任何人曾經擁有過一絲機會，能夠真正屬於這裡，因為牛津只想要一種學者，就是出生與教養都是為了周旋在牛津替自身創造權位的那種，其他人則會遭到生吞活剝，然後連根骨頭也不剩拋到一旁。這些高聳雄偉的建築都是以販售奴隸獲得的錢財建造，而維護其運作的白銀，則是沾染著來自波托西礦坑的鮮血，是在令人窒息的冶煉廠中提煉，當地勞工只會獲得微薄的薪資，然後白銀便搭上船隻，橫越大西洋來到彼岸，並經由翻譯形塑，他們則是從祖國被拐騙來到這片遙遠的異地，從未真正獲准回家。

他真是蠢得可以，竟然曾經以為他可以在這裡生活下來，但他現在知道了，你是不能站在邊界上的，不能在兩個世界之間來來回回，不能一下看見，一下又視而不見，不能像小孩子玩遊戲一樣輪流用手遮住眼睛，你要不是這個機構的一部分，是負責支撐的其中一塊磚頭，不然你就什麼也不是。

薇朵瓦和他十指交纏。

「已經無可救藥了，對吧？」他問。

她捏捏他的手，「沒錯。」

他們的錯誤一直以來都極其明顯，他們以為牛津不會背叛他們，他們對巴別塔學院的依賴是根深柢固又下意識的，在某種層面上，他們依然相信大學本身，以及他們身為學者的地位，能夠保護他們。他們以為，即便所有跡象都背道而馳，但那些因為帝國持續擴張而獲得最大好處的人，還是可能會在內心深處覺悟，決定做對的事。

小冊子，他們還以為可以靠小冊子打贏這場仗。

他差點因為其中的荒謬笑了出來，權力並不在筆尖上，權力並不會違抗自身的利益，要逼迫權力就範，唯有透過使其不再能忽視的反抗行為，藉由殘暴又無所畏懼的力量，藉由暴力。

「我想葛瑞芬是對的，」羅賓喃喃道，「一直以來都必須是巴別塔才對，我們必須把塔攻下。」

「嗯，」薇朵瓦噘起嘴唇，手指緊緊抓著他的，「你覺得該怎麼做？」

「他說這會很容易，他說過他們是學者，不是士兵，他說你需要的就只是一把槍，或許是一把刀。」

她露出苦笑，「這我信了。」

這只是個想法，只是個願望，什麼都不是，但至少是個開始，而這個想法在他們心中生根、成長、展開，直到不再那麼像是個荒唐的幻想，比較像是一個邏輯上的問題，問題在於方法和時間。

整座城市的學生都沉沉熟睡，在他們身旁，大部頭的柏拉圖、洛克、孟德斯鳩著作等著他們來閱讀和比手劃腳地討論；自主和自由這類理論上的權利，也會在那些早已享有的人之間辯論不休，這只不過是些陳腐的概念，在這類經典讀者的畢業典禮結束之後，馬上就會遭到遺忘。這樣的人生，以及相關的所有想法，現在對他而言似乎都與瘋狂無異，他不敢相信曾經有段時間，他生活中最大的擔憂竟然是要從蘭德爾裁縫店訂什麼顏色的領帶，或是在划船練習時，要怎麼咒罵霸佔河面的船屋。而這一切全都是如此庸俗、無意義、瑣碎的消遣，且是建立在正在發生、無從想像的殘忍基礎之上。

羅賓望著月光下的巴別塔學院弧度，望著從許多加固處散發出的點點銀光，心中突然湧上一幅學院變成一片廢墟的景象，極度清晰，他想要學院崩毀，他想要學院就那麼一次，能夠感受到將其不食人間煙火的存在，化為可能的那所有痛苦，「我想要學院覆滅。」

薇朵瓦喉嚨一緊，他知道她想著的是安東尼，是槍聲，是舊圖書館的廢墟，「我要學院陷入熊熊火海。」

第五部

ROYAL INSTITUTE OF TRANSLATION
UNIVERSITY OF OXFORD

插曲

蕾緹

蕾緹西亞．普萊斯並不是個邪惡的人。

也許有點嚴厲吧，冷酷、直接、嚴苛：當一個女孩向世界要求的事物和男人相同，這些詞彙可能就會用來形容她。但這只是因為嚴厲是唯一讓其他人正視她的方式，比起把她當成一隻甜美愚蠢的寵物，受人畏懼和討厭更好，而且也因為學術界尊重剛強，也能忍受殘酷，卻永遠不能接受軟弱。

蕾緹擁有的一切都是她努力奮鬥得來的，噢，旁人光看著她是不可能知道這點的，這朵漂亮的英國玫瑰，這個將軍的女兒，從小在布萊頓的莊園中長大，手邊總有五六名僕人可以差遣，娶了她的人每年還可以拿到兩百英鎊。「蕾緹西亞．普萊斯擁有一切」，倫敦舞會上醜陋又忌妒的女孩如是說，可是在蕾緹之前還有一名男孩出生，林肯，林肯，林肯才是她父親的心肝寶貝。同時她的將軍父親根本就連看她一眼都受不了，因為當他看見她時，他看到的就只有已逝的艾蜜莉亞．普萊斯太太留下的脆弱陰影，她死於生產，就在一間聞起來像大海血氣的房間中。

「我當然不是怪妳，」某個深夜喝了太多紅酒後，他告訴她，「但妳會了解的，蕾緹西亞，為什麼我寧願妳少出現在我身邊。」

林肯注定要上牛津大學，蕾緹則注定要早婚，林肯擁有輪番上陣的家教，全都是剛從牛津畢業，沒有前往其他教區的學生，生日和聖誕節時也會得到別緻的筆、滑順的文具、厚重奪目的書籍。至於蕾緹呢，嗯，他父親對女性識字的意見就是她們只要會簽結婚證書就好了。

但擁有語言天分的是蕾緹，她能夠輕易吸收希臘文和拉丁文，就像英文一樣，她透過自行閱讀學習，還有在林肯的家教時段坐在門外，把耳朵貼在門上偷聽，她強大的心智靈敏迅速，可以記住所有資訊，她用其他女子懷恨在心的方式記住文法規則，並以堅定不移、如數學般的嚴謹去處理語言，還使用純粹的意志力破解了最棘手的拉丁文構造。她哥哥背不起單字時，是蕾緹在半夜逼著他，當他覺得無聊，出外騎馬、打獵、或從事各種男孩的戶外活動時，也是蕾緹負責完成他的翻譯並訂正他的作文。

如果他們的角色對調，世人就會頌揚她為天才，她本來可以變成下一個威廉・瓊斯爵士的。

但她命非如此，她試著為林肯感到高興，把她的希望和夢想投射在哥哥身上，就像那個年代的許多女子所做的一樣，如果林肯成了牛津大學的教授，那她或許可以成為他的秘書，可是他的腦袋就跟糨糊一樣，他討厭他的課程，瞧不起他的教授，覺得那些閱讀都無聊透頂。他所想要的就只有到戶外去，他沒辦法好好坐在一本書前面超過一分鐘，而不會開始坐立不安，而她就只是無法了解他，為什麼一個擁有這麼多機會的人，竟然會拒絕去**運用**。

「如果我上牛津，我會讀書讀到眼眶流血為止。」她告訴他。

「如果妳上牛津，」林肯回答，「世界就知道要發抖啦。」

她愛他哥哥，她真的愛他，但她無法忍受他的不知感恩，他蔑視世界賜予他所有禮物的那種方式，而當結果是林肯無法適應牛津大學時，這幾乎都感覺像是公平了，他在貝里歐學院的教授寫信給普萊斯將軍，抱怨他酗酒、賭博、宵禁未歸。林肯寫信回家要錢，他寫給蕾緹的信則簡短又誘人，讓她得以一窺這個他顯然不懂得欣賞的世界，他寫道：「上課無聊死了，根本就不想去，除非是划船季。不管怎樣，妳明年春天都應該上來一趟，來看看我們的划船比賽。」起初，普萊斯將軍以為這是自然的，是成長的陣痛，沒有多想，年輕男子第一次離家生活，總是需要花點時間調適，放蕩一下有什麼關係呢？林肯會及時重拾書本的。

但情況只是每況愈下，林肯的成績從未進步，他教授寫來的信現在開始不耐煩了，口氣多了幾分威脅，林肯大三放長假回家時，有什麼事情改變了，蕾緹發現，有種墮落降臨，某種永恆又黑暗的東西。他哥哥臉龐浮腫，說話緩慢、傷人、尖酸，整段假期他幾乎都沒跟爸爸和妹妹說半句話，下午他獨自待在房內，一口口穩穩喝完一整瓶蘇格蘭威士忌，晚上他要不是出門，直到清晨才回來，就是和父親爭吵，即便兩人鎖上了書房的門，他們憤怒的聲音仍是穿透了莊園內的每一間房間。「你真是個恥辱。」普萊斯將軍說道，林肯則回嘴：「我痛恨那裡，我一點也不快樂，而且這是你的夢想，不是我的。」

最後蕾緹決定和他對質，那晚林肯離開書房後，她就在外頭的走廊上等待。

「妳是在看什麼看？」他挑釁道，「是來幸災樂禍的嗎？」

「你傷透了他的心。」她說。

「妳才不在乎他傷不傷心呢，妳只是忌妒。」

「我當然忌妒，你擁有一切，一**切耶**，林肯，而我不懂你是著了什麼魔要蹧蹋這一切。如果你的朋友在扯你後腿，那就跟他們斷絕聯絡，如果課程太難，我會幫你的，我會和你一起去，檢查你寫的每一篇文章——」

但他腳步搖搖晃晃，眼神渙散，根本就沒在聽她說話，「去幫我拿瓶白蘭地來。」

「林肯，你到底是發生什麼事了？」

「噢，妳少批評我了，」他噘起嘴唇，「正直的蕾緹，出色的蕾緹，應該要去上牛津的，就差在她雙腿間的那個洞——」

「你真是有夠噁心。」

林肯就只是大笑，然後轉身離去。

「別再回家了，」她在他身後大吼，「你最好是給我滾，你最好是去死。」

隔天早上，一名警官來敲莊園的門，詢問這裡是不是普萊斯將軍的住所，以及他能不能麻煩和他們走一趟，去指認屍體，他們說，駕駛根本沒看到他，甚至都不知道他倒在馬車下方，直到今天早上馬匹嚇了一大跳。昨晚外頭很黑，下著大雨，林肯又喝了酒，在路上遊蕩，將軍可以提告，這是他的權利，但他們懷疑法院會站在他這邊，這是場意外。

自此之後，蕾緹便總是對言語的力量感到害怕又敬畏，她不需要銀條來證明，話語出口有可能會成真。

她父親準備葬禮時，蕾緹寫信給林肯的教授，她在裡面附上了一些她自己的文章。

可是即便成功入學，她在牛津大學仍是承受了一千零一種侮辱，教授對她的態度高高在上，好像她很笨一樣，職員則一直想看透她的襯衫底下，她每次去上課都要走上很長一段路，令人憤怒，因為學校強迫女性住在北方將近三點二公里外的一棟建築中，女房東似乎還把她的租客跟女傭搞混了，如果她們拒絕掃地就會大吼大叫。在教職員派對上，學者會直接無視她，伸手和羅賓或雷米握手，如果她開口說話，他們就會假裝她不存在，要是雷米糾正某位教授，那他就是勇敢又優秀，但要是換成蕾緹做同樣的事，那她就是在火上加油。假如她想要在博德利圖書館借書出去，她就需要雷米或羅賓在場同意，還有要是她想獨自在晚上出門散步，又不想擔心受怕的話，那她就必須穿的像個男人，走路也得像個男人一樣。

這一切她都不意外，畢竟她是名女性學者，還身在一個用來形容瘋狂的詞彙是源自子宮的國家中，這只是令人勃然大怒，她的朋友們總是在說他們身為外國人遭受的歧視，但怎麼就沒有任何人在乎，牛津大學對女性其實也同樣殘忍呢？

但是即便一切如此，看看他們，他們人在這裡，排除萬難，成長茁壯，他們來到了城堡之中，他們在這裡有個位置，可以超越他們的出身，如果他們好好把握，那他們就有機會成為某些受到讚揚的例外，而他們對此除了永遠誠心感激之外，還能有什麼感受呢？

可是突然之間，在廣州發生的事之後，他們全都說著一種她無法理解的語言，蕾緹剎那間成了局外人，而她無法忍受，不管她多麼努力嘗試，她似乎都沒辦法破解密碼，因為每次只要她一發問，回答永遠都會是：「這不是很明顯嗎，蕾緹？妳難道看不出來嗎？」不，她**真的**看不出來，她覺得他們的信念很荒唐，根本是愚蠢的極致，她認為帝國是勢不可擋的、未來無可改變、反抗毫無意義。

他們的信念令她困惑，為什麼，她在想，你們要一頭衝向一堵磚牆呢？

然而，她依舊幫助他們、保護他們、守護他們的祕密，她愛他們，她會願意為了他們殺人，而且她也試著不要相信他們最糟糕的那些部分，那些她的成長過程和教養，會讓她相信的事物。他們並不野蠻，也沒有比較次等，不是很容易就能洗腦說服，也不忘恩負義，他們就只是受到誤導而已，這真是不幸又糟糕。

不過，噢，她真的很痛恨看著他們重蹈林肯的覆轍。

他們怎麼會看不出來自己有多幸運呢？能夠獲准進入這些神聖的廳堂，可以從他們童年卑劣的教養晉升到皇家翻譯學院這令人目眩神迷的高度！他們所有人全都竭盡全力，才贏得牛津大學教室中的座位，她每天坐在博德利圖書館中，翻過各種沒有她譯者的特權，就不能從書架借閱的書籍，就因自己的幸運感到飄飄然。蕾緹成功擊敗了命運才來到這裡，他們全都一樣。

所以這到底有什麼好不知足的？他們打敗了體制，看在上帝的份上，他們到底為什麼也這麼渴望要把體制也一併摧毀呢？為什麼要恩將仇報？為什麼要拋下一切？

「但還有更嚴重的事物處於存亡關頭，」他們這麼告訴她，紆尊降貴、高人一等，彷彿她是個嬰兒，好像她一無所知一樣，「這是全球不公不義的問題，蕾緹，是在掠奪剝削世界其他地方。」

她再次試著把她的偏見放到一旁，保持開闊的心胸，去了解究竟是什麼讓他們如此困擾，她一次又一次發現她的道德觀受到質疑，而她也次次重申她的立場，就像是要證明她其實真的不是個壞人。她當然不支持這場戰爭，她當然反對所有形式的偏見和剝削，她當然是和廢奴主義者站在同一邊的啊。

她當然也可以支持遊說，推動改變，只要過程和平、得體、文明就好。

但接著他們開始說起什麼黑函，說起綁架、暴動、炸毀船塢，這真是邪惡、暴力、又糟糕，而她無法忍受，看著那個可怕的葛瑞芬．勒維說話，他眼中閃爍的得意，還要看著雷米，她的雷米，連連點頭同意，她真是不敢相信，不敢相信他變成什麼樣子，不敢相信他們全都變成了什麼樣子。

他們掩蓋一起謀殺難道還不夠糟糕嗎？難道她還必須和他們狼狽為奸，犯下更多謀殺案？

這就像是大夢初醒，像是被潑了冷水，她到底在這裡幹嘛？她**相信**的到底是什麼？這不是什麼崇高的奮鬥，只不過是共同的妄想罷了。

這條路沒有未來可言，她現在看清了，她之前是上當了，竟然被拐進這病態的騙局中，但這只會以兩種方式作結：不是坐牢就是絞刑。而她是那裡面唯一還沒有瘋到看不出這點的人，雖然這讓她心碎，她還是必須下定決心行動，因為就算不能拯救她的朋友，她至少也必須救她自己。

第二十六章

「殖民主義並不是一部能夠思考的機器，或是一具擁有理性的身體，而是赤裸裸的暴力，且只有在遭遇更大的暴力時，才會屈服。」

——弗朗茲．法農，《大地上的受苦者》，理查．菲爾考斯譯

穹頂花園咖啡廳進貨地窖旁的一道暗門，通往一條狹窄的泥土隧道，大小剛好只夠讓他們手腳並用扭動著爬入，隧道感覺沒有盡頭，他們一吋一吋往前進，盲目地摸索著前路，羅賓希望能有光源，但他們沒有蠟燭、火種、打火石，只能相信安東尼的話，往前爬行，淺淺的呼吸在四周迴蕩。最終，隧道的天花板朝上傾斜，他們濕黏的皮膚沐浴在一陣涼爽的空氣中，他們一路摸著土牆，直到找到一扇門，接著是個門把，推開之後便是一間天花板低矮的小房間，由上方小格柵滲入的月光照明。

他們踏進室內，朝著四周眨眨眼睛。

有人最近來過這裡，書桌上放著一條麵包，依然相當新鮮，摸起來還軟軟的，旁邊是一根半融的蠟燭，薇朵瓦在抽屜裡翻找，翻出一盒火柴，接著便拿起點燃的蠟燭照亮房間，「所以這裡就是葛瑞芬躲藏的地方。」

安全屋對羅賓來說感覺莫名熟悉，不過他仍花了一會兒才發覺原因，房間的陳設，格柵窗戶下方的書桌、整整齊齊塞在角落的窄床、對牆上的雙層書架，完全和喜鵲巷的宿舍如出一轍。在牛津的地

底下，葛瑞芬無論是出於有意或無意，都試著重溫他的大學時光。

「妳覺得我們待在這裡過夜安全嗎？」羅賓問道，「我是說，妳覺得——」

「看起來不像有人來過，」薇朵瓦輕手輕腳坐到窄床邊緣，「我覺得如果他們知道了，應該會把這地方破壞得面目全非。」

「我想妳說得對。」他在她身旁坐下，直到現在他才感覺到疲憊，從他的雙腿往上滲，進入胸口，他們逃脫過程的所有腎上腺素都消退了，既然現在他們都安全了，躲藏在大地的肚腹中，他想要就這麼昏過去，再也不要醒來。

薇朵瓦傾身靠向窄床一側，那裡放著一個桶子，裡面看來裝的是清水，她在一件綁起的襯衫上倒了點水，然後交給羅賓，「擦一擦吧。」

「擦什麼？」

「有血，」她溫柔地說，「你身上都是血。」

他抬起目光好好地看了看她，是從他們逃脫以來的第一次，「**妳**身上也都是血。」

他們並肩坐著，在沉默中清理自己，他們身上覆蓋的汙垢多到令人驚訝，他們各自用掉了一件襯衫，然後又拿了第二件，不知怎地，葛瑞芬的血不止沾滿羅賓的雙手和手臂，也弄到了他的雙頰、雙耳後方、甚至直到脖子和耳朵之間的凹處，在層層的塵土之下結成血塊。

他們也輪流擦拭對方的臉龐，這簡單又具體的動作感覺很好，給了他們可以專注的目標，讓他們從所有深深縈繞在心頭，沒有說出口的話語中分心，不去賦予這些話語聲音感覺很棒，反正他們也說不出口，這並不是分明的思緒，而是黑暗又窒息的雲團。他們都在想著雷米、葛瑞芬、安東尼、其他每一個粗暴地從這世界被猝然扯離的人，但他們無法去碰觸那個哀慟的深淵，因為現在為時還太早，還沒辦法為其命名，並用言語去形塑及馴服，任何嘗試都會讓他們崩潰，他們現在只能把血跡從身上擦去，並且試著繼續呼吸。

最終，他們把骯髒的破布扔到地上，然後靠回牆上，靠回彼此身上，潮濕的空氣頗為寒冷，這裡也沒有壁爐，他們挨在一塊，把輕薄的毯子緊緊裹在肩上，過了很久很久，兩人都沒有說話。

「你覺得我們現在該怎麼辦？」薇朵瓦終於開口問。

這是個沉重的問題，詢問的聲音卻這麼小聲，他們現在**能**怎麼辦？他們提過要燒了巴別塔學院，但看在上帝的份上，他們是有什麼辦法做到？舊圖書館已經毀了，他們的朋友都死了，所有比他們還勇敢、比他們還優秀的人都死了，但他們兩個人還在這裡，而他們的責任，便是要確保他們的朋友沒有白白死去。

「葛瑞芬說妳會知道該怎麼做的，」羅賓回答，「他這話是什麼意思？」

「就只是我們得找到盟友，」薇朵瓦低聲說，「我們的朋友比我們所知的還多，只要我們能到達安全屋的話。」

「我們到了啊，」羅賓漫無目標地比向房間，「這裡是空的。」

薇朵瓦站起身來，「噢，別這麼說。」

他們開始搜尋房間尋找線索，薇朵瓦負責櫥櫃，羅賓找書桌，書桌的抽屜裡有葛瑞芬成堆的筆記和信件，羅賓就著搖曳的燭光瞇起眼睛閱讀，閱讀葛瑞芬的英文手寫字跡讓羅賓胸口一緊，難以辨識又像蜘蛛網般的風格，和羅賓自己的筆跡頗為類似，也和他們父親的很像。這些信件，這所有瘦長、飄逸、密密麻麻的字句，都顯示寫字的人雖然心思躁亂，卻依舊一絲不苟，讓羅賓得以一窺他從未認識的另一個葛瑞芬。

而葛瑞芬的人脈實在遠比他所猜測的還要廣，他看見在波士頓、紐約、開羅、新加坡的收件人地址，但姓名總是經過加密，總是很明顯的文學典故，比如「匹克威克先生」和「亞哈國王」，或是相當常見的英文名字，像是「布朗先生」及「平克先生」，根本就不可能是真名。

「嗯……」薇朵瓦把一小張紙拿到眼前，皺起眉頭。

「那是什麼？」

「是一封信，署名給你的。」

「我能看看嗎？」

她遲疑了一下，然後便把紙交給他，信封很薄，封了起來，背面寫著他的名字，**羅賓·史威夫特**，是葛瑞芬有力的潦草字跡，可是他是什麼時候找到時間寫這個的？不可能是在安東尼帶他們到赫密士會之後，葛瑞芬那時還不知道他們在哪裡，只可能是在羅賓和赫密士會斷絕關係之後所寫的，就在羅賓表示他不想要再和他們有任何瓜葛之後。

「你要讀嗎？」薇朵瓦問。

「我，我不覺得我有辦法。」他把東西交回給她，他對內容感到非常害怕，就連把信拿在手上，都會讓他呼吸急促，他無法面對他哥哥的的評斷，不是現在，「妳可以幫我保管嗎？」

「如果是可以幫上忙的事怎麼辦？」

「我不覺得是，」羅賓回答，「我覺得……一定是別的東西。拜託妳，薇朵瓦，如果妳想要的話，妳可以等下再讀，但我現在沒辦法看著這東西。」

她猶豫了，接著將信折好放進前口袋，「沒問題。」

他們繼續搜索葛瑞芬的物品，除了信件之外，葛瑞芬還存放了五花八門的大量武器，令人驚艷，有多把刀子、棍棒、幾根銀條、至少三把手槍。羅賓拒絕去碰手槍，薇朵瓦仔細查看葛瑞芬的收藏，手指掠過槍管，接著挑了一把，塞在皮帶上。

「妳知道要怎麼用嗎？」他問。

「我知道，」她說，「安東尼教過我。」

「妳還真是不可思議女孩，充滿驚喜。」

她哼了一聲，「少來，你只是沒在注意我而已。」

但房內並沒有聯絡人名單，也沒有其他安全屋或可能盟友的線索，葛瑞芬用密碼遮蔽一切，他建立了一個如此隱密的網路，使得他一死，就永遠不可能再重見天日。

「那是什麼？」薇朵瓦指了指。

書架最頂端，推到非常後面，幾乎都遮住的地方，有個提燈。

羅賓伸手去拿，心中充滿狂野的希望，沒錯，就是這個，提燈底部嵌著銀條，閃耀著熟悉的光芒，安東尼曾大喊「信號彈」，他想起葛瑞芬手上的燒傷，想起當時葛瑞芬即便遠在幾十公里之外，仍知道發生了什麼糟糕的事。

他把銀條翻過來，瞇起眼睛，上面寫著「燎」。

這是出自葛瑞芬的手筆，中文的「燎」可以代表「燃燒」或「照耀」，也可以指信號彈，第一根銀條上還有第二根更小的銀條，刻的則是「Bēacen」，這看起來像拉丁文，但羅賓絞盡腦汁回想，還是想不起這個字精確的意思或是詞源，有可能是日耳曼語[98]？

然而，他還是大略猜得出提燈的功用，這便是赫密士會聯絡的方式，他們靠火焰來發送信號。

「你覺得這是怎麼運作的？」薇朵瓦問。

「也許這些燈全都以某種方式互相連結，」他把燈遞給她，「這就是葛瑞芬為什麼會知道我們有麻煩了，他一定也隨身帶著一個。」

「但還有誰也會有啊？」她在手中把提燈翻過來，手指撫過乾枯的燈芯，「你覺得另一邊會是誰？」

「我希望會是朋友，妳覺得我們該告訴他們什麼？」

她思考了一會兒，「戰鬥呼叫。」

他看了她一眼，「我們真的要這麼做嗎？」

「我看不出來我們還有什麼其他選擇。」

「妳知道，中文有句諺語叫作『死豬不怕滾水燙』[99]。」

她給了他一個疲憊的微笑，「一不做，二不休。」

「反正我們也跟死人沒兩樣了。」

「但這就是我們令人害怕的原因，」她在兩人之間放下提燈，「我們沒什麼好怕的了。」

他們翻找書桌尋找紙筆，接著開始構思他們的訊息，提燈裡剩下的燈油看來少到危險，燈芯也已經燒到剩下一點點而已，所以他們的訊息應該要盡可能言簡意賅、清楚明確，意思不該有疑義。他們

98　原註1：這根輔助的銀條使用的配對，是罕見的古英文到英文，由赫密士會的學者約翰・富格斯所創，他在一七八〇年代曾參與一項研究計畫，學者們把自己關在一座城堡裡，只能用古英文和彼此溝通，為期三個月。這類實驗此後就沒有再進行過了，不過並不是因為缺乏資金，巴別塔學院就只是找不到人願意經歷同樣極端的隔離而已，雪上加霜的，還要加上無法好好對他人表達自己的情況。古英文中的「Bēacen」表示聽覺信號、徵兆、跡象，而不是和英文一樣意思相對單調，只能指烽火的信號。

99　原註2：或同「破罐破摔」之意。

同意好要說什麼之後，薇朵瓦便把蠟燭湊近提燈，火焰首先短暫搖曳了一下，接著就突然呼呼燒了起來，直到超過三十公分的火焰竄起，在他們眼前舞動。

他們不確定信號彈的機制如何運作，羅賓已大聲唸出中文配對，但他們就只能希望第二組神祕的配對，目的是用來維持效果的，他們還寫下了一張詳盡的清單，上面列出所有他們想出來可以嘗試的方法。他們對著火焰覆誦訊息，用摩斯密碼拍手，之後又再次重覆了密碼，這次換成把一根金屬棒戳進火焰之中，這樣便能隨著每個點和線閃耀。最後，隨著燈油開始噴濺，他們才把紙張扔進提燈中。

效果馬上出現，火焰竄成三倍高，長長的火舌向外甩動，接著回到燈內，包覆紙張，就像某種惡魔般的生物吞噬了他們的文字，紙張並沒有燃燒或變皺，就只是原地消失。一下子之後，燈油便燒光了，火焰噴了幾下也熄滅了，房間重回黑暗之中。

「你覺得這樣就成功了嗎？」薇朵瓦問。

「我不知道，我甚至不知道到底有沒人在聽。」羅賓把提燈放下，他疲憊得無法承受，四肢像灌滿鉛一樣，他不知道他們剛剛展開了什麼，有一部分的他永遠都不想要知道了，只想要就這麼蜷縮在這個冰冷黑暗的地方，然後徹底消失。他有責任，他知道，必須要完成任務，而當明日降臨時，他會召喚出他所剩的所有力量去面對，但是此時此刻，他只想一覺睡死，「我想我們會知道的。」

破曉時他們偷偷摸摸溜過城裡，回到舊圖書館，數十名警察在建築周圍站崗，也許他們便是在此等待有誰蠢到會回來，羅賓和薇朵瓦從庭院後方的樹林小心翼翼往前爬，這很蠢，沒錯，但他們無法抗拒清點損失的衝動。他們原本希望會有機會可以潛進內部，取走一些補給品，不過警察實在太密集，讓他們根本無法將計畫付諸實踐。

失去。

所以即便風險重重，他們還是為了見證回到這裡，必須要有人記住背叛的場面，必須要有人記下

舊圖書館已徹底遭到摧毀，整個後方都被炸開，彷彿是個巨大的傷口，以一種感覺頗為殘酷又羞辱的方式，露出圖書館赤裸的內部，書架也半露出來，沒有在爆炸中燒毀的書籍，都堆到了建築四處的手推車上，準備運走。羅賓猜想，應該是為了要給巴別塔學院自己的學者分析吧，他懷疑大多數著作再也不會重見天日。

所有美妙又原創的研究，都埋藏在帝國的檔案室中，因為擔憂它們可能為世人帶來的啟發。

他爬得更近時，才看見屍體仍然躺在瓦礫堆中，他看見一隻蒼白的手臂，半掩在倒塌的磚頭下，還看見一個鞋扣連在一段燒焦的脛骨上，靠近舊圖書館側邊的地方，則是有一大團覆滿塵土的黑色頭髮，他在瞥見頭髮下方的臉龐之前，便趕緊別過頭去。

「他們還沒清走屍體。」他覺得一陣頭暈目眩。

薇朵瓦一手摀住嘴巴，「噢，我的天啊。」

「他們竟然還沒清走屍體——」

他站起身，不知道自己到底想做什麼，一具接一具把屍體拖到樹林裡嗎？就在圖書館旁挖他們的墳墓？還是至少在他們死不瞑目的空洞雙眼上，蓋上一塊布？他不知道，只知道把他們就這麼留在那邊感覺真是大錯特錯，如此曝露，又如此脆弱。

但薇朵瓦已經把他拉回林子後方，「我們不可以，你知道我們不能——」

「他們就那樣躺在那，安東尼、威瑪、**雷米**——」

他們沒有把屍體送去停屍間，甚至都沒把他們蓋起來，就只是把死者留在他們死去的地方，鮮血

流過磚頭和紙頁，就這麼在開挖圖書館的途中在屍體身旁來來去去，這是他們卑鄙的復仇，為了報復此生最大的不便嗎？還是他們就只是不在乎？

世界必須要毀滅，他心想，有人必須要為此負責，有人必須血債血還，但薇朵瓦已把他拉下他們的來時路，唯有她死命的緊抓，阻止了他衝進去惹事。

「這裡沒有我們要的東西，」她低聲說道，「時候到了，羅賓，我們必須走了。」

他們選了一個適合革命的好日子。

這是學期開始的第一天，有著牛津罕見的好天氣，誘人上當的溫暖承諾更多陽光和喜悅，而不是依拉略學期無可避免總會帶來的持續雨勢及冰霰。萬事萬物都是晴朗的藍天和春日微風生機勃勃的暗示，今天所有人都會待在塔內，教職員、研究生、大學生，巴別塔的大廳也不會有任何顧客，因為今年學院在學期的第一個禮拜將對外關閉，進行整理和整修，不會有平民捲入交火之中。

於是問題便在於，該怎麼進入巴別塔。

他們不能就這麼大搖大擺走上前門進去，他們的長相已經刊遍全倫敦的報紙了，就算整件事在牛津仍然遭到掩蓋，顯然仍有某些學者已經得知了，前門也依然駐紮著五六名警察負責守衛。而且到了這時，普萊費爾教授肯定也摧毀了標示他們屬於這裡的血瓶。

不過，他們手邊還是有三項優勢可以運用：葛瑞芬的「explōdere」分散注意力銀條、「無形」銀條、以及前門防護的目的是為了要讓銀工原料待在塔內，不是出來。最後這點只是個理論，不過很站得住腳，據他們所知，防護只有在有人要離開時啟動過，竊賊進去時總是沒事，只要有人讓門開著，從來都是要離開時才會有問題[100]。
而如果他們完成今日來此打算的目的，那他們就有很長很長一段時間不會離開塔內了。
薇朵瓦深吸一口氣，「準備好了嗎？」
沒有其他方法了，他們整夜絞盡腦汁，還是想不出別的辦法，現在已經無計可施，只有行動一途。
羅賓點了點頭。
「explōdere。」他低語道，然後把葛瑞芬的銀條猛扔過草皮。
空中瞬間產生爆炸，銀條本身是無害的，羅賓理論上知道，但發出的噪音還是很恐怖，是城市陷落、金字塔崩毀的聲響，他湧起一股逃跑尋找安全之處的直覺，即便他了解這只是銀條在他腦中體現的效果，他還是必須克服所有衝動，不要轉頭往反方向跑。
「走吧。」薇朵瓦堅持住，猛拉他的手臂。
一如所料，警察越過草皮，前門在幾名學者身後正要關上，羅賓和薇朵瓦衝上人行道，經過封印，在他們身後推擠著進入，羅賓在他們跨過門檻時屏息以待，但沒有警報響起，沒有陷阱啟動。他們進來了，他們安全了。
大廳感覺比往常還要擁擠，是有人看到他們的訊息了嗎？這些人中是不是有某些是回應他們的呼喚而來？他不可能知道誰站在赫密士會這邊，誰又不是，每個迎上他目光的人，都回以他同樣冷漠又

100　原註3：這個漏洞其實是刻意設計的，在學院建立初期，塔本身會無差別激烈攻擊進入者和離去者，但是防護不夠精準，誤傷情況激增，直到市政府堅持應該要經過某種正當程序才對。普萊費爾教授的回應便是防護只有在離開時才會攻擊竊賊，此時他們罪證確鑿的證據，就會在他們的口袋中，或是散落在身旁的鵝卵石地上。

界已經崩毀了嗎？

禮貌的點頭，然後就繼續去做手邊的事了。一切感覺都正常到荒謬的地步，這裡難道沒半個人知道世

圓形大廳的對面，普萊費爾教授正靠在二樓的陽台上，和查卡瓦蒂教授聊天，查卡瓦蒂教授一定是說了什麼笑話，因為普萊費爾教授大笑著搖搖頭，然後望向大廳，他對上羅賓的眼神，雙眼暴凸了起來。

羅賓跳上大廳中央的某張桌子，普萊費爾教授則衝向階梯。

「大家聽我說！」他大喊。

熙來攘往的巴別塔內根本沒人注意到他，薇朵瓦也爬上桌子來到他身旁，手拿普萊費爾教授以前拿來宣布考試結果的儀式鈴，她把鈴鐺高舉過頭，猛力搖晃了三下，塔內頓時安靜了下來。

「謝啦。」羅賓說，「嗯，所以，我有些事要說。」看著這麼多張瞪視著他的臉孔，他的腦中瞬間一片空白，有那麼幾秒鐘，他就只是猛眨著眼，無話可說、震驚難平，直到話語最終回到了他的舌尖，他深吸一口氣，「我們要封閉這座塔。」

克拉芙特教授一路推擠，來到大廳前頭，「史威夫特先生，看在上帝的份上，你到底是在搞什麼？」

「等等，」哈汀教授說，「你根本就不該在這裡，傑羅姆說過——」

「有場戰爭正在展開。」羅賓脫口而出，話語出口時他畏縮了一下，這些話是如此笨拙，如此沒有說服力，他本來有準備演講詞，但突然之間他只想得起來其中的重點，而這些重點就算他現在大聲說出來，聽來也頗為荒謬。在整座大廳以及樓上各層樓的陽台邊，他看見懷疑、看笑話、惱怒的表情交替出現，就連現在停在階梯底部氣喘如牛的普萊費爾教授，看來也是困惑多過激動。羅賓覺得一陣天旋地轉，他好想吐。

如果換作葛瑞芬，一定知道怎麼激起他們的情緒，葛瑞芬是說故事大師，是真正的革命份子，他光是用幾個基本的句子，就能描繪出帝國擴張、共犯結構、罪行、責任的關鍵圖像。可是葛瑞芬不在這裡，而羅賓能做的，頂多就只是模仿他死去哥哥的精神。

「國會正在辯論針對廣州展開軍事行動的提案，」他強迫自己提高音量，以佔據更多大廳的空間，他以前從未這麼做過，「而其中並沒有正當的理由，只除了貿易公司的貪婪之外，他們正計劃將槍口對準中國，強迫他們開放鴉片進口。我們這一屆的畢業旅程造成外交上的尷尬慘敗，便是他們這麼做的藉口。」

有了，他終於說了件合理的事，塔內的不耐煩變成了好奇及困惑。

「國會關我們屁事啊？」某個法務部門的研究生說道，他叫柯布魯克或康威之類的。

「要是沒有我們的協助，大英帝國就會一事無成，」羅賓回答，「我們刻下為他們的槍枝、他們的船隻，提供動力的銀條，我們為他們磨利宰制的刀刃，為他們草擬條約。要是我們不再提供幫助，國會就不能對中國展開——」

「我還是看不出來這哪裡算是我們的問題。」柯布魯克或康威說。

「這是我們的問題沒錯，因為幕後黑手就是我們的教授。」薇朵瓦插話，她的聲音雖然顫抖，卻還是比羅賓的更大聲、更篤定，「他們的白銀快用完了，這整個國家都出現財政赤字，而我們的某些教職員，認為解決這件事的方法，就是把鴉片注入某個外國市場。他們為了推動這件事，會無所不用其極，他們在殘殺試圖走漏這個消息的人，他們就對安東尼．里本下手——」

「安東尼．里本死在海上。」克拉芙特教授回答。

「不，他沒有，」薇朵瓦說，「他只是隱匿行跡，努力阻止帝國做這些事，他們上個禮拜射殺了他，還有威瑪・斯里尼瓦桑、伊爾莎・出島、凱西・歐奈爾，你們可以自己去傑里科，到過橋後樹林後方的那棟老建築看看，然後你們就會看見斷垣殘壁，還有屍體……」

這番話引發了一陣低聲議論，威瑪、伊爾莎、凱西的人緣都很好，低語越來越大聲，因為他們很顯然現在都不在場，而且也沒人知道他們的去處。

「他們發瘋了，」普萊費爾教授暴怒說道，他已經恢復鎮靜，就像個想起自己台詞的演員，他用戲劇化的方式伸出一隻控訴的手指，指著他們兩人，「他們發瘋了啦，他們在和一群鬧事的竊賊合作，應該要被關進大牢才對——」

但對全塔來說，這似乎比羅賓的故事還要更難接受，普萊費爾教授的大嗓門，通常都如此引人入勝，此時卻帶來了反效果，讓這一切變得像是在作秀一樣，沒有半個人了解他們三個到底在說什麼，從旁觀的角度看來，他們彷彿全都是在演戲。

「你們怎麼不告訴我們理查・勒維發生了什麼事呢？」普萊費爾教授質問道，「他人在哪？你們對他做了什麼？」

「理查・勒維就是這場戰爭的幕後黑手之一，」羅賓大喊，「他去廣州是為了從英國間諜那邊獲得軍事情報，他和巴麥尊直接接觸——」

「可是這真是太荒唐了，」克拉芙特教授說，「這不可能是真的，這——」

「我們有信件，」羅賓說，這時他想起，那些信件現在一定已經遭到銷毀或是沒收了，不過在修辭上，這樣講還是沒錯，「我們有引言，有證據，全都在那，他已經計劃此事多年了，普萊費爾也有參與，不信問他——」

「他在說謊，」普萊費爾教授說，「他在含血噴人，瑪格麗特，這男孩失去理智了——」

「可是發瘋會語無倫次，」克拉芙特教授皺起眉頭，目光來回掃過他們兩人之間，「謊言也是自私自利的。但這個故事對任何人都沒好處，顯然也無益於這兩個人，」她邊說邊指著羅賓和薇朵瓦，「而且還言之有理。」

「我跟妳保證，瑪格麗特——」

「教授，」羅賓直接對克拉芙特教授說道，「教授，拜託妳，他想要開戰，他已經計劃多年了，去他的辦公室看看吧，去勒維教授的辦公室，只要看過他們的通信，全都在那裡。」

「不必。」克拉芙特教授喃喃說道，她皺起眉頭，目光掠過羅賓和薇朵瓦，而她似乎察覺了些什麼，也許是他們被掏空的疲憊、肩膀的無精打采、或是從他們骨子裡滲出的哀慟吧，「不，我相信你們……」她轉過身，「傑羅姆？你知道這一切嗎？」

普萊費爾教授停頓了一會兒，彷彿在思考試著繼續假裝究竟值不值得，接著他氣沖沖說道，「別表現得這麼震驚，妳也知道這座塔是依靠什麼運作的，妳知道權力平衡必須改變，妳知道我們必須對赤字做點什麼——」

「但對無辜的人民開戰——」

「別假裝這就是妳的底線，」他說，「妳對其他一切都沒意見呢，又不是說中國除了他們的消費者之外，還能為全世界提供些什麼，我們何不——」他停了下來，似乎是發覺了自己的錯誤，也就是他剛剛證實了羅賓他們的說詞。

可是太遲了，塔內的氣氛不變，懷疑蒸發了，憤怒變成突如其來的覺悟，了解這一切並不是場鬧劇，也不是歇斯底里發作，而是真實存在的事物。

真實世界很少干預巴別塔學院，他們不知道該如何是好。

「我們使用其他國家的語言來豐富我們的語言，」羅賓開口時環顧全塔，他不是要試著說服普萊費爾教授，他提醒自己，他是要對全塔說話，「我們奪走了這麼多不屬於我們的知識，至少我們可以阻止這件事吧，這是唯一合乎道德的作法。」

「那你的計畫又是什麼？」馬修．杭斯洛問，他聽來沒有敵意，只是猶豫又困惑，「如你所說，決定權現在落在國會手上，所以要怎麼——」

「我們可以罷工。」

對，他現在有紮實的基礎了，終於有個問題他知道答案了，他抬起下巴，試著在聲音中注入所有葛瑞芬和安東尼擁有的權威，「我們關閉整座塔，從今天起，不准任何顧客進入大廳，也沒人可以刻製、販售、維護銀條。我們拒絕向英國提供任何翻譯服務，直到他們屈服為止，而他們會屈服的，因為他們**需要**我們，他們需要我們勝過一切，這樣我們就能獲勝了。」他停下來，大廳一片死寂，他分不出來自己是不是成功說服了他們，分不出來他看見的表情是勉為其難的覺悟還是懷疑，「聽著，如果我們全都——」

「可是你還得要守住塔，」普萊費爾教授露出不耐又卑鄙的笑容，「我是說，你得控制我們所有人啊。」

「我想是吧，」薇朵瓦回答，「我猜我們正在這麼做。」

接著出現了一陣非常滑稽的停頓，滿塔的牛津學者們慢慢發覺，不管接下來發生什麼事，都會動用到暴力。

「你，」普萊費爾教授指著最靠近大門的某個學生，「去叫警察來，讓他們進來——」

那名學生動也不動，他是名大二生，伊布拉辛，羅賓想起，一名來自埃及的阿拉伯學生，他似乎不可思議地年輕，是個有張娃娃臉的男孩，大二生都是這麼青澀的嗎？伊布拉辛看了一眼羅賓和薇朵瓦，接著又把目光轉回普萊費爾教授身上，皺起眉頭，「可是，教授……」

「住手。」克拉芙特教授對他說，這時有兩名大三生突然衝向門口，其中一人把伊布拉辛推向一座書架，羅賓朝大門口扔出一根銀條，「explōdere，爆炸」，一聲可怕的巨響在大廳中炸開，這次是尖聲的嚎叫，大三生們從門邊倉皇爬回，就像受驚的兔子。

羅賓從前口袋掏出另一根銀條，並高舉在頭上揮舞。

「我就是用這根銀條殺了理查．勒維。」他不敢相信這種話竟然會從他嘴裡說出來，這不是他在講話，而是葛瑞芬的鬼魂，是比他更勇敢、也更憤怒的哥哥，從地府伸手操縱著他，「任何人再往我靠近一步，如果任何人試圖求救，我也會殺了他們。」

他們看來全都如此恐懼，他們相信他了。

但這讓他擔憂起來，這一切都太過容易了，他本來很確定他會面臨更多抵抗，可是整所學院似乎完全在他們的控制之下，就連教授們也不敢輕舉妄動，確實，勒布朗教授和德弗里斯教授一起瑟縮在某張桌子底下，彷彿在躲大砲一樣，叫他們跳起吉格舞、或是一頁一頁撕掉他們的書本，他們也都會遵從。

他們會遵從的，因為他威脅要使用暴力。

他想不起來為什麼從前一想到要付諸行動，他就感到非常害怕，葛瑞芬是對的，障礙並不在於行動的掙扎，而是無法去想像這竟有可能會成功，那是種緊抓安全的衝動，是可以存活下來的現狀。可是整個世界現在已經天翻地覆了，每一扇門都大大敞開，他們現在已經越過空談的領域了，進入了實踐的領域，而這是某件牛津學生都完全始料未及的事。

「天殺的，」普萊費爾教授理智斷線，「快來人逮捕他們啊。」

幾名研究生站了出來，但一臉猶豫，他們全都是歐語學者，全都是白人，羅賓昂起頭，「好，來啊。」

接下來發生的事毫無體統可言，永遠不會記錄下來，放在偉大又英勇的史詩旁邊，因為牛津學者都備受呵護、嬌生慣養，是坐在安樂椅上的理論家，用柔順又纖細的手寫下染血的戰場，攻佔巴別塔只不過是抽象和實物之間一次笨拙又愚蠢的衝突。研究生接近桌子，伸出遲疑的手臂想抓住羅賓，羅賓把他們踢開，感覺就像是在踹小孩一樣，因為他們太過害怕，根本不敢出力，也根本不夠絕望或憤怒，不可能真正要傷害他。他們似乎甚至都不確定自己想幹嘛，是要把他拉下來、抓他的腿，還是只是要碰到他的腳踝，所以他回敬的反擊也同樣只是作作樣子。他們只是在演出一場打鬥，他們所有人，都只是業餘的演員，只有一道舞台指令：**掙扎**。

「薇朵瓦！」他大喊。

其中一名學者爬上桌子來到她身後，她閃到一旁，那人遲疑了一下子，上下打量著她，然後便揮拳出擊，但他出拳的樣子就像是他只在理論上了解這個動作，就像他只知道動作是由哪些部分組成，雙腳站穩、手臂往後、拳頭往前。他誤判了距離，所以效果不過像是在薇朵瓦肩膀上輕拍一下而已，她伸出左腳反擊，那人抓著脛骨往前摔，邊咒罵著。

「住手！」

騷動停了下來，普萊費爾教授不知從哪裡拿來一把槍。

「別再胡鬧了，」他舉槍指著羅賓，「馬上停下這一切。」

「來啊，」羅賓吐氣，他不知道這股愚勇是從哪裡泉湧而出，但他連一絲害怕都感覺不到，那把槍不知怎麼地，似乎更像是抽象的事物，而非真實存在，子彈根本沒辦法碰到他，「快來啊，賭你不敢。」

他是在賭普萊費爾教授的膽小怯弱，賭他雖然敢揮舞槍枝，卻沒膽扣下扳機，普萊費爾教授就跟其他所有牛津學者一樣，討厭弄髒自己的手，他會設計致命的陷阱沒錯，卻永遠都不會自己動手，而且他也不懂真的要殺人會需要多大的決心或慌亂。

羅賓並沒有轉身，並沒有注意薇朵瓦的動靜，他不需要，他張開雙臂，目光死盯著普萊費爾教授，「你選好了嗎？」

普萊費爾教授的表情緊繃了起來，手指移動，羅賓也開始緊張，此時傳出一聲槍響。

普萊費爾教授往後踉蹌，腰部爆出血花，塔內也尖叫聲四起，羅賓回頭看去，薇朵瓦正放下葛瑞芬的一把左輪手槍，煙霧像藤蔓一樣蜿蜒飄上她的臉龐，她雙眼瞪得大大的。

「好，」她氣喘吁吁，胸口劇烈起伏，「現在我們都知道這是什麼感覺了。」

德弗里斯教授突然衝過大廳，他是要拿普萊費爾教授的槍，羅賓從桌上跳下，可是他離太遠了，不過就在這時，查卡瓦蒂教授也猛撲向德弗里斯教授的側邊，他們碰一聲撞上地板，開始搏鬥，這是個笨拙又粗魯的場面，兩名挺著肚子的中年教授，在地板上滾來滾去，長袍都翻到腰部上了。羅賓一臉驚訝地望著，查卡瓦蒂教授把槍從德弗里斯教授手上掰開，並在混亂中把他壓在地上。

「教授？」

「有收到你的訊息啦，」上氣不接下氣的查卡瓦蒂教授說，「真是做得太好了。」

德弗里斯教授趁機把手肘揮向查卡瓦蒂教授的鼻子，查卡瓦蒂教授往後倒，德弗里斯教授也掙脫他的壓制，兩人繼續搏鬥。

羅賓從地上一把抄起槍，往下指著德弗里斯教授。

「站起來，」他命令道，「把手放到頭上。」

「你才不知道怎麼用這東西呢。」德弗里斯教授嘲諷道。

羅賓把槍瞄準吊燈，扣下扳機，吊燈爆開，碎玻璃噴得大廳到處都是，彷彿他剛朝人群開槍一樣，所有人都放聲尖叫，畏縮了起來，德弗里斯教授轉身逃跑，但他的腳踝撞到某根桌腳，害他四腳朝天向後摔倒。羅賓重設膛室，就像葛瑞芬教他的那樣，接著再次舉槍瞄準德弗里斯教授。

「這可不是在辯論，」他宣布道，他全身都在顫抖，他初次學會射擊時感覺到的同一股邪惡力量在他周身流竄，「這是接管，還有其他人想再試試看的嗎？」

沒有人移動，全場鴉雀無聲，他們全都縮了回去，害怕不已，有些人哭了起來，有些人則用手緊緊摀住嘴巴，彷彿這是唯一能壓抑他們尖叫聲的方法，而所有人都正盯著他，等待他決定接下來會發生什麼事。

有那麼一會兒，整座塔內唯一的聲響就只有普萊費爾教授的呻吟。

他回頭看著薇朵瓦，她看起來跟感覺上一樣不知所措，她的槍鬆鬆地垂在身側，內心深處，他們兩人都沒有預料到事情真的會演變成這樣，他們對今天的設想包括混亂：是暴力又毀滅性的最後保衛戰，是百分之百會以死亡作結的騷動。他們已經準備好要犧牲，卻沒有準備好要獲勝。

但他們竟然如此輕易地就攻下巴別塔學院，一如葛瑞芬一直以來預測的那樣，而他們現在必須表現得像勝利者。

「誰都不准離開巴別塔學院，」羅賓表示，「我們會封鎖所有銀工工具，停止城市的例行維護，等待整部帝國機器轟隆停下，並希望他們先我們一步屈服。」他不知道這些話語是打哪來的，但聽起來很不錯，「沒有我們，這個國家根本撐不過一個月，我們就罷工到他們屈服為止。」

「他們會派軍隊來對付你的。」克拉芙特教授說。

「但他們不會的，」薇朵瓦回答，「他們不能碰我們，沒人可以碰我們一根汗毛，他們太需要我們了。」

而這點便是葛瑞芬暴力理論的關鍵，也是他們之所以可能獲勝的原因，他們最後終於實現了，這也是為什麼葛瑞芬和安東尼對他們的反抗這麼有信心的原因，為什麼他們會深信殖民地能夠和帝國一搏。帝國需要壓榨，而暴力會搖撼系統，因為系統不能吞食自身存活，帝國的雙手也困於桎梏，因為不能自斷生路，就像那些甘蔗田、就像那些市場、就像那些強迫勞動的身軀，巴別塔學院也是項資產。英國需要中文，需要阿拉伯文、梵文、所有殖民地區的語言，如此才能運作，英國不可能傷害巴別塔學院，卻不傷到自身，所以光是奪去學院這項資產，就能讓帝國機器停下。

「那你又要怎麼做呢？」德弗里斯教授質問道，「全程都挾持我們當人質嗎？」

「我希望你們可以加入我們，」羅賓回答道，「但如果你們不願意加入，也可以離開這座塔，先命令警察離開，接著你們就可以一個一個離去。不過，所有人都不准從塔中帶走任何東西，你們只能帶著隨身物品出去[101]，」他停下來，「而我相信，你們想必也能理解，如果你選擇離開，我們就必須摧毀你的血瓶。」

101　原註4：這個決定是羅賓和薇朵瓦展開激烈辯論之處，羅賓本來想要挾持所有學者當成人質，但薇朵瓦反而提出了頗為令人信服的論述，認為比起連續好幾週被困在地下室，沒地方洗澡、洗衣服、拉屎，有數十名學者如果被人拿槍指著硬逼離塔，其實會更容易就範。

他一講完之後，便有一群人拖著腳步往門口移動，羅賓邊算人數邊心一沉，有數十人要離開，包括所有古典學者、所有歐語學者、幾乎所有教職員，德弗里斯教授和哈汀教授也把還在呻吟的普萊費爾教授給抬了出去，他在兩人之間丟臉地搖晃著。

最後只有六名學者選擇留下：查卡瓦蒂教授、克拉芙特教授、兩名大學生伊布拉辛和嬌小的女生茱莉安娜、以及兩名研究生尤瑟夫及梅甘娜，分別在法務和文學部門工作。都是有色的臉孔，都是來自殖民地，除了克拉芙特教授之外。

但這樣會成功的，只要他們還能控制整座塔，少一點人才不算什麼，巴別塔學院擁有全國最為集中的銀工資源：文法大典、銘刻筆、配對清單、參考資料。尤有甚者，還有**白銀**，普萊費爾教授和其他人也許可以在其他地方建立第二座翻譯中心，可是就算他們能夠憑記憶重新建造維護全國的銀工所需的一切，他們也要花上好幾週、甚至好幾個月的時間，才能獲得足以複製巴別塔學院功能規模所需的原料。到了那時，投票一定早就結束了；到了那時，如果一切按照計畫進行，英國也早就已經屈服了。

「現在呢？」薇朵瓦低聲問。

羅賓爬下桌子時一股血氣直衝腦門，「現在我們要告訴全世界接下來會怎麼樣。」

中午時，羅賓和薇朵瓦爬上位於八樓的北陽台，陽台絕大部分是裝飾性的，專為從來沒將需要呼吸新鮮空氣的概念內化的學者設計，根本沒有人上來過這裡，門也幾乎快鏽到打不開了。羅賓用力推，全身緊貼在門框上，門轟然打開時，他往外摔，並發現自己有那麼短暫又嚇人的一刻，就掛在窗臺上，然後才恢復平衡。

在他腳下，牛津看來如此迷你，宛如一座娃娃屋，是真實世界矯揉造作的版本，給那些從來不需要真正參與現實的男孩，他在想像渣甸和麥贊臣這樣的男人，是不是就是這樣看世界的，渺小又易於操控，人和地方都會沿著他們畫下的線移動，而他們跺腳時城市就會灰飛煙滅。

下方，學院前門的石階燃燒著熊熊火光，除了八名留在塔內的學者之外，其他所有血瓶都在磚牆上摔個粉碎，並淋上從閒置提燈中倒出的燈油，然後點燃，此舉其實並不完全必要，重要的只是血瓶離開塔內，但羅賓和薇朵瓦堅持要進行這個儀式。他們已從普萊費爾教授身上學到作秀的重要性，而這駭人的展示便是則聲明、是個警告，城堡已被攻陷，魔術師也被扔了出去。

「準備好了嗎？」薇朵瓦把一大疊紙放在窗臺上，巴別塔學院並沒有自己的印刷機，於是他們花了一整個早上用人工辛辛苦苦抄寫了近百份小冊子，這份聲明借鑑自安東尼建立同盟的修辭，以及葛瑞芬的暴力哲學。羅賓和薇朵瓦也加入了他們自己的聲音，其中一股雄辯滔滔，主張團結起來爭取公平正義，另一股則是對那些反對他們的人，毫不讓步的威脅，兩者結合成一則清楚又言簡意賅的宣言，表達他們的意圖。

「我們謹代表皇家翻譯學院的學生，要求英國停止考慮對中國發動一場不義之戰，有鑑於這個政府發動戰爭的決心，以及其殘暴鎮壓想方設法揭露其意圖的人士，我們別無選擇，只能透過一種方式發聲，即停止學院提供的所有翻譯及銀工服務，直到我們的訴求受到達成，我們此後宣布罷工。」

還真是個有趣的字，羅賓心想，「罷工」[102]，讓人想到槌子和釘子，將己身拋向一股不為所動的

102 原註5：「罷工」（strike）一詞和勞動有關，起初擁有屈服的涵義，船隻在向敵方投降或是對上級致意時，會降下或說拿下船帆，但是當一七六八年，水手因發起抗議，要求更好的薪資，所以降下船帆時，他們就把「strike」從一個屈服的舉動，變成策略性的暴力行為，而透過拒絕提供服務，他們也證明了自己事實上是不可或缺的。

力量，這個字本身便包含這個概念的悖論，即透過不作為和非暴力行動，你便能證明拒絕順從那些依賴你的人，會帶來什麼樣災難性的後果。

在他們下方，牛津市民還一切如常，沒有人抬頭看，沒有人看見這兩名學生靠在城市的制高點上，遭到放逐的譯者們現在已經消失在視線之中了，假如普萊費爾真的去找警方，那他們也還沒選擇要行動，城市依舊寧靜祥和，對即將要發生的事毫無頭緒。

「牛津，我們請求你們和我們站在同一陣線，罷工在未來的日子中，將會造成城市極大的不便，我們要請你們把憤怒對準政府，因為是他們讓這樣的罷工，成為我們唯一的手段，我們請求你們，站在正義及公平這邊。」

從這裡起，小冊子的內容便開始論述白銀大量流入，會對英國經濟造成的明顯危機，不只是對中國和其他殖民地，也會影響到英國的勞工階級。但羅賓並不期望會有人讀到這麼後面，他也不期望城市會支持他們的罷工，恰恰相反，等到銀工系統開始崩潰，他預期市民會開始痛恨他們。

不過巴別塔學院可說是固若金湯，且他們的恨意也一點都不重要，重要的只有他們能夠了解導致一切不便的原因。

「你覺得小冊子抵達倫敦要花上多久？」薇朵瓦問。

「好幾個小時吧，」羅賓回答，「我覺得這會碰上從這裡開往帕丁頓的第一班火車。」

他們挑選了最不可能的地點展開革命，牛津並不是活動的中心，而是個庇護所，在所有領域都落後英國其他地方數十年，除了學術之外，大學建立的目的是要當成古代的堡壘，讓學者可以浸淫於此。過去五個世紀中，這裡的醜聞和騷動如此罕見稀少，就連某隻紅腹知更鳥在基督堂令人疲憊的冗長佈道接近尾聲時，受不了開始歌唱，都能登上大學學院的內部報紙。

但即便牛津並非權力集中之處，卻培育了握有權力的人，校友控制著整個帝國，或許此時此刻就正有某個人帶著巴別塔學院遭到佔領的消息趕往牛津車站，又有另一個人會察覺出其嚴重性，會發現這並不是什麼無足輕重的學生鬧事，而是動搖國本的大危機。有人會把這項消息帶到內閣和上議院面前，接下來就由國會決定會如何發展了。

「開始吧。」羅賓對薇朵瓦點點頭，她的古典語文發音比他還好，「就讓我們看著小冊子飛揚吧。」

「Polemikós，」她低聲說道，在整疊小冊子上方握著一根銀條，「爭辯，Discutere，討論。」

她把東西推下窗臺，小冊子起飛了，在風的幫助下翱翔飛越城市，經過尖塔和角塔，來到下方的街道、庭院、花園，飛下煙囪、穿過格柵、滑進敞開的窗戶中，招呼著遇上的每個人、卡在外套上、飄到臉上、死命黏在書包和公事包上。大多數人會惱怒地將其拍到一旁，但少數人會撿起來，會讀起罷工的宣言，並漸漸理解這對牛津、對倫敦、對整個帝國來說，究竟代表什麼意義，接著就不再有人能夠忽視他們了，再來全世界就會被迫看見他們了。

「妳還好嗎？」羅賓問。

薇朵瓦跟雕像一樣文風不動，眼神死盯著小冊子，彷彿她能夠用意志力把自己變成一隻鳥，在其間一同翱翔，「我怎麼會不好呢？」

「我，妳知道的。」

「說來好笑，」她並沒有轉過身直視他，「我等著一切重擊而來，但那偏就是永遠沒有發生，跟你的情況不一樣。」

「確實是不一樣，」他試著尋找安慰的話語，能夠讓一切變得和事實截然不同的話語，「那是自衛。而且他可能還活著，有可能，我是說，不會是——」

「這是為了安東尼，」她用非常堅決冷酷的聲音說道，「而這是我最後一次提起這件事了。」

第二十七章

「你播下的種子，他人收割；
你找到的財富，他人留存；
你編織的袍子，他人穿著；
你鑄造的武器，他人配戴。」

——雪萊，〈獻給英格蘭人之歌〉

那天下午的情緒氛圍是種緊張的憂慮，就像踢倒蟻窩的孩子，他們現在正恐懼地觀察著後果會有多糟糕，已經過了好幾個小時，逃走的教授現在當然已經和城市的當權者聯絡上了，倫敦方面肯定也讀到了那些小冊子，反彈會是以什麼形式到來呢？他們多年來全都相信巴別塔學院的防護固若金湯，直到現在都保護他們免受一切侵擾，然而，他們感覺仍然像是正在倒數著惡毒報復的降臨。

「他們必須派出警察，」克拉芙特教授說道，「即便他們無法進入，肯定多少還是會嘗試逮捕的。就算不是為了罷工，那也是為了——」她盯著薇朵瓦，眨了眨眼，然後聲音轉小。

出現一陣短暫的沉默。

「罷工也是違法的，」查卡瓦蒂教授說，「一八二五年的《工匠團體法案》禁止了行會和同業公會的罷工權。」

「不過我們並不是同業公會。」羅賓說。

「事實上，我們算是，」在法務部門工作的尤瑟夫回答，「這有寫在創立文件裡，巴別塔學院的校友和學生因為和機構之間的關係，算是翻譯公會的一種，所以我們進行罷工其實是觸犯了法律，如果你從嚴格的標準來看的話啦。」

他們面面相覷，然後全都同時爆出笑聲。

但他們愉快的幽默感很快消逝，他們的罷工和行會之間的關聯，勾起了所有人酸楚的回憶，因為一八三〇年代的勞工運動，便是白銀工業革命直接造成的結果，且也遭遇巨大的挫敗。盧德運動人士的下場要不是死掉，就是被流放到澳洲，蘭開夏的紡織工人也被迫回去工作，不然一年內就會餓死，至於所謂的史溫暴動運動，透過砸毀打穀機和放火燒穀倉，雖然確保了薪資和工作環境暫時改善，雇主不久後卻又食言，有超過十多名抗議人士被絞死，另外數百名則被送往澳洲的刑事殖民地。

這個國家的罷工人士從來不會贏得廣泛的民意支持，因為大眾只是想要所有現代生活帶來的方便，卻不想要因為知道這些便利是怎麼實現的而承擔罪惡感，而且不乏白人在內的其他罷工人士都失敗了，那麼他們這群譯者又憑什麼能成功呢？

不過至少有個可以期望的理由，他們還在勢頭上，促使盧德運動人士砸毀機器的社會力量尚未消失，情況還每況愈下，以白銀當作動力的織布機和紡紗機已經越發便宜及普遍，只讓工廠老闆和金融家賺得飽飽的，每年卻導致更多人失業，讓更多家庭匱乏，運作速度比人眼追蹤更快的機器令更多兒童傷殘或死亡。白銀的使用造成了不平等，而這兩種情況在過去十年間的英國都急劇成長，國家的差距與裂縫正不斷擴大，這種狀況是不可能永遠持續下去的。

而他們的罷工，羅賓深信，可說是天差地別，他們造成的影響更大、更難解決，巴別塔學院沒有替代方案，譯者也不能置身事外，不參與罷工，因為沒有其他人能做到他們所做的事，英國沒有他們，就無法運作，要是國會現在不相信這點，那他們也很快就會體認到了。

入夜後，還是沒有警察出現，外界像這樣毫無反應，讓他們困惑不已。但後勤問題，簡而言之就是補給和食宿，很快便成了他們手邊更迫切的議題，現在情勢已經頗為明顯，他們會在塔內待上很長一段時間，罷工並沒有明確的截止日，而到了某個時刻，他們的食物將會耗盡。

地下室有個很少使用的小廚房，曾經有僕人住過，直到學院不再免費提供工友人員住宿，學者工作到很晚時，偶爾也會溜下樓找點心吃。他們突襲了櫥櫃之後，找到不少不易腐壞的食物，包括堅果、醃漬物、不會過期的佐茶餅乾、可以煮燕麥粥的乾燕麥，雖然不多，但他們也不會一夕之間餓死。此外，他們還找到了一大堆紅酒，這是多年來的教職員聚會和花園派對剩下來的。

「絕對不要，」茱莉安娜和梅甘娜提議把酒拿上樓時，克拉芙特教授這麼說道，「把這些放回去，我們必須保持冷靜。」

「我們必須做點事殺時間，」梅甘娜回答，「而且如果我們之後會餓死，那不如也醉著死去吧。」

「他們不會讓我們餓死的，」羅賓說，「他們不可能放任我們死掉，他們不能傷害我們，這就是重點。」

「就算這樣，」尤瑟夫說，「我們也才剛宣布我們要毀掉這座城市的意圖，我不覺得我們可以就這樣晃出去吃頓熱騰騰的早餐，你說呢？」

他們也不能就這樣在外面探頭探腦，還跟雜貨店訂貨，他們在城裡沒有朋友，沒人可以擔任他們跟外在世界的聯絡人，克拉芙特教授在雷丁有個兄弟，但不僅沒辦法送信給他，他也不可能有安全的辦法可以一路把食物送到塔內。至於查卡瓦蒂教授，結果發現他和赫密士會的關聯也相當有限，他是在升任資淺教員後才受到招募的，可是之後他和資深教員的關聯，使得他若積極參與風險會太大，且他也只是透過匿名信和投放點來與赫密士會聯繫。除此之外沒有其他人回應他們的信號了，就他們所知，他們就是最後剩下的人。

「你們兩個在闖進塔內，開始到處揮舞槍枝之前，沒有想到這回事啊？」查卡瓦蒂教授問。

「我們有點分心了。」羅賓尷尬地回答。

「我們，呃，說真的，都是且走且看，」薇朵瓦說，「而且我們也沒有太多時間。」

「策劃革命可不是你們的強項啊，」克拉芙特教授哼了一聲，「我看看我能用燕麥做什麼吧。」

其他各式問題也很快浮現，巴別塔學院有幸擁有自來水和室內洗手間，但沒有地方可以洗澡，也沒人有帶另一套換洗衣物，塔內想當然爾也不可能有洗衣設備，他們所有人的衣服都是隱形的僕人在洗的。且除了八樓有張窄床給研究生私底下去小睡之外，也沒有床鋪、枕頭、床單、或任何晚上可以用來舒舒服服睡一覺的東西，只有他們自己的外套。

「不如這樣想吧，」查卡瓦蒂教授英勇地試著鼓舞大家，「誰沒有夢想過住在一座圖書館中呢？我們的狀況不正具有某種浪漫嗎？我們之間有誰，會對心靈上完全無拘無束的生活卻步的？」

但似乎沒人和他共享這種幻想。

「我們晚上難道不能就溜出去嗎？」茱莉安娜問，「我們可以在午夜後偷偷摸摸溜出去，然後在天亮前回來，不會有人注意到——」

「這太荒唐了，」羅賓回答，「這可不是什麼日間課外活動——」

「我們一定會很臭，」尤瑟夫說，「一定會超噁。」

「不管怎樣，我們還是不能一直這樣進進出出——」

「那一次就好，」伊布拉辛說，「就去拿補給品——」

「好了啦，」薇朵瓦理智斷線，「給我停止，你們所有人，是夠了沒？既然我們全都選擇叛國了，還會有很長一段時間不太舒適的。」

十點半時，梅甘娜從大廳跑上來，上氣不接下氣宣布倫敦寄了封電報來，他們全都聚到電報機旁，緊張兮兮地看著查卡瓦蒂教授抄下訊息並解譯，他對著訊息眨眼眨了一下子，然後說道：「他們基本上是告訴我們別鬧了。」

「什麼？」羅賓伸手拿電報，「沒說別的了嗎？」

「請重新開放巴別塔，恢復正常業務，句點。」查卡瓦蒂教授讀道，「就只有說這樣。」

「甚至都沒署名嗎？」

「我只能假設這是直接從外交部寄來的，」查卡瓦蒂教授回答，「他們這麼晚是不會收私人訊息的。」

「也沒有普萊費爾的消息嗎？」薇朵瓦問。

「就只有這一行，」查卡瓦蒂教授說，「就這樣。」

所以國會拒絕答應他們的要求，事實上還可能根本沒有認真看待他們，也許在缺少的銀條產生影響之前，期望罷工行動這麼快就會引發反應有些愚蠢，但他們希望國會至少能夠承認其中的威脅。議員們是覺得這整件事會自生自滅嗎？他們在設法避免大眾恐慌嗎？這就是為什麼沒半個警察跑來敲門，外頭的草皮也一如既往平靜祥和及空蕩嗎？

「那現在怎麼辦？」茱莉安娜問。

沒人有答案，他們不禁覺得有些煩躁，就像使性子的嬰兒，卻沒有因此受到獎勵，搞得這般大費周章，卻只得到這麼草率簡短的回應，感覺真是可悲透頂。

他們在電報機旁又徘徊了一陣子，希望機器會活過來，吐出更棒的消息，比如國會相當擔憂，召集了午夜辯論，抗議人潮湧入特拉法加廣場，要求取消戰爭，但指針依舊動也不動，他們只好一個一個默默回到樓上，又餓又沮喪。

那晚稍後，羅賓時不時會登上屋頂，往下俯瞰城市，掃視看看有沒有任何改變或動盪的跡象，但牛津仍然寧靜自得、不受打擾，他們破破爛爛的小冊子掉在街上、卡在格柵上、在夜晚輕柔的微風中漫無目的四處飄動，甚至沒人費心去清理。

那晚他們在書架間鋪床，蜷縮在大衣和備用長袍下時，對彼此都沒什麼好說，下午怡然的氣氛已然消失，他們全都經歷著同樣心照不宣又私密的恐懼，是種慢慢滲入的擔憂，擔心這場罷工什麼都無法達成，只是傷害了他們自己，而他們的呼喊也將無人聽聞，就這麼傳進無情的黑暗中。

隔天早上，抹大拉塔倒塌。

他們沒人預料到，事後才得知究竟發生了什麼狀況，直到他們檢查了現行的配對清單，才發覺本來可以如何避免。抹大拉塔是全牛津第二高的建築物，在地基經過數個世紀的水土流失侵蝕後，自十八世紀起，便仰賴由銀條驅動的工程技巧來支撐塔重。巴別塔學院的學者每六個月都會對其支撐進行例行維護，一次在一月，第二次則是在六月。

在這場災難發生後的數小時內，他們會發現是由普萊費爾教授於過去十五年間負責監督這一年兩次的維修，而他有關相關程序的筆記就鎖在他的辦公室中，遭到放逐的巴別塔學院教職員根本無法取得，甚至也不記得抹大拉塔預定的修繕就要到來。他們還會在信箱中發現來自恐慌市議會議員的大量信件，他們前一晚本來在等普萊費爾教授，卻到了隔天才發現教授人躺在醫院裡，服用大量鴉片酊，完全不省人事。他們也會得知有名市議會議員在那天一大清早經過巴別塔學院，並狂敲大門，只不過沒人聽見他或看見他，因為防護會把所有可能會干擾塔內學者的沒水準人士給擋在外面。

同一時間，抹大拉塔則氣數已盡，九點整，塔基出現一陣轟隆巨響，傳遍整座城市，而在巴別塔學院內，他們吃早餐時茶杯也開始匡噹掉落，眾人還以為是發生地震，直到他們跑向窗邊，並看見除了遠方的某棟建築之外，其實並沒有任何東西明顯在搖晃。

接著他們全衝向屋頂，聚集在克拉芙特教授周圍，她邊描述她從望遠鏡中看見的景象，「塔正在、正在倒塌。」

此時動靜已經非常巨大，肉眼可見，瓷磚從屋頂上滑落，就像雨滴一樣，角樓也大片大片剝落，猛砸到地面上。

薇朵瓦問了那個沒人敢問的問題，「你們覺得有人在裡面嗎？」

就算有，那至少他們還有充足時間可以逃離，抹大拉塔現在已經搖晃了整整十五分鐘，這是他們的道德防線，他們不讓自己去思考其他選項。

九點二十分，抹大拉塔的十座鐘全部同時開始響起，沒有韻律，也毫無和諧，聲響似乎越來越大聲，累積到可怕的程度，並伴著一陣迫切來到高潮，讓羅賓自己都想放聲尖叫。

然後塔就倒了，就像從底部一踹就倒的沙堡一樣，乾淨俐落，倒塌的過程不到十秒，但轟隆聲過了將近一分鐘才消散，接著，抹大拉塔曾經屹立之處，便成了一大團磚瓦、塵土、石頭的廢墟。而從某種角度來說，這竟然還頗為美妙，是種令人不安的美妙，因為情況如此的糟糕，也因違反了事物應該如何移動的法則，城市的地平線竟能在剎那之間，產生如此劇烈的改變，這既令人屏息，也令人敬畏。

羅賓和薇朵瓦就這麼凝視著，兩人十指緊握。

「這是我們幹的。」羅賓囁嚅道。

「這還不是最糟的呢，」薇朵瓦回答，而他分不出來她是開心還是害怕，「這只是開始。」所以葛瑞芬是對的，這就是他們需要的：展示力量，如果民心不能用文字贏得，那毀滅也能說服眾人。

他們推斷，國會的條件一定幾小時後就會送到，因為難道這還不足以證明罷工是無法受到容忍的嗎？巴別塔學院拒絕提供服務，城市是不可能撐下去的。

但教授們就沒這麼樂觀了。

「這不會加快事情進展的，」查卡瓦蒂教授表示，「就算有，也只是會讓破壞變慢，因為他們現在知道要警惕了。」

「可是這預告了之後會發生的事，」伊布拉辛說道，「不是嗎？下個倒塌的會是什麼？是拉德克里夫圖書館？還是謝爾登劇院呢？」

「抹大拉塔只是椿意外，」克拉芙特教授說，「而查卡瓦蒂教授是正確的，這會讓他們其他人心生警惕，去修補我們拒絕提供服務導致的那些影響。現在我們是在和時間賽跑了，他們會在某個地方重新集結起來，當然了，就在我們說話的同時，他們也會試著建立一座新的翻譯中心——」

「他們做得到嗎？」薇朵瓦問，「我們控制了學院，我們有所有維護記錄、工具——」

「還有白銀，」羅賓接口，「我們掌控所有白銀。」

「這遲早會造成傷害沒錯，但從短期來看，他們會想辦法先堵住最嚴重的裂縫。」克拉芙特教授回答，「他們會等著我們出去，我們的燕麥糊頂多只能撐一個禮拜，史威夫特，接著呢？我們就餓死嗎？」

「接著我們就加快事情的進展。」羅賓說。

「你對此有什麼建議嗎？」薇朵瓦問。

「共鳴。」

查卡瓦蒂教授和克拉芙特教授互看一眼。

「他是怎麼知道這事的？」克拉芙特教授問。

查卡瓦蒂教授認罪般聳聳肩，「我可能給他看過吧。」

「艾南！」

「噢，哪有什麼損失？」

「損失嗎？就是**這個**，很顯然——」

「共鳴是什麼東西？」薇朵瓦逼問。

「就在八樓，」羅賓回答，「走吧，我帶妳去看，這是維護遠處銀條的方式，那些銀條不是為了持久而造的。從中心到邊陲，如果我們破壞中心，那他們肯定會開始崩潰的，對吧？」

「嗯，我是有道德底線的，」克拉芙特教授說，「暫停服務和資源是一回事，可是蓄意破壞——」

羅賓譏諷道：「我們現在要為了這個吵起道德了嗎？**這個欸？**」

「城市將停止運作，」查卡瓦蒂教授說，「整個國家都是，這會變成哈米吉多頓[103]。」

「但這就是我們**想要的**——」

「你想要的是造成足夠的損害，讓威脅變得可信而已，」查卡瓦蒂教授答道，「就這樣。」

「那我們一次就只破壞幾根就好。」羅賓站起身，他心意已決，他不想再就此繼續爭論，而他看得出其他人也不想要，他們全都太焦慮，也太害怕了，他們只想要某個人來告訴他們該怎麼做，「一次一根，直到他們了解我們大致的訴求，你們想挑選要先破壞哪一根嗎？」

兩名教授都拒絕了，羅賓猜想，要他們親自動手破壞共鳴銀棒，可能要求太過分了，因為他們太明瞭自身所作所為的後果了，他們必須保留無辜的假象，至少也要是無知。不過他們也沒有表示進一步抗議，所以那晚，羅賓和薇朵瓦便一同上到八樓。

「破壞個十幾根，你覺得呢？」薇朵瓦建議道，「每天先破壞個十幾根，然後我們再看看需不需要增加？」

「也許一開始先破壞個二十幾根吧，」羅賓說，房間裡肯定有數百根銀棒，他有股衝動想把棒子全都踹倒，或隨便拿一根來把其他都敲爛，「我們不是想要戲劇化一點嗎？」

薇朵瓦好笑地看了他一眼，「戲劇化是一回事，魯莽又是一回事囉。」

「這所有嘗試都很魯莽。」

「但我們甚至都不知道光是破壞一**根**會怎麼樣——」

「我只是說，我們必須獲得他們的關注，」羅賓一手握起拳，「我想要大場面，我想要**哈米吉多頓**，我想要他們想到每天都會有十幾座抹大拉塔倒塌，直到他們願意聽我們說為止。」

薇朵瓦雙手抱胸，羅賓不喜歡她的目光掃過他身上的方式，彷彿她掌握了某種他不願大聲承認的真相。

「我們在這裡做的事，並不是復仇，」她揚起眉毛，「只是想澄清一下。」

他選擇不要提起普萊費爾教授的事，「這我知道，薇朵瓦。」

「那好吧，」她唐突地點了點頭，「就二十幾根。」

「一**開始**二十幾根。」羅賓伸手往下把最近的一根共鳴銀棒從固定裝置上拔起，銀棒出乎意料輕輕鬆鬆便滑出來，他本來以為會有些阻力，某種象徵連結斷裂的變化噪音，「就這麼簡單嗎？」

帝國的基礎是多麼纖弱啊，拿掉中心，究竟還剩下什麼？苟延殘喘的邊陲，失根又無力，就像被連根拔起一般。

薇朵瓦伸手隨意拔起第二根銀棒，然後是第三根，「我猜我們晚點就知道了。」

接著，就像紙牌屋一樣，牛津開始分崩離析。

情況惡化的速度快得驚人，隔天，所有鐘塔的時鐘就全都停止運轉，全部精準卡在早上六點三十七分，那天下午稍晚，一陣巨大惡臭飄過城市，結果是因為銀條原來用來協助疏通汙水，現在下水道也整個堵死了，成了一大團動彈不得的爛泥。而那晚，牛津也陷入大停電，首先是某盞路燈開始閃爍，接著是另一盞，一盞接一盞，直到大街所有路燈全都熄滅，自從街上安裝煤氣燈後的二十年以來，這是牛津第一次在夜色覆蓋下度過夜晚。

「你們兩人到底在上面**幹**了些什麼啊？」伊布拉辛讚嘆道。

---

103 譯註1：聖經《啟示錄》中所指的世界末日最終戰場。

「我們只拔出了大約二十幾根銀棒，」薇朵瓦回答，「只有二十幾根耶，所以為什麼——」

「這就是巴別塔學院設計的目的，」查卡瓦蒂教授說道，「我們讓城市盡可能仰賴學院，我們設計出只能撐幾個禮拜的銀條，而不是幾個月，因為維護預約能夠讓我們財源滾滾。這便是哄抬價格以及人工創造出需求的代價，一切都運作得相當美妙，直到崩壞為止。」

到了第三天早上，交通也開始崩潰，英國大多數馬車使用的都是各式各樣翻玩速度概念的配對，現代英文中的「速度」（speed）一詞除了特指某種快速感外，也用於不少常見詞彙中，比如「一路順風」（Godspeed），這證明了源自拉丁文「spēs」，意為「希望」的詞源，也和好運及成功有關，並擁有更廣泛的意涵，表示尋找某人的目的地，還有歷經重重險阻，達成某人的目標。因而使用拉丁文，或較罕見的情況下使用古斯拉夫文的速度相關配對，便能使馬車跑得更快，卻不會發生意外的風險。

但是馬車駕駛已變得太過習慣銀條的存在，所以當銀條失效時，他們也不會隨之修正，意外因此頻傳，牛津的道路上塞滿了過彎時貼得太近而翻覆的貨車及出租馬車。上游的科茲窩還有個八人小家庭直接翻車摔進山谷中，因為馬車駕駛還不習慣坐回駕駛座上，讓馬兒在棘手的彎角接管轉彎工作。

郵政服務系統也同樣戛然而止，多年來，皇家郵政負擔特別大的郵差，都會使用銘刻著法文及英文配對「parcelle」和「parcel」的銀條，法文和英文都曾使用「包裹」（parcel）一詞來指涉組成一片地產的小塊土地，但當該詞演變成代表一件商務物品時，在法文中卻保留了小片碎片的意涵，而在英文中就只是代表一件包裹而已。所以將這類銀條安裝到郵務馬車上，便能讓包裹的重量減少成真實總重的一小部份，但現在負責拉這些馬車的馬兒，負擔的重量成了牠們先前習慣的三倍，因而在半途就會累垮。

「你們覺得他們現在已經發覺這是個問題了嗎？」第四天時羅賓質問道，「我是說，大家要花多久才會發現這件事是不會就這麼自己解決的啊？」

不過人在塔內絕對是不得而知，他們沒辦法衡量牛津或倫敦的民意，除了透過每天早上仍然堪稱荒謬地準時送到前門的報紙之外，這便是他們得知科茲窩的家庭悲劇、各類交通意外、全國郵政大堵塞的方式。可是倫敦的報紙幾乎沒有提到任何有關對中國的戰爭或罷工的消息，只稍稍帶過「聲譽卓著的皇家翻譯學院」中，出現了某種「內部紛亂」。

「我們被和諧了，」薇朵瓦絕望地說，「他們是故意這麼做的。」

但國會覺得他們可以壓住事情多久？第五天早上，他們被一陣極度刺耳的噪音吵醒，眾人花了點時間搜尋過清單，才找出發生了什麼事，基督堂的「大湯姆鐘」是牛津最大的一座鐘，總是以略為不和諧的降B大調敲響，不管是哪個配對負責調音，總之都是壞了，大湯姆鐘現在發出的是種毀滅性的詭異呻吟巨響。到了那天下午，聖馬丁教堂、聖瑪莉教堂、奧斯尼修道院的鐘也都加入了大湯姆鐘的行列，簡直是場永不止息的悲慘呻吟大合唱。

巴別塔學院的防護遮擋了一部份聲響，話雖如此，到了那晚，他們也已全都學會和從牆壁滲入的永無止盡糟糕低沉聲響共存了，而他們也在耳中塞入棉花，以便入睡。

鐘響可說奏起了美好假象的輓歌，沉睡尖塔之城已不復存在，牛津惡化的情況肉眼可見，你可以看見城市一個小時一個小時崩毀，就像一座腐爛的薑餅屋，牛津是多麼深深仰賴銀條，如今已顯而易見，沒有了翻譯機構孜孜不倦的勞動，沒有了從國外吸引而來的人才，馬上就分崩離析。這揭露的不只是翻譯的力量，而是大英帝國純粹赤裸的依賴，令人驚訝的是，他們一旦沒有了從其他國家偷來的語言，甚至連最基本的事都做不到，比如烤麵包或是安全的從一地抵達另一地。

而且，這還只是開始罷了，維護清單漫長得沒有盡頭，另外也還有數百根銀棒還沒拔除。

「他們會讓事情演變得多糟？」是他們在塔內不斷詢問的問題，因為他們全都頗為震驚，也有幾分害怕，這座城市竟然仍尚未承認這場罷工背後真正的原因，國會也還沒有展開行動。

私底下，羅賓並不希望這一切畫下句點，他永遠不會向其他人承認，但是在他內心深處，葛瑞芬和雷米的鬼魂存在的地方，他並不想要一個快速的解決方案，一個名義上的解決，這只不過是粉飾了數十年的剝削事實。

他想看看他能夠把事情搞得多大，他想看見牛津崩毀到只剩地基，想要牛津蛻去肥滿的金玉其外，讓底下蒼白優雅的磚塊碎成一片片、塔樓在鵝卵石地上砸個粉碎、書架像骨牌一樣倒塌，他想要這整個地方都如此徹底地毀滅殆盡，彷彿根本就從未存在過一樣。這所有建築都是由奴隸建造、由奴隸買單、塞滿從遭到征服的土地上偷來的藝術品，這些建築沒有資格存在，繼續存在會需要無窮無盡的壓榨和暴力，而毀滅尚未完成。

第六天，他們終於獲得城市的關注，早上十點左右，一群人聚集在塔基附近，大喊要學者出來。

「噢，你們看，」薇朵瓦嘲諷地說，「是民兵呢。」

他們聚在四樓的窗戶旁往下窺看，人群中有許多人都是牛津大學學生，是身穿黑袍的年輕人，為了捍衛他們的城市遊行，滿臉怒容、氣喘吁吁。羅賓從一頭蓬亂的紅髮認出文斯・沃康，接著是艾爾頓・潘德尼斯，他將火把高舉在頭上揮舞，對身後的人群大吼，彷彿率領軍隊要上戰場一樣，但是其中也有女人、小孩、酒保、店主、農夫龍蛇混雜：市民和學生罕見的攜手合作。

「我們最好去和他們談談，」羅賓說道，「不然的話他們整天都會待在那。」

「你不怕嗎？」梅甘娜問。

羅賓嘲弄道：「難道妳怕嗎？」

「他們人很多，你又不知道他們會做什麼。」

「他們是學生，」羅賓回答，「他們也不知道他們想幹什麼。」

確實，煽動這場抗議的人士，似乎沒有透徹想過他們究竟要怎麼攻入塔中，他們甚至連叫喊都參差不齊，多數人就只是在草皮上困惑地繞圈，四處張望，彷彿在等著其他人站出來發號施令。這並不是過去一年間威脅巴別塔學者、由失業勞工組成的憤怒暴民，這些人只是男學生和鎮民，對他們來說，要使用暴力達成目的是種全然陌生的手段。

「你就要這麼走出去外面啊？」伊布拉辛問道。

「怕什麼？」羅賓反問，「我們也可以喊回去。」

「老天啊，」查卡瓦蒂教授突然緊張兮兮地插話，「他們正試著要放火燒了這裡。」

他們轉身回到窗邊，隨著暴民現在越靠越近，羅賓可以看見他們帶了馬車，裡面堆滿了易燃物，他們有火把，他們也有油。

他們想活活燒死羅賓一行人嗎？別蠢了，這真是有夠白癡，他們當然理解整件事的重點就在於不能失去巴別塔學院，因為學院和其中擁有的知識，不正是他們透過抗爭想要重新奪回的嗎？不過也許理性已經蕩然無存了，也許只剩下暴民，由純粹的憤怒所驅動，因為某種他們以為屬於自己的東西遭人奪走而火冒三丈。

某些學生開始在塔基邊堆放易燃物，羅賓第一次感到擔憂襲來，這可不是無所事事的威脅，他們是真的想要把這地方給燒了。

他推開窗戶，把頭往外探去，「你們在做什麼？」他大喊道，「你們燒死我們，城市就永遠不可能恢復秩序了。」

某個人朝他臉上扔了一個玻璃瓶，但他的位置太高了，瓶子在接近之前就已經開始下墜，不過查卡瓦蒂教授仍是用力將羅賓往回拉，並把窗戶碰一聲關上。

「好了，」他說，「我覺得沒道理和瘋子講理。」

「那我們該怎麼做呢？」伊布拉辛質問道，「他們要活活燒死我們耶！」

「塔是用石頭建的啦，」尤瑟夫輕蔑地回答，「我們不會有事的。」

「可是**煙霧**——」

「我們有辦法，」查卡瓦蒂教授突如其來說道，彷彿現在才想起來一樣，「就在樓上，在緬甸的檔案下面——」

「艾南！」克拉芙特教授驚叫，「他們是平民。」

「這是自衛，」查卡瓦蒂教授答道，「我認為合情合理。」

克拉芙特教授再次往外窺看人群，她的嘴唇緊抿成一道細線，「噢，那好吧。」

沒有更多解釋，兩人便朝階梯走去，其他人面面相覷了一會兒，茫然不知如何是好。

羅賓伸出一手想打開窗戶，另一手則在前內袋掏弄，薇朵瓦見狀緊抓他的手腕，「你在幹嘛？」

「葛瑞芬的銀條，」他咕噥道，「妳知道的，那根——」

「你是瘋了嗎？」

「他們正要活活燒死我們耶，先不要滿嘴仁義道德了——」

「這可能會點燃所有的油，」她越抓越緊，緊到羅賓發痛，「會殺死五六個人，你冷靜一點，好嗎？」

羅賓把銀條放回口袋，深吸了一口氣，並因他血管中猛烈的撞擊聲而驚訝，他想要戰鬥，他想要跳下去把他們給揍個鼻青臉腫、濺血連連，想讓他們見識見識他的真面目，他是他們最可怕的夢魘，野蠻、殘忍、暴力。

不過一切在開始之前便結束了，就像普萊費爾教授，潘德尼斯和他那類人並不是士兵，他們喜歡威脅恫嚇跟咄咄逼人，他們喜歡假裝世界遵從他們所有的奇思怪想，不過到頭來，他們並沒有實際戰鬥的本事，他們對於要奪下一座塔究竟會需要多少努力一無所知，而巴別塔學院可是地球上最固若金湯的塔樓。

潘德尼斯放低火把，點燃易燃物，火焰舔拭上石牆時群眾爆出歡呼聲，但是火勢根本燒不起來，火焰飢渴地跳動，伸出橘色的藤蔓，彷彿要找到立足點，卻漫無目的地一再往回縮。幾名學生靠近塔牆，不做多想就要試著爬牆，但他們連碰都還沒碰到磚頭，一股看不見的力量就將他們彈回草皮上。

查卡瓦蒂教授氣喘吁吁走下樓梯，手拿一根刻有「भिन्त्ते」的銀條[104]，「這是梵文，」他解釋道，「可以分裂他們。」

他傾身靠向窗外，觀察了底下的騷動一陣子，然後把銀條丟到暴民中央，幾秒鐘內，人群便開始分散，羅賓看不太出來究竟發生了什麼事，但是地面上似乎出現了一場爭吵，煽動人士臉上的表情交替著憤怒和困惑，並開始四處繞圈，就像池塘裡的鴨子繞著彼此一樣。接著，他們一個接一個漂離塔邊，可能是回家、去吃晚餐、或回到等待的妻子、丈夫、孩子身邊。

104 原註1：「भिन्त्ते」（bhintte）是個動詞，使用的是梵文字根「भिद्」（bhid），意為「破壞、刺穿、攻擊、毀滅」，「भिन्त्ते」則有各種意思，包括「破裂、分心、毀滅、分裂」。

一小群學生繼續徘徊了一陣子，艾爾頓．潘德尼斯還在草皮上高談闊論，火把高舉過頭，大喊著他們隔著防護聽不見的咒罵，不過巴別塔學院本身很顯然永遠都不會著火，易燃物毫無意義地在石牆上燃燒，然後便撲撲熄滅。抗議人士的聲音因大喊越發沙啞，叫喊也開始顫抖，接著就徹底沉寂，到了日落時，最後一批暴民也三三兩兩回家去了。

譯者們則是到了快午夜時才開始吃晚餐，沒有調味的燕麥粥、桃子乾、每人兩塊配茶的餅乾，而在苦苦哀求之後，克拉芙特教授也軟化了，允許他們從地窖拿幾瓶紅酒上來，「不錯，」她邊說邊用顫巍巍的手倒滿酒杯，「這不是很令人興奮嗎？」

隔天早上，譯者們著手加強巴別塔學院的防禦。

昨天他們從未深陷任何真正的危險之中，就連靜靜哭著睡著的茱莉安娜，現在也對這段回憶一笑置之，但這場幼幼班的暴動只不過是開始，牛津會繼續崩毀，市民只會更憎恨他們而已，他們必須為下一次準備。

他們埋首工作，學院突然之間感覺變得像考試季節一樣，他們成排坐在八樓，弓著背鑽研文本，房裡唯一的聲響就只有翻頁的聲音，以及某個人發現某塊前景可期的詞源學金塊時，偶爾發出的驚呼。這感覺很棒，現在終於有點事可以做了，某件在他們等待外界消息的同時，能讓他們不再緊張瞎混的事。

羅賓仔細耙梳過他在勒維教授的辦公室中找到的成堆筆記，裡面包含許多為了對中國開戰而準備的潛在配對，其中一個使他興奮不已：中文的「利」可以代表把武器磨利，但也同時擁有利益和優勢的涵義，文字本身則是用刀子割稻穀的意思。而用「利」跟「銳利」（sharp）的配對打磨的刀子，便擁有極度鋒利的刀刃，且能不偏不倚找到目標。

「這可以有什麼幫助？」他和薇朵瓦分享時，她問道。

「在戰鬥中會有幫助啊，」羅賓回答，「重點不就在這嗎？」

「你是覺得你會和某個人搞到用刀決鬥嗎？」

羅賓聳聳肩，惱怒了起來，現在也有點尷尬，「有可能會演變成這樣啊。」

她瞇起眼睛，「你想要這樣，對吧？」

「當然不想，我甚至都沒有——我當然不想。但要是他們闖進來，如果真的完全有必要的話——」

「我們是要守住這座塔，」她溫柔地回答道，「只是要保護自己而已，不是要造成血流成河。」

他們開始像遭到圍城的士兵一樣生活，並諮詢起古典文獻，包括軍事史、戰場手冊、戰略專書，來尋找讓巴別塔學院維持運作的方法，他們也制訂了嚴格的用餐時間和配給制度，午夜時絕不可以再偷吃餅乾，伊布拉辛和茱莉安娜就曾被抓到過。他們還把剩下幾部老舊的天文望遠鏡從屋頂搬下，如此便能持續監視每況愈下的城市，此外也設立了一連串的輪值監視班表，每班兩個小時，從七樓和八樓的窗戶往外看，這樣等下一次暴動開始時，他們就能從遠方看見暴民到來。

一天就像這樣度過，接著是另一天，情況最終也沉入他們心底，他們已經度過尚能回頭的時刻了，這並不是暫時的偏離，日常生活不會再恢復了，從此刻開始，他們要不是成為贏家，在一個面目全非的新英國位居先驅，要不然就是橫著離開這座塔。

「他們在倫敦罷工，」薇朵瓦猛搖他的肩膀，「羅賓，快起來。」

他馬上彈起身子，時鐘顯示半夜十二點十分，他才剛睡著，為大夜班做準備，「什麼？誰？」

「所有人，」薇朵瓦聽來頗為震驚，就像連她自己也不敢相信一樣，「安東尼的小冊子一定是發揮效用了，我是說，那些寄給激進派人士，跟勞工有關的，因為你看——」她朝他揮舞著一封電報，「就連電報局也是，他們說國會周圍一整天都有人聚集，要求他們撤回開戰提案——」

「**所有人**是指誰？」

「幾年前的所有罷工人士，裁縫師、鞋匠、紡織工，他們全都再次開始罷工了，而且還有更多人加入，碼頭工人、工廠員工、煤氣鍋爐工，我意思是，真的是**所有人**，你看。」她又晃了晃電報，「你自己看，明天就會登上所有報紙了。」

羅賓在黯淡的燈光下瞇眼讀起電報，試圖理解這代表什麼意思。

上百公里外，白人英國勞工竟然正聚集在西敏廳外，抗議一場針對某個他們從未涉足過的國家所發動的戰爭。

安東尼是對的嗎？他們是否成功建立了最不可能的盟友？他們的罷工並不是這十年內第一場反銀條的暴動，只不過是最激烈的，那年稍早威爾斯的利百加暴動、伯明罕的牛環暴動、雪菲爾和布拉福的憲章運動，都曾試過要阻止白銀工業革命，卻全以失敗告終，報紙將這些事件描繪為各自獨立的不滿爆發，但現在情況已再清楚不過，這類運動全都是息息相關的，全都是糾纏在同一張脅迫和剝削的大網上。發生在蘭開夏紡紗工身上的事，早就先發生在印度紡織工身上了，汗流浹背、精疲力盡的紡織工人，在使用銀條的英國工廠中，編織著美國奴隸採收的棉花。白銀工業革命在世界各地都帶來了貧窮、不平等、苦難，但唯一從中獲益的，卻是位在歐洲權力中心的掌權者，而整個帝國計畫最偉大的成就，便是剝削著這麼多地方，但每個地方都只壓榨一點點，以便將苦難切割及分散，如此才永遠不會變得太多，讓整個社群無法承受，直到情況改變為止。

而要是受壓迫者團結在一起，如果他們因共同的志業同心協力，那麼此時此刻，便是葛瑞芬時常掛在嘴邊的，其中一個不可能達成的轉捩點，現在就是他們把歷史機器推離軌道的機會。

一小時後，第一次停火提議從倫敦傳來：恢復巴別塔學院的服務，完全赦免，包括史威夫特及戴格拉夫，句點，不然就等著坐牢，句點。

「這些條件還真爛。」尤瑟夫表示。

「堪稱荒唐吧，」查卡瓦蒂教授也同意，「我們該怎麼回應才好？」

「我覺得我們不必回應，」薇朵瓦回答，「我覺得我們讓他們冒冷汗，就繼續把他們逼到邊緣。」

「但這麼做很危險，」克拉芙特教授說，「他們開啟了對話的空間，不是嗎？我們不知道這會維持開放多久，要是我們無視他們，然後就關閉了——」

「還有東西。」羅賓突然說。

他們在恐懼無聲的擔憂中看著電報機敲出訊息，薇朵瓦抄了下來，「軍隊在路上，句號。」她讀道，「投降吧，句號。」

「耶穌基督啊。」茱莉安娜說道。

「可是這樣對他們來說有什麼好處？」羅賓問，「他們無法突破防護——」

「我們必須假設他們可以，」查卡瓦蒂教授絕望地說，「至少假設他們會，我們必須假設傑羅姆在幫他們。」

這番話激起了一陣驚恐的七嘴八舌。

「我們必須和他們談談，」克拉芙特教授說，「我們會錯過談判的時機——」

伊布拉辛則是認為：「搞不好他們會把我們全關起來，不過——」

「如果我們投降就不——」茱莉安娜正要開始說。

接著是堅定又激動的薇朵瓦：「我們不能投降，這樣我們什麼都得不到——」

「等一下，」羅賓提高音量蓋過喧嘩，「不，這封威脅，以及軍隊，全都代表這有用了，你們難道看不出來嗎？這表示他們害怕了，第一天他們還以為可以命令我們，但他們現在已經感受到後果了，他們**嚇死**了。這表示如果我們可以再撐一下，要是我們可以再加把勁，那我們就會獲勝。」

第二十八章

「那麼，你又該怎麼說，
對那些，半數城市因
一種全然的激情、報復、憤怒、或恐懼，而崩毀的時代？」

——威廉．華茲渥斯，《序曲》

隔天早上他們醒來後，發現一連串路障一夕之間神祕地在巴別塔學院周圍如雨後春筍般出現，巨大又搖搖欲墜的障礙物擋住了所有通往學院的主要街道，大街、寬街、穀物市場街，這是軍隊幹的好事嗎？他們在想，但一切似乎又太過倉促、太過雜亂無章，不可能是軍方的行動。路障是以日常的材料所建，翻覆的貨車、裝滿沙的桶子、倒塌的路燈、從牛津各公園柵欄拆下的鐵格柵、以及堆積在每個街角的亂石瓦礫，彷彿便是城市狀況緩慢惡化的證據，而且圍住他們自己的街道，對軍隊又有什麼好處啊？

他們詢問值監視班的伊布拉辛他看到了什麼，但伊布拉辛不小心睡著了，「我在黎明前不久醒來，」他辯解道，「那時東西已經在那了。」

查卡瓦蒂教授從大廳衝上樓，「外面有個男的想和你們倆談談。」他朝羅賓和薇朵瓦點了點頭。

「哪個男的？」薇朵瓦問，「為什麼是找我們？」

「不清楚，」查卡瓦蒂教授回答，「但他非常堅定表示要和管事的人談，而這整個場子都是你們的，不是嗎？」

兩人一起下去大廳，他們從窗戶看見一名高個子、寬肩蓄鬍的男子在階梯上等待，他看來沒帶武器，也不特別有敵意，不過他的出現依舊令人摸不著頭緒。

他曾見過這個人，羅賓發覺，他手上沒拿標語，但他站立的姿勢和磨坊工人抗議時如出一轍：雙拳緊握、下巴昂起、意志堅決地瞪著學院，彷彿用意志力就能讓塔倒塌一樣。

「上帝啊，」克拉芙特教授也從窗戶向外窺看，「是那群瘋子的其中之一，別出去，他會攻擊你們的。」

不過羅賓已經穿上外套了，「不，他不會的。」他對發生了什麼事有些猜測，而雖然他有點害怕這麼早就心懷希望，他的心臟仍是因興奮砰砰狂跳，「我猜他是來這裡幫忙的。」

他們把門打開時[105]，男子有禮地向後退，還高舉雙手，表示他沒有攜帶武器。

「你叫什麼名字？」羅賓問道，「我之前曾在這外面見過你。」

「艾伯，」男子聲音非常低沉平穩，如同石材，「艾伯·古菲洛。」

「你朝我扔雞蛋，」薇朵瓦控訴道，「就是你，去年二月——」

「沒錯，但那只是顆雞蛋而已，」艾伯回答，「不是針對妳。」

羅賓朝路障示意，最近的一座幾乎擋住了整條大街，將學院的大門口阻絕，「這是你做的？」

艾伯露出微笑，這是個詭異的景象，在鬍子之下，有那麼一瞬間讓他看來就像是個淘氣的小男孩，「你們喜歡嗎？」

「我不確定這意義何在。」薇朵瓦答道。

「軍隊要來了，你們沒聽說嗎？」

「而我看不出來這要怎麼阻止他們，」薇朵瓦說，「除非你要告訴我你也帶了一支軍隊來守護這些路障。」

「這阻擋軍隊的效果比你們想得還要好，」艾伯說，「不只是跟路障本身有關，不過也撐得住，你們會見識到的，這是跟心理因素有關。路障會創造出一種印象，表示有真正的反抗在發生，軍隊現在還以為他們會一路暢通朝塔前進呢。而且也能鼓勵我們的抗議夥伴，創造出了一個安全的避風港、一個撤退之處。」

「那你們在外面抗議的又是什麼？」薇朵瓦謹慎地問道。

「當然是白銀工業革命了，」艾伯舉起一本皺巴巴又泡過水的小冊子，是他們發的小冊子，「結果我們是站在同一邊呢。」

薇朵瓦昂起頭，「是嗎？」

「顯然在有關工業的部分，我們先前也曾試著說服你們同樣的事。」

羅賓和薇朵瓦互看了一眼，他們現在都覺得頗為可恥，他們去年竟然這麼鄙視罷工人士，他們聽信勒維教授的說辭，認為罷工人士就只是懶散、可悲、不值得享有基本的經濟尊嚴，但是到頭來，他們雙方的志業，真的有多少差別嗎？

「這從來不是和白銀有關，」艾伯說，「你們現在懂了，對吧？是有關工資縮減跟惡劣的工作環

105 原註1：克拉芙特教授重抽了羅賓和薇朵瓦的血，替換掉他們放在牆上的血瓶，所以他們現在和從前一樣可以自由進出塔內外了。

境，女人和小孩在炎熱又不通風的地方工作一整天，還有人眼跟不上、未經測試的機器所帶來的危險。我們全都在受苦，而我們只是想讓你們看見而已。」

「我懂，」羅賓回答，「我們現在懂了。」

「而且我們那時也不是想傷害你們任何人，呃，不是認真的。」

薇朵瓦遲疑了一下，然後點了點頭，「我可以試圖相信這點。」

「總之，」艾伯朝他們身後的路障示意，動作笨拙又不自然，就像求婚的新郎在炫耀他的玫瑰花，「我們知道你們想幹什麼，想說我們可以過來幫忙，至少我們可以阻止那些蠢貨把整座塔給燒了。」

「嗯，謝謝你。」羅賓不確定該做何感想，他依然還不太能相信這竟然真的發生了，「那你有，你有想要進來嗎？進來聊聊？」

「好的，當然好，」艾伯回答，「這就是我來的目的。」

他們退回門後，並邀請他進入。

所以戰線就這麼劃定，羅賓所見識過最為古怪的一次合作在那天下午展開，幾個禮拜前還在咒罵巴別塔學院學生的人，現在就在大廳，坐在他們之中，談著街道戰的戰略和路障的完整性。克拉芙特教授和一名叫作毛里斯・朗的抗議人士站在一起，低頭研究一張牛津地圖，並討論著設立更多路障，阻擋軍隊進入點的理想位置，「路障是我們從法國進口過的唯一一件好東西，」毛里斯說道[106]，「在大路上，我們想要的是低矮的路障，鋪路石或倒塌的樹木之類的，這會需要花時間清理，也能阻止他們使用馬匹或重型大砲。另外這邊，如果我們切斷方院周遭較狹窄的進入點，就能把他們限制在大街[107]……」

薇朵瓦和伊布拉辛跟其他幾名罷工人士坐在一張桌邊，盡責地寫筆記，記錄哪些銀條能為他們的防禦帶來最大的協助，「桶子」一詞頻繁出現，無意間聽見的羅賓猜想，他們應該是計劃要去打劫一些酒窖，以加固路障的結構[108]。

「你們打算在這裡待幾晚？」艾伯朝大廳周遭示意。

「需要待幾晚就待幾晚，」羅賓回答，「這就是關鍵，他們可以使出渾身解數，但是只要我們還控制著塔，他們就會綁手綁腳。」

「你們這裡有床鋪嗎？」

「不算有，有張我們輪流使用的窄床，不過大多數時間我們都縮在書架間睡覺。」

「那一定不太舒服。」

106 原註2：暴動的戰略快速流傳，英國紡織工人是從一八三一年及一八三四年法國里昂的蠶絲工人暴動中，學到這類路障技巧的，這些暴動雖遭到殘酷鎮壓，但重點在於，他們當時並沒有挾帶動搖國本的優勢。

107 原註3：如果這樣的組織能力讓人出乎意料，請務必記得巴別塔學院和英國政府都犯下了一個重大錯誤，假設這個世紀中的所有反白銀運動都只是自發性的暴動，並且是由未受教育的不滿烏合之眾所發動。比如說盧德運動人士，便遭汙名化為害怕科技，只會盲目砸毀機器，但他們其實是高度精密的暴動運動，由紀律精良的小型團體組成，會使用偽裝及暗號、籌募資金、蒐集武器、恐嚇對手、並進行經過縝密計畫的特定攻擊。且雖然盧德運動最終確實失敗，這也是在國會出動了一萬兩千名士兵鎮壓之後的事，這個數量比半島戰爭時派出的軍隊還多，而艾伯的人馬為巴別塔學院的罷工帶來的，正是這種程度的訓練和專業主義。

108 原註4：「路障」（barricade）一詞便來自西班牙文的「barrica」，意即「桶子」，也就是用來建造史上第一批路障的基本材料，除了歷史上的重要性之外，桶子之所以是建造路障的好材料，還有幾個原因：容易運送、容易裝滿沙子或石頭、也容易堆疊，可以為駐紮在後方的狙擊手留下槍眼。

「還用你說，」羅賓對他露出苦笑，「有人起來上廁所時都一直被踩到。」

艾伯哼了一聲，目光環顧奢華的大廳、拋光過的桃花心木書架、潔白無瑕的大理石地板，「還真是犧牲很大啊。」

＊

那晚，英軍便開入牛津。

學者們從屋頂上觀看，穿著紅衣的軍隊排成一隊湧入大街，武裝部隊的抵達理應是個盛大的場合，但還是很難感受到任何真實的恐懼，軍隊在城鎮的住宅和市中心的商店間，看來頗為格格不入，而出現歡迎他們抵達的鎮民，也使他們看來更像在閱兵，而非一支懲罰性的軍隊。他們緩緩前進，還讓路給過街的平民，一切看來都相當優雅又有禮。

軍隊在抵達路障時停下，留著茂密鬍子，身上掛滿獎章的指揮官下馬，大步走向第一台翻覆的馬車，他似乎對此困惑不已，環顧在旁觀看的鎮民，彷彿在等待某種解釋。

「你們覺得那是希爾爵士嗎？」茱莉安娜疑惑道。

「他可是陸軍總司令，」查卡瓦蒂教授回答，「他們才不會派出陸軍總司令來對付我們呢。」

「他們應該要的，」羅賓說，「我們可是國安威脅。」

「別這麼浮誇啦，」薇朵瓦要他們安靜，「你們看，他們在講話。」

艾伯．古菲洛隻身從路障後方走出。

指揮官在街道中央和艾伯見面，兩人交談了起來，羅賓聽不到他們在說什麼，不過對話氣氛似乎逐漸升溫，一開始是彬彬有禮展開，但兩名男子的手勢接著便開始狂亂了起來，他數度擔心指揮官就要將艾伯上銬。最終，他們終於達成某種共識，艾伯退回路障後方，他是倒著往回走，彷彿要確保沒人會朝他背後開槍一樣，留鬍子的指揮官也回到他的軍隊中。然後，出乎羅賓意料的是，軍隊竟開始撤退。

「他給我們四十八個小時清理，」艾伯回到學院大廳時回報道，「在那之後，他說他們會強制清理路障。」

「所以我們只有兩天時間，」羅賓說，「根本就不夠啊。」

「不只這樣呢，」艾伯說，「這招會斷斷續續展開，他們會給我們另一次警告，接著再一次，然後是第三次，這一次用詞會更激烈。他們會拖到不能再拖為止，如果他們計劃要襲擊我們，那剛才當場就會這麼幹了。」

「他們就很樂意朝史溫暴動人士開槍啊，」薇朵瓦說道，「還有毯子運動人士。」

「那些並不是針對領土的暴動，」艾伯回答，「而是針對政策，暴動人士不需要堅守陣地，有人對他們開槍，他們就潰散了，但我們是鑲嵌在一座城市的中心，我們賭的是我們對塔樓以及對牛津本身的控制。如果有任何一名士兵意外攻擊到路人，那事情就會一發不可收拾，超出他們控制了，他們不可能突破路障，卻不破壞到城市。而我認為，國會可負擔不起這點，」他起身準備離開，「我們會把他們擋在外面的，你們就繼續寫小冊子吧。」

所以眼前這回事，罷工人士和軍隊在大街路障邊的僵局，已成了他們新的現狀。

一切回到原點時，巴別塔學院本身能夠提供的保護，絕對會比艾伯．古菲洛的大雜燴路障還多，但路障擁有的不僅是象徵性價值而已，路障還覆蓋了足夠大的區域，可以維持進出塔內外的重要補給線。這代表學者們現在有新鮮食物和清水了，那晚的晚餐便是一頓蓬鬆白麵包和烤雞大餐，而且也表示他們現在有了個可靠的情報來源，能夠了解塔牆之外的情況。

超乎眾望的是，接下來幾天中，艾伯的支持者人數大幅成長，罷工的工人傳播訊息的本事，比羅賓他們所有小冊子都還強大許多，畢竟他們講的是同樣的語言，英國人可以用某種他們無法同理外國裔譯者的方式去認同艾伯他們。全英各地的罷工勞工都來到這裡加入他們的志業，年輕的牛津男孩因為困在家裡覺得無聊，想要找點事做，也跑到路障旁邊，只因為這似乎很刺激，女人也加入了他們的行列，包括失業的女裁縫和在工廠工作的女孩們。

多麼壯觀啊，這場巴別塔學院的守護者大匯流，路障有種古怪的效果，竟然能建立起社群，在這些障礙後方，他們全是共患難的同袍，不管出身為何，而定期送往塔內的食物，現在也附上了手寫的鼓勵訊息。羅賓原先只期待暴力，並非團結，所以他不確定對於這些支持之舉該如何是好，這違背了他對世界的期待，他很害怕這會讓他燃起希望。

某天早上，他發現艾伯留了樣禮物給他們，一輛馬車停在學院大門前，裡頭床單、枕頭、自家縫製的毯子堆得高高的，最上面釘著一張潦草的字條，寫著：「這先借你們，用完之後記得要還給我們。」

與此同時，他們在塔內全心投入，要讓倫敦當局對延長罷工的代價感到畏懼。

白銀賜予了倫敦所有現代的便利，驅動倫敦富人家中廚房的製冰機、供應倫敦酒吧釀酒廠的引擎、以及生產倫敦所需麵粉的磨坊，沒有了白銀，火車頭就會停止運轉，也沒有新的鐵路能夠興建，水會變髒，空氣也會變得汙濁。而當所有將紡織、編織、紡紗過程機械化的機器轟然停下，英國的紡織工業也會徹底崩潰，全國還將可能面臨飢荒，因為英國鄉下的所有耕犁、播種機、脫穀機、汙水管，也全都使用銀條[109]。

這些影響需要好幾個月才會完全體現，倫敦、利物浦、愛丁堡、伯明罕都還有區域性的銀工中心，在大學期間表現不夠優異，無法獲得獎學金的巴別塔學院學者，便是在這些地方省吃儉用過著平凡的日子，負責應用由他們才華更為洋溢的同儕所設計的銀條。這類中心在過渡期間，雖可以當成短暫的權宜之計，不過仍然無法完全彌補其中的差距，尤其是因為一個重要原因，即他們並沒有辦法取得同樣的維護清單。

「你們不覺得他們會記得嗎？」羅賓問道，「至少那些和普萊費爾教授一起離開的學者們？」

「他們是學者，」克拉芙特教授回答，「我們所知的一切就只有心靈上的生活，我們是記不住任何事的，除非寫在日記裡，然後還要圈起來好幾次。傑羅姆會盡量想辦法，假設他已經從手術後的不省

109 原註5：最重要的是，所有由蒸汽動力驅動的事物都會出問題，到頭來，勒維教授賺大錢的方式，便是依靠將蒸汽動力從一項麻煩又複雜的科技，變成可靠的動力來源，負責維持幾乎整支英國艦隊的運轉，而他偉大的創新其實頗為簡單：中文的「氣」代表「蒸氣」（vapour），同時也擁有靈魂和能量的意涵。從數十年前開始，將這類銀條安裝上理查·崔維西克發明的引擎後，只要用少量的煤炭，便能產生令人咋舌的大量能量。此外，一八三〇年代的科學家也曾在航空運輸領域探討該組配對的應用，不過他們並沒有太多進展，因為熱氣球要不是一直爆炸，不然就是直接飛向平流層。有些人認為，單是這項發明，便能解釋英國為何能在特拉法加海戰中獲勝，而現在全英國都是以蒸汽驅動了，蒸汽火車頭已取代了許多依靠馬匹的交通工具，使用蒸汽引擎的船隻也取代了大多數帆船。但是英國的中文翻譯人數確實相當稀少，而眼前除了羅賓和查卡瓦蒂教授之外，其他中文譯者全都無法提供幫助，他們要不是已經死亡，就是人在海外。少了定期維護，蒸汽動力雖不會完全停止運轉，卻會失去其獨特的力量，也就是其不可思議的效能，正是這點，使得英國艦隊可以遠超美國及西班牙艦隊，讓他們望塵莫及。

人事中清醒過來的話，可是流過裂縫的損失還是太大了，這個國家幾個月內就會瓦解。」

「而經濟甚至還會比這更快崩潰呢，」尤瑟夫說，他是他們之中唯一真的對市場和銀行業有點了解的人，「一切都和投機行為有關，你們看，在過去十年內，大家都發瘋般狂買鐵路和其他白銀相關產業的股票，因為他們全都覺得自己就在發大財的邊緣了。而當他們發覺這些股票都會變成壁紙時，會發生什麼事呢？鐵路產業可能要好幾個月才會崩潰，但市場本身只能撐幾個禮拜而已。」

市場大崩潰，這個想法很荒唐，卻也很誘人，他們可以用股市崩潰和隨後必然會到來的銀行大擠兌要脅，來打贏這場仗嗎？

因為關鍵就在這裡，不是嗎？要讓一切成功，他們就必須嚇唬富人和當權者，他們深知罷工會對窮苦的勞工階級造成不合比例的影響，也就是那些住在倫敦最骯髒、最擁擠地區的人，當他們的空氣污濁、水也變髒時，沒辦法就這麼收拾家當，逃往鄉下。但是從另一個重要層面看來，白銀的匱乏也將會對在相關發展中最為有利可圖的人，造成最沉重的打擊，那些新建的建築，包括私人俱樂部、舞廳、剛整修好的劇院，將會首當其衝，倫敦破敗簡陋的房屋是用一般的木材所造，而非經過白銀加強，用來支撐比天然建材更重重量的地基。建築師奧古斯都．普金便時常和巴別塔學院的教職員合作，而他在近期的計畫中都大量使用銀條，包括蘭開夏的史卡里斯坡廳、奧頓塔的翻修、以及最為著名的，在一八三四年的大火後，所重建的西敏宮，根據維護的清單顯示，這所有建築物在年底之前都會倒塌，而要是拔掉正確的銀棒，那還會更快。

當他們腳下的大地開始搖撼時，倫敦的富人會有何反應呢？

罷工人士大聲疾呼相關警告，他們大肆宣傳這項資訊，抄寫了無數本小冊子，由艾伯送給倫敦的盟友，他們寫道：「你們的道路會倒塌、飲水會混濁、燈光會熄滅、食物會腐敗、船隻會沉沒，這一切終將到來，除非你們選擇和平。」

「這就像是十災。」薇朵瓦觀察道。

羅賓已經好幾年沒翻開半本《聖經》過了，「什麼是十災？」

「摩西要求法老讓他的人民離開，」薇朵瓦回答，「但法老心裡固執，拒絕讓人民離去，所以主在法老的土地降下十種災難，將尼羅河變成血河，派出蝗蟲、青蛙、瘟疫，還在埃及全境降下黑暗，並透過這些舉動讓法老了解他的力量。」

「那最後法老有讓他們離開嗎？」羅賓問。

「他確實有，」薇朵瓦說，「但只有在十災都結束之後，只有等到他慟失長子之後。」

偶爾，罷工造成的影響也會自行恢復，有時電燈會恢復明亮一整晚，或是某塊路面會自行清好，也可能有消息傳出，淨水的銀條現在已經流出，並在倫敦特定社區以高昂的價格販售，而有時清單上預測的災難也沒有出現。

這並不令人意外，遭到放逐的學者們，包括德弗里斯教授、哈汀教授、所有沒有留在塔內的教職員和研究生，都已重新在倫敦集結，並建立了一個防禦學會，來反制罷工人士。全國現在正困在一場隱形的詞語和意義大戰之中，命運就在大學中心和絕望求生的邊陲之間擺盪。

不過罷工人士並不擔心，放逐派是不可能獲勝的，他們就只是缺少塔內的資源，他們就把手指插在爛泥裡吧，但還是無法阻止河水流過，也無法擋住水壩洩洪。

「還真是超級尷尬的，」薇朵瓦某天喝下午茶時觀察道，「最後這一切竟然都仰賴牛津。你會以為他們應該更聰明的，不會把所有雞蛋都放在同一個籃子裡。」

「是啊，真的是很好笑，」查卡瓦蒂教授說，「嚴格說來，那些補給站確實是存在，目的正是為了減輕這種依賴危機，比如劍橋，多年來就一直試著想建立足以競爭的計畫，但牛津這邊不願意分享任何資源。」

「因為資源很稀有嗎？」羅賓問道。

「因為忌妒和貪婪，」克拉芙特教授回答，「資源稀少從來不是個問題[110]，我們就只是不喜歡劍橋學者，下流的暴發戶，以為他們可以靠自己啊？」

「沒人會去劍橋，除非他們在這裡找不到工作。」查卡瓦蒂教授補充，「真可憐。」

羅賓驚訝地望著兩人，「你是在跟我說這個國家要因為學界派系滅亡了嗎？」

「是啊，沒錯，」克拉芙特教授把茶杯舉到嘴邊，「這裡是牛津耶，不然你覺得呢？」

不過國會依舊拒絕合作，外交部每晚都會寄給他們同樣的電報，永遠都使用一模一樣的措辭，彷彿一遍又一遍大喊同一則訊息可以導致順從似的：立即停止罷工，句號。一週內，這類提議就不再包括赦免了，不久之後，還開始附上一則看來頗為多餘的威脅：立即停止罷工，句號。否則軍隊就會把塔奪回，句號。

他們的罷工造成的影響很快就開始鬧出人命[111]，結果其中一個重大的轉捩點，其實是道路，在牛津是如此，倫敦的情況則更為嚴重，因為交通是城市政府面臨的主要問題，即如何管控貨車、馬匹、行人、公共馬車、出租馬車、一般馬車的車流及人流，不要造成交通堵塞或意外。銀工透過加固木製路面、管控收費道路、強化收費站及橋樑、確保馬車順暢轉彎、補注防塵水泵、維持馬匹的溫馴，來防止出現交通堵塞，但是少了巴別塔學院的維護，這一切細微的調整全都開始一個接一個崩解，並且造成數十人死亡。

交通運輸可說推倒了第一張骨牌，引發一連串其他各式各樣的悲慘事件，雜貨店無法補貨、麵包店買不到麵粉、醫生沒辦法看病、律師到不了法院。倫敦較富裕的社區有十多輛馬車，原先是使用勒維教授設計的某一組配對，運用的是中文的「輔」字，意為「協助」或「輔助」，這個字本來指的是馬車旁邊保護的側欄，勒維教授一月中應該要到倫敦去維護的，但他已撒手人寰，銀條因而失效，馬車現在也太過危險，無法駕駛[112]。

他們所知所有會在倫敦重演的一切，都已經在牛津發生過了，因為牛津拜鄰近巴別塔學院之賜，是全世界最為仰賴白銀的城市，而牛津正開始敗壞，市民開始破產、飢腸轆轆、貿易受到干擾、河川堵塞、市集關閉，他們派人到倫敦尋求食物及補給，但路途現在已變得凶險萬分，且牛津到帕丁頓的

110 原註6：比如共鳴銀棒所使用的巴瑞什字母，在功能上就不是完全必要，巴別塔學院的學者之所以發明這種字母，純粹只是因為這樣一來他們擁有專利的共鳴科技就不會流出給外人了。事實上，得知學界以為的資源稀缺，有多大程度是經由人工建構的，實在是令人咋舌。

111 原註7：艾伯為他們帶來各式川流不息的駭人情況進展，在查爾維河上，有艘船屋和另一艘運輸駁船相撞，因為兩艘船的導航系統都故障了，這造成了河中央的交通大堵塞，共有三人因困在沉沒的船艙中死亡。而在北邊的傑里科，有一名四歲孩童命喪失控的馬車輪下，在倫敦的肯辛頓，則有一名十七歲的女孩和她的戀人於午夜幽會時，因上方教堂塔樓的廢墟倒塌而雙雙慘遭活埋。

112 原註8：某個星期三，便有兩輛貨車相撞，其中一輛載滿上等白蘭地桶，甘醇甜美的芳香漏到街上後，一小群路人便衝上馬車，用手舀起白蘭地喝，一切都是如此好玩有趣，直到某個抽著煙斗的人走近，瞬間把整條街道變成人、馬、爆炸的酒桶點燃的大火球。

火車也已經停駛了。

針對巴別塔學院的攻擊也變本加厲，市民和士兵一同擠得街道水洩不通，朝著學院的窗戶破口大罵，並和路障那邊的人發生衝突，但依舊徒勞無功，他們傷不到譯者們，而譯者是唯一能夠終結他們悲慘命運的人。他們過不了學院的防護，不能放火燒塔，也無法在塔基放置爆裂物，只能乞求學者們高抬貴手。

「我們只有兩個要求，」羅賓在一系列小冊子中寫道，這已成了他回應城鎮抗議的方式，「國會知道這點，拒絕開戰，以及特赦，你們的命運掌控在他們手上。」

他要求倫敦當局在這一切結束之前屈服，他是如此希望的，但也深知他們不會，他現在已徹底改宗葛瑞芬的暴力理論，也就是當壓迫者仍然覺得自己沒什麼好怕時，是永遠不會坐上談判桌的。不，情況必須變得血流成河，直到現在，所有威脅都只是空口說白話，倫敦必須受苦受難，才會理解。

薇朵瓦不喜歡這樣，每次他們上去八樓，兩人都會因為要拔掉哪些共鳴銀棒，又要拔掉幾根爭吵，他想要一次拔掉二十幾根，她只想要拔兩根，而通常他們會在五或六根達成共識。

「你把事情逼得太快了，」她說，「你甚至都沒給他們回應的機會。」

「他們想什麼時候回應都可以，」羅賓回答，「是有什麼阻擋他們了？與此同時，軍隊已經到這裡了——」

「軍隊會在這裡，是因為你逼他們的。」

他發出不耐煩的悶哼，「很抱歉我不夠替他們著想——」

「我不是在**替他們著想**，我只是比較謹慎，」薇朵瓦雙手抱胸，「這太快了，羅賓，同時發生太多事了。你必須要讓辯論有個結果，你必須要讓民意反對戰爭——」

「這樣才不夠，」他堅稱，「他們從來都沒這麼想過，可不會現在就馬上想通公平正義，訴諸恐懼才是唯一能成功的方法，這只是**戰略**——」

「這才不是來自戰略，」她的語氣尖銳了起來，「這是因為哀慟。」

他沒辦法轉過身，不想讓她看見自己的表情，「妳自己說妳想要這個地方陷入熊熊火海的。」

「但我還要更多，」薇朵瓦回答，一手放在他肩上，「我還想要我們倆活下來。」

最終，他們仍是不可能判斷搞破壞的速度究竟帶來多少改變，選擇權依舊掌握在國會手上，倫敦的辯論持續。

沒人知道上議院內究竟發生了什麼事，只除了不管是輝格黨或是激進派，對自己的票數都沒有足夠的自信，不敢貿然要求投票，各家報紙則揭露了更多民意觀點，主流的報紙表達了羅賓預料之中的意見，即對中國開戰，是為了要捍衛國家自尊，入侵只不過是對於中國侮辱英國國旗的正當懲罰，而外國出生的學生佔領巴別塔學院，則是叛國之舉，牛津的路障和倫敦的罷工，也是出自野蠻叛亂份子的手筆，且政府立場應該要堅定不移，不該答應他們的要求。主戰的社論則強調擊敗中國會是多麼輕而易舉，這只會是場小型戰爭，甚至都稱不上戰爭呢，英國需要做的就只是點燃幾座大砲，中國人不到一天內就會承認戰敗了。

不過針對譯者本身，各家報紙似乎無法達成共識，主戰的刊物提出了十幾種理論，比如他們和腐敗的中國政府勾結，他們和印度的叛徒共謀，或是他們是不知感恩的惡意人士，根本沒有任何目的，只是要忘恩負義破壞英國而已，而這一切都不需要進一步解釋，因為這是個英國大眾都早已準備好要相信的動機。「我們並不會和巴別塔學院談判，」國會兩黨的成員如此承諾道，「英國是不會向外國人卑躬屈膝的[113]。」

但是並不是所有報紙都反對巴別塔學院或贊成開戰，確實，每出現一條催促對廣州迅速採取行動的頭條，也都會有另一份刊物稱這場戰爭是道德和宗教上的暴行，儘管這類刊物規模較小、較不主流、立場較為激進。《旁觀者週刊》便指控主戰的黨派貪婪又利慾薰心，《審視者週刊》則將這場戰爭稱為道德淪喪又站不住腳，《冠軍週刊》的某篇頭條標題便是「渣甸的鴉片戰爭無恥至極」，其他報刊就沒這麼委婉了，比如《政治週刊》便寫道：「鴉片成癮的賣毒臣想要染指中國」。

英國的每個社會運動派系也都有自己的意見，廢奴主義者發表聲明支持罷工人士，女性主義者也是，不過聲量就沒有這麼大了。基督宗教組織也印行了小冊子，批評這是在向一群無辜的人民散播一種非法的罪惡，但遭到主戰的福音派人士反駁，他們認為就基督教義來說，讓中國人民接觸到自由貿易，其實是上帝的旨意。

同一時間，激進派的刊物則是認為強迫中國開港通商，會與英國北部的勞工利益衝突，而由理想破滅的工人及匠人組成的憲章運動人士，更可說是最為支持罷工人士的聲音，事實上，憲章運動人士的報刊《紅色共和國》，便刊出了一篇頭條，稱翻譯們是勞動階級的英雄。

這給了羅賓希望，畢竟激進派到頭來仍是輝格黨需要安撫的黨派，而要是這類頭條能夠說服激進派人士相信開戰和他們的長期利益牴觸，那麼或許一切都還有可能解決。

而且確實，這番有關銀工造成危險的討論，在公眾意見的領域中，比起談論中國，還帶來更好的效果，這是個切身相關的議題，會以一般英國人能夠理解的方式對他們造成影響。白銀工業革命重創了紡織業和農業，報刊文章一篇接一篇刊出，揭露使用銀工的工廠內部駭人聽聞的工作環境，雖然這些文章也有遭到反對，包括安德魯·尤爾撰寫的一篇反駁，他認為只要工廠工人願意少喝點琴酒、少抽點香菸，那他們的狀況就會好上許多了。早在一八三三年，外科醫生彼得．蓋斯柯就出版了他經過詳盡研究的著作《英格蘭的工業人口》，主要便是在探討英國勞工在道德、社會、生理上，因為銀工機器所付出的代價，但當時受到嚴重漠視，除了激進派人士有關注之外，而他們總是以誇大一切聞名。可是現在，反戰的報紙每天都會刊登該書的選摘，以驚駭的細節報導孩童被迫鑽進成人無法進入的隧道因而吸入煤灰，還有他們的手指及腳趾由於跟不上銀工機器非人的運轉速度而遭到切斷，以及女孩的頭髮卡進飛速運轉的紡錘及織布機中，導致慘遭勒死。

《旁觀者週刊》刊出了一則憔悴孩童的漫畫，他們在某種無形新發明的輪下遭到輾壓致死，搭配的圖說則是「白銀工業革命的白人奴隸」，塔內的眾人因為這樣的對比笑得東倒西歪，不過一般大眾似乎真心為此感到恐懼。還有人跑去問一名上議院議員，他為什麼支持在工廠裡剝削孩童，結果議員

113 原註9：各家報紙總是把罷工人士稱為外國人，包括中國人、印度人、阿拉伯人、非洲人，完全忽略克拉芙特教授，他們從來都不會是牛津人，不會是英國人，都是來自國外的旅人，濫用了牛津的善意和恩惠，而且現在還挾持了全國要脅。「巴別塔學院」已經成了「外國」的同義詞，而這實在是詭異至極，因為在此之前，皇家翻譯學院總是被當成國寶，是個實實在在的英國機構。

不過當時的英國和英文本身，總是比其願意承認的還仰賴窮人、下等人、外國人更多，「本土語言」（vernacular）一詞便是來自拉丁文的「verna」，意為「家奴」，這強調了其本土性及內部性，但是「verna」這個字根同樣也代表有權有勢者所說的語言粗鄙的起源，也就是由奴隸、勞工、乞丐、罪犯發明的詞彙和說法，又稱庶民的黑話，在受到正統接納之前，早已滲透了英文。此外，本土英文其實也不太能夠稱為本土，因為英文的詞源學擁有來自世界各地的字根，比如「年鑑」（Almanacs）及「代數」（algebra）便來自阿拉伯文、「睡衣」（pyjama）來自梵文、「番茄醬」（ketchup）來自中文、「稻田」（paddy）則源自馬來文。要一直到菁英英國人的生活方式受到威脅，真正的英國人，無論他們到底是誰，才開始嘗試要切割自己的過往。

竟輕率回應，一八三三年法律便已禁止聘僱九歲以下的孩童，這番言論引發了更大規模的抗議聲浪，為全國受苦受難的十歲及十一歲孩童打抱不平。

「真的有像這一切這麼糟糕嗎？」羅賓問艾伯，「我是說，在工廠裡的情況。」

「還更糟呢，」艾伯說，「這些還只是他們報導的獵奇意外，但他們可沒說日復一日在那些擁擠狹窄的空間中工作，是什麼樣子，黎明前就要起床，一路工作到晚上九點，中間也沒什麼休息時間。而這還是我們**渴望**的工作環境，是我們希望能夠拿回來的工作，我猜他們在大學裡也沒讓你們工作到有那一半辛苦吧，有嗎？」

「沒有，」羅賓尷尬地回道，「他們沒有。」

《旁觀者週刊》的故事似乎特別是對克拉芙特教授帶來深遠影響，羅賓發現她拿著刊物坐在茶桌旁，紅了眼眶，在其他人都吃完早餐之後，還久久沒有離去，看見他過來時，她匆匆用手帕抹了抹眼睛。

他坐到她身旁，「妳還好嗎，教授？」

「噢，沒什麼，」她清了清喉嚨，停頓了一下，接著輕輕推了推刊物，「就只是……這是我們不太常想到的另一面故事，對吧？」

「我覺得我們全都已經很擅長選擇不要去想某些事情了。」

她似乎沒聽見他說的話，望著窗外下方的草皮，罷工人士在此的抗議陣地，看起來已經像座軍營，「我第一項申請到專利的配對，能夠提升泰恩夏某座礦坑中設備的效率，」她說道，「可以讓裝滿煤炭的礦車穩穩待在鐵軌上。礦坑老闆非常佩服，還邀請我上去北部拜訪一趟，而我當然答應囉，我對於能夠為國貢獻一己之力相當興奮。但我記得看到礦坑中的那些孩童讓我啞口無言，我詢問時，礦工們說他們絕對安全，且在礦坑中幫忙，也能讓他們在父母外出工作時，不會惹上麻煩。」

她顫巍巍地吸了口氣，「後來他們告訴我，銀工使得礦車根本不可能移開軌道，就算軌道上有人擋著也是；出了一起意外，一名小男孩失去了雙腿，他們想不出變通方法，於是就停止使用那組配對了，但我當時也沒有再多想。那時我已經拿到獎學金了，教授職位指日可待，而且我也去做其他更大型的計畫了，我沒有多想，我就只是沒有多想，然後就這麼多年過去了，就這樣年復一年過去。」

她轉回來面向羅賓，雙眼泛淚，「只是這一切是會累積的，不是嗎？不會就這麼消失，接著有一天你會開始去戳弄你壓抑的那些事，而這是一大團黑暗又腐敗的東西，永無止盡，令人膽寒，然後你就再也無法移開視線了。」

「耶穌基督啊。」羅賓驚呼。

薇朵瓦抬起頭，「怎麼回事？」

他們困在六樓的某間辦公室中，仔細鑽研各式清單，尋找未來災難的蛛絲馬跡，他們已經檢查過牛津市一路到明年的預約了，但倫敦的維護行程表更難找，巴別塔學院的記錄制度奇差無比，職員使用的分類系統似乎並不是按照合乎邏輯的日期來排序，也不是依照語言，這樣雖然比較沒邏輯，但至少還是合理一點，而是按照倫敦社區問題重重的郵遞區號來分類。

羅賓拍拍他面前的清單，「我覺得我們可能很接近轉捩點了。」

「為什麼？」

「他們本來一週內就要去維護西敏橋，他們是在一八二五年新倫敦橋興建的同時去進行銀工工程的，銀條應該十五年後就會失效，那就是今年。」

「所以會怎樣？」薇朵瓦問，「旋轉橋面會鎖死嗎？」

「我不覺得耶，這是個很大型的……『F』是『地基』（foundation）的代碼，對吧？」羅賓聲音越來越小，然後便沉默了下來，他的目光快速上下掃過清單，試圖確認呈現在眼前的事物。這是個很長的條目，一連串使用各種語言的銀條和配對，延伸了幾乎半頁之多，其中很多在隨後的欄位中都還有對應的編號，意指這些銀條使用了共鳴連結。他翻頁，然後猛眨起眼睛，欄位繼續往後蔓延了兩頁，「我覺得橋應該就會直接垮進河裡。」

薇朵瓦靠回座位，非常緩慢地吐氣，一臉洩氣的樣子。

其中的意涵巨大無比，西敏橋雖然並非唯一橫跨泰晤士河的橋樑，交通卻最為繁忙，而要是西敏橋垮進河中，那就代表沒有任何蒸汽船、船屋、小艇、小舟，能有辦法繞過殘骸，要是西敏橋真的垮了，整個倫敦就會癱瘓。

而在之後的幾週中，等到讓泰晤士河免於煤氣工廠及化學物質廢水和汙染的銀條終於失效，河水便將會回到疾病橫行、骯髒腐敗的狀態，死去的魚群會翻肚浮到水面上，臭氣沖天，而下水道中流速早已十分緩慢的屎尿和穢物，也會直接卡在原地。

埃及將會面臨她的十災。

但是當羅賓解釋這件事時，薇朵瓦的表情卻完全不似他一般雀躍，她反倒是用一種非常古怪的表情盯著他，眉頭深鎖、嘴唇噘起，讓他五內翻攪到不適了起來。

「這就是哈米吉多頓，」他堅稱，還在空中揮舞雙手，要怎樣才能讓她看清？「這是有可能會發生最糟糕的事了。」

「我知道，」她回答，「只不過你一打出這張牌，我們就一點籌碼都不剩了。」

「我們不會再需要其他籌碼了，」他說，「我們只需要轉緊一次螺絲，把他們給逼到極限——」

「逼到一個你深知他們會無視的極限嗎？拜託哦，羅賓——」

「不然替代方案是什麼？自廢武功啊？」

「是給他們**時間**，是讓他們看見後果——」

「還有什麼後果好看的？」他不是故意要大吼的，他深吸了一口氣，「薇朵瓦，求妳了，我只是覺得我們必須讓情勢升溫，否則——」

「我覺得你就想要橋垮掉，」她指控道，「我覺得這對你來說只是在報復，因為你想要看到橋垮掉。」

「那又為什麼**不行**？」

這件事他們之前就吵過了，安東尼和葛瑞芬的鬼魂在兩人之間若隱若現：其中一人深信敵人就算不會利他，至少會從自身利益的角度理性行動，另一人則較不受信念與使命指引，而是受純粹又無拘無束的憤怒引導。

「我知道這樣很痛苦，」薇朵瓦喉嚨一緊，「我了解，我真的了解那感覺就像不可能跨過去了，但推動你的目的不能是要加入雷米的行列。」

沉默，羅賓考慮要否認這點，但對薇朵瓦或對他自己說謊，都毫無意義。

「這難道不會讓妳很想死嗎？」他聲音都破了，「知道他們幹了什麼之後？看見他們的嘴臉？我無法想像一個我們和他們共存的世界，這難道不會把妳撕碎嗎？」

「當然會啊，」她哭喊道，「可是這並不是不想繼續活下去的藉口。」

「我可沒有試著尋死。」

「那你是覺得讓這座橋倒了會怎樣？你以為他們會怎麼對我們？」

「那妳又會怎麼做？」他問，「結束這場罷工？重新開放巴別塔學院嗎？」

「如果我試了，」她回答，「你能阻止我嗎？」

兩人都瞪著清單，很長一段時間都沒有人開口，他們不想繼續這場對話，前往對話走向可能通往之處，他們都無法再承受更多心碎了。

「投票吧，」羅賓最終提議，他再也受不了這樣了，「我們不能，我們沒辦法就像這樣終止罷工，這由不得我們，不要由我們決定，薇朵瓦。」

薇朵瓦的肩膀垮了下來，他在她臉上看見無盡的悲愴，她抬起下巴，而有那麼一會兒，他以為她還要再繼續爭論，但她就只是點了點頭。

＊

投票結果是羅賓險勝，薇朵瓦和教授們投反對票，其他所有學生則是贊成，學生們同意羅賓的看法，認為他們必須繼續逼迫國會來到轉捩點，不過他們也並未因此感到激動。伊布拉辛和茱莉安娜在投票時都雙臂抱胸，彷彿因為這個主意畏縮了起來，就連往常頗為享受協助羅賓撰寫威脅小冊子送往倫敦的尤瑟夫，也低頭瞪著雙腳。

「所以大勢已定。」羅賓說，他贏了，可是感覺卻不像一場勝利，他不敢迎上薇朵瓦的目光。

「這什麼時候會發生？」查卡瓦蒂教授問道。

「這週六，」羅賓回答，「時機再好不過了。」

「但國會是不會在週六前屈服的。」

「那我猜橋垮掉時，我們應該會聽說吧。」

「而你對此感到自在嗎？」查卡瓦蒂教授環顧四周，彷彿是試著要測量房間裡的道德溫度，「會有數十人死亡，那邊全天候無時無刻都有一大群人等著要搭船，會發生什麼事啊，等到——」

「這並不是我們的選擇，」羅賓回答，「是他們的，這是無所作為，是放任他們死去達成的殺戮，我們甚至都沒碰到共鳴銀棒，橋就會自己垮掉——」

「你很清楚這點才不重要，」查卡瓦蒂教授說，「不要再細分責任了，西敏橋垮掉是你的選擇，無辜的人民可不能決定國會的意願。」

「但替他們留意是他們政府的責任，」羅賓反駁道，「這就是整個國會的重點，不是嗎？與此同時，我們並沒有文明的選項，或是優雅的選擇，這是無差別攻擊，我承認，但就是需要這樣押注，你不可以把道德責任怪在我身上。」他吞了口口水，「就是不能。」

「你是最接近的肇因，」查卡瓦蒂教授堅稱，「你可以阻止這件事。」

「但是惡魔玩的把戲就是這樣，」羅賓也不願讓步，「殖民主義就是這樣運作的，使我們相信抵抗帶來的餘波完全都是我們的錯，認為反抗本身就是不道德的選擇，而非造成反抗的環境。」

「即便如此，你還是有些界線不能跨越。」

「界線？如果我們照著規矩玩，那他們早就已經贏了——」

「你是試圖透過懲罰這座城市獲勝，」查卡瓦蒂教授說，「意思是整座城市裡面的每一個人，男男女女跟孩童，會有生病的孩童拿不到藥品，整個家庭沒有收入，也沒有食物。這對他們來說，遠遠超越了不便，而是生死攸關的威脅。」

「我知道，」羅賓沮喪地回答，「這就是重點。」

他們怒瞪著彼此，羅賓心想，他現在了解葛瑞芬曾經看待他的方式了，這是神經衰弱的表現，拒絕把事情推到極限，暴力是唯一能把殖民者逼上談判桌的事物，暴力是唯一的選項。槍就放在那裡，放在桌子上，等著他們去拿起來，他們到底為什麼這麼害怕，甚至連看都不敢看一眼呢？

查卡瓦蒂教授起身，「我不能跟著你走上這條路。」

「那你應該離塔，」羅賓馬上回答，「可以讓你不會良心不安。」

「史威夫特先生，拜託你，講點道理——」

「請你翻出口袋，」羅賓提高音量，蓋過他耳中的轟鳴聲，「什麼也不准帶走，銀條、清單、你寫給自己的筆記都不行。」他一直等著某個人介入他們，等著薇朵瓦干預，告訴他他是錯的，但沒有人開口，他將這樣的沉默視為默許，「而如果你選擇離開，我確定你一定知道這點，那你就不能再回來了。」

「這樣是不可能通往勝利的，」查卡瓦蒂教授警告道，「這只會讓他們痛恨你。」

羅賓嘲諷道：「他們已經恨我們入骨了。」

但不是，這並不是真的，兩人都深知這點，英國並不恨他們，因為憎恨必須包含恐懼及憤慨，而這兩種情緒都得將你的對象視為在道德上能夠自主的存在，值得尊重及對抗。但英國對中國抱持的態度是高高在上、傲慢凌人，並不是痛恨，還不是。

這點在橋垮了之後可能會改變。

不過回過頭來，羅賓心想，激起痛恨可能是件好事，痛恨可能會帶來尊重，憎恨可能會迫使英國人直視他們，且看到的並不是一件物品，而是一個活生生的人，「暴力將搖撼系統，」葛瑞芬曾告訴他，「而系統將無法苟存。」

「Oderint dum metuant[114]，」他說，「這就是我們的勝利之道。」

「這是羅馬皇帝卡里古拉，」查卡瓦蒂教授說，「你竟然在引用**卡里古拉**？」

「卡里古拉成功了。」

「卡里古拉最後遭人刺殺。」

羅賓聳聳肩，完全不在乎。

「你知道，」查卡瓦蒂教授說，「你知道嗎，梵文中最常受到誤解的概念之一就是『ahimsa』，非暴力。」

「我現在不需要上課，教授。」羅賓回答，但查卡瓦蒂教授的聲音蓋過他。

「許多人都以為『ahimsa』表示絕對的和平主義，印度人因而是溫馴又順從的民族，會屈服於一切，但是在《薄伽梵歌》中，提到了一種稱為『dharma yuddha』的例外，也就是正當的戰爭。在這種戰爭中，暴力是最後訴諸的手段，且並不是為了私利或個人動機開戰，而是投身於更偉大的志業之中。」他搖了搖頭，「我先前就是這麼得出這場罷工的正當性的，史威夫特先生，但你現在要做的事，並不是自衛，而是踏入了惡意的領域，你的暴力是出於個人，是為了復仇，這我可無法支持。」

羅賓喉頭一緊，「那麼在離開之前，請記得帶著你的血瓶，教授。」

查卡瓦蒂教授審視了他一會兒，點了點頭，接著便開始把口袋裡的東西翻到中央的桌上，有一支鉛筆、一本筆記本、兩根空白的銀條。

所有人都悶不吭聲看著。

114　原註10：「讓他們痛恨吧，只要他們也恐懼的話。」

羅賓突然一陣惱怒，「還有其他人想提出抗議嗎？」他厲聲說道。

沒半個人再說半個字，克拉芙特教授站起身，離開走上樓梯，一會兒後，伊布拉辛跟上她的腳步，接著是茱莉安娜，然後是剩下其他人。直到只有羅賓和薇朵瓦站在大廳中，目送查卡瓦蒂教授大步走下前門階梯，往路障走去。

第二十九章

「煙囪清潔工的哭泣，是如何，
使每座烏黑的教堂都為之驚駭，
而倒楣士兵的嘆息，
也在宮殿牆上如鮮血般流下。」

——威廉．布雷克，〈倫敦〉

查卡瓦蒂教授離開後，塔內的氣氛便一片陰鬱。

罷工初期，他們都太過專注在自身情況的迫切之上，包括撰寫小冊子、研究清單、加固路障，注意的是他們身處的純粹危險，任務如此重大、眾人如此團結，他們很高興有彼此作伴，會一起促膝長談到深夜、認識彼此、並為他們的故事竟如此驚人地相似感到驚奇。他們都在非常年輕的時候就被迫離開祖國，負笈英國，然後接受教育成長茁壯，否則就會遭到遣返，所以他們有許多人都是孤兒，除了語言之外，和自己國家的其他連結都已被切斷[115]。

115 原註1：但這正是巴別塔學院其中一項天才之舉，透過讓他們保持孤立，並用繁重的課業使他們分心，他們便永遠不會有機會在同屆同學之外建立連結，這種作法切斷了所有通往有意義團結的途徑，使他們這麼久以來都深信，他們都只是自己那張蛛網上唯一的受困者。

然而，早些日子忙亂的準備事宜，現在換成了陰鬱又窒息的時光，所有牌都已經打完了，沒有人有牌了，扣掉他們在屋頂大喊完的威脅以外，他們也已經詞窮了，現在在他們眼前延伸的，就只有無窮的時間，朝著無可避免的毀滅倒數。

他們已發出最後通牒，也送出了小冊子，西敏橋七天內就會崩塌，除非，除非，除非。

這個決定讓他們留下了不愉快的記憶，他們該說的都說了，沒人想再對細節吹毛求疵，自我反省是相當危險的，他們只想趕快度過這些日子，現在，情況更常是這樣，他們會各自飄到塔中不同的角落去，閱讀、做研究、或不管做什麼事情殺時間都好。伊布拉辛和茱莉安娜醒著的時候全都待在一起，有時其他人會懷疑他們倆是不是戀愛了，但他們發現自己無法繼續聊這個話題，這會讓他們想到未來，想到這一切究竟會怎麼結束，而這讓他們難過到無法忍受。尤瑟夫獨來獨往，梅甘娜偶爾會跟羅賓和薇朵瓦一起喝茶，他們會交換彼此熟識朋友的故事，她最近才剛畢業，和威瑪及安東尼都很熟，但隨著時間經過，她也開始逃進自己的世界裡，而羅賓有時會想，她和尤瑟夫現在是不是開始後悔留下來的決定了。

在塔裡的生活、罷工的日子，起初頗為新奇又莫名刺激，現在則多了種慣常單調的氛圍，一開始一切都很困難，既有趣又丟臉，他們竟然對於維持自己起居區域的整潔如此一無所知，沒人知道掃帚放在哪，所以地板總是積滿灰塵，還掉滿麵包屑。也沒人知道怎麼洗衣服，他們曾試著設計一組配對，使用「漂白」（bleach）一詞和來自原始印歐字根「bhel」的詞，這個字根意即「亮白、閃亮、燃燒」，但這只是暫時把他們的衣服變白、還燙到受不了而已。

他們依舊準時集合吃飯，一天三餐，但只是因為這樣比較方便配給物資，他們的奢侈品快速消失，第一週後就沒有咖啡了，第二週接近尾聲時，茶也已經快要喝完，而他們對此的解決方案，便是不斷稀釋茶葉，直到喝起來僅僅略勝於有顏色的清水，更別提加牛奶或糖了。梅甘娜認為他們應該要好好享用最後幾茶匙，不如好好泡一杯茶就好，但克拉芙特教授強烈反對。

「我可以放棄牛奶，」她說，「但我可不能放棄喝茶。」

那一週內，薇朵瓦可說是羅賓的精神支柱。

她對他很生氣，他知道，頭兩天他們在勉為其難的沉默中一同度過，不過還是待在一起，因為他們需要彼此的慰藉。兩人在六樓窗邊度過了好幾個小時，肩並肩坐在地板上，他並沒有強調他的論點，她也沒有做出任何反駁，沒什麼好說的了，木已成舟。

到了第三天，沉默變得無法忍受，所以他們開始說話，一開始是些無謂的小事，接著是想到什麼就說什麼，有時他們會懷念巴別塔學院，想念一切天翻地覆之前的黃金年代。有時他們則將現實擱在一旁，想方設法忘掉發生過的所有事，並八卦著大學生活，彷彿手邊最要緊的事情，就是科林．桑希爾和夏普兄弟，到底會不會因為比爾．詹姆森來訪的漂亮姐妹大打出手、拳腳相向。

在他們能鼓起勇氣提起蕾緹的話題之前，已經過了四天。

是羅賓先提的，蕾緹在他們兩人的記憶後方徘徊不去，就像個他們都不敢碰觸的潰爛傷口，而他再也無法迴避了，他想拿把燒紅的刀子挖掉爛肉。

「妳覺得她一直都想要背叛我們嗎？」他問，「妳覺得她會為自己做的事煎熬嗎？」

薇朵瓦不需要問他在說誰，「就像是在追逐希望，」她停頓了一下子後說道，「我是說，愛著她的感覺就像是那樣，有時候我會覺得她可以懂，有時候我會直視著她的雙眼，並覺得我看到的是一個真正的朋友。然後她就會說些什麼，脫口而出某些評論，接著整個循環又要再重來一次，就像用篩子篩沙子一樣，沒有東西會留下來。」

「那妳覺得妳本來有過機會說點什麼，改變她的想法嗎？」

「我不知道，」薇朵瓦回答，「你呢？」

他的思緒做了一如往常會做的事，就是召喚出一個中文字，以取代他害怕的想法，「我想到蕾緹時，總會想到『隙』這個字，」他在空中為薇朵瓦寫出這個字，「這個字最常用來代表『裂縫或縫隙』，但是在文言文中，也能表示『怨懟或仇恨』。根據傳言，大清皇帝便把一根刻有『隙』和『仇恨』（feud）配對的銀條，安裝在描繪皇室家族的石壁畫之下，當銀條出現裂縫，就表示有人正在密謀要對付他。」他吞了口口水，「我想那些縫隙總是都在那裡，我不覺得我們能拿這有什麼辦法，而只要壓力出現，一切就會分崩離析。」

「你覺得她有這麼痛恨我們嗎？」

他停頓了一下，思量著他的話語擁有的重量及影響，「我覺得她是故意殺了他的。」

薇朵瓦觀察了他良久，然後才開口簡短回答：「為什麼？」

「我覺得她想要他死，」他用沙啞的聲音繼續說道，「妳可以從他臉上看見，她一點也不害怕，她知道自己在幹什麼，她大可以瞄準我們任何人的，而她知道雷米才是她想要的。」

「羅賓……」

「她愛他，妳知道吧。」他說，話語現在就像洩洪一樣從他口中吐出，水門已經壞了，再也無法阻擋水流，不管多麼震驚、多麼悲劇，他都必須大聲說出來才行，必須讓其他人和他一起背負這份懷疑的沉痛重擔，「她親口告訴我的，紀念舞會那晚，她幾乎在我肩頭啜泣了一個小時，因為她想要和他跳舞，而他甚至連看都不看她一眼。他從來都不看她，他都不……」他必須停下來，眼淚已經要讓他哽咽了。

薇朵瓦握住他的手腕，「噢，羅賓。」

「想像一下，」他說，「一個棕皮膚的男生竟敢拒絕一朵英國玫瑰，蕾緹根本無法接受，這是種侮辱。」他用袖子擦起眼淚，「所以她才殺了他。」

薇朵瓦好一段時間都沒有開口，她向外望著崩毀中的城市，一面思索。最後，她從口袋裡拿出一張皺巴巴的紙，塞到羅賓手中，「這個應該給你。」

羅賓把紙攤開，是那張他們四人的銀版照片，摺了又摺這麼多次，使得照片上都出現了交叉的細白線，可是他們的臉孔是如此清晰，蕾緹眼神自信，她的臉龐在過了這麼久之後已有些褪淡，雷米的雙手充滿愛意地搭在她和薇朵瓦肩上，薇朵瓦半露出笑容，下巴縮起、眼神飛揚、閃閃發亮，還有他自己笨拙的害羞，跟雷米的燦笑。

他劇烈地抽了口氣，胸口一緊，彷彿他的肋骨正在收縮，像把鉗子一樣擠壓他的心臟，他都沒發覺直到現在還能夠這麼痛苦。

他想把照片撕碎，但這是他僅有的雷米照片了。

「我不知道妳還留著。」

「是蕾緹留的，」薇朵瓦回答，「她收在相框裡，就放在我們房間，花園派對的前一晚，我拿了出來，我覺得她應該沒注意到。」

「我們看起來好年輕，」他對他們當時的表情讚嘆不已，感覺好像從他們擺姿勢拍照之後，已經過了一輩子的時間，「我們看起來就像孩子。」

「我們那時候很快樂，」薇朵瓦往下看，手指拂過他們褪色的臉龐，「我想過要把照片燒掉，你知道，我想要得到這麼做的滿足，在牛津城堡時我一直把照片拿出來，研究她的臉，想要看見……看見那個會對我們這麼做的人。但我越看，我就越覺得……我只是對她覺得很抱歉，這一切很扭曲，可是從她的角度看來，她一定覺得她才是失去所有的那個人，她是這麼孤單，你也知道的。她想要的就只是一群朋友，可以理解她經歷了什麼的人，而她覺得她終於在我們身上找到了。」她顫巍巍地吸了口氣，「而我想，一切都分崩離析時，我想她一定也和我們一樣，覺得被背叛了。」

他們發現，伊布拉辛花很多時間在一本皮革裝幀筆記本上塗塗寫寫。

「這是本大事記，」眾人詢問時他說，「記錄塔內發生過的大小事、說過的所有話、做過的所有決定，我們支持的一切，你們想貢獻一己之力嗎？」

「當共同作者嗎？」羅賓問。

「當訪談對象，告訴我你們的想法，我就會寫下來。」

「也許明天吧。」羅賓覺得非常疲憊，而出於某種原因，看到那些寫滿潦草字跡的書頁，讓他心中充滿恐懼。

「我只是想記錄得詳盡一點，」伊布拉辛說道，「我已經得到克拉芙特教授和研究生們的說法了，我只是在想，呃，要是這一切出了什麼亂子……」

「你覺得我們會輸。」薇朵瓦說。

「我覺得沒人知道這會怎麼結束，」伊布拉辛繼續說道，「但我知道如果結果失敗，他們會怎麼說我們，巴黎那些學生死在路障旁邊時，大家都叫他們英雄，可是要是我們死在這裡，沒人會覺得我們是烈士。而我只是想要確保有留下一些有關我們的記錄，一份讓我們不會變成惡棍的記錄，」伊布拉辛看了羅賓一眼，「但你不喜歡這個計畫，對吧？」

他剛剛是在瞪人嗎？羅賓匆忙調整他的表情，「我沒有這麼說。」

「你看起來很排斥。」

「沒有，我很抱歉，我只是……」羅賓不知道為什麼把話組織好這麼困難，「我猜我只是不喜歡把我們自己想成歷史的一部分吧，我們甚至都還沒在當下留下痕跡呢。」

「我們已經留下印記啦，」伊布拉辛答道，「我們已經名留青史了，無論好壞。而眼前還有個機會可以介入紀錄，不是嗎？」

「裡面會記錄下哪些東西？」薇朵瓦問，「只有大概勾勒一下發生的事嗎？還是有加進個人觀察？」

「妳想加什麼都行，」伊布拉辛說，「妳想要的話，早餐吃什麼也行，或是妳怎麼打發時間，不過當然，我最感興趣的，還是我們怎麼走到這步田地的。」

「我猜你想知道赫密士會的事。」羅賓說。

「我想知道你們願意告訴我的一切。」

這時羅賓感覺胸口壓著重擔，他想要開始述說，暢所欲言他所知的一切，將其用墨水保存下來，但是話語在他舌尖死去，他不知道該怎麼闡述，問題並不在於紀錄本身的存在，而是光這樣並不夠，這樣對紀錄的介入根本就軟弱無力，感覺一點意義也沒有。

有太多事好說了，他都不知道該從何開始，他以前壓根沒想過關於他們生活的書面歷史是如何付之闕如，以及他們對抗的詆毀敘事是如何展開一連串壓迫，現在既然他想到了，一切似乎都無法解決。相關紀錄是如此匱乏，除了眼前這本，根本不存在任何與赫密士會有關的大事記，赫密士會的運作就像那些最優秀的祕密結社，即便改變了英國歷史，卻完全抹去了自身的存在，沒有人會慶祝他們的成就，甚至都不會有人知道他們是誰。

他想起了遭到破壞、成為廢墟的舊圖書館，那些堆積如山、遭到封存、永不見天日的研究，他想起了那個燒成灰的信封，上面有數十名赫密士會盟友的資訊，卻永遠無人聯絡，他們可能永遠不會知道發生了什麼事。他想起了葛瑞芬在海外度過的那些年，戰鬥、對抗、譴責一個比他還要強大無數倍的系統，羅賓永遠無從得知他哥哥所做所為的全貌，以及他經歷的苦難，有這麼多歷史，都被一筆勾銷了。

「這讓我很害怕，」他說，「我不想要我們就這麼蓋棺論定。」

伊布拉辛對著他的筆記本點了點頭，「那寫下其中一些還滿值得的啊。」

「這是個好主意，」薇朵瓦找了個位子坐下，「我加入。問我什麼都可以，來看看我們能不能改變一些後世史家的想法吧。」

「或許我們會像牛津烈士一樣受人銘記，」伊布拉辛說，「搞不好我們還會有座紀念碑呢。」

「牛津烈士被當異教徒審判，還在火刑柱上燒死耶。」羅賓回答。

「是哦，」伊布拉辛說，雙眼閃閃發亮，「但是牛津大學現在是聞聖公會大學啦，不是嗎？」

羅賓在接下來的日子中常在想，他們那晚感受到的，是不是某種共同赴死的壯烈感，類似士兵坐在戰壕裡所感受到的，因為這些街道上爆發的確實是戰爭沒錯，西敏橋尚未倒塌，還沒有，但是意外仍持續發生，資源短缺的情況也越發嚴重。倫敦當局的耐心已面臨考驗，大眾要求報復，要求行動，用什麼方式都好，而由於國會並不會投票否決入侵中國，他們就只是繼續向軍隊施壓而已。

外頭的衛兵顯然接收到命令，不要管塔本身，但是有機會時，仍是准許瞄準個別的學者，某次和艾伯．古菲洛會面，遭到一陣步槍開火打斷後，羅賓便再也不離開塔內了。還有一次，薇朵瓦在書架間找書時，頭部旁邊的一扇窗戶應聲碎裂，他們全都趴到地上，然後手腳並用匍匐前進到地下室，這裡四面都有牆壁環繞，能夠保護他們，後來他們在書架上找到一顆卡住的子彈，就在薇朵瓦先前站立的位置後方。

「這怎麼有可能？」克拉芙特教授質問道，「不可能有東西穿破這些窗戶的，不可能有東西進得了牆內。」

好奇的羅賓好好審視了子彈一番：厚實、變形、觸感異常冰冷。他將子彈舉到光線下方，看見彈殼底部環繞著一圈細細的白銀，「我猜普萊費爾教授想出了什麼主意吧。」

這提高了風險，巴別塔學院不再固若金湯了，這已經不再是場罷工，而是圍城，如果士兵突破路障，如果使用普萊費爾教授新發明的士兵抵達前門，他們的罷工基本上就結束了。克拉芙特教授和查卡瓦蒂教授在他們進塔的第一晚便更換了普萊費爾教授的防護，但就連他們自己都承認，他們在防護工作上沒有普萊費爾教授那麼厲害，他們並不確定自己的防護效果如何。

「從現在起我們最好遠離窗戶。」薇朵瓦建議道。

目前路障還撐得住，不過外頭的零星衝突已越演越烈，起初艾伯．古菲洛率領的罷工人士只是在路障後方打一場純粹的防守戰而已，他們加強了路障的結構，並維護補給線，可是並沒有挑釁對方的衛兵。現在街頭已開始染血，士兵目前會定期朝路障開火，路障守軍也會適時反擊，他們會用衣物、煤油、瓶罐製作燃燒彈，朝軍隊的軍營丟擲，還會爬上拉德克里夫圖書館和博德利圖書館的屋頂，從上面朝下方的部隊丟擲鋪路石以及傾倒滾燙的熱水。

本來不該如此勢均力敵的，平民對上衛兵的話，理論上來說，他們根本就撐不過一個禮拜，但艾伯的手下有許多都是退伍老兵，是擊敗拿破崙後遭到衰敗的軍隊解雇的男子，他們知道該去哪裡找到武器，也知道要怎麼使用。

譯者們也助他們一臂之力，瘋狂鑽研法國異議分子文獻的薇朵瓦，想出了「élan」和「能量」（energy）的配對，能量一詞擁有特定的涵義，指的是法國革命的熱忱，這可以追溯到拉丁文的「lancea」，意即「投擲」，後來演變出的意思便和丟擲及動能有關。而正是演變成英文「energy」時潛藏的意義扭曲，協助路障守軍的投擲物比起一般的磚頭和鵝卵石飛得更遠、打得更準、力量也更大。

他們也想出了幾個更狂野的主意，不過都沒有開花結果，「引誘」（seduce）一詞源自拉丁文的「seducere」，意為「引入歧途」，十五世紀末的定義「說服某人拋棄其忠誠」，便是由此而來。這個字看似潛力無窮，但他們想不出任何體現其效力的方法，全部都免不了要把女孩們送到前線，而他們沒有半個人想要這麼做，也不可能要艾伯手下的男人穿女裝，這實在不太可能成功。另外還有德文字「Nachtmahr」，這是個現今已相當少用的詞，意思是「噩夢」，也能指壓在睡覺者胸口上的某種惡意存在，某些實驗證明這組配對可以讓人做噩夢時情況加劇，但似乎無法在第一時間就引發噩夢出現。

某天早上，艾伯出現在大廳，還帶著幾個用衣物包住的細長包裹，「你們有人會開槍嗎？」他問。

羅賓想像用其中一把步槍瞄準活人，並扣下扳機，他不確定他做得到，「不太會。」

「沒開過這種。」薇朵瓦說。

「那讓我幾個手下進來這裡，」艾伯說，「你們有全市最棒的制高點，不善用就太可惜了。」

日復一日，路障都撐住了，羅賓覺得頗為讚嘆，路障竟然沒有因為近乎永不止息的炮火粉碎，艾伯也很有信心，認為只要他們能夠持續搜刮新的材料，加強受損的部分，那他們就可以無限期撐下去。

「這是因為我們是用V型結構建造路障的，」艾伯解釋道，「砲彈會打中凸出部分，這只會讓材料往內壓得更密實而已。」

羅賓對此存疑，「但還是不能永遠撐下去的吧。」

「對，也許不能。」

「那要是他們一擁而上，會發生什麼事？」羅賓問，「你們會逃跑嗎？還是會留下來戰鬥？」

艾伯沉默了一會兒，接著說道，「在法國那邊的路障，革命份子會敞開衣衫朝士兵走去，並對他們大吼有種就開槍。」

「那他們會開槍嗎？」

「有時候，有時候士兵會當場擊斃他們，但是其他時候，嗯，你想想看吧。你正直視著某個人，他們和你年紀差不多，還可能更年輕，來自同一座城市，還可能是來自同一個社區，你很可能認識他們，或是在人群中看見某個你可能認識的人，那你還會扣下扳機嗎？」

「我想不會吧。」羅賓承認道，雖然他腦中有一個細小的聲音低語著：**蕾緹就會**。

「所有士兵的良心都有極限的，」艾伯說，「我猜他們會設法逮捕我們，但是對鎮民開槍？展開一場大屠殺？我可就不這麼確定了，不過我們會迫使他們良心不安的，然後再看看會發生什麼事吧。」

一切很快就會結束的，晚上向外俯瞰城市，看見明亮的火光和砲火時，他們試著如此對自己保證，他們只需要撐到週六就好了，國會沒辦法比他們撐得更久，他們不能讓西敏橋倒塌。

接著總會有怪異又試探性的想像，想像停火的場景會是怎麼樣的，他們應該要撰寫附有赦免條件的條約嗎？尤瑟夫負責處理這件事，起草了一份讓他們不會面臨絞架的條約。等到巴別塔學院恢復正常運作，他們還會是其中的一員嗎？後帝國時代的學者生涯會是怎麼樣的呢？特別是他們深知英國的白銀存量終會枯竭？他們先前從未想過這類問題，但是現在，當這場罷工的結果已位於剃刀邊緣，他們唯一的慰藉便是如此精細的設想未來，使其似乎變得可能實現。

但是羅賓總無法鼓起勇氣嘗試，他無法忍受這類對話，大家提到時他總是藉故離開。

少了雷米、少了葛瑞芬、少了安東尼、凱西、伊爾莎、威瑪，根本就沒有未來可言了，從他的觀點看來，自從蕾緹那發子彈離開膛室之後，時間彷彿就停止了，現在的一切都只是餘波。之後會發生的事，是留給其他還想繼續苦苦掙扎的人，羅賓只想要一切畫下句點。

薇朵瓦在屋頂上找到他，他蹲在地上，雙膝縮到胸口，隨著槍聲前後搖晃，她在他身旁坐下，「受夠法律術語了嗎？」

「感覺就像是場遊戲，」他回答，「感覺很荒謬，而我知道這些、這一切，一開始都很荒唐，只是，談論以後的事，感覺就像是在幻想一樣。」

「你必須相信還有以後存在，」她呢喃道，「他們就相信。」

「他們比我們還堅強。」

「是沒錯，」她蜷縮在他手邊，「但一切最後還是交到了我們手中，不是嗎？」

第三十章

西敏橋倒塌了（參見報導）：

橋倒塌時倫敦正在沉睡，風平浪靜、一無所知，如同華茲渥斯所寫，「在無煙的空氣中晶瑩剔透、閃閃發亮」，就像披著一件「早晨之美，寂靜又赤裸」。

後來，牛津居民會宣稱，他們同樣也得知了西敏橋崩塌的那一刻，即便兩城相距超過一百六十公里，牛津也沒有高到可以從這麼遠的距離外看見倫敦的建築。但無論如何，數十名目擊者仍宣稱，也許是因為集體幻覺，也可能是共鳴銀棒無形的效果，他們在橋塌之前，都曾聽見斷裂的聲響。

「是那種囓咬你五臟六腑的糟糕感覺，」墨頓學院自然哲學系的哈里森．路易斯教授表示，「是種劇烈的恐懼。你知道有什麼事就要發生，但只有等到後來才知道是什麼。」

倫敦現場目擊者的證詞，則將其形容為巨大的轟隆聲。

「就像石頭在尖叫一樣，」洗衣婦莎拉．哈里斯太太表示，「石頭就像在告訴你趕快離開，天知道我乖乖聽話了。」

請注意，這是座已習於橋樑年久失修的城市，倫敦橋在歷史上至少就有三次無法使用，一次是因為卜雪，還有很多次是因為火災，但是即便歌謠如此述說，倫敦橋也只曾有部分崩塌，從來沒有徹底沉入水中。

西敏橋卻不是。

「非常乾淨俐落，」煙囪清掃工芒克斯．克里迪先生表示，「前一刻橋還在空中，然後一下就沒了。」

西敏橋並非毫無徵兆倒塌，目擊者回報石頭在倒塌前轟隆震動了整整二十分鐘，而這給予多數行人時間逃到橋樑兩端。轟隆聲出現時，下方正好有兩艘蒸汽船要過橋，兩艘船都試圖遠離橋樑，但其中一艘掉頭，另一艘卻加速往前進，結果造成交通堵塞，使得這兩艘船和其他許多船隻，就這麼被直直困在橋下。

「就像耶利哥的城牆倒塌時一樣，」律師馬汀．格林先生表示，「如此俐落，就像是吹響了一支隱形號角，應聲倒塌。」

總傷亡人數目前仍有爭議，因為倒塌時橋上還有數量不明的行人，至少六十三人，包括一名實際上是反對開戰的國會議員，以及下方船隻上的罹難者，還有在隨後的河上意外中死亡者。

「我看見一名女士在河岸邊呼喊，」管家蘇．絲威特太太表示，「她對著一艘船屋尖叫，要船來接她。只不過船屋距離太遠了，等到她想到要逃跑時，亂石已經在她頭上了。」

問及她是否認為西敏橋倒塌將促使譯者達成他們的訴求，絲威特太太則認為：「不，我不覺得這是他們做的，沒有人能做出這種事，像這樣的事，只可能是上帝的行事。」

第三十一章

西敏橋倒塌，牛津也爆發了公開交戰。

眾人擠在電報機周圍，焦急地等待著消息，這時突然有名槍手從樓上衝進大廳，上氣不接下氣宣布道：「他們殺了一個女孩。」

他們跟著他來到屋頂，羅賓光用肉眼就能看見北方的傑里科出現騷動，一大群狂暴的人群正在移動，不過他花了一會兒才調整好望遠鏡，對準槍手所指之處。

傑里科路障處的軍隊和勞工才剛交火，槍手告訴他們，這通常不會引發任何事件，全城無時無刻都迴盪著警告的槍響，雙方通常會輪流開火，然後再退回路障後方。只是象徵性的，一切應該都只是象徵性的而已，這次卻有具屍體倒下了。

望遠鏡鏡片揭示了令人震驚的大量細節，受害者很年輕，是白人，一頭金髮、面容姣好，從她腹部爆出的血花，將地面染成一片再清楚不過、毫無疑異的鮮紅色，在石灰色的鵝卵石地上，看來就像一面旗幟。

她並不是穿長褲，加入路障守軍的女性通常都是穿長褲，她披著披肩，身穿一件飄逸的長裙，翻覆的籃子還掛在她的左手臂上，她可能只是去採買雜貨而已，可能是要回家見丈夫、父母、孩子。

羅賓挺起身子，「是我們——」

「不是，」另一名槍手回答，「看看角度就知道了，她背對路障，不是我們下的手，我敢說。」

下方傳來叫喊聲，子彈從他們頭上呼嘯飛過，大吃一驚的眾人連忙走下階梯，回到安全的塔內。

他們在地下室集合，緊張兮兮地依偎在一塊，眼神四處掃視，就像剛淘氣搗蛋後的受驚孩童，這是路障處第一次有平民死亡，意義重大，界線已經被破壞了。

「到此為止了，」克拉芙特教授說，「這是在英國土地上公然開戰，這一切都必須結束。」

此時爆發一陣爭論。

「可是這不是我們的錯。」伊布拉辛說。

「他們才不在乎這是不是我們的錯勒，」尤瑟夫回答，「是我們開始的——」

「那我們要投降嗎？」梅甘娜質問道，「在這一切之後？我們就這樣收手？」

「我們不會收手。」羅賓說，他聲音中的力量連他自己都嚇到了，這是來自某個超越他的所在，聽起來更成熟，聽起來就像葛瑞芬的聲音。而這話一定是引起共鳴了，因為爭論安靜了下來，每一張臉龐都轉向他，擔心受怕、帶著期望、充滿企盼，「這就是局勢翻轉的時刻，這是他們能做出最愚蠢的事了。」血流在他的耳中彷彿雷鳴，「在此之前，整座城市都反對我們，你們看不出來嗎？但現在軍隊搞砸了，他們射殺了一名鎮民，已經沒有回頭路了，你們以為牛津現在還會支持軍隊嗎？」

「如果你是對的，」克拉芙特教授緩緩說道，「那麼事情就會變得更糟。」

「很好，」羅賓回答，「只要路障撐得住就行了。」

薇朵瓦瞇起眼睛盯著他，他知道她在懷疑什麼，那就是這件事根本不會讓他良心不安，他一點也不像其他人一樣那麼苦惱。

嗯，何不就承認呢？他並不引以為恥，他是對的，這個女孩，無論她是誰，都是個象徵，她證明了帝國沒有任何限制，帝國會無所不用其極保護自身。繼續啊，他心想，再來一次，殺死更多人，用你自己的鮮血把街道染紅，讓他們見識見識你究竟是什麼，讓他們看看他們就算是白人也沒用。眼前終於出現的，是樁兇手清清楚楚，無可原諒的罪行，軍隊殺死了這個女孩，而要是牛津想要復仇，就唯有一個方法可以達成。

那晚，真正的暴力襲捲牛津街頭，戰鬥從城市遠端展開，就在灑下第一滴血的傑里科，並隨著越來越多衝突點出現逐漸擴散，隆隆砲聲永不止息，整座城市因叫喊和暴動徹夜未眠，而羅賓在這些街道上看見的人群，比他原先想像中牛津的居民人數還更多。

學者們聚集在窗邊，在狙擊手開火的空檔向外窺探。

「這真是發瘋了，」克拉芙特教授不斷呢喃道，「徹徹底底發瘋了。」

「發瘋」還不足以形容呢，羅賓心想，英語並不足以形容眼前所發生的一切，他的思緒飄到文言文中用來形容改朝換代的成語，「天翻地覆」，天都塌了下來，地面也崩毀翻覆，世界大亂。英國噴灑出的是自身的鮮血，英國挖出的是自身的血肉，而一切在此之後，都再也無法回歸常態了。

午夜時，艾伯請羅賓到大廳見面。

「結束了，」他說，「我們已經快要來到盡頭了。」

「你這是什麼意思？」羅賓問，「這對我們來說很好，他們激怒了整座城市，不是嗎？」

「不會持續的，」艾伯回答，「他們現在很憤怒沒錯，但他們並不是士兵，這是沒辦法長久的，我以前曾見識過這種情況。到了清晨之後，他們就會開始零零散散回家，而我剛從軍隊那邊收到消息，到了黎明時，他們就會開始對還在外頭徘徊的人開火。」

「那麼路障呢？」羅賓絕望地問道，「路障還矗立——」

「我們只剩下最後一圈路障了，就只剩大街那邊，再也沒有文明的偽裝了，他們會強行突破，不是會不會的問題，而是什麼時候的問題。而事實就是，我們是平民起義，他們則是支訓練有素的武裝部隊，還有援軍呢，如果歷史可以當作任何借鑑的話，如果這真的演變成一場戰爭，那我們絕對會被擊潰，我們可不希望彼得盧重演啊[116]。」艾伯嘆了口氣，「限制他們的錯覺就是只能維持這麼久，我希望我們有幫你爭取到時間。」

「我想到頭來他們還是很樂意對你們開槍。」羅賓說。

艾伯哀傷地看了他一眼，「我猜站在正確的一方一定不好受吧。」

「那麼，」羅賓感到一股挫敗感湧上，但他壓抑了下去，把這些發展怪罪在艾伯身上並不公平，請他再待更久也不公平，因為他會面臨的，就只有幾乎難逃一死或是被捕的命運，「我想謝謝你，謝謝你所做的一切。」

「先等等，」艾伯說，「我來這不只是要宣布我們要拋棄你們了而已。」

羅賓聳了聳肩，試著不要聽起來心懷憤恨，「沒有了路障，一切很快就會結束的。」

「我是在告訴你，現在就是你們離開的機會，在攻擊越演越烈之前，我們會開始把人送走。我們有幾個人會留下來保護路障，這可以分散他們的注意力，至少久到可以讓剩下的人逃到科茲窩。」

「不，」羅賓回答，「不用了，謝謝你。但我們不能離開，我們要留在塔內。」

艾伯挑起一邊眉毛，「你們所有人嗎？」

他實際的意思是：你可以做這個決定嗎？你可以告訴我這裡面所有人都想送死嗎？而他問的正好，因為不行，羅賓無法代替留在塔中的七位學者發言，事實上，他發覺，他也完全不知道他們接下來會如何選擇。

「我會去問問，」他改口，「多久——」

「一小時內，」艾伯答道，「可以的話就盡快，不要耽誤時間了。」

回到樓上前，羅賓花了點時間武裝好自己，他不知道該怎麼告訴他們這就是結局了，他的表情不斷瀕臨崩潰，露出那個躲在他哥哥鬼魂後方的惶恐男孩，是他把所有人帶往這最後一站的，他無法承受當他告訴他們一切結束時，眾人臉上的表情。

大家都在四樓，聚集在東窗邊，他加入了他們。外頭，士兵從草皮上往學院前進，腳步卻莫名遲疑。

「他們在做什麼？」克拉芙特教授納悶道，「這是要進攻嗎？」

「進攻的話他們應該要派更多人才對。」薇朵瓦說。

她言之有理，有超過十多名士兵停在大街上，但只有五人繼續剩下的路程，朝學院前進。在他們的視線下，士兵的行列分開，有個身影踏出隊伍，來到剩下的最後一座路障前。

薇朵瓦倒抽了一口氣。

那是蕾緹，她揮舞著一面白旗。

---

116 原註1：指的是一八一九年的彼得盧大屠殺，其帶來最重大的立即影響，便是激起政府對激進組織的鎮壓。當時騎兵隊衝進抗議議會改革的人群，鐵蹄一視同仁踏過男男女女和孩童，共造成十一人死亡。

第三十二章

「她坐在她的洗衣工身上，
欣賞晚星，
所有搖扇工經過時，
全都呼喊：『天啊！妳真是美麗！』」

——愛德華．李爾，〈腰帶〉

他們把其他人都趕到樓上，然後才開門，蕾緹不是要來這裡和他們談判的，他們不可能會派一個大學生來，這是私人行為，蕾緹是來算帳的。

「讓她通過。」羅賓告訴艾伯。

「不好意思？」

「她是來談話的，跟他們說讓她通過。」

艾伯和他的手下說了句話，他便跑過草皮通知路障守軍，兩名男子爬上路障頂端，並彎下身來，一下子之後，他們便將蕾緹抬過頂部，然後動作不那麼溫柔地將她放下到另一側。

她穿過草皮，肩膀拱起，白旗拖在她背後的人行道上，她並沒有抬起目光，直到在門口見到他們。

「哈囉，蕾緹。」薇朵瓦說。

「哈囉，」蕾緹低聲說道，「謝謝你們願意見我。」

她看起來很慘，她顯然都沒有在睡覺，衣服又髒又皺，雙頰凹陷，雙眼也哭得紅腫，她拱著肩膀的姿勢彷彿像被攻擊一樣縮了起來，讓她看來非常渺小。而即便他對她有意見，即便發生了這一切，羅賓這時想做的，就只是給她一個擁抱。

這個直覺令他一驚，在她接近學院時，他曾短暫抱持著殺死她的想法，只要她的死不會把他們全都害死，只要他可以把自己這條命加入談判之中。但是現在看著她，實在很難不看見一個朋友，你怎麼能夠愛上一個傷你這麼深的人呢？在這麼近的距離望進她的雙眼，他無法相信這個蕾緹，他們的蕾緹，竟然做出了她所做的事，她看來悲愴無比又脆弱不堪，是悲慘童話故事中不幸的女主角。

但是這點，他提醒自己，便是蕾緹佔據的形象帶來的優勢，在這個國家中，她擁有能夠激起同情的臉孔和膚色，在他們之中，無論發生了什麼事，都只有蕾緹一人能夠清清白白、全身而退。

他朝她的旗子點了點頭，「來投降的嗎？」

「來談判的，」她回答，「就這樣。」

「那快進來吧。」薇朵瓦說。

受到邀請的蕾緹穿過大門，大門在她背後轟一聲關上。

有那麼一會兒，他們三人就只是面面相覷，他們猶豫地站在大廳中央，是個不平衡的三角形，感覺實在是大錯特錯，他們以前總是有四個人，總是出雙入對、平均分配，而羅賓能想到的，就只有雷米在他們之間沉重的缺席。少了他，他們就不像他們了，少了他的笑聲、他機敏又輕鬆的慧黠、他突如其來的話鋒一轉，讓他們覺得自己像在表演轉盤子一樣。他們已經不再是夥伴，他們現在只是在守靈。

薇朵瓦用單調又毫無情緒的語氣問道，「為什麼？」

蕾緹聞言縮了一下，但也只有那麼一下，「我必須這麼做，」她昂起下巴堅定回答，「妳知道我別無選擇的。」

「不，」薇朵瓦說，「我不知道。」

「我不能背叛我的國家。」

「妳不需要背叛我們。」

「你們受到一個暴力的犯罪組織奴役，」蕾緹說，話語如此滑順地流出，羅賓只能假設他們一定排練過，「而除非我假裝贊同你們，除非我跟著演戲，我看不出來我該怎麼活著離開那裡。」

她真的相信這回事嗎？羅賓在想，她一直以來就是這樣看待他們的嗎？他不敢相信這些話竟然從她嘴裡說出來，不敢相信這竟然是同一個曾經和他們一起熬夜，一起大笑到連肋骨都發疼的女孩。只不過中文就有個字濃縮了單純的話語能夠有多傷人：**刺**，代表尖刺、刺傷、諷刺。這是個很有彈性的字，如果是用在「刺言」和「刺語」中，就表示「尖銳傷人的話語」，而這個字也可以代表「刺激」和「刺殺」。

「那這是怎麼一回事？」羅賓問道，「國會受夠了嗎？」

「噢，羅賓，」蕾緹哀傷地看了他一眼，「你必須投降。」

「我認為談判恐怕不是這樣運作的，蕾緹。」

「我是認真的，我是試著要警告你們，他們甚至都不想要我來這，但我去求他們，我寫信給我父親，動用了我擁有的所有人脈。」

「警告我們什麼？」薇朵瓦問。

「他們黎明時就會攻進塔內，而且他們會用槍枝摧毀你們所有反抗，不要再等了，已經結束了。」

羅賓雙臂抱胸，「那就祝他們成功奪回城市囉。」

「但就只是這樣而已，」蕾緹說，「他們退回去是因為以為可以餓死你們，他們不想置你們於死地，信不信由你，他們不喜歡朝學者開火。你們全都非常有用，這點你是對的，但國家已經承受不住了，你把他們逼到極限了。」

「那麼合理的選擇似乎是同意我們的訴求。」薇朵瓦回答。

「你們知道他們不可能這麼做的。」

「他們要摧毀自己的城市嗎？」

「你以為國會在乎你破壞的東西嗎？」蕾緹不耐煩地逼問道，「那些人根本就不擔心你對牛津或對倫敦做的事，停電時他們笑了出來，橋垮了的時候也是。那些人**想要**城市遭到摧毀，他們覺得城市已經擴張得太大太笨重了，城市黑暗又骯髒的貧民窟已經凌駕了所有文明的區域。而你們也知道窮人會受到的衝擊最大，有錢人可以前往鄉下，待在他們的避暑莊園中直到春天，他們會有乾淨的空氣和清水，窮人則會成群死去。聽著，你們兩個，統治這個國家的人更在乎大英帝國的驕傲，不是輕微的不便，而他們會讓城市就這麼崩毀，絕不會向他們眼中的一群……一群巴別人屈服的。」

「有話直說吧。」薇朵瓦說。

「一群外國人。」

「那還真是夠驕傲啊。」羅賓說。

「我懂，」蕾緹說，「這就是我成長過程中感受到的，我知道這有多根深柢固，相信我說的吧，你們完全不知道他們為了自己的驕傲願意流多少血。這些人都讓西敏橋垮了，你們還能用什麼威脅他們？」

沉默降臨，西敏橋是他們的王牌，他們還能怎麼反駁？

「所以妳是要說服我們去赴死。」薇朵瓦最後終於說道。

「我不是，」蕾緹回答，「我是要救你們。」

她眨了眨眼，然後兩行清澈的涓涓細流便突如其來淌下她的臉頰，這並不是在演戲，他們知道蕾緹是不可能假裝的，她心都碎了，她真的心碎了，她愛他們，羅賓毫不懷疑這點，至少她真的相信自己愛他們。她想要他們平安無事，只不過她成功的解決版本是把他們關進大牢。

「我根本不想要一切變成這樣，」她說，「我只想要事情回到原本的樣子，我們以前一起擁有過未來的，我們所有人。」

羅賓差點都笑了出來，「妳想像的是什麼樣子？」他靜靜地問，「這個國家向我們的祖國宣戰時，我們還能繼續一起吃檸檬餅乾嗎？」

「那才不是你們的祖國，」蕾緹回答，「不需要是。」

「一**定**要是才行，」薇朵瓦說，「因為我們永遠無法成為英國人，妳怎麼可以到現在還不懂？這個身分和我們牴觸，我們之所以是外國人，是因為這個國家如此認定，而只要我們每天都還因為和家鄉的連結受到傷害，那我們就會捍衛我們的祖國。沒辦法，蕾緹，我們無法維持這個幻想，唯一能這麼做的，就只有妳一個人。」

蕾緹臉色一沉。

停戰協定終止了，高牆再次聳立，他們提醒了她當初為何要拋棄他們，也就是她永遠無法真正的、好好的，成為他們的一員，而要是蕾緹無法屬於某個地方，那她寧願毀滅這一切。

「你們知道如果我帶著否定的答案離開這裡，那他們就會攻進來，準備殺光你們所有人吧？」

「可是他們不能這麼做，」薇朵瓦望著羅賓，彷彿在確認一樣，「這場罷工的整個重點就是他們需要我們，所以他們不能冒險失去我們。」

「請你們理解，」蕾緹語氣冷酷了起來，「你們讓他們頗為頭痛沒錯，真是幹得好啊，但到頭來，你們還是可以消耗的，你們所有人都是。失去你們是點小損失，可是帝國的宏偉計畫不只是和幾名學者有關，時間也會橫跨超過數十年，這個國家正試圖達成歷史上其他文明從未做過的事，而就算除掉你們代表會暫時推遲進度，那他們也無所謂的，他們會訓練新的譯者。」

「他們才不會，」羅賓說，「在這之後沒人會想幫他們工作的。」

蕾緹嘲諷道：「他們當然會好嗎，我們很清楚他們的計畫是什麼，不是嗎？他們第一天就告訴我們了，我們當時還很喜歡這裡。他們**永遠**都能夠找到新譯者的。他們會重新學會失去的東西，而且他們還會就這麼繼續下去，因為已經沒有人會阻止他們了。」她抓住羅賓的手，這個舉動是如此突然，如此措手不及，導致他根本沒時間抽手，蕾緹的皮膚冰冷徹骨，又抓得很大力，羅賓擔心她可能會把他的手指折斷，「如果你死了，就改變不了任何事了，阿賓。」

他用力把她的手甩開，「別叫我阿賓。」

但她假裝沒聽到，「不要錯看你最終的目標，如果你想要修正帝國，那你最好的方法就是從內部著手。」

「就像妳這樣嗎？」羅賓問，「就像史特林．瓊斯那樣？」

「至少我們沒有被警察懸賞，至少我們有行動的自由。」

「妳覺得現況真的有可能會改變嗎，蕾緹？我是說，妳真的有想過要是你們贏了會怎麼樣嗎？」她聳了聳肩，「我們會不費一兵一卒快速贏得這場戰爭，而在那之後，就是全世界的白銀。」

「然後呢？你們的機器越來越快，工資下跌，不平等激增，貧窮也加劇，安東尼預測的一切都會發生，狂歡是不可能持久的，那麼再來呢？」

「我想等我們遇到時就會解決的，」蕾緹噘起嘴唇，「反正就是這樣。」

「你們不會的，」羅賓說，「這一切沒有辦法解決，你們是搭上了一台不能跳車的火車，難道妳看不出來嗎？結果對大家都沒好處，解放我們也代表解放你們。」

「或者，」蕾緹說，「一切就會這樣繼續加速，越來越快，而我們會放手不管，因為如果火車的速度超過了其他所有人，至少我們還是坐在車上。」

已經沒什麼好爭的了，不過，如果他們願意對自己說實話，跟蕾緹從來都沒什麼好爭的。

「這都不值得，」蕾緹繼續說道，「街道上的那所有屍體，是為了什麼？為了要**聲明你們的立場**嗎？正當的意識形態很好也很棒，但是看在上帝的份上，羅賓，你是在讓人為了一個你深知注定會失敗的志業白白去送死。而且你們**也會**失敗，」她無情地接下去，「你們人數不夠，你們沒有大眾支持，沒有足夠票數，也不在勢頭上了，你不理解帝國有多堅決想要重新奪回白銀，你以為你已經準備好犧牲了嗎？他們會**想盡辦法**把你們給趕出來，你應該要知道他們並沒有預期要失去你們所有人，他們只需要殺掉幾個人就行了，接著把其他人囚禁起來，然後就能瓦解你的罷工了。

「告訴我，如果你才剛剛親眼見證朋友死去，如果你頭上有把槍指著，你難道不會乖乖回去工作嗎？他們已經逮捕查卡瓦蒂了，你知道的，他們會折磨他，直到他願意合作為止。來啊，告訴我，到了存亡關頭時，這座塔裡有多少人會堅守原則？」

「我們不是所有人都像妳這麼沒骨氣，」薇朵瓦說，「他們人在這裡，不是嗎？他們和我們站在一起。」

「我再問一次，你們覺得這能撐多久？他們甚至都還沒損失過自己人呢，等到你們革命的第一具屍體出現時，你們覺得他們會作何感想？等到有把槍頂著**他們**太陽穴的時候？」

薇朵瓦指著門：「給我滾。」

「我是試著要救你們，」蕾緹堅持，「我是你們救贖的最後機會了，現在就投降，和平離開塔內，然後配合修復工作，你們不會在監獄裡關太久的。他們需要你們，你們自己都說了，你們馬上就會再回到巴別塔學院裡，做著你們一直以來夢寐以求的工作。這是你們能獲得最好的條件了，我來這裡要說的就是這樣，接受，不然你們就等死吧。」

那我們就死吧，羅賓差點要這麼回答，但他克制住自己，他不能判樓上所有人死刑，蕾緹也知道這點。

她打敗了他們，他們是不可能靠任何論述逃出生天的，她徹底將他們給逼到角落，所有事情她都料到了，他們再也變不出任何把戲了。

西敏橋都垮了，他們還能用什麼要脅？

他痛恨接下來從他口中吐出的話語，感覺像是投降，像是屈服，「我們無法替他們所有人決定。」

「那就召集開會啊，」蕾緹噘起嘴唇，「找所有人來投票，取得共識，管你們這裡是用什麼簡單的民主制度都行。」她把白旗放在某張桌子上，「但黎明前給我們個答案。」

她轉身準備離去。

羅賓衝上前，「蕾緹，等等。」

她停下來，一手已經放在門上。

「為什麼是雷米？」他問。

她愣在原地，看來就像座雕像，在月光之下，她的臉頰蒼白如大理石，這才是他一直以來應該要看待她的方式才對，他心想，冷血、無情、缺少所有使她成為一個活生生、會呼吸、會愛人、會心痛的人類的特質。

「妳瞄準了，」他說，「妳也扣下了扳機，而妳是個彈無虛發的射手，蕾緹，但為什麼是他？雷米對妳做過了什麼事？」

他知道，他們倆都知道，毫無疑問，但羅賓想要為其正名，想要確保蕾緹也了解他知道的事，想要在他們之間喚起鮮明的回憶，這麼做尖銳又惡毒，因為他能看見這在蕾緹雙眼中帶來的痛苦，而且也因為她活該。

蕾緹瞪著他很長很長一段時間，她沒有動，只除了胸口快速起伏之外，當她開口時，她的聲音又尖又冷酷。

「我沒有。」她回答。而羅賓可以從她瞇起眼睛，拖長語調、像匕首一樣一字一句強調的方式，得知她接下來要說什麼，是他自己說過的話原封不動送還，「我根本想都沒想，我慌了，然後我就殺了他。」

「殺人才沒這麼容易。」他說。

「結果就是這麼容易，阿賓，」她鄙夷地看了他一眼，「我們不就是這樣落到這步田地嗎？」

「我們都愛妳，」薇朵瓦呢喃道，「蕾緹，我們都願意為妳而死的。」

蕾緹沒有回答，她轉過身，將門打開，然後遁入夜色之中。

大門轟然關上，接著便只有沉默，他們還沒準備好把消息帶到樓上，他們不知道還可以說什麼。

「妳覺得她是認真的嗎？」羅賓最後終於開口。

「她絕對是，」薇朵瓦回答，「蕾緹從來不會退縮的。」

「那我們要讓她這樣獲勝嗎？」

「不然，」薇朵瓦緩緩問道，「你覺得我們該怎麼打敗她？」

他們之間懸著千斤重擔，羅賓知道他的答案，只是不知道該如何述說，薇朵瓦知道他所有心思，除了這件事，這是他唯一對她隱瞞的事，部分是因為他不想要她也承受這樣的重擔，另一部分也是因為擔心她會有什麼反應。

她瞇起眼睛，「羅賓。」

「我們把塔毀掉，」他說，「然後把自己也毀掉。」

她聞言沒有畏縮，只是似乎有點洩氣，彷彿她在等待確認一樣，他並沒有自己想像中偽裝得那麼好，她早有預期了，「你做不到。」

「有個方法，」羅賓刻意曲解她的話，希望她的反對是出於邏輯，「妳知道有的，他們一開始就告訴我們了。」

薇朵瓦此時動也不動，羅賓知道她在想像什麼，普萊費爾教授手中發出刺耳聲響、瘋狂震動的銀條，彷彿遭遇痛苦般尖叫著，然後碎裂成上千塊尖銳閃耀的碎片。只要一直重覆這個動作就好了，而且不是一根銀條，想像一整座塔，想像一整個國家。

「這是個連鎖反應，」他低聲說道，「會自行完成所有工作，還記得嗎？普萊費爾示範給我們看過要怎麼做，只要接觸到另一根銀條，效果就會隨著金屬傳遞，而且不會停下來，會一直繼續下去，直到所有銀條都失效為止。」

巴別塔學院的牆內總共有多少白銀？等這結束，所有銀條都會變成廢物，接著翻譯的合作就不再重要了，他們的機構將會消失，圖書館跟文法大典也沒用了，還有他們的共鳴銀棒，他們的白銀，全都會變得一無是處，徹底消逝。

「你計畫這件事多久了？」薇朵瓦質問道。

「從一開始。」他回答。

「我討厭你。」

「想獲勝的話，這是我們剩下的唯一方法了。」

「這是你的自殺計畫，」她氣呼呼地說，「別想跟我否認，你想要這樣，你一直都想要這樣。」

可是就是這樣，羅賓心想，他該怎麼解釋壓在他胸口的重擔，無時無刻總是無法呼吸的感覺？

「我覺得，自從雷米和葛瑞芬，不，自從廣州的事之後，我……」他吞了口口水，「我就覺得我沒有資格。」

「別這麼說。」

「是真的，他們是更優秀的人，而他們死了——」

「羅賓，事情不是這樣的——」

「那麼我該怎麼辦才好？我過著我不該擁有的人生，我擁有數百萬人沒有的，那麼多人全都在受苦受難耶，薇朵瓦，而這整段時間我就只是在喝香檳——」

「不准你這麼說。」她舉起一手彷彿要打他巴掌，「別跟我說你只是個脆弱的學者，在見識過世界的重量之後就無法承受了，這簡直是**滿口胡言**，羅賓，你又不是什麼做作的富家子弟，只要一提到受苦就會昏倒。你知道那些人是什麼嗎？他們是膽小鬼，是浪漫主義者，是白癡，從來沒有做過任何一件事，去改變這個他們發覺如此令人頹喪的世界，因為他們覺得如此內疚，就躲了起來——」

「內疚，」他重覆道，「內疚，這就是我感覺到的，雷米有次曾告訴我，我並不在乎去做正確的事，他說我只是想尋找簡單的解方。」

「他是對的，」她凶巴巴地回答，「這是膽小鬼的方式，你也知道的——」

「不，聽著，」他抓住她的雙手，兩人都在顫抖，她試著抽開手，但他把她的手指牢牢箝在手中，他需要她一起，必須讓她理解，在她因為他拋下她一人在黑暗之中，而永遠痛恨他之前，「他是對的，你也是對的，我都知道，我正試著要說，他是對的。我真的很抱歉，但我不知道該怎麼繼續下去了。」

「一天接著一天啊，阿賓，」她雙眼盈滿淚水，「你活下去，一天接著一天，就像我們一直在做的這樣，這並不困難。」

「不，不是的，薇朵瓦，我沒辦法。」他不想要哭，如果他開始哭，那他的所有話語都將消失，這樣他就永遠沒辦法說出該說的話了，他在眼淚流出來之前便繼續說道，「我想要相信我們奮鬥的那個未來，但是不存在，**根本**就不存在，而我無法就這樣一天天活下去，我實在太害怕想到明天了。我溺水了，而我已經溺水這麼久了，我想要一個離開的方法，卻找不到感覺不像某種、某種逃避責任的方式。但是這個方法，這就是我的方法。」

她搖了搖頭，她現在已開始恣意啜泣，他們兩人都是，「別這樣告訴我。」

「必須有個人念出那些字，有個人必須留下來。」

「那你不問我要不要跟你一起留下來嗎？」

「噢，薇朵瓦。」

還有什麼好說的呢？他不可能這樣要求她，她也知道他不敢的，但這個問題就這樣懸在他們之間，無人回答。

薇朵瓦的目光死死盯著窗戶，望著外頭黑暗的草皮，看著火把點燃的路障，她持續無聲哭泣，淚水不斷從她臉頰上傾瀉而下，她也一直毫無意義地把眼淚抹掉。他不知道她在想些什麼，這是第一次，自從這一切開始以來，他摸不透她的心思。

最後，她深呼吸了一口，抬起頭來，她並沒有轉身，開口問道：「你有讀過那首廢奴主義者很愛的詩嗎？約翰．比克奈跟湯瑪斯．戴寫的，叫作〈垂死的黑鬼〉。」

羅賓確實讀過，是在他在倫敦撿到的某本廢奴主義小冊子裡，他覺得這首詩頗為震撼，細節還歷歷在目，這首詩述說的是個非洲男子的故事，他面臨被捕回去當奴隸的未來，最終選擇自殺[117]。羅賓當時覺得浪漫又動人，但是現在，看見薇朵瓦的表情，他發覺事實恰好相反。

「我讀過，」他回答，「就是，很悲劇。」

「我們必須死掉才能得到他們的憐憫，」薇朵瓦說，「我們竟然必須為了他們而死，才能彰顯自己的高貴，我們的死亡因而是反抗的壯舉，是不幸的哀嘆，強調了他們的慘無人道，我們的死亡成了他們的戰號。可是我並不想死啊，羅賓。」她喉嚨一緊，「我不想死，我不想成為他們的伊茉因答、他

117 原註1：「裝備你難過的最後禮物：死亡的力量！／你竟欺騙我，殘酷的命運，現在我可以違抗了。」（約翰．比克奈、湯瑪斯．戴，一七七五年）

們的歐魯諾柯[118]，我不想要成為他們的悲劇，成為上了漆的美麗雕像，我想活下去。」

她哭倒在他肩上，他張開雙臂緊緊抱著她，慢慢來回搖晃著。

「我想活下去，」她重覆道，「好好活著、茁壯成長、存活下來，我想要一個未來，我不覺得死亡是種解脫，我覺得那只是結束而已，會牴觸一切，牴觸一個我可能會快樂又自由的未來。而重點不是勇不勇敢，是想要另一次機會，即便我所做的就只是逃跑，就算我這輩子再也沒有伸出援手去幫助任何人，那至少我也可以很快樂。至少世界會還不錯，就算只是一天，就算只是對我來說，這樣想難道會很自私嗎？」

她的肩膀垮了下來，羅賓將她緊緊擁入懷中，她真是他的精神支柱，他心想，一個他不值得擁有的支柱，她是他的基石，他的燈火，唯一讓他繼續活下去的存在。而他希望，他真心希望，這足以讓他繼續緊抓住一線生機。

「自私一點，」他呢喃道，「勇敢一點。」

118 原註2：在白人英國女性艾芙拉・貝恩一六八八年出版的愛情小說《歐魯諾柯》中，非洲王子歐魯諾柯被迫殺了他的愛人伊茉因答，以免她遭到他們正在反抗的英軍侵犯，而歐魯諾柯後來也被抓到，並綁在一根柱子上肢解。《歐魯諾柯》一書以及由湯瑪斯・索森改編的戲劇版，當時可說是非常受歡迎的偉大羅曼史。

第三十三章

「離別的時候到了，我們在此分道揚鑣，我往死亡，你則活下，而哪個才好，只有神知道。」

——柏拉圖，《申辯篇》，班傑明．賈維特譯

「整座塔嗎？」克拉芙特教授問。

她是第一個開口的，其他人則呆望著羅賓和薇朵瓦，震驚程度不一，就連克拉芙特教授，似乎也像是還在腦中思索這個主意，邊把背後的涵義大聲說出來，「那是數十年，不，**數個世紀**的研究心血，那是一切，都會遭到埋葬，失去，天啊，但是誰知道有多少……」她漸漸安靜下來。

「而英國的下場也會更慘，」羅賓補充道，「這個國家是依靠白銀運作的，白銀流過其血管，英國沒有白銀就活不下去了。」

「他們會捲土重來的——」

「最終，當然是會，」羅賓回答，「但在這之前世界其他地方就有時間自保了。」

「那中國呢？」

「英國不會開戰的，他們沒有能力，白銀驅動戰艦，你們看，白銀餵養海軍，這件事之後數個月，或許數年，他們都不再會是世界上最強盛的國家，而接下來會發生什麼事，只有天知道了。」未來將瞬息萬變，就和葛瑞芬預測的一樣，一個個別的選擇，在適當的時機做出，他們就是如此

違抗趨勢的，他們就是如此改變歷史軌跡。

而到頭來，答案竟一直都如此顯而易見，就只是拒絕參與，把他們的勞動，以及勞動的成果，永遠移出等式。

「這行不通的，」茱莉安娜說，她的聲音最終轉小，這是個問題，不是論述，「一定還有，肯定還有其他方法——」

「他們黎明時就會攻進來，」羅賓說，「他們會擊斃幾個人殺雞儆猴，接著用槍指著剩下的人，直到我們開始修復損害。他們會為我們戴上手銬腳鐐，然後逼我們去工作。」

「可是路障——」

「路障會淪陷的，」薇朵瓦低聲說，「那些只是牆壁，茱莉安娜，而牆壁是可以摧毀的。」

先是沉默，再來是放棄，最後是接受。他們早已活在不可能的狀況下，那他們所知最永垂不朽的事物崩毀，又怎麼樣呢？

「那我想我們必須很快逃出去，」伊布拉辛說，「就在連鎖反應開始之後，馬上逃。」

但你沒辦法很快逃出去，羅賓差點脫口而出，不過仍克制住自己，答案再清楚不過了，他們沒辦法很快逃出去，因為他們根本就逃不出去。只念一次咒語是不夠的，如果他們做得不夠徹底，塔可能只會塌掉一半，殘跡還可以挽救，很容易就能重新利用，這樣他們能夠施加的就只是維修的花費和挫敗，他們遭受的磨難便一點意義也沒有了。

不，這個計畫要能成功，朝帝國無法復元之處施加致命一擊，他們就必須留下來，一遍又一遍念出那些字句，並盡量啟動夠多毀滅的節點。

但他該怎麼跟滿屋子的人說他們非得犧牲不可？

「我……」他張口欲言，但是話語卡在他的喉嚨裡。

他不需要解釋，他們全都想通了，他們全都在思索同一個結論，一個接一個，而他們眼中的改變令人心碎。

「我會貫徹始終，」他說，「我不會要求你們所有人和我一起，你們不想要的話，艾伯可以帶你們離開，但我想說的只是……我不能，我沒辦法自己完成。」

薇朵瓦別過頭去，叉起雙手。

「我們不會需要所有人，」他繼續說道，焦急地想用話語填滿沉默，因為或許他說得越多，聽起來就越不可怕，「我認為語言多元一點會很棒，可以擴大效果，而且當然，我們也會想要有人站在塔內所有角落，因為……」他喉頭一緊，「但是我們不需要全員出動。」

「我會留下。」克拉芙特教授說。

「我……謝謝妳，教授。」

她給了他一個不太確定的微笑，「我想反正這件事結束之後我也拿不到終生職啦。」

他看見他們全都在進行著同樣的計算：死亡的終局對上他們在外頭會面臨的迫害、坐牢、還可能被處決，活著離開巴別塔學院並不一定代表存活。而他也看得見大家正在拷問自己，他們現在是否能夠逐漸接受自身的死亡，如果到頭來這樣會比較容易的話。

「你並不害怕。」梅甘娜在跟他說話，在問他。

「對。」羅賓回答，不過他也就只能說這麼多了，他自己也不明白自己，他覺得心意已決，但或許這只是腎上腺素的作用，也許他的恐懼和猶疑，只不過是暫時推到了一堵脆弱的牆後，只要靠近一點看就會碎裂，「對，我不怕，我……只是，我準備好了。但我們真的不需要所有人。」

「或許比較年輕的學生……」克拉芙特教授清清喉嚨，「我是說，對銀工一無所知的學生，沒有理由要——」

「我想要留下來，」伊布拉辛焦慮地看了茱莉安娜一眼，「我不想……我不想要逃跑。」

臉色慘白的茱莉安娜什麼也沒說。

「有辦法逃跑嗎？」尤瑟夫問羅賓。

「有，艾伯的人馬可以把你們運出城，他們答應了，他們正在等我們。但你們必須盡快動身，然後開始逃，不過我不認為你們這輩子會有停止逃亡的一天。」

「沒有赦免條件嗎？」梅甘娜問道。

「如果你們願意替他們工作的話就有，」羅賓回答，「假如你們協助他們把一切恢復原貌，這是蕾緹提議的，她想要你們知道這個選項。但你們會永遠受他們宰制，他們永遠不會放過你們的，她差不多就是這麼暗示，他們會擁有你，而且還會讓你因此覺得感激。」

茱莉安娜聞言伸手握住伊布拉辛的手，他捏捏她的手指，兩人的指關節都泛白了，而此情此景是如此親密，羅賓眨了眨眼便別開目光。

「但我們還是可以逃跑。」尤瑟夫說。

「你們還是可以逃跑，」羅賓答道，「可是你們在這個國家沒有一個地方是安全的——」

「但我們可以回家。」

薇朵瓦的聲音非常輕，他們幾乎聽不見她，「我們可以回家。」

尤瑟夫點了點頭，思考了這個選項一會兒，然後便站到她身旁。

而一切就是這麼簡單，決定誰走誰死，羅賓、克拉芙特教授、梅甘娜、伊布拉辛、茱莉安娜站在一側，尤瑟夫和薇朵瓦站在另一側，沒有人懇求或哀求，也沒有人改變心意。

「那麼，」伊布拉辛看來非常渺小，「什麼時——」

「黎明，」羅賓回答，「他們黎明時會來。」

「那我們最好趕快開始堆銀條了，」克拉芙特教授說道，「而且最好是好好擺放，如果我們只有一次機會的話。」

「你們意下如何？」艾伯・古菲洛詢問道，「他們正朝我們一吋一吋逼進了。」

「叫你的人馬回家吧。」羅賓回答。

「什麼？」

「越快越好，離開路障，開始逃跑，沒時間了，那些衛兵，他們已經不在乎傷亡了。」

艾伯記下了這番話，接著點了點頭，「誰要和我們一起走？」

「只有兩人，尤瑟夫、薇朵瓦，他們正在道別，很快就會準備好了。」羅賓從外套內掏出一個包好的包裹，「還有這個。」

艾伯肯定是從他的表情讀出了什麼，或是從他聲音中聽出了什麼，因為他瞇起眼睛，「而你們剩下的人在裡面要搞些什麼？」

「我不該告訴你。」

艾伯舉起包裹，「這是什麼自殺遺書嗎？」

「這是份文字紀錄，」羅賓答道，「記錄了這座塔內發生的一切，我們所代表的事物，有第二份副本，但是以防遺失，我知道你會找到某種方式把東西傳播出去的。在英國各地印行吧，告訴他們我們做了些什麼，讓他們記住我們。」艾伯看來想要爭論，但羅賓搖了搖頭，「拜託，我心意已決了，而且已經沒什麼時間了。我沒辦法解釋這麼多，而且我覺得你最好也別問。」

艾伯盯著他好一會兒，接著似乎想好了他接下來要說什麼，「你會結束這一切？」

「我們會試試看。」羅賓的胸口感覺非常緊繃，他很疲憊，他想蜷縮在地板上，然後沉沉入睡，他想要一切結束，「但我今晚無法告訴你更多了，我只需要你盡速離開。」

艾伯伸出手臂，「那麼，我想，這下就要說再見了。」

「再見。」羅賓抓住他的手用力握了握，「噢，還有那些毯子，我忘了——」

「不足掛齒啦。」艾伯把另一隻手覆上羅賓的手，他的抓握如此溫暖又結實，羅賓覺得哽咽了起來，他很感激艾伯就這麼放過他，沒有強迫他為自己辯護。他必須意志堅決地一路迅速走到盡頭。

「祝你好運，羅賓．史威夫特。」艾伯捏捏他的手，「願上帝與你同在。」

破曉前的幾個小時，他們分頭在塔內脆弱的位置上把數百根銀條堆成金字塔，包括塔基支撐周圍、窗戶下方、沿著牆壁和書架、以及文法大典周圍真正的金字塔旁。他們無法預測破壞的範圍和規模，但他們會盡全力準備，使得幾乎不可能從殘骸中拯救任何材料。

薇朵瓦和尤瑟夫在午夜後一小時離開，他們的道別簡短又節制，這是場不可能的訣別，有千言萬語可說，卻也無話可說，而且也瀰漫著一種感覺，大家都像是在克制，因為擔心水壩一打開就會潰堤。如果他們說得太少，那就會後悔一輩子，可是要是說得太多，那就永遠無法鼓起勇氣分開。

「一路順風。」羅賓擁抱薇朵瓦，邊低聲說道。

她擠出一個笑容，「好，謝謝你。」

他們緊抱彼此好長好長一段時間，長到最後大家為了給他們隱私而離開後，偌大的大廳中就只剩他們兩人站著。最終，她退了開來，舉目四顧，目光來回逡巡，彷彿不確定該不該開口。

「妳不覺得這會成功。」羅賓說道。

「我可沒有這麼說。」

「妳想的就是這樣。」

「我只是很害怕我們表達了這麼雄偉盛大的聲明，」她舉起雙手，又使其垂落，「而他們卻只會將這視為暫時的失利，還可以從中恢復，我擔心他們永遠都無法理解我們想說的話。」

「無論如何，我都不覺得他們有可能會願意傾聽。」

「對，我也不覺得，」她又哭了起來，「噢，羅賓，我不知道該怎——」

「就走吧，」他說，「記得寫信給雷米的父母，好嗎？我只是，他們應該要知道。」

她點了點頭，最後一次緊緊捏了捏他的手，接著便衝出大門，來到草皮，尤瑟夫和艾伯的人正在那裡等待。最後一次揮手，薇朵瓦在月光下的表情大受打擊，然後，他們便離開了。

再來除了等待結局之外，便無事可做。

一個人是要怎麼平靜接受自身的死亡？根據《克里頓篇》、《費多篇》、《申辯篇》的記述，蘇格拉底毫無苦惱從容赴死，他的平靜是如此不可思議，甚至拒絕了旁人多次要他逃跑的哀求。事實上，他是這麼愉快的無動於衷，如此深信死亡是該行之義，還用他的道理當頭棒喝了他的朋友們一頓，並且是用他專屬的那種無可忍受的正直方式，而他的朋友們還一把鼻涕一把眼淚的呢。羅賓初次研究古希臘時代文獻時，就對蘇格拉底對自身結局徹徹底底的漠不關心，感到十分震驚。

而帶著這麼愉快的心情赴死，當然是更棒也更簡單了，沒有懷疑，也沒有恐懼，心臟便停止跳動，在理論上，他可以相信這回事。他時常會把死亡想成一種解脫，自從蕾緹槍殺雷米那天起，他就沒有停止夢到死亡過，他用有關天堂的想法作為慰藉，天堂擁有青翠的山丘和明亮的天空，他和雷米可以坐著聊天，邊欣賞永恆的日落。不過這樣的幻想比起另一種想法，並沒有帶給他更多慰藉，也就是死亡代表的就只有空無，一切就會這麼停止：痛楚、苦難、令人窒息的可怕悲慟。就算什麼都不是，那死亡起碼也代表平靜。

然而，面對這樣的時刻，他依然恐懼不已。

他們最後都坐在大廳的地板上，在群體的沉默中聽著彼此的呼吸聲獲得慰藉，克拉芙特教授結結巴巴地嘗試安撫他們，在她的記憶中搜索有關這個人性終極困境的古老話語。她跟他們講了小塞內卡的《特洛伊女子》、盧坎筆下的沃太烏斯、凱圖和蘇格拉底的殉道，她還引用了西塞羅、賀拉斯、老普林尼，「死亡是大自然最偉大的善，死亡是更好的狀態，死亡會解放不朽的靈魂，死亡是超然的，死亡是種勇敢之舉，是反抗的榮耀之舉。」

小塞內卡如此形容凱圖：「una manu latam libertati viam faciet。」[119]

味吉爾則如此描述黛朵：「Sic, sic iuvat ire sub umbras。」[120]

但沒有一句話真的沉入他們心底，沒有一句話打動他們，因為要理論化談論死亡，是永遠不可能的，言語和思想總是會撞上迫近的永恆終局無可撼動的限制。然而，她平穩又無懼的聲音，仍然是種慰藉，他們讓聲音沖刷過耳畔，在這最後時刻安撫他們。

茱莉安娜此時望向窗外，「他們越過草皮了。」

「還沒有黎明啊。」羅賓說道。

「他們在動作了。」她簡短地說。

「那好吧，」克拉芙特教授說，「我們最好也開始動手了。」

他們起身。

他們並不會一同迎向終局，男男女女都來到各自的崗位，來到分散在建築不同樓層和不同方向各處的銀條金字塔，如此部署是為了要降低全塔有任何地方完好無損的機率。塔牆在他們上方倒塌時，他們將孤身一人，而這也是為什麼，隨著時候逼近，感覺是如此不可能分離。

淚水從伊布拉辛的臉龐傾瀉而下。

「我不想死，」他低語道，「一定有其他某種——我不想死啊。」

他們全都心有戚戚焉，這是種孤注一擲的希望，希望有機會可以逃脫，在這最後的時刻中，時間永遠不夠，理論上來說，他們做的這個決定，是某種美麗的事物，理論上來說，他們會是烈士，是英雄，是把歷史機器推離軌道的人，可是這一切都不會帶來絲毫慰藉。在最後的時刻，唯一重要的就只有死亡很痛苦、很嚇人、無可挽回，而他們沒有人想死。

可是即便他們全都渾身顫抖，還是沒有任何一個人崩潰，畢竟這也只是種想望而已，軍隊已經在路上了。

「別再拖拖拉拉了。」克拉芙特教授說道，於是他們便登上樓梯，來到各自負責的樓層。

羅賓留在大廳中央，就在碎裂的吊燈之下，周圍是八座和他身高一樣高的銀條金字塔，他深吸一

119　原註1：他憑一己之力，便能開啟自由大道。

120　原註2：如此，如此便能協助潛入陰影之下。

口氣，看著大門上方時鐘的秒針滴滴答答移動。

牛津的鐘塔早已盡皆沉默，隨著時候逐漸到來，唯一的時間指標就只有塔內老爺鐘同步的滴答聲，這些鐘全都座落於每層樓相同位置，他們選擇了準點早上六點，這是隨意挑選的，但他們總是需要個最後時刻，必須是個無可動搖的事實，如此才能堅定他們的意志。

還有一分鐘六點。

他顫巍巍地吐了口氣，想法飛逝而過，絕望地回想任何不是此時此刻的事，他想到的並非連貫的回憶，而是過度精細的細節，海上鹹鹹的空氣、薇朵瓦長長的睫毛、雷米爆出捧腹大笑前聲音中急促的呼吸，他緊抓這些細節，盡可能在其中徘徊，越久越好，並拒絕讓他的心神前往別處。

二十秒。

穹頂花園咖啡廳溫熱又鬆軟的司康、派波太太沾滿麵粉的甜蜜擁抱、奶油檸檬餅乾在他的舌尖融化成花蜜。

十。

麥酒的苦味、葛瑞芬笑聲螫人的刺痛、鴉片的酸臭味、舊圖書館的晚餐、香氣四溢的咖哩、太鹹馬鈴薯燒焦的底部、響亮、不顧一切、歇斯底里的笑聲。

五。

微笑的雷米，接近的雷米。

羅賓把手放在最近的金字塔上，閉上雙眼，然後吸氣：「翻譯，translate。」

尖銳的聲響在整個空間迴盪，是海妖的尖叫，在他的骨子裡迴響，是死亡的喪鐘，傳遍全塔上上下下，因為所有人都履行了他們的責任，沒有人臨陣脫逃。

羅賓吐氣，渾身顫抖，沒有猶豫的空間，也沒有害怕的時間，他把手移到下一堆銀條上，接著再次低語，「翻譯，translate」，再一次，「翻譯，translate」，又再一次，「翻譯，translate」。

他在腳下感覺到一陣天搖地動，他看見牆壁倒塌，書本從書架上滾落，在他上方，有什麼東西發出呻吟。

他以為他會害怕。

他以為他會定在原地，因為痛苦，因為無從得知八千公噸碎石瓦礫一次全都壓在他身上會有什麼感覺，因為不知道死亡是否會在頃刻間降臨，還是會可怕地一點一滴慢慢來到，當他的手腳被砸爛，當他的肺掙扎著想要在越來越微小的空間中呼吸。

但是此時讓他最震驚的，就只是其中的美麗，銀條在歌唱，在震動，他心想，正試圖訴說某種有關自身無法言說的真相，也就是翻譯是不可能的，銀條捕捉和顯現的純粹意義領域，永遠無法也不能受到知曉，這整座塔的事業從一開始就注定徒勞無功。

因為亞當語怎麼可能曾經存在過呢？這個想法現在不禁讓他笑了出來，人與生俱來便能完美理解的語言根本就不存在，沒有任何候選，不是英文，也不是法文，這些語言都無法欺凌他人、吸收足夠的資源，以成為完美的語言。語言就只是彼此互異，是一千種觀看世界、在世界上生活的不同方式，不，是一個世界中的萬千世界，而翻譯不管再怎麼徒勞，都是種絕對必要的努力，能讓人在不同世界間流轉移動。

他回到了他在牛津的第一個早晨：和雷米一起爬上一座陽光明媚的小丘，手上拿著野餐籃，帶著接骨木花水、溫熱的奶油捲、味道濃烈的起司，點心則是一顆巧克力塔。那天的空氣聞起來充滿希望，整個牛津都閃閃發亮，而他正在戀愛中。

「真是太怪了，」羅賓說，那時他們已經度過了坦承的時刻，對彼此已經毫無保留，也不害怕後果，「好像我認識你一輩子了一樣。」

「我也覺得。」雷米回答。

「但這一點道理也沒有，」已經喝醉的羅賓說，雖然接骨木花水根本不含酒精，「因為我才認識你不到一天，可是……」

「我覺得，」雷米說，「是因為不管我說什麼，你都會好好聽。」

「因為你很迷人啊。」

「因為你是個好翻譯，」雷米靠回他的手肘上，「翻譯就是這樣，我覺得，溝通也是這樣，傾聽別人，並且試著將目光超越你自己的偏見，窺見他們試圖要說的事。向世界表達你自己，並希望會有人理解。」

天花板開始崩塌，先是一陣陣的鵝卵石雨，接著是整塊整塊的大理石、裸露的柱子、斷裂的樑柱，書架倒塌，陽光從原先沒有窗戶的地方灑入塔內。羅賓往上看，看見巴別塔學院朝內崩毀，朝他崩毀，而在這之後，是破曉前的天空。

他閉上雙眼。

但他以前就曾等待過死亡降臨，他現在想起來了，他見識過死亡，當時不像現在這麼突如其來，也沒有這麼暴戾，但那段等待消逝的回憶仍然鎖在他骨子裡，有關一間悶熱、不通風的房間，有關夢見結局的回憶。他還記得那是如此沉靜、如此祥和，隨著窗戶往內砸入，羅賓閉上他的雙眼，想像起母親的臉龐。

她露出微笑，她叫了他的名字。

尾聲

薇朵瓦

薇朵瓦．戴格拉夫一直以來都很擅長生存。

這些年來她學會，關鍵在於拒絕往回看，即便她人在馬背上往北馳騁穿越科茲窩，邊低頭躲避迎面而來的樹枝，她依舊這麼想，但某部分的她也想要留在塔內，和她的朋友一起，感覺牆壁在他們四周坍塌，如果他們真的必須死，她希望大家可以埋在一起。

可是生存維賴切斷羈絆，生存需要她只放眼未來，誰知道現在會發生什麼事呢？今天發生在牛津的事是徹底無法想像的，後果也無從想像，史無前例，在這重要關頭，就這麼一次，歷史充滿了無限可能。

然而，薇朵瓦和「無法想像」已經是老朋友了，她祖國的解放就連在真正發生的當下，也都是無從想像的，因為法國人和英國人，甚至連普世自由最為激進的擁護者，都不敢相信奴隸這種在他們眼中和理性、權利、啟蒙無關的生物，竟然會要求自身的解放。一七九一年八月起義的消息傳出兩個月後，自己都身為黑人之友協會創始成員之一的尚．皮耶．布里索，竟向法國國民議會宣布，這個消息一定是錯誤的，因為任誰都知道，奴隸就是根本沒能力進行這種需要合作的迅速反抗行動。等到革命都發生一年了，許多人仍舊相信騷動很快就會平息，一切會回歸常態，所謂的「常態」，指的便是白人宰制黑人。

而可想而知，他們大錯特錯。

不過又有誰在世時有辦法了解自己在歷史這幅掛毯中扮演的角色？在她這輩子大多數時間中，薇朵瓦甚至都不知道她是來自世界上第一個黑人共和國。

以下便是她在加入赫密士會前所知的一切：

她在一八二〇年生於克里奧語叫作「Ayiti」的海地，就在亨利·克里斯多夫國王因為害怕政變自盡的那一年，他的妻子和女兒們逃往英國索福克某個恩人的家中，薇朵瓦的母親便是流亡王后的其中一名女傭，也和他們一起來到英國。她提到這件事時，總是將其描述為他們的大逃亡，而且她一踏入巴黎，就拒絕再把海地當成她的家鄉。

薇朵瓦對海地歷史的了解，是來自夜晚的咒罵，是一座叫作「忘憂宮」的雄偉宮殿，這是新世界第一名黑人國王的居所，還有拿槍的男人，跟她不了解的模糊政治歧見，而這竟以某種方式將她的人生連根拔起，然後把她送到大西洋彼岸去。小時候她對祖國的印象，便是充滿暴力和野蠻鬥爭之地，因為他們在法國就是這麼談論的，而這也是她流亡的母親選擇相信的。

「我們很幸運，」她母親低聲說，「我們存活了下來。」

但她母親沒有在巴黎存活下來，薇朵瓦從來不知道為什麼她母親這麼一個自由的女子，會被從諾福克派往一名退休巴黎學者埃米爾·德賈定的家中工作，她不知道她母親的朋友對她做出了什麼承諾，也不知道金錢有沒有轉手。她只知道在巴黎，在德賈定的莊園中，她們並不獲准離開，因為在這裡，某種奴隸制度的形式依然存在，就像在世界各地一樣，是種曖昧模糊的狀態，沒有白紙黑字寫下，卻受到默許的規則。而當她母親生病時，德賈定家並沒有找醫生來，他們就只是把她病榻的門關上，在外面等待，直到一名女僕進去，感覺她的呼吸和脈搏，然後便宣布她過世了。

接著他們把薇朵瓦鎖在某個櫥櫃裡，不讓她出來，因為擔心疾病會傳染，只不過疾病還是找上了家中的其他人，而醫生們再次無能為力，束手無策，只能看著病情肆虐。

薇朵瓦活下來了，德賈定教授的太太也是，還有他的女兒們，但教授本人死了，一同死去的還有薇朵瓦跟那些宣稱愛她母親、卻還是把她給賣走的人的唯一聯繫。

家道開始中落，德賈定夫人是個神情凝重的金髮女子，帳管得很差，花費又很驚人，因此手頭總是很緊，他們開除了女傭，他們認為，都有了薇朵瓦，幹嘛還要多留一個人？薇朵瓦於是一夕之間開始負責起數十項工作：保養壁爐、擦拭銀器、掃地、奉茶。但這些並不是她受到訓練要完成的工作，她從小就學習閱讀、寫作、翻譯，不是操持家務，而他們因此責罵她、毒打她。

她在德賈定夫人的兩名小女兒身上也找不到慰藉，因為她們很喜歡向賓客表示薇朵瓦是她們從非洲救來的孤兒，「從尚吉巴來的，」她們會一起合唱道，「**尚～吉～巴！**」

但這也沒這麼糟糕。

這也沒這麼糟糕，她們這樣告訴她，和她出生的海地相比，那裡犯罪橫行，因為一個無能又非法的政權而陷入貧窮及無政府狀態，妳很幸運，她們說，能在這裡和我們一起，這裡很安全、很文明。

她相信這套，畢竟她也沒辦法得知其他資訊。

她本來是可以逃跑的，可是德賈定教授和夫人讓她和外頭的世界如此遠離、如此隔絕，讓她完全不知道在法律上她其實擁有自由權。薇朵瓦在法國巨大的矛盾中長大，法國人民在一七八九年頒布了《人權宣言》，卻沒有廢除奴隸制度，還保留了包括奴隸在內的財產權。

薇朵瓦的自由是來自一連串的巧合、智謀、運氣，她仔細搜尋德賈定教授的信件，尋找一紙契約，某種顯示他確實擁有薇朵瓦和她母親的證據，但她從未找到，不過她確實得知有個地方叫作皇家翻譯學院，一個他在年輕時接受訓練的地方，一個事實上他曾寫信過去，還提到她的地方。他告訴他們他家有個才華洋溢的小女孩，有關她神童般的記憶力以及希臘文和拉丁文天份，他原先計劃要帶她去歐洲參觀參觀，也許他們有興趣面試一下？

於是她為自己的自由創造出了條件，德賈定教授在牛津的友人終於回信，表達學院非常樂意接受天資聰穎的戴格拉夫小姐，且他們還會負責費用，她感覺真的是成功完成了大逃亡。

但是薇朵瓦．戴格拉夫真正的解放，是直到她遇見安東尼．里本時，才切切實實發生，要一直到她加入了赫密士會，她才學會將自己稱為海地人，她也學會為自己東拼西湊、半遺忘、和法文相比幾乎是文盲的克里奧語感到驕傲。以前只要她講克里奧語，德賈定夫人就會搧她巴掌，「給我閉嘴，」她會這麼說，「我告訴妳，妳必須講法文，法國人的法文。」她還學會了對世界上許多地方來說，海地革命並不是個失敗的實驗，而是希望的燈火。

她學到，革命其實永遠都是無從想像的，會粉碎你所知的世界，未來尚未寫下，充滿著可能性，殖民者不知道等著他們的是什麼，而這將使他們恐慌，使他們擔驚受怕。

這很好，本來就應該這樣。

她不確定她現在要何去何從，她外套的口袋中放著幾個信封：安東尼的臨別建議，以及數名聯絡人的代號，是在模里西斯、塞席爾、巴黎的朋友。也許有一天她會回到法國，但她現在還沒有準備好，她知道愛爾蘭有個據點，不過此時此刻，她比較想要直接離開歐洲大陸，也許有朝一日她會回家看看，用她自己的雙眼，親眼見證自由海地在歷史上的不可能性。眼下，她正搭上一艘航向美國的船隻，和她一樣的人在那裡雖尚未自由，但這是第一艘她能訂到位的船，而且她必須盡快離開英國。

她手上還有葛瑞芬那封羅賓從未打開的信，同時她已經讀過這麼多次，都能倒背如流了，她知道三個名字，馬利特、奧里爾、魯克，她可以在腦海中看見最後一個句子，潦草地寫在署名之前，就像個事後冒出的想法：**我們並非孤身一人**。

她不知道這三個人是誰，也不知道這句話是什麼意思，但有一天她會找出來的，而真相將會讓她又驚又怕，不過現在，這些名字只不過是些可愛的音節，象徵著所有的可能性，可能性，也就是**希望**，是她現在唯一能攀附的東西了。

她的口袋裡縫著白銀，洋裝的內襯也是，她身上帶著這麼多白銀，害她移動時感覺僵硬又笨重，她的雙眼因淚水而紅腫，喉嚨因為壓抑的啜泣而痠痛，她將死去朋友的面容銘刻在她的記憶之中，她一直在想像他們最後的時光：他們的恐懼、他們的痛苦，隨著石牆朝他們崩垮而來。

她沒辦法，也**不允許**自己想起她朋友們還快快樂樂活著的時候，不是在年華正盛時就被奪去性命的雷米，不是因為想不出繼續活下去的方式，便在自己身上弄垮一整座塔的羅賓，甚至也不是還活著的蕾緹，她要是知道薇朵瓦也還活著，一定會追殺她到天涯海角。

她深知，蕾緹是不可能允許她全身而退的，就連薇朵瓦本人這個概念都是個威脅，威脅著蕾緹整個人的存在，因為這證明了她一直以來都是錯誤的。

她也不允許自己哀悼這段友情，不管多麼真實、多麼糟糕、多麼暴虐，悲傷的時刻終會到來，航程間會有許多個夜晚，悲傷將變得如此巨大，威脅著要將她撕碎，她會後悔自己活下去的決定，會詛咒羅賓讓她擔負這個重擔，因為他是對的：他並不勇敢，他沒有選擇犧牲。死亡是種誘惑，而薇朵瓦拒絕了。

她現在可不能哭泣，她必須繼續前進，她必須逃跑，跑得越快越好，同時還不知道另一邊有什麼在等著她。

她對於以後將會遇上什麼沒有任何幻想，她知道她會遭遇無法衡量的殘忍無道，她知道她最巨大的障礙將會是無情的冷漠，來自一個深植人心的經濟體系，在為某些人帶來特權的同時摧毀其他人。

但她會找到盟友的，她會找到前進的路。

安東尼說勝利是無可避免的，安東尼相信英國的物質矛盾會將其撕裂，他們的運動將會成功，因為帝國的狂歡就是無以為繼，他認為，這就是他們有機會一搏的原因。

可是薇朵瓦更懂。

勝利並不是必然的，勝利可能顯現在蛛絲馬跡之中，但是必須透過暴力，透過苦難，透過烈士，透過鮮血來催化，勝利是由智謀、堅忍、犧牲編織而成的。勝利是場一吋吋前進的遊戲，是歷史上的各式偶然，而一切之所以朝正確的方向前進，是因為他們將其往正確的方向推動。

她不知道這樣的奮鬥會是什麼形式，還有那麼多仗要打，在那麼多前線還有那麼多戰爭，印度、中國、美國，全都由同一股驅動力連結在一起，也就是對所有非白人、非英國地區的剝削。她只知道，她會出現在每一個意料之外的轉角，會戰鬥到她嚥下最後一口氣為止。

「Mande mwen yon ti kou ankò ma di ou。」她有次曾這麼告訴過安東尼，那是他第一次問她對赫密士會有什麼想法，她覺不覺得他們會成功。

他盡全力用他對法文的理解去分析克里奧語，但最終還是宣告放棄，「這什麼意思？」

「我不知道，」薇朵瓦回答，「至少，我們在不知道答案，或是不願意分享答案時會這麼說。」

「那直譯過來是什麼意思？」

她那時對他眨了眨眼，說道：「晚點再問我，我就告訴你。」

致謝

《巴別塔學院》是有關語言、文化、歷史的各式無垠世界，其中有許多我都不認識，而要是沒有慷慨和我分享他們知識的朋友，是不可能寫出這本書的，我要按照順序在此致上我深深的感謝：

首先，謝謝Peng Shepherd、Ehigbor Shultz、Farah Naz Rishi、Sarah Mughal、Nathalie Gedeon協助我確保羅賓、雷米、薇朵瓦都是以飽滿的細節及同理心寫就。謝謝Caroline Mann和Allison Resnick的古典文學專業，也謝謝Sarah Forssman、Saoudia Ganiou、De'Andre Ferreira在翻譯上的協助，還要感謝我在耶魯大學親愛的教授們，特別是石靜遠（Jing Tsu）、駱里山（Lisa Lowe）、何若書（Denise Ho），感謝妳們形塑了我對殖民主義、後殖民、以及語言所承載權力的思考。

我在大西洋兩岸都受到Harper Voyager出版社最棒的團隊支持，謝謝我的編輯David Pomerico和Natasha Bardon，另外還有Fleur Clarke、Susanna Peden、Robyn Watts、Vicky Leech、Jack Renninson、Mireya Chiriboga、Holly Rice- Baturin、DJ DeSmyter。

也要感謝讓《巴別塔學院》看起來像是各位現在看到這樣的藝術家們：Nico Delort、Kimberly Jade McDonald、Holly Macdonald。

還要感謝Hannah Bowman，沒有她這一切都不可能成真，以及Liza Dawson Associates經紀公司的整個團隊，特別是Havis Dawson、Joanne Fallert、Lauren Banka、Liza Dawson。

謝謝Julius Bright-Ross、Taylor Vandick、Katie O'Nell，以及穹頂花園咖啡廳，你們讓我在牛津那

冷淡又悲傷的幾個月時間可堪忍受，也要感謝在紐哈芬的大家，Tochi Onyebuchi、Akanksha Shah、James Jensen，謝謝你們的披薩和歡笑，大雞蛋萬歲！

謝謝Tiff和Chris協助經營Coco's Cocoa，這是最棒的跨次元咖啡店，老闆是隻魔法狗狗，本書大部分草稿都是在此寫成。

謝謝Bennett，在《巴別塔學院》成書那漫長、孤單、糟糕的一年間，他是我所能要求的最佳陪伴，他的建議也形塑了這個故事中的許多細節。他還想要讓大家知道，書名是他取的，赫密士會也是他命名的，因為我雖然有文學直覺，他卻有超棒直覺！

最後，感謝媽和爸，我的一切都要歸功於你們。

臉譜小說選 FR6598

巴別塔學院

Babel

原著作者	匡靈秀（R.F. Kuang）
譯　　者	楊睿珊、楊詠翔
書封設計	蕭旭芳
責任編輯	廖培穎
行銷企畫	陳彩玉、林詩玟
業　　務	李再星、李振東、林佩瑜
出　　版	臉譜出版
發 行 人	凃玉雲
總 經 理	陳逸瑛
編輯總監	劉麗真 城邦文化事業股份有限公司 台北市民生東路二段141號5樓 電話：886-2-25007696　傳真：886-2-25001952
發　　行	英屬蓋曼群島商家庭傳媒股份有限公司城邦分公司 台北市中山區民生東路141號11樓 客服專線：02-25007718；25007719 24小時傳真專線：02-25001990；25001991 服務時間：週一至週五上午09:30-12:00；下午13:30-17:00 劃撥帳號：19863813　戶名：書虫股份有限公司 讀者服務信箱：service@readingclub.com.tw 城邦網址：http://www.cite.com.tw
香港發行所	城邦（香港）出版集團有限公司 香港九龍九龍城土瓜灣道86號順聯工業大廈6樓A室 電話：852-25086231　傳真：852-25789337
馬新發行所	城邦（馬新）出版集團Cite（M）Sdn. Bhd. 41, Jalan Radin Anum, Bandar Baru Sri Petaling, 57000 Kuala Lumpur, Malaysia. 電話：603-90563833　傳真：603-90576622 電子信箱：services@cite.my
初版一刷	2023年8月
初版八刷	2024年5月
ISBN	978-626-315-339-4 版權所有・翻印必究（Printed in Taiwan） 售價：599元 （本書如有缺頁、破損、倒裝，請寄回更換）

城邦讀書花園
www.cite.com.tw

國家圖書館出版品預行編目資料

巴別塔學院／匡靈秀（R.F. Kuang）著；楊睿珊、楊詠翔譯. -- 初版. -- 臺北市：臉譜出版：英屬蓋曼群島商家庭傳媒股份有限公司城邦分公司發行, 2023.08
面；　公分. --（臉譜小說選；FR6598）
譯自：Babel
ISBN 978-626-315-339-4（平裝）

874.57　　112009464